KB148511

옥루몽 3: 춘몽의 결結

초판 1쇄 발행 2006년 5월 20일
개정판 1쇄 발행 2020년 12월 10일
지은이 남영로 | 옮긴이 김풍기 | 발행인 유재건 | 펴낸곳 엑스북스
주간 임유진 | 편집 신효섭, 홍민기 | 마케팅 유하나
디자인 권희원 | 경영관리 유수진 | 물류유통 유재영, 한동훈
등록번호 105-87-33826호 | 주소 서울시 마포구 와우산로 180, 4층
대표전화 02-334-1412 | 팩스 02-334-1413 | 이메일 editor@greenbee.co.kr

엑스북스(xbooks)는 (주)그린비출판사의 책읽기·글쓰기 전문 임프린트입니다.
책값은 뒤표지에 있습니다. 잘못 만들어진 책은 구입처에서 바꿔 드립니다.
ISBN 979-11-90216-40-1 04810
ISBN 979-11-90216-37-1 (세트)

옥루몽 3

춘몽의 결結

남영로 지음 김풍기 옮김

xbooks

차례

제45회
허부인은 상춘원에서 꽃을 감상하고,
일지련은 거문고에 기대어 고향 노래를 부르다
太要看花賞春園 蓮娘依瑟唱蠻歌

양창곡은 황소저가 황성으로 들어왔다는 소식을 듣고 즉시 황부로 갔다. 위부인이 황망히 나와 맞이하고 술과 음식을 내어 접대하며 기쁨을 감추지 않았다. 양창곡 역시 그들이 개과천선한 것에 감격했다. 술이 몇 순배 돌자 옥 같은 그의 얼굴에 봄바람이 취흥을 띠었다. 양창곡이 웃으면서 말했다.

"이 사위가 지금 이곳으로 온 것은 아내의 병세를 물어보고 싶어서입니다. 지금 어디 있습니까?"

위부인이 얼굴빛을 거두면서 부끄러움을 이기지 못한 채 말했다.

"딸아이가 병을 치른 끝에 천성이 완전히 변하여 다른 사람을 만나려 하지 않네. 그래서 후원 작은 정자 하나를 깨끗이 치우고 거기에 머무른다네."

양창곡이 미소를 지으며 즉시 시비에게 안내하도록 하여

매설정을 찾아갔다. 화려한 담장 몇 굽이를 지나자 층층한 석대에 꽃과 나무가 숲을 이루었고, 백학 한 쌍이 녹음 속에서 졸고 있었다. 진실로 부귀한 재상가의 후원다웠다. 꽃숲 속으로 몇 걸음 가니 푸른 대나무와 청송이 자연스럽게 울타리를 이루고 푸르고 붉은 이끼에 인적이 드물었다. 숲속에서 지저귀는 새소리와 대나무 숲을 스치는 바람 소리에는 완연히 산속의 기상이 있었다. 정신은 맑아지고 물욕은 담박해지니 진실로 세상 밖의 특별한 경관이지 인간 세상이 아니었다.

대나무 사립을 두드리자 몸종이 나와서 문을 열었다. 양창곡이 즉시 매설정 앞에 이르니, 몇 칸 초당에는 갈대로 짠 발이 드리워져 있고, 세 층 흙계단에는 이끼 자국을 쓸지 않았다. 전후좌우 사방으로는 붉고 흰 매화 수십 그루가 있는데 꽃이 만발하여 그윽한 향기가 사람을 감쌌다. 양창곡이 정자 위에 올라 침소 문을 열자 황소저는 무심히 앉아 있다가 놀라 일어나 맞아들였다. 양창곡이 방 안을 살펴보니 책상 위에 책 몇 권과 향로 하나가 놓여 있을 뿐이었다. 그녀는 수척한 용모에 구름처럼 틀어 올린 머리는 쓸쓸했고, 남루한 의복에 병색으로 초췌하여 보살이 수많은 인연을 벗어난 듯하고 요대의 선녀가 환골탈태한 듯했다. 아름다운 눈썹에 풍류스러운 정이 모두 사라지고 두 눈에는 물욕이 청정하여 속세 인간으로서의 기상이 전혀 없었다.

양창곡이 자리에 앉으며 말했다.

"내가 그대의 병세를 물어보러 왔는데, 절이나 도관으로 잘 못 들어온 모양이오."

이어서 그는 황소저의 손을 잡고 탄식하며 말했다.

"오늘의 황소저는 지난날의 황소저가 아니듯, 오늘의 양창곡이 어찌 어제의 양창곡의 마음을 가졌겠소? 이제 그대의 거처를 보니 그 마음을 알겠소이다. 그러나 이 또한 아녀자로서의 합당한 도리는 아닙니다. 무릇 신하가 임금을 섬김에 있어서 몸가짐을 자유롭게 할 수는 없는 법이오. 하물며 출가한 아녀자의 생사고락은 남편을 따라야 하는데도, 어찌 자기 마음을 내세워 고집을 부리면서 마음대로 노니는 거요? 이제 그대가 옛일을 후회하여 스스로 부끄러운 마음을 가지고 있고 인간 세상의 티끌 같은 번뇌를 잊고자 하니, 이는 이른바 잘못을 부끄러워하여 또 다른 잘못을 저지르는 것이오. 시부모님과 남편을 멀리하고 자기 몸만을 깨끗하게 하는 것은 스님이나 도사들의 패륜적인 풍습입니다. 그대의 밝은 판단력으로 결심한 것이 여기에 이르렀다면, 이것은 나를 의심하는 것이 아니라면 지난 일을 미워하여 구구하게 뜻을 굽혀 내 아내가 되고 싶어 하지 않는 것이외다. 이 어찌 한 가지 잘못을 고치고 다른 잘못을 또 범하는 것이 아니겠소?"

황소저가 눈물을 흘리며 슬픈 모습으로 말했다.

"첩도 목석이 아니니 어찌 상공을 의심하고 지난 일을 미워하겠습니까? 다만 고질병이 완쾌될 기약이 없으니, 옆에서 모시며 아내의 도리를 다하고 싶지만 억지로 할 수가 없는 처지입니다. 바라건대 상공께서는 첩의 실정과 처지를 잘 살피시어 뜻을 용서하시고 몸을 허락해 주시어 세상 일을 잊고 이곳에 거처할 수 있도록 해주십시오. 그리하여 인간 세상에 참견하여 죄악을 거듭 짓지 않도록 해주십시오."

양창곡이 정색을 하고 물러나 앉으면서 말했다.

"내가 어두워서 부인이 잘못을 뉘우친 줄 알았더니, 지금 그대 말을 들어 보니 오히려 옛날 버릇을 버리지 못했구려. 부인은 흰머리의 노부모님이 늦게서야 얻은 딸로서 가르침 받는 것을 모르고 다만 자애로움 속에서 자라 교만한 뜻으로 자기 자신만 알 뿐, 조금도 조심하는 뜻이 없이 모든 행동을 마음대로 하고 있소. 이게 무슨 도리요?"

황소저가 고개를 숙이고 대답을 하지 않자, 양창곡은 몸을 일으키며 말했다.

"오늘 부인이 만약 나를 남편으로 생각한다면 빨리 와서 문에 기대어 기다리고 계시는 시부모님의 바람을 위로해야 할 것이오."

때는 마침 아름다운 늦봄이었다. 시절은 조화롭고 해마다 풍년이 들어 나라는 태평하고 백성들은 편안했다. 장안의 온 집들에서 음악소리가 난만하게 들렸고 남쪽 거리 동쪽 성에는 꽃과 버드나무가 낭자하게 피어, 번화한 물색과 호탕한 풍광은 사람의 마음을 격동시키고 있었다. 하루는 양창곡이 조회를 마치고 돌아와 어머니 허부인을 뵙고 웃으면서 말했다.

"요즘 봄날씨가 화창하고 꽃과 버들이 한창 번성합니다. 어머님, 후원에 올라가셔서 꽃감상을 하지 않으시겠어요?"

허부인이 흔쾌히 대답했다.

"나도 그럴 마음이 있었다만, 아들의 말이 이 늙은 어미의 흥을 돕는구나. 내일은 여러 며느리들을 데리고 후원에 올라갈 터이니, 황현부를 데리고 오너라."

양창곡은 시비 몇 명을 시켜서 황부로 예쁘게 장식된 가마를 보내 허부인의 말을 전했다. 황소저는 감히 사양하지 못하고 담박한 화장에 검소한 옷차림으로 시부모를 뵈었다. 유순한 태도와 공손한 모습은 예전 황소저의 모습이 아니었다. 양현과 허부인의 자애로움과 기쁨은 말할 것도 없었고, 위아래 노복들 역시 경탄하여 심복하지 않는 사람이 없었다. 허부인이 황소저의 손을 잡고 탄복하며 말했다.

"하늘이 우리 고부를 사랑하시어 오늘 같은 날이 있게 했구나. 새 사람을 대한 듯 어느 결에 조화로운 기운이 집에 가득하다."

양현도 이렇게 말했다.

"사람은 잘못을 저지른 뒤에야 자기 앞날에 더욱 힘쓰게 된다. 우리 어진 며느리는 이제부터 더욱 열심히 부덕을 닦도록 해라. 대저 부인의 덕은 유순하고 곧고 한결같아야 한다. 다른 무엇이 있겠느냐?"

황소저가 시아버지의 명을 듣고 자기 침소로 물러갔다. 강남홍과 벽성선이 와서 뵙자 황소저는 너무도 부끄러워했다. 그녀는 먼저 벽성선에게 말했다.

"나는 천지 사이의 죄인인데, 다행히 낭자의 지극한 정성에 힘입어 다시 높은 문중으로 들어와 이렇게 서로 만나 보는구려. 어찌 부끄럽지 않겠소?"

벽성선이 말했다.

"이는 모두 첩이 불민한 죄입니다. 부인의 말씀이 이처럼 너그럽게 받아 들여주시니 제가 몸 둘 바를 모르겠습니다."

말을 마치기도 전에 윤부인이 또 들어와 웃으면서 말했다.

"아득한 지난 일은 한바탕 꿈과 같은데, 어찌 다시 언급하겠소? 이 자리에 새 사람이 있으니 서로 인사를 나누도록 하시지요."

황소저가 웃으면서 말했다.

"난성후 강남홍 낭자의 명성은 우레처럼 실컷 들었습니다만, 제가 지은 잘못으로 인사를 전혀 나누지 못하다가 이제야 겨우 상면하니 어찌 서먹서먹하지 않겠습니까?"

강남홍이 말했다.

"첩 역시 이리저리 떠돌던 몸이며 풍파를 겪은 나머지 인생입니다. 산속의 도동과 물속 원혼이 어찌 다시 귀한 문중에 들어와 부인 아래 여러 첩실들의 반열에 끼게 될 줄을 알았겠습니까?"

황소저가 눈을 들어 강남홍을 익히 살펴보다가 마음속으로 감탄했다.

'정말 나라를 뒤흔들 만한 자색이며 출중한 인물이로구나.'

윤부인이 미소를 짓고 강남홍을 가리키면서 황소저에게 말했다.

"이 도사는 부인과 구면이 아니신가?"

황소저가 부끄러워하며 벽성선을 보고 말했다.

"두 분 도사님이 부질없이 도술을 베풀어서 이미 끊어졌던 목숨을 다시 살려 내셨지만, 고해 같은 인생이 그 감격스러움을 모르겠군요."

강남홍이 낭랑하게 웃으면서 말했다.

"빈도는 구름처럼 떠도는 몸이라, 부인과 은원恩怨을 맺은 바 없소이다. 다만 스스로 도술을 자랑하고 싶어서 저 어질고 심약한 도사를 데리고 인간의 정근을 벗어나지 못하고, 슬픈 기색과 몇 줄기 눈물에 부질없이 노부인의 의심을 도왔던 것이오. 종적을 숨기고 싶었던 빈도의 당황스러움을 어찌 아시겠소이까?"

황소저가 이 말을 듣고 자기도 모르는 사이에 처량한 모습으로 눈물을 머금으니, 벽성선 역시 슬픈 빛으로 얼굴을 바꾸며 말했다.

"오늘 이 자리에 우리 두 사람과 두 분 부인이 한 마음으로 모였습니다. 달리 풀 회포가 없어서 어찌 이런 이야기로 마음을 격동시키십니까?"

강남홍이 웃으면서 말했다.

"이는 천고의 아름다운 이야깃거리입니다. 투기하는 마음
은 사람마다 모두 가지고 있으나, 잘못을 후회하는 것은 모든
사람이 할 수 있는 일이 아닙니다. 이제 부인께서 겸연쩍어 하
시어 기색이 예전같지 않고 세상에 대한 생각이 담박하여 추
자동의 각성한 세존이 되셨습니다. 그런데 다시 매설당梅雪堂
위에서 청정한 마음을 본받고자 하시니, 어찌 지나친 일이 아
니겠습니까?"

이는 강남홍이 황소저를 격동시켜 마음을 넓게 가지도록
하려는 의도에서 한 말이었다. 잠시 후 양창곡이 들어와 두 부
인과 두 낭자에게 이튿날 허부인을 모시고 후원에서 꽃을 감
상하자는 뜻을 이야기하면서 이렇게 말했다.

"집안에 제승지구濟勝之具*가 자못 신선하지 못하니, 부인과
두 분 낭자는 각각 별식 한 그릇씩 준비하여 홍치를 돕도록
해주시오."

여러 낭자들이 응낙했다.

양창곡의 집인 양부에는 '상춘원'賞春園이라는 후원이 한 곳
있었다. 후원 안에 있는 기이한 화초와 진귀한 짐승, 기괴한
바위 등은 황성 안에서도 최고로 꼽혔다. 그 안에 또 하나의

---

* 경치 좋은 곳을 건너다니는 도구라는 뜻으로, 튼튼한 다리를 이르는 말이다.

집이 있으니 이름은 '중향각'樂香閣이었다. 이곳은 강남홍이 양창곡에게 말을 하여 일지련을 위해 지어 준 것이었다.

이튿날 양창곡은 여러 부인들과 함께 어머니를 모시고 상춘원 중향각에 잔치자리를 마련하고 어머니를 중심으로 좌석을 정했다. 양창곡은 두건 하나에 붉은 도포 차림으로 어머니 옆에서 모시고 앉고, 윤부인과 황소저, 강남홍, 벽성선이 좌우에서 시립했다. 그러나 일지련은 아직 혼인을 하지 않은 처자라, 그 자리에 참석하는 것이 부끄러워 방에서 나오지 않았다. 설파와 손야차, 연옥, 소청, 자연 등 여러 시비들 역시 좌우에서 시립했다.

이때 후원 안에는 온갖 꽃들이 만발했는데, 한바탕 봄바람이 꽃향기를 불어와 온 자리에 향기가 가득했다. 허부인이 웃으면서 여러 며느리들에게 말했다.

"세상의 온갖 꽃들이 아름답기는 한가지지만, 사랑스러운 것은 각각 다르다. 여러 며느리들은 무슨 꽃이 제일 좋으냐? 제각기 자기 생각을 말해 보아라."

윤부인이 한참 생각하다가 말했다.

"곧고 고요한 자질은 너무도 천연스러워 조금도 꾸민 데가 없으니, 제가 제일 아끼는 것은 연꽃입니다."

황소저가 말했다.

"모란은 꽃 중의 왕입니다. 부귀영화의 기상을 띠고 있으니, 제가 가장 사랑하는 것은 모란입니다."

강남홍이 말했다.

"창밖 나뭇가지 하나는 봄빛에 눌려 있고 황혼녘에는 남모르는 향기가 담박하면서도 너무나 아름다우니, 저는 홍매화가 사랑스럽습니다."

벽성선이 말했다.

"담담하고 맑은 향기는 세속의 괴로움을 벗어나 한 점 붉은 먼지도 감히 침범하지 못하니, 저는 수선화를 사랑합니다."

허부인이 기쁘게 웃으면서 옆에 있는 하인들에게 일지련을 불러오게 하여 물었다.

"낭자도 또한 자신의 뜻을 말해서 이 늙은이가 소일하는 걸 도와주시게나. 낭자는 무슨 꽃이 좋은가?"

일지련이 부끄러워 말을 하지 않았다. 허부인이 재삼 물어본 뒤에야 그녀는 미소를 지으면서 말했다.

"첩은 남쪽 오랑캐 출신입니다. 남방에는 원래 복숭아꽃이 많기 때문에 도화桃花를 사랑합니다."

강남홍이 웃으면서 말했다.

"『시경』에 이르기를, '어여쁜 복숭아꽃, 활짝 피었네. 그대 시집가서, 온 집안을 화목하게 하라'*고 했지요. 일지련 낭자는 과연 자기 마음을 말했군요."

그 말에 사람들이 한바탕 크게 웃었다. 일지련은 얼굴이 온

---

* 「주남」에 있는 구절로, 원문은 "桃之夭夭, 灼灼其花. 之子于歸, 宜其室家"이다.

통 새빨개져서 다시 방 안으로 들어갔다. 허부인이 다시 연옥
이를 보면서 물었다.

"너는 무슨 꽃이 좋더냐?"

연옥이 웃으면서 말했다.

"살구꽃이 제일 좋습니다."

"무슨 말이냐?"

"멀리서 보면 더욱 분명합니다."

"네 말이 활발한 걸 보니 평생 영화롭게 살겠구나. 그러면
소청아, 너는 무슨 꽃이 좋으냐?"

소청이 대답했다.

"벚꽃이 제일 좋습니다."

"왜 그러냐?"

"봄빛을 머금은 데다 그 정신은 열매에 있기 때문입니다."

"네 말이 온화하니 늘그막의 운수가 아주 좋겠구나. 그러면
자연이는 무슨 꽃이 좋으냐?"

자연이 대답했다.

"봉선화가 제일 좋습니다."

그러자 허부인이 웃으면서 말했다.

"네가 보는 것은 얕지만 평생토록 무난하여 분수에 넘치는
일은 없겠구나. 도화는 무슨 꽃이 좋으냐?"

도화가 대답했다.

"저는 분꽃이 제일 좋습니다."

"무엇 때문이냐?"

"한 그루에 여러 색깔 꽃이 너무 아름답습니다."

"네 말이 제일 화려하구나. 아마 늘그막의 운세가 화려할 것이다."

허부인은 다시 손야차에게 물었다.

"손삼랑께서는 무슨 꽃을 사랑하시오?"

"저는 강남의 어부라 그런 것인지, 강가의 갈대꽃이 제일 좋습니다."

"신세는 잠시 맑고 한가하겠지만, 갈대는 원래 소리를 내는 풀이라 필시 낭자의 명성이 세상에 크게 드날릴 것이외다."

허부인이 설파에게 물었다.

"설파는 무슨 꽃을 좋아하오?"

그런데 설파는 질문의 뜻을 알아차리지 못했다. 그녀는 머리를 흔들고 눈썹을 찌푸리며 말했다.

"좋은 게 뭐 있나요? 세상일이란 게 늙어갈수록 더 괴롭기만 하죠."

연옥이 웃으면서 크게 소리를 질렀다.

"세상일을 말하지 마시고 꽃 이야기를 하세요."

그러자 설파가 웃으면서 말했다.

"유치한 말을 하지 마라. 의논하는 게 병이다. 남을 말하면 남도 네 말을 하게 되는 법이다."

연옥은 웃음을 참지 못하고 벽을 향해 돌아섰다. 설파도 웃으면서 말했다.

"직언은 언제나 이렇게 듣기 싫은 법이다."

이 말에 모든 사람들이 포복절도하며 넘어졌다. 허부인은
다시 아들 양창곡에게 물었다.

"우리 아들은 무슨 꽃을 사랑하는가?"

양창곡이 웃으면서 말했다.

"소자는 세상 온갖 꽃들이 다 좋습니다. 저는 봄바람에 나
비가 되어 이 꽃 저 꽃을 두루 다 보면서 사랑하지 않는 것이
없는 게 소원입니다. 그렇지만 그중에 우열이 있고 장단점이
있으니, 제가 평을 해보겠습니다. 연꽃은 밝고 약하여 규중 아
낙네의 본색이고, 모란은 화려하니 그 기상은 부귀한 재상 집
안의 어린 고명딸을 부귀한 재상가의 처로 삼는 듯합니다. 홍
매화는 한 해의 봄빛을 홀로 독점하면서 아름다운 태도와 농
염한 화장을 하고, 낮게 드리운 가지는 창 앞에서 그림자를 희
롱하며 높게 올라간 가지는 담장 머리를 엿보아 구경하는 사
람으로 하여금 애간장이 끊어지게 합니다. 수선화는 맑고 고
고하며 순결하여 맑은 향기가 문지방 밖으로 세어 나가지 않
으니 소자는 수선화의 담박함을 사랑하고 홍매화의 어여쁨을
미워합니다."

그러자 강남홍이 웃으면서 말했다.

"봄바람이 호탕하여 초목에 싹을 틔우니, 마땅히 어여쁜 색
을 토해 내어 천지간의 변화한 기운을 도와야 합니다. 어찌 소

슬하고 담박한 수선화를 본받아 방 안의 풍류로운 정으로 군
자의 은근한 사랑이나 돕겠습니까?"

허부인이 크게 웃으며 말했다.

"우리 아들이 강남홍을 비웃으려 하는데, 무슨 까닭에 예전
에 했던 말과 이렇게 차이가 나느냐? 내가 일찍이 옥련봉 아
래에 살 때, 너는 겨우 예닐곱 살이었다. 그때 뒷동산에 올라
가 친구들을 모아 놓고 꽃싸움을 할 때 하던 말로는, 이름난
꽃이 아니면 취하지 않겠다고 했다. 서호西湖 매화의 담박한
절개로 잠자는 듯한 모습의 해당화를 겸한 연후에야 바야흐
로 '이름난 꽃'이라 할 수 있을 것이다. 이 어찌 홍매화를 가리
키는 것이 아니겠느냐? 내가 보기에 아들이 평생토록 사랑하
는 것은 홍매화일 것이다."

그 말에 양창곡과 모든 사람들이 한바탕 웃었다. 한참 그렇
게 이야기를 하고 있는데, 갑자기 난간 아래에서 쟁그랑거리
는 소리가 들리더니 양현이 지팡이를 끌고 와서 미소를 지으
며 말했다.

"부인은 어찌 혼자 즐기시오?"

그러고는 담소를 나누는 내력을 물었다. 허부인이 일일이
말해 주니 양현이 웃으면서 말했다.

"모두 옳은 얘기요. 그 기상을 볼 수 있구려. 그런데, 부인은
무슨 꽃을 좋아하시오?"

허부인이 말했다.

"저는 본래 시골 늙은이입니다. 울타리 아래에 박을 심었다가 꽃을 감상하고 열매도 따니, 박꽃이 제일 좋더군요."

양현이 웃으면서 말했다.

"못난 늙은이라 말도 못났지만, 박은 본래 넝쿨이라서 복은 끝없이 이어지겠구려."

허부인이 말했다.

"그러면 상공께서는 무슨 꽃을 좋아하십니까?"

양현이 웃으며 말했다.

"우리 두 늙은이는 늘그막에 영화와 봉양이 지극하오. 아들과 여러 며느리들을 데리고 영화로움이 눈앞에 가득하니, 이는 쉽게 얻을 수 없는 기이한 꽃들이오. 인간 세상의 꽃들을 어찌 다 말할 필요가 있겠소?"

잠시 후 여러 며느리들이 술과 음식을 올렸다. 두 부인은 각각 본댁에서 준비해 올린 것이고, 강남홍은 난성부에서 준비해 왔으며, 벽성선은 연왕부에서 준비해 왔다. 모두 진수성찬이요 희귀한 음식이었다. 곧이어 날이 저물고 술기운이 얼큰하게 돌자 양현이 먼저 일어나며 말했다.

"불청객이 여기서 머뭇거리며 오래 머물러 앉아 있는 것은 부인과 여러 며느리들의 흥을 깨는 짓이지."

말을 마치자 즉시 그곳을 나갔다. 여러 사람들이 대청에서 내려가 배웅을 하고 다시 자기 자리로 돌아가 앉았다. 양창곡이 미소를 지으며 강남홍과 벽성선을 돌아보며 말했다.

"내가 들으니, 강남 지방 규방에는 음식을 잘 끓여서 맛있게 만드는 방법이 천하에 이름 높다고 했소. 그대들이 만약 민첩하게 할 수만 있다면 어찌 그 진귀한 음식으로 강남의 풍미를 드러내어 석양 무렵 술자리에서 다하지 못한 흥을 돕지 않는 게요?"

말을 마치기도 전에 벽성선이 미소를 지었다. 조금 뒤 소청이 백옥반白玉盤에 맛있는 농어를 실처럼 가늘게 회를 떠 왔는데 조금도 들쭉날쭉한 데가 없었다. 솜씨가 정묘하여 눈이 황홀했다. 양창곡이 크게 기뻐하면서 말했다.

"이것은 진정 제철이 아닌 음식이로구나. 강남 지방의 은설회銀雪膾가 아닌가! 내가 일찍이 들으니 은설회는 천하에 둘도 없는 진미라고 하더군요. 송강에서 잡은 농어와 병주並州의 연엽도蓮葉刀가 아니면 요리하기가 어렵다는데, 벽성선 낭자의 민첩한 기지가 이 정도였을 줄 누가 생각이나 했겠소?"

그러자 강남홍이 홀연 샐쭉하면서 윤부인에게 탄식했다.

"세상에 믿기 어려운 것은 적국의 간인이로군요. 제가 벽성선과 다 같은 청루의 천한 출신이라 지기로 교유하면서 고귀한 문중에 들어온 이래 조금도 투기하는 마음이 없었소. 그런데 오늘 자기 솜씨를 스스로 자랑하여 상공의 뜻에 부합하면서 저를 무안하게 만들 줄 어찌 생각이나 했겠습니까?"

말을 마치고 노기등등하자, 양창곡이 미소를 띠며 말했다.

"그대는 너무 노여워하지 마오. 우연히 벌어진 일을 어찌 마음을 두고 책망하는가."

벽성선이 부끄러워하며 변명했다.

"이것은 상공께서 강남홍 낭자의 모습을 보려고 저와 몰래 약속한 것입니다. 제가 어찌 이런 것을 할 수 있겠소?"

강남홍이 더욱 불쾌한 빛으로 말했다.

"제가 본디 명민하지 못한 사람이라, 상공의 뜻을 어찌 미리 알 수 있겠습니까? 다만 볼품없는 떡 하나를 남겨 놓았으니, 낭자는 역아易牙*와 같은 재주가 없다고 비웃지나 마시오."

강남홍이 연옥에게 가져오라고 하니, 연옥이 미소를 지으며 푸른 쟁반을 받들고 자리에 올렸다. 사람들이 모두 보니 청강연엽완靑剛蓮葉碗에 백여 송이 연꽃을 담은 것이었다. 하나하나가 모두 봉오리를 터뜨렸으니, 기이한 재주와 영롱한 솜씨는 형용하기 어려웠다. 윤부인이 미소를 지으며 시어머니 허부인에게 말했다.

"이것이 바로 강남 지방의 연자병蓮子餠입니다. 예전에 아버님을 따라 항주에 갔을 때 이 떡을 먹어 본 적이 있었는데, 만드는 방법이 너무도 공교로워서 강남 사람들도 다 알지 못했습니다."

허부인이 칭찬하면서 강남홍을 돌아보고 만드는 방법을 묻자 이렇게 대답했다.

* 제나라 환공을 모신 환관으로, 음식을 담당했다.

"이것은 연실蓮實로 만드는 것입니다. 연실을 가늘게 가루로 만들어 설탕물에 넣고 석류수石榴水와 섞은 뒤 수없이 방망이질을 합니다. 그것을 연잎 모양으로 떡을 만들어 백옥 시루에 넣고 백단향을 땔감으로 이용하여 쪄 냅니다. 잘 안 되었을 때는 열 송이 중에 한 송이도 제대로 얻기가 어렵습니다."

허부인이 몇 송이를 맛보더니 계속 칭찬하면서 말했다.

"이 떡은 여자들만 먹을 게 아니로구나."

그녀는 양창곡에게 주면서 양현에게 나누어 보내도록 했다. 그리고 주변의 여러 며느리들과 시비들에게 몇 송이씩 나누어 주었다. 여러 시비들은 각각 한 송이씩을 가지고 꽃숲 속으로 흩어져 제각기 떠들면서 맛을 감상하면서 서로 애지중지했다. 그 정경은 마치 8월 남포에서 오나라 월나라 아가씨들이 연밥을 따는 것과 흡사했다. 윤부인이 양창곡을 보면서 말했다.

"상공께서 부질없이 강남홍 낭자를 놀리시더니, 도리어 웃음거리가 되셨네요."

허부인이 웃으면서 무슨 말인지 묻자 양창곡이 대답했다.

"강남홍은 당돌하여 호승심好勝心이 있고, 벽성선은 나약하여 겸양하는 버릇이 너무 지나칩니다. 그래서 소자가 벽성선과 미리 약속을 하고 강남홍이 머쓱해하는 모습을 보려고 했는데, 도리어 낭패를 당했습니다."

강남홍이 웃으면서 말했다.

"상공께서 비록 백만대군 중에서 지략이 뛰어나시지만, 홍혼탈의 잔꾀는 못 당하실 겁니다. 제가 어찌 그런 기미를 알아차리지 못하겠습니까?"

그 말에 양창곡 또한 크게 웃었다. 강남홍이 벽성선을 보고 말했다.

"오늘 이 자리에서 우리가 위아래 할 것 없이 함께 즐기는데, 오직 한 사람만이 무료하고 적막하게 있으니 어찌 민망하지 않겠소?"

벽성선이 웃으면서 방으로 들어가더니 일지련의 손을 잡고 나와서 자리를 정하여 앉힌 뒤에, 그녀에게 말했다.

"일지련 낭자는 화살과 돌이 쏟아지는 바람 먼지 속에서 갑옷과 투구를 차려입고 횡행하다가, 만리 떨어진 곳으로 지기를 따라왔지요. 웬만한 남자들도 감당하지 못할 일입니다. 그런데 오늘 어찌하여 이렇게 부끄러워하나요? 낭자가 만약 나를 소원하게 여기지 않는다면 반드시 옛 친구의 술 한 잔을 사양하지 않을 거요."

일지련이 끝내 양창곡이 그 자리에 있는 것 때문에 부끄러워하면서 대꾸를 하지 않자, 벽성선이 얼굴빛을 바꾸면서 말했다.

"이 자리에 특별히 외부 사람이 없는데도 낭자가 이처럼 부끄러워하니, 이는 필시 나를 꺼리는 모양이구려. 제가 마땅히 자리를 피하여, 일지련 낭자가 서먹서먹 부끄러워하는 모습이 없도록 해주겠소."

그러자 일지련이 웃으며 말했다.

"제가 만리타국에서 친척 한 사람 없는 처지라, 외부 사람이라고 한다면 여기 계신 모든 분들이 제게는 외부 사람입니다. 어찌 낭자만을 꺼리겠습니까?"

벽성선이 차갑게 웃으면서 말했다.

"낭자의 말은 진실이 아니네요. 낭자는 오늘 이 자리를 한 번 둘러보세요. 시어머님께서 지금 늘그막에 무료하기 그지없으셔서, 젊은 사람들과 허물없이 시간을 보내려 하시는 자리니 조금도 부끄러워할 이유가 없지요. 다음으로 두 분 부인께서 계신다지만, 낭자는 이미 이 집안에 머무르면서 주객의 정은 이미 같은 집안 식구와 같습니다. 그러니 부끄러워할 게 없어요. 강남홍 낭자는 일지련 낭자와 뜻과 의기가 상통하니 더더욱 부끄러워할 것이 없을 겁니다. 또한 연왕 상공께서 이 자리에 계시지만 낭자는 일찍이 항복한 장수로서 상공 휘하에 굴복하여 한바탕 부끄러운 상황을 겪었으니 어찌 더 부끄러워할 게 남았겠소? 오직 이 벽성선만이 뜻과 의기가 합쳐지지 않았고 마음의 깊이를 몰라서 속마음을 털어놓고 싶지 않은 겁니다. 첩이 어찌 이 자리에 오래 앉아서 일지련 낭자의 괴로운 손님 노릇을 하겠어요?"

그 말에 일지련은 웃으면서 술잔을 받아 마셨다. 그러자 강남홍이 토라지면서 말했다.

"낭자는 이 홍혼탈과 만리 밖 바람 먼지의 전쟁터에서 동고동락하면서도 오히려 조금도 마음을 터놓고 술 한잔 하지 않았소. 그런데 오늘 어떤 사람은 처음 만났는데도 옛날부터 알고 있는 것처럼 이렇게 다정하게 구는 거요?"

일지련이 웃으며 말했다.

"낭자는 일찍이 찬 술 한 잔 권한 적도 없으시면서 저 보고 마시지 않는다고 책망만 하시는군요?"

강남홍이 미소를 지으며 큰 잔에 가득 술을 따라서 권하니, 일지련은 사양치 않고 연이어 마셨다. 이는 일지련이 원래 남들보다 주량이 큰 까닭이었다. 양창곡이 미소를 지으며 윤부인에게 말했다.

"나는 결국 외부 사람이라 체면을 차려야 하지만, 두 부인은 주인인데 오신 스스로 찾아온 손님에게 술 한 잔 권하지 않는 거요?"

두 사람이 차례로 권하니 일지련은 연거푸 석 잔을 마셨다. 기상은 활발해지고 두 눈에는 봄빛이 농염하여, 마치 북숭아꽃이 저녁비에 촉촉이 젖은 듯했다. 벽성선이 깊이 바라보다가 사랑스럽다는 듯이 그녀의 손을 잡고 웃으며 말했다.

"친구 사이에 자기 마음을 알아주는 지기가 귀중한 것은 마음을 속이지 않기 때문이지요. 낭자가 이 집에 오래 있었지만 한 번도 술을 나누는 즐거움이 없었어요. 내 이미 친구의 속마음을 알지 못하는 터에, 친구가 어찌 내 마음을 환히 알아차리겠소?"

일지련이 슬픈 빛으로 말했다.

"제 천성이 질박해서 말로 제 마음을 드러내지 못한답니다. 오늘 풍광이 이처럼 너무도 아름답고, 지기가 자리에 가득하니, 제가 한 곡 연주하여 위로는 대부인 마님의 즐거움을 돕고 아래로는 여러 친구들에게 마음을 터놓으렵니다."

벽성선은 일찍이 일지련의 음악적 재능을 알지 못하다가, 이 말을 듣고 크게 기뻐하면서 말했다.

"낭자는 무슨 음악을 알고 있소?"

일지련이 웃으면서 대답했다.

"오랑캐 땅에 어찌 여러 음악이 있겠습니까? 다만 야랑夜郎 노강 흐르는 물이 소상강 동정호洞庭湖로 통하기 때문에, 상령보슬湘靈寶瑟* 한 분파가 전해 옵니다. 첩이 일찍이 25현 몇 곡을 배운 적이 있습니다. 이 자리에 한번 웃을 거리를 마련하고자 합니다."

벽성선이 소청에게 보슬을 가져오라고 명하여 일지련에게 주었다. 일지련은 옥 같은 손으로 줄을 고르더니 만가蠻歌 3장을 노래했다.

---

* 순임금의 두 왕비가 순임금이 죽었다는 소식을 듣고, 소상강가에서 보슬을 연주하며 눈물을 흘리다 물에 몸을 던진 일에서 유래한 말이다.

풀 한 포기 나지 않는 땅	地不毛兮
바닷물결 날리고	海波揚
촉룡이 싸우니	燭龍鬪兮
불 같은 구름 일어난다	火雲興
하늘 끝에 의지해 북두성을 바라보매	依天涯而望北斗
그곳이 바로 황제의 성	是帝鄕

백룡은 뒤에 있고	白龍在後兮
붉은 범은 앞에 있다	赤豹在前
만왕을 따라 사냥하니	從蠻王而野獵兮
뱁새들 요란스레 지껄인다	鴂舌喧
눈썹 찌푸리며 즐거워하지 않으니	皺蛾眉而不樂兮
혼백이 사라지는 듯하다	欲消魂

가을바람 일어나니	秋風起兮
외기러기 한 마리 날아간다	一雁飛
그대를 따라 중국 땅에 노닐며	從之子而遊上國兮
부모님 생각에 눈물은 옷깃 적신다	思爺孃而淚沾衣
부모님은 자식을 그리워하시는데	爺孃兮思兒兮
자식은 누구 때문에 돌아감을 잊었나	兒爲誰而忘歸

노래의 곡조가 슬프고 강개하여 원망하는 듯 하소연하는

듯했고, 듣는 사람으로 하여금 슬픈 모습으로 감격하게 만들었기에, 일지련의 연주가 끝나자 벽성선이 개연히 슬퍼 눈물을 머금고 일지련의 손을 잡고 말했다.

"운금雲錦은 서촉西蜀 지역의 비단이요, 공작은 남방의 새요. 그 땅이 서로 멀리 떨어져 있어서 본색을 속이지 못하지요. 일지련 낭자의 아름다운 재주로 자신을 알아주는 사람을 만나지 못했다는 탄식이 어찌 이 정도였을까!"

그녀는 즉시 거문고를 가져오라고 명하더니, 한 곡을 연주하여 화답했다. 이 곡은 바로 종자기의 「아양곡」이었다. 그 소리가 질탕하면서도 화락하여 듣는 사람들이 모두 기뻐하며 인간 세상의 번뇌가 거의 사라지는 듯한 느낌을 받게 했다. 강남홍이 기쁘게 웃으면서 자리에 놓여 있던 피리를 들더니 「유선사」遊仙詞를 불어서 화답했다. 때마침 석양이 산에 걸리고 꽃 그림자가 어지러운 참이었다. 양창곡과 세 낭자들이 모두 살짝 취기가 돌아 한꺼번에 음악을 연주했다. 양창곡의 옥 같은 얼굴은 취한 빛으로 봄바람이 화창하고, 세 낭자의 달 같고 꽃 같은 모습은 꽃빛을 시기하는 듯했다. 청아한 피리와 서늘한 거문고가 질탕하게 서로 조화를 이루니, 늦봄 풍광이 상춘원 안으로 모두 들어와 있는 듯했다.

날이 저물어 잔치자리가 끝나자 허부인은 기쁨과 즐거움을 이기지 못하고 세 낭자를 돌아보며 말했다.

"오늘은 내가 시간을 잘 보냈구나."

각기 자신의 침소로 돌아갈 적에 허부인이 양창곡에게 말했다.

"내가 오늘 일지련 낭자를 자세히 보니 얼굴이 정말 예쁠뿐만 아니라 출중한 무예와 민첩한 생각, 활발한 기상이 보통 인물이 아니고, 강남홍과 비슷하더구나. 너는 장차 어떻게 하려느냐?"

양창곡이 웃으면서 대답했다.

"소자가 방탕하여 만리 외딴곳에서 공연히 데려왔는데, 어찌 다른 가문으로 보내겠습니까마는, 아무리 생각해도 세 명의 첩실은 지나치기 때문에 감히 부모님께 말씀드리지 못했습니다."

허부인이 웃으며 말했다.

"조금 전 네 아버지에게 말씀을 드렸더니, '나이 어린 아이의 여러 첩실들은 부모 입장에서는 바라는 바가 아니지만, 일이 이 지경에 이르렀으니 빨리 수습하여 일지련으로 하여금 억울한 탄식이 없도록 하라'고 하시더라. 너는 빨리 도모하도록 해라."

양창곡이 알겠노라 대답하고 물러났다. 강남홍의 침소로 가니 연옥이 아뢰었다.

"낭자가 조금 전에 일지련 낭자를 찾아간다면서 중향각으로 향해 떠났습니다."

양창곡이 즉시 벽성선의 침소로 가니, 그녀는 취한 술이 아직 깨지 않아서 촛불 아래 책상에 기대어 잠이 들어 있었다. 양창곡이 웃으면서 말했다.

"낭자는 세 잔 술에 아직도 취해 있단 말인가?"

벽성선이 놀라서 맞이하자, 양창곡이 말했다.

"오늘의 놀이는 즐거웠소?"

벽성선이 얼굴빛을 고치면서 말했다.

"사람 마음이 다르고 처지도 다르니, 꽃을 보고 웃는 사람도 있고 꽃을 보고 우는 사람도 있는 법입니다. 상공은 어찌 오늘의 놀이에 여러 사람은 즐거웠지만 한 사람은 슬펐다는 사실을 모르십니까?"

양창곡이 놀라서 물었다.

"슬펐던 사람은 누구요?"

벽성선은 어떻게 대답할 것인가. 다음 회를 보시라.

제46회

중향각에서 양창곡은 잔치를 주관하고,
매화원에서 세 낭자는 결의자매를 맺다

衆香閣燕王主宴 梅花院諸娘結義

벽성선이 연왕에게 대답했다.

"그 사람은 저를 알아주지만 저는 그 사람을 몰라본다면 어떻습니까?"

"그것은 안 될 일이오."

"임금이 문벌로 신하를 선택하면서 그 사람의 재주와 덕을 묻지 않는다면 어떻습니까?"

"그 또한 안 될 일이오."

벽성선이 분개하여 말했다.

"일지련은 둘도 없는 인물이며 정말 뛰어난 절색입니다. 만리타국에 부모를 떠나서 상공을 따라온 것은 상공의 풍채를 사모했기 때문이며 지기를 믿었기 때문입니다. 규방에 거처한 지 몇 해가 지났건만 끝내 주저하면서 거두어들이지 않는다면 이는 필시 오랑캐 출신이라는 점을 저어해서입니다. 일지련은 상공을 알아보았는데 상공은 일지련을 몰라보시는 게 아니겠습니까? 임금이 문벌로 신하를 선택하면서 그 사람의 재주와 덕을 묻지 않는 것과 무엇이 다르겠습니까? 첩이 오늘 잔치자리에서 보니, 모든 사람들이 취하여 즐거워하는데 일지련 한 사람만은 슬프고 처량하여 자신을 알아주는 사람을 만나지 못한 것에 대한 탄식이 있었습니다. 상공께서 어찌 모르십니까?"

양창곡이 미소를 지으며 말했다.

"일지련이 강남홍을 남자로 알고 그 뒤를 따라온 것이지 어찌 나를 사모해서라 하겠소?"

벽성선이 탄식하며 말했다.

"세상에 사람을 알아보는 것이 이렇게도 어렵군요. 상공의 밝은 눈으로도 일지련의 마음을 이렇게 모르실 수 있습니까? 일지련같이 뛰어난 총명함으로 어찌 남녀를 분간하지 못하고 자신의 평생을 의탁했겠습니까? 그러므로 오늘 잔치에 만가 3장으로 본심을 하소연한 겁니다. 초장에서는 자기 처지를 슬퍼한 것이고, 중장에서는 속마음을 토로했으며, 종장에서는 자기를 알아주는 사람을 만나지 못한 안타까움을 탄식한 것입니다. 제가 그 마음을 위로하려고 「아양곡」으로 지기를 만난 것을 축하했던 것이고, 강남홍은 평생 함께 살고 싶었기 때문에 「유선사」로 자기 생각을 한가롭게 보인 것입니다. 상공께서는 다시 심사숙고하셔서 조화로운 기운을 손상시키는 일이 없도록 하십시오."

양창곡이 웃으며 대답하지 않았다.

한편, 강남홍은 다시 일지련의 침소를 찾아 중향각으로 갔다. 때는 해가 서산에 떨어지고 동쪽 고개에 달이 떠올라 은은히 비추는 달빛이 꽃그림자를 바꾸면서 난간 머리에 길게 드리우고 있었다. 일지련은 상춘원에서 마신 술로 노곤한 몸을 이기지 못하고 달빛 아래에서 꽃구경을 하다가 난간에 기대어 취기로 잠에 빠져 있었다. 강남홍이 몰래 살펴보니 복숭아꽃 같은 두 뺨에 붉은빛이 가득하여 봄빛이 농염하고, 아름다운 눈썹에 풍류로운 정이 드러나 있었다. 그 가운데 수색愁色이 은은히 보이면서 눈물 흔적이 마르지 않아 얼굴에 바른 분은 얼룩이 졌고 비단 적삼은 살짝 젖어 있는 것이었다. 강남홍이 미소를 지으며 크게 소리쳤다.

"일지련 낭자는 밝은 달을 마주하고 잠을 자지 말라!"

일지련이 깜짝 놀라며 비단 적삼을 수습하고 사죄하며 말했다.

"첩이 나이 어린 탓에 여러 부인들께서 강권하시는 것을 거절하지 못하고 이렇게 취해서 거꾸러지는 지경에 이르렀으니, 너무도 부끄럽습니다."

강남홍이 웃으면서 말했다.

"인생 백년이 풀잎의 이슬과 같은데, 취하지 않고 어찌하겠는가?"

그들은 함께 난간에 기대어 달을 완상하고 꽃구경을 했다. 강남홍이 웃으면서 일지련을 보고 말했다.

"하늘의 둥근 달이 초승달과 비교하면 어떤 것 같소? 아침 해에 반쯤 피어난 꽃을 석양 무렵에 활짝 핀 꽃과 비교하면, 어느 꽃이 더 사랑스럽소?"

일지련이 미소를 지으며 말했다.

"저는 반달이나 반쯤 핀 꽃이 너무 사랑스럽습니다."

강남홍이 웃으며 말했다.

"이는 사람들이 모두 사랑하는 것이지만, 꽃이 어찌 오랫동안 반쯤 피어 있을 것이며 달이 어찌 오랫동안 반달인 채로 있겠소? 석 달 봄철 누리는 즐거움이 만약 그 시기를 잃는다면 홍안백발紅顔白髮이 쉽게 사람을 속일 것이오. 낭자가 지금 적막한 후원에서 홀로 중향각을 지키고 있으니, 어찌 아득한 수심이 없겠소?"

일지련이 부끄러움을 머금고 대답을 하지 않았다. 그러자 강남홍이 일지련의 손을 잡고 말했다.

"낭자가 만리 외딴곳에 부모님을 이별하고 친척을 버리고 중국으로 온 뜻을 내 어찌 모르겠소? 지금 마침 조용하니 속마음을 속이지 말고 생각을 시원하게 말해서, 백년가약을 그르치지 마시오."

일지련이 얼굴 가득 붉은빛을 띠더니 고개를 숙이고 한참 생각하다가 말했다.

"낭자께서 이미 제 마음을 아신다고 하면서 다시 제게 물으시다니, 어찌 저를 이리도 핍박하시는 겁니까?"

강남홍이 웃으면서 말했다.

"그렇다면 내가 낭자의 생각을 알겠소. 내가 장차 연왕께 천거하려 하니, 그대 뜻은 어떻소?"

일지련이 더욱 부끄러워하면서 대답하지 못했다. 강남홍이 또 말했다.

"낭자가 끝내 나를 이렇게 서먹서먹하게 대하는구려. 혼인은 인륜지대사라, 낭자 평생의 괴로움과 즐거움이 모두 여기에 달렸지요. 낭자가 이미 부모님과 이별했으니 달리 알릴 곳이 없거늘, 어찌하여 낭자의 말 한마디 듣지 않고 내가 마음대로 처리하겠소?"

일지련이 자연스럽게 말했다.

"첩의 마음이 또한 낭자의 마음입니다. 첩이 비록 오랑캐 나라에서 성장했지만 규중 처자의 몸으로 낭자를 따라 이곳으로 온 것은 장차 저의 일생을 의탁하여 생사고락을 낭자와 함께하려는 것이었습니다. 무슨 다른 말이 있겠습니까? 그러나 세 가지 약속한 바가 있으니, 낭자께서는 헤아려 주십시오. 우선, 연왕께서 만약 제 마음을 모르시고 저의 미모만을 취하시는 것이라면 안 될 말씀입니다. 둘째, 제 처지를 가련하게 여기셔서 억지로 거두어 주시는 것이라면 안 될 일입니다. 셋째, 주변 사람들이 힘써 권하여 마지못해 그 말을 좇는 것이라면 안 됩니다. 이 세 가지 중에서 만약 한 가지라도 걸리면, 저는 영천顒川 물에 귀를 씻고 노중련魯仲連*의 동해를 밟을지언정 구차하게 살아가려 하지 않을 겁니다."

강남홍이 감탄하며 곧바로 윤부인의 침소로 갔다. 마침 그곳에는 양창곡도 함께 자리하고 있었다. 양창곡이 정색을 하면서 말했다.

"요즘 그대 기색을 보니 쉴 틈 없이 분주하여 한곳에 편히 앉아 있지를 못하니, 무슨 좋은 일이라도 있소?"

강남홍이 말했다.

"제가 좋은 일이면 당연히 상공에게도 좋은 일입니다. 어찌 숨기겠습니까? 진주가 진흙 속에 묻혀 있고 이름난 꽃이 측간 속으로 떨어져 있는 것은 옛사람들이 애석하여 탄식한 바입니다. 제가 일지련을 잠깐 보니 진주요, 이름난 꽃입니다. 오랑캐 땅에서 헛되이 늙을 것이 아까워서 그녀를 거두어 함께 온 것은 상공께서도 아시는 바입니다. 만리타국에 그 처지가 불안하여 도리어 제가 걱정됩니다. 상공께서 만약 옆에 두신다면 그 민첩한 자질로 시중을 들면서 남편을 받드는 것은 저

---

* 제나라 선비인데, 조나라의 평원군에게 의탁하여 살았다. 조나라가 진나라에게 포위되어 위태롭게 되자 그 위기에서 구해 주었다. 평원군이 봉지를 내리려 했지만 결단코 거부하며 받지 않고 그곳을 떠나 다시는 찾지 않았다고 한다. 왜 진나라에 포위되어 있으면서도 떠나지 않느냐는 물음에, 진나라같이 포악하고 예가 없는 나라의 백성이 되느니 차라리 동해에 빠져 죽는게 낫다고 대답했다.

희들이 훨씬 못 미칠 겁니다."

양창곡이 이 말을 듣고 윤부인을 돌아보며 말했다.

"여자의 투기는 진실로 아름다운 일은 아니오. 그러나 남편을 위해 아름다운 여인을 천거하는 것 또한 온당치 못하오. 이어찌 강남홍의 본뜻이겠소?"

그러자 강남홍이 분개하면서 탄식했다.

"제가 비록 불민하지만 방탕한 일로 상공의 맑은 덕을 손상시킨 바 없습니다. 그런데 상공의 말씀이 과연 이러하시다면 이 또한 일지련이 원하는 바가 아닙니다."

양창곡이 다시 미소를 지으며 말했다.

"일지련 낭자가 바라는 것이 무엇이오?"

강남홍이 말했다.

"일지련의 말에 의하면, 상공께서 자기 마음을 모르시고 단지 어여쁜 모습만을 취하신다면 그것은 바라는 바가 아니며, 자기 처지를 가련하게 여기셔서 억지로 거두어 주신다면 자기가 바라는 바가 아니며, 주변 사람들이 힘써 권하여 마지못해 따르시는 것이라면 그 또한 자기가 바라는 바가 아니라고 했습니다. 이 세 가지 중에 만약 한 가지라도 걸리는 점이 있다면 노중련의 동해를 밟고 영천 물에 귀를 씻을지언정 구차하게 목숨을 빌지는 않겠노라고 했습니다."

양창곡이 웃으며 말했다.

"일지련 낭자의 말이 비록 활달하긴 하지만 마음을 아는 사람이 몇이나 되겠소? 내가 원래 여색이나 풍류에 담담한 사람이 아니오. 만리타국에서 절세미인을 데리고 와서 어찌 차마 남의 문중에 시집보내겠소? 이미 부모님께 아뢰고 내 마음을 정했소. 그대는 매파 역할을 하고 있으니, 빨리 아름다운 인연을 맺을 약속을 만들어 주시오."

강남홍이 슬픈 빛으로 대답하지 않고, 윤부인에게 말했다.

"세상에 저처럼 아무 생각 없는 사람도 없을 거예요. 남편의 첩실을 구해서 정성을 다 바치려 하다가 도리어 무정하다는 책망을 받다니, 괜히 번잡한 일을 한다 생각이 드네요."

양창곡이 웃으며 말했다.

"당신이 정성을 바친 것이 어찌 오늘뿐이오? 이 자리에 있는 우리 윤부인도 낭자가 정성을 다 바치는 바람에 결혼하게 된 것이지요. 낭자는 지나치게 고민하지 말고 시작을 했으면 끝을 잘 맺어 보시오."

강남홍이 대답했다.

"나이가 다 된 규수와 늙은 신랑이 아름다운 기약을 손꼽아 고심하여 기다릴 터이니, 어찌 느긋하게 예식을 이루겠습니까? 지금은 3월 아름다운 계절이요, 중순은 복덕이 넘치는 날이니, 이날 초례를 치르시지요."

양창곡이 흔쾌히 응낙하며 말했다.

"이번이 나의 마지막 혼사요. 그대들은 무엇으로 부조를 하시려오?"

윤부인과 황소저는 의복을 담당하여 봉황과 원앙이 수놓인 비단으로 섬세하고 부드러워 사치스러운 물건을 만들었고, 강남홍과 벽성선은 진귀한 음식을 준비했다.

이때 양창곡이 일지련과 혼인을 하게 되자 소문이 파다하게 나서 천자와 황태후가 각각 아름다운 비단과 여러 물건을 하사했으며, 조정의 모든 관료들이 구름처럼 모여들어 분분히 축하했다. 눈길 한 번 돌리는 사이에 길일이 닥쳐서 중향각에는 잔치가 벌어졌다. 양창곡은 오사모에 붉은 도포를 입고 초례를 행했다. 일지련은 비단 적삼에 화관을 쓰고 초례청으로 나왔다. 이때 황성에서 웬만큼 좋은 집안 시비들과 여종들, 평민 부녀들이 골목을 가득 미어터져라 찾아와서 구경하느라고 인산인해를 이루었다. 젊은 양창곡의 풍채와 아름답기 그지없는 일지련의 자질을 모든 사람들이 칭송했다.

강남홍이 술잔을 들어 양창곡에게 권하면서 말했다.

"날짜와 시간이 길하고 좋은데 새 사람을 맞이하시니, 상공께서는 이 술잔을 받으시어 백년해로하시고 부귀를 누리시며 아들을 많이 낳으실 것이며, 새로운 정은 옛날과 같고 옛정은 새로운 듯하소서."

양창곡이 술을 마시고 웃으면서 말했다.

"그대는 다른 사람의 합환주를 핑계로 자기의 합환주를 만드는구려."

이 말에 모든 사람들이 크게 웃었다. 강남홍이 다시 잔을 들어 일지련에게 권하면서 말했다.

"낭자는 이 술을 받으시어 군자를 모시고 백년해로하시되, 청춘의 아름다운 얼굴을 오랫동안 간직하시오. 이 몸처럼 늙었다고 박대당하지 않도록 조심하세요."

그러자 또 자리에 앉았던 사람들이 모두 크게 웃었다. 초례가 끝나자 양창곡은 강남홍과 벽성선에게 일지련을 데리고 가서 시부모님을 뵙도록 했다. 양현과 허부인은 크게 웃으면서 앉으라고 권하더니, 총명하고 지혜로운 자질과 어린 모습을 너무도 애지중지하여 기쁜 마음을 이기지 못했다.

그날 밤 양창곡은 중향각에서 화촉을 밝히면서 두 낭자를 머무르게 하여 신부를 위로하도록 하고 즉시 부모님께 저녁 인사를 올리러 갔다. 일지련은 두 낭자를 마주하더니 갑자기 눈물을 글썽이며 슬픈 빛을 띠었다. 강남홍이 물었다.

"낭자는 무슨 생각 때문에 이렇게 슬퍼하나요?"

"오랑캐 땅 사람이 중국에 손님으로 왔다가 장차 군자의 문중에 이 몸을 의탁하려 하니, 비록 남은 한은 없지만 부모친척을 멀리 이별하여 소식은 끊어졌습니다. 하물며 혼인은 인륜대사인데 부모님께 고하지도 않고 저 스스로 주관을 하니, 자연히 신세를 돌아보며 슬픔을 이기지 못하는 것입니다."

강남홍 역시 슬픈 빛으로 일지련의 손을 잡고 탄식했다.

"저 또한 부모님께서 길러 주신 은혜를 모른답니다. 오늘 밤 이 자리에 우리 세 사람의 처지나 신세가 너무도 비슷하군요. 게다가 같은 남편을 모시며 평생을 기약했으니 영화와 몰락, 근심과 즐거움이 어찌 다르겠소? 마땅히 술을 가지고 달빛 아래에서 유비, 관우, 장비 세 사람의 도원결의를 모방하여 우리도 맹세를 합시다. 어떻게 생각하시오?"

벽성선과 일지련이 동시에 응낙했다. 강남홍은 즉시 술 한 병을 가지고 달을 향하여 각각 술 한 잔씩을 들고 마음속으로 축원했다.

'천첩 강남홍은 나이 열여덟 살이요, 항주 사람입니다. 천첩 벽성선은 열일곱 살이요, 강주 사람입니다. 천첩 일지련은 나이 열다섯 살이요, 남방 사람입니다. 우리가 동시에 합장하고 향을 올리며 월광보살月光菩薩님께 축원하나이다. 우리 세 사람이 고향도 다르고 성도 다르지만 한마음으로 한 사람을 섬기면서 생사고락을 함께할 것을 맹세합니다. 이후에 만약 다른 마음을 먹는 사람이 있다면 한 조각 밝은 달이 거울처럼 밝게 비추실 것입니다.'

세 사람은 축원을 마친 뒤 꽃숲 사이에서 땅에 술을 부어 제사를 올리고 동시에 합장하여 두 번 절을 한 뒤 손을 잡고 돌아갔다. 강남홍이 두 낭자를 보고 탄식했다.

"우리가 만약 인간 세상의 인연을 끝내고 천상의 신선 세계에서 다시 만나게 되더라도 오늘 밤의 맹세를 잊지 맙시다."

이들은 낭랑하게 담소를 나누면서 옥노리개를 짤랑거리고 신발을 끌면서 산책을 했다. 그런데 갑자기 화원 뒤에서 담소하는 소리가 들렸다. 강남홍이 발걸음을 멈추고 조용히 들어 보니, 소청과 연옥이 꽃숲 속에 앉아서 서로 손을 잡고 연옥이 소청에게 달을 가리키며 말하는 것이었다.

"소청아. 꽃에 비치는 달빛을 좀 봐. 봄빛을 헛되이 보낸다는 것을 모르고 있었는데, 오늘 밤 달빛이 두 배나 더 아름답구나. 내가 예전에는 달을 마주하면 정신이 쾌활해졌는데 오늘은 밝은 달을 마주해도 아무 이유 없이 슬프구나. 꼭 사랑하는 사람을 이별한 것 같아. 무슨 까닭일까?"

소청이 생각에 잠겼다가 말했다.

"나는 달밤을 당하면 자연히 마음이 흔들려서 뒤척뒤척 잠을 이루지 못하는데, 이건 무슨 병일까?"

연옥이 미소를 지으며 말했다.

"세상에서 하는 말에 '사람이 죽으면 반드시 다음 생이 있다'고 하더라. 너는 다음 생에 바라는 게 뭐니? 높은 가문 좋은 집에 왕후의 부인이 되는 거니, 아니면 청루의 이름난 기생이 되어 풍류남자를 마음껏 선택하여 평생토록 총애를 받는 애첩이 되는 것이니? 네 생각을 좀 말해 보렴."

소청이 웃으면서 말했다.

"네가 먼저 말해 봐라. 나는 일지런 낭자의 팔자가 부럽다."

연옥이 또 웃으면서 말했다.

"네가 오늘 일지런 낭자의 초례를 보면서 마음속으로 부러워했구나. 네가 우리 낭자를 몰라서 그러는 거다. 육례六禮를 갖추어 혼례를 치르는 것은 사람의 일상적인 일이다. 그런데 우리 낭자는 상공을 만났을 때 그리워하는 마음과 오묘한 수단으로 특별히 농락하여, 압강정 잔치자리에서 노래와 춤으로 아름다운 약속을 정했다. 그러고는 달빛 아래 남자의 옷을 입고 시율詩律로 화답했으니, 그 은근한 정과 무궁한 운치는 듣는 사람으로 하여금 혼백이 사라지게 하고 애간장을 끊게 한단다. 이 어찌 재자가인의 소원이 아니겠냐? 내 소원은 이 정도다."

말을 마치고 연옥은 깔깔거리며 웃었다. 이 말을 엿듣던 강남홍이 벽성선을 보며 말했다.

"소청과 연옥 두 아이의 말이 정말 기생의 말이지만, 달을 보며 하는 탄식이 짙은 봄빛을 재촉하니, 어쩌면 좋겠소?"

벽성선이 미소를 지으며 말했다.

"마달 장군이 소청에게 마음이 있고, 동초 장군이 일찍이 연옥에게 수작 부린 적이 있으니, 이렇게 하는 게 어떨까요?"

강남홍이 미소를 지었다. 이때 양창곡은 부모님께 인사를 마치고 나서 중향각에 이르렀다. 주렴과 은빛 병풍에 부용을 새긴 비단 장막이 사방에 첩첩했다. 향 연기는 몽롱한데 화촉 하나가 켜져 있었고 백옥침상 위에는 원앙금침이 깔려 있었다. 그러나 세 낭자는 간 곳이 없어서, 종에게 물으니 이렇게 대답했다.

"두 분 낭자께서 일지련 낭자와 후원에서 달구경을 하고 있습니다."

양창곡이 미소를 지으며 후원으로 갔다. 달빛이 환히 비치는데 꽃그림자는 땅에 가득하다. 향기는 사람을 감싸고 쟁그랑거리는 옥노리개 소리가 꽃 사이에서 들려왔다. 양창곡이 걸음을 멈추고 바라보니, 세 낭자가 서로 손을 잡고 무언가 재미있게 이야기하는 소리가 끊이지 않았다. 수놓은 신발과 비단 버선으로 달빛을 밟으며 오다가 숲 사이에 양창곡이 서 있는 것을 보더니 놀라서 서로 잡고 있던 손을 놓고 낭랑하게 서로 웃음을 터뜨렸다. 양창곡이 웃으며 말했다.

"오늘 밤 달빛은 오로지 낭자들을 위하여 이토록 밝구려."

강남홍이 대답했다.

"지기가 서로 만나 각각 속마음을 이야기하다가 상공의 화촉을 밝히는 시간에 늦는 걸 깨닫지 못했습니다."

양창곡이 꽃숲 속에 기쁘게 앉더니, 소청과 연옥에게 술을 가져오도록 하여 각각 몇 잔씩 마셨다. 양창곡이 일지련에게 잔을 올리도록 하니, 강남홍이 벽성선을 보고는 탄식하며 말했다.

"사람 마음이 새로운 것을 좋아하는지라, 달도 반달을 사랑하고 꽃도 처음 핀 것을 사랑하는 법이오. 우리는 오래된 것들이라, 다만 술잔이나 돌리고 배나 채울 뿐이니 어찌 감히 잔을 들어 술잔을 올려 군자의 특별한 은총을 받겠소?"

일지련이 부끄러움을 이기지 못하여 붉은 기운이 얼굴에

가득했다. 양창곡이 미소를 지으며 말했다.

"강남홍은 신부를 너무 심하게 놀리지 마시오."

잠시 후 밤이 깊자 모두들 취했다. 양창곡이 몸을 일으키며 말했다.

"신부가 이제 겨우 초례를 마쳤으니, 어찌 피곤하지 않겠소? 화촉 아래에서 내 마땅히 조용하게 술잔을 나눠야겠소."

강남홍이 고했다.

"밤도 깊고 술도 얼큰하게 취했으니, 몸을 보중하시어 즉시 취침하십시오. 저희들은 각각 저희 침소로 돌아가겠습니다."

그들은 각각 자기 방으로 흩어졌다. 양창곡은 일지련의 손을 잡고 중향각으로 돌아가 휘장을 내리고 촛불을 돋운 다음 침상으로 갔다. 옥을 감싸안으니 향을 품어 난만한 풍정이 뭉게뭉게 서리는 것이다. 양창곡이 말했다.

"낭자는 만왕의 작은 딸이고 나는 여남의 백성이오. 만리 밖 하늘 끝에 부평초 같은 인연은 하늘이 정하지 않은 것이 없소. 그러나 낭자의 뜻을 아직도 알지 못하는 것이 있소. 그대가 중국으로 유람을 온 것은 누구 때문이오?"

일지련이 부끄러워하면서 한참 동안 있다가, 대답했다.

"상공께서 솔직하게 물어보시니, 첩의 본심을 어찌 감히 숨기겠습니까? 첩은 축융왕의 일곱 번째 딸입니다. 부왕께서 북해에 사냥을 가셨다가 바닷가에서 빨래를 하던 첩의 모친 야율씨耶律氏를 보시고는 예쁜 얼굴을 탐하여 가까이했습니다.

그러나 한 번 가까이한 이후로는 척발알씨拓拔閼氏의 질투를 겁내서 다시는 찾지 않았습니다. 제 어머니 야율씨는 저를 낳고 나서 네다섯 살쯤에 저를 품에 품고 부왕을 찾아갔답니다. 부왕이 그 처지를 가련하게 여겨서 후궁에 두려고 했지요. 그러나 제 어머니가 애써 사양하면서, '첩은 이미 대왕에게 버림받은 몸입니다. 불행하게도 혈육이 하나 있어서 천륜을 찾아온 겁니다. 이미 끊어진 인연을 어찌 구구하게 다시 잇겠습니까?' 하고 말씀을 드리고는, 저를 궁중에 버려 두고 어디론가 가 버렸답니다. 그 뒤에 들리는 말로는 산속에 몸을 의탁하여 머리카락을 잘라 스님이 되었다고도 합니다. 그러나 소식이 완전히 끊어진 데다, 저는 궁중에서 자라면서 척발알씨의 손에 고초를 겪다 보니 10여 년이 지난 뒤에야 어머니의 종적을 알기 위해 남방 지역의 산천을 두루 돌아다녔습니다. 끝내 만나지는 못했지요. 다행히 신인 한 분을 만나서 쌍창법을 배웠는데, 제 천성이 남과 달라 어려서부터 오랑캐 땅에서 늙고 싶지 않았습니다. 중국의 문물을 보고 싶어 하던 차에, 뜻밖에도 전쟁터에서 강남홍 낭자를 잠깐 보고는 지기로 마음을 허락한 겁니다. 그분 생각이 더욱 간절하여 제 창법을 다 발휘하지 않고 사로잡혀서 명나라 진영으로 간 것이지요. 그 뒤에 강남홍 낭자가 여자라는 것을 알게 되어 후회했지만 어쩌겠습니까? 그러던 중 뜻밖에 상공을 보니 바로 제가 평생 바라던 분이었습니다. 부끄러움을 무릅쓰고 만리 밖까지 따라와서 집안에 들어오게 되었으나 세상 사람들은 다만 얼굴이 예쁜 것만을 보고 마음을 알아주지 않았습니다. 종자기의「아양곡」을 듣고 사마상여의「봉황곡」으로 의심하니, 제 신세는 외롭고 쓸쓸하며 세상과 자꾸 어긋났습니다. 한밤중 등불 앞에서 서릿발 같은 삼척검을 자주 돌아보며 스스로 목숨을 끊어 구차하게 살아가는 치욕을 면해 보려던 차에, 상공께서 이렇게 거두어 주셨습니다. 제게 의심스러운 점은 상공께서 제 어여쁜 얼굴만을 취하신 것인지 아니면 제 신세가 가련해서 거두어 주신 것인지, 그도 아니면 조금이라도 마음을 알아주셔서 지기로 마음을 하락하시려는 것인지 하는 겁니다.”

양창곡이 탄식했다.

“세상 남자들이 어찌 자질을 탐하지 않겠소만, 나는 그 사람의 마음을 모른다면 결코 취하지 않소. 강남홍의 강개하면서도 협객적인 풍모와 벽성선의 맑고 고고하며 담박한 지조도 각각 그들의 마음을 알고 평생을 함께하는 것이거늘, 어찌 유독 그대의 마음을 모르고 이렇게 혼례를 치를 리가 있겠소? 다만 남방 정벌을 마치고 군대를 돌려온 뒤에 조정에 일이 많아서 부모님께 아뢰지 못했기 때문에 화촉동방華燭洞房의 아름다운 기약을 맺을 틈이 없었던 게요. 거기에 무슨 다른 뜻이 있겠소?”

이 말에 일지련이 사례했다.

양창곡은 화촉의 예를 마치고 다시 집안에 처소를 정했다.

정당인 영수각靈壽閣은 어머니 허부인의 처소로 하고, 동쪽 백자당百子堂은 윤부인의 침소로 정했으며, 서쪽 백화당百花堂은 황소저의 처소로 삼았다. 후원의 취봉루翠鳳樓는 강남홍이 거처하고, 그 옆에 있는 벽운루碧雲樓는 벽성선이 거처했으며, 일지련은 바로 중향각에 거처하도록 했다.

때는 봄에서 여름으로 넘어가는 시기였다. 아름다운 풀은 우거지고 녹음은 어둑하여 오릉소년五陵少年 같은 풍류남아들은 떨어진 꽃을 밟으며 신풍주사新豊酒肆와 같은 좋은 술집을 찾아다니고 있었다. 관동후 동초와 관서후 마달이 때마침 조정의 일을 마치고 나와서 말머리를 나란히 하고 길을 지나고 있었다. 동초가 마달에게 말했다.

"우리는 본래 강남 지방 청루의 방탕한 무뢰배 출신인데, 부귀공명이 이 몸을 구속하는 바람에 청춘 시절 즐거움이 도리어 무료하게 되었네. 어찌 가소롭지 않은가. 오늘 날씨도 맑고 바람도 화창한 데다 우리도 특별한 일이 없으니, 마땅히 술집을 찾아가 통쾌하게 몇 잔 술을 마시고 울적한 심회나 풀어 보세나."

두 사람이 크게 웃으며 평복으로 갈아입고 말을 달려 황성의 붉은 먼지를 마구 밟아 어떤 술집을 찾아가서 여러 잔을 통쾌하게 마셨다. 그들은 다시 몇 군데 청루를 옮겨 가면서 노래와 춤과 풍광을 구경하고 취흥이 도도하여 돌아왔다. 동초가 탄식했다.

"황성의 사람과 물건이 번화하다고는 하지만 강남의 물색을 당하지는 못하는군. 우리는 무인이라, 일이 없으면 일생이 이렇게 편안하고 한가롭네. 물처럼 흐르는 세월을 어찌 헛되이 보내리오. 마땅히 소첩 하나를 구하여 소년 시절의 즐겁게 노니는 일을 저버지지 않도록 해야겠네."

마달이 웃으며 말했다.

"내 이미 청루의 물색을 봐 두었지. 그대는 어여쁜 여자를 구하려 하는가?"

동초가 다시 웃으며 말했다.

"처첩을 구하는 일은 각자 입장이 다르지. 높은 가문의 떵떵거리는 집안에 가도家道를 바로잡을 사람은 반드시 그윽하고 곧고 덕이 있는 여자를 구해야 할 것이요, 삶이 담박하여 재산을 다스려야 하는 사람은 반드시 길쌈과 집안일을 잘하는 여자를 구해야 할 것이며, 후사를 이어야 하는 사람은 기혈이 넉넉하여 말을 다복하게 하는 여자를 구하기만 하면 되지. 그러나 우리 같은 사람들은 청춘 호협이요 풍류가 방탕한 사람들이니 규방의 법도를 지키며 아녀자의 덕을 준비하는 여자는 도리어 걱정거리란 말이지. 눈치 빠르고 지혜로운 풍정에 민첩한 성질, 길가의 버드나무나 담장 위에 핀 꽃과 같은 행색을 띠고 달과 꽃 같은 자태를 겸하여 아름다운 누각에 주렴을 길게 드리우고, 백마에 금빛 채찍으로 발걸음을 멈추고 그녀를 바라고자 하나 어쩔 도리가 없고 친하게 지내고 싶지만 방법이 없는 아름다운 여인, 이런 여인이 바로 내가 원하는 사람일세."

마달이 크게 웃으며 말했다.

"그런 요괴스러운 첩실을 구한다면 진실로 방탕하고 무뢰한 놈 되는 걸 면치 못할 걸세. 내가 이제 자네를 위하여 아름다운 사람을 중매 서려는데, 그대 뜻이 어떤지 모르겠군."

동초가 마달의 손을 잡으며 말했다.

"내가 자네의 안목을 시험해 보겠네. 길가에 술집 깃발을 꽂고 지분을 발라서 지나가는 행인을 속여 먹는 그런 여자는 아니겠지? 설마 그런 여자에게 정신이 홀망해져서 나에게 중매를 선다는 것은 아니겠지?"

"내 말을 믿지 못한다면 굳이 다시 거론할 필요 없네. 나는 첩실을 마음속으로 이미 정해 놓았는데, 나중에 혼자 즐긴다고 나를 책망하지나 말게나."

"어떤 여자인가? 빨리 그 사람을 얘기해 보시게."

"돌 속의 옥이요 아직 피지 않은 꽃이라. 만약 식견이 있는 사람이라면 단번에 그 사람을 선택할 것이니, 연장으로 잘 갈아 빛을 내고 갈고羯鼓를 쳐서 피어나기를 재촉한다면 어찌 절대가인이 아니겠는가!"

동초가 이 말을 듣고 마달의 소매를 잡으며 그 사람이 누구냐며 물었다. 마달이 이렇게 대답했다.

"홍혼탈 원수님 수하에 몸종 연옥이와 벽성선의 심복 몸종 소청은 하늘이 낸 아름다운 자질이지. 그 몸이 미천하기 때문에 알아보는 사람이 적고, 나이가 아직 어리기 때문에 아직 피지 않은 꽃과 같고 갈지 않은 옥돌과 같다네. 그러니 어찌 그 사람을 알아보겠는가?"

동초가 무릎을 치면서 웃었다.

"마달! 자네도 알고 있었는가? 나 역시 마음에 둔 지 오래되었지만 홍 원수님과 벽성선 낭자의 뜻을 몰라서 발설하지 못했네. 자네가 지금 먼저 말을 했으니, 도대체 두 사람 중 누구에게 마음이 있는 건가?"

마달이 말했다.

"내가 남방에서 첩서를 가지고 왔다가 벽성선 낭자와 소청을 위급함에서 구해드렸지. 그때부터 나는 소청의 일에 마음을 두고 있었다네."

그러자 동초가 웃으면서 말했다.

"흉악한 놈! 너는 충성스러운 마음으로 주인을 구한 것이 아니라 아름다운 여인을 은근히 낚으려 했던 거로군 그래. 나는 마땅히 정당한 방법으로 여자를 맞겠네. 내 솜씨를 보기만 하게나."

두 사람을 서로 웃음을 터뜨리며 다시 술집을 찾아가 여러 잔을 통쾌하게 마시고 각자 크게 취했다. 동초가 마달을 끌어당기면서 웃었다.

"대장부는 매사에 신속히 해결해야 하는 법, 우리 곧바로 연왕부로 가서 연왕을 뵙고 요청하는 게 어떻겠는가?"

마달이 말했다.

"우리는 이미 크게 취했어. 사태를 자세히 살펴서 도모하는 것이 좋을 듯하네."

동초가 웃으며 말했다.

"연왕께서 비록 공명정대하고 위엄이 있지만 그분 또한 풍류남아요, 소년호걸일세. 주색의 풍류로운 정을 알고 계실 터이니, 마구 꾸짖지는 않으실 걸세. 게다가 우리를 총애하시니 반드시 몸종 하나를 아까워하지는 않으실 게야."

그들은 즉시 말을 달려 연왕부로 갔다. 사건은 어떻게 될 것인가. 다음 회를 보시라.

제47회

동초와 마달은 소청, 연옥과 결혼하고,

진왕과 연왕은 연춘전에서 장수를 기원하다

董馬兩將雙娶蜻玉 秦燕二王獻壽延春

동초와 마달 두 장군이 연왕부로 가서 양창곡을 뵙기를 청했다. 양창곡은 때마침 후원 석대에 올라서 강남홍, 벽성선, 일지련 세 낭자와 녹음을 완상하고 있었다. 그때 하인이 와서 동초와 마달이 찾아왔다는 전갈을 전했다. 양창곡이 웃으면서 말했다.

"두 장군은 전장에서 함께 고생한 사람들이며 벽성선 낭자의 은인이다. 여러 낭자들이 서로 만나도 구애될 것이 없으니, 후원 문을 열고 모셔 오라."

동초와 마달 두 사람이 후원의 문으로 들어와서 꽃숲 석대 아래에 멈추어 알렸다. 양창곡은 석대로 오르도록 하면서 말했다.

"이 자리에 있는 사람들 중 장군들의 벗이 아닌 사람이 없소. 내가 마침 무료하여 낭자들과 녹음을 따라 앉아 있었지요.

오늘은 장군들도 한가하니 함께 시간을 보내며 마음을 풀어

보는 것이 어떠하오?"

두 장수가 황공해하면서 사례했다. 그들은 낭자들의 안부

를 물었다. 양창곡이 다시 소청과 연옥에게 술을 가져오도록

하여 여러 잔을 돌렸다. 옥 같은 얼굴에 붉은빛이 돌아 봄바람

이 화창하게 부는 듯하자, 동초가 이에 아뢰었다.

"소장 등이 품은 생각이 조금 있어서 감히 아껴 주시는 정

의情誼를 믿고 당돌함을 무릅쓰고 여쭙고자 합니다."

양창곡이 웃으면서 말했다.

"품은 생각이란 게 무엇이오?"

동초가 말했다.

"소장 등은 본래 방탕하게 살아온 몸입니다. 다행스럽게 천

자의 은혜를 입고 또한 상공께서 발탁해 주신 덕으로 외람되

이 공후公侯의 반열에 올랐습니다. 부귀가 비록 지극하다고는

하지만 명예와 이익이 넘치는 속세에 얽매인 몸이 되어, 꽃피

는 아침과 달뜨는 저녁에는 마음이 적적합니다. 자연히 옛날

버릇을 억누르기 어려워 많은 돈과 좋은 말로 여자를 바꾸어

무료한 풍정을 위로하고자 했으나 원래 그 무리 안에는 특별

히 뜻이 맞는 사람이 없었습니다. 이에 저희들이 품은 생각을

두 분 낭자에게 아뢰어, 소청과 연옥을 천금을 내어 종의 신분

에서 풀어 황금으로 높은 집을 짓고 부귀를 함께 누리고 싶습

니다. 상공께서는 당돌한 죄를 용서해 주십시오."

양창곡이 웃으며 말했다.

"두 장군은 청춘 소년이고 부귀와 공훈이 온 세상에 드날리고 있으니, 옆에서 시중을 들며 은총을 입고 싶어 하는 여자들이 무수히 많을 것이오. 그런데 하필이면 아름답지 못한 천한 기생을 데려가려 하시오?"

두 장군이 웃으며 말했다.

"식욕과 색욕은 사람마다 각각 다릅니다. 기름진 음식보다는 채식을 좋아하는 사람도 있는 법이지요. 소청과 연옥 두 사람의 정묘한 자질은 아마도 하늘에게서 받은 것이라, 필시 하인의 신분으로 오래 있지는 않을 것입니다."

양창곡이 미소를 띠며 강남홍과 벽성선을 보고 말했다.

"주인들이 여기 계시니 서로 상의해서 결정하시오."

벽성선이 마달에게 말했다.

"제가 일찍이 급한 환란을 당했을 때 목숨을 살려 주신 장군의 은혜를 입고도 보답할 길이 없었습니다. 오늘의 청을 어찌 거절하겠습니까?"

동초가 또 강남홍에게 말했다.

"우리 두 사람이 휘하에 출입하면서 모든 행동을 똑같이 하여 다른 곳이 없었습니다. 소청을 마달에게 주셔서 그 소원을 이루게 하셨는데, 저만 혼자 뜻을 이루지 못하니, 어찌 짝을 향한 탄식이 없겠습니까?"

강남홍이 웃으면서 말했다.

"동초 장군이야 벽성선 낭자가 은혜를 갚느라 그런 것이니 더 이상 말할 것도 없지요. 우리 연옥이는 내가 총애하는 아이인데, 평생을 의탁하는 일을 어찌 한마디로 결정할 수 있단 말이오?"

동초가 크게 웃으며 말했다.

"소장이 비록 불민하지만 은공恩功이 없는 것은 아닙니다. 연왕께서 수재 신분으로 과거에 응시하러 가시다가 소주에서 녹림객을 만나 낭패를 당하셨지요. 그때 소장의 안내가 아니었더라면 어찌 홍원수님을 만나셨겠습니까? 이것으로 말하자면 오늘날 원수의 이 같은 부귀는 제 공이 아니라고 할 수는 없을 겁니다."

그는 말을 마치고 껄껄 웃었다. 강남홍 역시 미소를 지으며 말했다.

"장군께서 이처럼 간청하시니 어찌 뜻을 받들지 않겠소? 그러나 연옥은 부모친척이 없어요. 비록 저에게는 하인이지만 정으로 치자면 골육형제나 다름이 없습니다. 장군이 거두어 주지 않더라도, 그 애를 하인 신분에서 풀어 주어 귀한 사람에게 중매를 해주고 부귀영화를 누리도록 해줄 생각이었어요. 그런데 장군께서 옆에 두신다면 이 어찌 연옥이의 복이 아니겠습니까? 그러나 저와 두 가지를 약속해 주세요. 먼저 장군의 응낙을 받은 연후에 연옥과의 결혼을 허락하겠습니다."

"열 가지 약속이라 해도 봉행하겠습니다."

동초의 말에 강남홍이 웃으면서 말했다.

　"연옥이 비록 천한 하인이긴 하지만 나는 즐겁게 속신贖身을 하락할 것이오. 그러니 장군께서 하인으로 대우하는 것은 안 됩니다. 좋은 날을 잡고 혼례를 행하며 전안과 납폐納幣를 해서 정식으로 혼인해야 한다는 것이 첫째 조항이요, 장군께서 연옥을 옆에 둔 뒤에 다시 소실을 구하여 연옥으로 하여금 헛되이 늙어 가는 「백두음」을 짓도록 하면 안 된다는 것이 둘째 조항입니다. 장군은 잘 생각하여 결정하세요."

　동초가 크게 웃으며 말했다.

　"이는 소장이 바라는 바입니다. 홍혼탈 원수의 군막 앞에서 어찌 두 말을 하겠습니까?"

　강남홍이 슬픈 빛을 띠며 말했다.

　"우리 두 사람은 장군과 같은 고향 사람입니다. 만 번 죽을 고비를 넘기고 살아나 신의를 잃지 않고 다시 인연을 이은 사이기 때문에, 정으로 말하자면 평범한 주종 관계에 비교하시면 안 됩니다. 함께 생활하고 행동하는 모든 것에 있어 잠시도 떨어진 적이 없으며, 잠시도 서로 떨어질 마음도 없었습니다. 그러나 여자의 행실에는 귀천의 구별이 있는지라, 하루아침에 장군을 위하여 이렇게 하인의 신분을 풀어 속신을 허락하니, 자연히 심사가 슬퍼져서 저도 모르게 말이 장황해졌소이다. 바라건대 장군께서는 연옥이의 외로운 신세를 불쌍히 여기셔서 특별히 깊은 사랑을 내려 주세요. 그 애가 천성이 그리

용렬하고 어리석지는 않으니 장군의 뜻을 거슬러서 은총을 잃는 일은 없을 거예요."

동초도 슬픈 빛으로 말했다.

"홍원수님의 말씀은 뼛속 깊이 들어와 비록 목석이라도 감동치 않을 수가 없습니다. 만약 이 뜻을 이어받지 못한다면 복을 누릴 수 없을 것입니다. 소장 역시 이 말을 저버린다면 경박한 놈이 되는 것을 면치 못할 것입니다."

강남홍은 그제야 술잔을 내서 두 장군을 대접했고, 두 장군은 물러가겠노라 고했다. 다시 후원 문을 열고 문밖으로 나가는데, 동초가 마달에게 말했다.

"홍원수님의 뜻이 이러하시니 나는 마땅히 위엄 있는 의례를 베풀어 그 뜻을 저버리지 않을 작정일세."

다음 날 강남홍은 손야차를 불러서 동초와 마달 두 사람의 일을 이야기하고 즉시 혼례를 재촉했다. 두 장군 역시 예의와 절차를 차려서 여러 가지 패물과 비단으로 같은 날 폐백을 들였다. 강남홍은 벽성선과 함께 난성부를 깨끗이 치우고 혼례를 행했다. 비단 장막에 수놓은 자리, 비취금翡翠衾 원앙침을 첩첩이 펼쳐 놓고, 난성부의 하인들은 푸른 옷과 붉은 치마 차림으로 향촉을 받들고 쌍쌍이 줄지어 섰다. 부잣집 좋은 가문에서 육례를 준비하여 친영親迎하는 혼사라 해도 이보다 더할 수는 없었다.

강남홍은 연옥을 단장하고 벽성선은 소청을 단장했다. 그

들은 자기 재주를 다 발휘하여 낙매장落梅粧에 초생달 같은 눈
썹을 그리고, 트레머리를 올리고 비단으로 만든 자줏빛 허리
띠를 꾸몄다. 머리에 꽂은 패물은 붉고 푸른 빛이 서려 있었
고, 허리에 드리운 비단 치마는 휘황찬란했다. 연옥의 정묘한
모습은 한떨기 해당화가 아침 이슬에 젖어 있는 듯했고, 소청
의 청아함은 눈 속의 매화가 봄빛을 흘려 내는 듯했다.

구경하는 사람들이 온 집안에 가득하여 문 앞이 시끌벅적
했다. 대장군 뇌천풍이 한 무리의 무장들을 이끌고 와서 손님
으로 자리했으며, 전쟁터를 함께 누비며 고생을 하던 모든 장
수들이 일제히 찾아서 수레와 말이 골목을 가득 매웠다. 오
영의 군졸들도 군악을 연주하며 문밖에서 기다리고 있었다.
황성의 남녀노소 모든 사람들이 첫 번째 동구 밖에 구름처럼
모여들어 찬탄하며 말했다.

"이런 혼례는 고금에 드문 일이야!"

잠시 후 동초와 마달 장군이 각각 융복을 입고 대완마에 올
라, 큰길을 가득 메우면서 수레와 말을 탄 사람들을 이끌고 강
남홍의 난성부 문앞에 이르렀다. 그들은 말에서 내려 초례청
으로 나아갔다. 그때 갑자기 문밖에서 수십 명의 기녀들이 예
쁜 화장에 옷을 잘 차려입고 차례대로 줄지어 들어왔다. 원래
동초와 마달 두 장군은 청루의 호협 소년들이었다. 황성의 청
루에 있는 모든 기생들이 두 장군의 결혼 소식을 듣고 구경하
러 온 것이다. 그녀들은 일제히 잔치자리를 둘러싸고 앉아 소

청과 연옥 두 낭자의 자색을 구경하며 제각기 탄복했다.

"하늘이 낸 아름다운 자질이구나. 우리 같은 사람들이 미칠 바가 아니야."

강남홍이 두 기생에게 명하여 인사를 나누도록 하니, 두 기생이 각각 한 쌍의 큰 술동이를 들어 맛있는 술을 가득 붓고 교태로운 미소와 아름다운 이야기로 풍류 넘치는 정을 보내며 농담을 흐드러지게 했다. 두 장군은 기쁨을 이기지 못했다. 동초가 마달에게 웃으며 말했다.

"마달! 그대의 아내 소청 낭자는 천성이 겁이 많아 그대를 보면 무서워 떨 것이라 하니 훗날 집안의 법도는 당연히 정숙할 터이지만, 우리 연옥 낭자는 천성이 굳세어 일 년 동안 문하에서 한 번도 마음을 두고 나를 본 적이 없으니 도리어 걱정이네."

초례를 마친 뒤 외당으로 나가니, 대장군 뇌천풍 이하 여러 빈객들이 어지러이 인사를 하면서 혼사의 옛 법도를 토론하고 있었다. 강남홍이 주변 사람들에게 명하여 외당에 잔치자리를 차리고 술과 음식을 보내면서 기악을 보내 한바탕 질탕하게 흥을 돋웠다. 구경꾼들은 강남홍의 풍류로운 수단을 칭송했다. 두 장군이 각각 신부를 데리고 자기 집으로 돌아가기를 요청했고, 강남홍은 연옥을 보내면서 친히 계단을 내려가 가마의 주렴을 드리워 주며 말했다.

"나도 너와 같은 미천한 신분 출신이다. 천자의 은혜가 망극하여 연왕께서 거두어 주신 덕을 입어 오늘 영화를 지극히 누린다. 너도 부모님이 안 계셔서 집안 어른들의 가르침을 한 미디도 받아 본 적이 없으니, 반드시 공경하고 조심하여 남편을 거스르는 일이 없도록 해라. 귀함과 천함은 모두 한가지다. 너는 기생의 집에서 자라 견문이 없다고는 하지만 평생토록 조심하여 네 자신을 욕되게 하는 일이 없길 바란다. 우리 두 사람의 주종 관계는 오늘뿐이지만, 옛정을 잊지 말아라."

연옥이 눈물을 흘리면서 말했다.

"천비의 온몸 터럭 하나라도 낭자께서 주신 것입니다. 세상에 살아 있는 동안 주인과 하인 이름이 어찌 달라질 리 있겠습니까?"

이때부터 소청과 연옥은 비록 공후 귀인의 소실이 되었지만 연왕부에 오면 옷깃을 걷고 여러 하인들을 따라 행동을 하면서 주인과 하인의 예를 공경히 집행하여 조금도 태만한 모습이 없었다. 집안의 모든 사람들은 그녀들의 신의에 탄복하여 연옥을 '옥랑'玉娘, 소청을 '청랑'鯖娘이라고 불렀다. 양창곡이 강남홍을 보고 말했다.

"연옥과 소청의 혼사를 어째서 그렇게 요란스레 한 거요?"

강남홍이 웃으며 말했다.

"첩은 미천한 신분인데, 그 두 사람은 저보다 더 미천한 인생입니다. 저는 일찍이 예를 갖추어 혼사를 치른 적이 없습니다. 이것이 한이 되었기 때문에, 오늘 두 사람에게 그 한을 풀어낸 것입니다."

이 말에 양창곡은 미소를 지었다.

세월이 훌쩍 흘러 어느새 8월 열엿새가 되었다. 이날은 황태후의 생신이었다. 천자는 큰 잔치를 열었고, 진나라 공주는 특별히 본국에서 기생과 악공을 선발해 왔다. 원래 태후는 공주를 특별히 사랑했으며, 공주의 성품이 풍류로우면서도 호방하여 남자의 기상을 가지고 있었다. 공주는 항상 "아녀자의 질투는 대장부의 기상을 쓸쓸하게 만드는 법"이라고 말했다. 그래서 진왕을 위하여 비빈과 궁첩을 간택하여 좌우에 두게 했다. 그중에 노래와 춤과 문장, 활쏘기, 말타기 등의 재주를 겸비한 사람이 수십 명인데, 그들 중 특별히 뛰어난 세 사람이 있었다. 반귀비潘貴妃, 괵귀비虢貴妃, 철귀비鐵貴妃가 바로 그들이었다. 공주는 어머니의 생신날 즐거움을 돕기 위하여 본국의 기생과 악공, 세 귀비와 함께 잔치에 참여한 것이다. 천자가 웃으며 말했다.

"우리 누이의 옛날 풍류가 여전히 감소하지 않았구려."

공주 역시 웃으면서 말했다.

"신은 늙은 나이에 색동옷을 입고 어머니 앞에서 재롱을 부린 노래자老萊子*를 본받아 어마마마께서 웃으시는데 한번 일조하려고 하는 것입니다."

---

* 춘추시대 초나라의 학자로, 현재(賢才)임에도 농사를 짓고 살았다고 한다.

황태후가 웃으며 말했다.

"딸아이가 어려서부터 총명하고 재주가 많아 돌아가신 황제께서 무척이나 사랑하셔서 품에 두고 글자를 가르치셨지. 또 궁녀를 따라 후원을 드나들면서 가무와 음악을 일일이 흉내내며 놀더니, 나이 스물이 넘었는데도 그때의 버릇을 고치지 않았구나."

공주가 또 웃으며 말했다.

"진왕이 황성에서 돌아와 연왕의 소실 홍혼탈과 만왕의 딸 일지련의 무예와 자색을 칭찬하던데, 도대체 누구인가요?"

황태후가 미소를 지으며 말했다.

"그이들은 여중호걸이야. 문장과 자색과 무예와 가무를 통달하지 않은 게 없단다. 세 귀비들도 감당하지 못할 것이다."

이 말을 듣고 공주는 크게 기뻐하며 황태후의 탄신일을 손꼽아 기다리는 것이었다.

다음 날 천자가 조회를 끝내고 특별히 양창곡을 불러서 편전에서 담소를 나누었다. 술과 음식을 내와서 임금과 신하가 약간 취하니, 천자의 얼굴에는 온화한 기운이 넘쳤다. 천자가 양창곡에게 말했다.

"경의 나이 지금 스물한 살이오. 짐이 경보다 네 살 많으니, 마땅히 동생으로 예우해야 하오. 임금 신하 관계를 벗어 버리고 같은 집안의 형제의 정으로 보겠소. 짐이 경과 일찍이 평상복으로 만난 적이 없이 항상 체면과 도리로 만나는 바람에 바쁜 조정에서 가슴을 다 터놓지 못하는 게 한스럽소이다."

양창곡이 그 말에 황공하여 머리를 조아리자, 천자가 다시 하교했다.

"내일은 태후의 탄신일이오. 만승천자의 부유함으로도 태후께 천하 백성의 봉양을 뜻대로 드리지 못한 것은 자연히 나라에 일이 많았기 때문이오. 태후께서는 우리 남매를 늦게 얻으셨는데 짐이 적자요, 공주는 그 다음이오. 진나라는 아득히 머니 공주가 여자의 행실로 오랫동안 조회하러 오지 못하다 이제 진나라 기생과 악공을 데리고 와서 재롱으로 효도를 한 노래자를 본받으려 하고 있소. 내일은 지금의 종실부인과 명부命婦, 비빈 등이 모두 궁중 잔치자리에 올 것이오. 그리고 밖의 조정을 말하면, 진왕은 사위의 서열이고 경도 역시 외인이 아니오. 태후와 마씨는 내외종형제 간이지만 서로 형제처럼 지내셨고 경은 마씨의 손자 사위니, 태후께서 경을 친사위처럼 아끼시는 거요. 그러니 진왕과 함께 장수를 기원하는 잔치에 나와 어마마마께서 경을 총애하시는 마음을 저버리지 마시오."

양창곡이 머리를 조아려 그 명에 응했다. 그러자 진왕이 미소를 띠면서 아뢰었다.

"신이 들으니 연왕부의 기악이 황성 안에서도 유명하다고 합니다. 내일 특별히 부르셔서 함께 잔치자리에 참석하게 하시지요."

천자가 웃으며 명했다.

"짐이 봉의정을 철폐한 뒤로는 절대 음악을 가까이하지 않았기 때문에, 교방이 모양새를 이루지 못하오. 내일은 궁중에서 기녀를 쓰지 않을 수가 없으니, 연왕부의 기악을 잔치에 참석하게 하시오."

양창곡이 명을 받들고 집으로 돌아갔다. 가궁인이 황태후의 명을 받들고 연왕부에 이르러 허부인을 불러 전했다.

"우리는 늙어서 아무 구애될 것이 없습니다. 편한 옷으로 입궐하여 서로 정회를 풉시다."

허부인이 감히 사양하지 못하고 명을 받들었다.

이때 양창곡이 취봉루로 가서 강남홍과 벽성선을 만나 말했다.

"황상께서 내일 기악을 부르시니 받들지 않을 수가 없소이다. 근래 집안의 기악이 어떠하오?"

강남홍이 말했다.

"첩이 얼마 전에 궁인에게 들으니 진나라 공주께서 풍류롭고 호탕하여 세 명의 귀비와 최고의 기악을 이끌고 와서, 우리 연왕부의 기악과 승부를 겨루어 보려 하신다 합니다. 상공께서는 어찌 하시렵니까?"

양창곡이 미소를 지으며 진왕이 천자에게 아뢰었던 말을 해주며 말했다.

"이는 그대들의 일이오. 진왕은 낭자들이 본래 강남 청루의 유명한 기녀들로 당시에 독보적이었다는 사실을 들어서 알고 있기 때문에 한번 겨뤄 보려는 것이오. 내일 이기지 못하는 것도 낭자들의 치욕이고 승전곡을 울리는 것 역시 그대들의 수단이외다."

강남홍이 미소를 짓고 즉시 집안의 기녀 수십 명을 선발하여, 밤새도록 취봉루에서 가르쳤다. 벽성선이 웃으며 말했다.

"풍류는 한때 마음을 풀자는 것 뿐이에요. 어찌 꼭 남을 이기는 것에 주안점을 두겠어요?"

강남홍이 웃으며 말했다.

"낭자는 젊은 나이에 너무 늙은이 티를 내지 마시게. 나는 평생토록 남을 이기려는 버릇이 없었지만, 남에게 양보하고 싶지도 않소."

강남홍은 직접 단판을 두드리며 가곡을 가르치고, 악기를 잡아 음률을 가르쳤다. 날카로운 기세가 등등하여 조금도 게을리함이 없었다. 강남홍은 다시 난성부에 분부하여 수십 필의 비단으로 기생들의 의복을 새로 준비하되 일일이 자신이 점검하여 강남의 풍속을 그대로 따르게 했다. 그 사치스러움과 화려함은 황성의 교방으로도 감당할 수 없을 지경이었다.

다음 날 천자가 모든 관리를 이끌고 연춘전으로 가서 장수를 기원했다. 잔치자리에 이르러 만년배萬年盃에 구하주九霞酒를 받들어 따라서 만세를 외치니, 모든 궁녀들이 일시에 외치는 소리가 음악소리와 뒤섞여서 하늘 꼭대기까지 아련히 퍼져 나갔다. 천자가 연춘전 위로 올라가 황태후를 모시고 동쪽을 향해 앉았다.

진왕도 또한 망포와 면복으로 머리에는 여러 색깔의 꽃을 꽂고 잔을 올리며 만세를 외치자, 진나라 기녀들이 일시에 진나라 음악을 연주했다. 연왕 양창곡이 오사모와 홍포, 통천관, 물소뿔로 만든 서대犀帶 차림에 머리에 여러 빛깔의 꽃을 꽂고 잔을 올리며 만세를 외치자 연왕부의 기녀들 역시 일시에 연왕부의 음악을 연주했다. 진왕과 연왕 두 왕이 연춘전 위로 올라 서쪽을 향하여 시립했다.

문무백관 역시 일제히 북쪽을 향하여 배례를 올리고 만세를 외쳐서 축하의 예식을 끝내고 차례로 엎드렸다. 천자가 좌우에 명하여 음식을 올리고 어배御盃와 법주로 여러 기생들에게 잔을 돌리도록 했다. 궁중의 법악과 진왕 및 연왕 두 집안의 기악이 일시에 연주하여 한바탕 질탕하게 울린 뒤 백관들은 물러났다.

황태후는 이에 종실 대신들과 명부, 비빈들을 이끌고 자리를 마련하여 장수를 축하받으니, 잔치가 장차 어떠할 것인가. 다음 회를 보시라.

제48회

두 왕은 벌주를 마시며 몰래 풍류진을 다투고,

여러 낭자는 연촉을 읊으며 칠보시를 다투어 올리다

飮罰杯兩王暗鬪風流陣 咏蓮燭諸娘爭呈七步詩

황태후는 머리에 칠보주취궁양계七寶珠翠宮樣髻로 장식을 하고
몸에는 만화금루홍수적의萬花金縷紅繡翟衣를 입고 잔치자리에 임
하여 동쪽을 향해 서 있었다. 진나라 공주는 머리에 감금쌍봉
부용관嵌金雙鳳芙蓉冠을 쓰고 몸에는 녹라금루족접군綠羅金縷簇蝶裙
을 입고 서쪽을 향해 섰다. 동반으로는 대신 명부 이하 많은
사람들이 차례대로 줄지어 섰다. 양창곡은 연왕이라는 왕위
를 가지고 있었으므로 윤부인과 황소저는 화관 장복章服으로
반열을 통괄했으며, 강남홍과 벽성선은 취교체아계翠翹髢兒髻에
금루수요의金縷繡腰衣를 입고 그 뒤를 따랐다. 위부인과 소부인
및 종실의 비빈들도 각각 예복을 갖추어 입고 동반과 서반으
로 나뉘어 만세를 부르면서 술잔을 들어 장수를 기원하니, 몸
에 차고 있는 옥노리개는 쟁그랑거리면서 음악소리와 조화를
이루고, 항기로운 바람은 분분히 날려 상서로운 구름을 불러

일으키는 듯했다. 헌수례獻壽禮가 끝난 뒤 황태후는 여러 부인 들에게 연춘전 위로 올라오도록 하니, 가궁인이 아뢰었다.

"연국태미燕國太嬂* 허부인이 아직 반열에 오르지 못하고 밖 에 있습니다."

황태후가 크게 기뻐하면서 즉시 불러서 보시니, 허부인이 문안을 드린 뒤 여러 부인들이 좌우에 모시고 앉았다. 황태후 는 기쁘게 웃으며 허부인을 보고 말했다.

"우리는 서산에 거의 바짝 기울어진 해와 같은 신세라, 오 랫동안 경의 얼굴을 보기를 간절히 원했는데, 이제야 겨우 만 나 보는구려. 그러니 어찌 서먹하지 않겠소?"

허부인이 대답했다.

"신첩은 옥련봉 아래에서 나물이나 뜯던 시골 여자입니다. 천은이 망극하여 외람되이 잔치자리에 참여하니 어찌할 바를 모르겠습니다."

황태후가 미소를 지으며 강남홍과 벽성선, 일지련을 특별 히 가까이 오도록 하여 손을 잡고 하교했다.

"벽성선, 일지련 두 낭자는 바람 먼지 가득한 환란 중에 이 미 친숙한 얼굴이 되었지만, 강남홍 낭자는 이름만 듣다가 오 늘 비로소 처음 만나 보는구려."

* 연나라의 태후라는 의미로. 양창곡이 연왕이므로 그 어머니는 연나라의 태후가 되기 때문에 이렇게 호칭한 것이다.

진나라 공주가 황태후에게 아뢰었다.

"난성후 강남홍이 어떤 분입니까?"

황태후가 웃으면서 말했다.

"딸아이가 항상 강남홍을 만나지 못해 탄식을 하더니, 네가 알아볼 수 있겠느냐?"

공주가 웃으면서 자리를 둘러보더니 강남홍을 가리키면서 말했다.

"이분이 홍혼탈 장군이 아니신가요?"

황태후가 웃으면서 말했다.

"딸아이가 사람을 알아보는 눈이 탁월하구나. 서로 인사를 하도록 해라."

강남홍이 눈을 들어 잠깐 공주를 보았다. 빼어난 눈매에 꽃 같은 얼굴은 달처럼 빛나고, 꽃이 피어나는 듯한 기상과 출중한 자색은 묻지 않아도 금지옥엽이 분명했다. 황태후 슬하에서 가까이 모시고 있기에, 강남홍이 얼른 일어나서 자리를 옆으로 피했다. 공주가 자리를 내주며 웃었다.

"낭자의 이름을 우레처럼 익히 들었는데, 과연 이름이 헛되이 전해진 것은 아니군요."

공주는 다시 일지련을 찾아서 일일이 인사를 나눈 뒤에, 진왕의 귀비 세 사람을 불러서 이들 낭자에게 보이며 말했다.

"이분들은 멀리 진나라에서 온 분들입니다."

강남홍은 세 사람을 살펴보았다. 반귀비와 괵귀비 두 사람은 꽃과 달 같은 자태로 너무 아름다웠다. 철귀비는 8척이나 되는 큰 키에 기상이 준수하여 훤칠한 대장부의 풍모가 있었다. 황태후가 다시 벽성선을 보고 소청의 안부를 묻자 가궁인이 웃으며 대답했다.

"소청은 그 사이 관서후 마달의 소실이 되어, 오늘은 연왕부 하인의 반열에는 없습니다."

황태후가 크게 웃으면서 어찌된 연고냐고 묻자, 가궁인이 앞뒤 사정을 아뢰면서 말했다.

"신첩이 밖에서 들은 것에 의하면, 난성부에서 초례를 치를 때 난성후 강남홍과 숙인淑人 벽성선이 연옥과 소청 두 하인을 너무도 사치스럽게 단장시키고, 휘황찬란한 기물과 번화한 위의가 보기 드문 것이었다 합니다."

그러자 황태후가 웃으면서 말했다.

"이는 필시 강남홍의 나이 어린 예기로 한 일이리라. 동초와 마달 장군은 나라에 공이 있는 신하다. 두 하인을 소실로 삼았으니, 어찌 오늘 잔치자리에 참석하지 않을 수 있겠는가. 즉시 불러오도록 해라."

잠시 후 소청과 연옥 두 사람이 들어와 인사를 올렸다. 황태후가 익히 보다가 말했다.

"그대들은 이미 공후의 소실이 되었는데, 어찌하여 예전의 옷을 바꿔 입지 않았느냐?"

연옥이 대답했다.

"태후마마께서 이 자리에 와 계시고 모든 부인과 공주님께서 자리에 계시니, 천비가 어찌 감히 예전과 다르게 차리겠습니까?"

그녀의 말에 황태후가 더욱 기특하게 여겼다. 천자는 밖의 조정에서 축하를 받으면서 왼손으로 진왕의 손을 잡고 오른손으로 연왕 양창곡의 소매를 잡아 다시 연춘전으로 들어와 말했다.

"경 등은 한집안 사람이오. 다 같이 어마마마를 모시고 오늘의 즐거움을 돕도록 하오."

천자는 궁녀들에게 명하여 태후의 침전에 주렴을 내리고, 명부와 비빈은 주렴 안에서 태후를 모시고 천자는 주렴 밖에 앉도록 했다. 진왕과 양창곡은 좌우에서 모셨다. 천자가 양창곡에게 말했다.

"7촌 친척은 그리 멀지 않은 친척이오. 경이 공주와 서로 얼굴을 마주하여 인사하지 않은 것은 아니지만 번쇄한 예절이 궁궐 밖 평민들의 집과는 달라서 오히려 버성기는 일이 있을 것이오."

진왕이 웃으며 연왕에게 말했다.

"공주는 금지옥엽이라서 제가 마음대로 하기 어렵지요. 그러나 제게는 세 명의 소첩이 있으니, 두 사람은 장안의 기녀 출신이고 한 사람은 우리 집안 양가의 여자입니다. 노래와 춤, 문장, 활쏘기, 말타기 등의 재주가 있어서 연왕의 아름다운 여인들을 대적하기에 충분할 겁니다. 잠깐 구경해 보는 것이 어떻겠소?"

양창곡이 사양하자 진왕이 웃으면서 천자에게 아뢰었다.

"신이 듣자니, 연왕이 밖에 나가면 장수요 들어오면 재상이라 합니다. 소년호걸로 풍류도 남보다 뛰어나다고 하는데, 끝내 이렇게 뒤를 빼는 걸 보니 대장부의 기상이 없는 것 같습니다."

천자가 크게 웃으며 말했다.

"짐이 경들을 좌우에 두었으니 조정에 오르면 나라의 대들보요, 주춧돌이고 사석에서 만나면 친구요, 형제라. 오늘 풍류진風流陣 앞에서 그 승부를 구경하고 싶구려. 그러나 너무 사양하지 마시오."

진왕이 이에 세 명의 귀비를 부르자 즉시 주렴 밖으로 나와서 진왕을 따라 시립하는 것이었다. 진왕이 다시 양창곡을 보며 말했다.

"연왕 형의 아름다운 여인들을 이미 보긴 했지만 바람 먼지에 화살과 돌이 난무하는 전쟁터에서 본 얼굴이 희미하니 다시 제게 자랑해 보고 싶지 않으십니까?"

그는 궁녀들에게 세 명의 낭자를 불러오게 했다. 강남홍, 벽성선, 일지련도 역시 주렴 밖으로 나와서 양창곡을 따라 시립했다. 진왕이 지긋이 바라보더니 웃으며 말했다.

"연왕 형의 소실이 비록 아름답고 절묘하지만 저의 소실 철귀비의 쾌활함을 당하지는 못할 겁니다. 이 사람은 진나라의 아름다운 사람이라, 평생토록 격구擊毬를 하며 말달리는 것을 좋아했지요. 연왕 형은 무엇으로 대적하시렵니까?"

양창곡이 말했다.

"대왕께서 먼저 재주를 자랑하시는 걸 보니 마음속으로 겁을 먹고 있다는 걸 알겠소이다."

그 말에 진왕은 크게 웃음을 터뜨렸다. 천자는 이에 진왕과 연왕 두 집안의 기생들을 연춘전에 오르도록 한 뒤 하교했다.

"짐이 비록 음악에 총명하지는 못하지만 대략 주워들은 찌꺼기가 있으니, 음악을 듣고 그 우열을 정하겠소. 그 승부를 보아서, 진 쪽의 왕에게 큰 잔으로 벌을 주겠소이다."

두 왕이 머리를 조아리니, 천자는 즉시 진나라 기녀들에게 「예상우의곡」霓裳羽衣曲을 연주하도록 했다. 진나라 기녀들이 일시에 가무와 음악을 울리니, 청아한 곡조는 구름 끝 하늘에 닿고 펄럭이는 소매는 향기로운 바람에 표표히 날려서 청아하면서도 담박함이 넘쳐 났다. 천자가 칭찬을 하며 말했다.

"진나라 기악이 이 정도까지인 줄 어찌 생각이나 했겠는가. 궁중의 법악으로도 당하기 어렵겠구나."

천자는 다시 연왕부의 기녀들에게 「예상우의곡」을 연주하도록 했다. 원래 우의무는 악조가 느릿하고 춤추는 법이 지루하여 그 재주를 드러내기 어려운 것이었다. 그러므로 천자가 이처럼 같은 것을 하도록 명한 것이다. 연왕부의 기녀들이 의

상을 가지런히 정리하고 춤을 추는 무대로 나아갔다. 소매를 늘이고 동쪽과 서쪽으로 나누어 서서 「보허사」步虛詞를 연주하니 천자가 묵묵히 바라보았다. 그들이 바야흐로 「보허사」를 변화시켜 「예상곡」을 연주하면서 푸른 옷소매를 떨치고 우의무를 추기 시작하자, 천자가 손으로 궤안几案을 치면서 훌륭하다고 칭찬했다. 두 기생이 한가롭고 우아한 태도와 완만한 소매로 배회하면서 연이어 펄럭였다. 찰랑거리는 옥노리개는 마치 월궁의 항아가 공중에서 배회하는 듯했고, 표표히 날리는 의상은 광한전의 선녀들이 바람결에 내려와서 이리저리 날리는 듯했다. 제3장에 이르러 「예상곡」을 마치지 않고 여러 기생들이 갑자기 붉은 현악기를 울리며 「황성별곡」皇城別曲을 연주했다. 모든 악기들이 질탕하게 울리고 춤추는 소매가 영롱하여 그 변화한 곡조와 화창한 음률이 한바탕 어우러지면서 1천 궁녀가 한꺼번에 무릎을 치며 자기도 모르게 손과 발을 움직여 춤을 추는 것이었다. 천자가 크게 기뻐하면서 연왕부의 모든 기생들에게 말했다.

"내가 먼저 우의무를 추라고 했는데 먼저 「보허사」를 연주한 것은 무엇 때문인가?"

그러자 여러 기생들이 대답했다.

"우의무는 옛날 당명황이 추석 달밤에 양귀비와 홍교에 올라 광한전을 완상할 때 달 속 선녀의 우의무를 보다가, 차가운 기운이 골수에 침입하는 바람에 다 보지 못하고 돌아와 그 곡을 모방하여 만든 것입니다. 처음에「보허사」로 시작한 것은 홍교에 올랐을 때 지은 것이고, 그다음 우의무를 춘 것은 광한전에 올랐을 때의 것이며, 그 곡을 다 마치지 않은 것은 차가운 기운이 침입하여 오래 볼 수 없었기 때문입니다.「황성별곡」으로 끝을 맺은 것은 궁중으로 돌아와 선경이 비록 좋기는 하지만 백성들과 함께 그 음악을 즐기기 위함입니다.”

천자가 얼굴빛을 고치고 칭찬하며 말했다.

“노래와 춤이 아름다울 뿐만 아니라 간언하는 의미가 또한 그 속에 들어 있으니, 이는 필시 가르친 사람이 있으리라.”

이렇게 말하면서 천자는 강남홍을 돌아보며 미소를 짓고, 즉시 좌우에 명하여 술을 올리도록 하여 큰 잔으로 먼저 진왕에게 벌주를 내렸다. 또 한 잔을 들어서 양창곡에게 하사하며 말했다.

“벌을 내렸으면 상을 내리지 않을 수가 없도다. 경은 사양하지 말라.”

그러고는 술과 음식을 가져와서 여러 낭자들과 기생들에게 먹였다. 진왕이 웃으며 아뢰었다.

“신의 나라 경계는 북방에 가까워서 거리의 아이들이나 이름 없는 병졸들은「소융시」小戎詩를 노래하고, 여항의 부녀자들은「장성곡」長城曲을 노래합니다. 그 강하고 드센 풍속에는 추호도 아리따운 기상이 없습니다.「우의곡」은 본래 저희들의 장기가 아닙니다. 바라건대 반귀비와 곽귀비 및 강남홍, 벽성선 등 여러 사람들로 하여금 각각 악기 하나씩을 가지고 자기가 잘하는 것으로 우열을 겨루게 해주소서."

천자가 웃으며 허락하니, 진왕은 두 귀비를 보며 말했다.

"과인이 열아홉 살에 토번을 격파하고 평생의 지략을 다른 사람에게 양보한 적이 없었소. 그런데 오늘 풍류진에서 대패하여 연왕 앞에서 항복의 깃발을 들었으니, 이는 비단 나의 수치만이 아니라 그대들의 수치이기도 하오. 그대들은 재주를 힘써 발휘하여 이 치욕을 씻도록 하시오."

여러 귀비가 웃으면서 말했다.

"첩 등이 무능하여 낭자군娘子軍에 숫자만을 채웠으니, 채찍을 잡고 깃발을 휘둘러 휘하의 지휘를 따르기만 하겠습니다. 자웅을 겨루고 승부를 다투는 것은 군사에게 있는 것이 아니라 장수에게 있는 것이라 하더이다."

이 말에 천자와 진왕이 크게 웃었고, 양창곡 역시 웃으면서 진왕을 놀렸다.

"강한 장수 밑에 약한 병졸이 없답니다. 대왕께서는 너무 화내지 마세요. 분노를 머금은 군대는 반드시 패배하는 법, 다시 본국으로 돌아가 지략과 재예를 연습하고 오십시오."

진왕이 크게 웃음을 터뜨렸다.

때는 이미 날이 저물어 황혼녘이었다. 동산 위로 달이 떠오르고 만리장공萬里長空에 티끌 한 점 없었다. 천자는 후원으로 잔치자리를 옮긴 뒤 푸른 비단으로 아름다운 휘장을 설치하고, 황태후를 모셔 여러 명부 및 비빈들과 함께 달구경을 하며 음악을 들었다. 진왕이 직접 자리에 있던 아쟁을 잡고 먼저 한 곡을 연주했다. 그 소리가 호방하고 쾌활하여 잔치자리의 분위기를 한껏 울렸다. 천자가 미소를 지으며 말했다.

"경의 풍류로운 솜씨가 번화하긴 하지만 수법이 생소하니 진실로 귀인의 음률이로다."

진왕이 연주를 마치고 즉시 아쟁을 밀어 주며 양창곡에게 말했다.

"연왕은 아끼지 말고 한 곡 연주하시오."

양창곡이 사양하며 말했다.

"저는 본디 소졸疏拙한 사람이라, 음률에는 배운 바가 없어서 명을 받들지 못하겠소이다."

진왕이 웃으면서 좌우에 명하여 술을 가져와 큰 잔에 가득 부어 천자에게 아뢰었다.

"연왕이 스스로 자신의 체면을 귀중하게 여기고 재주를 아까워하여 폐하의 즐거움을 돕지 않으니 벌이 없을 수 없습니다. 이 술로 벌을 주소서."

천자가 웃으면서 허락하니, 양창곡이 두 손으로 받들어 마시고 다시 한 잔을 부어 천자에게 아뢰었다.

"진왕이 무례하여 오랑캐의 어지러운 솜씨로 현란한 음악을 연주하여 천자의 귀를 소란스럽게 했으니, 벌을 내리지 않을 수 없나이다."

천자가 웃으면서 허락하고, 궁녀에게 말했다.

"두 왕이 벌주를 빙자해서 자기들만 서로 술을 마실 뿐 자리에 있는 이 노형老兄에게는 한 잔도 권하지 않으니 벌을 내리지 않을 수 없구나. 술 두 잔으로 두 왕을 벌하도록 하라."

진왕과 양창곡이 한꺼번에 받아 마시니, 강남홍이 시립하고 있다가 나아가서 다른 잔을 가져다가 한 잔을 천자에게 올리며 아뢰었다.

"달빛이 차갑고 밤기운이 서늘하니 한 잔 올리겠나이다."

천자가 흔쾌히 받으면서 말했다.

"난성후 강남홍은 남편의 잘못을 잘 보완하는데, 두 귀비는 어찌 움직이지도 않는가?"

곽귀비가 술잔을 받들어 올리자 술잔을 헤아리는 산가지가 서로 엇갈리고 술상이 낭자하여, 밝은 달 맑은 밤에 임금과 신하가 모두 취했다. 천자가 여러 낭자들을 돌아보며 음악을 연주하라 재촉하니, 반귀비와 곽귀비가 먼저 비파와 보슬을 조정하여 한 곡을 연주했다. 비파는 절절하고 보슬은 싸늘하여 옥쟁반에 구슬이 구르는 듯하고 삼경 깊은 밤 창밖에 찬비가 방울방울 떨어지고 창 저편 여자아이가 마음속을 토로하는 듯하여, 번화한 가운데 슬픔과 원망이 있고 질탕하면서도 슬픈 빛이 들어 있었다. 그 정묘한 솜씨와 맑고 신선한 음률은 여러 기생들이 미칠 바가 아니었다.

천자가 무릎을 치면서 칭찬했고, 강남홍과 벽성선 역시 떠들썩하게 탄복했다. 진왕이 크게 기뻐하여 양창곡을 바라보며 스스로 자랑스럽게 여기는 기색이 얼굴에 가득했다. 두 귀비가 연주를 마치자 강남홍과 벽성선 두 낭자가 한 쌍 옥적을 꺼내서 달을 향하여 연주했다. 가볍고 아련하게 한 곡을 불었다. 하성下聲은 청아하여 온 자리를 감싸고, 상성上聲은 격렬하여 하늘에 닿는 것이었다. 단산의 아름다운 봉황이 암수가 서로 화답하는 듯, 푸른 하늘의 백학이 끊어졌다 이어지며 처절하게 우는 듯, 가을바람이 소슬하게 부는 듯, 달빛이 하얗게 빛나는 듯했다. 비빈과 궁녀들은 일시에 슬픈 빛으로 얼굴색이 바뀌었으며, 천자는 그것을 칭찬했다. 두 낭자가 다시 검푸른 눈썹을 펴고 붉은 입술을 모아 자웅률雌雄律을 합하자 한 쌍의 옥적이 한 소리로 3장을 불었다. 그 청아한 곡조는 하늘하늘 끊어지지 않고 이어졌다. 산천이 서로 응하고 바람과 구름이 가득 일어났다. 농옥弄玉*의 통소가 반공에서 내려오고 왕자진의 생황이 달빛 아래 아스라이 울려퍼지는 듯했다. 후원에서 잠을 자던 학이 알연히 길게 울면서 검은 치마 흰 옷으로 훨훨 날아들어 양 날개를 떨치면서 쌍쌍이 배회하며 짝을 지어 춤을 추는 것이었다. 천자가 망연자실하여 두 낭자를 보면서 말했다.

---

* 춘추시대 진나라 목공(穆公)의 여동생으로, 남편 소사(蕭史)와 함께 통소를 잘 불었다고 한다.

"짐이 천리 밖 바닷가에서 부질없이 신선을 구했구나. 두 낭자의 옥적은 인간의 소리가 아니다. 짐으로 하여금 날개가 돋쳐서 신선이 되어 하늘로 올라가는 듯한 마음을 가지게 하는구나. 오늘 밤 표연히 천상 백옥경 요대에 앉아 있는 것 같도다."

두 개의 피리를 모두 불고 거두어들였지만, 남아 있는 소리가 허공에 남아 들려오는 듯 한동안 끊어지지 않았다. 천자가 웃으면서 두 낭자를 돌아보고 말했다.

"두 귀비의 음악이 아름답기는 하지만, 옛글에 이르기를 「소소」蕭韶*가 아홉 번 이루어지매, 봉황이 와서 춤을 춘다'고 했다. 음악이 귀신과 인간을 감동시키지 못한다면 어찌 온갖 짐승을 이끌어 춤추게 하겠는가. 두 낭자의 옥적은 짐이 논평할 수 없겠구나. 한 쌍 백학이 합하여 참여했으니, 다시 진왕을 벌하라."

진왕이 술잔을 받들고 아뢰었다.

"신이 만약 이 자리에서 연왕을 벌주지 못한다면 맹세컨대 진나라로 돌아가지 않겠습니다. 이제 음악으로는 다툴 수가 없으니, 원컨대 두 낭자에게 각각 시 한 수씩을 지어 그 재주를 비교하게 해주소서."

천자가 이를 허락했다. 양창곡이 아뢰었다.

---

* 고대 순임금이 지었다는 음악이다.

"가을 달이 자못 싸늘하고 밤빛이 이미 깊었습니다. 청컨대 다시 연춘전 안으로 자리를 옮기소서."

천자가 그 말을 좇아 연춘전으로 자리를 옮기고 시험장을 마련했다. 이때 진왕은 본래 한번 마음껏 놀 심산이었지 억지로 승부를 겨루려는 의도는 아니었다. 그러나 두 번이나 패하자 소년의 날카로운 기운으로 마음속으로 분연히 생각했다.

'강남홍이 비록 재주가 많다고는 하지만 일찍이 장수로 활약하면서 무예만을 일삼았을 것이다. 시를 짓는 일에야 어찌 민첩한 능력이 있겠는가.'

진왕은 다시 꾀를 하나 내어 반귀비와 괵괴비 두 사람과 몰래 약속을 했다.

"천자께서는 마땅히 그대들과 강남홍 벽성선 두 낭자에게 시를 짓도록 하실 것이다. 그대는 미리 생각해 두었다가 갑자기 대충 짓는 일이 없도록 하라."

두 귀비가 웃으면서 말했다.

"시제를 어찌 미리 지어 놓겠습니까?"

진왕이 한참 생각하다가 말했다.

"폐하 앞에 있는 금련촉金蓮燭으로 칠보시를 짓게 하도록 하겠다."

이렇게 약속을 정하고 자리에 앉았다. 천자가 여러 낭자들을 불러 각가 아름다운 종이와 붓, 먹을 하사하고, 다시 진왕과 양창곡을 돌아보며 시제를 물었다. 진왕이 일부러 오래 생각하는 척하다가 아뢰었다.

"달빛 아래 음악은 이미 끊어지고 촛불 아래 시험장을 차렸으니, 어전에 있는 금련촉으로 시제를 내시는 것이 좋을 듯합니다."

천자가 허락하자, 진왕이 또 아뢰었다.

"시를 짓는 재주를 보고자 할진대 반드시 민첩하게 지어야 할 것이니, 칠보시를 짓도록 하는 것이 어떠하겠습니까?"

천자가 좋다고 하면서 기녀 한 사람을 앞에서 일곱 걸음을 걷도록 해 여러 낭자들의 흥을 돋우고자 했다. 연춘전 위에 북을 걸고, 한 번 북을 울릴 때마다 기녀가 일곱 걸음을 걸어서 들어오니, 아름다운 종이가 비처럼 날려 떨어지는 것이었다.

곽귀비는 여섯 걸음만에 시를 지었다.

새벽녘에도 달은 항상 가득 차고	五夜月恒滿
늦봄에도 꽃은 아직 시들지 않았다	三春花未殘
몇 번이나 금란전에서	幾度金鸞殿
학사들에게 보내졌을까	撤送學士班

반귀비는 일곱 걸음만에 시를 지었다.

구중궁궐에 밤은 바다처럼 깊은데	九重夜如海
한 조각 붉은 마음 먼저 토했다	先吐寸丹心

| 천하의 모든 일 이제 많이 한가로워 | 萬機今多暇 |
| 오경 찬 기운에 이르지 않는다* | 不到五更寒 |

강남홍은 여섯 걸음만에 지었다.

밤 깊도록 조서를 준비하다가	夜深抄丹詔
남은 빛이 아름다운 휘장에 떨어진다	餘光落粉幃
장명루** 길고 긴 실을 꿰어서	穿取長命縷
임금 위해 색동옷에 수를 놓는다	爲君繡斑衣

벽성선은 일곱 걸음만에 시를 지었다.

별자리 옮겨 가고 궁궐 물시계 돌아가니	星移虯漏轉
바람 불어오자 사향 냄새 서늘하다	風到麝薰寒
밤마다 임금 가까이 있으니	夜夜君王近
작은 마음 이렇듯 붉었어라	寸心似許丹

---

* 만기(萬機)는 임금이 살펴야 하는 천하의 모든 일을 말한다. 이 부분은 일이 많을 때는 새벽이 밝는 5경(아침 5~7시)까지 일을 했지만, 이제는 천하가 태평해졌으므로 새벽 찬기운을 맞으며 밤새도록 정사(政事)를 살필 필요가 없다는 의미로 쓴 것이다.

** 오래 살기를 기원하는 뜻으로 사용하는 실이다.

그들은 각각 이름을 봉한 채 받들어 올렸다. 천자가 직접 작품을 평하면서, 여러 낭자들의 시가 아름답지 않은 것은 없지만 그중 한 편을 특히 절창이라고 생각하여 마음에 점찍어 두고 진왕과 양창곡에게 하사하며 말했다.

"경 등이 우열을 정해 보시오."

진왕이 받들어 살피니, 그중 한 편의 재주와 생각이 영롱하고 생각이 정밀하여 갑작스럽게 지은 빛이 없었으며, 게다가 여섯 걸음만에 지은 것이었다. 진왕은 마음속으로 이 작품이 바로 괵귀비가 미리 지은 작품일 것이라고 생각하고, 양창곡을 바라보며 말했다.

"과인이 보기에는 이 작품이 제일 나은 듯합니다."

양창곡이 보기에도 과연 그 작품의 재주가 아름다우면서도 오묘하고 생각이 기이하여 강남홍의 작품임이 완연했다.

'두 낭자가 이미 두 번이나 이겼으니, 이번은 양보하는 것이 좋겠구나.'

양창곡은 마음속으로 이렇게 생각한 뒤 미소를 지으며 대답했다.

"이 작품이 비록 아름답기는 하지만 금려촉과는 내용이 맞지 않소이다. 제가 보기에는 '몇 번이나 금란전에서 학사 무리들에게 보내졌는가' 하는 구절이 시제에 딱 맞아서 제일 훌륭하다고 생각됩니다."

진왕이 이 말을 듣고 더욱 의아스럽게 여기면서 이렇게 생각했다.

'연왕의 뛰어난 안목으로 어찌하여 이 작품이 제일이라는 것을 모르는 것일까? 그러나 반드시 두 낭자의 작품이 아니라고 생각하여 이기려는 마음이 앞서서 이렇게 우기는 것이로구나.'

진왕은 웃으면서 말했다.

"예부터 시인은 진부한 표현을 꺼리고 청신한 것을 위하는 법입니다. 금련촉을 시제로 한 것으로 연왕께서 지목하신 그 구절은 늙은 선비들의 일상적인 표현이지요. 무슨 신기한 게 있겠소이까?"

두 사람이 논쟁을 벌이며 그치지 않자, 천자가 두 편의 시를 가져오라고 하여 한참 동안 곰곰이 보더니 말했다.

"진왕의 말이 옳도다. 오늘 밤 금련촉 아래서 '색동옷 수놓는다'는 구절은 과연 시제에 딱 맞는 것이다."

천자는 붉은 붓을 들어 직접 점고하여 일등으로 뽑은 다음 봉한 것을 열어서 이름을 확인해 보니 바로 강남홍의 작품이었다. 진왕이 크게 웃으며 양창곡이 지목한 작품의 봉한 부분을 열어 보니 바로 괵귀비의 작품이었던 것이다. 천자와 두 왕이 웃음을 터뜨리며 궁녀에게 명하여 술 한 잔을 가져와 진왕을 벌하도록 했다. 그러자 진왕이 말했다.

"신이 또 이 잔을 마시게 되니 더더욱 분합니다."

그러고는 자신이 괵귀비와 몰래 약속했던 일을 아뢰니, 천자가 포복절도하는 것이었다. 조금 뒤 물시계 소리가 이미 끊어지고 북두칠성은 동쪽으로 기울어 새벽빛이 푸르스름하게 밝아 왔다. 천자가 잔치를 마치려 하자, 진왕이 말했다.

"신이 오늘 밤 3전 3패를 당한 수치를 갚을 길이 없으니, 내일 다시 상림원上林苑에 있는 격구장을 정리하고 두 낭자와 궁녀들을 데리고 재주를 겨뤄 볼까 하나이다."

천자가 흔쾌히 허락하고, 두 낭자와 명부, 비빈 등을 궁중에 머무르도록 했다. 이들의 승부는 과연 어찌될 것인가. 다음 회를 보시라.

제49회

철귀비는 말을 달려 채구를 치고,
강남홍은 검무를 추어 공작을 희롱하다

鐵貴妃馳馬擊彩毬 紅鸞城劍舞戲孔雀

진왕이 소년으로서의 날카로운 기상으로 세 번씩이나 연거푸 패하니 어찌 분한 마음이 없겠는가. 이에 황태후에게 청했다.

"신이 오늘 음악과 시와 술로 두 낭자의 재주를 다투려 했을 때에는 승부에 마음을 두었던 것이 아니라 경사스러운 잔치 분위기를 도와 한번 웃자고 한 일이었습니다. 그러나 3전 3패를 하게 되니 어찌 부끄럽지 않겠습니까? 내일 다시 후원에서 격구를 하여 오늘의 치욕을 씻고자 하니, 원컨대 궁중 시녀들 중에서 말을 잘 타는 사람 수십 명을 빌려주십시오."

황태후가 웃으면서 말했다.

"궁녀들의 격구 솜씨는 필시 서투를 텐데."

진왕이 말했다.

"진나라 풍속은 전적으로 격구를 일삼는 데다, 철귀비 역시 군중에서 유명합니다. 철귀비에게 궁녀를 지휘하여 잠시 가르친다면 반드시 이해시킬 것입니다."

태후가 허락했다.

다음 날 진왕이 상림원에 격구장을 마련하고 천자와 황태후, 황후 등을 모시고 대상臺上에 올라 자리했다. 보장寶帳과 주렴이 좌우에 첩첩이 드리웠고 명부와 귀빈들이 줄지어 늘어서서 구경했으며, 삼천 명의 궁녀가 한꺼번에 고운 화장과 잘 차려입은 옷차림으로 구름처럼 모여들었다. 그러자 후원 일대가 온통 둥글고 커다란 꽃의 공과 같았다. 푸른 소매와 붉은 화장은 햇빛에 빛나고, 노리개 쟁그랑거리는 소리는 바람결에 아스라이 퍼져 나갔다. 여러 낭자들이 각각 격구 도구와 의복을 준비하여 격구장으로 올랐다. 철귀비는 진나라 여러 기생과 반귀비, 곽귀비를 대동하고 서쪽에 줄지어 섰다. 강남홍은 연왕부의 여러 기생과 벽성선, 일지련 두 낭자를 데리고 동쪽에 줄지어 섰다. 진나라 공주 역시 궁녀 수십 명을 뽑아 철귀비를 도왔다.

이때 천자가 친히 대臺 위에 와서 양창곡에 말했다.

"격구는 언제부터 나왔으며 무엇을 본뜬 것이오?"

양창곡이 아뢰었다.

"남방에 사자가 있는데, 태어날 때부터 목 아래에 한 무더기의 터럭이 있다 합니다. 그것을 '구毬'라 합니다. 사자 새끼는 어려서부터 밤낮으로 '구'를 가지고 놀며 발로 차기도 하고 움켜잡기도 하면서 짐승을 잡는 법을 익힙니다. 달리는 짐승 중에서 사자의 용맹을 칭찬하는 것은 힘이 있을 뿐만 아니라 발로 차고 움켜쥐면서 짐승을 잡는 수법이 수많은 짐승들 중에서 워낙 출중하기 때문입니다. 후세 사람들이 이 법을 본떠서 격구를 만들었습니다. 발로 차면 '각구'脚毬, 손으로 후려치면 '격구'라 합니다. 이것을 가지고 개인적으로 창과 검을 쓰는 방법을 익힙니다. 그런데 당나라에 이르러 이 법이 성행하여 재상 귀인들이 자주 격구를 하여 재주를 겨뤘는데, 실수하면 얼굴을 다칠 뿐만 아니라 사망하는 우환까지 있었습니다. 해괴한 체모와 위험한 행동으로 보자면 정인군자가 할 것은 아닙니다."

천자가 미소를 지으며 좌우에 명하여 격구에 사용되는 모든 도구들을 가져와 살펴보았다. 쪼갠 나무를 둥글게 만들고 수놓은 비단으로 그것을 감싸니, 이것이 바로 '채구'彩毬였다. 나무를 쪼개서 지팡이를 만들어 조각을 하고 단청을 한 뒤 그 끝부분에 상모를 달았으니, 이것이 '채봉'彩棒이었다. 동쪽과 서쪽으로 나누어 서서 채봉으로 채구를 치면서 서로 공격하다가 만약 실수하여 땅에 떨어뜨리면 이것으로 승부가 갈리는 것이었다. 교묘한 수단이 나오면 나올수록 기이해지니 채봉으로 치는 수법은 신출귀몰했다. 일지련이 몰래 강남홍에게 말했다.

"낭자의 격구 솜씨는 어느 정도인지요?"

강남홍이 말했다.

"대충 듣기는 했지만 서툰 수준을 면치 못하오."

일지련이 웃으면서 말했다.

"격구는 우리 남방의 놀이입니다. 첩이 일찍이 배운 것은 없지만, 지금 양보하여 철귀비의 솜씨를 드러내게 해주는 것이 좋을 듯합니다."

강남홍이 웃으며 말했다.

"나도 그런 생각을 하긴 했지만, 매번 일을 당하면 호승심이 자연히 앞서니 어쩌겠소?"

두 사람이 크게 웃자, 괵귀비가 멀리서 바라보다가 웃으면서 말했다.

"두 분 낭자는 무슨 일 때문에 웃는 거요?"

강남홍이 웃으며 말했다.

"일지련 낭자가 격구하는 방법을 묻기에 대충이라도 가르쳐 주었는데 잘 이해를 못하기에 웃었지요."

철귀비가 웃으며 말했다.

"쌍창을 쓰는 사람이 어찌 격구를 하는 방법을 모르겠어요? 강남홍 낭자는 다른 사람을 속일 수는 있어도 저를 속이기는 힘들 겁니다."

잠시 후 대상에 걸린 북이 한 번 울리자, 두 낭자와 모든 기녀들이 일제히 말에 올라서 동서로 나눠 섰다. 두 번째 북이 울리자마자 그들은 일제히 비단 적삼을 걷어붙이더니 채봉을 휘두르며 뛰어올랐다. 세 번째 북을 울리자 한 기녀가 말을 달려오면서 좌우에 채구를 들고 공중에 던졌다. 그녀는 오른손으로는 채봉을 휘두르며 한 번 치고는 질풍처럼 빠르게 말을 달려갔다. 채구가 공중에 솟구쳐 올랐다가 강남홍의 머리 위로 거의 떨어지려는 순간 그녀는 웃으며 말을 돌려 몇 걸음 물러났다. 연왕부 여러 기녀들 중 한 사람이 채봉을 들어 말을 달려 출장하여 한 차례 봉을 쳤다. 철귀비가 웃으며 말했다.

"강남홍 낭자의 솜씨가 이토록 노숙하단 말이오?"

채구가 이미 솟구쳐 괵귀비의 머리 위를 지나니, 후궁의 궁녀들과 양측 기녀들이 서로 봉을 가지고 다투어 공을 쳤다. 한참 동안을 분분히 채봉이 북소리에 응하여 흩날리는 비처럼 어지럽고, 바삐 움직이는 채구는 유성처럼 빠르게 공중에서 휘젓고 다녔다. 철귀비가 한참 바라보다가 마음이 근질거리고 정신이 동탕하여 말을 달려 나왔다. 그녀는 진나라 기녀들의 채봉을 빼앗아 두 손에 쌍봉을 들고 채구를 몰았다. 오른손으로 치면서 왼손으로 받고 오른손으로 받아 왼손으로 치면서 한바탕 서로 놀았다. 갑자기 버드나무같이 가는 허리를 한 번 굽히면서 쌍봉이 한 번 번득이자 채구가 백여 길이나 솟구쳤다. 이른 바 '곤풍구'鯤風毬라고 하는 수법으로, 바람처럼 일어나기 때문에 붙은 이름이었다. 일지련이 다시 말을 달려오면서 손에 들고 있던 채봉을 공중에 던져서 내려오던 채구를 받아치자 채구는 다시 구름 사이로 솟구쳤다. 좌우의 모든 기녀들이 갈채를 보내며 칭찬했다. 이것은 바로 '유성구'流星毬라고 하는 수법인데, 유성처럼 빠르다고 해서 붙은 이름이었다.

철귀비가 이에 발끈하면서 말을 달려왔다. 그녀는 두 손에 들고 있던 채봉으로 채구를 받아 동쪽을 치고 서쪽으로 말을 달렸고 서쪽에서 받아 동쪽으로 말을 달렸다. 갑자기 채구를 사납게 쳐서 날아가는 화살처럼 빠르게 강남홍의 옆에 떨어뜨리려 했다. 바로 '벽력구'霹靂毬라 하는 것인데, 급하고 빠른 것이 마치 벼락과 같아서 붙은 이름이다. 강남홍이 웃으면서 말고삐를 잡고 조금도 움직이는 빛이 없이 채봉을 높이 들어 날아오는 채구를 번개처럼 쳤다. 말 앞에 떨어지려던 채구는 다시 몇 길을 높이 솟구쳤다. 강남홍은 그것을 다시 한 번 치니 아득히 공중으로 솟아올랐다. '춘풍구'春風毬라는 수법인데, 봄바람이 땅에서 일어나는 듯하기에 붙은 이름이다.

철귀비는 그제야 강남홍과 일지련의 격구 솜씨가 출중하다는 것을 알고 자기 소매 안에서 몰래 채구 하나를 꺼내서 공중에 던지고 쌍봉을 들어 쳐올렸다. 그러자 한 쌍의 채구가 강남홍을 향해 날아가는데, 하나는 비스듬히 날아갔고 다른 하나는 높이 솟구쳤다가 머리 위를 향해 날아갔다. 강남홍이 미소를 지으며 즉시 다른 기녀의 채봉을 잡아서 두 손에 쌍봉을 들고 날아오는 채구를 반대편으로 쳐서 땅에 떨어뜨리고, 낭랑하게 웃으며 말했다.

"규칙에도 없는 채구를 어찌 받을 수 있겠습니까?"

철귀비 역시 크게 웃으면서 채봉을 거두며 사과했다.

"낭자의 격구 솜씨는 첩이 따르지 못하겠습니다. 하물며 정묘하게 도와주는 사람까지 있으니, 어찌 대적할 수 있겠습니까? 다른 사람은 물러가게 하고, 우리 두 사람이 두 개의 채구를 받아서 자웅을 겨루는 것이 어떻습니까?"

강남홍이 허락하고, 철귀비와 함께 각각 채봉을 잡고 격구장으로 올라가 평생 배운 기술을 다 발휘했다. 강남홍의 가볍고 민첩함은 제비가 꽃을 치는 듯하고, 철귀비의 쾌활함은 바람이 나뭇잎을 쓸어 내는 듯했다. 한 쌍의 채구는 동해에서 솟구치는 해와 같았고 서산에 지는 달과 같았다. 반 시각을 다투었지만 승부와 우열을 가늠하지 못했다. 천자와 두 왕은 대상에서 바라보며 끊임없이 칭찬했다. 그런데 갑자기 철귀비의 채봉 쓰는 법이 점점 줄어들고 강남홍의 솜씨는 더욱 활발히 움직였다. 원래 철귀비는 격구법만을 알 뿐이었지만, 강남홍은 검술을 겸하여 쌍검을 쓰는 수법으로 채봉을 썼던 것이다. 그러니 철귀비가 어찌 강남홍을 대적하겠는가.

그때 강남홍이 말 앞에 채봉을 던지고 웃으면서 말했다.

"스스로 물러나는 자가 지는 것입니다. 첩은 힘이 다하고 재주가 곤궁하여 귀비의 솜씨를 당하기 어렵습니다."

철귀비 역시 크게 웃으면서 말했다.

"낭자의 재주는 사람의 힘으로는 감당할 수 없겠소. 겸양의 풍모로 제 마음을 위로하시려는 것을 어찌 첩이 모를 수 있겠습니까?"

이때 진왕은 강남홍이 양보하는 뜻을 알고 미소를 지으며, 큰 잔의 술로 양창곡을 벌주면서 말했다.

"통쾌하도다! 과인이 이제야 설욕을 했구나!"

철귀비가 그 앞으로 나아가서 고했다.

"이것은 난성후 강남홍 낭자가 일부러 패배해 준 것이니, 자랑할 게 없습니다."

진왕이 웃으며 말했다.

"일부러 져 준 것도 패한 것이고, 진짜 패한 것도 패한 것이지. 승리했다는 것은 마찬가지요."

그는 진나라 기녀들에게 음악을 연주하고 승전고를 울리게 한 뒤 격구 시합을 끝냈다.

진나라 공주가 다시 여러 낭자들과 만나서 궁중에서 놀게 되었다. 그녀는 진나라의 세 귀비를 보고 말했다.

"그대들이 용맹이 없어 여러 차례 패했으니, 이번에는 내가 직접 쌍검을 잡아 험난함을 무릅쓰고 이 치욕을 씻어 보아야 겠소."

공주는 쌍륙을 가져오라 명하고 윤부인과 편을 나누어 앉았다. 윤부인은 강남홍, 벽성선, 일지련과 같은 편이 되고, 공주는 철귀비, 반귀비, 괵귀비와 같은 편이 되었다. 공주가 부인과 약속을 했다.

"부인이 이기신다면 술로 저를 벌주시고, 제가 이긴다면 역시 부인을 벌주도록 합시다."

윤부인이 미소를 짓고 쌍륙을 시작했다. 공주가 먼저 주사위를 던지면 철귀비가 말을 쓰고, 윤부인이 주사위를 던지면 강남홍이 말을 썼다. 세 낭자와 세 귀비가 차례로 주사위를 던져서 말판의 상황이 이리저리 뒤집히고 승부를 분간할 수 없었다. 그런데 공주가 좋은 점수를 얻자 철귀비가 크게 소리를 지르며 말을 쓰면서 기세가 등등했다. 윤부인 역시 좋은 점수를 얻자 강남홍이 크게 소리를 지르며 말했다.

"철귀비는 너무 좋아하지 마시오. 남방과 북방을 두루 정벌한 양원수의 부인으로서 항복의 깃발을 꽂는 것이 어찌 쉽겠소이까?"

그녀가 큰소리를 치며 말을 쓰자 좌우에서 구경하는 사람들이 일제히 크게 웃었다. 철귀비 역시 주사위를 거두고 크게 소리를 지르며 말했다.

"여섯 나라를 통일한 진나라의 철귀비가 여기 있으니, 난성후는 물러서시오."

그러고는 주사위를 굴리니 과연 높은 점수가 나오면서 형세가 바뀌어 윤부인 편이 너무 위태로워졌다. 승부는 주사위한 번에 걸려 있었다. 강남홍이 눈을 들어 판세를 살피더니 웃으면서 말했다.

"하늘이 홍혼탈을 태어나게 하시더니, 위급한 형세를 매번 혼자 감당하게 하시는구나."

그녀는 옥 같은 손을 높이 들어 정신을 모아 한 번 던지고 물러 앉았다. 사람들이 보니 과연 높은 점수를 얻었고, 덕분에 한 판을 크게 이기게 되었다. 강남홍이 낭랑하게 웃으면서 앵무배에 포도주를 가득 부어 철귀비에게 주면서 말했다.

"공주님께서는 금지옥엽과 같은 분이니 감히 벌을 드리지는 못하겠고, 철귀비는 말을 잘못 써서 패배를 당했으니 당연히 벌을 받아야겠소."

공주가 웃으면서 말했다.

"군중에서 농담은 없는 법! 이 잔은 내가 마셔야 마땅하다."

공주가 술잔을 받아 마셨다. 그것은 다음으로 윤부인에게 권하려고 한 것이었다. 공주가 다시 한 판을 차리고 주사위를 던지면서 자기가 스스로 말을 썼다. 반 판도 진행되지 못했는데, 윤부인의 판세가 매우 위태로워졌다. 강남홍이 주사위를 들어 웃으면서 말했다.

"나의 쌍검과 설화마를 가져오라. 홍혼탈이 아니면 이 위급함을 구하기 어려우리라."

그녀가 주사위를 한 번 던지자 판세는 다시 바뀌어 공주의 위태로움이 주사위 한 번에 달리게 되었다. 공주가 웃으면서 소매를 걷더니, 반귀비의 주사위를 빼앗으며 말했다.

"형세가 크게 위급하면 천자께서도 친히 흉노를 정벌하시는 법이다. 내 마땅히 스스로 출전하여 자웅을 겨루겠노라."

공주는 직접 주사위를 들어 던지고는 무릎을 치며 낭랑히 웃었다. 사람들이 보니 과연 높은 점수로 크게 이겼다. 공주가 크게 웃으면서 직접 술 한 잔을 들어 윤부인에게 권하니, 윤부인이 웃으면서 말했다.

"저는 본래 술을 마시지 못하니 벌주를 감당하지 못하겠습니다."

공주가 다시 웃으면서 말했다.

"벌을 받는 사람이 어찌 주량이 적다고 사양하시오? 나 또한 아까 마신 술이 아직 깨지 않았소이다. 부인은 사양하지 마시오."

윤부인이 어쩔 도리가 없어서 잠시 입술을 댔다가 강남홍에게 밀치니, 강남홍이 웃으며 말했다.

"첩은 공을 세운 것은 있지만 벌을 받을 일은 하지 않았습니다. 이 벌주를 맛보는 것이 어찌 억울하지 않겠습니까?"

공주도 크게 웃으면서 술상을 앞으로 내와서 여러 낭자들에게 권하니, 좌중이 모두 크게 취했다. 철귀비가 다시 쌍륙판을 끌어당기더니 강남홍을 보며 말했다.

"제가 비록 재주는 없으나 무언가를 걸고 대국을 벌여서 자웅을 겨룹시다."

이때 강남홍도 약간 취해 뽐내는 기색을 얼굴 가득 띠면서 말했다.

"철귀비께서 먼저 무엇이든 거세요."

철귀비가 웃으면서 말했다.

"제가 패하면 낭자가 요청하는 것은 무엇이든 명령대로 따르도록 하지요. 만약 낭자가 진다면 검술을 잠깐 보고 싶소."

강남홍이 웃으며 말했다.

"하지만 저는 귀비의 재주가 무엇인지를 모르니 무엇을 요구해야 하지요?"

곽귀비가 옆에서 미소를 지으며 말했다.

"철귀비의 「장성곡」은 진나라에서 유명하답니다. 그 곡을 청하시지요."

철귀비가 그렇게 하겠노라 응낙했다. 두 사람이 쌍륙을 노는데, 철귀비의 기세등등한 모습과 강남홍의 민첩한 솜씨는 호적수가 만난 전쟁터에서 초나라와 한나라가 칼끝을 다투는 듯하여 한참을 끌었다. 그렇지만 좌우에서 구경하는 사람들은 쌍륙에는 관심이 없고 철귀비의 쾌활함과 강남홍의 민첩함을 자자하게 칭찬하는 것이었다. 그때 홀연 강남홍이 주사위를 던지며 큰 소리로 말했다.

"귀비께서는 빨리 「장성곡」을 부르세요."

사람들이 모두 바라보니 철귀비의 판세가 이미 곤궁해져 있었다. 철귀비가 다시 판을 벌이면서 말했다.

"장성곡은 제 가슴속에 들어 있으니, 다시 한 판 겨루어서 낭자의 검술을 보고 싶소이다."

철귀비는 주사위를 굴리고 말을 쓰라고 재촉했다. 강남홍의 판세는 끝까지 이길 듯했다. 공주 이하 좌우의 궁녀들과 좌중의 모든 구경꾼들은 강남홍의 검술을 보고 싶어서 철귀비를 도와 그녀가 이기기만을 고대했다. 강남홍이 또 높은 점수의 주사위를 얻으니, 반귀비와 괵귀비가 한꺼번에 소리를 지르고 손으로 쌍륙판을 치면서 말했다.

"강남홍 낭자는 검술을 아끼지 마세요."

그러자 주사위가 다시 구르며 철귀비가 이기게 되었다. 강남홍이 웃으면서 말했다.

"사람이 많으면 하늘도 이긴다더군요. 벽성선, 일지련 두 낭자는 자중자애하면서 조용히 있으니, 어찌 나를 한 번도 돕지 않은 거요?"

그 말에 자리하던 사람들이 온통 웃음보를 터뜨렸다. 철귀비가 즉시 몸을 일으키더니 반귀비와 괵귀비를 보며 말했다.

"그대들은 내가 못생겼다고 비웃을지라도 나는 본래 화장을 하고 분을 바른 대장부외다. 어찌 아녀자의 부끄러운 태도를 보이리오."

철귀비는 진나라 기녀들에게 명하여 전각 위에 큰북을 달게 했다. 그녀는 북채를 들고 소매를 떨치더니, 한 걸음 나아가 북을 울리고 다시 한 걸음 물러나 「장성곡」을 불렀다. 북소리가 깊게 울리고 노랫소리는 크고도 아련히 뻗어 나가 너무도 쾌활했다. 그 노래는 다음과 같다.

만리장성 쌓은 장사 흙도 지고 돌도 지고

황하수黃河水를 메웠지만 봉래蓬萊 바다 못 메웠다

동남동녀 싣고 간 배 가더니 아니 오네

두어라, 막아도 못 막을 건 여류세월如流歲月인가 하노라

삼척검 손에 들고 만리장성 올라 보니

만고영웅의 큰 경륜이 이뿐일까

장성 밑에 집을 짓고 장성 아래 뽕을 따니

북방 찬 바람에 얼굴 고운 저 각시야

양도 몰고 돼지도 몰고 낙타 타고 시집갈 제

구태여 왕소군의 고운 태도 나는 부럽지 아니하네

철귀비는 노래를 마치고 북채를 던지며 웃었다.

"이것은 진나라 여자가 뽕을 따면서 서로 화답하여 부르는 노래지요. 저 역시 여항에서 태어나 자란 탓에 어렸을 때의 옛 버릇을 아직도 기억합니다. 잠시 이 자리에 한번 웃으며 즐길 거리를 도와드리긴 했지만, 사실은 강남홍 낭자의 검술을 보고 싶어서 이렇게 보잘것없는 재주를 드러낸 겁니다."

강남홍이 미소를 지으며 그 쾌활함을 칭찬하고, 좌우에 명하여 집안에 둔 부용검을 가져오라고 했다. 때는 마침 서산에 해가 떨어지고 궁중에 등불이 휘황찬란할 시간이었다. 강남홍이 공주에게 아뢰었다.

"오늘 밤 달빛이 정말 아름답습니다. 잠시 후원으로 올라가 거닐면서 마음을 시원하게 터 보는 것이 좋겠습니다."

공주가 흔쾌히 몸을 일으켜 여러 귀비와 궁녀들을 거느리

고 다시 후원으로 갔다. 밝은 달은 하늘에 가득하고 찬 이슬이 이미 내려, 가을 경치가 상쾌하고 정신이 맑고 서늘했다. 잠시 후 연왕부의 기생들이 부용검을 가지고 왔다. 사람들이 살펴보니, 금과 옥으로 단장하고 구슬과 조개로 장식한 칼이었다. 길이는 3척을 넘지 못하고 풀잎처럼 가벼웠다. 강남홍이 달을 바라보며 한번 뽑자 서릿발 같은 검광이 달과 그 빛을 다투면서 한 줄기 상서로운 기운이 북두성과 우성 부근을 쏘아 눈이 어질어질하고 찬 기운이 사람을 덮치는 것이었다. 공주가 얼굴을 고치면서 감탄했다.

"이 검은 대단한 보물이로군요. 하늘이 강남홍 낭자에게 하사한 것이니, 그 광채가 사람을 움직이는 것은 낭자의 재질이고, 범하기 어려운 기상은 낭자의 지조입니다. 푸른 이끼 붉은 먼지도 추수秋水, 번쩍이는 칼 빛 같은 정신을 가리기 어려워, 한 조각 마음의 신령함이 장차 천추만세토록 묻혀 없어지지 않을 것이오. 만약 이 검이 낭자의 것이 아니라면 필시 주인 없는 칼이 되었을 것이며, 만약 이 검이 아니었다면 낭자의 재주를 드러내기도 어려웠을 게요."

철귀비는 부용검을 보더니 더욱 사랑하면서 차마 손에서 놓지 못했다. 괵귀비가 웃으며 말했다.

"이 검을 쓰는 방법을 모르면서 저렇게 좋아하다니! 귀비에게 이 검을 준다 해도 어디에 쓰겠소?"

철귀비가 웃으면서 말했다.

"내가 만약 먼저 얻었더라면 남방과 북방을 정벌한 공적을 다른 사람에게 양보하지 않았을 것이오. 어찌 나를 괵귀비와 같은 수준으로 놓고 그 은총을 다투면서 질투를 달게 받고 있겠소?"

그러자 사람들이 모두 허리가 끊어져라 웃어댔다. 강남홍이 검을 다시 받아 서더니, 달을 바라보며 배회하고 주저했다. 순간 그녀의 모습이 보이지 않더니, 한바탕 맑은 바람이 숲 끝에서 일어나며 쩽그랑거리는 칼 소리가 공중에서 들리는 것이었다. 사람들이 모두 놀라서 달빛 아래 쳐다보니, 자욱한 푸른 노을이 공중에서 일어나 상림원을 감싸고 어지러이 날리는 낙엽들이 한바탕 비바람처럼 쏟아졌다. 이때 한 쌍의 공작이 숲속에서 잠을 자다가 놀라 날아오르며 배회했다. 동쪽으로 향해도 칼소리가 들리고 서쪽으로 향해도 칼소리가 들리며, 동서남북 사방에서 검광이 서릿발처럼 빛나고 칼소리가 끊이지 않자, 공작은 형세가 너무 급박해져서 날개를 펴면서 어디로 가야 할지 몰라 사람들 앞으로 날아오는 것이었다. 철귀비가 이에 푸른 소매를 들어 공작을 가리면서 보호했다. 섬뜩 번쩍이는 검광이 철귀비의 머리 위를 휘감으며 쩽그랑거리는 칼소리에 모골이 송연해져서 공작을 버리고 송주 앞으로 달아났다. 공주가 웃으면서 말했다.

"대담한 철귀비께서 어찌 놀란 공작처럼 행동하십니까?"

주변 사람들이 박수를 치면서 웃음을 터뜨렸다. 잠시 후 강

남홍이 공중에서 표연히 부용검을 들고 내려왔다. 사람들이
모두 두려워 아무 말도 하지 못했다. 강남홍이 낭랑하게 웃으
면서 말했다.

"철귀비께서는 머리에 꽂은 채화를 살펴 보시지요."

철귀비가 놀라 손을 들어 채화를 뽑아 살펴보니, 채화의 잎
사귀 하나하나마다 마치 새겨 놓은 것처럼 칼자국이 낭자하
여 너무도 교묘했다. 자리에 앉았던 모든 사람들이 크게 놀라
며 감탄했다. 강남홍이 웃으면서 주변 사람들을 보고 말했다.

"다시 상림원 안에 떨어진 나뭇잎들을 주워서 보시지요."

사람들이 잎을 주워서 보니 칼자국이 모든 나뭇잎에 남아
있었는데 하나하나가 갈라져 있었다. 철귀비가 이에 강남홍
의 손을 잡고 말했다.

"제가 단지 낭자가 이 나라를 울릴 만한 미인인 줄만 알았
는데, 이제 보니 천지의 현묘한 재주를 품고 계시는군요. 천상
의 선녀가 인간 세상으로 귀양을 내려온 것이 아니라면 남해
보살南海菩薩의 후신으로 이 세상에 나온 분일 겁니다."

공주가 웃으며 말했다.

"검술이 세상에 전해 온다고 일찍이 듣긴 했지만 지금 처
음 보았소. 검 하나로 만인을 대적하는 것은 간혹 그럴 만하여
괴이할 것이 없지만, 삽시간에 무수한 나뭇잎을 하나하나 갈
라 놓는 것은 아무리 생각을 짜내 보아도 할 수가 없는 재주
요. 둔탁한 육신으로 공중을 횡행하면서 모습을 보이지 않는

것은, 요술이 아니라면 사람의 눈을 속이는 짓일 것이오. 그건 어떻게 한 것이오? 자세히 듣고 싶구려."

강남홍이 웃으면서 대답했다. 그녀는 장차 어떻게 대답을 할 것인가. 다음 회를 보시라.

제50회
상춘원의 단풍과 국화는 지기를 만나고,
자신전의 겨울 우레는 간사한 무리를 깨뜨리다
賞春楓菊遇知己 紫宸冬雷破奸黨

강남홍이 공주에게 대답했다.

"옛 시에 이르기를, '한 번 음이 되고 한 번 양이 되는 것을 도라 이르고 음양을 측량치 못하는 것을 신이라고 한다' 했습니다. 그 현묘한 이치를 입으로 표현할 수 없지만, 무릇 세상에는 세 가지 도가 있습니다. 유교와 불교와 도교가 그것입니다. 유교의 도는 바르고 커서 도리를 위주로 하고, 불교와 도교는 신묘하여 허황됨에 가깝습니다. 지금 이 검술은 도가류에 속하는 작은 기술 중의 하나입니다. 만약 사람이 바르고 큰 도를 닦아서 평생 조화롭고 길하다면 신묘한 검술을 어디에 쓰겠습니까? 그러므로 올바른 군자는 이런 것에 마음을 두지 않습니다. 첩은 이리저리 떠돌아다니던 몸으로 운명이 괴이하여 총명한 정신을 이런 잡술에 소모했으니 후회가 막급입니다. 어찌 족히 이것으로 이름을 날리겠습니까?"

공주가 얼굴빛을 가다듬고 찬탄하면서 그녀의 말이 광명정
대함에 탄복했다.

밤이 깊어 잔치자리를 끝내고 각각 자기 처소로 돌아갈 때
였다. 공주가 윤부인과 황소저 및 세 낭자의 손을 잡고 작별을
고했다.

"어마마마께서 늘그막에 멀리 떠나는 것을 허락하지 않으
시기 때문에 진나라로 돌아갈 시기를 정확히 정하지 않았습
니다. 우리 마땅히 이곳에서 다시 만납시다."

철귀비는 특히 강남홍의 손을 잡고 애틋해서 놓지 못하며
말했다.

"저는 못난 인물입니다. 어찌 감히 그대의 지기가 되겠소
만, 혹시라도 제가 애연히 흠모하는 정을 저버리지는 않으시
겠지요?"

강남홍이 웃으며 말했다.

"그 말씀은 입술과 혀 사이에서 나오는 헛소리요. 과연 그
렇다면 어찌 친구를 찾아오겠다는 기약을 하지 않으신단 말
이오?"

철귀비가 쾌히 응낙하고 괵귀비와 반귀비를 보며 말했다.

"우리 세 사람이 며칠 사이에 연왕부로 가서 오늘 밤 못다
푼 회포를 풀어 봅시다."

반귀비가 말했다.

"진왕께서 허락하지 않으신다면 어찌하겠소?"

강남홍이 웃으며 말했다.

"귀비께서 일찍이 장안 청루의 방탕한 버릇을 버리지 않으셨기 때문에 진왕께 구속을 받고 계시지만, 연왕부 취봉루의 붉은 문은 바다처럼 넓고 난성후 홍혼탈이 입정에 든 보살과 다름이 없으니 어찌 족히 근심하겠어요?"

이 말에 사람들이 박수를 치며 크게 웃었다. 그들은 자기도 모르게 궁궐 문밖까지 나갔는데, 갑자기 갈도성喝道聲, 높은 벼슬아치가 행차할 때 앞에서 외치는 소리이 들리면서 등불이 휘황찬란하게 빛났다. 진왕과 양창곡도 조정에서 물러나면서 합문閤門으로부터 소매를 나란히 하고 나오고 있었다. 여러 낭자들이 바삐 이별하고 수레에 오르니, 연왕 양창곡 역시 진왕과 작별을 하고 두 부인과 세 낭자를 거느리고 수레를 나란히 하여 연왕부로 돌아왔다.

며칠 후, 철귀비가 진왕에게 아뢰었다.

"강남홍은 첩이 마음으로부터 좋아하고 성심으로 탄복한 벗입니다. 한번 방문하겠다고 약속을 했습니다. 내일 다른 두 귀비와 함께 연왕부로 가 보고 싶습니다."

진왕이 말했다.

"그대들이 강남홍을 방문하려는 것은 진실로 좋은 일이오. 나도 연왕과 좋은 벗이 되었어요. 내 나이 서른이 채 못되어 관작은 부마도위의 높은 곳에 이르고 품계는 친왕親王과 같습니다. 그러므로 외부 관료들과의 교유가 항상 적어서 평생 벗

이 없는 것을 한스럽게 여기고 있었소. 특별히 천자의 은혜를
입어 잔치자리를 여는 며칠 동안 연왕과 형제의 정을 맺으매
가슴속에 서로 틈이 없어졌을 뿐만이 아니오. 그이가 문무를
겸비하고 충효를 모두 갖춘 것을 보면서 진실로 세상에 다시
없는 단아하고 바른 군자요, 풍류인물이라고 여겼소. 장차 지
기로 마음을 터놓고 영원히 금석지교를 맺으려 하고 있었지
요. 연왕부의 상춘원이 상당히 좋다고 하는데, 중양절重陽節 아
름다운 때에 용산배龍山盃의 술*을 들고 조용히 찾아가려 하니,
그대들도 그때를 기다려 다 함께 가서 강남홍에게 사례하는
것이 좋을 듯하오."

세 귀비가 크게 기뻐하면서 응낙했다.

세월이 물 흐르듯 지나 계절을 재촉하여, 노란 국화는 늦은
계절의 향기를 토하고 서리 맞은 잎들은 봄꽃을 시기하듯 피
어났다. 때는 9월 9일 중양절이다. 양창곡이 취봉루에 이르자
강남홍이 웃으며 말했다.

"국화주를 몇 말 걸러서 아름다운 중양절의 흥을 돕고자 하
오나, 다만 공북해孔北海의 손님**이 없어서 모자를 떨군 풍채***를

---

* 진나라 환온(桓溫)이 군사와 막료들과 함께 중양절에 용산에서 술을 마시며 즐긴
  일을 말한다.
** 후한의 공융(孔融)을 말한다. 여기서 '공북해의 손님'이란 공융이 북해의 재상으
  로 있으면서 많은 인재들을 모았던 일을 말한다.
*** 환온의 막하에 있던 맹가(孟嘉)가 잔치자리에서 모자가 날아간 것도 모른 채 즐
  긴 일을 인용한 것이다.

보지 못하는 것이 한스럽습니다."

양창곡이 웃으며 말했다.

"내가 남방의 수재 신분으로 소년의 나이에 과거에 올라 교유하는 벗이 없으니 마땅히 낭자의 놀림을 받을 만하오. 그러나 근래 친하게 지내는 벗이 있는데, 일찍이 조용하게 서로 만나자고 약속을 한 바 있지요. 낭자는 불시에 음식을 준비해 줄 수 있겠소?"

강남홍이 흔쾌히 웃으며 말했다.

"그건 제가 듣고 싶었던 말씀입니다. 첩이 상공에게 들어온 지 몇 년이 지나도록 벗과 교유하는 것을 본 적이 없었습니다. 그런데, 새로 사귄 벗은 어느 분이신가요?"

양창곡이 말했다.

"다른 사람이 아니라 바로 진왕이오. 진왕의 사람됨이 외모는 풍류스럽고 호탕하지만 그 마음속을 들여다보면 깊고 원대한 뜻과 깊숙한 식견이 있어서, 우리가 미치지 못할 점이 때때로 보여요. 내 장차 깊이 교유하려 하오."

말을 마치기도 전에 하인이 와서 알렸다.

"진왕께서 왕림하셨습니다."

양창곡이 즉시 외당으로 나가서 좌정하고 인사를 마쳤다. 진왕이 웃으면서 말했다.

"오늘은 아름다운 중양절입니다. 객관의 술잔이 너무도 무료해서 갑자기 벗이 생각나 이렇게 왔소이다. 양형께서는 등고高*하여 마음을 후련하게 할 흥취가 있으시오?"

양창곡이 웃으며 말했다.

"소제小弟는 본래 촌스러운 서생이라서 담박하게 계절이 지나가는 것을 잊고 지냈습니다. 그런데 제 소첩이 황화백주黃花白酒를 억지로 권하는 까닭에 정녕 형을 생각하고 있었지요. 형께서는 불청객이지만, 진실로 제가 바라는 때에 딱 맞춰 오셨습니다."

양창곡은 즉시 강남홍의 말을 하면서 서로 크게 웃었다. 그들은 상춘원 서쪽 석대로 자리를 옮겼다. 양창곡이 진왕의 손을 잡고 상춘원에 이르니, 난만하게 물든 단풍은 아침 햇살이 비추어 비단 장막을 드리운 듯하고 하늘거리는 국화는 서리 기운을 띠고 그윽한 향기를 토해 내고 있었다. 두 사람이 석대 위로 올라가 황성의 풍광을 굽어보고, 멀리 성 밖의 풍경을 바라보았다. 가슴이 탁 트이면서도 깊고 그윽한 정취가 있었다. 자리에 앉은 뒤 종을 불러 낙엽을 주워 모아 차를 끓이면서 이야기를 나누는데, 이야기가 꼬리에 꼬리를 물면서 끊이지 않았다.

이때 철귀비는 반귀비와 괵귀비 등과 함께 이미 취봉루에 이르렀다. 강남홍이 벽성선, 일지련 등과 함께 취봉루에서 잔

---

* 중양절이면 주변의 언덕이나 산처럼 높은 곳으로 올라가 국화주를 마시며 하루를 즐겁게 보냈다고 한다. 그 풍습을 등고라고 한다.

치자리를 마련하고 안으로는 세 귀비를 영접하면서 밖으로는 상춘원에 술상을 펼쳤다. 그들은 한편으로는 투호投壺와 쌍륙으로 승부를 가렸고 다른 한편으로는 노래와 춤과 음악을 좌우에 벌여 놓고 손님을 극진히 접대했다.

진왕 화진과 연왕 양창곡은 국화 가지를 꺾어 술잔의 산가지로 삼아 서너 잔을 마셨다. 진왕이 취하여 양창곡을 보면서 말했다.

"양형! 옛사람이 아름다운 중양절을 말한 것이 어찌 양기를 아까워한 것이 아니겠소? 천지만물이 그 기운을 빌려서 활발하게 살아 움직이는 것이지요. 옛 성인들은 성리의 학문을 말하고 거기에 침잠함을 배운 것은 장차 이 기운을 길러서 크게 쓰고자 했기 때문일 것이오. 제가 대여섯 살에 말을 배우고 열 살에 글을 읽어서 고금의 사적과 성패 흥망을 가슴속에 익히고 갈았던 것은, 임금을 보좌하고 백성에게 은택을 베풀며 도를 논하고 나라를 경영하여 스스로 고요, 직, 설 등과 같은 사람이 될 것을 기약려던 것이외다. 불행히도 어린 나이에 과거에 올랐고 열여섯에 또 부마도위가 되니, 천은이 망극하여 부귀는 비록 극에 달했지만 나라의 전례가 자못 괴이해졌소. 부마도위라는 관작은 품계가 없어서 훈척勳戚 종실宗室과 다름이 없으니, 비록 내가 무언가 가슴에 품은 것이 있다 해도 장차 어디에 쓰겠소? 옛사람이 말하기를, '나물과 뿌리를 먹어 본 뒤에야 온갖 일을 경영할 수 있다' 했지요. 이제 비단옷과 기름진 음식이 나의 일생을 그르쳐서, 이 화진을 무료한 신세로 전락시켰어요. 어찌 가소롭지 않겠소이까? 송나라의 왕진경王眞卿은 재주와 학문을 겸비했지만 부마가 된 이후로는 조정의 일에 참여하지 않고 자기가 좋아하는 것을 따라 혼자 평생을 즐기며 살았소. 모르는 사람들은 풍류롭고 재주가 많은 왕진경 부마도위를 칭찬하겠지만 아는 사람은 그의 일생을 안타깝게 여기며 탄식을 합니다. 제가 비록 왕진경의 재주를 당할 수는 없겠지만 그 사람보다 못하다고는 생각지 않고 있었소이다. 진나라로 가서 선정을 펼치지 못하여 그 교화와 은택이 백성들에게 미치지 못하고 있었는데, 황태후께서 저희가 멀리 떠나 있는 것을 슬피 여기셔서 다시 진나라로 나아가는 것을 허락지 않으셨어요. 뼈에 사무치는 그 은혜를 갚을 길이 없습니다만, 제가 평소에 글을 읽던 본래 뜻이 아니올시다. 그러므로 무료한 이 가슴을 부질없이 풍류로 소일하게 되었소. 양형은 덕망이 높고 밝으며 사업이 혁혁하여 옛사람에게 양보하는 부분이 없는 분이오. 어찌 저의 방탕함을 비웃지 않겠소?"

양창곡이 웃으며 말했다.

"제가 아무리 사람 보는 눈이 없다 해도 어찌 화형을 방탕하다고 보았겠습니까? 다만 제가 바라는 바는, 화형께서 대신 간관으로서 보좌하여 이끌어 주고 직간하며 공에 따라 벼슬을 올리고 내리는 책임은 없다 해도 또한 나라와 흥망을 같이

하는 것이외다. 조용하고 편안하게 거처하면서 집안의 부모 자식 사이처럼 천자를 가까이 모시며 간언을 하는 것은 조정의 재상보다 조금도 못지 않으며, 이 또한 하셔야 할 일입니다. 어찌 마음을 태만히 할 수 있겠소이까?"

진왕이 얼굴빛을 고치면서 대답했다.

"양형의 말씀은 과연 금석과 같군요. 마땅히 허리띠에 적어 두고 잊지 않겠소이다. 그러나 내가 깊은 궁궐에서 날마다 시녀와 궁첩을 마주하여 조정의 득실에는 귀머거리에 맹인 신세니, 어찌 양형의 부탁을 감당하겠습니까? 바야흐로 지금 성스러운 천자께서 위에 계시어 집안과 사람들은 넉넉하고 사방에 일이 없소이다. 저는 이 틈에 진왕으로의 지위를 벗어 버리고 시와 술과 풍류와 강산풍월로 여생을 마칠까 합니다."

양창곡이 탄식했다.

"화형은 청춘 소년인데도 마음가짐은 늙은이 같구려. 제가 도저히 미치지 못하겠네요. 저는 본래 남방의 평민으로 성은이 망극하여 외람된 관직이 과분하고 노둔한 재주로 직책을 다 수행하지 못하여 두려운 마음에 항상 살얼음을 밟는 것처럼 전전긍긍하고 있소. 저 같은 사람이야말로 마땅히 표문을 올려 사직을 하고 전원으로 돌아가 부모님을 봉양하면서, 달이 기울고 해가 기우는 탄식이 없도록 해야 합니다."

진왕이 이에 양창곡의 손을 잡고 탄식했다.

"옛사람이 지기를 귀중하게 여기는 것은 속마음을 속이지 않는 것 때문이오. 제가 무얼 알겠소이까만, 양형은 나이 서른도 안 되었어도 조정 밖으로 나가면 장수요, 들어오면 재상의 몸으로 공명과 훈업이 온 세상을 진동합니다. 권력은 조정을 뒤흔들 정도고 화복이 손바닥 안에 달려 있지요. 황상께서는 일월과 같은 밝음으로 바람과 구름이 따르듯 물고기가 물을 만난 듯 양형을 대우함이 융숭하십니다. 이때가 바로 식견이 있는 군자가 겸양하여 스스로 물러나야 하는 때일 겁니다. 제가 이런 말을 하는 것이 어떻게 보면 벗을 사랑하고 나라는 돌아보지 않는 것 같기도 합니다. 그러나 양형은 국가의 동량이요 백성의 모범이며, 양형의 안위는 곧 나라의 안위입니다. 제가 양형과의 교유가 일천한데도 말이 깊은 것을 괴이하게 생각지 마시오.”

양창곡이 이 말을 듣고 놀라서 옷깃을 바로 잡고 탄식했다.

“근래 친구의 도리가 없어진 지 이미 오래되었는데, 화형께서 이 양창곡의 불민함을 버리지 않고 부족한 부분을 이끌어주시니, 약이 되는 말씀을 어찌 제 허리띠에 쓰고 폐부에 새기지 않겠소이까?”

이로부터 양창곡은 진왕의 충직하고 신의 있는 것에 탄복하고 진왕은 양창곡의 바르고 크며 겸양함을 공경하여 서로 지기지우를 맺게 되었다. 얼마 뒤 저물녘 단풍이 환하게 빛나며 눈길을 빼앗고 늦가을 풍광이 진정 취흥을 돋구었다. 다시 몇 잔을 마시고 서로 헤어졌다.

세월이 훌쩍 흘러서 천자가 즉위한 지도 9년이 되었다. 11월 갑자일 동지에 천자가 자신전에 임어하여 여러 신하들의 하례를 받은 뒤 모든 관료들이 물러날 때였다. 갑자기 은은히 우렛소리가 울리면서 건물을 뒤흔드는 것이었다. 천자가 크게 놀라서 좌우를 돌아보며 물었다.

"겨울 우레는 상서롭지 못한 조짐이 아니오?"

옆에서 모시던 어떤 신하가 아뢰었다.

"동지에는 일양이 생겨나니, 오늘의 우레는 재앙이 아니라 상서로움입니다."

천자가 고개를 끄덕였다. 그러자 천자의 뜻을 받들어 여러 관리 중에서 상서롭다는 말을 하는 사람이 왕왕 나타났다. 양창곡이 이 말을 듣고 분연한 마음으로 상소문을 올렸다.

신 양창곡은, 옛날 밝은 임금이 재앙과 변괴는 말하면서도 상서로움을 묻지는 않는 이유는 하늘을 공경하고 덕을 닦기 위해서라고 들었습니다. 그러므로『시경』에 이르기를, "하늘의 노여움을 공경하여 감히 안일하지 말라"*고 했습니다. 은나라의 상곡桑穀**과 주

---

* 『시경』「대아」(大雅) '생민지십'(生民之什) 편에 나오는 구절로 원문은 "敬天之怒, 無敢戲豫"이다.
** 은나라 태무(太戊) 시절 대궐에 상서롭지 못한 나무인 상과 곡이 자라나 태무가 크게 걱정을 했다. 이에 당시 재상이던 이척(伊陟)이 '덕을 닦을 것'을 권했고, 태무가 그 말을 따르자 상과 곡이 말라죽었다고 한다.

나라의 반풍返風*은 재앙으로 인하여 덕을 닦았던 바입니다. 후세의 임금은 재앙을 듣고도 두려워하지 않고 신하는 상서로움을 칭송하면서 아첨만 하니, 한나라의 기린麒麟과 송나라의 천서天瑞**는 천추에 조롱거리가 되었을 뿐 아니라 그 나라를 좀먹고 임금의 어리석음을 조롱합니다. 신은 매번 『사기』를 읽을 때마다 이 부분에 이르면 저도 모르게 책을 덮고 길게 탄식하며 분개한 마음으로 눈물을 흘리곤 했습니다. 불행히도 오늘날 다시 폐하의 조정에서 쇠미한 시대의 기상을 보게 되오니, 신은 마음이 차갑고 뼈가 놀라서 말씀 올릴 바를 모르겠나이다.

신은 상서로움과 재앙이 모두 임금에게 달려 있다고 생각합니다. 원컨대 폐하께서 돌이켜 스스로 생각하시어 어진 정치와 덕의 은택이 사해에 흡족하고 백성들에게 미치도록 하신다면 비록 우연히 불어닥친 비바람도 상서로운 조짐으로 여겨지기에 충분하겠지만, 그렇지 않다면 설령 아름다운 별과 구름이 하늘에 나타나고 기린과 봉황이 땅에 가득하다 해도 귀하게 여길 것이 없습니다. 하물며 겨울에 치는 우레는 심각한 재변이어늘, 아부하는 신하들이 조정을 희롱하니 어찌 한심하지 않겠습니까? 신이 비록

---

* 주나라의 충신인 주공이 조카인 성왕(成王)의 오해를 받아 초나라로 쫓겨나 있을 때 주나라에 큰 바람이 불었다. 이에 성왕이 선왕의 복서(伏署)를 찾다가 주공의 충성심이 담긴 글을 발견하여 오해를 풀었다고 한다.

** 한나라 무제가 기린을 잡은 일과 송나라 진종(眞宗) 때 왕흠약이 하늘에서 길조가 내렸다고 하면서 진종을 기만한 일을 말한다.

천지음양의 도를 알지는 못하나 이치로써 법도를 헤아려 본다면 짐작하는 바가 있습니다.

　신이 먼저 천도를 말씀 올리고 나음으로 다시 사람의 일[人事]에 대해 논하겠습니다. 동지는 바로 궁음窮陰의 달이라서 천지가 닫히고 감추어지며 만물은 틀어박혀 엎드리니, 『주역』에서 말하는 '지뢰복'地雷復의 괘卦입니다. 우레가 땅에 감추어져 있으니 어찌 그 소리가 들리겠습니까? 그러므로 『예기』禮記 「월령」月令 편에는 "3월 이후에 우레가 소리를 낸다"고 했습니다. 늦봄의 월령이 한겨울에 나타난 것은 때의 재앙입니다. 사람의 일로 말씀드리자면 전쟁 끝에 백성들이 곤궁하고 힘들어 풍년을 만나도 굶주림을 면하지 못하고, 흉년을 당하면 길에 떠돌아다니며 약한 사람들은 구렁텅이에 구를 것이요, 강한 사람은 도적이 되는 것입니다. 궁중이 깊고 묘당이 아득히 멀어서 근심스럽고 참담한 모습은 눈에 보이지 않고 떠들썩한 비명 소리는 귀에 들리지 않지만, 지극히 높고 공정한 하늘이 환하게 임하여 계시면서 이런 사정을 어찌 모르겠습니까? 화기和氣가 있는 곳에 비와 바람이 순조롭고 음양이 조화로우며, 원기寃氣가 충만한 곳에 천지는 막히고 재앙이 내리는 법입니다. 이는 바뀌지 않는 불변의 이치입니다. 지금 천하가 이같이 좋지 못한 모습인데 장차 무슨 상서로움을 바라겠습니까?

　아! 절통합니다. 어찌 폐하의 신하들이 하늘의 도를 속이고 임금을 농락하는 것이 이 지경에 이르렀단 말입니까? 엎드려 바라건대 폐하께서는 오늘 표문을 올려 상서롭다고 말한 자들을 모두 멀리 쫓아내시어, 아첨하는 풍조와 속이는 버릇을 징계하소서. 신이 다시 엎드려 생각하니, 우레는 천지가 호령하는 것입니다. 조화를 북돋워 움직이게 하고 만물을 생겨나게 하는 것입니다. 이제 한겨울인 11월에 이같이 급하게 울린 것은 천하 만민이 틀어박혀 엎드려 곤란하고 초췌한 상황이라, 큰 추위에 봄볕 내리기를 폐하께 바라는 것입니다. 그러므로 하늘이 겨울 우레로 폐하를 경계하여 더욱 총명과 예지에 힘쓰시도록 하기 위해서 호령을 발하여 감히 나태함이 없도록 한 것입니다.

엎드려 바라건대 폐하께서는 마음을 더욱 근면히 하시고 과단성 있는 정치를 행하시며 힘써 다스림을 도모하시어 안일함을 일삼지 마소서. 항상 경계하고 두려워하는 마음을 품으시어 하늘의 뜻에 보답하소서. 신이 외람되이 대신의 반열에 처하여 음양의 이치를 다스리지 못해 이처럼 범상치 않은 재앙이 있게 되었으니, 직분을 소홀히 한 죄를 벗어나기 힘듭니다. 엎드려 바라건대 신의 관직을 해직시키시어 여러 관료들을 감독하소서.

이 상소문을 읽고 천자는 두려운 모습으로 좌우를 돌아보며 양창곡의 충성스러움을 칭찬하고는 즉시 비답을 내렸다.

나라와 임금을 사랑하는 경의 정성은 글자마다 내 폐부에 와닿는도다. 어찌 평소에 짐이 경에게 바라던 바가 아니겠는가. 아름다운 말은 잊을 수 없거니와 벼슬을 사양하는 것은 뜻밖이로다. 그 말은 따를 수 없으니 경은 더욱 충성을 다하여 짐의 잘못을 보좌하라.

천자는 그날 바로 조서를 내려서 상서로운 조짐이라고 축하를 올렸던 사람들을 쫓아내라고 했다. 모두 10여 명이었다.

한편, 노균이 죽은 뒤에도 여전히 탁당은 조정에 남아 있으면서, 제각기 두려움을 갖고 은근히 모여서 흉악한 꾀를 행하려 하고 있었다. 그런데 뜻밖에 천자가 양창곡의 말로 인해 노균 문하에 드나들던 사람들을 사면하여 죄를 묻지 않는 것이었다. 아! 소인의 마음이여. 이미 살아날 길을 얻었거늘 그럼에도 끝없는 천자의 뜻을 모르고 다시 득실을 근심하여, 예부상서禮部尚書 한응덕, 간관 우세충 등 수십 명이 비밀리에 모의했다.

"우리가 비록 사면령을 받긴 했지만 탁당으로 지목된 것을 벗어나기 어렵다. 만약 낙교洛橋의 청운靑雲*을 이별하고 청산백운 사이에서 여생을 보낸다면 그만이겠지만, 다시 벼슬길에 뜻을 두어 여생을 마치려 한다면 어찌 방법이 없겠는가."

한응덕이 탄식하며 말했다.

"내 비록 잘난 것은 없으나 조정에 가득한 청당 중에 두려

* '낙교의 청운'이란 낙양 부근 다리인 낙교에 어린 청운이라는 뜻으로, 여기서 청운은 벼슬길을 의미한다. 따라서 이 구절은 조정에서 높은 벼슬을 하면서 부귀영달하게 됨을 뜻한다.

운 사람은 없지만, 오직 연왕 한 사람만은 참정 노균의 재주로
도 당할 수 없었다. 이미 그 사람을 제압할 수 없다면 그 사람
에게 무릎을 꿇고 그 문하에 출입하여 우리가 하고자 하는 바
를 구해야 한다."

우세충이 탄식했다.

"각하의 계책은 안 됩니다. 아첨하느라고 어깨를 으쓱거리
고 웃음을 짓는 것에 귀를 기울이는 자는 따로 있습니다. 연왕
은 나이가 비록 어리지만 태산교악泰山喬嶽, 높고 큰 산처럼 무거우
니, 어찌 평범한 수단으로 유혹하겠습니까? 제가 들으니 옛말
에 '임금을 얻은 뒤에 도를 행하라'고 했습니다. 먼저 천자의
은총을 얻지 못한다면 어찌 우리가 바라는 것을 얻을 수 있겠
습니까? 군자는 올바른 도로 임금의 뜻을 얻고 소인은 임기응
변의 도리로 임금의 뜻을 얻는 것입니다. 올바른 도는 우리가
행할 바가 아니지만, 어찌 임기응변의 도리가 없겠습니까?"

그들은 서로 귓속말을 주고받더니 웃으며 말했다.

"이는 참정 노균이 평생 쌓은 심법이다. 우리가 또다시 틈
을 타서 그것을 시도해 봐야겠다."

이로부터 탁당의 심복을 시켜서 주변의 여러 가지 방편으
로 조정의 동정을 엿보게 했다. 천도가 밝아서 마른 하늘의 날
벼락이 소인의 남은 무리들을 깨뜨리려고 겨울 우레 한 소리
로 자신전을 흔들었던 것이다. 모르는 사람은 요순과 같은 천
자의 성스러움과 연왕의 직, 설과 같은 연왕의 충성으로 음양

을 다스리고 사계절의 변화를 순조롭게 하리라 생각하여, 태평성대에 때 아닌 변괴를 의심할 것이다. 그러나 다음 회를 보면 천도가 간악한 소인들을 미워하여 그 복선화음福善禍淫의 이치를 드러낸다는 것을 알게 될 것이다. 다음 회를 보시라.

제51회

충성과 반역을 분변하여 천자는 윤음을 반포하고,

전원으로 돌아가려고 양창곡은 표문을 올리다

辨忠逆天子頒綸 歸田園燕王上表

한응덕, 우세충 등이 노균의 잔당으로서 흉악하고 간사한 마음을 이어받아 구차한 말과 아첨하는 태도로 재앙을 상서로움이라고 칭하며 임금을 시험하고자 했다. 그러나 한 조각 뜬구름이 임금의 일월과 같은 밝음을 가리기는 어려웠다. 양창곡의 상소가 광명정대하고 삼엄하여 재앙이 닥치자, 비탈을 내리뛰는 형세요 엎질러진 물과 같아서 오히려 사마귀의 팔로 수레바퀴를 막으려 했고 반딧불이의 빛으로 해와 다투려 했다. 한응덕이 우세충을 이끌고 상소문을 한 장 만들어 천자에게 올리니, 그 내용은 다음과 같았다.

예부상서 신 한응덕 등은 삼가 황제 폐하께 상소문을 올리나이다. 엎드려 생각건대 하늘과 땅이 만들어진 뒤에 음양이 생겨났습니다. 옛사람이 양을 북돋우고 음을 억제한 것은 건도乾道를 주장하여 조화를 행하고자 함이었습니다. 10월을 양월陽月로 명명한 것은 순음의 달에 양기가 스러짐을 애석하게 여긴 탓입니다. 11월이 되면 자시子時, 밤 11~1시 한밤중에 처음으로 하나의 양이 생겨나기 때문에 소강절邵康節의 시에 "홀연 한밤중 우렛소리에, 천지 모든 집의 문이 차례로 열린다"忽然夜半一聲雷, 萬戶千門次第開라 했습니다. 이는 우레 한 소리에 닫혀서 숨겨졌던 기운이 저절로 열리는 것을 기뻐한 탓입니다. 이로 보건대 11월의 우렛소리는 재변이 아니라는 것을 알 수 있습니다. 한나라와 당나라 풍속에 11월이 되면 자손들은 술잔을 들어 부모님의 장수를 축원하고 덕담으로 복록을 축하했습니다. 이는 묵은 것을 버리고 새것을 따라서 조화로운 기운을 불러오자는 것이었습니다. 이로 말미암아 살펴보면, 표문을 올려 축하를 올리는 것은 의리에 크게 어긋나는 것이 아닙니다.

황상 폐하께서는 지혜롭고 성스럽고 문무를 겸비하시어 춘대 옥촉이 요순 임금의 다스림을 뛰어넘으시니, 비와 바람은 순조롭고 시절은 조화로우며 풍년이 이어져서 재앙은 소멸되고 상서로워지기를 기다리는 것은 폐하의 신하된 자들의 일반적인 마음입니다. 천지음양은 막혔던 것이 가고 열린 것이 오는 것으로 11월 우렛소리가 처음 움트는 하나의 양을 알리는 것이거늘, 폐하께서 겸양의 덕으로 마음을 졸이시고 조심하시며, 옥안이 놀라 움직이시며 재앙이 아닌가 물으셨습니다. 가까이 모시는 신하들이 실상을 아뢰고 조정의 모든 신료들이 표문을 받들어 축하를 한 것은 다름이 아니라 임금을 사랑하는 저희들의 충성심으로, 폐하께서 아무 이유 없이 놀라신 것을 위로드리고자 한 것이며 천지가 운행하는 이치를 밝힌 것입니다.

이제 연왕 양창곡이 상소를 하여 이들을 논박하면서 얽어매어 빠뜨리는 말과 억누르는 글은 여러 신하들을 논박하는 것일 뿐만 아니라 폐하를 속이는 것이며, 폐하를 속이는 것일 뿐만 아니라 위로 천도를 속이는 짓입니다. 신 등은 그의 뜻을 모르겠습니다. 아! 임금께 아부하는 것은 은총을 바라고 부귀를 탐하는 것에 불과하지만, 임금을 두려움에 떨게 하고 조정을 억누르는 것은 어찌 임금을 무시하는 마음을 품은 것이 아니겠습니까? 신 등이 들자니 온 천하의 오랑캐들과 억조창생들이 "중국에는 연왕이 있는 것을 칭송할 뿐 폐하의 은덕을 말하지 않는다"고 합니다. 이 어찌 나라의 복이겠습니까? 신 등이 듣자니…

한림학사가 어전에 앞드려서 이 상소문을 읽고 있는데, 읽기를 마치기도 전에 천자의 안색이 갑자기 사나운 빛으로 변하더니 소리를 질렀다.

"한림학사는 읽기를 멈추라!"

그리고 좌우를 돌아보며 말했다.

"이 상소가 어찌된 것이냐?"

좌우에서 묵묵히 대답을 하지 않았다. 때마침 진왕 화진이 주렴 밖에 서 있었는데, 천자가 진왕에게 물었다.

"경의 소견은 한응덕의 상소가 어떻다고 생각하는가?"

진왕이 분연히 아뢰었다.

"일월과 같은 폐하의 밝음으로 충성과 반역의 구분을 거울처럼 비춰 보시니, 신이 어찌 감히 말씀 올리겠습니까? 그러나 간악한 무리들의 무엄함이 이 정도에 이르렀고, 종이 가득 나열한 글의 뜻은 옛 책을 인용하여 폐하의 총명함을 어지럽히고 어진 신하를 모함하여 조정을 뒤엎으려 하니, 그 음흉하고 속임수 가득한 계획과 불측한 마음은 노균이 전해 준 심법과 동일합니다."

천자가 진노하여 하교했다.

"짐이 지난번에 노균의 무리들을 사면하도록 한 것은 진실로 연왕의 공심에 감동했기 때문이다. 또한 그들 안에도 혹시 인재가 있어서 옥돌과 돌을 함께 불태워 버렸다는 탄식을 하게 될까 두려웠기 때문이다. 그러나 흉악한 반역자의 문하에 어찌 충신이 있겠는가. 오늘 안으로 노균의 무리들을 하나하나 쫓아내어, 위로는 공경公卿으로부터 아래로는 미관말직微官末職에 이르기까지 노균의 문하에 출입하던 자들은 한꺼번에 조정의 관료 명단에서 삭제하고 평생 벼슬길을 막으라. 상소문 안에 이름이 있는 한웅덕, 우세충 등 10여 명은 먼저 의금부 감옥에 모두 잡아들여 엄중히 가두고 보고하라."

천자는 하교를 마치고 급히 양창곡을 불러들이도록 했다. 그러나 양창곡이 다른 사람의 말을 듣고 이미 성 밖에서 죄를 받기를 기다린다는 말을 듣고 천자는 얼굴빛이 참담해지면서 눈물을 머금고 말했다.

"연왕의 충성으로 이 같은 참언을 만나니, 이는 짐이 연왕을 사랑하는 것이 짐을 사랑하는 연왕보다 못하기 때문이다. 아! 짐으로 하여금 쓰러져 가는 집에 앉혀 놓고 기둥과 들보를 빼앗으려 하니, 고금을 막론하고 천하에 어찌 이 같은 흉역한 일이 있단 말인가."

천자는 옥 같은 손으로 서안을 치고 어탑으로 자리를 옮겨 앉더니, 한림학사를 보고 종이를 가져다 전지傳旨를 쓰도록 했다. 그러고는 친히 윤음綸音을 불렀으니, 대략 다음과 같다.

어진 신하를 가까이하고 소인을 멀리하는 것은 옛임금들의 큰 정치다. 짐의 덕이 엷어서 간악한 무리들이 일찍이 조정을 시험하니, 어찌 한심하지 아니한가. 옛날 주공이 유언비어를 만나고 곽광霍光이 참소를 입었지만, 주나라 성왕과 한나라 선제는 나이가 어려서 관채管蔡와 상관걸上官傑이 그 뜻을 시험하려 했다. 만약 성왕과 선제의 총명함이 아니었더라면 주나라와 한나라의 종묘사직은 위태로워졌을 것이다. 지금 생각해도 모골이 송연하다.

이제 짐의 나이가 서른이요, 즉위한 지는 10년이 되었다. 간악한 무리들의 대담함이 어진 신하를 모함하고 임금을 농락하려는 지경에 이르렀으니 이런 버릇을 징계하지 않는다면 장차 임금 없는 나라가 될 것이다. 오늘 반포하는 짐의 윤음은 소인이 소인된 까닭과 어진 신하가 어진 신하된 까닭을 밝히고자 함이다. 지난번 노균이 조정을 어지럽히고 나라를 병들게 하여 종묘사직의 존망이 조석에 달려 있었다. 지난 일을 돌이켜 생각하면 마음과 담이 서늘해진다. 그런데 오늘까지 남아 있던 한웅덕과 우세충의 흉역한 무리들이 용서를 입고 목숨을 보존했으니 마땅히 옛날 버릇을 고쳐서 백배 근신해야 옳을 터인데, 흉역한 마음을 먹고 노균의 간악함을 이어받아 아부하는 말로 상서로움을 칭송하니, 이 어찌 태산 명당에 천서를 만들어 내고 태청궁 안에서 신선을 불러내 홀리던 수법이 아니겠는가.

짐이 비록 어두운 사람이기는 하지만 그렇게 속아서 놀림감이 되는 일은 두 번 다시 없을 것이다. 해를 꿰뚫을 듯한 연왕의 충성심은 천지신명이 환하게 비추는 바이다. 남방에 출전하여 나탁을 평정한 것은 나라를 위해 몸을 바쳐 정성을 다한 제갈공명의 충의이며, 봉의정 앞에서 음악으로 즐기는 것을 간언하여 사형의 도끼도 피하지 않은 것은 마주 보고 거리낌 없이 논쟁을 벌인 급장유汲長孺의 풍채였다. 짐이 밝지 못하여 노균의 참언을 믿고 만리 밖 험악한 곳으로 어진 신하를 쫓아냈으니, 비록 굴원의 충성과 가의賈誼의 현명함으로도 『이소』離騷를 노래하고 붕조鵬鳥를 읊어서 자신이 시대를 만나지 못한 강개한 마음을 탄식했다.

아! 연왕이여! 일편단심은 나라만 알 뿐 자기 자신은 잊어버리고 임금을 사랑하여 생사를 무릅쓰는구나. 죄수의 몸으로 표문을 올려서 동해 바닷가 행궁行宮에 취하여 꿈꾸고 있는 것을 깨어나게 하고, 혼자 몸으로 말을 타고 달려와 연소성 아래에서 오랑캐 병사들을 쳐들어가서, 수백 년 종묘사직이 그 덕분에 끊어지지 않았고 억조창생이 고깃덩어리가 되는 것을 면할 수 있었다. 이것이 누구의 공인가? 짐이 들으니, 사애로운 아버지와 효성스러운 자식 사이에는 간사한 말이 이르지 않고, 마음을 알아주는 벗 사이에는 비방이 일어나지 않는다고 했다. 이제 우세충 등이 짐에게 연왕을 참소하니, 간악한 무리들의 대담하고 당돌함이 어찌 이 지경에 이렀단 말인가.

한응덕은 남해 불모도不毛島로 귀양을 보내고 우세충은 북방의 대유도大猶島로 귀양을 보내되, 한시 바삐 출발하라. 비록 천하의 모든 사람을 사면하더라도 이들은 종신토록 석방하지 말라. 상소문에 이름을 올린 10여 명은 험악한 먼 곳으로 귀양을 보내라. 그 후에 윤음을 모든 고을에 반포하여 방방곡곡 게시하여, 어진 신하를 가까이하고 소인을 멀리하려는 짐의 뜻을 알도록 하라.

천자가 윤음을 내리고 죄인들의 유배길을 빨리 재촉한 뒤에 사신을 보내서 양창곡을 친절하게 타일러 불러오도록 했다. 양창곡은 더욱 황공하고 불안한 모습으로 먼 교외로 물러나 거처했다. 천자가 이 소식을 듣고 하교했다.

"연왕이 짐의 뜻을 모르는가? 도리어 이처럼 스스로 물러나다니, 이는 짐의 성의가 부족해서이리라."

천자는 행차를 재촉하여 직접 맞아 오려고 했다. 양창곡은 천자가 직접 온다는 소식을 듣고 부득이 황성으로 들어가니,

천자는 이미 궁궐을 떠난 뒤였다. 양창곡이 땅에 엎드려 죄를 청하니, 천자가 크게 기뻐하면서 시종 두 사람에게 양창곡을 부축하도록 하여 함께 대궐로 들어갔다. 천자는 탑전에서 양창곡의 손을 잡고 말했다.

"참소를 하는 자의 망극함은 예부터 있었던 것이오. 짐은 경의 마음을 알고 경은 짐의 마음을 알고 있는데, 이처럼 스스로 물러나려 하는 것은 어찌된 일이오?"

양창곡이 아뢰었다.

"신이 불충하고 법도가 없어 오늘의 처지는 진퇴양난이 되었습니다. 위로는 음양을 통섭하여 다스리는 직분을 잃어 재앙을 분명히 하고 아래로는 일을 삼가고 충성을 다하는 도를 제대로 하지 못하여 수많은 비난이 한꺼번에 일어났습니다. 폐하께서 마음으로부터 용서를 해주시어 재주와 학문의 노둔함을 불쌍히 여기시고 마음속에 다른 것이 없음을 밝히시어 다시 거두어 등용하여 주시나, 어찌하여 신의 정황이 물러나야 할 이유가 백 가지이고 나아가야 할 이유가 하나도 없다는 점을 생각지 않으십니까?"

천자가 웃으며 말했다.

"속담에 '말이 아니면 대답하지 말라'는 말이 있소. 별것 없는 간악한 무리들의 근거 없는 말 때문에 거취를 판단하는 것은 너무 부당한 일이오."

양창곡이 다시 아뢰었다.

"성교가 이와 같으시니 또한 속담으로 아뢰겠나이다. 여항의 백성들이 이웃집 아이에게 욕을 먹더라도 오히려 수치스럽게 여겨서 문을 듣고 나오지 않으며 이웃 사람들을 마주할 면목이 없어 합니다. 하물며 신은 너무도 못난 사람이긴 하지만 대신의 반열에 있으면서 이런 망극한 말을 듣고 근거없는 말로 남의 입에 오르내리면서도 태연하게 조정에 출근하여 여러 신료들을 감독한다면, 신의 신세는 말할 것도 없거니와 조정의 수치는 장차 어찌하겠습니까?"

천자가 얼굴빛을 바꾸면서 위로하며 말했다.

"한응덕과 우세충은 일개 천박한 사람에 불과하오. 예부터 군자가 소인에게 모욕을 당하는 일이 많았으니, 어찌 마음에 두겠소이까? 경이 평소에 나라를 위하여 몸을 돌아보지 않더니, 오늘은 어찌 홀로 몸과 목숨을 아껴서 나라의 창망함을 돌아보지 않는 것이오?"

양창곡이 다시 일어났다 엎드리며 아뢰었다.

"하교가 정중하여 이처럼 깨우쳐 주시니, 신이 목석이 아닌 바에야 어찌 감동하지 않겠습니까? 그러나 한응덕과 우세충이라는 천박한 사람들은 무엇입니까? 부귀를 탐하고 은총을 얻으려고 염치를 돌아보지 않았을 뿐입니다. 신이 욕설을 감수하면서 천자의 은총을 그리워하여 나아갈 줄을 알면서도 물러날 줄을 모른다면 이 또한 일개 천박한 사람에 불과합니다. 우세충의 무리와 무엇이 다르겠습니까? 폐하께서는 또한

'몸과 목숨을 아껴서 나라 일을 돌아보지 않는다'고 말씀하시지만, 신은 본래 재주와 학문이 얕고 거취와 진퇴에 한 치의 경중도 없는 것이 아닙니다. 군자는 몸을 닦은 뒤에 집안을 다스리고, 집안을 다스린 뒤에 나라를 다스리며, 나라를 다스린 뒤에야 천하를 태평하게 합니다. 예의와 염치는 몸을 닦는 근본입니다. 만약 은총을 생각하고 작록을 탐하여 서성이며 관망하고 몰염치를 무릅쓴다면 이는 몸을 닦을 수 없는 것입니다. 한 집안 안에서도 집을 다스릴 수 없을 터인데, 하물며 천하를 다스리는 것이야 말할 것이 있겠습니까? 폐하께서 만약 신의 모습을 취하여 구차하게 사로 마주하고자 하신다면 괜찮겠으나, 만약 노둔한 재주와 학문을 등용하고 도를 논하며 나라를 다스리는 책임을 맡기고자 하신다면 어찌 몸과 목숨을 돌아보지 않겠습니까?"

천자가 이 말을 듣고 한동안 묵묵히 있다가 말했다.

"우리 두 사람의 한 조각 마음이 서로 환하게 비추고 있으니, 어찌 이처럼 억지로 강요하겠소? 다시 조용히 상의하여 나아가든 물러나든 처음과 끝을 생각하도록 합시다."

양창곡이 황공하게 머리를 조아리고 물러났다. 천자가 진왕 화진을 돌아보며 말했다.

"연왕의 물러나려는 뜻이 너무 확고하니, 무슨 까닭이오?"

진왕이 아뢰었다.

"연왕이 물러나려는 뜻을 품은 것은 이미 오래되었습니다.

참언 때문에 스스로를 이끈 것만이 아닙니다. 오늘 폐하께서 예로써 대우하는 도리에 다만 성의를 덧보태서 만류하신다면 생각을 돌릴 수 있을 것입니다. 만약 이 같은 시점에서 물러가는 것을 허락하신다면 진실로 간악한 무리들이 원하는 바를 이뤄 주는 것이오며 연왕을 예로 대우하는 뜻도 아닙니다."

천자가 탄식하며 말했다.

"나라의 일이 너무도 많이 쌓여 있는데 어진 신하가 물러나고자 하니, 짐이 누구와 천하를 다스리겠는가."

며칠 뒤 양창곡이 상소를 올려서 벼슬을 그만두고자 하니, 그 상소문은 대략 다음과 같았다.

신은 보잘것없는 재주와 학문으로 성스러운 조정에서 선택하고 뽑아 주신 은혜를 입어 관작은 높고 부귀는 지극하여 항상 경계하고 두려운 마음이 절실했습니다. 오직 존엄함을 모르고 저의 보잘것없는 충성스러운 말에 해괴하고 망령된 것이 많은데도 그르다 여기지 않으시고 이처럼 정중하게 가르침을 내리시니 신이 더욱 황공하고 죄송함을 이기지 못하겠나이다.

신은 본래 남방의 이름 없는 백성으로 집안은 가난하고 부모님은 연로하여 가난 때문에 벼슬을 구했던 것이지 진실로 경륜과 재주와 학식이 임금을 보좌하고 백성에게 은택을 베풀 수 있어서 나온 것은 아닙니다. 이제 벼슬길로 나아갈 줄은 알면서 물러날 줄을 모르고 많은 것을 탐하여 얻는 것에 힘쓰고 오로지 폐하의 총애를 믿고 스스로 생각하는 바가 없다면, 위로는 성은을 저버리는 행위이고 아래로는 재앙을 불러오는 일이며, 못나고 충성스럽지 못한 것은 더더욱 심할 것입니다.

엎드려 바라건대 폐하께서는 신의 처지를 살펴 주시어 전원으로 돌아가는 것을 하락하여 군신 간에 은총이 오래 유지되도록 해 주소서. 신의 나이 아직 서른이 못 되었으나, 원래 질병이 많은 데다 부모님께서 연로하시여 매번 한적하게 봉양하면서 조용한 곳에서 요양할 것을 생각했습니다. 황제 폐하께서는 천지의 부모라, 신의 처지를 가련하게 여기시어 조속히 관직을 거두어 분수에 편안하게 하시고, 전원으로 돌아가는 것을 허락하여 영원히 은총을 보존하도록 하여 주소서.

천자가 이 상소문을 모두 읽더니 좌우를 돌아보며 말했다.

"짐이 연왕을 기둥이나 주춧돌처럼 믿어 바야흐로 중요하게 의지하고자 했거늘, 물러나려는 뜻이 이처럼 매우 급하니, 이 어찌 평소의 소망이겠는가."

그러고는 이렇게 비답을 내렸다.

짐의 성의가 부족하여 한마디 말로 경의 마음을 돌릴 수 없구나. 계속하여 이 같은 상소를 보니, 손과 발을 잃은 듯이 낙심이 된다. 경의 지극한 충성심으로 어찌 이렇게 생각하는가. 경은 과연 짐을 버리고 떠나가려는가. 나의 뜻을 저버리지 말라.

며칠 후 양창곡이 다시 상소했다. 그 내용은 대략 다음과 같은 것이었다.

신이 들으니, 임금이 신하를 예로써 부린다면 신하 역시 예로써 섬긴다고 했습니다. 무릇 예라고 하는 것은 절하고 읍을 하고 사양하는 것이 아닙니다. 나아가고 물러나는 것에 큰 예를 잃어버리지 않는 것입니다. 위엄 있는 명령으로 부르고 은총으로 유혹하여 힘을 다하도록 만들어 체모를 돌아볼 틈이 없도록 만든다면 이는 아녀자나 환관의 충성에 불과합니다. 오늘날 신의 처지는 나아가는가 물러나는가에 따라 군자와 천박한 사람의 모습으로 갈리게 됩니다. 신이 비록 군자의 도리로 자처할 수는 없으나 폐하께서 어찌 비천한 사람의 태도로 이끄십니까? 신이 비록 목석처럼 아는 것이 없고 개나 말처럼 어리석지만 어찌 끝없는 은총과 자애로움을 모르겠습니까? 그러나 폐하의 뜻을 한번 받들게 되오면 신도 모르는 사이에 정세가 급박해지고 말은 장황하게 될 것입니다. 엎드려 바라건대 폐하께서는 신을 아끼고 가련하게 여겨 주소서.

천자가 상소문을 읽고 불쾌한 빛으로 비답을 내렸다.

하늘이 짐을 돕지 않아서 경의 상소가 다시 이르렀도다. 이는 군신 간에 믿음이 없기 때문이다. 어찌 슬프지 않겠는가.

양창곡이 세 번째 상소를 올렸으니, 다음과 같다.

신이 들으니 부모가 자식을 사랑하매 정을 갈라서 회초리를 들어 엄하게 꾸짖는다 합니다. 이 어찌 본심에서 나온 마음이겠습니까? 이는 단지 잘못을 깨닫고 다시는 죄를 범하지 않도록 하려는 것입니다. 신이 못나기 그지없어 분수에 넘치는 관직이 그릇을 넘은 탓에 살얼음을 밟는 듯하여, 큰 죄를 면하고 폐하께 불충함을 끼치지 않는 것을 예견하기 어렵습니다. 폐하께서 어찌 회초리를 들어 엄하게 꾸짖어 정을 쪼개 가르침을 내리시지 않으십니까? 신은 부모께서 늘그막에 얻은 외아들입니다. 지나친 자애로움으로 따뜻함 속에서 자랐기 때문에 배운 것이 없습니다. 폐하께서 만들어 이루어 주신 은택이 골수에 깊이 들어와 우러러 바라보는 바가 부모님과 다를 바 없습니다. 폐하께서 이제 또 자애로운 마음을 덮고 위태로운 상황을 살피지 않으십니다. 엎드려 바라건대 폐하께서는 가련하고 측은하게 여겨 주소서.

천자가 또 허락하지 않자, 양창곡은 어쩔 도리 없이 몇 달 동안 조정으로 나와 열심히 일을 했다. 그러나 다시 1백여 회나 상소를 올려서 사직을 청하자, 천자도 그 고집을 억지로 누를 수가 없어서 양창곡을 부르도록 했다. 양창곡이 들어와 탑전에 엎드려 아뢰었다.

"신이 비록 불충하오나 어찌 폐하께서 신을 사랑해 주시는 은덕을 모르겠습니까? 예부터 조정 밖에서는 장수가 되고 들어와서는 재상을 지내면서도 공을 이루고 은퇴하지 못하면, 영원히 군신 간의 도리를 보존하는 자가 적었습니다. 신의 지금 나이가 비록 옛사람들이 사직한 나이에 이르지는 못했지만, 엎드려 바라건대 폐하께서 10년의 말미를 내려 주시어 전원으로 돌아가 복이 지나쳐 재앙이 생기는 일을 면하도록 해주소서."

천자가 놀라며 말했다.

"짐이 비록 덕은 없지만 환란을 함께 겪었으면서 편안하고 즐거운 때에 사람을 저버린 월왕越王 구천句踐의 부류는 아니오. 경은 어찌하여 오호의 조각배로 홀로 잘 지내려 했던 범려范蠡를 생각한단 말이오?"

양창곡이 머리를 조아리며 말했다.

"옛날 송나라 태조는 성군이었지만 석수신石守信* 등 다섯 사람에게 관직을 버리고 고향으로 돌아가서 처음과 끝의 은혜를 잘 보존하도록 권유했습니다. 이 일은 군신 사이에 아무런 틈이 없는 만남 때문에 가능했습니다. 신은 비록 부귀를 탐하고 공명을 사모하여 가득 찬 것을 모르고 위태로움을 깨닫지 못하지만, 폐하께서 마땅히 불쌍하게 여기시어 살 길을 가르

---

* 원래 북주에서 벼슬을 하다가 송나라 태조가 나라를 세우자 그를 위하여 관직 생활을 했다. 송나라 초기 이균(李筠)의 난을 진압했고, 이후 여러 벼슬을 역임했다.

쳐 주셔야 마땅합니다. 어찌하여 오늘 물러나 쉬는 것을 허락하지 않으십니까?"

천자가 한숨을 쉬면서 탄식했다.

"경의 시골 장원이 어디 있는가?"

양창곡이 말했다.

"동쪽 교외 1백 리 밖에 있나이다. 그곳 이름은 취성동聚星洞이라 합니다."

천자가 한참 동안 있다가 좌우를 돌아보더니 말했다.

"백 리면 하루 거리가 아니더냐?"

"그러합니다."

그러자 천자가 슬픈 빛으로 말했다.

"하늘이 나라를 돕지 않아 경의 마음가짐이 이처럼 확고하구려. 짐이 예로써 대우하는 도리에도 어찌 한결같이 고집을 부리는가? 짐은 세 가지 약속을 받고자 하오. 첫째, 10년을 기다려 다시 부를 터이니 경은 사양하지 마오. 둘째, 현재의 관직을 그대로 가지고 있을 것이며 봉록도 사양하지 마시오. 셋째, 10년 이내라도 작은 일은 경의 개인 저택에서 묻고 큰 일은 조정으로 들어오는 것을 사양하지 마시오. 취성동이 여기서 멀지 않고 경 역시 소년의 나이오. 매년 사계절 아름다운 철에는 마음을 활짝 펴는 방법으로 야인의 두건과 옷차림으로 푸른 나귀 한 마리와 어린 종 하나를 데리고 조용히 와서 나를 만나 주시오. 짐은 마땅히 편전에서 손님을 위한 상을 쓸어 놓고 군신 간의 예를 벗어 버리고 벗으로 맞아 서로 격조했던 회포를 위로해야겠소."

그러면서 천자는 정월대보름, 5월 단오, 추석 다음 날인 8월 16일, 중양절인 9월 9일을 지정하면서 말했다.

"오늘 경을 보내는 짐의 마음이 어찌 평범한 군신 간의 이별로 말할 것인가. 나라를 생각하면 동량과 주춧돌이 의지할 곳이 없어진 것과 같고, 점대와 거북껍질을 잃어버리니 길흉과 득실을 누구에게 물어볼 것이며, 밝은 거울을 멀리하니 내 모습의 간악하고 추한 것을 어느 곳에 비추어 볼 것인가. 개인적인 마음으로 말하자면 한밤중 용루龍樓의 반짝이는 금련촉과 만조백관이 조회할 때 쟁그랑거리는 옥장식 소리가 슬프지 않은 것이 없이 외롭고 쓸쓸하여 무료하게 되었소. 경은 이 마음을 아시는가?"

양창곡이 머리를 조아리고 눈물을 흘리며 말했다.

"신이 열여섯 살부터 폐하를 섬겨서 이제 스물여섯 살이 되었나이다. 머리끝부터 발끝까지 터럭 하나라도 폐하의 은혜가 아닌 것이 없습니다. 비록 닭과 개와 소와 말처럼 무지한 미물이라도 오히려 주인을 사랑하거늘, 신이 뼈를 가루로 만들고 몸이 부서지더라도 어찌 영원히 옆에서 모시기를 바랄 뿐 잠시도 멀리 떨어지기를 바라겠습니까? 그러나 과분한 관직이 재상의 반열에 처하여 나아가고 물러남과 모든 움직임이 관료들의 표준이 되리니, 어찌 처지와 굳센 절조를 조심하지 않을 수 있겠습니까? 이제 부득이하여 폐하를 이별하고 구름 낀 산을 향하지만 마치 갓난아이가 자애로운 어머니의 슬하를 떠나는 듯합니다. 폐하께서 말씀하신 세 가지 약조는 당연히 명심하여 잊지 않겠거니와, 전원으로 물러나 쉬는 것은 부귀를 이별하고 청한淸閑함을 찾음으로써 지나친 꾸짖음을 면하려 함입니다. 이제 벼슬을 그대로 유지하면서 산수의 맑은 복을 누린다면 굳은 절조의 손상은 물론이거니와 조물주의 시기를 장차 어찌하겠습니까? 엎드려 바라건대 폐하께서는 조속히 신의 관작과 녹봉을 거두시어 초야의 한미한 선비의 본분을 지키도록 해주소서. 그리하여 위로는 성덕을 칭송하고 아래로는 분에 넘치는 재앙이 없도록 해주소서."

천자가 웃으며 말했다.

"그렇다면 승상의 직위를 해촉할 터이니, 연왕으로서의 녹봉은 사양하지 말라."

양창곡이 어쩔 도리가 없어서 그 명을 받고 물러났다.

한편 양창곡은 물러나 쉬는 것을 허락받으니, 부모님과 가솔들을 이끌고 시골 장원으로 돌아가 자신의 소원을 이루게 되었다. 그러나 10년 동안 끝없이 받았던 천자의 은총을 하루아침에 멀리 떠나 여유롭게 돌아가기는 하지만, 어찌 머뭇거리는 정과 그리운 마음을 잊겠는가. 이에 표문을 올려서 천자를 이별하니, 그 내용은 다음과 같다.

신 창곡은 불충하기 그지없어 은총을 저버리고 한 몸만을 도모해 이제 장차 황성을 이별하고 전원으로 향합니다. 수레바퀴가 동쪽으로 돌아가지만 일편단심은 대궐 아래 걸어 두었나니, 어찌 구구한 마음으로 그리워하는 어리석은 마음을 표현하겠습니까?

엎드려 바라건대 폐하의 성명聖明과 지혜와 신성과 문무의 겸비는 요순 임금의 자질과 품격이시며 탕왕과 무왕의 도량을 지니셨습니다. 즉위 10년에 여전히 태평성대를 이루지 못하고 백성들의 곤란함과 피폐함이 옛날과 같으니, 이는 다름이 아니라 신 등이 불충하여 보좌한 것이 부족했기 때문입니다. 그렇지만 신이 들으니 좋은 공인工人은 버리는 나무가 없고 강한 장수에게 약한 병졸이 없다고 합니다. 이는 모두 폐하께 달려 있습니다. 『서경』書經에 이르기를, "천자가 밝으면 총애하는 신하들이 훌륭하며, 천자가 번잡하면 신하들이 나태하다"*고 했습니다. 엎드려 바라건대 폐하께서는 천하에 인재가 없다고 탄식하지 마시고 폐하께서 사람을 등용할 것을 생각하셔야 하며, 신하의 불충을 꾸짖지 마시고 폐하의 덕을 더욱 열심히 닦으셔야 합니다. 사람의 기상이 갈수록 줄어들어 고금이 비록 다르기는 하지만, 하늘이 백성을 냄에 장차 한 시대 사람으로 한 시대 일을 절로 충족시키는 것입니다. 전국시대 인물이 비록 요순의 교화를 꾀할 수는 없지만 한당漢唐의 여

---

* 『서경』「우서」(虞書)의 '익직'(益稷) 편에 나오는 구절로, 원문은 "元首明哉, 股肱良哉, 元首叢脞, 股肱惰哉"이다.

러 신하들이 오히려 한당의 정치를 이룩했습니다. 성군이 위에 계시면 어진 신하가 조정에 가득하고, 혼미한 임금이 나라를 맡으면 소인배들이 조정에 가득합니다. 그러니 오직 인재를 기용하는 것이 문제일 뿐, 어찌 인재가 있느냐 없느냐에 달린 것이겠습니까? 아! 초야의 바위굴에서 재주를 닦으며 때를 기다리는 사람이 귀를 기울이고 눈을 맑게 뜨고 조정의 기색을 살피거늘, 폐하께서 깊은 궁궐에 거처하시어 그 소리를 듣지 못하시고 다만 환관과 궁첩의 자질구레한 말과 가까이서 모시는 신하들의 형식적인 예절로 한가롭게 세월을 보내시니, 어찌 태평성대의 정치를 기대하겠습니까?

폐하를 위하여 나라를 다스리는 것을 말하는 사람은 반드시 "풍속을 바꾸고 법령을 세우며 나라의 재물을 절약하고 신하와 백성을 사랑하며, 세금을 줄이고 형벌에 의한 정치를 밝히며 사치를 금하고 뇌물을 끊으소서! 이는 모두 오늘날의 시급한 일입니다"라 말씀을 올릴 것입니다. 이 말이 비록 당연하긴 하지만 오히려 근본을 세우는 것을 말해야 합니다. [비유컨대] 만약 몸에 병이 많아 수천 수만의 위급한 증세와 손상될 조짐이 날마다 더 많이 보이게 된다면 이에 대한 의론이 분분할 것입니다. 초조하고 발광하는 것을 보면 심경心經을 윤택하게 하려 하고, 호흡을 헐떡이는 것을 보면 폐경肺經을 다스리려 하니, 동쪽을 막으면 서쪽이 궤멸되고 남쪽을 붙들면 북쪽이 무너지는 것을 깨닫지 못합니다. 이 어찌 용렬한 의원의 상투적인 말이 아니겠습니까? 만약 편작扁鵲

과 창공倉公*의 노련한 의술로 그것을 본다면 원기를 도와서 여러 증세를 순조롭게 가라앉힐 것입니다. 옛사람이 말하기를, '선비는 나라의 원기'라고 했습니다. 먼저 선비의 기운을 기른 연후에야 인재를 얻을 수가 있을 것이요, 인재를 얻은 연후에야 나라를 다스리는 문제를 논의할 수 있을 것입니다. 요즘 선비들의 버릇이 타락하여 거의 수습하기 어려운 지경에 이르렀으니, 어찌 나라의 큰 환란이 아니겠습니까?

삼대 이후에는 과거법科擧法에 힘을 써서 주나라의 삼물빈흥三物彬興의 법과 한나라의 현량방정賢良方正의 방책으로 선비들의 기운을 기르고 인재를 거두어 등용하려 했습니다. 하오나 후세에는 과거법이 허술해져서 선비들이 과거를 한 번 치르면 원기가 한꺼번에 꺾이고, 두 번 치르면 심신이 백배나 나태해집니다. 그리하여 빈한한 자는 책을 덮고 평생 생계를 꾸릴 방도를 도모하고 부유한 자는 책 읽는 것을 조롱하면서 높은 벼슬로 가는 지름길을 엿봅니다. 그것을 얻으면 뽐내고 잃으면 실의에 빠져 비루한 견해와 경박한 풍습이 귀와 눈에 버릇이 되어 조금도 부끄러워하는 마음이 없으니, 이름 없는 백성들이 이익을 도모하는 풍조와 다를 바가 없습니다. 그중에 산림과 바위굴에서 옛 도를 지키며 지조를 지키는 자는 문을 닫고 자취를 거두어들여 세상의 붉은 먼지에 물들까 걱정합니다. 폐하의 조정에서 인재가 끊어지는 것이 어찌 당연하

---

* 편작과 창공은 모두 중국에서 가장 이름난 명의들이다.

지 않겠습니까?

신은 과거를 정비하여 바로잡는 것이 오늘날 가장 시급한 일이라고 생각합니다. 시부詩賦와 표表, 책策으로 선비들을 시험하여 공심을 충분히 가지고 있는 자들을 뽑는다 하더라도 훗날 거두어 등용함에 특별히 취할 만한 사람이 없는 상황이거늘, 하물며 공심이 없는 자야 말해서 무엇하겠습니까? 오늘날의 계책으로는 공거법貢擧法과 천주법薦主法*을 시행하여 선비들의 기운을 북돋우는 것입니다. 모든 고을에 조서를 내려서 3년에 1회씩 고을 안의 많은 선비들을 뽑되, 큰 고을은 10여 명, 작은 고을은 5, 6명씩 문장으로 시험하고 경륜으로 재주를 취하소서. 그리하여 예부로 올려서 다시 그들을 비교하여 좋은 등급을 선발하여 친히 폐하 앞에서 시험을 하소서. 먼저 경술經術을 시험하고 다음으로는 시부를 시험하여 폐하께서 친히 뽑으소서. 그들 중 경륜과 시부에 특별히 뛰어난 사람은 그를 추천한 수령이나 방백을 표창하여 그들의 관작을 높여 주시고, 등용하여 잘못이 있다면 그를 추천한 인물의 죄까지 논하시고 그 관직을 깎으시어 자연히 방백과 수령들이 샅샅이 찾고 뒤져서 십실충신十室忠信** 중 빠뜨린 구슬이 있다는 탄식을 하지 않게 하소서. 만약 이와 같이 한다면 천하의 선비들은 각각 자기 재주를 힘써 닦아 자신의 명성이 드러날 것을 기대하리니, 원래

---

* 공거법과 천주법은 주군(州郡)에서 훌륭한 인재를 선발하여 천거하는 법이다.
** 10집마다 충성스럽고 믿을 만한 인재가 반드시 한 명은 있다는 말이다.

인재를 만들어 내는 것이 쉽지는 않겠지만 인재가 있다면 빠뜨리는 일은 없을 것입니다.

신이 이제 조정을 떠나 전원으로 돌아가니, 이 한 몸 한가롭기는 하지만 곧게 먹은 한 마음은 오히려 제 스스로 풀어놓을 수 없을 것입니다. 옛날 성왕이 인재를 중히 여긴 뜻으로 오늘 나라를 다스리는 근본을 논한 것이니, 엎드려 바라건대 폐하께서는 깊이 살피소서.

천자가 이 표문을 읽고 나서 좌우를 돌아보며 말했다.

"연왕의 충성은 옛사람에게서 구해도 매우 드물 것이다. 임금을 사랑하고 나라를 걱정하는 마음은 조정에서나 강호자연江湖自然에서나 조금도 다를 바 없구나."

그러고는 다음과 같이 비답을 내렸다.

경이 몸은 비록 강호에 있으나 마음은 궁궐 안에 있으니, 벼슬길에 나아가도 걱정이요, 물러나 있어도 걱정이라는 옛사람의 말씀은 바로 경을 두고 한 말이오. 경이 짐을 사랑하는 것이 이 정도인데, 짐은 성의가 부족하여 경을 만류하지 못하니 어찌 부끄럽지 않겠는가. 인재의 우열은 경의 공평한 안목이 아니면 누가 선택할수 있겠는가. 경은 조속히 돌아와 짐을 도우라.

양창곡이 연춘전에 하직 인사를 하니 황태후가 불러서 보고 하교했다.

"어린 나이에 물러가 쉬는 것은 신선에 가까운 일이나, 경이 떠나면 조정은 텅 빈 것 같으리라. 황상의 그리워하는 마음이 용안에 드러나시지만, 떠나는 경의 마음 또한 응당 편치 못할 것이다. 속히 돌아와 나라를 도울 것을 도모하라. 이 늙은 몸은 서산에 다 떨어진 해와 같은 신세니, 다시 얼굴을 맞대고 만날 날을 어찌 기약하겠는가."

황태후가 슬픈 빛으로 한참 동안 있는 것이었다. 양창곡이 눈물을 머금고 아뢰었다.

"신이 비록 불충하나 어찌 산림 속으로 몸이 물러났다고 해서 나라의 은혜를 잊겠습니까? 오직 남산과 북두칠성에 만수무강하시기를 축원합니다."

그는 물러나 짐을 꾸렸다. 떠날 날이 가까워지자, 천자가 하교했다.

"연왕이 출발하는 날, 짐이 동문 밖으로 나가 작별하리라."

양창곡이 출발할 때 어떠할 것인가. 다음 회를 보시라.

제52회

동문에서 천자는 양창곡을 전송하고,

취성동에서 여러 낭자는 별원을 짓다

上東門天子餞燕王 聚星洞諸娘修別院

천자가 동쪽 교외 10리 밖에서 양창곡을 전송하자, 모든 관료들의 수레와 말과 휘장이 성문을 가득 메우며 나왔다. 천자가 양창곡의 손을 잡고 말했다.

"지척의 궁궐에서 매일 얼굴을 마주하면서도 조회가 끝난 뒤에는 오히려 슬픈 생각이 들었는데, 이제 푸르고 아득히 구름 가득한 먼 산을 그리는 마음을 장차 어떻게 감당하겠소?"

양창곡은 감격의 눈물을 마구 흘리면서 엎드려 아뢰었다.

"십 년 동안 조정에서의 예법이 엄하기 그지없어 신이 지척에 있는 천안을 기억할 수 없었습니다. 이제 전원으로 돌아간 뒤, 밤마다 어둑한 꿈속에서라도 푸른 무늬로 조각된 궁궐에 서 있을 것이고, 궁중의 하한河漢, 은하수에서 가까이 모실 것이오나, 하늘의 해와 같은 용광龍光이 장차 희미해질 듯합니다. 이제 천안을 우러러보고 물러갈까 하나이다."

천자 역시 슬픈 빛으로 눈물을 글썽이며 몸을 일으켜 앉도록 명하고는, 진왕을 돌아보며 탄식했다.

"연왕의 옥 같은 청춘이 어찌 은퇴한 재상에 합당하단 말인가. 음양을 잘 다스리며 나라를 다스리는 도리를 논하여 짐의 문제점을 보충해야 마땅하거늘, 아무 이유 없이 녹수청산에 고기 잡는 사람이나 나무하는 아이와 노닐기를 생각하니 어찌 애석하지 않으리오."

천자는 이어서 강남홍을 불렀다. 그녀가 즉시 나아가 엎드리니, 천자가 옥배에 술을 부어 양창곡에게 하사하며 말했다.

"경은 부모님을 잘 봉양하여 청복을 많이 누리고 조속히 돌아와 짐을 도우라."

천자는 또 한 잔을 따라서 강남홍에게 주면서 말했다.

"낭자는 이 술을 받고 연왕과 백년해로를 하라. 아들을 많이 낳고 복을 많이 누리면서도 짐을 잊지 말라."

양창곡과 강남홍이 엎드려 술을 모두 마시고, 날이 저물어 천자는 궁궐로 돌아가게 되었다. 천자가 주위를 돌아보며 말했다.

"길을 가는 사람에게 전별금을 주어야겠다. 황금 1만 일로 여행길을 돕도록 하라."

천자는 수레에 올라 두세 번 돌아보면서 슬퍼 마지않는 것이었다. 양창곡은 여러 관리들과 차례로 이별을 했다. 원로대신 윤형문과 황의병이 탄식했다.

"우리 어진 사위가 청춘의 나이에 이리도 급하게 용퇴하니, 낮게 늘어진 우리의 흰머리가 어찌 부끄럽지 않겠소이까?"

양창곡이 윤형문을 향하여 말했다.

"장인어른의 춘추가 아주 고령은 아니시니 성주를 보좌하시고 창생을 구제하십시오. 제 처지는 남과 달라 가득 차서 일어나는 재앙이 두려워 이렇게 시골로 돌아가는 바람에 천자의 은혜를 저버리게 되었습니다. 어찌 도리라 하겠습니까?"

그는 다시 황의병을 향하여 말했다.

"장인어른께서는 이미 옛사람들이 벼슬을 그만두었던 연세를 지나셨으니, 일찍 물러나 쉬실 것을 생각하시지요."

황의병이 웃으며 말했다.

"노부는 아침과 저녁을 기약할 수 없는 늙은이일세. 이 세상의 번화함을 누려야 몇 해나 더 누리겠는가? 나는 적막한 시골을 바라지 않네. 다만 늘그막에 사랑하는 딸을 하루아침에 멀리 이별하게 되니, 늙은이 마음이 더욱 슬프네."

양창곡이 미소를 지으며 다시 진왕 화진과 이별을 하면서 손을 잡고 한참을 있노라니 두 사람의 정이 아련해지는 것이었다. 양창곡이 웃으며 말했다.

"화형의 속되지 않은 풍류는 제가 이미 알고 있으니, 속세의 더러움을 벗어 버리고 좋은 날 아름다운 절기에 벗을 찾아오시구려."

진왕이 흔쾌히 말했다.

"제가 평생 좋아하는 바는 산수자연과 벗이외다. 양형이 이미 경치 좋은 곳을 차지했으니, 어찌 절뚝이는 나귀를 채찍질하여 아미산峨嵋山을 보고 소동파를 방문하지 않겠소이까?"

양창곡이 다시 소유경과 황여옥, 동초, 마달 등과 얼굴을 맞대고 각각 이별할 때, 뇌천풍이 그 손자를 데리고 와서 눈물을 머금으며 슬퍼하다가, 눈물을 거두고 웃으며 말했다.

"소장은 이미 늙었습니다. 다시 상공을 볼 수 있을지 기약하기 어렵습니다. 그러나 상공의 오늘 모습은 천추에 길이 남을 아름다운 일입니다. 슬픈 가운데도 기쁨을 이기지 못하겠습니다."

그는 다시 강남홍을 보고 이별을 고하면서 말했다.

"홍원수님은 백운동에서 다하지 못한 청복을 이제 취성동에서 누리시게 되었으니 축하하고 기뻐할 일입니다. 그러나 소장의 나이가 이미 서산에 걸린 해와 같은 신세라, 이 자리에서 부르는 이별의 노래가 늙은이의 회포를 울리는군요."

뇌천풍의 흰 수염에 눈물이 방울지자, 강남홍이 위로하며 말했다.

"옛날 주나라의 강태공은 나이 80에 어부 노릇을 하다가 다시 80년 동안 장수로 활약했습니다. 바라건대 장군께서도 수십 년의 부귀를 누리시어 여든 살을 채운 뒤에 취성동에서 아름다운 곳을 마련하시어 청약립靑蒻笠과 녹사의綠蓑衣로 다시 여러 해 천수를 누리세요. 아름다운 자연 속에서 지내며 이승에서 함께 고생했던 회포를 풀기로 뒷날의 기약을 합시다."

뇌천풍이 크게 웃으며 사례했다. 이때 천자의 수레는 이미 멀어졌고, 여러 관리들도 모두들 이별을 고하고 돌아갔다. 양창곡은 일행을 재촉하여 막 출발하려는데, 갑자기 10여 명의 사람들이 아름다운 가마를 타고 황성 쪽에서 왔다. 대여섯 명의 궁녀들이 황태후의 명을 받아 음식을 받들고 양창곡의 어머니 허부인을 대접하여 전송하려는 것이었으며, 그 뒤로 진나라 세 귀비가 강남홍을 전송하려고 함께 온 것이었다. 허부인과 강남홍이 행차를 멈추고 은혜에 감사를 올리며 바야흐로 이별의 회포를 풀고 있는데, 갑자기 황성 쪽에서 물색도 선명한 한 쌍의 아름다운 가마가 왔다. 길을 가득 메운 구종꾼들을 데리고, 앞에는 10여 명의 군졸들이 물렀거라 외치며 가까이 오는 것이었다. 이들은 바로 동초와 마달의 소실인 옥련과 소청이었다. 두 사람은 가마에서 내려 구슬 같은 눈물을 뚝뚝 떨구면서 각각 강남홍의 손을 잡고 말했다.

"낭자가 연옥과 소청을 버리고 가시는 겁니까? 저희들이 모두 난성부로 갔는데 이미 떠나셨다고 하기에 취성동으로 따라가려던 참이었습니다."

강남홍 역시 눈물을 흘리면서 꾸짖었다.

"너희들의 처지가 예전과는 달라졌다. 아녀자는 반드시 남편을 따라야 하거늘, 진퇴를 어찌 멋대로 하느냐? 한 번 이렇게 이별하는 것만으로 족하니, 어서 돌아가도록 해라."

그러고는 가궁인을 보고 웃으며 말했다.

"세상에 뽑아 버리기 어려운 것이 아마 정의 뿌리[情根]네요. 저희들이 저 애들과 함께 자라 비록 주인과 종이지만 자매 같은 정이 있어 외로운 신세를 서로 의지했었지요. 천리 타향에서 부귀한 가문에 남편을 받들면서 영화가 극진한 데다, 저들도 또한 공후의 소실이 되어 이미 평생 의탁할 곳을 얻었으니 한때의 이별에 어찌 그리워 돌아볼 일이 있겠어요? 그러나 저희들이 전원을 찾아간다는 소식을 듣고 며칠 전부터 울면서 따라오고 싶어 했지만, 아녀자는 반드시 남편을 따라야 한다는 것은 귀천이 다를 바 없는 것입니다. 어찌 옛정 때문에 명분 없는 행실을 하겠습니까? 달래고 타일러서 보냈더니 이제 또 이렇게 왔네요. 저희들도 또한 정에 약한 사람이라 뿌리치고 가고 싶지만 자연히 마음이 편치 못합니다."

강남홍은 다시 소청과 옥련을 타일러 말했다.

"취성동이 멀지 않으니 너희들은 슬퍼하지 말고, 날이 따뜻해지고 바람이 부드럽거든 장군들께 알리고 짝을 지어 놀러 오도록 해라."

말을 마치고 행장을 수습하여 길에 올랐다. 철귀비가 강남홍의 손을 잡고 말했다.

"첩도 또한 틈을 내어 취성동 장원으로 벗을 찾아가서 산수의 경치를 완상하겠습니다."

강남홍이 웃으며 말했다.

"식언하지 마시고, 친구 사이의 신의를 저버리지 마시오."

양창곡은 일행을 재촉하여 출발했다. 소청과 연옥은 그들이 일으키는 먼지를 멀리 바라보다가 푸른 소매와 붉은 화장에 눈물을 비오듯 흘렸다. 가궁인이 여러 가지 말로 위로하고 함께 황성으로 돌아갔다.

한편, 양창곡은 청춘의 나이에 명예와 이익과 속세를 이별하고 청산 백운을 향하여 넓은 마음으로 돌아갔다. 수레와 말과 짐은 10여 리나 이어져서, 구경하는 사람들이 모두들 찬탄하며 말했다.

"어질도다, 연왕이여! 천자를 보좌하여 태평성대를 이룩하고 전원으로 돌아가 공명을 버리니, 한나라의 소광疏廣*과 당나라의 오교吳喬보다도 훌륭하구나."

수십 리를 가니 성 안의 노인들과 여러 군영의 군졸들이 술잔을 올리고 음악을 연주하며 다투어 전송했다. 남녀노소 할것 없이 수레 앞에서 떠들면서 칭송이 분분했다. 양창곡이 수레를 멈추고 좋은 말로 위로했다.

천자는 궁궐로 돌아간 뒤 그에게 황금 1만 일을 하사하고, 5천 일은 강남홍에게 하사하면서 이렇게 말을 전했다.

"멀리 길을 떠나는 경들을 위한 예물을 주려는 뜻이니, 전

* 한나라 때 학자로,『춘추』에 통달하여 태자태부(太子太傅)로 발탁되었으나, 사람됨이 청렴하여 자신의 분수보다 지나치게 벼슬을 한다고 생각하여 5년만에 사임하고 은거했다. 재산을 모으는 것에도 전혀 관심이 없었다고 한다.

원으로 돌아가서 술과 음식의 경비에 보탬이 되도록 하라."

양창곡과 강남홍이 북쪽을 향하여 네 번 절하고는 황감함을 이기지 못했다.

황성의 동남쪽에 골짜기가 하나 있으니, 이름은 취성동이었다. 북쪽으로 자개봉紫蓋峯에 기대 있고 남쪽으로는 금강錦江에 잇닿아 있었다. 둘레는 수십 리나 되며, 아름다운 산천과 빼어난 경치는 여산과 버금갔다. 사람이 들어가 산 지가 오래된 곳으로 봉우리 아래에 집터를 닦고 집을 건축하매, 검소하면서도 정치하여 장대함이나 화려함을 위주로 하지 않았다. 안에는 구련당龜蓮堂을 지었다. 천 년 묵은 신령스러운 거북이가 연잎에서 노닌다는 뜻으로 지은 이름인데, 양창곡의 어머니 허부인이 거처하는 곳이었다. 그 왼쪽으로는 엽남헌饁南軒을 지었다. 그것은 "남편과 자식에게 남쪽 밭에서 들밥을 먹인다"*는 구절에서 뜻을 취했으니 윤부인이 거처하는 곳이다. 오른쪽으로는 영지헌營止軒을 세웠다. 이는 "온 집안 가득하니, 처자식들 편안하다"**는 구절에서 뜻을 취했으니 황소저가 거처하는 곳이다. 밖으로는 춘휘루春暉樓를 지어서 양창곡의 아버지 양현이 거처하고, 그 옆으로 지은 은휴정恩休亭은 천자의 은혜를 송축한다는 뜻으로 양창곡이 거처하는 집이다. 앞뒤

* 『시경』「빈풍」(豳風) '칠월'(七月)의 한 구절로 원문은 "同我婦子, 饁彼南畝"이다
** 『시경』「주송」(周頌) '민여소자지습'(閔予小子之什)에 있는 구절로 원문은 "百室盈止, 婦子寧止"이다.

와 좌우로 행랑이 빙 둘러져 있었다. 문과 뜰과 담장과 집은 온 골짜기를 뒤덮을 정도였다.

양창곡 일행이 취성동에 이르자 고을 백성들이 남녀노소 할 것 없이 골짜기 밖까지 나와서 맞이하면서 기뻐하지 않는 사람이 없었다. 양창곡은 집을 깨끗이 치우고 각각의 처소를 정한 뒤 강남홍, 벽성선, 일지련 세 낭자에게 말했다.

"별원이 수십여 곳이오. 자운루紫雲樓는 자개봉 아래에 있고, 태을정太乙亭과 범사정泛槎亭은 금강가에 있으며, 생학루笙鶴樓, 어풍각御風閣, 완월정玩月亭, 관풍각觀豊閣, 침수정沈水亭, 수석헌漱石亭, 중묘당衆妙堂, 우화암羽化庵 등은 경치가 빼어나고 건물 구조가 치밀하니 낭자들은 좋은 곳을 골라 거처하도록 하시오."

세 낭자도 좋다고 했다. 며칠 후 양창곡이 부모님을 모시고 두 부인, 세 낭자들과 함께 수십 군데의 별원들을 하나하나 둘러보았다. 자개봉 골짜기가 앞뒤로 둘러싸고 있어 물과 바위의 뛰어난 경치와 원림園林의 그윽하고 깊은 맛, 시내와 산의 고요함과 멀리까지 비추어 탁 트인 멋은 어느 곳 하나 명승지가 아닌 곳이 없었다. 하루 종일 거닐다가 달빛을 받으며 돌아오니, 양현이 화락함을 이기지 못하고 말했다.

"속세에서 살면서 울적한 가슴을 이제부터 씻어야겠구나."

다음 날 양창곡은 세 낭자에게 물었다.

"그대들은 어제 별원을 살펴보았을 테니, 필시 마음속으로 정한 곳이 있을 것이오. 각각 자신의 뜻을 말해 보시오."

강남홍이 웃으며 말했다.

"시골에서 사는 즐거움은 산수자연에 있습니다. 범사정은 강에 바짝 붙어 있어서 장사하는 아낙네나 고기 잡는 어부가 살 만한 곳이고, 우화암은 고요하면서도 궁벽져서 스님이나 도사들이 거처할 곳입니다. 역시 산을 등지고 물을 앞에 두어 너무 예스럽지도 않고 속되지도 않은 자운루가 제일입니다. 첩은 자운루에 거처하고 싶습니다."

그러자 일지련이 말했다.

"산수를 즐기는 것은 성인이 하는 것이고, 어부에게 묻고 나무꾼에게 대답하는 것은 은자의 일입니다. 첩은 누에를 치고 뽕을 따는 일과 술 거르고 밥하는 일을 가장 좋아하니 관풍각을 주시면 좋겠습니다."

양창곡이 벽성선을 보면서 말했다.

"그대는 어째서 말을 하지 않는 거요?"

벽성선이 대답했다.

"첩이 가지고 싶은 곳은 두 낭자와는 다릅니다. 시끄러운 곳이 싫어 한적한 곳을 취하여 중묘당에 거처하고 싶습니다."

양창곡이 웃으며 허락하며 말했다.

"여러 낭자들의 처소가 경치는 매우 아름답지만 자못 좁다는 문제점이 있어요. 각기 좋을 대로 고치도록 하시오."

그는 천자에게서 받은 하사금을 세 등분으로 나누어 주었다. 강남홍이 고했다.

"첩이 황성에 있을 때는 녹봉을 사양할 수 없었지만, 이제는 산중에 들어왔으니 그 돈을 어디에 쓰겠습니까? 이제부터는 난성부의 월급과 탕목읍 3만 호의 식읍, 천자께 하사받은 전별금 황금 5천 일을 모두 상공께 올리겠습니다. 상공께서 관리하십시오."

양창곡이 웃으며 말했다.

"내가 바야흐로 관직을 버리고 전원으로 돌아와 청정하고 한적함을 즐기고자 하는데, 이제 도리어 낭자의 치속내사治粟內史가 되어 돈과 곡식의 출입을 관리하란 말이오?"

강남홍이 말했다.

"첩이 상공을 따라다니던 시절에는 굶주림과 배부름, 추위와 따뜻함을 신경 쓰지 않았습니다. 그런 일들이 비록 사사로운 일이긴 했으나 챙기는 것에 익숙지 않았지요. 그러나 지금부터는 단출하고 검소한 음식과 낡은 옷이라 해도 여러 낭자와 함께해야 합니다. 유념해 주십시오."

양창곡이 웃으며 허락했다.

세 낭자는 각각 자신의 처소로 돌아갔다. 강남홍은 손삼랑과 그녀의 아들 장성長星, 10여 명의 하인을 데리고 자운루로 갔다. 몇 년 전에 강남홍은 양창곡과의 사이에 아들 장성을 낳아 나이가 이미 여러 살이나 되었던 것이다. 벽성선은 자연과 하인 등을 데리고 중묘당으로 갔다. 일지련 역시 양창곡 사이에 낳은 아들 인성仁星을 품에 안은 채 하인들을 데리고 관풍각으로 갔다.

한편 세 낭자는 각각 돌아가서 자신의 처소를 개축하여, 몇 달이 채 못 되어 낙성식 잔치를 열게 되었다. 양창곡은 부모를 모시고 윤부인과 황소저, 벽성선, 일지련과 함께 자운루로 갔다. 때는 2월 봄이 한창인 시절이었다. 가는 버들 이름난 꽃은 곳곳에 그림처럼 피어 있고 맑은 시내 기이한 바위는 골골이 선경이었다. 몇 명의 하인들은 산길을 쓸며 길을 안내했고 양현은 경관을 완상하며 갔다. 남쪽으로는 수없이 많은 먼 산들이 울울창창하여 구름과 안개로 둘러싸여 있고, 앞으로는 길게 누운 강줄기가 맑은 거울처럼 매끈하게 펼쳐져 있었다. 취성동 수백 호가 눈앞에 역력히 보이고 자개봉과 천만봉은 하늘 끝에 벌여 있었다. 양현이 웃으며 말했다.

"이곳은 취성동 중에서도 제일 아름다운 곳이로구나. 우리 홍랑이 먼저 차지했으니, 이 또한 복된 땅이로다."

문을 들어서 몇 걸음을 가니 강남홍이 옅은 화장과 시절 옷차림으로 아들 장성과 하인들을 데리고 나와 맞이했다. 고운 태도와 빼어난 기상은 번화하면서도 담박하여, 봄바람에 온갖 꽃과 향기를 다투는 듯했다. 황소저가 윤부인에게 말했다.

"홍랑은 비범한 사람이라, 산에 들어온 뒤로는 용모나 자색이 이전보다 훨씬 예뻐졌군요."

강남홍이 자운루로 안내하니, 수를 놓아 무늬를 새겨 넣은 창문이 너무도 정묘하고 흰 분을 바른 벽과 붉은 난간은 영롱하면서도 찬란했다. 비단 장막과 주렴은 곳곳에 드리웠고, 앞뒤와 좌우로는 층층한 누각이 솟아 있었다. 동쪽 누각은 중향각衆香閣인데, 앞부분으로는 석대를 쌓아 복숭아꽃, 오얏꽃, 모란 등 유명하고 기이한 화초를 층층이 심어 두었다. 잎은 푸르고 꽃은 붉은데 단청이 비추어 빛나고 수많은 나비가 어지러이 왕래했다. 이는 바로 봄을 감상하는 곳이다. 서쪽 누각은 금수정錦繡亭이다. 노란 국화와 단풍이 좌우로 벌여 있고 기이한 짐승과 괴이한 바위가 섬돌 아래 가득했다. 사슴 몇 마리가 누대 아래에 서성거리고, 사나운 매 한 쌍이 시렁 위에 둥지를 틀고 있었다. 이곳은 바로 가을을 감상하는 곳이다. 남쪽 누각은 영풍각迎風閣이다. 향기로운 풀과 녹음이 처마를 둘러싸고 시냇물이 석벽을 타고 폭포를 이루었다. 그 앞에는 연지蓮池를 파 놓았는데 큼지막한 금린어錦鱗魚가 마음껏 헤엄치고, 원앙이 쌍쌍이 물결을 따라 오갔다. 이곳은 바로 여름을 감상하는 곳이다. 북쪽은 백옥루白玉樓다. 청송과 푸른 대나무가 무리를 지어 뒤섞인 채 자라고 흰 솔개와 백학이 쌍쌍이 왕래한다. 수많은 봉우리와 골짜기가 화단 위로 솟아 있고 옥매화 화분 1백여 개를 섬돌 아래 벌여 놓았다. 이곳은 겨울을 감상하는 곳이다.

양현이 이곳을 두루 돌아보고 자운루에 오르니 이미 잔칫상이 차려져 있었는데, 음악이 질탕하게 연주되고 술상이 낭자하여 술과 고기가 흘러넘쳤다. 이곳에서 취성동 고을 안의 노인들과 남녀가 구름처럼 모여서 배불리 먹고 취하여 배를 두드리고 춤을 추며 함께 즐거워했다.

다음 날 양창곡은 부모님을 모시고 처첩들과 함께 중묘당으로 갔다. 길은 봉우리를 돌아 굽이졌는데 산은 밝고 물은 아름답다. 서늘한 솔바람은 얼굴에 불어오고 졸졸 흐르는 물소리에 가슴이 시원해져서 속세의 먼지와 더러움을 잊게 했다. 그때 갑자기 푸른 옷을 입은 아이 둘이 숲속에서 나오더니 앞을 안내했다. 깨끗한 대나무 사립은 맑은 바람에 반쯤 열려 있었다. 벽성선의 곧고 고요한 태도와 그윽하고 우아한 기상은 보는 사람에게 속세의 괴로움이 모두 사라지고 정신이 상승되는 듯한 느낌을 주었다. 윤부인이 황소저에게 말했다.

"요대와 낙포洛浦*의 선녀를 인간 세상에서 보기가 어려웠는데, 오늘 보게 되는구려."

벽성선이 이들을 맞아서 중묘당으로 들어가 좌정했다. 자연이 차를 올리니 맑고 시원한 향에 가슴이 상쾌하게 트이면서 인간의 기운을 잊게 만들었다. 좌우를 돌아보니 분을 바른 벽과 비단 창문에 정신은 청정해지고, 석정石鼎과 약로藥爐에는 연기가 막 사라지고 있었다. 책상 위에는 거문고 하나가 비스듬히 놓였고 백옥 필통에는 옥주玉塵, 옥으로 만든 먼지떨이가 꽂혀 있

---

* 복희씨(宓羲氏)의 딸 복비(宓妃)가 빠져 죽어 낙신(洛神)이 되었다는 곳으로, 낙포의 선녀란 낙선이 된 복비를 말한다.

었다. 북창을 열고 바라보니 여러 층의 석대에 돌난간을 쌓았는데 기화요초가 봄바람에 만발했고, 한 쌍의 백학은 대숲 속에서 잠자고 있었다. 그윽하고 깊숙한 정경과 한적한 멋은 보는 사람으로 하여금 물욕을 잊게 만들었다. 홀연 한 줄기 맑은 바람이 불어와 풍경소리가 울린다. 양현이 물었다.

"이 소리는 어디서 들려오는 것이냐?"

벽성선이 대답했다.

"동산 안에 몇 칸짜리 별당을 지었습니다."

그녀가 앞장서서 안내했다. 숲 사이 돌길은 비스듬히 뻗어 있는데, 몇 칸 띠풀집이 아스라하면서도 말끔하게 보였다. 한적한 처마에는 흰 구름이 맺혀 있고 보일 듯 말 듯한 얕은 담장에 청산이 둘러 있으니, 인간 세상의 기상이 전혀 없었다. 문을 열고 바라보니 단서 한 권이 책상 위에 있고 백옥으로 만든 여의가 벽에 걸려 있어, 이곳이 과연 도선당道仙堂이지 인간의 거처가 아니었다. 보리밥과 팥국, 산나물 반찬과 야채로 잔치자리를 고했다. 잠깐 사이에 해는 서산으로 떨어지고 동쪽 고개 위로 달이 솟아올랐다. 솔바람은 방으로 스며들고 구름 기운이 잔치자리를 덮어 정신은 맑아지고 뼈가 서늘해졌다. 강남홍이 상 위에 있던 오현금五絃琴을 끌어당겨 한 곡을 연주했다. 그러자 벽성선이 옥피리를 불어 화답했다. 거문고 소리가 서늘하고 피리 소리는 하늘거린다. 맑은 바람이 언뜻 일어나고 밝은 달이 하얗게 빛나니 동산 안에 한 쌍의 학이 한꺼번에 소리를 내며 훨훨 날아들어 섬돌 아래에서 춤을 췄다. 양현이 미소를 지으며 표연히 신선이 되어 하늘로 올라가는 듯한 마음이 생겨났다. 그는 양창곡과 여러 낭자들을 불러 말했다.

"진시황과 한무제는 헛되이 마음을 쏟아 땅 위의 신선이 옆에 있는데도 바닷가에서 선문자와 안기생 같은 신선을 구했구나. 만약 오늘 밤의 광경을 보았다면 아마도 신선이 멀리 있는 것이 아니라는 사실을 깨달았을 것이다."

얼마 후 밤이 깊어 모두 달빛을 받으며 돌아가게 되었다. 벽성선이 문밖까지 나와서 인사를 하니, 양현은 남은 흥을 다 펴지 못하고 지팡이에 의지해 돌길을 내려갔다. 수십 걸음을 가는데, 갑자기 옥피리 소리가 허공에서 날아 내려왔다. 양현이 말했다.

"이 소리는 어디에서 들리는 것이냐?"

강남홍이 대답했다.

"필시 벽성선이 달빛 아래에서 부는 소리일 것입니다."

양현이 걸음을 멈추고 한참을 듣다가 말했다.

"이것은 무슨 노래인가?"

강남홍이 말했다.

"이 곡의 제목은 「조원곡」朝元曲입니다. 서왕모가 요지의 잔치를 끝내고 옥황상제께 조회하러 올라갈 때 지은 것입니다."

양현이 탄식하며 말했다.

"우리 선랑은 진실로 신선 세계 사람일 게야."

다음 날은 또 관풍헌으로 갔다. 꽃과 나무는 숲을 이루었고 홰나무와 버드나무는 저절로 골짜기 입구가 되었다. 푸른 소나무로 울타리를 삼고 녹죽으로 사립문을 만들었다. 곳곳에 있는 남새밭과 집집마다 나는 절구질 소리는 시골의 즐거움을 알게 했다. 몇몇 여종은 길가에서 뽕을 따고 아이종 두셋은 강 언덕에서 땔감을 해서 돌아오며, 산촌의 노래와 마을의 피리소리는 「격양가」에 화답하여 태평성대에 집집마다 넉넉한 기상이 있었다. 사립문을 찾아가니 일지련이 분을 바르고 옅은 화장을 한 채 옷을 걷어붙이고 인성이를 앞세워 문밖에서 기다리고 있었다. 인성이 할아버지를 부르자 양현은 미소를 지으며 인성이의 손을 잡고 마루로 올라갔다. 일지련이 두 부인과 낭자를 맞아 중당中堂에 나누어 앉았다. 띠풀 처마에는 갈대로 짠 주렴을 높이 걸었고, 소나무 난간에 대나무 창을 반쯤 열어 두었다. 씻은 듯 말끔한 경치와 온화한 살림살이는 그 집을 보고 알 수 있었다. 맹모의 베틀*이 북창 아래에 있으니 아녀자로서의 일에 힘쓴다는 것을 알 수 있었고, 불시지수不時

---

* 맹자의 어머니가 맹자를 훈계했던 고사로, 베틀에 앉아서 베를 짜다가 갑자기 중간을 잘라 버린 뒤, 맹자에게 "중도에 공부를 그치는 것은 마치 베를 짜다가 중간을 잘라 버리는 것과 같이 아무짝에도 쓸모가 없다"고 훈계하여 공부에 매진하도록 했다. 여기서는 자식 교육을 잘 시키는 사람을 의미하는 표현이다.

之需는 왕부인王夫人을 본받으니* 남편을 잘 섬긴다는 것을 알 수 있었다. 하인들을 잘 타일러 다스리고, 집안 일과 남편을 받드는 일 등 온갖 일을 직접 하니, 진실로 농부의 가풍이요 아녀자의 본색이었다. 윤부인이 얼굴빛을 고치며 칭찬해 마지않았다. 양창곡이 웃으며 말했다.

"내가 시골로 돌아와서 온갖 일이 뜻대로 되었지만, 오직 총애하는 여인 하나를 잃어버리고 시골 아녀자를 대하게 된 일이 어찌 아깝지 않겠소."

일지련이 웃으며 말했다.

"상공께서 벼슬을 버리고 물러나 산으로 돌아오셨으니, 이는 곧 시골의 늙은이입니다. 첩이 어찌 시골 아낙네가 되지 않겠습니까?"

그 말에 모든 사람들이 크게 웃었다. 양현이 그 말을 듣고 무릎을 치면서 칭찬했다.

"우리 연랑은 모든 말과 일이 너무도 딱 맞는구나."

강남홍이 웃으며 말했다.

"제가 들으니 요즘 연랑이 진나부秦羅敷**를 본받아 누에와 뽕

---

* 왕부인은 소동파의 부인이고 불시지수는 남편이 갑자기 필요로 하는 물건을 말하는 것으로, 소동파의 적벽부에 나오는 다음 구절에서 유래한다. "영감께서 갑자기 찾으실 때가 있을까 하여 오래전 술 한 말을 감춰 놓은 것이 있습니다"[我有斗酒藏之久矣, 以待子不時之須].
** 조나라 왕인(王仁)의 처로, 뽕잎을 따고 있던 모습을 보고 조왕이 수작을 걸자 노래를 지어 이를 뿌리쳤다고 한다.

을 일삼는다 합니다. 한번 보고 싶군요."

벽성선이 웃으면서 사람들을 안내하여 뒤뜰로 들어갔다. 열 칸짜리 양잠실養蠶室을 지어 놓았는데, 그 안에는 층층이 시렁을 놓고 누에를 올렸다. 한쪽에는 뽕을 펴 놓고 한쪽에는 고치를 따서 햇볕을 쐬고 있었다. 황소저가 일일이 바라보며 감탄했다.

"내가 여자의 몸이 되어 다만 옷을 입을 줄만 알다가 이제야 그 근본을 알게 되니 어찌 부끄럽지 않겠소?"

때마침 허부인이 오더니 그 광경을 보고 감탄했다.

"내가 예전 옥련봉 아래에 살 때 광주리에 뽕을 따서 누에고치 몇 말과 베 몇 자를 짜 보았기에 그 고생을 안다. 이제 우리 연랑이 부귀한 집에서 지내면서도 빈한한 삶을 잊지 않으니, 어찌 기특하지 않겠느냐?"

양창곡이 웃으며 말했다.

"이 일이 가상하기는 하지만 연랑은 겉과 속이 달라서, 겉으로는 검소하게 하면서도 속으로는 사치스럽답니다. 어머님은 다시 후원 별당을 한번 보세요."

그는 사람들을 안내하여 한 곳에 이르니, 흰 분을 바른 벽과 비단 창문에 주렴을 드리워 놓았고 그림 그린 기둥과 아로새긴 난간에 수놓은 문을 반쯤 열어 두었다. 다시 방 안으로 들어가니 비단에 수를 놓은 화문석에 부용장芙蓉帳을 걸어 두었고, 백옥상 위에는 수놓은 상자가 있었다. 여러 낭자들이 그

것을 열어 보니 여러 폭 능라 비단에 한 쌍의 봉황을 수놓아 그 찬란한 광채와 교묘한 솜씨는 온갖 조화를 빼앗을 만하고 사람의 눈을 놀라게 만들 정도였다. 여러 낭자들은 칭찬하면서 다투어 완상하려 했다. 일지련이 말했다.

"첩은 본래 거친 여자입니다. 국을 끓이고 밥을 지으며 김을 매고 바느질하는 것을 평생의 즐거움으로 알았지요. 그런데 상공께서 매번 사치스러운 마음을 가지시어 맹광의 절구 드는 일을 싫어하시고 서시가 찡그리는 모습을 따라했던 못생긴 동시東施를 사랑하십니다. 그래서 이렇게 별원을 지어서 상공께서 내려오시면 비록 화장으로 땀에 얼룩진 얼굴을 가리고 호미 잡던 손으로 바늘을 희롱하지만, 정교하게 하려 하면 도리어 졸렬하게 되어 호랑이를 그리려다 고양이를 그리는 꼴이 된답니다. 두 분 낭자께서는 비웃지나 마세요."

조금 있노라니 몸종이 와서 점심 준비가 되었다고 알린다. 모두 관풍각으로 가니, 일지련이 직접 부엌으로 들어가 국과 음식의 간을 보고 상을 내왔다. 서사西솔의 기장밥과 동릉東陵의 오이로 만든 나물반찬에 산과 들의 맛을 겸했으며, 울타리 아래 박을 따고 마당가의 양을 잡았다. 빈풍시豳風詩를 노래하면서 창 앞에 덜 익은 술을 조롱박에 가득 부어 놓았으며, 앞 시내에서 낚시질한 물고기가 상에 올라왔다. 양현이 허부인을 보고 말했다.

"노부가 일찍이 시골 음식을 맛본 지가 상당히 오래되었는데, 오늘 이 음식을 마주하니 어찌 새로움이 일지 않겠소?"

이날 양창곡은 이웃의 여러 사람들을 불러서 말했다.

"'사람들이 덕을 잃는 것은 보잘것없는 음식 때문'*이라는 말이 있소. 옹기 술동이에 막걸리요, 나물반찬에 명아주국이라 나쁘다 말아 주시오."

어부와 시골 노인, 목동과 나무꾼 등이 뜰에 가득 모여 취하고 배불리 먹었다. 그들은 춤추고 노래하면서 반나절을 떠들썩하게 놀았다. 양현이 미소를 지으며 말했다.

"관풍각 낙성식 잔치 분위기가 정말 좋구나."

그는 다시 윤부인과 황소저를 불러서 말했다.

"내가 세 낭자 덕분에 여러 날 잘 지냈지만, 우리 두 며느리들은 어째서 낙성식 잔치를 하지 않느냐? 내일은 구련당에 모여 세 낭자들과 함께 놀고, 둘째 날은 엽남헌에 모이고, 셋째 날은 영지헌에 모이도록 해라. 넷째 날과 다섯째 날은 춘휘루와 은휴정에 바깥 손님들을 모아 놓고 놀아야겠다."

두 부인이 명을 받들었다. 날이 저물어 돌아가매, 일지련이 문밖에 나와서 공경히 전송하니, 허부인이 웃으며 일지련에게 말했다.

"동각東閣에 노파 하나가 일없이 한가롭게 거처하니, 너를 따라 길쌈이나 도와야겠다. 네 생각은 어떠하냐?"

---

* 『시경』「소아」(小雅) '벌목'(伐木) 편의 구절로 원문은 "民之失德, 乾餱以愆"이다.

일지련의 대답이 나오기도 전에 양현이 웃으며 말했다.

"그 노파는 대접하기가 제일 어려울 것이니, 반드시 멀리하거라."

일지련이 그제야 허부인의 뜻을 알고 조용히 고했다.

"5, 6일 뒤에 농부들과 함께 땅을 갈려고 합니다. 그때 구경하시지요."

허부인이 매우 기뻐했다.

다음 날 세 낭자가 구련당에서 잔치를 차리게 되었다. 취성동 안의 노파들을 모두 부르자 대청 위아래로 머리가 희고 등에 검버섯 핀 노인들이 구름처럼 모였다. 그들은 손자를 안거나 증손자를 업고 왔는데, 천진난만하고 풍속이 순박하여 복을 칭송하면서 부귀를 흠모하는 소리가 사방에서 어지러이 들려왔다. 벽선성과 일지련 두 낭자가 노파들을 일일이 잘 대접하여 술과 고기와 음식을 고르게 나눠 주는데 그 공손한 빛과 온화하고 즐거운 말은 온 사람들을 놀라게 했다. 모든 노파들이 감격함을 이기지 못하여 손을 들어 축원하며 말했다.

"늙은이들의 여생을 부인들께 바치오니 천백 년 복을 누리소서!"

다음 날 엽남헌과 영지현에서 다시 취성동의 부녀자들은 모아 이틀 동안 잔치를 벌였다. 그리고 그 다음 날은 춘휘루와 은휴정에서 취성동 어른들과 외부 손님을 일일이 불러서 잔치를 열었다. 양현은 갈건과 야복 차림으로 주인 자리에 앉았고, 양창곡은 오사모와 홍포 차림으로 종일토록 옆에서 시립하여 부드러운 말과 인후한 얼굴빛으로 시중을 들어, 보는 사람들에게 감동을 사아내 저절로 효도와 우애로운 마음이 피어나게 하니 숙연히 공경하여 위의가 정숙했다.

한편 양창곡은 집안일을 정돈한 뒤 몸이 청한하게 되니, 위로는 부모를 모시고 아들로서 재롱을 부리는 즐거움을 누렸고 아래로는 세 낭자를 찾아가 산수풍월로 날을 보냈다. 진정 산중의 재상이요 속세 밖의 한가한 사람이었다.

보슬비가 부슬부슬 내리고 남풍이 부드럽게 불어오는 4월 초순의 어느 날이었다. 양창곡이 구련당으로 가니 침소의 문이 굳게 닫혀 있었다. 몸종이 아뢰었다.

"노부인께서는 관풍각으로 가셨습니다."

양창곡이 놀라서 물었다.

"비가 오는데 무엇 때문에 행차하셨느냐?"

"일지련 낭자께서 우비를 준비해 와서 모시고 갔습니다."

양창곡이 웃으면서 하인들에게 도롱이와 삿갓, 삽을 가져오도록 했다. 그는 도롱이와 삿갓 차림으로 삽을 들고 관풍각으로 갔다. 청산은 드높고 푸른 물은 넘실거리는데, 녹음은 한창이라 비 기운을 머금었으며 뻐꾸기는 슬피 울면서 시절을 재촉하고 있었다. 바람결에 들리는 노랫소리는 칠월시七月詩에 화답하고 곳곳에서 들리는 농가는 황제의 힘을 칭송하는 가운데, 삼삼오오 무리지은 이들이 김을 매고 있었다. 아, 저들은 갈천씨葛天氏 때 백성인가 무회씨無懷氏 때 백성인가.* 속세를 벗어난 한가한 정취를 오늘에야 비로소 깨닫는 것이었다.

양창곡은 주변을 돌아보면서 천천히 길을 가고 있었다. 홀연 어떤 곳을 바라보니 녹음이 아스라한 가운데 청약립과 녹사의로 여러 사람들이 앉거나 서 있는 것이었다. 자세히 보니 여러 낭자들이 허부인을 모시고 여러 종들과 삿갓과 도롱이 차림으로 밭가에 서 있는 것이었다. 양창곡이 오는 것을 보더니, 일지련이 낭랑하게 웃었다.

"학사의 공명이 일장춘몽이네요. 금포와 옥대 차림으로 대루원을 향하던 몸이 이제는 청약립 녹사의로 관풍각을 방문하시다니, 그 득실을 비교해 바쁨과 한가함을 논해 보면 어떤 것이 더 나은지요?"

양창곡이 크게 웃으면서 어머니 허부인에게 말했다.

"오늘 소일하시는 모습이 더욱 좋습니다. 그런데 어째서 혼자만 즐기시고 소자는 모르게 하셨습니까?"

허부인이 웃으며 말했다.

"농가의 노인이 바빠서 이제부터는 내 종적이 항상 이럴 터이니, 너는 너무 탓하지 말거라."

양창곡이 웃으면서 좌우를 둘러보니 세 낭자가 옅은 화장

---

* 갈천씨와 무회씨는 상고시대의 제왕으로, 무위(無爲)의 정치를 통해서 태평성대를 이룩했다고 한다.

과 농사꾼의 옷차림으로 각각 작은 삽을 들고 녹음방초 우거진 곳에 한가로이 서 있었다. 그 꽃 같고 달덩이 같은 모습은 담박한 자태를 띠어서 골짜기의 꽃이나 언덕의 풀과 빛을 다투고 있었다. 양창곡이 말했다.

"옛날 방덕공龐德公**이 양양襄陽에 은거했을 때, 방덕공은 밭을 갈고 그 아내는 들밥을 내와서 그 일이 천고에 아름다운 일이 되었지요. 그런데 지금 내 비록 방덕공과 같은 덕은 없지만 여러 낭자의 풍채는 응당 옛날 방덕공의 부인에게 양보하지 않겠구려. 다만 두려운 것은 그대들 모습을 보느라고 밭을 가는 사람이 보습을 잃어버리고 김을 매는 사람이 호미를 잃어버릴까 걱정이오."

강남홍이 웃으며 대답했다.

"풀잎의 이슬 같은 인생이 비록 즐거움을 누리더라도 백 년 세월이 화살처럼 지나가는 법이거늘, 어찌 산속 처사의 아내가 되어 베치마와 가시나무 비녀로 일생 동안 괴롭게 지내겠습니까?"

그 말에 모두들 크게 웃었다. 그들은 농부들을 격려하여 북

** 후한 때의 은사로, 유표(劉表)가 관직에 나오기를 요청했으나 거절했다. 그가 찾아가니 방덕공은 밭을 갈고 그 아내는 김을 매는데, 두 사람은 마치 빈객을 예우하듯 서로에게 예를 다하는 것이었다. 유표가 방덕공에게 "벼슬에 나오지 않는다면 자식에게 무엇을 물려줄 것인가" 하고 묻자, 방덕공은 "벼슬은 위태로움으로 돌아오는 것이니, 나는 자식에게 편안함을 물려주겠다"고 대답했다고 한다.

을 울리고 깃발을 들어 농부들을 나누어 세 무리로 나누었다. 삽을 짊어지고 무리를 이루고 호미를 휘두르며 바람을 일으키면서 「농부가」로 화답했다.

산유화야, 들에는 푸른 풀	山有花兮野有靑草
때는 조화롭고 풍년 들어	時和年豊兮民安樂
백성들은 안락하구나	
산유화야, 봄날은 더디구나	山有花兮春日遲
먹는 것을 하늘로 삼으니,	以食爲天兮田園樂
전원 생활이 즐겁다	
소인은 힘을 쓰고 군자는 마음을 쓰니	小人勞力兮君子勞心
힘을 써서 밥을 더 먹게,	勞力加餐兮時不可失
농사철을 놓치면 안 되리	

양창곡이 이 농가를 듣고 벽성선에게 말했다.

"내 낭자의 음악 솜씨를 알고 있소. 이 농가는 어떻소?"

벽성선이 웃으며 대답했다.

"제가 비록 음률을 대충 알고 있기는 하지만 어찌 풍속을 살피는 총명함이 있겠습니까? 그러나 망령된 말로 상공의 원래 물어보신 의도에 맞추어 볼까 합니다. 『시경』 3백 편 중에는 농가가 많습니다. 「위풍」衛風은 인색하고 「제풍」齊風은 원망하여 비방하는 듯하고, 「당풍」唐風은 질박하고 「빈풍」豳風은 근검합니다. 「주남」周南, 「소남」召南의 충후함과 「정풍」鄭風, 「위풍」魏風의 방탕함은 각각 다르니 그 풍속을 속이기가 어렵습니다. 한위漢魏시대 이래 민간의 시를 채집하여 풍속을 살피는 법이 없어졌습니다. 재자와 문인들이 시부를 오로지 숭상하고 희로애락을 시율로 논의했지요. 교묘함을 다투고 재주를 자랑하여 다른 고을 풍속을 들어서 알 수 있는 길이 없었습니다. 그러나 「농부가」는 여전히 옛 풍모를 가지고 있어서 잘 다스려짐과 어지러움을 볼 수 있습니다. 음조로 논하자면 애원하고 슬퍼하는 듯하며, 율려律呂로 말하자면 자잘하고 짤막하며 촉급합니다. 이루어진 자취로 논구하자면 화려함은 많고 실질은 적어서 질박함이 오히려 부족하고, 노래를 평하자면 말하려는 바를 표현하지 못하여 속마음이 여전히 적습니다. 이로 보건대 풍속의 문명이 꾸며 내는 것은 대단히 잘 하지만 충후함은 미흡하고, 절의를 숭상하지만 기강은 미약합니다. 이는 주나라 중엽의 음악적 기상과 비슷합니다."

양창곡이 머리를 끄덕이며 훌륭하다고 감탄하며 칭찬했다. 잠시 후 관풍각의 몸종이 들밥을 준비했다면서 알리러 왔다. 황계黃鷄와 막걸리, 산나물과 야채를 바위 위에 벌여 놓고, 흐르는 물에 그릇을 씻어 놓았다. 꽃가지를 꺾어서 젓가락을 대신했으며, 농사 이야기와 주변의 화제를 나누면서 반나절을 마음껏 노닐었다. 그들이 관풍헌으로 돌아가는데, 엽남헌의 하인이 황망히 오더니 알리는 것이었다.

"윤부인께서 돌연 아프십니다. 증세가 너무 급박합니다."

이것은 도대체 무슨 일일까. 다음 회를 보시라.

제53회

윤부인은 엽남헌에서 아들을 낳고,

여러 낭자는 완월정에서 뱃놀이를 하다

鬠南軒夫人弄璋 玩月亭諸娘泛舟

엽남헌의 몸종이 달려와서 윤부인의 병세가 위급함을 알리자, 허부인이 깜짝 놀라 여러 낭자들을 이끌고 황망히 돌아갔다. 강남홍이 미소를 지으며 말했다.

"시어머님은 너무 놀라지 마세요. 윤부인이 임신한 지 열 달이 되었습니다. 아마도 해산할 때가 된 듯합니다."

허부인이 말했다.

"근래 윤씨 며느리의 모습이 수척한데 몸은 풍성해져 참 이상하다 생각했는데, 임신한 것은 까맣게 몰랐구나. 그대들이 이미 알고 있었다면 어째서 내게 일찍 알려 주지 않았느냐?"

강남홍이 웃으며 말했다.

"부인이 부끄러워하여 조금도 기색을 내비치지 않았고, 첩도 또한 그 사실을 안 지 몇 달 안 됩니다. 윤부인이 비밀로 해 달라며 약속을 했기 때문에 감히 아뢰지 못했습니다."

그들은 일제히 엽남헌으로 가니, 설파가 나와 맞으면서 강남홍의 손을 잡고 눈물로 범벅이 된 얼굴로 말했다.

"우리 부인이 어려서부터 병이 없었는데, 오늘 필시 괴질에 걸린 게 분명합니다. 저렇게 고요하고 곧고 정숙한 성품으로 좌불안석하시면서 제대로 앉으시질 못하고, 손발이 차갑습니다. 어떻게 하면 좋을까요?"

강남홍이 말했다.

"설파는 너무 소란을 떨지 마세요."

방으로 들어가 윤부인을 보니 베갯머리에 엎드려 있는데, 구름 같은 머리는 모두 흐트러졌고 구슬 같은 땀방울이 얼굴에 가득했다. 그녀는 강남홍이 들어오는 것을 보더니 눈물을 머금고 몰래 말했다.

"홍랑, 저 좀 살려 주세요!"

강남홍이 웃으면서 말했다.

"부인은 안심하세요. 이것은 여자들이 원래 가지고 있는 병입니다. 조금만 참으면 푸른 하늘에 구름이 걷힐 겁니다."

그녀는 직접 윤부인의 옷과 허리띠를 풀고 비단 이불 위에 눕히더니 해산 준비를 하여 일을 지휘했다. 조금 뒤 갓난아기의 울음 소리가 마치 엄마를 부르는 듯 응애응애 들려왔다. 넓은 바다의 신룡이 물 밖으로 펄쩍 뛰어나오는 듯 아들을 얻으니, 집안 모든 사람들이 서로 축하했다. 특히 양현과 허부인의 기쁜 마음을 어떻게 다 말로 하겠는가. 설파도 그제야 웃으며 말했다.

"부인께서는 아이를 낳으시는 것도 참 특이하네요. 이 늙은이가 열두 번이나 제 손으로 아기를 받았지만, 부인처럼 고생스러워한다면 동방화촉 혼인하는 것에 누가 겁을 먹지 않겠습니까?"

그 말에 방 안에 있던 사람들이 박장대소를 터뜨렸다. 사흘째 되는 날 양현과 허부인이 새로 태어난 아기를 보니, 부모를 닮아 청수하고 빼어나서 상서롭기 그지없는 기린의 아들이요, 봉황의 새끼였다. 양현이 말했다.

"내가 취성동에 온 이후 처음 보는 경사로구나. 그러니 이 아이의 이름을 '경성'慶星*이라고 짓도록 하자."

이때 양창곡은 책상에 기대어 깜빡 잠이 들었다. 그런데 어떤 아름답게 생긴 남자가 문을 열고 들어와 아뢰었다.

"저는 하늘의 천기성天機星입니다. 옥황상제께 죄를 지어 인간 세상에 귀양을 왔습니다. 그대와는 전생에 인연이 있어서 이렇게 의탁하러 왔습니다."

말을 마치더니 그는 한 줄기 금빛으로 변하여 품속으로 들어왔다. 양창곡이 놀라 깨어 보니 한바탕 꿈이었다. 마음속으

---

* 이 시점까지는 윤부인의 아들인 경성이 일지련의 아들인 인성보다 늦게 태어난 것으로 되어 있으나, 이후 이야기 전개에서는 경성과 인성의 순서가 바뀌어 경성이 둘째가 되고 인성이 셋째가 된다. 이는 『옥련몽』이라는 작품을 먼저 지은 뒤 그것을 수정보완해 『옥루몽』을 창작하는 과정에서 생긴 저자의 실수로 보인다.

로 의아하게 여기고 있었는데, 중묘당의 하인이 와서 알렸다.

"벽성선 낭자께서 어젯밤부터 몸이 불편하시더니 병세가 급박해졌습니다."

양창곡은 해산할 기미라는 것을 알고 중묘당으로 갔으나 이미 강남홍과 일지련이 옆에서 도와 순산한 뒤였다. 강남홍이 웃으면서 축하했다.

"상공께서 지금 귀한 아들을 얻으셨습니다."

양창곡이 말했다.

"귀한 아들이라는 건 무얼 말하는 거요?"

강남홍이 말했다.

"첩이 세상의 남자들을 많이 보아 왔지만, 이렇게 기묘한 아기는 처음 봅니다. 훗날 어찌 상공의 총애하는 귀한 아들이 되지 않겠습니까?"

일지련이 또 오더니 칭송을 그치지 않았다. 양창곡은 더욱 꿈의 징조를 생각했다.

'천기성은 본래 아름다운 신선이다. 꿈속의 일이 과연 헛된 것이 아니로구나.'

사흘 뒤 양현과 허부인은 여러 며느리들을 데리고 중묘당에 모여서 갓난아기를 보았다. 훤칠한 이마에 두 눈썹은 상서로운 기운이 서렸고, 도화 같은 두 뺨에는 봄빛이 몽롱했다. 가느다란 눈은 샛별처럼 빛나고 붉은 입술은 이슬 머금은 앵두와 같았다. 얼굴빛의 풍성함은 벽성선과 너무도 흡사했고 준수한 기상은 양창곡을 빼닮았다. 윤부인과 황소저가 서로 쳐다보며 말했다.

"달 같고 꽃 같은 얼굴은 여자보다 더 예쁘니, 고금에 들어본 적이 없는 사내아이네요. 이 아이는 필시 반악을 압도할 것입니다. 술에 취해 양주 거리를 지나면 수레에 귤이 가득할 만한 풍채로군요."

양현이 이윽이 바라보더니 말했다.

"내가 들으니 천기성은 재주가 많은 별이라 하더구나. 아이의 눈매가 맑고 빼어나며 얼굴이 예뻐서 훗날 남들보다 뛰어난 재주를 가질 것이다. 그러니 이름을 기성機星이라고 하자."

허부인이 벽성선에게 말했다.

"나는 네 자색이 천하에 둘도 없는 것이라고 생각했었는데, 기성이의 아름다운 모습은 도리어 엄마보다도 더하구나. 정말 청출어람이라 할 만하구나."

벽성선이 말했다.

"남자로서 여자의 기상이 많으니, 의젓한 인성이보다 못합니다."

일지련이 웃으며 말했다.

"첩이 비록 불민하지만 인성이는 터럭 하나도 이 엄마를 닮은 데가 없어서 너무 분했습니다. 그러면 우리 인성이를 기성이랑 바꿉시다."

허부인이 미소를 지으며 말했다.

"봄 난초와 가을 국화는 각기 자신의 향기를 가지고 있다. 두 사람은 훗날 잘 살펴보도록 해라."

한참 이렇게 이야기를 나누고 있는데, 영지헌의 하인이 와서 황소저에게 알렸다.

"황성 친정에서 하인이 편지를 가지고 왔습니다."

황소저가 편지를 가져오라 하니, 친정 부모님의 편지와 함께 큰 광주리에 햇과일 담은 것을 가지고 왔다. 황소저가 부끄러워하자, 양창곡이 웃으며 말했다.

"부인이 진귀한 과일을 어찌 혼자 드시려는 거요?"

양창곡이 직접 광주리를 열어 보니, 새로 따서 담은 과일이 아직 익지 않은 상태로 들어 있었다. 양창곡이 웃으며 말했다.

"현직에 계신 승상께서 고생스럽게 키우신 천금같이 귀한 따님에게 멀리서 보내셨으니, 이 과일은 필시 이름이 있으리라. 장인 장모님의 편지를 사위가 본다고 해서 무슨 문제가 있으리오. 그 편지 좀 봅시다."

그는 황소저가 들고 있던 편지를 얼른 빼앗아 보니, 황소저가 부끄러워 고개를 숙이는 것이었다. 양창곡이 그 편지를 세 낭자들에게 주면서 말했다.

"이 편지를 숨기면 안 되겠소. 여러 낭자들도 함께 보시오."

황소저가 얼른 거두어 감추니, 양창곡이 강남홍을 돌아보며 말했다.

"나이 어린 부인이 아무 병도 없이 음식을 싫어하고 오직 신선한 과일만 생각하니, 이건 무슨 증세요?"

강남홍이 말했다.

"여자라면 누구나 가지고 있는 병이네요."

황소저가 더욱 부끄러워하면서 몸둘 바를 몰라 했다. 윤부인이 이미 눈치를 채고 웃으며 말했다.

"임신이란 어떤 여자나 겪는 일입니다. 이제 몇 달이나 되었소?"

황소저가 고개를 숙이고 대답했다.

"늙은 부모님이 저를 사랑하셔서 후원에 과일이 달린 것을 보시고 예전에 따 먹던 일을 생각하신 겁니다. 때마침 인편이 있어 아직 익지 않은 과일을 따 보내신 것이지, 특별히 다른 이유가 있는 건 아닙니다."

양창곡이 웃으며 말했다.

"내 비록 머리가 나쁘지만 방금 읽은 편지는 아직도 기억한다오. 부인이 임신한 게 이미 4, 5개월은 되었답니다. 이 낭군이 무심하여 아직 몰랐는데, 부인의 수척한 용모와 묘한 몸매를 여러 낭자들이 몰라본단 말이오?"

여러 낭자들이 미처 대답도 하기 전에 황소저가 갑자기 베개에 기대어 기절을 했다. 양창곡이 앞으로 가서 허리띠를 풀고 기색을 자세히 살폈다. 이마 위에는 구슬 같은 땀방울이 점점이 흐르고 목구멍에는 호흡이 매우 급박하여 고통스러워하는 모습이었다. 양창곡이 크게 놀라서 그녀의 손을 잡고 정신을 차리라고 했다. 황소저는 억지로 고통을 참으면서 일어났다. 양창곡이 물었다.

"임신한 지 4, 5개월인데 어째서 이렇게 견디기 어려워하는 거요?"

부인이 한참 동안 생각하면서 여러 차례 주저하다가 대답했다.

"첩이 천지신명께 죄를 얻어 지난번 추자동에서 노랑에게 놀란 뒤로 피를 토하는 증세를 얻었습니다. 정신이 혼미하여 아이를 낳을 가망이 없다고 생각했는데, 다행히 태기는 있지만 묵은 증세가 간혹 다시 발병합니다. 조금 전에도 피를 토하면서 몸이 불편했었습니다. 이는 모두 저 자신이 만든 결과이니, 어쩌겠습니까?"

양창곡이 놀라서 말했다.

"그렇다면 어째서 오늘까지 한마디도 하지 않았소?"

황소저가 말했다.

"첩이 살아난 것도 상공께서 너그럽게 받아 주신 덕입니다. 상공께 무슨 면목으로 지난 일을 가지고 부끄러운 일을 보태겠습니까?"

양창곡이 얼굴빛을 바꾸고 황소저의 손을 잡고 말했다.

"내 비록 부인을 알고 있지만, 그대는 나를 모르는구려. 내가 불민하긴 하지만 어찌 부인의 마음을 모르겠소? 부인이 부질없이 스스로 좁은 마음을 먹고 나를 불의로운 사람으로 만들고 있소."

그는 즉시 약을 써서 치료했다. 이때부터 황소저의 처지를 안타깝게 여겨서 더욱 보살피는 것이었다.

때는 7월 열엿새였다. 양창곡은 부모님께 저녁 인사를 드리고 영지현으로 가서 황소저를 살펴보았다. 몸종 몇 명이 문밖에서 약을 달이고 있었으며, 황소저는 피곤하여 누워 있었다. 양창곡이 말했다.

"오늘 밤은 소동파가 적벽강_{赤壁江}에 배를 띄우고 놀았던 밤이오.* 사람이 이 세상에 태어나서 아름다운 절기가 많은데, 어찌 무료하게 누워만 있겠소?"

황소저가 말했다.

"취한 듯 꿈인 듯한 인생이 속세의 괴로움을 벗어나지 못하니, 인간의 아름다운 절기가 어떻게 지나는지 모르겠습니다."

양창곡이 웃으면서 한창 동안 이야기를 나누다가 엽남헌으로 갔다. 윤부인은 몸종 두 명을 데리고 달빛 아래에서 산책을 하고 있었다. 그녀의 농염한 빛은 달빛과 다투는 듯하고, 아리따운 자태는 달 속의 항아와 시기하는 듯했다. 자질은 얼음과 눈 같고 정신은 가을 잔잔하고 맑은 물과 같아 티끌 하나도 없었다. 양창곡이 가까이 다가가 말했다.

---

* 소동파의 「적벽부」(赤壁賦)는 7월 16일 밤 적벽강에 배를 띄우고 자기를 찾아온 손님들과 날이 새도록 술을 마시며 뱃놀이한 일을 쓴 명문이다. 이 뒤에 나오는 내용은 바로 이 작품의 내용과 표현을 빌려 가을밤의 풍류를 형상화하고 있다.

"부인은 여기서 적지 않은 홍취를 즐기는구려."

윤부인이 낭랑하게 웃으며 말했다.

"옛사람은 봄 달빛이 가을 달빛보다 낫다고 하지만, 끝내 규방 아녀자의 말일 뿐입니다. 제가 보기에 하늘은 티끌 하나 없고 은하수는 반짝이며 한 조각 맑은 빛이 사해를 비추고 있습니다. 이 또한 군자의 기상입니다. 달이 둥글게 찼다가 기우는 것에는 때가 있고 반달과 그믐달이 반복되는 것은 끝이 없지만 그 맑은 빛을 잃지 않으니 이는 군자의 절개입니다. 하물며 오늘 밤은 구름이 흔적도 없고 가을 하늘은 청정합니다. 이 둥근 달을 세상 모든 사람들이 쳐다보니, 어찌 밝은 달이 득의할 때가 아니겠습니까? 제가 비록 소동파의 부인인 왕부인의 풍채는 없지만, 그래도 술 한 병이 있기는 합니다. 그렇지만 세속을 벗어난 한가한 사람에게 조덕린趙德麟, 장회민張懷民과 같은 벗이 없을까 두렵습니다."

양창곡이 크게 웃으며 말했다.

"부인의 말은 변변치 못한 문인으로는 감당하기 어렵구려. 하물며 강남홍의 심기와 벽성선의 풍류, 일지련의 재사才思를 겸했으니, 조덕린과 장회민 두 사람을 부러워할 게 없소이다. 술 한 말을 가지고 자운루로 올라가 달빛을 완상하는 게 어떻겠소?"

부인이 좋다고 하면서 몸종 몇 명에게 술 한 병을 가져오게 했다. 자운루로 향하다가 관풍각을 들러서 일지련을 찾았더니, 중묘당으로 갔노라고 하인이 말하는 것이었다. 즉시 중묘당으로 갔지만 집 안은 조용하다. 하인이 말했다.

"조금 전에 일지련 낭자와 함께 사운루로 갔습니다."

양창곡이 윤부인에게 말했다.

"저 사람들이 우리를 속이고 자기들만 혼자 즐기니, 우리도 저 사람들을 속여 봅시다."

그는 다시 중묘당으로 들어가 책상 위에 있던 옥적을 찾아 소매 안에 감추고 나와서 윤부인에게 말했다.

"우리는 자운루로 가지 말고 완월정으로 갑시다."

윤부인이 말했다.

"완월정은 인가와 가까이 있어 상당히 불편합니다."

양창곡이 말했다.

"밤 깊은 강가에 인적은 완전히 끊겼으니, 불편하다는 건 무슨 말이오?"

그들은 소매를 나란히 하고 완월정에 이르렀다. 사방은 고요한데 십 리에 뻗은 맑은 강이 겨울처럼 고요히 펼쳐져 있었다. 양창곡이 난간에 기대어 앉아 소매 안에서 옥적을 꺼내 한 곡 불었다. 강과 하늘은 넓고 맑은 바람이 살랑거리며 불어오고 있었다.

강남홍은 오늘이 7월 열엿새 날이니 양창곡이 반드시 올 것이라 생각하여 술상을 준비했다. 그리고는 벽성선과 일지련 두 낭자를 청하여 금수정에서 거문고를 타면서 명월시明月詩를 읊고 있었다. 그러나 밤이 깊도록 전혀 소식이 없어서 도리어 무료해졌다. 그녀는 하인을 동구 밖까지 보내서 양창곡이 오는지 살피도록 했지만 오래도록 오지 않았다. 강남홍은 거문고를 밀쳐놓고 벽성선에게 말했다.

"상공께서 풍류에 담담한 분이 아니라는 건 우리가 압니다. 오늘 밤 달빛을 응당 헛되이 보내지는 않을 터이니, 필시 뭔가 사고가 있는 모양이네요. 만약 근심이 있는 게 아니라면 몸이 편찮으신 게 분명해요. 우리가 가서 살펴보는 게 좋겠군요."

일지련이 고개를 숙이고 한참 생각하다가 말했다.

"만약 병이 있으시다면 저희에게 반드시 통지하셨을 것이고, 번민이 있으시다면 마음을 탁 트이게 해서 근심을 잊어야 합니다. 지금가지도 오시지 않는 것은 아마도 우리를 놀리시려는 겁니다."

말이 끝나기도 전에 동쪽 하늘에서 옥적 소리가 반공에 아련히 울리면서 구름 저편으로 퍼져 나가는 것이었다. 강남홍이 웃으며 일어나 말했다.

"아마 상공께 병은 없으신 모양이오. 일지련 낭자의 말이 맞군요."

그들은 함께 산문을 나서서 소리가 나는 곳을 찾으려 했다. 그때 시비가 와서 알렸다.

"소비 등이 동구 밖에서 한참이나 기다렸지만 끝내 상공의 행차가 없었기 때문에 집으로 돌아갔다가 다시 엽남헌으로 갔더니, 윤부인께서 계시지 않았습니다. 다시 영지헌으로 가니 황소저께서는 병환이 있으셨습니다. 그래서 윤부인 계신 곳을 어쭈었더니 상공과 함께 달빛을 받으며 자운루로 가셨다고 말씀하셨습니다. 돌아오는 길에 관풍각에 들러서 그곳 시비들의 말을 전해 들으니, 윤부인과 함께 중묘당으로 가셨다기에 다시 그곳에 들렀습니다. 그랬더니 조금 전에 상공께서 옥적을 가지고 나가셨다 합니다. 저희는 이곳으로 오셨으리라 생각했는데, 지금 이리로 오는 길에 옥적 소리가 바람결에 들렸습니다. 완월정에서 들리는 소리였으니, 상공과 윤부인께서는 필시 완월정에 계실 겁니다."

시비들이 서로 쳐다보고 웃으며 말했다.

"조금 전에 엽남헌 시비의 말을 들었는데, 상공과 윤부인께서 섬돌 아래 서서 달을 가리키며 한참 동안 담소를 나누시더니, 술 한 병을 가지고 자운루를 향하면서 조 아무개와 장 아무개를 찾아가신다고 했습니다. 무슨 말인지 모르겠습니다."

강남홍이 웃으며 말했다.

"너는 어지러운 말을 밖으로 발설하지 말라."

벽성선이 말했다.

"상공께서 우리를 응당 기다리실 터이니, 급히 가 봅시다."

강남홍이 웃으며 말했다.

"상공께서 우리를 속이셨으니, 우리도 또한 꾀를 하나 내서 무료함도 씻고 상공의 홍취도 북돋워 봅시다. 수석정 아래 작은 배가 한 척 있으니, 손삼랑을 데리고 가 그 배에 악기 몇 개와 술상을 싣고 완월정으로 내려가 보는 게 좋겠소."

두 낭자가 좋다고 칭찬하면서 즉시 수석정으로 갔다. 물결은 일지 않고 달빛은 명랑한데 강 언덕에 매인 작은 배 한 척에 세 낭자가 올랐다. 손삼랑에게 노를 잡게 하고 강남홍은 옥적을 불었으며 벽성선은 거문고를 연주하고 일지련은 명월시를 노래하면서 물결을 따라 완월정으로 내려갔다. 이때 양창곡은 완월정에서 피리를 희롱하다가 갑자기 강 위에서 가느다란 소리가 들리니, 피리 불기를 멈추고 윤부인과 난간에 기대서 바라보았다. 흰 이슬은 강을 비스듬히 가로지르며 내리고 있었고 고요하여 물결은 일지 않았다. 하늘 가득한 밝은 별이 강 위에 비쳐 반짝이고 안개 낀 백사장에 백로는 훨훨 날면서 춤을 추고 있었다. 그 사이로 작은 배 한 척이 둥실둥실 떠내려오는데, 옥적 소리와 거문고 소리가 어우러지고 뱃노래 한 곡조가 명월시와 화답하면서 물 한가운데로 내려오고 있었다. 양창곡이 망연자실하여 조용히 듣고 있다가 자세히 살펴보는데, 윤부인이 웃으며 말했다.

"저들은 채석강宋石江에서 달을 잡으려고 뛰어든 이태백도 아니고 적벽강에서 배를 띄우고 노닐었던 소동파도 아닙니다. 아마도 남포선자南浦仙子가 동해왕東海王을 놀라게 하고 무산선녀巫山仙女가 초양왕을 속이는 게 분명합니다."

양창곡이 크게 웃으면서 몸종에게 배를 부르도록 했다. 세 낭자가 웃으면서 언덕에 배를 댔다. 양창곡이 웃으며 말했다.

"오늘 밤 달빛은 낭자들을 위해 밝은 모양이오. 윤부인과 함께 달을 마주하여 고요히 앉아 있었는데, 이제 여러 낭자들이 수고스럽게도 이렇게 찾아오니 감사하기 그지없소이다."

강남홍이 웃으며 말했다.

"저희들이 평소 상공의 총애를 믿고 오늘 밤 달빛을 대하여 혹여 저희들을 찾아주실까 생각하면서 많이 기다렸습니다. 그런데 이미 상공께서 완월정에서 홀로 즐기시면서 저희들을 물리쳐서 끼워 주지 않으셨으니, 함께 이 청명한 달빛을 완상할 수 없다는 걸 알았습니다. 그래서 감히 조르지는 못하겠고, 그냥 강물 위를 배회하여 상공의 옥적 소리만 듣다가 돌아가려 했는데, 이제 이렇게 불러 주시니 황공함을 이기지 못하겠습니다."

윤부인이 웃으면서 말했다.

"상공께서 늦게서야 좁은 마음을 가지셔서, 낭자들의 불청객 되는 걸 부끄럽게 여기신 겁니다. 그래서 저처럼 홍취 없는 사람을 데리고 이런 좋은 밤을 헛되이 보내실 뻔했지요."

이 말에 사람들이 웃음을 터뜨렸다. 강남홍이 시비에게 배 안의 술상을 가져오라 하니 과연 뜻밖의 음식이었다. 달을 보며 술을 마시고 술잔과 산가지가 뒤섞이도록 취하자, 윤부인이 강남홍에게 말했다.

"내 들으니, 두 분 낭자의 옥적은 자웅률이라 하더군요. 벽성선 낭자의 벽성산 옛 곡조와 강남홍 낭자의 연화봉 남은 소리를 들어 볼 수 있을까요?"

두 낭자가 명에 응했다. 벽성선이 난간에 기대어 먼저 옹률을 부니 서걱이는 맑은 바람이 완월정 위에서 일어나고 층층한 백운은 강가에 흩어지며 급박한 파도와 놀란 물결이 큰 강을 뒤집는 듯했다. 사람들은 얼굴빛이 바뀌면서 두려운 느낌을 받았다. 그러자 강남홍이 미소를 지으며 다시 자율을 부니 소리가 청신하고 한적하며 우아했다. 푸른 노을이 처마를 감싸고 맑은 바람이 사람들을 덮으니, 기러기와 백로가 너울너울 날아와 춤을 추었다. 두 낭자가 자율과 옹률을 합쳐서 한 번 불면 한 번 화답했다. 높은 소리는 아득하여 구름 저편 하늘 끝으로 솟아오르고, 낮은 소리는 은은하여 산천이 서로 응했다. 마음이 화평한 사람이 들으면 손발로 춤을 출 만했고, 비분강개한 사람이 들으면 슬픈 빛으로 눈물을 머금을 정도였다. 이 자리에 있는 사람들은 모두 즐겁고 마음이 편안한 사람들이었기 때문에 훌륭하다고 칭찬하면서 기쁨을 이기지 못했다.

한편 황소저는 해산 기미가 있어서 몸종을 시켜서 양창곡에게 알리도록 했다. 그는 윤부인과 여러 낭자들을 데리고 영지헌으로 가니, 이미 아들을 낳은 뒤였다. 새로 태어난 아기를 보니 번화한 기상과 길상하고 상서로운 풍채는 진실로 부유한 집안의 자제요 부귀한 재상의 모습이었다. 양현과 허부인이 와서 보고 웃으며 말했다.

"어린아이의 온화하고 길한 모습은 우리 집안의 복이로구나. 하늘이 내려 주신 아이니, '석성'錫星이라고 이름을 짓자."

양창곡이 웃으며 말했다.

"갓난아기의 못난 모습이 꼭 외할아버지를 빼닮았구나. 훗날 오래 사는 건 충분할 것 같구나."

이 말에 사람들이 크게 웃었다.

한편, 천자는 양창곡을 보낸 뒤에 진왕 화진을 마주할 때마다 취성동 소식을 물어보며 그리움을 잊지 못했다. 때는 여름이 다하고 가을이 막 다가온 시기였다. 가을바람이 언뜻 일어나고 날씨는 맑고 명랑했다. 모든 나무의 매미 소리는 여백공呂伯恭의 옛 풍조를 사모하는 듯하고, 강동의 순채蓴菜는 장계응張季鷹의 빼어난 흥취를 생각나게 했다. 진왕 화진이 표문을 올려서 '진왕'으로서의 직위를 그만두고 강가에서 마음껏 노닐면서 병든 마음을 풀어 보려고 했다.

이 일이 결국 어찌될 것인가. 다음 회를 보시라.

제54회
진왕 화진은 사직한 뒤 처사를 찾아가고,
연왕 양창곡은 시를 지어 천자에게 화답하다
花珍辭職尋處士 昌曲賡詩獻天子

진왕 화진이 표문을 올리니, 천자가 불러서 하교했다.

"어마마마께서 노년에 누이를 멀리 떨어지게 하고 싶지 않
으셔서, 장차 경에게 서울 저택에서 단란하게 살자고 권하려
했소. 그런데 경의 뜻이 이러하구려. 진왕으로서의 직위는 거
두어들일 수 있지만, 강산에서 노닐면서 병든 마음을 씻겠다
는 것은 허락할 수 없소이다. 짐의 후원에 물과 바위가 있고
태액지太液池 안에 신선이 사는 십주와 삼신산이 있소. 날마다
와서 마음을 씻는다 해도 어려운 일이 아닌데, 어찌 꼭 다른
곳에서 구하려는 거요?"

진왕이 사례를 올리며 말했다.

"신 화진은 원래 질병이 많아서 매번 쾌활한 승경지를 생각
하고 있었습니다. 게다가 연왕은 신의 지기이며, 취성동 자개
봉은 경치가 뛰어난 곳입니다. 연왕과는 일찍이 오래된 약속

이 있으니, 원컨대 몇 달의 말미를 얻어서 벗을 찾아가서 산천을 구경할까 합니다."

천자가 흔쾌히 웃으며 말했다.

"오늘 경의 말을 들으니 짐도 또한 가슴이 울울하여 녹수청산의 유연한 흥취가 절로 싹트는 듯하오. 그러나 천자로서의 행차는 경솔히 할 수 있는 일이 아니니, 경에게만 세상 밖의 맑은 인연을 즐기게 하는구려. 어찌 안타깝지 않으리오."

천자가 특별히 몇 개월의 말미를 주니 진왕은 귀비들에게 말했다.

"내가 본래 다른 벗이 없소. 그대들을 내 주변에 둔 것은 시와 술과 풍류와 강산풍월을 함께 즐기면서 무료함을 면해 보려는 것이었소. 그런데 오늘 취성동으로 가서 연왕을 방문하고 자개봉에 올라 울적한 심회를 풀고 돌아오려 하오. 연왕은 나의 지기라, 형제와 같은 정이 있어 한집안 식구나 다름없소. 자개봉은 그윽하고 궁벽진 산속이니, 내가 장차 기생을 데리고 벗을 찾아간 사안謝安*과 아내를 데리고 갔던 미원장米元章**을 본받아서, 그대들을 이끌고 가려 하오."

철귀비가 크게 기뻐하며 말했다.

---

* 동진(東晉) 때의 문신으로, 벼슬에 나아가지 않고 동산(東山)에 들어가 은거하다가 40세 이후에 벼슬을 한 인물이다.
** 송나라 때의 유명한 서예가이자 문신인 미불(米芾)을 말한다. 글씨와 그림으로도 중국을 대표하는 사람이며, 시문에도 뛰어났다.

"저희들도 일찍이 강남홍 낭자와 약속한 것이 있습니다. 명령하시는 것을 따르겠습니다."

진나라 공주가 웃으며 말했다.

"상공께서 풍류로운 마음으로 벗을 찾아가시려 한다면 마땅히 우아한 운치가 있을 것입니다. 어떻게 준비를 할까요?"

진왕이 말했다.

"간단하게 행장을 꾸리고, 야인의 두건과 옷차림으로 세 귀비와 함께 곧바로 취성동으로 가려 하오."

공주가 웃으며 말했다.

"모레는 중추가절仲秋佳節입니다. 둥근 달이 하늘에 떠오르면 사람들은 모두들 '사해가 같다'고 합니다. 일 년 중에서 달빛이 가장 많을 때이지요. 상공은 어찌하여 십 리 동강桐江의 일엽편주에 옥퉁소 하나와 술 한 말을 싣고 달빛을 따라 취성동으로 가셔서 주인을 청한 뒤, 뗏목을 타고 은하수를 거슬러 하늘로 올라간 장건張騫의 고사를 본받지 않으시는 겁니까?"

진왕과 세 귀비가 크게 기뻐하고 칭찬했다. 다음 날 그들은 행장을 준비하고 천자에게 인사를 올렸다. 천자가 기쁜 낯으로 웃으며 말했다.

"연왕은 경륜이 있는 사람이니, 시골에 거처하면서도 필시 특별한 즐거움이 있을 것이오. 경은 가서 보고 잘 기억해 두었다가 돌아오는 날 내게 자세히 이야기해 주시오. 그리하여 짐으로 하여금 방 안에 누워서 명산을 노니는 흥취를 느끼도록 해주오."

진왕이 그렇게 하겠노라 대답을 하고, 세 귀비와 함께 동강 위에 배를 띄우고 취성동을 향해 떠나갔다.

한편, 양창곡은 벼슬에서 물러나 전원으로 돌아온 뒤로 매일 여러 낭자들을 거느리고 산수의 경치를 찾아 세월을 보내고 있었다. 하루는 자운루로 와서 두 낭자에게 말했다.

"내일은 추석이오. 당명황이 양귀비를 거느리고 광한전에 올라가 「예상우의곡」을 감상하던 날 밤이지요. 우리가 비록 이삼랑李三娘의 풍류를 감당할 정도도 아니고 취성동 역시 광한전에 비교하기 어렵지만, 완월정 아래에 일엽편주를 띄우고 가을 강과 밝은 달을 무료하게 보내지는 맙시다."

강남홍이 흔쾌히 응낙하고 다음 날 술상을 준비하여, 두 낭자를 데리고 완월정 아래로 갔다. 작은 배 한 척이 이미 강가에 매여 있었다. 강 한가운데 배를 띄우고 취성동의 어부 수십 명에게 각각 한 척의 배를 가지고 그물을 치거나 낚시를 드리우게 했다. 흰 이슬은 강에 비스듬히 내리고 물빛은 하늘에 닿았다. 홀연 한 줄기 강바람이 지나니 먼 곳에서 가느다란 소리가 들렸다. 양창곡이 여러 낭자를 돌아보고 말했다.

"이건 무슨 소리요?"

일지련이 귀를 기울여 듣다가 웃으면서 말했다.

"이 소리가 너무 아련히 퍼져서 구름 끝에 닿는 걸 보니 강가의 평범한 어부의 피리 소리는 아닙니다."

강남홍이 말했다.

"밤은 고요하고 가을바람이 높습니다. 오늘 밤의 달빛을 사랑하는 사람이 어찌 우리뿐이겠습니까? 필시 강 위에서 뱃놀이를 하는 사람이 있을 것입니다. 임술년 소동파가 「적벽부」를 썼을 때에도 배 안에서 두 명의 손님이 퉁소를 불었지요."

벽성선이 웃으며 말했다.

"기이하구나, 이 소리여! 청산은 높고 높으며 푸른 물은 출렁이니 마음속의 벗을 사모하는 것이요, 그 뜻이 담박하니 범한 곡조가 아니구나. 이 어찌 산음_{山陰} 눈이 내린 날 밤에 대안도의 집을 방문하면서 옥퉁소를 희롱하여 먼저 소리로 알리는 것*과 같은 일이 아니겠습니까?"

양창곡이 탄식하며 말했다.

"이 세상에 왕자유의 속되지 않은 풍류가 없으니, 누가 대안도를 찾아 이 노래를 화답하겠는가."

들려오는 노래는 다음과 같았다.

일엽편주 달을 싣고 십 리 맑은 강 흘리저어
취성동 찾아가니 자개봉이 여기로다
강 위 고기 잡는 사람아 양처사 집에 있거든 화처사 온다 하여라

* 진나라 왕자유가 친구인 대안도를 찾아갔을 때의 일을 말하는 것이다.

양창곡이 이 뱃노래를 듣더니 여러 낭자를 돌아보고 웃으며 말했다.

"필시 진왕이 벗을 찾아오는 모양이요."

그는 강남홍과 벽성선에게 피리를 불어 들려오는 뱃노래에 화답하도록 했다. 진왕 화진의 총명함으로 어찌 옛날 상림上林 달빛 아래에서 듣던 피리 소리를 모르겠는가. 그는 즉시 세 귀비를 거느리고 뱃머리에 나와 서서 웃으며 말했다.

"양형! 기장밥 익는 사이에 잠깐 들었던 꿈을 깨어 강 위의 풍월에 맑은 복을 편안히 누리시니, 오늘 재미가 어떠시오?"

양창곡이 웃으며 말했다.

"제가 비록 화형의 속되지 않음을 알고 있었지만, 오늘 차리고 오신 행색은 정말 뜻밖이외다."

그들은 배를 가까이 대고 기쁨을 이기지 못하여 손을 잡고 달을 향하여 뱃머리에 앉았다. 세 귀비와 여러 낭자들도 기쁨을 이기지 못하여 즐겁게 담소를 나누었다. 그러다 홀연 모두 웃음을 터뜨리기에, 양창곡과 화진이 웃은 까닭을 물었더니 철귀비가 대답했다.

"강남홍 낭자가 오늘 밤 행색이 평범한 대장부의 모습이 아니라 하기에, 제가 공주의 지휘를 받아서 저렇게 꾸미셨다고 말을 해서 웃은 겁니다."

그 말에 양창곡과 화진도 크게 웃었다. 이들은 주인과 손님의 배 두 척을 연결하여 묶어서 강 가운데에 띄웠다. 강남홍과 벽성선은 피리를 불고 괵귀비는 통소로 화답했으며 반귀비는 명월시를 노래했다. 물결을 따라 강을 오르내리면서 술상이 어지러워지니 가슴이 사원해지는 것을 금할 수 없었다. 아득히 울려퍼지는 피리 소리는 푸른 하늘에 닿아 가을 흥취를 돕고, 아득한 생각은 마치 날개 달린 신선이 되어 맑은 바람을 타고 하늘로 올라가는 듯했다. 진왕 화진이 술기운을 띠고 배의 작은 창을 열어 강산풍월을 돌아보니, 무수한 어촌은 달빛 아래 역력히 드러나 있고 강가의 정자는 곳곳이 아스라했으며 흰 구름 맑은 아지랑이는 푸른 봉우리에 걸려 있었다. 북으로 보이는 자개봉은 한 송이 부용이 밝고 아름다운 기운을 머금은 듯했고, 앞으로 보이는 취성동은 한 폭의 단청을 펼쳐 놓은 듯 신선이 사는 복된 땅을 이루고 있었다. 진왕 화진이 양창곡을 돌아보며 탄식했다.

"양형은 조정 밖으로 나가서는 장수요, 들어와서는 재상을 지내면서 공명과 업적이 천하에 드러나 있소. 그 재주와 학식 때문이겠지요. 제가 비록 그 수준을 바라볼 수는 없겠지만 이같은 경치 좋은 명승지를 얻어서 산수의 즐거움과 전원의 맛으로 속세를 벗어난 밝은 복을 누리는 것은 사람의 힘으로 미칠 수 있는 것은 아닐 것이오. 이는 필시 하늘이 내려 주신 것이겠지요. 이 화진이 어찌 부럽지 않겠소이까?"

그러면서 진왕 화진은 천자의 뜻을 전하며 말했다.

"황상께서 양형의 경륜과 재주와 학식을 칭찬하시면서 반드시 특별한 즐거움이 있을 것이라고 말씀하시더니, 과연 밝은 견해셨소이다."

그의 말이 끝나기도 전에 갑자기 몇 사람이 강가에서 급하게 불렀다. 양창곡이 하인을 시켜서 무슨 일인가 물어보게 했는데 바로 궁궐의 하인이 황제의 명을 적은 편지를 받들어 법주 몇 말을 양창곡에게 전하는 것이었다. 아울러 진나라 공주도 음식을 보내어 진왕에게 올렸다. 양창곡이 북쪽을 향하여 네 번 절을 하고 황제의 편지를 열어 보니, 먹 자국 휘황찬란하게 친히 시를 한 수 적은 것이었다.

십 리 동강에 작은 배 두 척	十里桐江兩葉船
맑고 깨끗한 풍류는 천상의 신선	風流瀟灑玉京仙
옥같이 아름다운 집에 오늘 밤 달 비추니	瓊樓玉宇今宵月
혹시 차가움 많은 도솔천을 생각하는가	倘念寒多兜率天

양창곡이 두 손으로 재삼 받들어 읽고 천자의 은혜에 감격하여 눈물이 옷깃을 적셨다. 궁노가 마노배瑪瑙盃로 법주를 올리면서 천자의 말씀을 전했다.

"경 등은 마음속 벗을 상봉하여 좋은 밤 밝은 달을 대하니, 짐을 생각하겠는가. 몇 잔 술로 맑은 흥취를 돕나니, 달 아래 술잔을 들고 북쪽을 향하여 황성의 벗에게 권하라."

두 사람이 또 절을 하고 감격의 눈물을 마구 흘렸다. 그들은 북쪽을 바라보면서 마음에 슬픈 빛을 담고 한동안 말이 없었다. 진왕 화진이 법주를 당기면서 말했다.

"이 술은 성주께서 하사하신 것이오. 우리가 이미 취한 상태지만 감히 사양할 수 없는 일이오."

그들은 각각 몇 잔을 마셨다. 화진은 다시 공주가 보낸 술을 끌어당겨 양창곡에게 권하면서 말했다.

"이 화진이 비록 소동파의 풍류를 대적하지 못하지만 공주의 현숙함은 왕부인의 우아한 흥취보다 못하지 않소이다. 두 부인께서는 배 안에 감추어 둔 술이 아까워서 '때가 아닌 때에 먹게 된 음식'[不時之需]을 자랑하지 않는 것이오?"

양창곡이 웃으면서 술상을 내오라고 재촉했다. 잠시 후 푸른 옷을 입은 하인이 작은 배를 흔들며 다가와 뱃머리에 대니, 십여 명의 하인들이 차례로 술상을 올렸다. 엽남헌과 영지헌의 몸종들은 윤부인과 황소저의 술상을 올리고, 자운루, 중묘당, 관풍헌의 몸종들은 강남홍, 벽성선, 일지련의 술상을 올렸다. 다섯 술상을 배 안에 가득 실으니 진수성찬 아닌 것이 없었다. 진왕 화진이 세 귀비를 보고 웃으며 말했다.

"내가 조금 전에 공주의 술 몇 말을 칭찬했는데, 지금 보니 진실로 바다를 구경한 사람은 물맛을 알기 어려운 격이오."

철귀비가 웃으면서 말했다.

"저희들도 또한 두 부인과 여러 낭자들이 보낸 음식을 보니 특별한 풍미가 있습니다."

양창곡과 화진 두 사람이 여러 낭자의 배 안을 들여다보니 음식이 흘러넘치는 듯했으며, 가랑잎 같은 작은 배 안에서 예닐곱 명의 하인들이 밥을 하고 회를 뜨면서 점점이 푸른 연기는 강바람에 휘날리고, 아름답고 맛있는 물고기는 달빛 아래 영롱하니 진실로 강호자연의 물색에 속세를 벗어난 놀이라 할 만했다. 두 사람이 칭찬하며 말했다.

"낭자들이 이리 즐거워하니, 오늘 밤 놀이는 낭자들을 위한 것이오."

밤이 깊어 술이 반쯤 취하여 얼큰해지자 강남홍의 도화 같은 두 뺨에 술기운이 몽롱하고 아름다운 눈썹 부근에 풍정이 피어나더니, 세 귀비를 보고 웃으며 말했다.

"우리는 일찍이 풍류터에서 놀던 사람들이오. 오늘 밤 달빛을 어찌 쓸쓸히 보내겠소? 각각 노래를 하나씩 지어서 울적한 회포를 풀어 보는 게 어떻겠소?"

반귀비와 괵귀비 역시 취흥을 띠고 일제히 좋다고 맞장구를 쳤다. 강남홍이 웃으며 말했다.

"그렇지만 두 분 왕께서 지척에 계시고 배 안의 눈이 있어서 부끄러운 데가 없지 않으니, 우리가 지금 매 놓은 배를 풀어서 물 한가운데 띄워 놓고 마음껏 놀아 봅시다."

강남홍은 손삼랑에게 노를 저어 강 한가운데에 배를 띄우도록 했다. 그녀가 주령酒令, 술 마실 때의 규칙을 만들어 내며 말했다.

"만약 여기서 노래를 짓지 못하면 벌주 열 잔을 마시도록 합시다.”

철귀비가 말했다.

“낭자들이야 풍류장에서 자랐으니 입만 열면 아름다운 문장과 율조에 맞는 음악이지만, 우리 같은 사람들은 농사꾼의 딸이라서 먹고 나면 잠을 자고 잠자고 나면 먹는 것만 알 뿐이외다. 어찌 하란 말이오?”

강남홍이 웃으며 말했다.

“이곳은 지위가 높은 사람들의 풍류 자리가 아니에요. 나무꾼의 노래나 뱃노래로 이 자리에 즐거움을 돕는 것이 더 좋지요. 만약 사양한다면 자운루 안에 술이 바다처럼 많으니 철귀비께서 취하여 거꾸러지는 것을 고려하지 않겠소.”

말을 마치고 그녀는 깔깔거리며 웃음을 터뜨렸다.

이때 양창곡과 화진은 여러 낭자들의 거동을 알고 웃으며 말했다.

“저 사람들이 아무 이유 없이 배를 벗어나 강 한가운데 배를 띄웠으니 필시 따로 자기들만 즐기려는 게 분명하오. 우리가 몰래 살펴봅시다.”

그들은 작은 배로 여러 낭자들이 타고 있는 배에 다가가 엿보았다. 그러나 낭자들은 배의 창을 닫고 낭랑하게 웃으며 이야기꽃을 활짝 피우고 있었다. 강남홍이 술병을 치면서 노래 한 곡을 불렀다.

강천이 적막한데 남으로 가는 저 오작烏鵲아

달빛에 놀랐느냐 옥적 소리를 들었느냐

중추가절은 무궁무진 오건마는

재자영웅은 찾을 곳 전혀 없구나

동자야, 군산君山에 천일주天日酒 익었다 하니

일엽선一葉船 빨리 저어 동정호로 가자꾸나

강남홍이 취흥을 띠고 노래하니, 청아한 노랫소리가 강개하면서도 처절하여 사람들을 놀라게 했다. 반귀비가 이어서 노래를 불렀다.

자맥홍진紫陌紅塵* 지루한데 맑은 노래, 절묘한 춤이로구나

고소대姑蘇臺 위에 봄 풀이 푸르니 자고새 펄펄 날아간다

아해야, 병 안에 남은 술 부어라 강천에 달 넘어갈까 하노라

이 노래를 듣고 강남홍이 칭찬하며 말했다.

"반귀비의 노래는 번화하고 담박한 가운데 노래가 청아하니, 풍류로운 솜씨가 오늘까지도 남아 있구려."

벽성선이 이어서 노래를 불렀다.

* 도성의 길에 이는 붉은 먼지란 뜻으로, 번화한 속세를 말한다.

벽성산 나는 구름 자개봉 비가 되어

금강수金剛水 흐르는 물에 일엽소선一葉小船 띄워 놓고

월궁항아月宮姮娥 벗을 삼아 청풍淸風에 반취하니

아마도 인간청복人間淸福은 나 혼자 누리는가 하노라

벽성선의 노래는 온화하면서도 한적하고 우아하여 가벼운 곡조가 강가 하늘로 퍼져 나갔고, 사람들은 모두들 감탄했다. 반귀비와 괵귀비가 벽성선의 손을 잡고 감탄하며 말했다.

"일찍이 낭자가 청루에서 독보적이었다고 들었는데, 지금 보니 진실로 속세의 인물이 아니로군요."

괵귀비 또한 노래로 화답했다.

일진청풍一陣淸風 돛을 달고 십리청강十里淸江 내려오니

강산도 수려하고 경개도 그지없다

저 달아, 옥경 벗님께 전하여라

인간의 쌍성雙星, 비경飛瓊, 녹화綠華, 두란향荳蘭香 다 모였다 하노라**

괵귀비가 노래를 마치자 철귀비가 일지련에게 말했다.

"한 사람이 노래하면 한 사람이 화답하는 것이 당연합니다.

** 쌍성과 비경은 서왕모의 시녀이며, 녹화는 고대의 신선이다. 두란향 역시 선녀의 이름이다.

일지련 낭자가 나이는 어리지만 손님을 접대하는 도리로 먼
저 노래를 부르시오."

일지련이 사양하지 않고 가볍게 한 곡 불렀다.

강수로 술을 빚고 명월로 촉燭을 삼아

십리명사十里明沙 산算을 놓고 불취무귀不醉無歸 하사이다*

청산아 지는 달 멈추어라 남은 술 두고 벗님 갈까 하노라

반귀비와 곽귀비가 무릎을 치면서 칭찬하며 말했다.

"일지련 낭자는 일찍이 풍류로운 노래에 뜻을 둔 적이 없었
을 터인데, 노래가 이처럼 아름답기 그지없으니 진실로 천재
네요."

철귀비가 이어서 노래로 화답했다.

백아금伯牙琴 옆에 끼고 녹수청산 찾아가서

명월로 벗을 삼고 청풍에 높이 누워

인간의 티끌 같은 번뇌 잊었으니, 거기 온 분 누구신가

나 역시 방탕한 죄로 경개景槪 따라 예 왔노라

---

* 십리명사로 산을 놓는다는 것은 십 리에 걸쳐 뻗은 백사장의 모래알로 술잔을 셈
   하자는 것으로, 무수히 마시자는 뜻을 표현한 것이다. 불취무귀는 취하지 않으면
   돌아가지 않겠다는 뜻이다.

강남홍이 옥 같은 손으로 술병을 치며 와자하게 칭찬했다.

"귀비의 맑은 노래 한 곡조는 족히 옛사람의 「죽지사」竹枝詞에 비교할 만하네요. 이 어찌 평범한 청루의 노래로 비교할 수 있겠어요?"

말이 끝나기도 전에 손삼랑이 웃으면서 말했다.

"이 늙은 몸은 강남의 어부입니다. 뱃노래 한 곡을 옛날에 배웠는데, 여러 낭자들의 한바탕 웃음을 돕고자 합니다."

손삼랑은 뱃전을 두드리며 노래를 불렀다.

배 저어라 배 저어라

노화蘆花는 날아가고 강천에 달 돋는다

은린옥척銀鱗玉尺 꿰어 들고 행화촌杏花村 찾아가자

배 저어라 배 저어라

무릉도원 어디메뇨 부춘산富春山 여기로다

영천수潁川水 맑은 물에 소 먹이는 저 사람아

요순이 재상在上하니 네 절개 자랑 마라

배 저어라 배 저어라

녹포계변綠浦溪邊에 빨래하는 저 미인아

시절이 분분紛紛하니 얼굴 곱다 마소

월왕대越王臺 높은 곳에 사슴이 논단 말가

배 저어라 배 저어라

은하 내린 물이 금강수 되단 말가

자개봉 상상봉에 신선이 나렸어라

배 대어라 배 대어라, 취성동으로 배 대어라

천하강산 편답徧踏하나 취성동이 제일이요

재자가인 다 보아도 이 자리 으뜸이라

부용검 높이 걸고 우주를 바라보니

아마도 여중호걸은 하나뿐인가 하노라

　손삼랑은 이 노래를 부르고는 껄껄거리며 크게 웃었고, 사
람들도 모두 그녀의 장쾌함을 칭찬했다. 양창곡과 화진 두 사
람 역시 취흥이 도도하여 다시 배를 나란히 하여 강 한가운데
에 띄우고 남을 술을 가지고 남은 달을 싣고 질탕하게 놀다가
다시 완월정으로 돌아왔다. 궁노가 달빛을 받으며 돌아가겠
다고 아뢰자, 양창곡은 정자 위에 촛불을 밝히고 아름다운 종
이 한 폭을 받들어 시 한 수를 썼다.

안개 달빛 강호에 배 한 척 놓으니	烟月江湖放一船
꿈속에서 오히려 옛 신선의 자리를 찾는다	夢魂猶逐舊班仙
은례로운 술잔으로 오래 사시기를 축원하나니	恩盃奉祝南山壽
은하수 아름다운 읊조림이 하늘에서 내려오네	雲漢瓊吟下九天

양창곡이 공경한 모습으로 쓰기를 마치자 화진 역시 시 한 수를 지어서, 함께 궁노 편에 보냈다. 양창곡은 북쪽을 향하여 네 번 전하고 궁노 편에 말씀을 아뢰었다.

"신이 불충하여 폐하를 이별하고 이제 계절이 바뀌었습니다. 뜻밖에 폐하의 용봉龍鳳 같은 글월을 받들게 되니 신의 허름한 집에서 빛이 나옵니다. 또한 아름답고 맛있는 술을 하사해 주시니 그 은혜를 어떻게 갚아야 할지 모르겠나이다. 거친 시 구절로 삼가 화답하여 올리니, 감히 읽어 보실 것을 바라지는 못하나 신의 구구한 속마음을 기록하는 바입니다."

궁노는 즉시 두 사람을 이별하고 황성으로 돌아갔다. 세 귀비는 세 낭자와 함께 돌아오고, 진왕 화진은 연왕 양창곡과 함께 은휴정으로 갔다. 다음 날은 어떻게 노닐 것인가. 다음 회를 보시라.

제55회

진왕은 취성동 별원에서 노닐고,

강남홍은 자개봉에서 신선이 되다

聚星洞秦王遊別院 紫蓋峰紅娘做神仙

양창곡은 진왕 화진과 함께 취성동 안에 있는 별원을 차례로
완상했다. 그는 여러 낭자들과 몰래 약속하고 나서, 화진에게
말했다.

"저에게 세 군데 별원이 있는데, 저택과 원림을 각각 의도
를 가지고 배치하여 취향이 모두 다릅니다. 화형께서 집을 보
고 그 주인을 알아맞히실 수 있겠습니까?"

화진이 흔쾌히 응낙하자, 양창곡은 그를 안내하여 먼저 중
묘당으로 갔다. 산굽이가 그윽하고 깊으며 소나무와 대나무
가 길을 이루었으며, 기괴한 바위들이 좌우에 층층이 쌓여 진
실로 특별한 곳이요, 속세와 끊어진 곳이었다. 산문에 이르니
고요한 대나무 사립문에는 흰 구름이 서려 있었고, 서늘한 거
문고 소리가 은은히 들려왔다. 화진이 걸음을 멈추고 말했다.

"이 화진은 양형이 총희寵姬를 감추어 두신 땅을 완상하고자

왔는데, 길을 잘못 들었네요. 이곳은 수경촌水鏡村이 아니라면 아마도 오로봉五老峰 아래에 있는 백학관白鶴觀일 것입니다. 속세의 번뇌가 문득 끊어지니 어찌 풍류롭고 아름다운 여인이 사는 곳이겠습니까?"

양창곡이 웃으면서 대청으로 오르니, 반쯤 열린 수놓은 창문으로 인적 없이 고요하다. 다만 몸종 두 사람이 향로에 차를 끓이고 있을 뿐이었다. 화진이 미소를 지으며 물었다.

"주인은 어디로 가셨는가?"

몸종이 대답했다.

"후원 별당으로 가셨습니다."

두 사람이 별당으로 가니 세 낭자와 세 귀비가 모두 모여 있었다. 흰색 벽에 비단 창문 아래 책상 위에는 단서 한 권이 놓여 있었다. 벽성선은 반귀비와 괵귀비 두 사람과 단서에 대하여 논하고 있었으며, 강남홍은 철귀비와 거문고를 연주하고 있다가, 일제히 일어나 맞는다. 양창곡과 화진 두 사람이 좌정한 뒤에 차례로 둘러보니, 향로에는 푸른 연기가 이미 사라졌고 상 위에는 보드라운 먼지 하나 없이 청정했다. 백학 한 쌍이 섬돌 아래에서 서성거리고 있었다. 아련히 도관 선당仙堂에서 도道로 들어가려는 뜻이 있었다.

잠시 후 죽로차竹露茶 한 잔이 올라오고 이어서 산나물과 야채, 술 한 병이 올라왔다. 향기롭고 깨끗한 맛과 담박한 음식은 족히 기름기로 가득 찬 창자를 돌이켜 깨울 만했다. 양창곡이 미소를 지으며 말했다.

"오늘 화형의 안목을 한번 봅시다. 이 집 주인은 누구인 것 같소?"

화진이 다시 세 낭자를 자세히 보더니 한참 고민하다가 웃으며 말했다.

"이곳은 속세를 벗어난 옥경 청도와 같구려. 필시 신선의 인연이 있는 사람이 거처할 듯싶소이다만, 끝내 누구인지는 모르겠습니다. 나머지 두 별원을 보고 나서 판단해야겠소."

양창곡이 미소를 짓고 다시 자운루로 가자, 세 낭자와 세 귀비가 그 뒤를 따라왔다. 동구 밖에 이르자 화진이 좌우를 돌아보며 미소를 짓는 것이었다. 양창곡이 그 연유를 묻자 화진이 웃으며 말했다.

"제가 이곳에 이르러 보니 주인을 거의 짐작하겠소이다."

"누구인 것 같소?"

그러자 화진이 대답을 하지 않고 이렇게 말했다.

"완전히 의심이 없어진 뒤에 말을 하리다."

그는 곧바로 자운로로 올라가 경치를 일일이 살펴보고 칭찬했다. 그러고는 중향각, 영풍각, 백옥루를 차례로 구경하고 금수정에 앉아 탄식했다.

"내가 이곳에 너무 일찍 왔습니다. 이곳은 9월의 경치가 다른 곳보다 반드시 뛰어날 것이오."

그때 홀연 난간 위에 정교하게 짜서 올린 시렁이 보였다.

그 시렁 위에는 씩씩한 매 한 쌍이 깃을 다듬고 있었는데, 그 우뚝한 정신은 구름 위 하늘 끝이라도 올라갈 듯한 기세였다. 화진이 자세히 보다가 무릎을 치면서 웃었다.

"제가 이제야 이곳 자운루의 주인을 알겠습니다. 가을바람이 소슬하게 불고 하늘은 깨끗하고 높은데 씩씩한 매 한 쌍이 푸른 하늘로 높이 솟구쳐 백 리 밖에서도 가느다란 터럭을 보고, 돌연한 기세는 흰 구름을 차는 듯 난새와 봉황을 아래로 굽어보며 인간 세상의 변변치 않은 온갖 새들을 비웃고 있소이다. 이 어찌 난성후 홍혼탈의 평생 품은 마음이 아니겠습니까? 옛날 도연명은 솔개를 사랑했고 왕희지는 거위를 사랑했으니, 이것으로써 그들의 기상을 알 수가 있지요. 만약 난성후 홍혼탈이 아니라면 가을바람의 씩씩한 매를 이렇게 사랑한 사람이 누구이겠으며, 제가 아니라면 난성후의 뜻을 이렇게 알아줄 사람이 누구겠습니까?"

이 말에 화진과 양창곡은 크게 웃음을 터뜨리며 주인을 불렀다. 그러자 강남홍이 술상을 올리면서 화진에게 고했다.

"저의 집 자운루의 달빛은 너무도 맑고 아름다워서 완월정에 비한다 해도 특별한 운치가 있습니다. 상공께서는 오늘 밤 마음속을 한번 시원하게 풀어 보십시오."

화진이 웃으며 말했다.

"제가 불청객의 몸으로 비록 자청할 수는 없었소이다. 그러나 이곳 경치를 마주하니 속세의 번뇌가 문득 사라지는구려.

주인이 이미 손님의 마음을 알고 이렇게 간청해 주시니, 어찌 사양할 수 있겠소이까?"

양창곡이 말했다.

"그렇다면 관풍각을 보시고 돌아옵시다."

강남홍은 자운루에 머무르고, 다른 두 낭자와 세 귀비가 화진을 안내하여 관풍각으로 갔다. 햇곡식이 풍성하게 온 들판에 가득했으며, 베짜는 소리와 방아 찧은 소리가 곳곳에서 요란하게 들려왔다. 진왕이 기쁜 모습으로 말했다.

"전원에서 살아가는 양형의 즐거움이 바로 여기 있군요."

사립문을 열고 들어가니, 두 마리 푸른 삽살개가 손님을 보고 짖었으며, 낮은 울타리 아래 닭은 한낮을 알렸다. 대청 위에 자리를 마련하고 죽창竹窓에 기대어 주인과 손님이 나누어 앉았다. 양창곡이 화진을 돌아보고 웃으며 말했다.

"화형께서 오늘 시골집의 손님이 되어, 어찌 주인이 누구인지 모르시는 겁니까?"

화진이 한참 동안 고민하는데, 멀리서 여러 낭자들의 웃음소리가 은은히 들리는 것이었다. 소리가 나는 곳을 물으니 양창곡이 대답한다.

"집 뒤에 몇 칸짜리 별당이 있습니다."

화진이 양창곡의 손을 잡고 말했다.

"제 안목이 맑지 못하여 관풍각 주인을 끝내 알아차리기 어렵소이다. 필시 저 별당에 중요한 무언가가 있겠군요."

그들은 천천히 걸어 뒷뜰에서 누에를 치는 방을 보고는 동산 안에 있는 별당으로 갔다. 창문을 여니 수를 놓은 비단 창문에 아름다운 휘장을 드리웠고, 백옥상 주변으로 여러 낭자들이 모여 앉아 담소를 나누는데 이야기가 끊이지 않았다. 화진이 그제야 크게 웃으면서 말했다.

"오늘 화진이 너무 무례하여 축융공주의 궁실로 들어 왔소이다. 이 어찌 홍도왕 부마도위의 침실이 아니겠습니까?"

그러자 양창곡과 여러 낭자들이 한꺼번에 웃음을 크게 터뜨렸다. 화진이 다시 양창곡을 보며 말했다.

"양형께서는 이미 관직을 버리고 부귀를 이별하고 시골로 돌아오셨소이다. 그 본뜻을 말하자면 복이 지나쳐 재앙이 생길까 두려워한 것이지요. 그런데 만약 관풍각의 검소함과 중묘당의 담박함이 없었더라면 어찌 실제 내용이 없이 명분만 있다는 탄식이 없었겠소이까? 강남홍 낭자는 워낙 뛰어난 사람이라서 평생 부귀를 누린다 해도 지나치게 복을 누린다는 탄식이 없겠지만, 벽성선 낭자와 일지련 낭자는 부귀한 가문으로 들어가 왕후의 소실이 되었소. 마음속의 즐거움을 다하고 눈과 귀에 좋은 것을 마음껏 누리고자 하면 어찌 얻지 못한 것이 있을 것이며 어찌 이루지 못할 것이 있었겠소? 그러나 지금 적막한 도관의 운치와 온화한 시골집의 흥취를 가지고 이토록 특별하게 배치를 했으니, 어찌 연왕의 풍류와 즐거움을 돕는 것에 그치겠습니까! 장차 다가올 복이 필시 끝이 없을 것입니다. 그러나 저는 예전 진남성에서 처음 일지련 낭자를 보았습니다. 미간에는 별빛 같은 재주가 빛나고 있었지요. 그야말로 '모든 맛을 갖춘 사람'[五味俱存之人]이었습니다. 어찌 시골의 즐거움으로 그치겠습니까? 별당에 도착하기도 전에 이미 마음속으로 생각을 하고 있었습니다."

화진이 세 귀비를 돌아보며 물었다.

"그대들도 세 낭자의 별당을 보았는데, 어디가 제일 좋은지 각기 자신의 생각을 말해 보시오."

세 귀비가 동시에 대답했다.

"봄 난초 가을 국화는 모두 아름답고 좋은 법입니다. 처음 중묘당을 보았을 때에는 속세의 생각들이 갑자기 사라지고 물욕이 깨끗해져서 도의 경지로 들어가는 듯한 마음이 일어났습니다. 그런데 자운루에 올라 보니 가슴속이 상쾌해지면서 생각이 번화하여 다시 풍류롭고 호방한 생각이 싹트는 것이었습니다. 지금 관풍헌을 보니 온화한 삶과 담박한 맛은 인간이 실질적인 것에 힘쓰는 즐거움을 깨닫게 해주었습니다. 저희들은 그 우열을 정하기가 어렵습니다."

화진이 크게 웃으며 그들의 생각을 칭찬했다. 양창곡이 웃으면서 일지련에게 말했다.

"귀한 손님들이 멀리서 누추한 곳을 찾아오셨는데, 어찌 음식도 대접하지 못하고 헛되이 돌아가게 만들겠소. 화처사는 그대 남편의 벗이오. 농가의 음식으로 보리밥 팥국을 민망해하지 말고 저녁밥을 준비하도록 하시오."

화진이 혼쾌히 웃으며 말했다.

"제가 사실은 '연왕'을 찾아온 것이 아니라 취성동 '양처사'를 보려고 왔었는데, 끝내 부귀한 기상을 면치 못하여 가슴속이 쾌활하지 못했소이다. 그런데 지금 농가의 검소한 맛으로 대접해 주신다면 마땅히 배가 부르게 먹어야겠습니다."

일지련이 세 귀비에게 물었다.

"진왕께서 좋아하시는 음식은 무엇인가요?"

귀비가 말했다.

"방 안에 온갖 산해진미가 있어도 특별히 젓가락을 대시는 곳이 없습니다. 무엇을 좋아하시는지 저희도 모르겠어요."

일지련이 웃으면서 옷을 걷어붙이고 직접 부엌으로 들어가 손을 씻고 음식의 간을 보았다. 동산 안의 푸성귀를 꺾고 울타리 아래 박을 따서 요리를 하니 호타탕_{瑚沱湯}에 밥 한 그릇은 낟알마다 단맛이 돌았고, 강동의 푸른 순무는 하나하나 흰빛이었다. 일지련이 옥 같은 손으로 밥상을 눈썹에 가지런히 들어서 먼저 양창곡에게 올리고, 하인 한 사람을 시켜서 화진에게 올리도록 했다. 화진이 기쁜 모습으로 젓가락을 대면서 세 귀비를 보고 말했다.

"내가 옛날 궁중에 있을 때에는 종일토록 먹는 것이 한 됫박을 넘지 못했는데, 오늘 너무 많이 먹어서 배가 부른데도 여전히 젓가락을 차마 놓지 못하겠구려."

날이 저물자 주인과 손님이 함께 사립문을 나섰다. 동쪽 고 갯마루에는 달이 떠올라 울타리 주변으로 어른거리는 나무 그림자에 앞길이 점점 어지러워졌다. 문득 비단으로 만든 등 불이 와서 그들을 맞이했는데, 바로 강남홍이 보낸 것이었다.

다시 자운루에 이르렀더니, 강남홍이 잔치자리를 차리고 기다리고 있었다. 누각 위를 쳐다보니 아스라한 처마 끝에 둥 근 등불을 가득 달았으며, 열두 개의 난간에는 수정 주렴을 드 리우니, 광채는 회황찬란하고 상서로운 기운이 영롱했다. 주 렴 사이로 스며드는 빛은 사람들의 눈빛을 현란하게 만들었 고 청량한 기운은 가슴속을 시원하게 해주어서, 마치 옥황상 제가 있는 광한전에 있는 듯했다.

자운루에 오르니 10여 칸쯤 되는 누각 안에는 용을 수놓은 얼음 무늬 돗자리를 펴 놓았고, 동서로 마주 놓은 교의交椅, 의자 에는 붉은 양탄자를 깔아 놓았다. 수정 쟁반에 유리 종자를 곳 곳에 벌여 두었으니, 밝고 투명한 기운은 달빛을 도와 티끌 한 점도 없었다.

잠시 후 10여 명의 아름다운 여자들이 옅은 화장과 구름 같 은 머리를 하고, 흰 비단 버선에 비취빛 치마를 떨치고 달 모 양의 옥장식을 울리면서 악기를 잡거나 긴 소매를 떨쳐 내면 서 쌍쌍이 앞으로 나왔다. 그녀들은 일시에 「예상곡」을 연주 하면서 우의무를 추었다. 청아한 노래는 구름 끝에 닿고 펄럭 이는 긴 소매는 달빛 아래에 하늘거렸다. 서걱이는 기운과 산들거리는 바람이 잔치자리에서 일어나니, 양창곡과 화진 두 사람이 마주 앉아 있다가 상당히 차가운 기운을 느끼는 것이었다.

강남홍이 미소를 지으며 시비에게 여우갖옷 한 쌍을 가져오게 하여 두 사람에게 올린 다음, 박산향로博山香爐에 술을 데워서 노래와 춤이 끝나자 술잔을 올렸다. 화진이 탄식하면서 연왕에게 말했다.

"제가 우의무를 여러 차례 보았지만, 오늘 밤 광한전에서 달나라 신선의 음악을 눈으로 보리라는 것을 어찌 알았겠습니까? 10년간 속세의 붉은 먼지 속에서 꾸던 꿈에서 깨어나게 해주시니, 이제는 오히려 마음과 뼈가 맑고 서늘해졌습니다."

철귀비가 웃으며 말했다.

"첩은 평범한 사람이라 그런지, 천상 선경이 과연 이렇게 맑고 서늘하다면 차갑고 쓸쓸하여 달나라 항아가 되고 싶지는 않네요."

강남홍이 웃으면서 좌우에 명하여 큰 향로 1백여 개에 석탄을 올려 불을 붙이고 고기를 굽게 하고는 술을 권하며 말했다.

"조금 전의 것은 천상의 놀음이고, 지금은 인간 세상의 잔치니, 귀비는 이 술잔으로 추위를 막도록 하시오."

잔치자리에 술과 고기가 흘러넘쳐 모든 사람들이 취하게 되자 찬 기운은 물러가고 온화한 기운이 자리에 가득하면서 봄바람이 호탕한 흥취를 돕는 듯했다. 양창곡과 화진 두 사람이 한꺼번에 여우갖옷을 벗고 옥 같은 얼굴엔 취흥이 한창 피어올랐다. 세 귀비의 연꽃 같은 뺨에도 봄빛이 몽롱하게 어려서 웃음을 띤 채 거문고를 당겨 방중악房中樂을 연주했다. 잠시 후 밤이 깊어 잔치가 끝나자 양창곡이 낭자들을 불러 말했다.

"내가 이곳에 온 뒤 아직도 자개봉을 보지 못했다. 이제 진왕과 세 귀비가 나의 깊은 흥을 북돋우니, 내일은 자개봉 유람을 준비하도록 하라."

여러 낭자들이 대답하고 침소로 돌아갔다. 강남홍이 벽성선과 일지련, 그리고 세 귀비에게 말했다.

"내일의 놀이에는 반드시 우리와 함께 가실 겁니다. 여러분은 자기 재주를 꺼내서 무료함을 면해 보지 않으시렵니까?"

철귀비가 웃으며 말했다.

"첩도 알고 있긴 하지만 특별히 방도가 없어요. 강남홍 낭자께서 좋은 의견을 한번 내 보세요. 저야 당연히 도와드려야지요."

강남홍이 미소를 지으며 여러 낭자들의 귀에 대고 무엇인가를 낮은 소리로 부탁하자, 모두들 서로 손뼉을 치며 웃음을 터뜨리는 것이었다.

다음 날 양창곡은 화진과 함께 자개봉에 올랐다. 출발하기 전에 그는 부모님께 알리고 행장을 준비했다. 괵귀비가 화진에게 아뢰었다.

"오늘 놀이에 혹시 흥을 깨는 일이 있을지 모르겠습니다."

양창곡과 화진이 그 이유를 묻자 괵귀비가 대답했다.

"강남홍과 벽성선, 반귀비 세 사람은 요즘 매일 밤늦도록 잔치를 벌이느라 몸이 불편했습니다. 밤새도록 크게 아파서 조금도 경황이 없었습니다. 같이 가기 어려울 듯싶습니다."

양창곡이 강남홍과 벽성선을 불러서 무슨 일인지 물으니, 강남홍이 대답했다.

"첩이 들으니, 자개봉은 인간 세상의 선경이라고 합니다. 적송자와 안기생이 마음껏 노닐던 곳이니, 조물주가 신선의 인연이 없는 저를 시기하시어 뒤를 따라가지 못하게 하시는 듯합니다."

철귀비가 말했다.

"강남홍 낭자가 가지 않으면 저도 가고 싶지 않습니다."

괵귀비가 말했다.

"그거야 억지로 강요할 수는 없는 노릇이지요. 산에 놀러가는 길은 높은 곳을 오르고 험한 곳을 지나야 합니다. 병이 없는 사람이라도 연약한 여자들은 몸이 힘들고 피곤해지기 마련인데, 하물며 몸이 조금 아픈 사람이야 말할 것도 없지요."

강남홍이 웃으며 말했다.

"벽성선 낭자가 비록 풍채는 어리지만 산수풍월이 싫다며 피하는 사람은 아닙니다. 지금 만약 병을 무릅쓰고 강행한다면 도리어 적적한 근심을 보태서 재미가 없을 겁니다. 일지련 낭자와 철귀비, 괵귀비께서 두 분의 흥겨움을 충분히 도울 수 있을 것입니다. 저와 반귀비, 벽성선 낭자는 집에 남아 병을 조섭하겠습니다."

양창곡과 화진은 너무도 안타깝고 실망스러웠지만 어쩔 도리가 없어서, 일지련과 철귀비, 괵귀비만을 데리고 산행을 나설 수밖에 없었다.

때는 8월 중순이었다. 가을바람이 소슬하고 서리와 이슬이 이미 내렸다. 산국山菊 몇 송이는 해를 향해 먼저 피어 있었고, 단풍잎은 이따금씩 누런 빛을 띠어 가고 있었다. 산에 은거하는 선비의 두건과 옷차림으로 먼저 산길을 가는 사람은 바로 양창곡과 화진 두 사람이었고, 짧은 두건과 푸른 도포 차림으로 뒤에서 따라가는 사람은 일지련과 철귀비, 괵귀비였다. 그들은 각각 푸른 나귀를 한 마리씩 올라타 대여섯 명의 하인에게 술과 거문고를 들고 따라오게 했다. 곳곳에 이들을 보는 사람들은 양창곡과 화진이 누구인지는 몰랐지만 이들 일행의 옥 같은 모습과 풍채의 아름다움을 찬탄하지 않는 사람이 없었다.

이때 강남홍, 벽성선, 반귀비 등은 양창곡과 화진의 흥을 돕기 위하여 따로 행장을 차리고 있었다. 강남홍은 성관 하의를 입고 손에는 옥주를 들었다. 벽성선과 반귀비는 선관仙冠 도복으로 손에는 백학선白鶴扇을 들었다. 완연히 신선의 모습이었지만 선동 몇 명이 없다는 점이 아쉬웠다. 그러던 차에, 아름다운 가마 몇 채가 취성동 안으로 들어온다는 것이었다. 이들은 다른 사람이 아니라 바로 소청과 연옥 두 사람과 궁인 몇 사람이었다. 소청과 연옥은 강남홍 앞으로 와서 말했다.

"저희가 낭자를 뵈려고 오는데, 궁인 두 사람도 세 분 귀비를 뵈려고 온다기에 이렇게 함께 왔습니다."

강남홍이 크게 기뻐하면서 그들의 손을 잡고 말했다.

"하늘이 선동과 선녀를 보내서 우리 상공의 놀이를 도와주시는구나."

그녀는 자신들이 하려던 일을 이야기해 주면서 말했다.

"두 분 상공께서 이미 출발하셨으니, 우리도 더 지체할 수 없다."

소청과 연옥 두 사람은 푸른 옷에 호로병을 차고 동자의 모습으로 꾸미니, 진실로 두 명의 절묘한 선동의 모습이 되었다. 궁녀 두 사람은 도의를 입고 생황과 통소를 불거나 붉은 도포에 녹미선鹿尾扇을 든 모습으로 차림새를 꾸미고는 서로 쳐다보며 크게 웃었다. 강남홍이 몇 명의 여종을 뽑아서 변복을 시킨 뒤에 자개봉으로 갔다. 그녀가 반귀비에게 말했다.

"우리가 먼저 도착해야 하니, 자개봉으로 가는 지름길을 아는 하인들에게 길을 안내하라고 해서 각각 가마를 타고 골짜기 입구로 가도록 하지요."

모두들 그러자고 하니, 일행을 재촉하여 자개봉 쪽으로 갔다. 큰 길로 가면 50, 60리이고 지름길로 가면 20리에 불과했다. 여러 낭자들이 자개봉 입구에 이르러 가마를 돌려보내고,

각각 푸른 나귀를 타고 낭랑하게 웃으며 산속으로 들어갔다.

그녀들은 과연 무엇을 하려는 것일까? 다음 회를 보시라.

제56회

오선암에서 여러 낭자들이 신선 자취를 희롱하고,

자개봉에서 양창곡과 화진은 일출을 보다

伍仙岩諸娘弄仙跡 紫蓋峰兩王觀日出

자개봉은 예부터 여산과 함께 언급되는 명산이다. 둘레는 2백여 리나 되며, 멀리서 바라보면 그리 높아 보이지 않지만, 올라 보면 중원 한 구역이 굽어보인다. 산속에는 30여 개의 도관이나 고찰이 있었으며, 물과 바위의 경치가 뛰어났다. 봄가을로 이 산을 유람하는 사람들이 끊이지 않았고, 곳곳에 이름을 새겨 놓아서 온전한 바위가 없을 정도였다.

이때 양창곡과 화진 두 사람이 여러 낭자들과 나귀를 채찍질하여 산천 풍경을 두루 유람하면서 앞서거니 뒤서거니 하다가 자개봉 동쪽 기슭에 이르렀다. 저녁 빛은 산에 걸렸고 산길은 희미했다. 그런데 홀연 웬 노승이 숲속에서 나와 합장하고 인사를 했다. 양창곡이 말했다.

"우리는 산을 유람하는 사람들이오. 오늘 밤 산문에서 하룻밤 인연을 맺고 싶습니다."

노승이 합장하고 대답했다.

"빈승貧僧의 암자가 좁기는 하지만 객실 한 칸이 있으니 잠시 쉬었다 가시지요."

양창곡이 사례를 표하고, 그들 일행은 암자에 짐을 풀었다. 저녁 공양이 끝난 뒤 노승에게 물었다.

"여기서 취성동까지는 몇 리나 되며, 이 산의 제일 높은 봉우리까지는 몇 리나 됩니까?"

노승이 말했다.

"취성동은 20리고, 제일 높은 봉우리는 몇 리나 되는지는 알지 못하지만 40리쯤 된다고 말을 하더군요."

양창곡이 놀라서 화진에게 말했다.

"우리가 하루 종일 20리를 왔다는 거요?"

그러자 노승이 말했다.

"상공께서는 필시 큰 길로 오셨겠지요. 큰 길은 60리고 작은 길은 20리입니다. 그렇지만 이 산은 본래 갈림길이 많아서, 큰 길로 오셨다면 소승의 암자가 자개봉 초입에 있는 셈이고, 작은 길로 오셨다면 옥류봉玉流峯이 자개봉의 초입이 됩니다."

벽성선이 물었다.

"산을 유람하는 사람들은 얼마나 됩니까?"

노승이 대답했다.

"단풍이 아직 활짝 물들지 않았기 때문에 유산객은 거의 없습니다."

철귀비가 물었다.

"대사께서는 연세가 높으시니 응당 옛일을 아시겠군요. 이 산을 어째서 자개봉이라고 부릅니까?"

노승이 대답했다.

"빈승은 본래 여산에서 살던 사람이라서 이곳의 옛날의 사적을 알지는 못합니다만, 전하는 말로는 옛날 이 산의 제일 높은 봉우리에 신선이 내려와서 자줏빛 일산[紫盖]과 운번이 한낮에도 배회하고 기이한 향기와 선약仙藥이 바람결에 묻어오기 때문에 자개봉이라고 한답니다. 봉우리 꼭대기에는 이향암異香庵이 있습니다."

괵귀비가 크게 웃으며 말했다.

"옛날에 신선이 있었다면 지금도 어찌 신선이 없겠어요? 우리가 이번 유람에서 신선을 만나고 싶군요."

일지련이 웃으며 말했다.

"전설이라는 것이 낭설 아닌 게 없습니다. 세상에 어찌 신선이 내려오는 일이 있겠어요?"

그 말에 양창곡과 화진은 미소를 지었다.

다음 날 그들은 노승과 헤어진 후 몇 리를 가서 한곳에 당도했다. 맑은 시내는 바위 위를 흘러내리고 높이 뻗은 소나무가 좌우에 벌여 있었다. 푸른빛 도는 바위 절벽은 절로 골짜기 문이 되었는데, 석벽 위에는 붉은 글씨로 '옥류동천'玉流洞天이라는 네 글자가 새겨져 있었다. 양창곡과 화진이 기쁜 모습으로 말에서 내리며 말했다.

"이곳의 경치가 너무도 기이하니, 잠시 쉬었다 갑시다."

그들은 시냇물 앞에 있는 바위 위에 앉아서, 데리고 온 하인들에게 낙엽을 주워 모아 차를 끓이게 했다. 괵귀비가 손을 들어 석벽을 가리키면서 일지련과 철귀비에게 말했다.

"곳곳마다 이름이 새겨져 있고 사이사이마다 시구로군요. 수많은 재자가인들의 이름을 기억하기는 어렵지만, 그중에는 필시 사람을 놀라게 할 만한 시 구절이 있으리니, 제가 가서 한번 살펴봐야겠어요."

세 사람은 서로 손을 잡고 석벽 아래에로 가서 낭랑하게 읊조리기도 하고 논평도 하면서 담소를 나누었다. 양창곡과 화진 두 사람도 몸을 일으켜 여러 낭자들과 어깨를 나란히 하고 절벽 위를 쳐다보았다. 그중에 시 한 수가 있었는데, 아직도 먹물 흔적이 마르지 않은 상태였다. 모두들 자세히 보니, 그 시는 다음과 같았다.

난새와 학을 탄 지 일천 년 만에	驂鸞駕鶴一千年
우연히 조그마한 옥류동천 지나갔도다	偶過玉流小洞天
옥피리 세 소리에 사람은 보이지 않고	玉笛三聲人不見
신령스러운 바람은	靈風吹破滿空烟
허공 가득한 안개에 불어 흩어 놓네	

양창곡과 화진이 한동안 바라보더니, 진왕이 또 읊조리며 말했다.

"이 시는 평범한 유산객의 작품이 아니군요. 인간 세상의 기상이 전혀 없습니다."

철귀비가 웃으며 말했다.

"노승이 말하기를 '산속에 신선이 오간다'고 하더니, 이적선李謫仙*이나 여동빈呂洞賓**의 시가 아닐까요?"

일지련이 냉소하면서 말했다.

"이름난 산의 물과 바위에 마음껏 노닐면서 방탕하게 유람한 자취가 신선의 옛 자취와 비슷하여 간혹 유람객을 농락하곤 하지요. 세상이 어찌 신선이 있겠어요?"

그 말에 양창곡과 화진도 미소를 지었다. 그들은 다시 나귀를 타고 몇 리를 갔다. 골골마다 물소리는 옥이 부서지는 듯하고 곳곳의 기이한 바위는 이끼가 끼어 푸르스름한 빛을 띠고 있어서 진실로 신선이 사는 골짜기지 인간 세상이 아니라 할 만했다. 바위 모서리는 험준하며 급해졌고 길도 점점 험해졌기 때문에, 그들은 모두 말에서 내려 흐르는 물을 따라 산을 올라갔다. 한 걸음에 주변을 둘러보고 두 걸음에 지팡이를 멈

---

* 이태백은 자신이 원래 하늘의 신선이었는데, 옥황상제 앞에서 『황정경』(黃庭經) 한 글자를 잘못 읽는 바람에 인간 세상으로 잠시 귀양을 온 사람이라고 여겨서 '적선'(謫仙, 귀양 온 신선)이라고 했다.
** 동정호를 사랑하여 그곳에서 술을 마시고 시를 읊었다는 신선의 이름이다.

추었다. 단풍 든 숲을 찾아 술을 마시기도 하고, 물가에서 거문고를 타기도 했다.

그런데 갑자기 물 위에 붉은 잎이 점점이 떠내려왔다. 일지련이 두 귀비를 돌아보며 낭랑하게 시 한 구절을 읊었다.

"'흐르는 물에 복숭아꽃 떠서 아득히 흘러가니, 특별히 다른 천지요 인간 세상이 아니로다'*라고 하더니, 점점이 떠내려오는 서리 맞은 단풍잎이 어찌 한창 때의 봄꽃보다 못하겠소? 산속에 다행히 복숭아꽃을 그물질하는 사람이 없어서 우리에게 무릉도원으로 가는 길을 찾게 해주는 모양이오."

괵귀비가 말했다.

"일지련 낭자는 다시 잘 보세요. 그저 평범한 단풍잎이 아닙니다."

철귀비가 말했다.

"잎사귀에 시가 적혀 있군요. 동자야! 하나하나 모두 건져서 가져오너라."

두 귀비와 일지련이 잎들을 바위 위에 벌여 놓고 의론이 분분했다.

"율조와 풍격이 맑고 높으니 평범한 사람이 지은 작품이 아

---

* 이백(李白)의 시 「산중문답」(山中問答)에 나오는 구절로, 시의 원문은 다음과 같다. "어쩐 일로 산에 사느냐고 내게 묻기에 / 웃으며 대답하지 않았지만 마음은 한가롭다 / 복숭아꽃 떠서 아득히 흘러가니 / 특별히 다른 천지요 인간 세상이 아니로다"[問余何事栖碧山, 笑而不答心自閑, 桃花流水杳然去, 別有天地非人間].

닐 거예요."

화진이 와서 보더니 웃으며 말했다.

"낭자들은 무엇 때문에 논쟁을 벌이는 거요?"

괵귀비가 단풍이 든 잎을 올리면서 말했다.

"상공께서도 이것을 한번 살펴보시지요. 이 어찌 속인의 필적이겠습니까?"

화진이 차례로 주워서 자세히 보니, 분명 절구 한 수였다. 그 시는 다음과 같았다.

흐르는 물은 어찌 저리도 급한가	水流何太急
저토록 바쁘구나	底般忙
채색 구름 속에서 웃으며 손가락으로 가리키고	笑指彩雲裏
아울러 흰 봉황을 타고 가노라	幷騎白鳳凰

화진이 웃으면서 양창곡을 보고 말했다.

"이 시는 과연 수상하구려. 여러 낭자들이 의심하는 것도 괴이한 일은 아닙니다. 그러나 두 번째 구절에 두 글자가 빠져 있으니, 다시 찾아봅시다."

그는 여러 낭자들과 시냇가로 가서 탄식하며 말했다.

"조물주가 신선의 필적을 시기해 아득한 잎사귀를 흐르는 물에 흘려 이미 멀리 보내 버린 모양이오."

일지련이 또 냉소하면서 말했다.

"옛날 여동빈은 인간 세상에 귀양 와서 석류 껍질에 쓴 글자는 지금까지 전해 옵니다. 웬 한심한 신선이 썩은 낙엽을 주워서 필묵을 희롱했겠습니까? 이는 필시 나무하는 아이나 소치는 이가 지은 것일 겁니다."

화진이 웃으며 말했다.

"신선을 말하는 것이 비록 허탄하지만 그 시를 보니 속인이 지은 것은 아니구려. 아마 세상 밖에 은거하는 고인高人께서 명산을 마음껏 노닐며 가을바람 떨어진 잎에 서늘하고 깨끗한 마음으로 물 흐르는 듯한 세월의 뜻을 붙인 듯하오."

철귀비가 말했다.

"이 시를 지은 사람이 만약 인간 세상 사람이 아니라면 응당 이 산속에 있을 겁니다. 우리가 이 물을 따라 거슬러 올라가 살펴보는 게 어떻겠습니까?"

화진과 양창곡이 웃으며 몇 걸음 올라가니, 한 줄기 폭포가 층암절벽에서 떨어져 마치 흰 눈을 뿜어내는 듯했다. 그 아래에는 너럭바위 하나가 있었으며, 바위 위에는 차를 끓인 흔적과 기이한 향기가 완연히 남아 있었다. 이는 의심할 것도 없이 산을 유람하는 나그네의 자취였다. 괵귀비가 일지련을 보고 말했다.

"이것도 나무꾼 아이의 장난일까요? 이상도 해라! 차를 끓인 돌이 여전히 따뜻하고 자리에는 기이한 향기가 코를 스치니, 이 어찌 삼신산과 십주의 신선이 학과 사슴을 타고 자개봉을 찾아와 노닐다가 돌아간 것이 아니겠어요?"

일지련이 그제야 미소를 지으며 철귀비를 보면서 말했다.

"정말 이상하네요. 옥류동의 시구와 물 위에 떠내려오던 낙엽이 허황한 사람에 대한 의심을 돕기에 충분했고, 하물며 기이한 자취가 너무도 의아해서 이해하기 어려웠는데, 그렇다면 과연 인간 세상에 신선이 있단 말인가요?"

그녀의 말이 끝나기도 전에 하인이 글자가 써 있는 잎사귀 두 개를 주워 왔다. 그것을 살펴보니 '인사'人事라는 두 글자가 적혀 있어서 모두들 이상하게 여겼다. 그런데 갑자기 동쪽 언덕 위에서 이상한 소리가 들렸다. 사람들이 귀를 기울여 곰곰이 들어 보니 그 소리는 다음과 같았다.

반짝이는 자줏빛 영지靈芝는	燁燁紫芝
굶주림을 메울 만하네	可以療飢
텅 빈 산에 인적은 없고	空山無人
가을 구름만 날리네	秋雲飛

괵귀비가 깜짝 놀라며 말했다.

"무슨 소리지요?"

그때 홀연 도관과 도복 차림으로 백우선을 든 도사 한 사람이 약초 광주리를 짊어지고 소나무 숲 사이에서 나왔다. 그의 행색은 가벼워 보였는데, 말을 걸려고 하는 순간 어디론가 사라져 보이지 않았다. 철귀비가 크게 놀라 다른 두 낭자를 불러서 말했다.

"괵귀비, 저 사람 보았소? 일지련 낭자, 무슨 모습이던가요? 약초 광주리에 백우선은 웬 거요? 첩첩한 산중에 다른 길이 없고 어디서 왔는지 보질 못했는데, 간 곳도 묘연하군요. 일지련 낭자, 우리가 따라가 보는 게 어떻겠소?"

두 사람은 손을 잡고 언덕을 올라가 사방을 둘러보았다. 푸른 소나무는 울창하고 흰 구름은 첩첩했다. 푸른 등나무 얽힌 고목들이 지척을 가려서 길을 물어볼 곳조차 없었다. 양창곡과 화진이 미소를 지으며 말했다.

"여러 낭자들은 신선을 따라가고 싶소? 우리가 이미 높이 올라왔으니 이향암이 멀지 않은 곳에 있을 것이오. 이제 그곳으로 가서 다시 적송자와 안기생과 같은 신선의 소식을 탐문해 봅시다."

몇 걸음을 디뎠는데 어디선가 홀연 생황 소리가 하늘에 울려 퍼지는 것이었다. 모두 걸음을 멈추고 섰다. 일지련이 이마에 손을 얹고 눈을 들어 한곳을 바라보면서 급히 소리쳤다.

"두 분 귀비께서는 저 봉우리 꼭대기를 보세요."

두 귀비가 일제히 머리를 들어 보니, 빼어난 봉우리는 석양빛을 띠어 푸르스름한데 바위 끝 소나무 아래에 신선 두 사람이 있었다. 한 명은 성관과 홍포 차림에 손에는 미선을 들고 가볍게 서 있었고, 다른 한 명은 생황을 불면서 고요히 앉아 있었다. 얼굴 모습을 분간하기는 어려웠지만, 옥 같은 얼굴과 어여쁜 자태를 보아 속세의 인물이 아니라는 것을 알 수 있었다. 화진이 망연자실하여 양창곡을 보고 탄식했다.

"양형! 저들은 옥경 요대에서 인간 세상으로 귀양을 내려온 신선이 아니겠소? 나는 심신이 뒤흔들리고 속세의 생각이 문득 끊어져 부귀영화가 한 조각 뜬구름이라는 걸 이제야 알겠소이다."

양창곡이 웃으면서 말했다.

"신선이 어찌 특별한 사람이겠습니까? 명예와 이익 가득한 속세에서 득실을 근심하고, 바람 물결 사나운 괴로운 바다에서 안위를 무릅쓰면서도 벗어나지 못하는 사람이 만약 우리의 오늘 모습을 본다면 또한 신선처럼 느낄 겁니다. 그런 점에서 보자면 세상일에 마음을 쏟는 사람은 범인일 것이고 고상한 사람은 신선일 것이며, 분주한 사람은 속인일 것이고 편안하고 한가한 사람은 신선이겠지요. 화형과 나는 오늘 관직을 버리고 산속에서 마음껏 노닐고 있으니, 어찌 오늘 자개봉의 신선이 아니겠습니까?"

두 사람이 서로 크게 웃고 다시 봉우리 꼭대기를 쳐다보니, 두 신선은 어디론가 사라진 뒤였다.

그들 일행이 이향암을 찾아가니, 작은 암자가 바위 벼랑에 기대어 서 있는데 너무도 정묘하고 깔끔했다. 암자에는 어린 사미沙彌가 있다가 황망히 나와서 맞았다. 자리에 앉자 사미가 차를 내왔다. 양창곡이 물었다.

"여기서 제일 높은 봉우리는 몇 리나 되는가?"

사미가 대답했다.

"5, 6리를 넘지 않습니다. 거기에는 큰 바위가 있는데, 이름이 오선암五仙岩입니다. 옛날 다섯 분의 신선이 그 바위 위에 내려와 노닐던 자취가 지금도 완연히 남아 있지요. 오선암 아래에는 암자가 하나 있는데, 바로 상선암上仙庵입니다. 전하는 말로는, 상선이 연단鍊丹하던 곳이라 합니다."

양창곡이 미소를 지으며 말했다.

"이 산속에 웬 신선이 이리도 많은 건가?"

잠시 후 저녁 공양을 끝내자 붉은 해는 서산 밖으로 떨어지고 황혼녘 밝은 달이 동쪽 고갯마루에서 솟구쳐 올라왔다. 뒤섞인 별빛은 아름다운 빛을 드리우고 있어서 손을 들어 잡을 수 있을 듯했고, 시원한 솔바람이 탑 위에서 일어나 정신을 맑게 해주었다. 두 사람은 여러 낭자들을 데리고 암자 앞을 산책했다. 철귀비가 일지련을 보면서 탄식했다.

"산속의 달빛이 이렇게 쾌활하니, 강남홍 낭자와 벽성선 낭자, 반귀비 등이 함께 와서 구경하지 못하는 게 한이로군요."

말을 마치기도 전에 두 명의 사미가 아뢰었다.

"상공들께서는 이 소리가 들리십니까?"

사람들이 귀를 기울여 자세히 들어 보니, 하늘에서 생황 소리가 바람결에 섞여서 청아하게 울려오는 것이었다. 철귀비가 놀라서 말했다.

"이것은 아까 들었던 그 소리가 아닌가요?"

일지련이 못 들은 척하면서 말했다.

"이것은 봉우리 끝에 있는 솔바람 소리군요. 고요하고 텅 빈 산에 인적도 없는데, 누가 생황을 불겠어요?"

화진이 웃으며 말했다.

"솔바람 소리는 소슬하고 생황 소리는 가늘게 울려 퍼지는 것이니, 어찌 분별을 못하겠소? 이는 필시 왕자진의 옛 곡이오. 사미는 소리가 나는 곳을 찾아보시게."

사미는 암자 뒤에 있는 석대에 올라가 오랫동안 듣더니 돌아와서 아뢰었다.

"이 소리는 오선암에서 나는 것 같은데, 가을바람이 너무 높아서 분명치는 않습니다."

양창곡이 화진의 손을 잡고 말했다.

"웬 풍류 선동이 이토록 우리를 놀리는 것일까요? 높은 곳에 올라가서 소리가 나는 곳을 찾아 봅시다."

그들은 두 명의 사미에게 길을 안내하도록 하고 문을 나섰다. 한 줄기 맑은 바람이 산 위에서 불어오는데, 바람결에 생황 소리가 지척에서 나는 듯했다. 화진이 두 귀비에게 말했다.

"이 소리는 정말 이상하구려! 사람 마음을 움직여서 표연히 신선이 된 듯한 마음이 들게 하니, 어찌 평범한 유람객이 부는 것이겠소이까?"

괵귀비가 탄식하며 말했다.

"저희는 원래 음률에 어둡지만, 만약 강남홍 낭자나 벽성선 낭자가 이 곡을 들었다면 어찌 곡조를 듣고 생황 부는 사람이 누구인지를 몰랐겠습니까?"

소리를 따라 두 명의 사미가 앞장을 서고 일행은 그 뒤를 따라갔다. 가운데 봉우리에 올랐는데, 갑자기 사미가 손을 들어 가리키면서 몰래 알려 주었다.

"저 대나무숲 속에 은은히 보이는 바위가 바로 오선암입니다. 저 바위 위를 자세히 보십시오."

멀리 바라보니 달빛 아래에 여러 사람들이 있었다. 앉거나 서 있는 사람들은 모습이 속되지 않고 행동이 가뿐했다. 제일 상석에 앉아 있는 사람은 머리에 성관을 쓰고 몸에는 하의를 입었으며 손에는 옥주를 들고 있었다. 그 얼굴 모습을 분간할 수는 없었지만 풍성한 얼굴과 아리따운 자태는 진실로 선풍도골이어서 속세의 인물이 아니었다. 두 번째와 세 번째 자리에 앉은 사람은 성관을 쓰고 도복을 입었으며 허리춤에는 호로병을 차고 있었다. 옥 같은 모습과 풍채가 너무도 비범했다. 네 번째 자리에 앉은 사람은 도관과 도복에 백우선을 들고 있었는데, 그 기괴한 형상과 예스러우면서도 순박한 모습도 속세의 인물이 아니었다. 바위 끝에는 약로를 놓고 차를 끓이고 있었는데, 그 향기는 산 아래까지 전해 갔다. 바라보는 사람들은 마음이 황홀해지면서 완전히 영주 봉래의 신선을 마주한 듯하니, 결코 평범한 속인들의 자리가 아니었다. 화진이 무척 의아하게 여기면서 말했다.

"진짜 신선이라 말하기에는 허황함에 가깝고, 아니라고 하자니 속세의 인물 중에 어찌 저와 같은 사람들이 있겠소?"

그저 망연히 서서 보고 있을 뿐이었다. 첫 번째와 두 번째에 자리에 앉았던 사람이 갑자기 소매 안에서 한 쌍의 옥적을 꺼내더니 달을 향해 불기 시작했다. 화진이 듣더니 당황해하면서 철귀비에게 말했다.

"그대는 저 곡을 알고 있소? 옛날 상림원 달빛 아래에서 듣던 곡이 아니오?"

여러 낭자들이 웃음을 머금고 대답을 하지 않으니, 화진은 더욱 의심스러워했다.

이때 양창곡은 일단 사미들을 보내서 알아본 뒤 화진과 가보려는 마음으로 사미 한 사람을 먼저 보냈다. 한참 뒤 그 사미가 허둥지둥 돌아오더니 아뢰었다.

"제가 산속에 산 지가 오래되었지만 진짜 신선을 뵙지 못했는데, 오늘에야 비로소 뵈었습니다."

양창곡이 미처 물어보기도 전에 일지련이 나오며 물었다.

"어떤 사람이더냐?"

사미가 말했다.

"빈도가 봉우리 꼭대기를 따라 산문으로 들어가 바라보니, 언덕은 높고 달빛은 희게 빛나서 분명하게 보이지는 않았지만 봉우리 정상에 네 분의 신선이 줄지어 앉아 있었습니다. 첫 번째 분은 백옥 같은 얼굴에 녹포綠袍 성관 차림으로 한 손에 는 옥주를 잡고 있었고, 두 번째 분은 생황을 불고 있었습니다. 세 번째 자리에 앉은 분은 갈포葛布와 베옷을 입었는데 수염과 눈썹이 흰색이었습니다. 네 번째 자리에 앉은 분은 도관과 도복 차림이었으며 얼굴빛이 괴이했습니다. 좌우에는 선동 두 명이 총각머리를 쌍으로 올리고 푸른 옷을 입은 채 손에는 백옥병과 청옥반을 들고 시립하여 있는데, 눈처럼 하얀 얼굴은 인간 세상에서는 볼 수 없는 인물이었습니다. 바위 위에서 차를 끓이는데 기이한 향기가 코를 스쳤습니다. 태연하게 생황을 불기에 빈도가 그 앞으로 가서 합장을 하니, 첫 번째 자리에 앉은 신선이 생황을 멈추고 제게 웬 사람이냐고 물었습니다. 그래서 저는 이향암 사미인데 신선의 음악을 들으려고 왔다고 대답을 하니, 그 신선이 낭랑하게 웃으면서, '내가 너를 이미 알고 있다. 이 술을 문창성에게 전하라'고 하면서 작은 백옥병을 주는 것이었습니다. 그래서 이렇게 가지고 왔습니다."

일지련이 황망히 받아서 말했다.

"사미의 말이 허황하기는 하지만, 상공께서는 한번 맛을 보시지요."

양창곡은 전날 마신 술이 아직 덜 깬 상태였다. 그는 백옥병의 술을 한 잔 마시며 말했다.

"천일주는 특별한 맛인 줄 알았는데, 어찌하여 강남홍의 '강남춘'江南春과 그 맛이 이렇게도 비슷할까?"

일지련 역시 한 잔을 마셔 보더니 말했다.

"상공께서 과연 취하셨습니다. 이 술은 맑고 찬 기운이 돌면서도 기이한 향이 있으니, 인간 세상의 술과는 다릅니다."

양창곡이 웃으면서 일지련의 손을 잡고 말했다.

"신선이 있느냐 없느냐 하는 문제는 접어 두더라도, 달빛이 맑고 상쾌하니 봉우리 정상으로 올라가 살펴보는 것이 어떻겠소?"

일지련이 웃으며 말했다.

"첩은 범골이라 요대에서 내려온 신선의 시기를 받을까 걱정입니다."

양창곡이 크게 웃으며 다시 두 명의 사미를 데리고 정상을 향하여 몇 걸음을 갔다. 그런데 갑자기 두 소년이 녹포와 성관 차림으로 옥적을 들고 바위 위에서 내려와서는 낭랑히 웃으며 말했다.

"문창성은 요새 별일이 없으신가요? 첩이 옥황상제의 명을 받아 자개봉 유람을 도우려고 왔습니다."

화진이 크게 웃으며 말했다.

"이 몸은 범골이라 다만 벗을 따라 산천 경개를 사랑하여 이곳으로 온 겁니다. 방탕한 종적이 어찌 신선이 사는 십주와 삼신산에 이르겠습니까?"

강남홍이 그 말을 듣고 웃으면서 사과했다.

"첩 등이 불민하지만 어찌 사소한 병 때문에 오늘 상공의 유람을 따라오지 않을 수 있겠습니까? 그러나 아무 맛없이 따라오기만 한다면 좋은 흥취를 도울 방법이 없었습니다. 그래서 일부러 뒤떨어져서 여러 낭자들과 약속을 하고, 평소의 총애를 믿고 어른들을 농락했으니, 당돌하다는 죄를 피하기 어려워졌습니다."

화진이 웃으며 말했다.

"내가 낭자의 종적을 의심하기는 했지만, 아름다운 난새와 쌍성의 봉황을 타고 오지 않은 것이라면 어떻게 우리보다 먼저 이곳에 온 거요?"

강남홍이 말했다.

"신선의 종적은 악양루岳陽樓를 세 번이나 오르내려도 알아차리는 사람이 없는 법입니다. 어찌 자개봉의 지름길을 모르겠습니까?"

양창곡이 미소를 지으며 말해다.

"신선의 도술이 신이하다고는 하지만 옥류동 바위 벼랑의 시와 붉은 단풍의 필적에서 본색이 탄로났는데, 화형이 술에 취한 듯하고 꿈을 꾸는 듯한 인간 세상을 깨어나지 못하여 이제 농락을 당한 겁니다."

화진이 웃으며 말했다.

"산봉우리의 생황 소리와 도사의 「자지가」紫芝歌를 들을 때에는 양형도 은근히 놀라는 눈치더니, 이제는 도리어 저를 비웃는 겁니까?"

두 사람은 크게 웃음을 터뜨렸다. 철귀비가 손야차의 손을 잡고 웃으며 말했다.

"이 도사님은 조금 전 숲속에서 노래를 부르던 분이구려. 도호는 무엇이며, 약초 광주리는 어디에 두었소?"

이 말에 일행은 모두 크게 웃었다. 그들은 바위 위에 자리를 정해 앉았다. 밝은 달빛을 우러러보고 산천 경개를 굽어보며 담소를 끊임없이 나누었다. 그때 갑자기 통소 소리가 하늘에 아련히 울려 퍼지면서, 깊은 골짜기에 잠겨 있던 규룡虯龍이 춤을 추는 듯했다. 사람들은 모두 놀라면서도 강남홍이 꾸민 일인가 의심했다. 강남홍이 천연스럽게 말했다.

"이상하구나, 이 소리여! 평범한 나무꾼이나 어부가 부는 것이 아니로군요. 오늘 밤 산속에 강남홍이 두 사람이 아니거늘, 누가 농옥의 옛 곡조를 농락하는 것일까요? 마땅히 여러 낭자들과 함께 찾아가 보아야겠소."

그녀는 사미에게 길을 안내하게 하여 소리가 나는 곳으로 발걸음을 옮겼다. 한곳을 바라보니 소나무 숲 사이에 사람 그림자가 있고 놀란 날짐승이 펄럭거리며 날아가는 것이었다. 자세히 바라보니 달빛 아래 두 사람이 머리에는 성관을 쓰고 몸에는 홍포를 입고 손에는 녹미선을 든 채, 검푸른 눈썹에 옥 같은 얼굴로 웃음을 머금고 도동 두 명과 함께 깨끗한 모습으로 지나가고 있었다. 강남홍이 크게 소리를 질렀다.

"저 신선은 잠시 내 이야기를 들어 보시오. 우리는 먼지 가 득한 속세 사람이오. 산속에 들어와 경치를 구경하다가 길을 잃고 어디로 가야 할지 모르고 있습니다. 바라건대 길을 가르쳐 주시오."

그 말에 두 사람은 걸음을 멈추고 읍을 했다. 모두들 그 앞으로 가서 살펴보았지만 어찌 알아차리겠는가. 원래 앞의 두 사람은 바로 궁인들이었고, 뒤를 따르는 사람은 바로 소청과 옥련이었다. 양창곡 일행은 그녀들이 왔다는 사실을 몰랐기 때문에 희미한 달빛 아래 옷을 바꿔 입은 모습으로 갑자기 마주하게 되자 기억해 낼 수 없었던 것이다. 일행은 모두 당황스러워하면서 그들이 신선인지 속인인지 혼란스러워했다. 벽성선이 낭랑하게 웃으면서 화진에게 말했다.

"이 신선 두 분은 옥황상제의 궁에서 시중을 드는 옥녀입니다. 몰라보시겠습니까? 오늘 밤 운손낭랑의 명을 받들어 견우성군의 흥취를 돕기 위해서 속세 내려왔습니다."

철귀비와 괵귀비는 그제야 알아차리고 두 궁인의 손을 잡고 기뻐하면서 어찌된 영문이냐고 물었다. 궁인이 웃으며 말했다.

"공주께서 귀비님들을 보내신 뒤에 소식이라도 알아보시면서, 겸하여 저희들이 평생 동안 조롱 속에 들어 있는 앵무새와 같아 경치 좋은 곳을 유람한 적이 없어서 귀비님들을 따라

가슴을 시원하게 풀고 오도록 해주셨습니다."

그러고는 양창곡과 화진의 안부를 물었다. 화진이 궁인을 가리키면서 양창곡에게 말했다.

"이 두 사람은 태후궁에서 가까이 모시고 있는 사람들이오. 지난번 연춘전 잔치에서 양형과 얼굴이 익었을 겁니다. 알아보시겠습니까?"

양창곡이 몸을 굽혀 답례를 했다. 화진이 다시 웃으며 선동 두 사람에게 말했다.

"절묘하여라, 이 선동들이여! 진실로 쌍성 소옥蕭玉의 부류로군요."

조금 뒤 산 위에서 찬 기운이 밀려오고 흰 이슬이 옷깃에 축축이 스몄다. 두 사람은 다시 여러 낭자를 이끌고 이향암으로 돌아갔다. 궁인 두 사람은 퉁소와 생황을 불었고, 강남홍과 벽성선은 한 쌍의 옥적을 불었으며, 세 귀비와 일지련은 산가山歌로 화답했다. 반짝이는 은하수는 머리 위에 비껴 있었고 서늘한 이슬과 맑은 바람이 신발 밑에서 일어났다. 화진이 서로 보고 웃으면서 말했다.

"조금 전 강남홍 낭자는 거짓 신선이었는데, 지금 우리는 진짜 신선이 되었소이다."

그들은 이향암에서 머물고, 다음 날 새벽녘 다시 산 정상으로 올라가 일출을 보았다. 세계는 천지의 거대한 기운으로 가득 차 있었고 세상은 어둠으로 뒤덮여 지척을 분간하기도 어려웠다. 붉은빛이 바다 위에서 솟구치더니 만리에 뻗은 금빛 물결이 허공에 떠올랐다. 화진이 손을 들어 채색 구름을 가리키면서 말했다.

"저 둥근 것이 조금 전에는 바다 위에 있더니 지금은 구름 위로 높이 나왔습니다. 뜬구름 같은 인생 백년 세월이 훌쩍 지나가니, 붉은 얼굴이 백발 노인 되는 것은 순식간이지요. 천추만고에 제공齊公의 눈물이 어찌 우산牛山에 떨어지는 해를 슬퍼하기만 했겠소?"*

양창곡이 웃으며 말했다.

"저 둥글고 붉은빛이 360도를 돌아서 삼천세계를 비추지만 자신의 노고를 깨닫지 못하는 것은 이치를 따라 운행하기 때문이요, 어두운 거리 캄캄한 방에 비치지 않는 곳이 없고 귀신과 도깨비들이 그 형체를 피할 수 없는 것은 사사로움이 없기 때문이오. 다만 한스러운 것은 한 조각 뜬구름이 그 빛을 가려서 천지만물이 생성하는 은택을 드러내지 못하게 한다는 점입니다. 어떻게 하면 우리가 만리장풍萬里長風으로 하늘의 구름과 안개를 쓸어내고 저 둥글고 붉은빛을 완전하게 할 수 있을까요?"

---

* 여기서의 제공은 제나라 경공(景公)이다. 제경공이 우산에서 노닐다가 성에 기대어 눈물을 흘리면서 "어찌 이곳을 떠나 죽는단 말인가" 하고 탄식했다고 한다. 이에 주변의 신하들이 함께 눈물을 흘렸는데, 안자(晏子)는 그들을 아부나 하는 신하들이라고 비판했다.

그 말에 사람들은 감탄해 마지않았다. 조금 뒤 가을 하늘이 고요하고 아침 안개가 걷히고 나자 세상은 맑고 명랑하여 백 리에 작은 터럭 하나라도 분명하게 볼 수 있을 정도였다. 술 잔을 들어 마시고 취흥을 타고 눈길을 돌려 보니, 멀고 가까운 산천과 중국 천하의 한 부분이 눈 아래 또렷이 드러나는 것이 었다. 벽성선이 슬픈 모습으로 남쪽 산을 바라보며 탄식했다.

"저 산은 남악 형산입니다. 눈으로 보는 것에는 한계가 있 어서 부모님의 고향을 보기 어려우니, 가을바람에 돌아가는 기러기가 되지 못하는 게 한스럽습니다."

세 귀비와 여러 낭자들이 이어서 자기 고향 산빛을 손가락 으로 가리켰다. 아득한 향수와 그리움은 마치 신부인愼夫人이 가야금에 기대어 한단邯鄲길을 바라보며 탄식을 금치 못하는 것과 같았다. 강남홍이 웃으며 큰 잔을 들어 여러 낭자를 위로 했다.

"제가 들으니 옛 성인은 태산에 올라가 천하를 작게 생각했 다고 합니다. 통달한 관점으로 말하면 사해가 지척과 같고 온 우주가 눈앞에 있지요. 남자가 공명을 탐하면 만리 밖 제후에 봉해지니 이별을 하게 되고, 여자가 노래와 춤에 뜻을 두면 천 하게 되어 버림받는 수치가 있는 법이오. 저 역시 강남 사람 으로 만리 남쪽 하늘에 떠돌아다니던 신세였고, 북방 외딴곳 바람 먼지 지루한 속에서 온갖 고초와 위험을 겪었습니다. 이 제 이 산에 올라 지난 세월을 굽어보니 뱁새가 달팽이 뿔 위

에 둥지를 틀고 메추라기가 쑥대에서 노니는 듯합니다. 낭자
들은 저 중원 땅을 보세요. 손바닥 하나 정도 크기에 불과합니
다. 그런데 예부터 영웅호걸들과 재자가인들이 저 안에서 태
어나 자라 저 안에서 사라집니다. 슬픔과 즐거움의 감정을 어
찌 다 논하겠습니까? 낭자들은 아녀자의 그렁그렁한 눈물과
자질구레한 수다로 상산풍월을 쓸쓸하게 만들지 마시오!"

그녀는 낭랑하게 웃으면서 소매 안에서 옥적을 뽑아 한 곡
을 불었다. 드넓은 하늘에 청아한 소리가 가을바람을 따라 흘
렀다. 아래로는 온 천지에 흩어졌으며 위로는 십이중천十二重天
까지 닿는 듯했다. 화진이 탄식하며 말했다.

"강남홍 낭자가 펼쳐 내는 기상과 넓은 가슴은 우리 같은
대장부라도 감당하기 어렵소이다. 자개봉의 기상과 웅장함을
다투는 듯하구려."

그들은 잠깐 사이에 술상을 거두고 이향암으로 돌아갔다.
저녁 공양을 마친 뒤 사미를 불러 말했다.

"내가 이미 산의 정상을 보았지만, 경치가 좋은 다른 곳이
있다면 안내해 다오."

양창곡 일행이 도관과 고찰을 차례로 구경하려 하니, 사미
가 말했다.

"산속에 있는 오래된 사찰 중 규모로는 대승사가 으뜸이고
물과 바위가 아름다운 곳으로는 가섭암迦葉庵이 제일입니다."

양창곡이 사미를 따라 먼저 가섭암으로 가 보니, 과연 물과

바위가 골짜기 안에 펼쳐져 있었다. 층층이 쌓인 바위 벼랑은 백옥 병풍처럼 둘러쳐 있었으며, 흐르는 물은 수정 주렴을 드리워 놓은 듯했다. 기이한 바위와 화초는 진실로 요대의 선경이지 인간 세상의 경치가 아니었다. 일행들은 바위 위에 자리 잡고 앉아 차를 끓이고 밥을 지었다. 강남홍이 웃으며 말했다.

"바위 위에 써 놓은 이름을 보니 이곳은 필시 이 산에서 제일 좋은 명승지일 겁니다. 우리도 바위벽에 이름을 줄지어 써서 다녀간 흔적을 남기고 가는 것이 어떻겠습니까?"

양창곡이 말했다.

"이름난 산과 오래된 절에 이름을 써 놓는 것을 나는 평생 싫어했소. 어찌하여 우리 흔적을 남길 필요가 있겠소?"

강남홍이 말했다.

"각각 시를 한 수씩 지어 바위 위에 새긴다면 비록 기양岐陽의 석고石鼓*보다는 못하겠지만 현산峴山의 비석**보다는 못하지 않을 것입니다."

화진이 좋다고 칭찬하며 즉시 붓과 벼루를 가져오게 하여, 각각 시 한 수씩 지었다. 양창곡의 시는 다음과 같다.

---

* 주나라 선왕이 기양에 사냥을 나갔다가 그곳에서 자신의 업적을 북 모양의 돌에 새긴 일을 말한다.
** 서진(西晉) 때 양양을 통치하던 양호는 그곳의 현산에 오르는 것을 좋아했는데, 그가 죽은 후 백성들이 현산에 그 공덕을 기리는 비석을 세운 일을 말한다.

새벽녘 자개봉 꼭대기에 신선 내려와   紫盖峰頭曉降仙

동쪽 부상에서 해 뜨는 걸 바라본다   東望海日扶桑邊

사미는 다시 청산 길을 가리키며   沙彌更指靑山路

가섭암 앞에 골짜기 있다고 하는구나   迦葉庵前有洞天

강남홍의 시는 다음과 같다.

옥해玉海는 아득하고 달빛 아래 이슬 둥근데   瓊海茫茫月露團

부용검 꽂아 두고 푸른 난새 타고 간다   芙蓉劍揷駕靑鸞

새벽 무렵 삼신산 신선과의 약속 지키러 가니   平明去赴三山約

생황과 노랫소리에 푸른 하늘이 서늘하다   一曲笙歌碧落寒

벽성선의 시는 다음과 같다.

차가운 옥노리개 소리 바람을 타고 오니   冷冷環佩御風來

종일토록 물소리는 석대 위를 구른다   終日水聲轉石臺

물 바위 서로 소란하나 사람들 외려 즐거워   水石相喧人尙樂

도란도란 이야기에 수많은 술잔 오가네   霏霏談屑萬年盃

일지련의 시는 다음과 같다.

물줄기 하나 나뉘어 만 개의 폭포로 흐르니   一水中分萬瀑流

눈같이 뿜는 물 우렛소리,　　　　　　　　雪噴雷吼勢難休

그 형세 멈추기 어려워라

결국 다 함께 아름다운 바다로 돌아가리니　畢竟同歸瑤海去

바닷속 어느 곳에 오색 구름 누각이 있을까　海中何處五雲樓

　이들 외에도 화진과 세 귀비 역시 각각 시를 지어 바위 벼랑에 쓰고 이향암의 스님에게 새겨 놓도록 부탁했다. 양창곡이 진왕을 보고 웃으며 말했다.

　"우리가 산속으로 들어와 산행 때문에 피곤할 뿐 아니라 조용히 술잔을 나누며 세상을 벗어난 마음을 나누지도 못했습니다. 이제 물과 바위가 너무도 아름다우니, 마땅히 술동이를 열어 놓고 강산의 풍광을 저버리지 맙시다."

　그들은 단풍나무를 꺾어서 산가지를 만들고 마시기 시작했다. 양창곡이 약간 취기가 돌며 기상이 호탕해지자 푸른 산봉우리와 맑은 시냇물을 가리키면서 화진에게 말했다.

　"화형! 인생 백년에 이른바 즐거움을 행한다는 것이 진실로 무엇이겠소? 부귀는 뜬구름 같고 공명도 한때에 불과합니다. 다만 병이 없고 근심 없고 일신은 맑고 한가로워서 강 위의 바람과 산속의 밝은 달과 함께 백 년을 보낸다면 바야흐로 '지상선'地上仙, 땅위의 신선이라 할 만하지요. 제가 천자의 은혜를 입어 분에 넘치는 공명을 외람되이 얻어 지위가 왕후장상王侯將相에 이르렀다고는 하지만, 편안하고 즐겁게 노니는 것으로 말한다면 차라리 화형과 술 한잔 나누고 오늘 물과 바위를 대하는 게 훨씬 좋습니다. 이를 어찌 득실을 걱정하여 평생을 보내는 사람과 같은 수준에서 논할 수 있겠습니까? 솔바람은 취한 얼굴에 불어오고 물소리는 속세의 흉금을 씻어 주니, 지난 일을 돌이켜보면 위험하기 그지없는 처지가 아닌 적 없었지요. 다행히 성주를 뵈어서 명철보신明哲保身*하려는 뜻이 있기는 하지만, 성상聖上께서 몇 년의 말미만을 허락하시면서 이처럼 융숭하게 대우해 주시니, 지금 같은 맑은 복을 오래 누릴 수가 없습니다. 어찌해야 할지 화형께서 가르쳐 주십시오."

화진이 탄식하며 말했다.

"양형은 저 물을 보시지요. 언덕을 마주하면 흐름이 급해지고 평지를 만나면 천천히 흘러갑니다. 끝내 밖으로 넘치는 일이 없지요. 그 형세로 인하여 순조롭게 흘러가는 겁니다. 양형은 벼슬에 나아가고 물러나는 일을 저 물과 같이 하여, 천명을 순조롭게 받들 뿐 안위와 화복을 거스르지 마십시오."

양창곡이 사례하면서 말했다.

"화형의 말씀이 일리는 있지만, 저 자개봉을 한번 보십시오. 깎아지른 푸른 절벽이 천여 장 만여 장 높지만 사람들이 모두 저 꼭대기를 올라가려고 마음을 먹습니다. 만약 그 험준한 것을 생각하지 않고 한 걸음 넘겨 딛는다면 필시 굴러떨어

* 사리에 밝아 위험한 지경에 처하지 않고 몸과 목숨을 잘 보존함을 뜻한다.

져 낭패를 볼지 모른다는 근심이 있을 것입니다. 지혜로운 사람은 다리 힘을 자랑하며 길을 찾아가다가도, 험한 데를 만나면 걸음을 멈추고 위험한 곳을 만나면 발걸음을 신중히 하면서 조금씩 조금씩 앞으로 나아갑니다. 그러므로 힘들고 괴로워하거나 굴러떨어지는 일이 없는 것이지요. 이것이 산길을 가는 오묘한 방법입니다. 지금 벼슬길의 위험함은 자개봉에 비할 바가 아닙니다. 제가 어린 나이에 덕이 없는 처지인데도 급한 발걸음으로 이미 최고의 지위에 이르렀습니다. 제 스스로 나아가려 하고, 쉬지 않는다면 다행히 굴러떨어지는 것을 면한다 하더라도 어찌 사리를 아는 자들의 비웃음을 면할 수 있겠습니까? 이렇게 생각을 하다 보니 자개봉 정상에 떠도는 시비를 모르는 구름과 가섭암 앞을 흐르는 청정한 물소리가 모두 평범하게 여겨지지 않습니다. 풀잎의 이슬 같은 인생이 어찌 가련하지 않겠습니까?"

두 사람은 서로 탄식하면서 크게 취했고, 여러 낭자들은 달빛을 받으며 슬픈 모양으로 눈물을 머금었다. 벽성선이 거문고를 당기며 한 곡 연주했다.

태양은 서쪽으로 달려가고	白日西馳兮水東流
물은 동쪽으로 흘러가니	
인생의 즐거움이여,	人生歡樂兮對酒長歌
술을 마주하고 길게 노래하노라	

양창곡과 화진 두 사람은 노래를 듣다가 감정이 격해져서 슬픈 모습을 보였다. 잠시 후 달빛이 하늘에 가득하고 산바람이 소슬한데 찌륵찌륵 우는 풀벌레는 서늘한 이슬을 원망하고 이따금씩 우는 산새는 달빛에 놀라니, 몸과 마음이 더욱 처량해졌다. 양창곡은 하인들을 암자로 보내고, 진왕과 세 낭자, 세 귀비, 소청, 청옥 등과 머물러서 물장난을 치고 달을 희롱했다. 그는 강남홍의 손을 잡고 슬픈 모습으로 길게 탄식했다.

"내가 보잘것없는 한미한 선비로서 아직 서른도 안 되어 공명이 이미 지극하고, 낭자들도 청춘의 나이지요. 세상 밖을 거닐면서 맑고 한가로운 복으로 인생 백년을 기약하다가, 만일 조정에 일이라도 있어서 다시 불러올리는 명이 있기라도 한다면 사양하기 어려울 것이오. 이후로는 오늘 같은 유람을 쉽게 할 수는 없을 것이오."

강남홍이 웃으며 대답했다.

"상공께서는 저 물과 달을 아십니까? 흐름이 비록 급하지만 자기의 분수를 넘지 않고, 달은 이지러질 때가 있지만 그 빛을 바꾸지 않습니다. 그러므로 천추만세토록 그것을 바꾸어 변하게 할 수 없습니다. 바라건대 상공께서는 저 밝은 달처럼 마음을 가지시고, 물결처럼 심성을 행하십시오. 천명을 순리대로 받고 마음을 넓게 가지세요."

양창곡이 얼굴빛을 고치면서 훌륭한 말이라고 칭찬했다. 밤이 깊은 뒤 양창곡 일행은 소매를 나란히 하고 암자로 돌아왔다. 강남홍과 일지련은 술이 아직 덜 깨어 걷기 힘들어했다. 벽성선이 가볍게 앞서서 가다가 돌아보고 웃으면서 말했다.

"두 분 낭자께서 예전에는 그렇게도 용맹하시더니 오늘은 왜 이렇게 힘들어하십니까?"

강남홍이 웃으며 말했다.

"나는 험한 길에서 고생하는 게 버릇이 되었지만, 그대는 어찌하여 평지에서 넘어지면서 온갖 교태를 지어 서시의 찡그림과 웃음을 흉내 내는가?"

이 말에 세 사람이 크게 웃었다. 열 걸음 정도 갔을 때였다. 일지련은 남보다 주량이 크기는 했지만 나이가 어리고 약한 몸이었기 때문에 정신이 혼미해지면서 양창곡의 소매를 잡고 눈이 아득해지는 것이었다. 이에 양창곡은 소청과 연옥에게 부축하도록 하여 암자로 돌아왔다.

다음 날 양창곡이 사미에게 물었다.

"내가 들으니 이 산에 도관과 고찰이 많다고 하는데, 어디가 제일 좋은가?"

사미가 대답했다.

"여기서 다시 20리 정도 가면 대승사가 있습니다. 그 절은 큰 절인데, 수행 깊은 대사 한 분이 계십니다. 보조국사라는 분으로 불도와 계율이 이 시대에 탁월하십니다."

양창곡이 크게 기뻐하면서 사미에게 다시 길을 가르쳐 달라고 했다. 무엇을 하려는 것일까? 다음 회를 보시라.

제57회

가섭암에서 진왕 화진은 벗을 이별하고,
대승사에서 벽성선은 부모님을 찾다

迦葉庵秦王別友 大乘寺仙娘訪親

천자가 진왕을 보낸 지 반년이 지났다. 황태후가 그들을 너무 염려하자 천자는 민망하기 그지없어 진왕에게 편지하여 황성으로 올라오도록 했다. 진왕 화진은 명산을 마음껏 노닐며 돌아가는 것을 잊고 있었지만, 매번 황태후가 염려할 것을 걱정하던 참이었다. 천자의 사신이 도착하여 명령을 전하니, 화진은 북쪽을 향해 네 번 절하고 황망히 출발했다. 구름 낀 관문 위수는 별리의 정을 머금은 듯, 푸른빛 갈대에 내리는 흰 이슬은 헤어지는 슬픔을 금치 못하는 듯했다.* 연홍燕鴻의 탄식**과

---

* 이 부분은 진자앙(陳子昻)의 「시서」(詩序)에 나오는 구절을 인용한 것이다. "芸其黃矣, 悲白露於蒼葭, 木葉落兮, 慘紅霜於綠野."
** 제비와 기러기는 언제나 춘분과 추분에 떠나거나 돌아온다. 즉 제비가 떠나면 기러기가 오고, 기러기가 떠나면 제비가 날아온다. 서로 멀리 떨어져서 그리워하면서도 만나지 못하는 것을 비유하는 말이다[연홍지탄(燕鴻之歎)].

「여구가」驪駒歌, 이별 자리에 널리 불리던 노래가 번갈아 불리면서 서로 화답하니, 자리에 앉아 있던 모든 사람들은 자기도 모르게 슬픔의 감회에 젖어 들었다. 진왕 화진이 양창곡에게 말했다.

"제가 벼슬길에서 양형을 만나 영서일점靈犀一點이 옥호편빙玉壺片氷을 비추듯* 금란지교를 맺고 저의 부족한 심성을 보완하려 했습니다. 아름다운 명승지를 찾아와 별원에서의 유람과 자개봉의 행락으로 속세의 더러움과 번뇌를 거의 잊어 문득 돌아갈 마음이 없었습니다만, 이렇게 성 모퉁이에서 이별하게 되니 어찌 슬프지 않겠소이까? 양형도 머지 않아 조정으로 들어오실 터이니, 훗날 다시 미진했던 오늘의 회포를 풀어봅시다."

양창곡이 슬픈 빛으로 말했다.

"벗은 오륜 중의 하나입니다. 정으로 말하자면 형제와 다름이 없습니다. 제가 비록 불민하지만 어찌 관포지교의 도리를 모르겠습니까? 물에 뜬 부평초 같은 이별이 비록 정해진 것은 없지만, 백아의 거문고가 종자기를 이별하여 고산유수가 칠현七絃 위에서 적막하게 되었습니다. 평범한 친구 사이라도 이같은 이별을 감당하기 어려울 터인데, 하물며 우리 같은 사이임에랴!"

---

* 영서일점은 신령한 무소뿔이 있다고 하는 구멍을 말하는 것이고, 옥호편빙은 옥으로 만든 병 속 얼음 조각을 말한다. 따라서 영서일점으로 옥호편빙을 비춘다는 것은 깨끗한 마음끼리 서로 통한다는 뜻으로, 각별한 우정을 비유하는 말이다.

그러고는 술잔을 올리며 '서출양관무고인'西出陽關無故人 구절
을 노래하니,** 이정離亭에 날리는 낙엽과 이별 길에 돌아가는
구름이 모두 마음을 담은 듯했다. 이때 세 귀비는 세 낭자의
손을 잡고 눈물을 글썽이며 이별을 하고 있었다.

연왕 양창곡은 진왕 화진을 보낸 뒤, 세 낭자와 각각 푸른
나귀 한 필씩을 타고 대승사로 향했다. 두 사람의 사미승이 앞
을 인도했다. 봉우리 돌아들면 길은 휘감아 돌고 나무는 하늘
을 찌를 듯했다. 잔잔하게 흐르는 물소리는 솔바람과 뒤섞였
고 당당한 바위의 기상은 구름과 안개에 젖어 있어서, 진실로
인간 세상과는 떨어진 특별한 골짜기요 명승지였다. 6, 7리를
걸어가니 사미가 아뢰었다.

"동쪽 수십 보에 작은 경관이 펼쳐져 있으니, 잠깐 완상하
시지요."

양창곡이 세 낭자와 사미를 데리고 흔쾌히 수십 보를 갔다.
골짜기 입구에 하인과 나귀를 머무르게 하고 세 낭자와 함께
바위를 안고 덩굴을 잡아 기어올라 골짜기에 이르렀다. 사방
의 석벽은 흡사 팔폭병풍을 둘러친 듯하고, 한 줄기 맑은 시내
는 흰 비단을 걸어 둔 듯했다. 석벽 위에는 '옥병동'玉屛洞이라
는 세 글자가 새겨져 있었다. 숲속에는 기이한 바위 세 개가

** 왕유의 시 「송원이사안서」에 나오는 구절이다. 이 구절은 중국의 대표적인 이별
노래로 불린다.

있었는데 옥처럼 희고 높이는 6장이나 되었으며 그 위에는 철
쭉 세 송이가 피어 있었다. 사미가 가리키면서 말했다.

"이곳은 옥련봉玉蓮峰이고, 그 너머에 바위는 망선대望仙臺입
니다. 전하는 말로는 세상에 천하절색 미인이 나면 저 옥련봉
꼭대기에 세 송이 철쭉이 피어난다고 합니다. 10여년 전부터
봉우리 꼭대기에 꽃이 피었는데, 3, 4월만 되면 꽃 그림자가
물속에 비쳐 아주 화려합니다."

그 말에 양창곡은 세 낭자를 돌아보며 미소를 지었다. 물속
에 여러 층으로 쌓은 석단이 있었다. 강남홍이 말했다.

"이 석단은 무엇 때문에 만들어 놓은 것인가?"

사미가 대답했다.

"보조국사께서 해마다 기도하시던 곳입니다."

강남홍이 말했다.

"국사께서는 필시 속세의 때가 묻지 않았을 터인데, 무슨
소원이 있어서 기도를 하셨단 말인가?"

양창곡이 바위 위에 앉아서 차를 마시며 말했다.

"어제 보았던 가섭암의 물과 바위는 장려하여 영웅 남자의
기강이 있었는데, 오늘 만난 옥병동의 물과 바위는 부드럽고
아름다워서 규방 가인의 자태가 있구나."

그들은 한참 동안 서성거리며 거닐다가 대승사로 향했다.
그들이 동구 밖에서 바라보니 오가는 손님들이 이어져 끊임
이 없고, 스님과 도사들이 분분히 바쁘게 다니고 있었다. 양창

곡이 사미에게 무슨 일이 있느냐고 물었다. 그러자 사미가 대답했다.

"오늘 보조국사께서 대중을 모아 놓고 설법을 하십니다."

강남홍이 말했다.

"우리가 비록 뛰어난 경치를 보았지만 잡된 생각을 벗어나지 못했습니다. 오늘 국사의 설법을 듣고 육근의 더러운 때를 깨끗이 씻어 보아야겠습니다."

그들은 나귀를 채찍질을 하여 산문에 도착했다. 두 사미가 나와 맞으면서 말했다.

"오늘은 석가세존께서 열반에 드신 날입니다. 빈도 등이 시방세계의 대중을 모아 불경을 외고 설법을 하기 때문에, 경을 듣고자 하는 신도들이 많고 대사께서는 연로하셔서 영접할 수가 없습니다. 공경하지 못함을 너그러이 용서해 주십시오."

양창곡이 말에서 내려 말했다.

"우리는 산을 유람하는 나그네일 뿐, 경을 들으려고 온 것은 아니니 절 안의 경승지를 알려 주십시오."

사미가 웃으면서 그들을 안내하여 문루에 올랐다. 2층 문루에는 금빛 글자로 '제일동천대승사'第一洞天大乘寺라고 새겨져 있었다. 금빛 푸른빛이 휘황하게 빛나고 단청이 밝게 비추는데 붉은 난간은 하늘에 솟아있어 온 우주를 굽어보고, 푸른빛 기와는 이끼를 머금어 끝없는 세월을 겪은 듯했다. 사미는 누각에서 내려와 손을 들어 가리켰다.

"동쪽의 백련봉白蓮峰과 남쪽의 시왕봉十王峰이 아침 안개에 싸여 희미합니다. 서쪽의 수미봉須彌峰과 북쪽의 자개봉은 대 승사의 주봉主峰이지만, 자개봉 높은 봉우리는 흰 구름으로 뒤 덮여 맑은 날이 아니면 보기가 어렵습니다."

양창곡이 느긋하게 바라보다가 문루에서 내려와 절 안을 둘러보았다. 긴 회랑을 지나자 선방禪房이 있고, 행각이 정당 과 이어져 둘러싸고 있었다. 기둥에는 뛰어난 필체로 주련柱聯 이 걸려 있었고, 처마에는 풍경이 달려 있었다. 각 방마다 불 경을 암송하는 소리가 귀에 들리더니, 양창곡이 온 것을 보고 여러 스님들이 비단 가사를 깨끗이 차려입고 분분히 내려와 인사를 했다. 노승은 청정하여 전혀 욕심이 없었고, 젊은 스님 은 공경스럽고 조심스러워 계율이 엄숙하니, 묻지 않아도 명 산의 대찰이요 불문의 대중들임을 알 수 있었다. 나한전羅漢殿 을 지나서 칠보탑七寶塔을 완상하고 석대에 올라 바라보니 저 절로 울리는 종이 있었다. 삼층 법당에는 단청이 정교하면서 도 오묘했으며 수많은 건물들의 규모는 웅장했다. 늙은 신장 과 금강역사金剛力士는 좌우에서 시립하고 있었으며 자비로운 보살들은 불전 위에 앉아 있었다. 보개와 운번, 천화天花와 선 향仙香으로 상서로운 기운이 맺혀 있었으며 붉고 푸른 빛이 영 롱했다. 사미가 하나하나 손가락으로 가리키면서 말했다.

"가운데 모신 불상은 석가세존이며 왼쪽은 관세음보살, 오 른쪽은 지장보살입니다. 동쪽 벽화는 염라지옥이니 이승에서 악행을 쌓은 사람은 지옥으로 가고, 서쪽 벽화는 극락세계니 이승에서 선행을 쌓은 사람은 극락으로 갑니다."

양창곡이 웃으면서 말했다.

"나는 평생토록 악업이나 공덕을 쌓은 일이 없으니 후생에 갈 곳이 없구려."

벽성선이 웃으며 말했다.

"악행을 쌓지 않으셨다면 그게 바로 공덕입니다. 상공께서는 필시 극락에 가실 겁니다. 바라건대 저와 함께 가 주세요."

양창곡이 웃으면서 강남홍에게 말했다.

"그대는 어찌하여 한마디 말씀이 없으신가?"

강남홍이 미소를 지으며 말했다.

"저는 한가롭고 편안하게 산수자연을 거니니, 이것이 바로 극락입니다. 달리 바라는 것은 없습니다."

그 말에 여러 낭자들이 크게 웃었다. 사미가 다시 앞을 인도하여 법당 뒤에 있는 작은 암자로 갔다. 상승암上乘庵이었다. 한 대사가 석장에 기대어 백팔보리주百八菩提珠를 들고 내려오면서 합장하며 인사를 했다. 흰 눈썹이 아래로 늘어지고 푸른 빛 도는 얼굴은 예스럽고 괴이한 빛을 띠고 있어서, 본성을 잘 보존하고 수양을 오래 한 사람이라는 것을 알 수 있었다. 양창곡이 대청으로 올라가 자리에 앉아 물었다.

"대사의 법호는 어찌 되십니까?"

스님이 대답했다.

"제게 무슨 법호가 있겠습니까만, 사람들은 저를 보조국사라고 부릅니다."

양창곡이 말했다.

"이 절은 언제 창건되었습니까?"

"당나라 신무황제神武皇帝께서 창건하시고 우리 명나라 태조황제太祖皇帝께서 중수하셨습니다. 세워진 지는 1천 1백 년이 되었고 중수된 지는 백여 년이 되었습니다."

"저희는 산을 유람하는 사람들인데 우연히 이곳을 지나다가 대사께서 오늘 대중을 모아 놓고 설법을 하신다는 말씀을 듣고 이렇게 와서 한번 뵙기를 바랐습니다."

그러자 보조국사가 웃으며 말했다.

"불가의 설법은 유가의 강석講席과 같습니다. 사도斯道*가 끊어진 지 이미 오래되어 고삭존양告朔存羊**의 부끄러움이 있을 뿐입니다."

이때 대승사 보조국사가 천하의 대중들을 모아 설법을 하자, 와서 구경하려는 사람들이 구름처럼 모여들어 산문을 가득 메웠다. 여러 스님들은 가사를 입고 도량을 마련했다. 법당

---

* 유교를 지칭하는 말이지만, 여기서는 보조국사가 불교를 지칭하는 의미로 사용했다.
** 쓸데없는 비용이나 형식만 남은 예식을 지칭하는 것으로, 이 부분은 보조국사가 형식만 남고 실제 불교 공부는 사라진 당시의 풍토를 지칭하는 구절로 이용한 것이다.

을 활짝 열고 향불을 진열하니, 어지러이 날리는 천화는 불전에 흩뿌려지고 은은히 빛나는 촛불은 도량을 비추는 것이었다. 법당 안에는 연화대를 쌓고 칠보탑 위에는 수놓은 비단으로 만든 자리를 마련했다. 보조국사는 다라진운립多羅振雲笠을 쓰고 금실로 짠 가사를 입었으며, 손에는 긴 불자拂子를 들고 연화대로 올라갔다. 양창곡은 세 낭자와 함께 구경꾼들 사이에 섞여서 앉거나 서 있었다. 보조국사가 『묘법연화경』妙法蓮華經을 강론하매 불음은 호탕하여 천지를 뒤흔들고 참선 공부에 통달하여, 진리의 문을 찾지 못하고 헤매는 중생들을 널리 구제하는 것이었다. 여러 스님들과 수많은 제자들은 합장하고 계단으로 올라가 향불을 올리고 대중을 경책했다.

"색상色相***이 모두 공空하다. 모두 공하면 외물外物은 없다. 드넓고 큰 것은 어디에 있는가?"

설법을 듣던 대중은 고요하여 대답을 하지 못했다. 그때 갑자기 대중들 속에서 한 소년이 미소를 지으며 말했다.

"넓고 커서 한이 없으니, 한이 없다면 형체도 없습니다. 그런데 색상을 어디서 찾겠습니까?"

그 말을 듣자 보조국사는 황망히 연화대에서 내려와 합장하여 절을 한 뒤 말했다.

*** 물질적인 것에 관한 표상으로, 불교의 교리에 의하면 모든 물질적인 것은 육근 때문에 만들어진 착각으로 인해 생긴다. 따라서 그 실체는 없다고 한다.

"훌륭하도다, 불음이여! 활불活佛이 세상에 나오셨습니다. 빈도는 오묘한 법을 듣고자 합니다."

사람들이 그 소년을 보니, 통통한 얼굴은 명화 가지 하나가 이슬을 머금고 있는 듯했고 지혜로운 눈은 삼오三五*의 별빛과 같았다. 기상이 빼어나고 말소리는 아름다워서, 법회 자리를 놀라 움직이게 했다. 그는 다른 사람이 아니라 바로 난성후 강남홍이었다. 강남홍이 낭랑하게 웃으며 말했다.

"지나가는 나그네가 경솔하게 농담한 것을 너무 책망하지 마소서."

보조국사가 합장하고 말을 했다.

"상공의 한마디에 사천팔만대장경이 자연히 들어 있습니다. 속히 연화대로 올라 자비로운 대중이 흠앙하는 마음을 따라 주소서."

강남홍이 억지로 사양하니 보조국사가 사미에게 연화대 앞에 따로 자리를 만들도록 하고, 그곳에 오르기를 간청했다. 강남홍이 한참 고민하다가 성관 녹포 차림으로 당당하게 따로 마련된 연화대로 올라 가부좌를 틀고 단정하게 앉았다. 보조국사가 혜안을 들어 바라보면서 다시 연화대로 올라가 대중들에게 말했다.

---

* 삼광(三光: 해, 달, 별의 빛)과 오성(五星)을 말한다. 오성(五星)은 목성[木星 = 수성(壽星)], 화성[火星 = 형혹성(熒惑星)], 금성[金星 = 태백성(太白星)], 수성[水星 = 신성(辰星)], 토성[土星 = 진성(鎭星)]이다.

"이 자리에 아뇩다라삼먁삼보리阿耨多羅三藐三菩提**를 깨달은 선남선녀는 가까이 앉아 듣도록 하라."

보조국사는 불자를 휘두르며 물었다.

"색은 있는데 공이 없다면 본래 오묘한 법[妙法]이 아니고, 공은 있는데 색이 없다면 원래 연화가 아니다. 그렇다면 무엇을 '묘법연화'妙法蓮華라고 하는가?"

강남홍이 웃으면서 말했다.

"공이 곧 색이고 색이 곧 공입니다. 원래 연화가 없는데 어찌 오묘한 법이 있겠습니까?"

보조국사가 다시 물었다.

"이미 오묘한 법이 없다면, 법은 어찌 오묘한 것인가? 이미 연화가 없다면, 꽃은 어찌 연꽃이 될 수 있는가?"

강남홍이 말했다.

"오묘함에는 진실로 법이 없고 연꽃 역시 꽃이 아닙니다."

이 말을 듣자 보조국사는 불자를 내려놓고 합장하면서 사례했다.

"정말 지극하면서도 완전합니다. 옛날 문수보살의 말씀이 이와 같았지만 그 도통을 계승한 사람이 없었습니다. 상공께서 문수보살의 전신이 아니라면 보살의 제자일 것입니다."

보조국사는 과일과 차 등을 올렸다. 법회를 마치고 나서 다

** 가장 높고 위대하며 완전한 깨달음을 뜻한다.

시 양창곡과 세 낭자를 암자로 초청하여 등불을 돋우고 불법을 강론했다. 강남홍의 이야기와 웃음은 물 흐르는 듯했고 사리에 통달하니 보조국사는 망연자실할 따름이었다.

원래 강남홍은 백운도사를 스승으로 모시면서 공부했는데, 백운도사가 바로 문수보살의 화신이었던 것이다. 저절로 불법을 전수했지만 평소에 그것을 펼칠 기회가 없다가, 이날 보조국사의 설법이 비범한 것을 보고 수천 마디를 답변했다. 보조국사는 크게 놀라서 합장하면서 물었다.

"빈도가 어쭙기 어렵습니다만 상공께서는 어느 곳에 사시는 분이며 법호는 무엇입니까?"

강남홍이 말했다.

"저는 강남 항주에 사는 홍생紅生입니다."

양창곡이 말했다.

"제가 설법을 듣고 대사의 얼굴을 뵈니 총명함과 기상의 비범함을 알 수 있겠습니다. 그 천재天才로 어찌하여 불문에 이름을 숨기고 적막한 속에서 평생을 보내시는 겁니까?"

보조국사가 한동안 말없이 있다가 갑자기 참담한 표정을 지으며 말했다.

"영욕궁달은 하늘이 정한 것이 아닌 게 없고, 속인이나 스님이나 모두 인연입니다. 상공께서 충심으로 물어 주시니, 빈도가 어찌 제 마음을 속이겠습니까? 빈도는 본래 낙양 사람입니다. 가산이 풍족한 데다가 여색과 음악을 좋아했습니다. 추랑秋娘의 후손 오랑五娘을 첩실로 맞았으니, 오랑은 바로 낙양의 이름난 기녀였습니다. 천금을 주고 그녀를 사서 딸을 하나 낳았습니다. 얼굴이 너무도 아름답고 총명함이 뛰어났기에 마음을 다하여 사랑했습니다. 그런데 산동 지역에 도적이 크게 일어나 낙양의 군사를 징발했는데, 빈도 역시 여러 달 동안 종군했습니다. 도적을 평정하고 고향으로 돌아왔더니, 마을은 모두 흩어지고 집안 식구들의 소식을 물어볼 곳이 없었습니다. 전하는 말로는 도적놈들에게 해를 입었다고도 하고 포로로 잡혀갔다고도 했지만, 모두 자세하게 알 수가 없었지요. 정한이 사무쳐 오랑 모녀를 잊기 어려워 문득 세상 근심을 끊어 버리고 산속에서 불우하게 지내며 사방으로 다니다가, 여산 문수암文殊庵에서 머리를 깎고 출가했습니다. 제 본래 뜻은 불법을 닦고 공덕을 쌓아 오랑 모녀와 다음 생에 다시 만나려는 것이었지요. 그런데 우연히 경전과 설법에 깨달음이 있어서 이제는 속세의 번뇌가 거의 깨끗하게 사라지고 세상의 생각이 문득 소멸되었습니다. 그러나 끝내 천륜이 깊고 무거우며 정으로 얽힌 인연이 끊어지지 않아서 꽃피는 아침이나 달이 뜬 저녁이면 때때로 슬픈 심회를 금하기 어렵습니다. 불문에 이름을 감춘 것이 어찌 즐거운 바이겠습니까?”

이때 벽성선이 이 말을 듣더니 눈물을 비오듯 흘리면서 멈추지를 못했다. 보조국사가 지혜로운 눈을 들어 그녀를 보더니 물었다.

"이 상공은 어디에 계시는 분입니까?"

벽성선이 말했다.

"저는 본래 대사와 같은 고을 사람입니다. 말씀을 들으니 절로 느껴지는 바가 있군요. 속세에서 대사의 성함은 무엇이었습니까?"

보조국사가 말했다.

"빈도의 속가 성씨는 가_賈씨였습니다."

벽성선이 다시 물었다.

"대사께서 이처럼 따님을 생각하시니, 오늘 혹시라도 만나게 된다면 딸이라는 증거라도 가지고 계십니까?"

보조국사가 대답했다.

"그때 딸아이는 세 살이 채 안 되었지만 그 모습이 오랑을 꼭 빼닮았으며, 천성이 총명하고 지혜로웠지요. 세 살에 이미 음률에 통달하여, 오랑의 거문고 연주를 들으면 문현_{文絃}과 무현_{武絃}을 구분할 수 있었습니다. 만약 지금 살아 있다면 아마 사광이나 계찰과 같은 총명함을 가지고 있을 겁니다."

벽성선은 이 말을 듣자 더욱 가슴이 막히는 모습이었다. 보조국사가 의아해하면서 물었다.

"상공의 연세는 얼마나 되십니까?"

벽성선이 말했다.

"열여덟 살입니다."

보조국사가 측은한 모습으로 말했다.

"세상에는 얼굴이 비슷하게 생긴 사람이 많지만, 지금 상공의 용모를 보니 오랑과 너무 똑같구려. 게다가 제 딸아이와 동갑입니다. 빈도도 저절로 감응이 있는 듯합니다."

양창곡이 말했다.

"오랑의 용모가 이 소년과 어디가 비슷하단 말씀입니까?"

보조국사가 머리를 숙이고 난처한 빛을 보이다가 다시 말했다.

"출가한 사람이 드릴 말씀은 아닙니다만, 평생토록 가슴에 쌓아 두었던 심회인지라 감히 상공을 속이지 못하겠군요. 빈도가 전쟁을 치르느라 종군하러 갔을 때 차마 오랑을 이별하지 못하고 그녀의 초상화를 그려서 한시도 몸에서 떼어 놓지 못했지요. 지금토록 그것을 가지고 있습니다. 상공께서는 한번 보십시오."

그는 궤 속에서 족자 하나를 꺼내어 벽에 걸었다. 양창곡과 여러 낭자들이 자세히 살펴보니 바로 한 폭의 미인도였다. 나이는 많았지만 머리카락이나 터럭, 눈매 등이 벽성선과 한 치의 차이도 나지 않았다. 그때 벽성선이 족자를 안고 대성통곡을 하면서 말했다.

"나이와 성, 고향이 똑같고, 모습과 행적에 다름이 없습니다. 의심할 바 없이 이는 분명 저의 어머니입니다."

양창곡이 벽성선을 위로하면서 보조국사에게 말했다.

"천륜은 가벼이 할 수 없는 것이니, 믿을 만한 증거가 또 있습니까?"

보조국사가 말했다.

"빈도는 양쪽 겨드랑이 아래에 두 개의 검은 점이 있습니다. 다른 사람은 보지 못하는 것이지만 오랑은 알고 있었지요. 그녀는 매번 딸아이의 겨드랑이 사이에도 검은 점이 있다고 말하곤 했습니다만 빈도는 살펴본 적이 없습니다."

양창곡이 조용히 벽성선의 겨드랑이 아래를 살펴보니 과연 검은 점이 있었지만, 벽성선 자신도 모르고 있었다. 양창곡은 다시 보조국사의 양쪽 겨드랑이를 살펴보니 추호도 차이가 없었다. 양창곡은 너무도 기이하게 여기면서 벽성선으로 하여금 보조국사에게 두 번 절을 하도록 해서 부녀지간의 천륜을 인정하도록 했다. 벽성선이 일어나 절을 하고 통곡을 하면서 말했다.

"딸자식이 천지신명에게 죄를 얻어서 세 살에 전쟁을 만나 어머니를 잃어버리고 이리저리 떠돌아다니다가 청루에 팔렸습니다. 제 본래 성이 가씨라는 것만 알 뿐 부모님을 모두 잃었는데, 어찌 오늘이 있을 줄 알았겠습니까?"

그녀는 말을 마치자 흐느낌을 이기지 못했다. 보조국사 역시 눈물을 머금고 말했다.

"내가 네 얼굴을 보고 마음이 이미 움직였다만, 끝내 네가 남자인 줄 알았지 여자인 줄은 몰랐구나. 이제 20년 가까이 끊어졌던 부녀지간의 천륜을 다시 이었으니 어찌 기이하지 않

겠느냐! 그런데 그때에 네 어머니는 어찌 되었는지 기억나는
게 있느냐?"

벽성선이 말했다.

"희미하긴 합니다만, 도적이 어머니를 잡아가려 하자 어머
니는 저를 안고 달아났습니다. 도적이 쫓아와서 형세가 급박
해지자 길가에 저를 버리고 길옆에 있는 우물로 뛰어들어 자
결하신 것 같습니다."

보조국사가 눈물을 뚝뚝 흘려 비단 가사를 적시며 말했다.

"내가 벌써 팔순 가까이 된 데다 이미 출가한 몸이다. 어찌
부부의 옛정에 연연하겠느냐. 그러나 네 어머니는 청루의 천
한 출신이긴 하지만 진실로 백의관세음보살白衣觀世音菩薩이었
다. 그 고상한 지조와 뛰어난 자색은 아직도 잊을 수 없었다.
그래서 해마다 옥병동에서 기도를 올려 너의 모녀를 만날 수
있기를 원했다. 그런데 오늘 너와 이렇게 만났으니, 보살님이
하신 일이로구나. 그러나 너는 여자의 몸으로 어찌하여 이렇
게 남장을 하고 산을 유람하면서 다니느냐?"

벽성선은 자신이 강주에서 양창곡을 만났던 일과 그 시절
을 전후하여 겪었던 일을 일일이 아뢰었다. 보조국사가 다시
일어나 양창곡을 향하여 합장을 하고 사례하며 말했다.

"빈도가 눈을 가지고 있지만 상공께서 연왕이라는 사실을
몰랐습니다. 예우가 태만한 것을 너그러이 용서해 주십시오."

양창곡이 웃으면서 말했다.

"국사께서 연로하신 데다 저의 장인어른이시니, 지나치게 공손하게 처신하지 마십시오."

보조국사가 흔쾌히 양창곡 앞에 앉아 그의 얼굴을 자세히 보면서 은근히 존경과 사랑의 빛을 보였다. 양창곡 역시 정성스럽게 대우했다. 보조국사 역시 다른 두 낭자에게 예를 표하면서 더욱 공경하니, 강남홍이 웃으며 말했다.

"제자가 인간 세상의 인연을 다 마치고 선사를 따라 서천 극락세계로 가고자 하오니 사부님께서는 지도해 주십시오."

보조국사가 말했다.

"낭자는 귀인이라, 오복五福이 끝없을 것이오. 어찌 적멸의 법계法界를 찾겠습니까? 빈도의 나이가 많아 아침에 저녁을 기약할 수 없는 처지요. 이제 평생토록 그리워하던 딸아이를 보았으니 다시는 여한이 없습니다. 게다가 이미 불문에 제 몸을 의탁하여 다시는 인간사에 참여하지 않을 것입니다. 혈혈단신 저 딸아이를 낭자에게 부탁하겠습니다. 빈도는 일찍이 딸을 위하여 10년 동안 옥병동에서 기도를 해왔는데, 이제는 마땅히 연왕 전하와 두 분 낭자를 위하여 축원하여, 살아생전에 이 은혜를 갚고자 합니다."

이 말에 강남홍과 일지련이 감사를 올렸다. 양창곡은 벽성선이 부녀의 정을 풀수 있도록 대승사에서 여러 날 머물렀다가 사흘째 되는 날 집으로 돌아갔다. 이별의 순간 보조국사는 슬픈 모습으로 석장을 짚고 몇 리나 따라 나와서 눈물을 뿌리며 이별을 고했다.

"불가의 계율에서 정근이 가장 먼저 경계해야 할 것이지만, 부모의 은정은 출가자나 재가자나 매한가지입니다. 상공과 여러 낭자는 오늘의 구구한 정을 잊지 마십시오."

그는 다시 벽성선의 손을 잡고 말했다.

"남편의 뜻을 거스르지 말고 만복을 잘 누리도록 해라."

벽성선은 차마 헤어지지 못하고 눈물을 비오듯 쏟았다. 보조국사가 간신히 타이른 뒤 산문 안으로 훌쩍 떠났다. 양창곡은 일행을 데리고 오류동五柳洞으로 와서 술상을 차려 여흥을 도왔다. 그가 강남홍에게 말했다.

"돌아가는 지름길은 신선이 알려 주시오."

강남홍이 미소를 지으며 안내하니, 반나절이 못 되어 집으로 돌아왔다. 그들은 부모님께 문안인사를 올리고 구련당에 모여서 산을 유람하던 일과 벽성선이 부녀 상봉을 한 일을 일일이 말하니, 그 말을 듣는 사람들은 상하를 막론하고 모두들 기이하다고 탄복하면서 축하를 해주었다.

다음 날 양창곡은 중묘당에서 백금 1천 근과 보조국사에게 보내는 편지 한 통을 보내 대승사를 중수하도록 했다. 벽성선 역시 옷 한 벌과 음식을 마련하여 효성스러운 마음을 표했다.

한편, 연왕 양창곡이 벼슬에서 물러난 지 6, 7년이 되었다. 황제는 황태자를 책봉하고 여러 신하들의 축하를 받았다. 양창곡도 표문을 올려서 축하를 올리니 천자는 금포와 옥대를

하사하여 특별한 비답을 내렸다. 천자는 천하에 조서를 반포
하여 팔방의 수많은 선비들을 모아 문무의 재주를 시험하고
자 했다. 장차 일이 어떻게 될 것인가. 다음 회를 보시라.

제58회

용문에 올라 양장성은 문과와 무과에 장원급제하고,
초왕을 구하려고 병부시랑이 되어 전쟁에 나아가다

登龍門楊生聯璧 救楚王侍郎出戰

연왕 양창곡의 맏아들 양장성의 나이는 13세이고, 둘째 아들
양경성은 12세였다. 하루는 양창곡이 구련당으로 와서 어머
니 허부인을 뵈니, 허부인이 말했다.

"장성이와 경성이가 과거에 응시하러 가기를 청하는구나.
네 뜻은 어떠냐?"

"두 아이는 지금 어디 있습니까?"

"엽남헌에 있는 것 같구나."

양창곡은 즉시 두 아들을 불러서 꾸짖으며 말했다.

"너희가 나이도 어리고 공부가 아직 모자라는데 망령되이
조급하게 벼슬길로 나아가려는 마음을 가지고 있으니, 어찌
놀랍지 않으냐? 빨리 물러가서 더욱 학업에 힘쓰도록 해라."

다음 날 양창곡이 다시 어머니 허부인을 뵈었더니, 그녀가
웃으면서 말했다.

"어제 두 아이가 애비 명을 듣고 경성이는 수긍하는 눈치인데 장성이는 불만이 있더구나. 정말 우습지 않느냐?"

양창곡이 말했다.

"두 아이가 제 어미를 닮아서 경성이는 유순한데 맏이 장성이는 당돌합니다."

허부인이 웃으며 말했다.

"내 나이가 많고 두 아이의 나이가 모두 열 몇 살은 되었으니 저희들이 바라는 대로 한번 황성의 문물을 구경하도록 허락해 주는 것이 좋겠구나."

양창곡이 미소를 지으며 말했다.

"어머니께서 장성이 꾀에 넘어가신 것 같네요."

그 말에 허부인이 크게 웃었다. 양창곡은 곧바로 자운루로 가서 양장성을 불렀다. 강남홍이 웃으며 말했다.

"큰아이는 연일 식음을 전폐하고 과거 보러 가게 해달라고 청하더니, 조금 전에 춘휘루로 갔습니다."

양창곡이 웃으며 말했다.

"속담에 처첩이 착해야 자식도 착하다더니, 정말 빈말이 아니로군요. 장성이는 끝내 오랑캐 장수의 풍모가 있어서 이처럼 드세고 사나우니 제어하기 어렵겠소이다."

강남홍이 웃으며 말했다.

"첩이 들은 바로는, 열 다섯 살 수재의 신분으로 수천 리 밖으로 과거를 보러 간 사례가 있다고 하더이다. 이제 장성이가 공명을 탐하는 것은 오랑캐의 풍모라기보다는 바로 집안의 가풍인 모양입니다."

양창곡이 크게 웃으며 내답하지 않았다. 그날 밤 양창곡이 춘휘루로 갔더니 허부인이 미소를 지으며 말했다.

"조금 전에 장성이가 와서 과거를 보러 가게 해달라고 청하기에 나이가 어리고 공부가 부족하다고 꾸짖었다. 그 애가 당당하게 대답하기를, '옛날 감라甘羅는 아홉 살에 상경上卿이 되었으니, 사람이 출세하는 것은 재주가 있느냐 없느냐에 달린 것이지 나이에 달린 것이 아닙니다. 공부로 말씀을 드린다면 이 손자가 불민하기는 하지만 이 자리에서 조자건의 칠보시를 지을 수도 있습니다' 하더구나. 내가 그 녀석 기상이 기특해서 이미 과거 응시를 이미 허락했다. 경성이와 함께 짝을 지어 과거를 보러 가게 허락하려무나."

양창곡이 어쩔 도리가 없어 어머니의 하명에 응하여 두 아들을 보내게 되었다. 윤부인은 아들을 어루만지며 여행길을 걱정하면서도 이렇다 저렇다 말이 없었으나, 강남홍은 과거 시험 도구를 일일이 점검하고 나서 양장성에게 당부했다.

"사내가 뜻이 없다면 그뿐이겠지만, 이미 하기로 마음먹었다면 반드시 한 번에 급제해야 한다. 우리 아들은 신중하고 신중하여라."

양장성이 엎드려 어머니 강남홍의 명령을 듣고 나서, 양경성과 함께 과거길에 올라 황성으로 향했다.

그날 밤 양창곡이 엽남헌으로 가니 윤부인이 슬픈 모습으로 앉아 뭔가 생각하는 게 있는 낯빛이었다. 양창곡이 말했다.

"부인은 아이를 보내고 왜 이렇게 슬픈 빛을 보이는 거요?"

윤부인이 말했다.

"아이를 생각하는 게 아닙니다. 상공께서 열다섯 살에 과거에 급제하여 연세 서른도 안 되어 관직이 왕후에 이르렀습니다. 첩은 항상 상공의 가득 참을 걱정했는데, 이제 장성이와 경성이가 또 열두어 살의 어린 나이로 공명을 구하려 합니다. 조급히 나아가려는 마음이 이미 그 나이에 나타나니, 비록 만류할 순 없지만 어찌 조심스럽고 두려운 마음이 없겠어요?"

양창곡이 얼굴빛을 바꾸면서 사과하고 즉시 자운루로 갔다. 강남홍이 벽성선과 일지련 두 낭자를 청하여 피리를 불고 거문고를 연주하면서 생각이나 모습이 태연했다. 양창곡이 흔쾌히 말했다.

"강남홍 낭자가 음률로 아들 생각을 위로하는구려."

강남홍이 낭랑하게 웃으며 말했다.

"제가 들으니 기상이 조화롭고 평안한 뒤에야 모든 일이 뜻대로 된다고 합니다. 사내 대장부가 열 살이 지니면 천하에 뜻을 두는 것이 당연한 일이지요. 어찌 차마 곁에서 떨어지지 못하게 하겠습니까? 아이의 이번 여행길이 영광스러울 것임을 이미 알기에 두 낭자를 청하여 담소와 풍류로 그 번화한 기상을 돕는 중입니다."

양창곡이 두 낭자를 보고 말했다.

"강남홍 낭자의 빼어난 기상과 당돌함은 남자들도 감당하기 어렵겠소이다."

한편, 양장성과 양경성 두 사람은 황성에 도착하자마자 곧바로 외조부 윤형문의 집으로 찾아갔다. 윤형문 내외는 기쁨을 이기지 못하여 두 손자를 좌우에 나누어 앉히고는 사랑스럽게 어루만지며 말했다.

"너희를 보지 못한 지가 벌써 6, 7년이 되었는데, 재주가 뛰어나 이미 대장부의 기상을 지녔구나."

윤형문이 양장성의 손을 잡고 물었다.

"네 모친이 시골로 돌아가서 어떻게 소일을 하시더냐?"

양장성이 대답했다.

"위로는 아버님을 받들고 아래로는 여러 어머님들을 이끌면서 풍류로 세월을 보내고 있습니다."

윤형문이 얼굴빛을 고치며 탄복했다.

"정말 훌륭하구나. 대완마에게서 어찌 볼품없는 말이 태어나겠느냐? 내가 네 어미에게 낳고 길러 준 은혜는 없다만 그리워하는 마음은 언제나 경성이의 어미보다 못하지 않다. 이제 너를 대하니 네 모친을 대하는 듯하구나. 모습이 너무도 닮아서 기쁘기 이를 데 없지만, 내가 이미 늙어서 네가 크게 성공하는 것을 보지 못할까 걱정이다."

그는 다시 양경성의 손을 잡고 말했다.

"네 나이가 열두 살이구나. 내 비록 너의 공부가 어떤지 모르겠으나, 지금 천하의 문물을 살피려는 것은 너무 이른 생각이 아니냐?"

양경성이 말했다.

"아버님은 허락지 않으셨지만 조부께서 보내 주셨습니다."

양장성 역시 당당하게 말했다.

"조정에 서서 임금을 섬기는 것 역시 학문 중의 하나입니다. 어찌 헛되이 책상머리에서 평생을 보내겠습니까?"

윤형문이 탄복하며 말했다.

"난성후 강남홍이 여자라는 사실을 애석하게 여겼다만, 이제 또 한 명의 난성후가 나왔구나."

며칠 후 천자는 근정전勤政殿에 자리를 하고 앉아 천하의 수많은 선비들을 모아 놓고 문과와 무과로 나누어 과거시험을 치르게 했다. 양장성과 양경성 두 사람은 시험장으로 들어가 천자 앞에 엎드렸다. 손에 든 붓을 멈추지 않았으며 글에도 점하나 더하지 않고 제출했다. 천자가 그들의 답안지를 보고 크게 놀라 칭찬하면서 양장성을 1등, 양경성을 2등으로 합격시켰다. 근정전 위에서 홍려鴻臚*가 크게 외쳤다.

"오늘 문과에 응시한 사람 중에 문무를 모두 갖춘 사람이

---

* 원래 홍려시(鴻臚寺)는 외국의 빈객을 접대하는 관리지만, 여기서는 문맥의 흐름으로 보아 과거시험을 담당하는 관리를 지칭하는 것으로 보인다.

있다면 다시 활과 화살을 잡도록 하라!"

그 소리가 떨어지자마자 양장성이 즉시 반열에서 나갔다. 천자가 크게 놀라 말했다.

"양장성은 열세 살에 불과한 수재인데, 어떻게 무인으로서의 기예를 겸비할 수 있단 말이냐? 짐이 친히 시험해 보리라."

천자는 보조궁寶彫弓과 백우전을 하사하여 어전에서 활을 쏘도록 했다. 여러 신하들이 위아래 할 것 없이 모여들었다. 양장성이 푸른 옷소매를 걷어 올려 옥 같은 팔뚝을 떨치면서 보조궁을 당겨서 한 번 쏘았다. 별처럼 흘러가는 화살이 과녁 한가운데 붉은 점에 적중하니 좌우에서 갈채를 보내는 소리에 산악이 무너지는 듯했다. 양장성이 연달아 다섯 발을 적중시키자 천자는 크게 칭찬하면서 말했다.

"양장성이 문文으로는 부친의 풍모를 지녔고 무武로는 모친의 풍모가 있구나. 진실로 짐의 보배로다."

천자는 다시 양장성을 무과 1등으로 선발하고는, 문과와 무과에서 새로 급제한 사람들을 차례로 들어오도록 했다. 문과는 1등이 양장성, 2등이 양경성, 3등이 소광춘蘇光春이었다. 여기서 소광춘은 바로 소유경의 아들이다. 무과는 1등이 양장성이었고, 2등이 뇌문경雷文卿, 3등이 한비렴韓飛廉이었다. 뇌문경은 뇌천풍의 손자고, 한비렴은 한응문의 아들이다. 황의병이 말했다.

"한응문은 바야흐로 전원으로 쫓겨나서 아직 돌아오지 않았습니다. 헌데 그 아들이 어찌 과거에 응시할 수 있습니까?"

천자 역시 나라에 해를 끼쳤던 무리들을 미워하여 한비렴을 합격자 명단에서 없애고, 다만 문과와 무과 다섯 사람만을 취했다. 양장성은 한림학사 겸 우림랑羽林郞에 제수되었고, 양경성과 소광춘은 금란전학사金蘭殿學士, 뇌문경은 호분랑虎賁郞에 제수되었다. 그러고는 채화 한 송이와 녹포, 야대也帶 등을 하사했다. 양장성에게는 채화 한 송이와 황실의 말 한 필, 보개를 더 하사하고 특별히 양장성과 양경성 형제를 불러 말했다.

"너희 부친 연왕은 짐의 동량이다. 너희들도 황태자를 도와서 자자손손 대대로 국록을 받는 세록지신이 된다면 어찌 아름다운 일이 아니겠느냐."

그러고는 황태자를 불러서 이들 형제를 가리키며 말했다.

"이들은 너에게 주석柱石과도 같은 신하들이다. 훗날 임금과 신하가 짐이 얼굴을 맞대고 타이르는 뜻을 저버리지 않도록 해라."

이때 황태후는 양장성이 문과와 무과에 모두 장원급제한 소식을 듣고 말했다.

"그 아이는 나의 외손서外孫壻다. 급히 불러서 보고 싶으니, 황상에게 알리도록 하라."

이는 진왕 화진이 취성동에 갔을 때 괵귀비의 딸 초옥楚玉과 양장성의 혼인을 정했기 때문에 한 말이었다. 천자가 즉시 양장성에게 연춘전으로 들어가도록 했다. 연춘전 위아래의 모든 궁녀와 비빈들이 그를 빙 둘러서서 가리키며 칭찬했다.

"열세 살 남자 아이가 어찌 저렇게 조숙할까? 귀와 눈과 얼굴 모습이 난성후 강남홍과 너무도 닮아서 마치 그분을 마주한 듯하구나."

어떤 관인 한 사람이 웃으며 말했다.

"너희들이 난성후만 보고 연왕의 어렸을 때 모습을 보지 못했구나. 내 일찍이 황상을 모시고 있을 때 연왕께서 과거에 급제한 것을 보았는데, 그때 연왕의 연세가 열다섯 살이었다. 옥 같은 모습과 풍채는 바로 저분과 똑같았지. 그런데 지금 아들을 두어 능히 가풍을 이으니, 그 아버지에 그 아들이로구나."

황태후가 양장성을 불러 보고 말했다.

"외척 관계에 있는 신하를 꼭 불러서 볼 필요는 없으나, 너는 장차 나의 외손서가 될 뿐만 아니라 너의 모친 난성후는 내가 자식처럼 사랑하는 사람이다. 요즘 시골로 돌아간 이후 여러 가지 생활하는 것이 예전과 다르지는 않더냐?"

양장성이 엎드리면서 아뢰었다.

"어머니께서는 시골에서 편안히 지내시면서 별 탈이 없으시니, 성은이 아닌 바가 없습니다."

황태후는 음식을 하사했고, 양장성은 절을 하고 음식을 받아서 은혜에 감사를 올린 뒤 물러 나왔다. 이날 윤형문은 양장성과 양경성 형제를 데리고 집으로 왔다. 소부인이 양경성의 손을 잡고 말했다.

"네 어머니가 멀리 있어서 오늘과 같은 경사를 함께 보지 못하니 이것이 흠이로구나."

윤형문이 말했다.

"너희 형제가 부모님께 인사를 드리는 것이 시급하다. 일찍 유가를 마치고 부모님께 인사를 드리러 가겠다는 내용의 근친소覲親疏를 폐하께 올리도록 해라."

두 형제가 대답을 하고 유가를 하니, 곳곳에서 사위를 삼으려는 사람들이 어지러이 몰려들었다. 양장성은 진왕 화진 집안과 정혼을 했기 때문에 감히 거론하지 못하고, 양경성과 혼사를 맺으려는 매파들이 사방에서 답지하여 윤형문 집안에 구름처럼 몰려들었다. 이에 앞서서 화진은 '진왕'이라는 직책을 사임하고 초왕楚王에 봉해져서, 진나라 공주와 세 귀비를 데리고 초나라로 향한 뒤였다.

한편, 양장성 형제는 유가를 마친 뒤 근친소를 올렸다. 천자는 이원의 법악과 황금 1천 일을 하사하여 잔치 비용에 보태 쓰도록 했으며, 낙양의 수령 이하 지방의 관원들이 길을 열어 곳곳에서 맞이하도록 하니, 장려한 위의와 찬란하게 빛나는 수레와 말에 찬탄하지 않는 이가 없었다.

취성동에 이르니 양현과 양창곡이 골짜기 안의 빈객들을 모아 놓고 춘휘루에 잔치를 열고 있었다. 허부인도 두 며느리와 세 낭자를 데리고 구련당에서 기다리고 있었다. 양장성 형제는 녹포와 야대 차림으로 천자가 하사한 궁실의 말을 타고 보개와 운번, 이원의 법악을 앞세워 조부와 부친을 뵈었다. 양현이 미소를 지으며 두 형제의 손을 잡고 내당으로 들어가서 허부인과 며느리, 여러 낭자들을 뵙도록 했다. 허부인이 두 형제를 좌우에 앉히고 등을 어루만지며 말했다.

"내가 느지막이 네 아비를 얻었다. 네 아비가 영광스럽게 봉양할 것도 생각하지 못했는데, 이제 너희들이 과거에 급제하는 경사를 보리라는 것을 어찌 생각이나 했겠느냐?"

양현이 윤부인과 강남홍에게 말했다.

"이런 일은 천고에 드문 경사다. 예를 차리지 않을 수가 없구나. 난성의 아들 장성이는 문무를 겸비하여 문과와 무과에 모두 올랐으니 더더욱 부모를 위한 잔치를 열지 않을 수 없다. 어찌하겠느냐?"

윤부인과 강남홍이 웃음을 머금으면서도 부끄러운 빛을 보였다.

다음 날 천자에게 받은 삼금으로 춘휘루에서 빈객들을 모아 놓고 큰 잔치를 열었으며, 둘째 날은 엽남헌에서 잔치를 열었고, 셋째 날은 자운루에서 잔치를 열었다. 그러고는 수많은 비단으로 이원의 악공들에게 후히 사례하여 보냈다.

하루는 엽남헌에서 윤부인이 양창곡에게 조용히 아뢰는 것이었다.

"경성이가 비록 과거에 급제를 했지만 아직 나이가 어리고 학문이 충분치 못하니, 상공께서는 10년의 말미를 요청하는 상소를 올려서 이곳에서 글을 읽도록 하시는 것이 좋을 듯합니다."

양창곡이 얼굴빛을 바꾸면서 말했다.

"내 생각도 그렇소. 장차 상소를 올리려고 했소."

그가 다시 자운루로 가니 강남홍이 장성이를 데리고 책을 한 권 가르치고 있었다. 양창곡이 웃으면서 말했다.

"낭자가 아들을 가르치는 것은 잘못되었소. 군자는 반드시 태평성대에 재상이 될 것을 기약해야 하는 법, 육도삼략을 어디에 쓰겠소?"

강남홍이 웃으며 말했다.

"사람이 멀리까지 생각하는 바가 없다면 반드시 가까운 근심이 생기는 법입니다. 사내대장부가 조정에 서서 천하에 뜻을 두어야 할 터이니, 어찌 도학과 문장만을 숭상하겠습니까? 반드시 위로는 천문에 통하고 아래로는 지리를 꿰뚫어서 바람과 구름을 일으키는 조화, 기奇와 정正의 합함과 변화를 통달하여 모르는 것이 없어야 비로소 때에 맞추어 사용할 수 있는 겁니다."

그 말에 양창곡은 미소를 지었다.

이때 천자가 즉위한 지 15년이 되었다. 사방에는 일이 없고 백성들은 편안하고 즐겁게 살아가니 조정에도 깊은 근심이 없었다. 그러나 묘당과 중앙 관청에는 일이 많아 어지러이 뒤섞이고 지방의 방백과 수령들은 장부와 서류 처리만을 일로 삼으니, 아는 사람들은 그 점을 근심하고 있었다.

하루는 천자가 근정전에서 일을 마치고 여러 신하들과 함께 후원에서 꽃을 감상하고 물고기를 낚으면서 시를 지으며 소회를 풀고 있었다. 그런데 갑자기 초왕 화진의 상소문이 올라왔다. 급히 학사에게 읽도록 하니, 그 상소문의 내용은 다음과 같았다.

초왕 신 화진은 백 번 절하고 황제 폐하께 글을 올리나이다. 초나라 3천여 리 밖은 예부터 조공을 올리지도 않았습니다. 풍속과 인물, 산천과 지리가 우리 지도에서 빠져 있기에 다른 지역으로 대우하고 오랑캐로 배척해 왔습니다. 몇 년 사이에 바다를 따라 표류해 오는 배들과 생소한 사람들이 왕왕 국경을 넘어왔으나, 순풍을 만나면 어디론가 사라졌기 때문에 그들이 가는 대로 방치하여 특별히 멀리까지 생각해 본 바는 없었습니다. 그런데 금년 봄에 갑자기 만여 척의 배에 괴이한 병기를 싣고 상륙하여 하룻밤 사이에 일곱 개 고을을 함락시키고, 남방의 1백여 부락을 병합시키고는 산골짜기에 근거지를 마련했습니다. 초나라 국경과 수천 리 떨어져 있기는 하지만, 작은 것이 커지는 것을 미연에 방지하는 법과 깊이 우려하고 멀리까지 생각하는 계책을 마련하지 않을 수 없습니다. 바야흐로 성을 수리하여 다시 쌓고 군사와 말을 조련하여 불시의 변란에 대비하고는 있으나, 태평한 시절에 군사 업무에 힘쓰는 것은 창졸간에 판단할 수 없는 문제라 사료됩니다. 이에 감히 실정을 아뢰어 황공하게도 지시를 듣고자 합니다.

천자는 상소문 읽는 것을 듣고 나자 윤형문을 불러서 초왕 화진의 상소문을 보여 주었다. 윤형문이 아뢰었다.

"오랑캐들이 국경을 넘어와서 난을 일으키니 그 의도를 헤아리지 못하겠습니다. 원컨대 폐하께서는 연왕 양창곡을 불러서 물어보소서."

천자가 이를 허락했다. 그런데 조서를 내리기도 전에 전전 어사 동홍董紅이 아뢰었다.

"이제 천하가 일이 없고 백성들이 안정되었는데, 일개 바다 도적 때문에 조정이 흔들린다면 이는 다른 나라에 우리의 수준을 보여 주는 꼴입니다. 신이 밖에서 들려오는 소문을 들으니 나라에 큰일이 있은 연후에야 연왕을 부른다고 합니다. 이제 겨우 초나라 사신을 보았는데 연왕을 부른다면 자연히 민심은 술렁거릴 것입니다."

이 말에 천자는 결정을 하지 못하고 있었다. 원래 동홍은 장안 사람이다. 말을 달려 축국蹴鞠하는 재주 때문에 천자의 총애를 얻어 조정을 힘으로 좌지우지하니, 위로는 대신까지도 감히 그의 저울질에 항거하지 못했다. 다만 그는 연왕 양창곡이 조정으로 들어오면 행동을 마음대로 할 수 없는 것을 저어하여 이때를 틈타서 이렇게 아뢴 것이었다. 천자가 그의 말 때문에 양창곡을 부르지 않고 다시 남방의 동정을 정탐해 보도록 했다. 며칠 뒤 초왕의 상소가 또 도착했다. 천자가 크게 놀라서 즉시 열어 보니, 다음과 같은 내용이었다.

초왕 신 화진은 신하된 몸으로 태평시절에 노닐기만 할 뿐 군사적인 방비에는 소홀했습니다. 지난번 해적들이 몇 일 사이에 이미 남쪽 국경을 범하여 다섯 고을을 함락시켜서 형세가 위급하게 되었습니다. 초나라의 남은 병사들로 대적할 수가 없으니, 청컨대 대군을 내어서 구해 주소서. 적군의 정세를 대략 탐지해 보니, 적장의 이름은 야선耶■인데 도량과 지략이 대단합니다. 또한 도사 하나가 있는데, 도호는 청운도인이며 도술이 측량하기 어려울 정도입니다. 그 수하에 용맹한 장수들이 무수히 많습니다.

천자가 이 상소문을 읽고 크게 놀라서 윤형문을 불러 보고, 그날 즉시 조서를 내려 연왕 양창곡을 불렀다.

한편 양창곡은 윤부인의 말을 따라 아들의 공부를 위하여 바야흐로 상소를 올리려 하고 있었다. 그런데 갑자기 천자가 조서를 내려서 부르니, 그는 북쪽을 향하여 네 번 절하고 조서를 열어 보았다. 천자의 친필로 쓰인 조서는 다음과 같았다.

나라에 큰일이 있어서 경이 아니면 감당할 수 없도다. 사신과 함께 출발하되, 난성후 강남홍과 함께 오도록 하라.

양창곡은 조서를 보고 나서 급히 강남홍을 불렀고, 그녀는 양장성과 함께 왔다. 양창곡이 조서를 보여 주자 강남홍은 한 동안 말없이 있더니 이렇게 말했다.

"상공께서는 장차 어떻게 하시렵니까?"

양창곡이 말했다.

"임금의 명령을 지체할 수 없소. 지금 출발하려 하오."

강남홍이 말했다.

"해는 이미 저물었습니다. 또한 이 일은 반드시 상의해야 할 일입니다. 내일 출발하시는 것이 좋겠습니다."

양창곡도 그 말이 옳다고 여겨서, 사신을 객실에 묵도록 하고 자신은 내당으로 들어가 부모님, 여러 첩실, 두 아들 등과 상의했다. 양창곡이 말했다.

"황상의 명령은 난성후와 함께 오라는 것이오. 이는 필시 전쟁이 난 것입니다. 폐하께서 자리를 옮기셔야 할 정도의 위급한 변고는 아닌 것 같지만 만약 변방에 적군이 있어서 다시 출천하라고 명을 내리신다면, 임금의 녹을 먹는 자로서 의리상 사양하지는 못할 것이오. 다만 연로하신 부모님의 슬하를 자주 떠나게 되니 불효가 막심합니다."

양현이 슬픈 빛으로 말했다.

"내가 만년에 마음이 약해져서 너무 오래 떨어지는 것을 참기 어렵구나. 만약 전쟁에 나가게 된다면 내 마땅히 모든 가족들을 데리고 황성 집으로 돌아가야겠다."

강남홍이 말했다.

"상공이 출전하게 될지 여부는 아직 예측할 수는 없습니다. 지금 황성으로 올라간다면 끝내 향리로 돌아올 기약은 없게 될 것입니다. 모든 식솔들을 이끌고 추후에 황성으로 모이지 않을 수 없을 듯합니다."

양창곡이 말했다.

"낭자가 이미 함께 가게 된다면 그대가 데리고 있던 식솔들을 이곳에 억지로 머무르게 할 수는 없는 노릇이오. 함께 데리고 갑시다."

다음 날 새벽, 양창곡은 아내와 자식을 데리고 황성을 향해 출발했다. 이때 천자는 양창곡이 조정으로 들어오기를 기다리고 있었다. 사신이 돌아오더니 양창곡의 입성을 보고하자, 천자는 크게 기뻐하면서 즉시 불러들였다. 천자는 어탑에서 내려와 양창곡의 손을 잡고 말했다.

"경과 서로 떨어져 지낸 지 멀써 7, 8년이오. 나라에 일이 있으니 장차 짐을 도와주시오. 깊이 갈무리해 두었던 나막신을 비오는 날 꺼내 쓰려고 하는 격이니, 진실로 부끄럽소이다."

양창곡이 아뢰었다.

"신이 불충하여 오래도록 조회하여 배알하지 못하고, 나라에 일 있음을 도무지 몰랐습니다. 천은이 망극하여 이제 다시 불러 주시니, 장차 이 은혜를 갚을 길을 모르겠습니다."

천자는 즉시 초왕이 올린 상소문을 보여 주었다. 양창곡이 그 글을 보고 마음속으로 놀라서 생각했다.

'남만은 제압하기가 가장 어렵다. 초나라는 막강한 나라인데도 몇 일 사이에 다섯 고을을 빼앗겼다 하니, 형세가 매우 급박하구나.'

그는 이렇게 아뢰었다.

"초나라는 남방의 변경입니다. 구원할 방략을 소홀히 할 수 없으니, 청컨대 문무백관을 소집하여 의견을 모아 그 장점을 취하여 계책을 세우는 것이 좋을 듯합니다."

천자가 그 의견에 동의했다. 원로대신 황의병과 연왕 양창곡, 우승상 윤형문, 병부상서 소유경, 예부상서 황여옥, 한림학사 양장성, 대장군 뇌천풍, 호분랑 뇌문경 등 고위관직에 있는 문무 관원들이 한꺼번에 조정으로 들어왔다. 천자가 하교했다.

"남쪽 오랑캐가 창궐하여 초나라를 침범하니, 토벌을 늦출 수 없다. 마땅히 우리 군사를 내어 그들의 죄를 물어야 할 것이다. 경 등은 각각 계책을 말하도록 하라."

윤형문이 아뢰었다.

"바야흐로 조정에 장수로서의 재목이 없으니, 엎드려 바라건대 폐하께서는 사람을 선택하는 것에 유의하소서."

양창곡이 아뢰었다.

"오늘 초나라가 비록 무력을 숭상하는 것은 아니지만 예부터 강한 나라였습니다. 또한 남방의 풍토에 익숙할 것이니, 반드시 폐하의 군대를 많이 징발함으로써 민심을 동요시킬 필요는 없을 것입니다. 정예병 5천 기를 징발하여 초왕과 함께 세력을 합쳐서 그들을 토벌한다면 오랑캐 두목을 응징할 수 있을 듯합니다."

병부상서 소유경이 아뢰었다.

"초왕의 상소문을 보니 이미 여러 날이 지났습니다. 병사를 출발시키는 것이 시급합니다."

대장군 뇌천풍이 아뢰었다.

"폐하께서 장수를 선택하시매, 연왕 양창곡이 아니면 불가하다 생각합니다."

천자가 탄식했다.

"연왕이 지난번 남만과 북호를 평정하여 그 수고가 컸거늘, 어찌 다시 출전하라고 말을 하겠는가."

소유경이 다시 아뢰었다.

"성교가 지당하지만, 남만의 강성함은 평범한 장수로는 감당할 수 없을 것입니다. 연왕이 비록 홀로 고생스럽겠지만 나라 일을 돌아보아 다시 출전을 명하시고, 난성후 홍혼탈에게 함께 가도록 명하소서."

뇌천풍이 반열에서 나와 아뢰었다.

"소유경 상서의 말은 전혀 흠이 없는 완벽한 계책입니다. 연왕과 난성후가 아니라면 초나라는 폐하의 소유가 되지 못할 것입니다. 폐하께서 두 사람을 함께 등용하신다면 신이 비록 늙었지만 벽력부는 여전히 건재하오니 마땅히 전부선봉이 되어 남만왕의 머리를 어전에 바치겠나이다."

말을 마치자 서릿발 같은 머리카락이 위로 뻗치는 것이었다. 천자가 크게 칭찬하면서 말했다.

"장하도다, 뇌천풍이여! 짐이 베개를 높이 하고 걱정 없이 지낼 만하구나."

말을 마치고 양창곡을 돌아보는데, 갑자기 소년 장수 하나가 반열에서 나와 아뢰는 것이었다.

"신이 비록 용맹은 없으나 원컨대 아비를 대신하여 대군을 이끌고 남만을 평정하겠나이다."

사람들이 그를 쳐다보았다. 얼굴은 백옥 같은데 별빛 같은 눈동자에 가느다란 눈썹에 기상이 당당했다. 바로 한림학사 양장성이었다. 천자가 크게 놀라서 양창곡에게 말했다.

"경의 아들은 나이가 아직 어린데 이제 출전하고자 하는구려. 자식을 아는 것은 아버지만한 사람이 없다고 했소. 경의 뜻은 어떠하오?"

양창곡이 아뢰었다.

"아이가 성상께서 격려해 주시는 은혜에 힘입어 은덕을 갚으려는 마음이 비록 절실하기는 하지만, 아무것도 모르는 백면서생이요, 입에서 여전히 젖내가 나는 어린아이입니다. 삼군의 장수를 맡긴다면 조정에서 인재를 등용하는 법도에 소홀함이 생기지나 않을까 걱정됩니다."

말을 마치기도 전에 공거령公車令*이 상소문 한 장을 올렸다. 천자가 말했다.

"누구의 상소문이냐?"

"난성후 홍혼탈의 상소문입니다."

천자가 크게 기뻐하면서 말했다.

"상소문 안에는 필시 묘한 계책이 들어 있을 것이다."

천자는 즉시 금란전학사 소광춘에게 읽어 보도록 했다. 그 상소문의 내용은 다음과 같다.

신첩 난성후 홍혼탈은 백 번 절하고 황제 폐하에게 글을 올리나이다. 벌레처럼 구물거리는 남쪽 오랑캐가 감히 큰 나라에 항거하여 성주의 근심을 더하니, 이는 진정 신하가 피를 흘려서라도 은혜를 갚을 때입니다. 옛날 주나라의 적공適公과 송조빈宋曹彬이 각각 자기 아들을 천거하여 나라를 위해 적군을 격퇴하는 든든한 장수가 되도록 하니, 후세가 그들을 칭송하고 있습니다. 이는 사사로움이 없었기 때문입니다.

　신첩은 본래 떠돌아다니던 천한 신분으로 성주의 은총을 입어 부귀는 극에 달하고 영화는 넉넉합니다. 개미 같은 미천함과 미물 같은 어리석음으로도 어찌 충분忠憤을 다하여 전쟁터에서 목숨을

---

* 공거서(公車署)를 관장하는 관리다. 한나라 때에 설치되었던 부서로, 황제에게 상소를 올리면 모두 공거서의 접대를 받으며 조칙이 내려오기를 기다렸다.

바쳐 써우지 않겠습니까? 그러나 일개 아녀자가 두 번이나 출전하는 것은 조정에 사람이 없는 수치를 보이는 것으로 바깥 오랑캐들의 업신여기는 마음을 불러올 것입니다. 그러므로 감히 옛사람을 본받아 폐하께 장수 한 사람 천거하여 큰일을 그르치지 않으려 합니다. 폐하께서는 살펴 주소서.

신첩의 아들 양장성이 나이는 어리나 일찍이 제 어미를 따라 병서를 공부하여 기와 정이 합치고 변화하는 도리를 대략이나마 알고 있으며 천문지리에 정통했습니다. 옛날의 명장에 비해도 그리 떨어지지 않을 것이며, 그 영웅스러움과 도량은 제 아비에 못지 않고, 용맹함과 경륜은 신첩도 당해 내지 못할 것입니다. 어리석은 짐승이라 해도 제 새끼를 애지중지하는 마음이 있으니, 첩이 어찌 의심스러운 일을 가지고 자청하여 죽음의 땅에 아들을 보내겠습니까? 다만 천은이 망극하시니, 마음속으로 생각건대 신첩을 대신하여 물방울이나 먼지처럼 아주 하찮은 힘이라도 나라에 보답할 수 있게 해주소서. 또한 호분랑 뇌문경은 대대로 장수를 배출한 집안의 자손으로, 신첩에게 검술을 배워서 만 명의 적군이라도 감히 당해 내지 못할 용맹을 가지고 있으니, 폐하께서는 뇌문경을 등용하여 양장성의 한쪽 힘을 돕도록 해주소서.

천자가 이 상소문을 읽고 나서 크게 기뻐하면서 말했다.

"나라와 임금을 위한 난성후 홍혼탈의 정성이 사소한 혐의와 자애로운 정을 돌아보지 않으니, 어찌 기특하지 않으리오!

난성후의 사람을 보는 눈은 짐이 알고 있는 바이다. 어찌 그 자식을 모르고 천거했겠는가."

천자는 즉시 하교하여, 한림학사 양장성을 병부시랑 겸 도원수로 제수하고 금포와 금갑, 백모, 황월을 하사한 뒤, 3일 뒤에 출병하도록 했다. 양창곡이 아뢰었다.

"이번에 새로 무과에 급제한 한비렴은 용맹이 뛰어나고 병법에 능통합니다. 엎드려 바라건대 폐하께서는 다시 그의 과거 급제 자격을 복원시켜서 종군할 수 있도록 해주소서."

천자가 말했다.

"짐도 그의 용맹함을 알고 있지만, 그 아비 한응문이 옛날 노균의 무리에 속한 탁당이었기에 과거 급제를 취소한 것이오. 경이 이토록 천거하니, 특별히 과거 급제 취소 처분을 원상회복시켜서 중랑장中郎將에 제수하여 종군하도록 하겠소."

이때 문무백관들이 조회를 마치고 물러나매, 양창곡은 천자의 은혜에 사례하고 명을 받들어 집으로 돌아갔다. 모든 군영의 장졸들은 일찍부터 대기하고 있었으며, 부원수 뇌문경, 중랑장 한비렴이 한꺼번에 도착했다. 뇌문경은 스물 여덟 살이었고 한비렴은 스무 살이었다. 도원수 양장성은 한비렴을 행군사마行軍司馬로 삼고 명령을 내렸다.

"내일 행군을 시작할 터이니, 만약 지체하는 자가 있다면 반드시 군율로 다스리겠다."

한비렴이 명을 듣고 물러났다.

한편, 양장성은 내당으로 들어가서 양창곡과 강남홍을 모시고 출전 문제를 논의했다. 양창곡이 말했다.

"전쟁은 헤아리기 어렵다만 남방의 풍속은 변화와 속임수가 무궁하니 적을 가볍게 여기지 말아야 한다. 천하의 생명들이 모두 천자의 어린 자식들이니, 함부로 무고한 사람들을 죽이지 말아라."

양장성이 절하고 명을 받들었다. 그날 강남홍은 등불을 돋우고 앉아서 병서를 보고 있었다. 양창곡이 와서 보고 웃으면서 말했다.

"낭자가 경솔하게 아들을 천거하고 나서, 무슨 묘한 계책이라도 가르쳤소?"

강남홍이 말했다.

"아이의 지략은 저도 당할 수 없을 정도입니다. 근심할 것은 없지만, 소년의 날카로운 기상으로 군령을 너무 강하게 집행하여 사람을 많이 죽일까 걱정입니다."

잠시 후 양장성이 밖으로부터 들어와 어머니 강남홍에게 아뢰었다.

"소자가 내일 군사를 출발시키려 하는데, 어머님께서는 어찌하여 한마디 말씀도 내려 주시지 않으십니까?"

강남홍이 웃으며 말했다.

"너는 끝끝내 네 어미를 일개 아녀자로 보고 있으니, 어찌 네 말을 믿을 수 있겠느냐?"

양장성이 자리를 피하면서 머리를 조아리고 말했다.

"소자가 비록 못나기는 했지만 어머님의 명을 잊지 않고 있습니다."

강남홍이 웃으면서 양창곡에게 말했다.

"오늘 밤 달빛이 너무도 아름다우니, 아이를 데리고 후원으로 올라가는 것이 어떻겠습니까?"

양창곡이 미소를 짓고, 양장성과 함께 후원으로 갔다. 때는 늦봄이라, 둥근 달빛에 후원 가득한 꽃과 나무 그림자가 흔들리면서 은은히 비치고 있었다. 강남홍이 몸종에게 말했다.

"나의 쌍검을 가지고 오너라."

몸종이 취봉루로 가서 쌍검을 가지고 오니, 강남홍이 달 아래로 홀쩍 내려가더니 쌍검을 휘두르면서 꽃숲 속으로 여러 차례 오가는 것이었다. 그러더니 홀연 어디론가 사라지고, 다만 한 줄기 흰 무지개가 후원을 감싸고 차가운 기운이 사람을 엄습하면서 나뭇잎이 분분이 날려 떨어졌다. 양창곡이 양장성을 보면서 말했다.

"네 어머니의 검술이 아직도 녹슬지 않은 모양이구나."

갑자기 공중에서 부용검 하나가 날아가 나뭇가지를 치면서 쨍그랑하는 소리가 났다. 가지 위에 있던 자고새 한 쌍이 놀라 움직이면서 푸드득 동쪽으로 날아갔다. 부용검이 다시 공중으로 날아가 동쪽을 막으니 자고새는 서쪽으로 날고, 부용검이 다시 서쪽을 막으니 자고새는 놀라 울면서 사방으로 날아다니며 어디로 가야 할지 모르는 것이었다. 뜻밖에 부용검이 공중에 가득하고 사방과 위아래에 번쩍이면서 어지러이 날리니, 자고새는 더욱 궁지에 몰려 슬피 울면서 양창곡 앞으로 날아들었다. 그가 웃으면서 소매를 들어 자고새를 보호해 주었다. 잠시 후 강남홍이 공중에서 내려오더니 웃으면서 말했다.

"남방 오랑캐 때문에 우리 동산 안의 자고새가 놀랐구나."

그녀는 양장성을 보고 말했다.

"너는 저기 떨어진 낙엽을 주워서 살펴보아라."

양장성이 나뭇잎을 하나하나 살펴보니 모두 칼자국이 나 있었다. 강남홍이 말했다.

"내가 쓴 검법은 봉황탁실법鳳凰啄實法, 봉황이 열매를 쪼다이다. 백만 대군이라 해도 한 사람도 남김없이 머리를 벨 수 있는 검법이지. 이는 처음 쓰는 수법이고, 두 번째로 쓰는 검법으로는 지주박접법蜘蛛縛蝶法, 거미가 나비를 동여매다이 있다. 하늘로 날아가고 땅으로 숨어드는 용맹한 사람이라도 이 검법을 피하기는 어려울 것이다. 그러나 나는 평생토록 검술을 믿고 위태로움을 범한 적도 없고, 함부로 인명을 죽인 일도 없었다. 그 점은 네 아버지가 잘 알고 계신다. 무릇 장수된 자가 살육을 많이 한다면 그 자손이 번성할 수 없을 것이며, 훗날 반드시 제 명에 죽지 못하고 불의의 죽음을 당할 것이다. 너는 적군을 대할 때 반드시 내 말을 명심하여, 좋은 계책으로 공격하고 은혜와 위엄으로 항복을 받도록 해라. 그렇게 너의 이름을 천하에 드날리도

록 하여라. 이제 무예와 병법이 너보다 뛰어난 사람은 없을 것
이다. 그러나 만약 용맹함을 믿고 위험한 곳으로 들어가거나,
강하고 용맹함에 힘써서 실육을 일삼는다면, 이는 병가가 꺼
리는 일일 뿐만 아니라 충신 효자의 마음이 아닐 것이다."

양장성이 절을 하고 그 명을 받들었다.

세 번째 날, 양장성은 군사를 출발시켰다. 천자는 남쪽 교외
에서 전송을 하면서 친히 수레 굴대를 밀어 주면서 말했다.

"황성 밖으로 나가면 장군이 모든 것을 제어하여, 일찍 큰
공을 세우고 개선하도록 하라."

양장성이 명을 받고 수레에 오르니, 엄정한 대오에 군악 소
리가 일제히 울렸다. 천자가 기쁜 얼굴로 양창곡에게 말했다.

"양장성 원수의 군율이 경보다 못하지 않구려."

양창곡이 집으로 돌아와서 말했다.

"오늘 황상께서 장성이의 행군을 보시고는 군령이 엄숙하
여 그 아비도 당하지 못하겠다는 말씀을 하셨소."

강남홍이 웃으며 말했다.

"상공께서는 매번 장성이가 그 어미를 닮아서 오랑캐 장수
의 풍모가 있다고 근심하시더니, 오늘에서야 비로소 그 어미
의 가르침을 아셨군요?"

그 말에 양창곡은 크게 웃음을 터뜨렸다.

한편, 초왕 화진은 두 번이나 상소를 올린 이후 천자의 병
사를 고대했으나 소식이 아득했다. 하루는 남군태수南郡太守가

급한 격문을 보내 알려 왔다. 오늘 밤 삼경에 적병 만여 명이 국경을 침범하여 남군의 성을 포위해 매우 위급하다는 것이었다. 초왕이 크게 놀라서 여러 신하들을 모아 놓고 상의했다.

"남군은 초나라의 중요한 지역입니다. 견고하게 지키지 않는다면 왕성이 위태로워질 것입니다."

다음 날 남군태수가 다시 보고했다.

"적병이 남군을 함락시키고 왕성을 향해 가고 있습니다."

초왕이 대경실색하여 말했다.

"안으로는 훌륭한 장수가 없고 밖에는 강한 적군이 있으니, 한 조각 외로운 성을 장차 어떻게 지킬 것인가."

여러 신하들이 아뢰었다.

"왕성은 수비할 만한 곳이 아닙니다. 후퇴하여 지자성枳子城을 지키면서 후원군을 기다리십시오."

지자성은 한수漢水 옆 방성산方城山에 있는데, 탱자나무 가시가 숲을 이루고 있으므로 지자성이라고 부르게 된 곳이다. 성은 견고하지만 지형이 좁고 군량을 비축해 둔 것이 원래 없어서 초왕은 머뭇거리며 결정을 내리지 못했다.

밤이 깊어진 뒤 함성이 크게 일어나면서 적병이 이미 남문을 압박하며 공격해 왔다. 초왕이 크게 놀라 당황하여 그 아내인 공주와 세 귀비, 초옥군주楚玉郡主와 함께 수천 기를 거느리고 북문을 나와서 왕경王京을 버리고 지자성으로 달아났다. 적병은 왕성을 파괴하고 군량과 보화를 탈취한 뒤 다시 지자성을 포위했다. 초왕이 몸소 화살과 돌을 무릅쓰고 3일 동안 성을 지켰다. 그러나 적병들이 운제를 세우고 성 안을 내려 보고는, 성 안에 군량이 없는 것을 알아채고 철통같이 포위하여 형세가 매우 급박해졌다. 초왕이 하늘을 우러러보며 탄식했다.

"하늘이 나를 이곳에서 죽게 만드는구나."

초왕이 말에 올라 출전하여 적병과 자웅을 겨루려고 하자, 딸 초옥군주가 울면서 초왕의 소매를 잡고 간언했다.

"황성에서 병사들을 요청했으니, 아버님은 며칠을 더 기다려 보세요."

초왕이 그 말을 따라서 성문을 닫고 굳게 지키기만 했다.

이때 도원수 양장성은 지나가는 지역마다 백성들을 추호도 범하는 일이 없으니 칭송하는 소리가 우레와 같았다. 초나라 국경에 도착하니, 마을은 쓸쓸하고 닭과 개는 드물어서 적병이 지나간 흔적을 알 수 있었다. 그는 밤낮을 가리지 않고 행군하여 초나라 왕성에 이르니, 야반삼경 깊은 밤이었다. 달빛은 희미한데 성문은 활짝 열렸고 적병들이 여기저기 모여서 주둔하는 등불이 점점이 타오르고 있었다. 양장성은 대군들을 물러나 몇 리 밖에 진을 치도록 했다. 그러고는 장교 한 사람을 불러서 명령을 내렸다.

"너는 왕성 근처로 몰래 들어가서 남녀를 막론하고 초나라 백성이면 아무나 잡아 오너라."

잠시 후 노인 한 사람을 잡아 왔다. 양장성이 물었다.

"나는 천자의 명을 받들고 내려온 장수다. 초왕께서는 지금 어디 계시느냐?"

노인이 대답했다.

"지금 지자성에 계시는데, 사방으로 적병이 포위하여 서로 소통할 수 없습니다."

"적병은 숫자가 얼마나 되며, 적군 장수는 어디에 있느냐?"

"적병은 몇 만 명인지 알 수 없으나, 적군 장수는 지자성 아래에 있습니다."

양장성은 노인을 군영에 머무르게 하고, 부원수 뇌문경을 불러서 말했다.

"장군은 수천 기를 거느리고 몰래 왕성 아래로 가서 함성을 지르며 성을 공격하되, 절대 성문 안으로는 들어가지 마시오. 대신 성 밖에 있는 적군의 척후병들을 많고 적음을 막론하고 모조리 잡아 오시오."

뇌문경이 명령을 듣고 수천 기를 거느리고 황성 밖에 이르러 자세히 살펴보았다. 적병들은 특별히 방비하지 않고 성문을 활짝 열어 둔 상태였다. 다만 척후병들이 삼삼오오 짝을 지어 오갈 뿐이었다. 뇌문경이 함성을 지르면서 쳐들어가니, 적병은 크게 놀라서 한꺼번에 성문을 닫고 성 위로 올라가 활을 쏘았다. 뇌문경은 일부러 성을 공격하는 척하다가, 척후병 수십 명을 사로잡아 돌아갔다. 양장성이 명령했다.

"초왕이 지자성에 계시어 위태로움이 조석에 달려 있다고 한다. 이제 대군이 힘을 합쳐서 먼저 지자성을 공격하여 구하고, 내일은 초나라 왕성을 공격하리라."

그는 잡아 왔던 적군 척후병들을 일부러 놓아 주는 한편, 대포를 쏘고 북을 울리며 대군들이 일시에 함성을 지르니 천지가 진동하고 산천이 뒤집어지는 듯했다. 적병들이 급히 지자성으로 가서 명나라 진영의 동정을 보고하니, 적장이 크게 놀라서 즉시 왕성의 군대를 불러서 방비를 했다.

양장성은 뇌문경에게 이러이러하게 하도록 지시하고, 대군은 나뭇가지를 입에 물어 소리를 내지 못하게 하고는 달빛을 받으면서 초나라 왕성의 남문을 격파하고 곧바로 쳐들어갔다. 성 안에는 늙고 약한 병사들 수백 명과 적장 한 사람만이 있을 뿐이었다. 양장성은 즉시 적장의 머리를 베어서 북문에 매달았다. 적진에서 그 광경을 바라보더니, 황성을 다시 빼앗겼음을 알고 두려움에 떨었다. 양장성이 다시 명령을 내렸다.

"왕성은 초나라의 근본이다. 이제 이미 회복했으니 근심할 것이 없다. 하늘이 밝기를 기다려 싸움을 돋우리라."

그는 삼군에 분부하여 성문을 닫았다. 갑옷과 안장을 풀고 깃발을 누이고 북을 쉬게 하여 조금도 방비가 없도록 했다. 늙고 약한 오랑캐 병사 1백여 명이 상의했다.

"우리는 이때를 틈타서 도망치자."

그들은 몰래 성을 넘어서 본진으로 도망쳐 적장에게 보고했다. 적장은 반신반의하면서 북쪽 산에 올라가 성 안을 굽어

보았다. 달빛은 희미하고 등불은 드문드문 비치는데, 시간을 알리는 파루罷漏 소리가 끊어졌다 이어지면서 일제히 잠에 빠져든 모습이었다. 적장이 크게 기뻐하면서 말했다.

"명나라 병사들이 말을 달려 먼 길을 왔으니 어찌 피곤하지 않겠는가. 이때를 틈타서 성을 다시 빼앗으리라."

그는 군사를 두 개의 부대로 나누어, 한 부대는 지자성을 포위하고 다른 한 부대는 왕성을 공격했다. 초왕성 아래에 이르렀는데, 갑자기 등 뒤에서 대포 소리가 나면서 장수 한 사람이 수천 기를 이끌고 대도를 휘두르며 꾸짖는 것이었다.

"대명국 부원수 뇌문경이 여기 있은 지 오래되었다. 적장은 내 칼을 받으라."

그가 좌충우돌하자 적장은 한창 당황하여 어쩔 줄을 모르고 있는데, 북문이 또 열리면서 장수 한 사람이 장창을 들고 큰 소리를 지르며 나왔다.

"대명국 행군사마 한비렴이 이곳에 있다. 적장은 달아나지 말라."

두 장수가 앞뒤에서 협공을 하니 적장은 대적할 수 없다는 것을 알고 말을 빼서 달아났다. 두 장수는 지자성까지 추격하면서 적군을 마구 죽였다. 두 사람은 모두 날카로운 기상을 가진 소년들이라, 각각 칼과 창을 휘두르면서 수천 명의 적군을 죽이고 나서 무기를 거두고 사방을 둘러보았다. 달은 서산에 떨어지고 동쪽 하늘이 이미 훤히 밝아 오고 있었다. 산과 들에 가득한 적병들이 열 겹으로 포위하고 있었다. 두 장수는 서로 돌아보며 말했다.

"우리가 섥은 혈기로 싸움에 빠져서 깊이 들어왔으니 어찌 이 포위망을 풀 수 있겠소?"

이때 적장 두 사람이 창을 들고 말을 달려 와서 말했다.

"명나라 장수는 천라지망으로 들어왔으니 빨리 와서 항복하라."

뇌문경과 한비렴이 크게 웃으면서 그들을 맞아 싸웠으나 10여 합이 지나도록 승부를 가리지 못했다. 적장은 자기 나라 최고의 명장이었다. 한 사람은 소울지첩목홀小尉遲帖木忽인데 대부大斧를 사용했고, 다른 한 사람은 추금강백안첩醜金剛白顔帖인데 대도를 사용했다. 소울지는 얼굴이 흙빛이고 키는 10여 척이나 되었으며, 힘은 맹수를 사로잡을 정도였다. 추금강은 분을 바른 듯한 얼굴에 허리띠는 열 아름이나 되었으며, 용맹하면서도 민첩하여 능히 수십 길을 뛰어오를 수 있었으니, 진실로 만 명의 군사들도 당해 내지 못할 용맹한 사람들이었다. 뇌문경과 한비렴이 힘을 다하여 두 적장을 대적하니, 창과 칼은 공중에서 번득이며 흰 눈이 분분히 날리는 듯했고 함성은 천지를 진동하는 듯하여 우렛소리가 우르릉 울리는 것이었다.

이때 초왕은 천자의 군사들이 도착한 것을 알고 반귀비와 곽귀비, 초옥군주 등과 함께 지자성 남문에 올라가 양측 진영의 승패를 바라보고 있었다. 그러나 적장의 기세가 흉폭한 것을 보고 너무도 두려워했다. 초왕이 초옥군주를 보고 말했다.

"우리 부녀의 목숨이 저 싸움 한 번에 달렸구나."

승부가 어찌될지 모르겠구나. 다음 회를 보시라.

제59회

양장성은 격구를 하면서 동홍을 죽이고,
손선생은 동상에서 아름다운 사위를 맞이하다

楊尙書擊毬斬董紅 孫先生東床迎佳婿

네 명의 장수가 뒤엉켜서 승부를 가리지 못하고 있었다. 그때
진영에서 갑자기 벽력 같은 소리가 나면서 소울지가 도끼를
던지고 몸을 솟구쳐 말에서 뛰어내렸다. 그는 적수공권赤手空拳
빈 손으로 30여 합이나 싸우다가 투구와 갑옷을 모두 벗어 버
리고 이리저리 달리고 뛰어오르는 것이었다. 그의 기세는 천
지를 뒤흔드는 듯했다. 초나라의 모든 사람들은 성 위에서 이
광경을 바라보다가 대경실색했다.

그런데 갑자기 적진에서 화살이 날아오더니 한비렴의 팔을
맞추는 것이었다. 한비렴은 입으로 화살을 뽑아내면서 한창
기세를 올리며 싸우니, 유혈이 낭자하게 흘러내려 전투복을
적셨다. 뇌문경이 이 모습을 보고 추금강을 버리고 소울지에
게 달려갔다. 소울지는 오른손으로 뇌문경의 칼을 쳐서 떨어
뜨렸다. 뇌문경이 당황하여 검법이 약간 어지러워졌다. 초왕

이 바라보다가 크게 놀라서 말했다.

"명나라 장수가 적장을 대적하지 못하니 장차 어찌하면 좋으랴!"

그런데 괵귀비가 기쁜 빛으로 북쪽을 가리키며 말했다.

"대왕께서는 저쪽 멀리서 오는 장수를 보소서! 필시 난성후 강남홍 낭자입니다."

세 귀비와 여러 신하들이 바라보니, 어떤 소년 장군이 홍포와 금갑 차림으로 부용검을 들고서는 나는 듯이 달려들어 오는 것이었다. 별빛 같은 눈동자와 옥 같은 얼굴은 과연 강남홍이었다. 초왕이 얼굴에 기쁜 빛을 띠면서 벌떡 일어나 말했다.

"하늘이 과인을 살리시는구나. 만약 저이가 과연 강남홍 낭자라면 작은 오랑캐가 어찌 근심할 것이겠는가."

초옥군주가 눈을 들어 자세히 살펴보더니, 몰래 괵귀비에게 아뢰었다.

"어머님께서는 다시 살펴보세요. 저 장수의 외모는 난성후와 비록 비슷하긴 하지만 얼굴이 크고 허리가 길어서 남자로서의 기상이 있으니, 아마 난성후가 아닌 것 같습니다."

초왕이 다시 보고 놀라 말했다.

"과연 난성후가 아니라 그 장남 양장성이로다. 조정에 아무리 장수의 재목이 없다 하나 저렇게 어린아이를 출전시킨단 말인가."

이때 양장성은 뇌문경과 한비렴을 적진으로 보내 놓고 성 위에서 동정을 살펴보다가, 두 장수의 형세가 위급한 것을 보고 직접 적진으로 와서 공격하며 크게 외쳤다.

"두 장군은 싸움을 멈추고, 나의 검법을 구경하라!"

양장성은 두 손에 든 부용검을 나는 듯이 춤추면서 3, 4백 회나 돌렸다. 갑자기 부용검이 공중으로 날아가서 추금강 앞에 떨어졌다. 추금강이 하늘 위로 몸을 솟구치면서 떨어지는 부용검을 막으려 했다. 이에 양장성이 다시 왼손에 들었던 부용검을 공중에 던지니, 추금강의 머리가 말 아래로 떨어졌다. 소울지가 그 광경을 보고 한비렴을 제쳐 두고 양장성에게 곧바로 덤벼들었다. 양장성이 부용검을 거두고 말을 빼서 달아나니, 소울지가 분노를 이기지 못하고 그의 뒤를 따라가며 크게 외쳤다.

"명나라 장수는 달아나지 말라. 내가 한번 싸워서 추금강의 원수를 갚으리라."

양장성이 뒤를 돌아보고 웃으며 말했다.

"보잘것없는 필부가 남쪽 지방에서 살다 보니 천명을 모르고 거친 용맹을 스스로 자랑하고 있구나. 자비로운 마음으로 네 목숨을 살려 줄 터이니, 빨리 항복하라."

말이 끝나기도 전에 흐르는 듯한 화살이 날아들어 소울지의 명문혈에 꽂히자 소울지는 몸이 뒤집혀 말에서 떨어졌다. 양장성이 말을 달려가서 팔을 길게 뻗어 그를 사로잡으니, 적진이 소란스러워졌다. 한비렴과 뇌문경 두 장수가 승리의 기세를 틈타서 적진으로 쳐들어갔다. 시체는 산처럼 쌓였고 흐르는 피는 도랑을 이루었다. 백만대군 중에서 죽은 자가 반이 넘었다.

이때 초왕이 성 위에서 바라보다가 괵귀비에게 말했다.

"내가 양장성의 조숙함을 알고는 있었지만 용맹과 지략이 저렇게 탁월한 줄은 몰랐소. 과연 제 모친의 풍모가 있구려."

초왕이 바야흐로 성문을 활짝 열어 자기 수하의 병사 수천 기를 거느리고 성을 내려가 양장성을 영접했다. 양장성은 말 위에서 몸을 굽혀 길게 읍을 하며 말했다.

"갑옷과 투구를 쓴 선비는 절을 하지 않는 법입니다. 대왕은 저의 거만함을 용서하십시오."

초왕이 읍을 하며 답례하고 말했다.

"양장성 도원수의 얼굴을 못 본 지 8, 9년이나 되었는데, 청춘의 젊은 나이에 공명을 이룩하고 문무를 겸비했구려. 오늘 만난 것은 진실로 뜻밖이오. 적병은 이미 물러갔으니, 잠시 성 안으로 들어가는 것이 좋을 듯하오."

양장성이 응낙하고 뇌문경과 한비렴 두 장수에게 말했다.

"그대들은 왕성으로 들어가서 군중을 진정시키고 소울지를 가두어 두시오."

그는 초왕을 모시고 지자성으로 갔다. 초왕이 자리를 정하여 앉아 빈주의 예를 행하니, 양장성은 극구 사양했다. 초왕이 얼굴빛을 바꾸면서 사례하며 말했다.

"과인이 박덕하여 종묘사직의 위태로움이 조석에 달렸었소. 그런데 원수께서 황제 폐하의 명을 받들어 도탄에 빠진 백성들을 건져 주고 넓고 큰 바위 위에 초나라를 올려 주셨소. 이는 모두 성주의 덕이며 원수의 공입니다. 과인이 어떻게 갚아야 할지 모르겠구려."

양장성이 말했다.

"오늘 적군을 격파한 것은 전하의 크나큰 복입니다. 제가 어찌 감히 그 공을 감당하겠습니까?"

초왕이 미소를 지으며 양장성의 손을 잡고 말했다.

"그대의 아버님은 전원에서 맑은 복을 누리시는데, 과인은 불민한 까닭에 다시 벼슬길로 나왔소. 너무 부끄럽기는 하지만 그대 아버님은 지금도 연세가 많지 않으시고 힘도 건강하시며, 그대 또한 큰 공을 이루어 공명이 혁혁하여 나라에 빛을 냈으니 정말 축하할 일이오. 남아 있는 적의 무리가 적지 않으니, 장차 어찌 하시려는가?"

양장성이 말했다.

"옛말에 이르기를 '풀을 베려면 뿌리까지 없애야 하고, 사람을 죽이려면 피를 보아야 한다'고 했습니다. 만약 적군의 괴수를 잡지 않는다면 맹세코 돌아가지 않을 작정입니다."

초왕이 얼굴빛을 바꾸면서 칭찬하고 사례하는 것이었다. 다음 날, 양장성은 소울지를 잡아들여서 휘장 앞에 꿇어 앉히고 말했다.

"내가 황제의 명을 받들어 남쪽 지방을 평정하려 하매, 덕을 품고 온 것이지 힘으로 싸우려고 온 것은 아니다. 제갈량이 남쪽 오랑캐 맹획을 일곱 번 사로잡았다가 일곱 번 놓아 준 옛일을 본받아, 이제 너를 풀어 주겠다. 빨리 돌아가 너의 장수에게 말하라. 다시 싸울 수 있다면 군대와 말을 수습하여 덤비라고 하라."

양장성은 소울지의 포박을 풀고 술과 고기를 내려 주었다. 소울지는 절을 하며 사례하고 돌아갔다. 여러 장수들이 간언했다.

"소울지는 남만의 용맹한 호장입니다. 지금 놓아 주시니, 어찌 호랑이를 산속에 놓아 준 것이 아니겠습니까?"

양장성이 웃으며 말했다.

"남쪽 지방이 황제의 교화가 요원하여 위력과 힘으로는 굴복시킬 수 없다. 은혜와 위엄으로 감화시키고자 하는 것이니, 그대들은 마음을 합하여 노력하라."

여러 장수들이 묵묵히 대답이 없었다.

한편, 야선이 패한 군사들을 수습하여 청운도인과 함께 명나라 병사들을 대적할 계책을 상의하고 있는데, 소울지가 돌아온 것을 보고 크게 기뻐했다. 다음 날 그는 초나라 왕성 아래에 진을 치고 다시 싸움을 걸었다. 양장성이 뇌문경과 한비렴 두 장수를 지휘하며 말했다.

"내가 들으니 적진에 도사 한 명이 있다고 하오. 오늘은 반드시 요술을 부릴 것이니, 무곡진을 쳐서 방비를 하고 그 동정을 살피면서 변화에 응하도록 합시다."

적진에서 군악 소리가 진동하면서 한 떼의 군마가 푸른 깃발에 푸른 갑옷을 입고 삼삼오오 나오는 것이었다. 작은 수레한 대에는 도사 한 사람이 앉아 있었다. 산인의 두건과 도인의복색이었는데, 얼굴은 희고 눈썹은 푸르러서 속세의 인물이아니었다. 양장성은 마음속으로 의아하게 여기면서 말했다.

"웬 산인이 저 같은 풍모와 모습으로 적국을 따라왔을까?"

도인이 진언을 외우고 칼을 들어 하늘과 땅과 사방을 가리키니, 푸른 구름이 일어나고 신장과 귀졸이 산과 들을 가득 채우면서 달려왔다. 그러나 양장성은 무곡진의 문을 닫고 반나절을 나오지 않았다. 청운도인은 신장을 호령하여 사방에서공격했지만 너무도 단단하여 격파할 수가 없었다. 그는 크게놀라 신장을 거두어들이고 다시 술법을 펼치려 했다. 이때 양장성이 무곡진 앞에서 크게 소리를 질렀다.

"도인은 요술을 그만두고 내 말을 들으라!"

청운도인이 스스로 생각했다.

'명나라 원수의 진세를 보니 속세의 평범한 장수가 아니다.이제 이야기를 나누는 틈을 타 사로잡으리라.'

청운도인이 수레를 몰아서 진영 앞으로 나가 섰다. 양장성역시 홍포와 금갑으로 쌍검을 들고 문기門旗 아래에 서서 크게꾸짖었다.

"도술을 믿고 천명을 거스르니, 나는 정도正道로 응전하되 교묘한 거짓 계책으로 승리를 거두지는 않겠다. 그대가 만약 재주를 믿는다면 내 쌍검을 막을 수 있겠는가?"

청운도인이 응낙하자, 양장성은 후원 달빛 아래 어머니가 펼쳤던 검술에 의지하여 쌍검을 공중으로 던졌다. 삽시간에 천백 개의 부용검이 적진을 둘러싸면서 차가운 기운이 사람을 엄습했다. 청운도인이 크게 놀라서 소리를 질렀다.

"원수는 잠시 검을 거두시오. 그대의 높으신 성함을 듣고 싶소이다."

양장성이 말했다.

"그대는 도술을 다 펼쳐서 승부를 겨루기만 하면 될 뿐이다. 이름을 알아서 무엇하겠는가."

그러자 청운도인이 수레에서 내려 몸을 변화시키더니, 도동의 모습으로 양장성 앞으로 나와서 말했다.

"사형께서는 저를 몰라보시겠습니까?"

양장성은 간계를 부리는 건 아닌지 의아하게 여기면서 부용검을 짚고 크게 꾸짖었다.

"웬 도적놈이 어찌 감히 어지러이 말을 하는가."

도인이 다시 보고 당황하여 말했다.

"원수는 백운도사의 제자 홍혼탈 장군이 아니십니까?"

양장성이 그 말을 듣고 이상하게 여기면서 말했다.

"도동은 어떤 사람인가?"

"저는 백운도사의 제자 청운입니다. 지금 원수의 검술과 얼굴을 뵈니, 저의 사형 홍혼탈 장군과 비슷합니다. 원컨대 존귀한 성함을 듣고 싶습니다."

양장성이 그제야 도사의 말투에 묘족苗族 사투리가 섞여 있는 것을 알고는 얼굴빛을 고치며 말했다.

"나는 대명군 대원수 양장성이다. 일찍이 백운도사의 높으신 명성을 들었는데, 그 제자의 신분으로 어찌 도적을 도와서 천하를 소란스럽게 하는가?"

청운도인이 부끄러워하면서 말했다.

"제가 홍형과 더불어 백운동에서 있을 때 백운도사를 스승님으로 모시고 있었지요. 그러다가 홍형이 만왕 나탁을 구출하려고 산을 내려간 뒤 스승님께서도 서천 극락세계로 가셨습니다. 저 혼자 산속에 살면서 약초를 캐는 것을 일삼다가, 적장 야선이 지성으로 간청하기에 애써 이곳으로 온 것이지 본래 제가 좋아서 따라온 것은 아닙니다. 이제 산속으로 돌아가렵니다. 그런데 모를 일이군요, 원수의 검법과 모습이 어쩌면 우리 사형과 이렇게 똑같은 것이지요?"

양장성은 하늘이 내린 효성으로 모친이 어려웠던 시절 교유했던 사람을 만나니 어찌 감동하지 않겠는가. 이에 조용히 사과하면서 말했다.

"제가 일찍이 들으니 모친께서 젊은 시절 떠돌아다니시며 백운도사를 스승님으로 모셨다고 하더군요. 선생의 옛날 지인은 바로 제 모친입니다. 잠시 자리를 같이하시지요"

청운도사가 놀라 기뻐하면서 양장성의 손을 잡고 눈물을
머금으며 말했다.

"우리 사형께서 산속에서 고초를 겪으셨지만 이제는 이 같
은 아들이 있으시니, 만년의 복이 창대하시군요. 그러나 다시
사형을 배알할 기회가 없으니 어찌 슬프지 않겠습니까?"

양장성이 말했다.

"선생의 말씀이 이와 같으시니, 우리 진영에 머무르면서 적
을 격파할 계책을 가르쳐 주십시오."

도사가 웃으며 말했다.

"이미 그 사람을 위하여 왔다가 도리어 그 사람을 해친다면
이는 도리가 아닙니다. 저는 여기서 가겠습니다. 원수의 지략
으로 어찌 조그마한 적장을 걱정하십니까? 일찍 큰 공을 세우
고 돌아가서 모친을 뵙거든 '옛날 백운도사 평상 앞에서 차를
끓이던 청운동자를 만났다'고 말씀드려 주십시오."

그는 말을 마치자 공중으로 몸을 솟구쳐 청학青鶴으로 변하
더니 어디론가 사라졌다. 양장성은 망연자실하여 슬픈 빛을
지우지 못하다가, 즉시 무곡진을 변화시켜 기정팔문진을 만
들어 놓고, 한비렴과 뇌문경으로 하여금 싸움을 걸게 했다. 야
선이 그들을 맞아 여러 합 싸우던 중 두 장수가 패주하는 척
하면서 달아났다. 야선은 본래 성질이 급하고 꾀가 없는 자로,
두 장수를 따라 곧바로 명나라 진영으로 들어갔다. 순간 양장

성은 기정팔문진의 생문을 닫고 사문을 열었다. 야선이 좌충우돌했지만 끝내 벗어날 수 없었다.

이때 소울지는 위급함에 빠진 야선을 구하려고 도끼를 들고 명나라 진영으로 쳐들어갔다. 사방이 철통같이 막힌 가운데 오직 문 하나만이 열려 있는 것이었다. 소울지는 크게 고함을 지르며 돌입했지만, 이 또한 사문이었다. 칼과 창이 숲을 이루었고 화살과 돌이 비오듯 쏟아졌다. 탈출구가 전혀 보이지 않았다. 말을 돌려 나오려고 하는데, 갑자기 함정에 빠지면서 말에서 떨어져 갇히게 되었다.

야선은 더욱 분노를 이기지 못하고 동쪽을 공격하니 동문이 열렸다. 그 문으로 나갔지만 또 다른 문이 나타났다. 북쪽을 치자 북문이 열렸지만, 그 문을 나서자 또 다른 문이 나타났다. 하루 종일 64개의 문을 드나들었지만 진 밖으로 나갈 수 없었다. 야선은 분기탱천하여 호랑이처럼 날뛰었다. 그러는 중에 중앙문 하나가 열리더니 양장성이 높이 앉아 호령했다.

"야선아! 너는 아직도 항복하지 않는가!"

야선이 크게 노하여 그 문으로 쳐들어가려 하는데, 양장성이 웃으며 깃발을 흔들자 문이 닫히면서 칼과 창이 서릿발처럼 에워싸는 것이었다. 야선이 다른 길을 찾으려는데, 또 하나의 문이 열리면서 양장성이 호령했다.

"야선아! 이래도 항복하지 않는단 말이냐?"

야선이 막 쳐들어가려는데, 문이 닫히면서 칼과 창이 전처럼 삼엄하게 에워쌌다. 이렇게 두세 번을 하는 가운데 야선은 몸에 열 군데나 창에 찔렸다. 그는 스스로 탈출할 수 없다는 것을 알아차리고는 크게 한 소리를 지르더니 말에서 떨어져 스스로 목을 찔러 자결했다. 양장성은 그의 목을 베어서 말 아래에 매달고 대군을 몰아 적진으로 쳐들어가 마구 죽이니, 흙이 무너지고 기왓장이 한꺼번에 깨지는 듯하면서 시체가 산을 이루었다. 항복하는 자는 죽이지 않겠노라고 하니, 적병들이 한꺼번에 투항했다. 양장성은 대군을 몰고 본진으로 돌아와 소울지를 장막 앞으로 불러 말했다.

"야선이 비록 죽었지만 남아 있는 병사들이 아직도 많다. 너는 다시 싸울 수 있겠는가?"

소울지가 머리를 조아리며 사죄했다.

"소장은 다시 태어난 목숨입니다. 원수의 장막 앞에 저를 맡겨서 견마의 정성을 다하겠습니다."

그는 손가락을 깨물어 맹세를 했다. 양장성은 그 뜻을 기특히 여겨 휘하에 거두어들이고, 항복한 적병들을 불러 말했다.

"너희들은 대명국의 백성이다. 야선의 꾀에 빠져서 죽을 땅을 범했지만, 이제 다시 평민이 되었으니 집으로 돌아가 농사일에 힘쓰도록 하라. 다시는 반역의 마음을 품지 말라."

사람들이 모두 머리를 조아리며 사죄하는데, 어떤 사람은 손발로 춤을 추기도 하고 어떤 사람은 감격하여 우는 사람도 있었다. 그들은 모두 집으로 돌아갔다.

양장성이 남쪽 지방을 평정하고 개선의 노래를 부르며 초 나라 왕성으로 돌아온 뒤, 조정으로 승전보를 보냈다.

한편, 괵귀비는 양장성이 공을 세운 것을 기뻐하면서 더욱 사랑하고 존경하여 빈객의 예로써 접대했다. 양장성 역시 일부러 사양하지 않고 사위로서의 아름다운 태도로 풍류와 음악 등을 질탕하게 즐겼다.

그러던 어느 날 양장성은 이렇게 생각했다.

'내가 우연히 천자의 명령 때문에 이곳에 왔다가 백년가약을 맺은 아름다운 사람을 지척에 두고도 보지 못하고 그냥 돌아간다면 이 어찌 남자로서의 기상이겠는가.'

그는 계책을 하나 생각한 다음 괵귀비를 만나기를 요청하며 말했다.

"귀비께서는 일찍이 연왕부에서 저를 사위의 예로 보아 주셨고, 또한 저희 어머님과는 지기지우의 관계를 맺으셨습니다. 오늘 배알하는 것이 예에 어긋나지는 않을 듯싶습니다."

그 말에 괵귀비는 흔연히 허락했으나, 초옥군주가 조용히 간언했다.

"양원수가 예전에는 어린아이였기에 서로 만나 보는 것이 그리 괴이할 것이 없었습니다. 허나 이제는 장성하여 관직에 있는 몸이니, 명분 없이 그를 만나는 것은 불가한 일입니다."

괵귀비가 웃으며 말했다.

"옛날 내가 난성후와 자매의 의를 맺었을 뿐만 아니라 훗날

사위가 될 사람의 간청인데, 어찌 들어 주지 않는단 말이냐?"

그녀는 양장성을 내당으로 초청하여 예를 갖춘 뒤에 이렇게 말했다.

"젊은 나이에 이런 큰 공을 세웠으니 기뻐 축하하는 마음이 어찌 한량이 있겠소?"

양장성 역시 감사를 드리며 말했다.

"이는 모두 황상 폐하와 초왕 전하의 큰 복입니다. 소자에게 무슨 공이 있겠습니까?"

곽귀비가 말했다.

"난성후가 황성 집으로 돌아가셨지만, 만리변방에 얼굴을 대할 길이 없어서 슬프기 한이 없었는데, 이제 원수의 옥 같은 얼굴을 대하니 마치 난성후를 대한 듯하여 기쁨을 이기지 못하겠소."

양장성이 말했다.

"남아의 행동은 본래 정해진 바가 없지만, 만리타국에서 이처럼 만나뵙는 것은 예기치 못한 일입니다. 장차 조서를 기다려 급히 돌아가야 하기 때문에 잠시 뵙기를 청한 것입니다."

곽귀비가 낭랑하게 웃으며 말했다.

"내가 난성후와 관포지교 같은 정이 있고 진진지의秦晉之誼*

---

* 춘추시대에 진(秦)과 진(晉) 두 나라는 대대로 혼인을 해왔다. 이 때문에 후에 혼인을 맺는 것을 이렇게 표현한다.

가 있으니, 오늘 이처럼 찾아온 것이 더욱 다정하오."

그러고는 술잔을 올리면서 친히 권하니, 양장성이 연달아
여러 잔을 마셨다. 붉은 술기운이 얼굴에 가득하고 이야기하
며 웃느라고 바람이 일었다. 괵귀비는 더욱 사랑해 마지않았
다. 양장성이 미소를 지으며 말했다.

"소자가 풍류로운 마음으로 객관에 며칠 머무르는 것이 너
무도 무료합니다. 듣자오니 초나라 여자들은 때때로 활과 말
을 다루는 재주가 있다고 합니다. 궁중에 필시 낭자군이 있을
듯하니 내일 후원에서 궁녀들의 재주를 한번 감상하고 싶습
니다."

괵귀비가 웃으며 말했다.

"나 역시 이런 일을 제일 좋아한다오. 궁인들을 가르쳐 활
을 당기고 말을 달리는 사람이 수백 명이나 되지요. 원수께서
한번 구경하고 싶으시다면 무슨 어려움이 있겠습니까?"

다음 날 괵귀비는 수백 명의 궁녀를 선발하여 융복을 입히
고 후원에서 무예를 연습시켰다. 양장성 역시 홍포 성관 차림
에 활과 화살을 차고 대완마를 타며 연무장으로 갔다. 초나라
궁녀들은 양장성의 무예가 절륜하다는 사실을 알고 있었다.
선명하게 단장하고 자신의 재주를 다하여 우열을 다투었다.
어지러이 날리는 칼날은 봄눈이 영롱하게 날리는 듯하고 조
각조각 흐르는 화살은 새벽별이 번쩍이다 사라지는 듯했다.
푸른빛 장식품과 꽃무늬 비녀는 말 앞에 떨어지고, 푸른 옷 붉

은 치마는 햇빛에 빛났다. 양장성은 칭찬을 그치지 않았다.

그때 홀연 푸른 까치 한 쌍이 연무장 위를 지나갔다. 모든 궁녀들이 그 새를 쏘았지만 맞추지 못하니 자연히 연무장이 소란스러워졌다. 초옥군주가 누각 위에서 주렴을 드리우고 구경하다가, 양장성이 멀지 않은 곳에 있는 것이 부담스러워 누각 깊은 곳으로 옮겨 앉았다. 양장성이 그녀가 있는 곳을 응시하다가 상황을 짐작하고 마음속으로 생각했다.

'궁 안에 부끄러움을 머금고 피할 사람이 딱히 없는데, 지금 동정을 살펴보니 필시 초옥군주가 분명하다. 내 마땅히 초옥을 놀라게 하여 당황해하는 모습을 봐야겠구나.'

그는 허리춤에 차고있던 화살을 뽑아서 까치를 쏘는 척하며 누각 위쪽을 향해서 쏘았다. 흐르던 화살이 주렴을 걸어 두었던 갈고리를 부러뜨리면서 주렴이 떨어지니 초옥군주는 창졸간에 피할 수가 없었다. 양장성이 미소를 지으며 멀리서 바라보니, 아리따운 자태는 밝은 반달이 구름 위로 솟아오른 듯하고 황망해하는 빛은 한 무리의 날아가는 기러기가 가을바람에 놀란 듯했다. 그녀는 부끄러운 모습으로 몸을 돌려 안으로 들어갔다. 양장성이 미소를 지으며 곽귀비에게 사죄했다.

"소자가 활 쏘는 재주가 없어서 주렴 갈고리를 잘못 맞추어 깨뜨렸습니다. 부끄럽습니다."

곽귀비가 크게 웃으며 말했다.

"옛사람이 병풍 속 공작을 쏘아 백년가약을 맺었다고 하더니, 지금 주렴 갈고리를 맞춘 것도 하나의 기이한 일이오. 원수의 궁술이 이처럼 신기하니, 원컨대 한번 구경해 봅시다."

양장성이 흔쾌히 응낙하고 말했다.

"소자는 물건을 걸지 않으면 활을 쏘지 않습니다. 만약 활을 쏘아서 100보 밖의 버들잎을 맞추지 못한다면 천금의 값어치가 있는 저의 대완마를 귀비께 바치겠습니다. 만약 맞춘다면 무엇을 주시겠습니까?"

괵귀비가 웃으면서 말했다.

"초나라가 비록 작기는 하지만 원수가 요청하는 정도야 있겠지요."

양장성이 말했다.

"그럼 다른 물건을 말씀하실 것 없이, 비단 1천 필을 내려 주십시오."

괵귀비가 허락했다. 양장성은 궁녀에게 1백 보 밖에 창대를 하나 세우고 창 끝에 버들잎 하나를 걸어 두게 했다. 그는 붉은 활에 대우전으로 한 번 쏘아서 버들잎의 가운데를 꿰뚫었다. 연무장을 가득 메웠던 궁녀들과 좌우의 여러 사람들이 일시에 갈채를 보냈다. 양장성이 비단을 달라고 재촉하자 괵귀비는 즉시 아름다운 무늬가 새겨진 비단 1천 필을 가져오게 했다. 양장성이 미소를 지으며 한 필 한 필 모두 궁녀들에게 나누어 주고 나서 음악을 연주하게 하니, 술자리가 낭자하여 날이 저문 뒤에야 끝났다.

한편, 천자는 양장성을 보내 놓고 승전보를 고대하고 있었는데, 초나라 사신이 와서 양장성의 상소문을 올리는 것이었다. 천자는 그 상소문을 보고 크게 기뻐했다. 백관들의 축하를 받은 뒤 연왕 양창곡을 불러서 그의 손을 잡고 말했다.

"경의 부자는 모두 나라에 공훈을 세웠으니, 고금에 드문 일이오. 양장성은 병부상서를 겸하도록 하고, 경과 난성후는 식읍 5천 호를 더하도록 하겠소."

양창곡이 여러 차례 상소문을 올리면서까지 사양했지만 천자는 윤허하지 않았다.

이때 황태후는 양장성의 승전보를 듣고 천자에게 말했다.

"장성이가 이미 초나라에서 큰 공을 세웠다고 하오. 초옥의 나이가 열세 살이니, 혼례를 하고 난 뒤에 돌아오는 것이 좋을 듯하오."

천자가 그 명에 응하고, 연왕 양창곡을 순무사巡撫使로 제수하여 초나라로 먼저 보냈다. 초왕과 함께 백성들을 위로하여 어루만지도록 하면서, 겸하여 양장성의 혼례를 치르도록 하려는 의도였다. 연왕은 조정에서 물러나와 부모님께 이 사실을 아뢰고, 다시 강남홍에게 말했다.

"황상께서 황태후의 뜻을 받들어 장성이의 혼사를 재촉하시고, 혼례를 치른 뒤에 돌아오라 하시는구려. 감히 사양하지 못하겠지만 아직도 준비가 덜 되었으니 어쩌면 좋겠소?"

강남홍이 웃으며 말했다.

"오늘의 일은 첩이 이미 생각하고 있던 것이라서 대략 마음을 두고 있었습니다. 염려하지 마세요."

양창곡이 크게 기뻐하면서 며칠 뒤 초나라로 출발했다. 천자는 비단 등을 후히 하사했다.

한편, 양장성은 초나라에 군대를 머무르게 하고 천자의 조서가 오기만을 고대하고 있었다. 그런데 부친인 양창곡이 순무사가 되어 온다는 소식을 들었다. 그는 초왕과 함께 왕성 밖으로 나가서 맞아들이고, 궁중에 잔치를 열었다. 잔치가 끝난 뒤에 천자의 칙어勅語로 군사와 백성들을 위로했다. 양창곡이 초왕 화진에게 말했다.

"제 아들의 나이가 열네 살밖에 안 됩니다. 초례가 그리 급한 것은 아니지만 황제의 명령이 이렇게 정중하시니, 일찍 혼례를 치러서 대군을 오래 머무르게 하지 않았으면 좋겠소."

초왕이 말했다.

"과인이 방금 전쟁을 겪은 터라 아직 나라가 정돈되지 않았소. 수십 일이 지나야 준비할 수 있겠습니다."

초왕은 그날로 일관에게 날을 잡도록 하니 혼례일까지 십여 일밖에 남지 않았다. 그는 곽귀비에게 혼례 준비를 하도록 하고, 매일 양창곡과 흉금을 터놓고 이야기를 했다.

"우리가 자개봉에서 이별한 뒤 지난 일을 생각해 보면 꿈과 같소이다. 이곳에서 상봉하게 된 것이 또한 뜻밖이니, 어찌 기쁘지 않겠소?"

어느새 혼례일이 되었다. 양장성은 홍포와 옥대 차림으로 나무로 새긴 기러기를 안고 초옥군주는 봉관 수삼繡衫 차림으로 혼례를 행하니, 위의가 당당하여 진실로 군자와 숙녀요, 영웅과 가인이었다. 3일 동안 화촉을 밝힌 뒤 친영할 준비를 했다. 초왕은 딸을 데리고 황성으로 가서 조정에 들어가게 되니, 왕비와 귀비들은 초옥군주의 손을 잡고 슬퍼하며 말했다.

"여자가 시집을 가면 부모형제를 멀리 떠나는 법이다. 이제 멀리 이별하게 되니 그리운 정을 어쩌겠느냐. 그렇지만 너는 궁중에서 자라서 규방의 범절과 예의를 모르고 시부모님을 효성으로 모시는 것에도 어두우니, 이는 모두 어미의 잘못이다. 너는 시댁으로 시집을 가서 유순함에 힘쓰고 남편의 뜻을 어기지 말라. 조심하고 공경하도록 해라."

초옥군주 역시 어머니 곽귀비의 품에 엎드려서 눈물을 흘리며 몸을 일으키지 못하는 것이었다. 초왕이 떠나기를 재촉하니 초옥군주는 칠향거七香車에 올랐다. 궁녀들과 궁중의 관속들이 20리 밖까지 나와서 전송하고 돌아갔다. 양장성은 대군을 거느리고 먼저 출발했고, 초왕 화진과 연왕 양창곡은 초옥군주를 거느리고 뒤따라 출발했다. 수레와 짐이 십 리나 이어져서 구경하는 사람들이 구름처럼 몰려들었다.

열흘 뒤 그들은 황성에 도착했다. 초왕은 초옥군주와 함께 천자가 거처하는 곳으로 들어갔다. 양창곡은 먼저 들어가 복명했다. 천자는 수레를 준비하여 십 리 밖까지 나가서 헌괵례를 거행했다. 도원수 양장성은 교외에 대군을 머무르게 하고 개선가를 연주하니, 군악 소리가 하늘을 뒤흔들고 깃발은 해를 가렸다. 군례를 준비하여 야선의 수급을 받들어 단상에 올렸다. 천자는 몸을 굽혀 양장성을 위로하고 삼군을 배불리 먹인 뒤 수레를 돌려 궁으로 돌아갔다. 양장성은 다시 파진악을 연주하여 대군을 모두 풀어서 돌려보낸 뒤, 집으로 돌아갔다.

이때 강남홍은 양장성이 개선을 하여 돌아왔다는 소식을 듣고 기쁨을 이기지 못했으며, 조급해하는 기색으로 신발을 끌면서 문에 기대어 기다렸다. 양창곡이 웃으면서 말했다.

"낭자의 오늘 기쁨을 예전 내가 전쟁에서 이겼을 때의 기쁨과 비교하면 어떻소?"

강남홍이 웃으며 말했다.

"상공이 공을 세우신 것은 천첩이 세운 공이지요. 그때는 도리어 기쁜 줄을 모르겠더니, 오늘 일은 더욱 신기합니다. 마치 사안謝安이 신발굽 빠진 것도 모르던 일*과 같습니다."

이 말에 양창곡은 크게 웃음을 터뜨렸다. 잠시 후 양장성이 도착하여 부모님께 인사를 올렸다. 그러고는 어머니를 모시고 승전한 일을 자세히 아뢰었다. 강남홍이 흔연히 말했다.

"너의 이번 승리는 내가 미리 예상했던 것이다. 그러나 끝

---

* 동진(東晉)의 재상이었던 사안이 그 조카인 현(玄)이 승전하여 돌아오자, 신발굽이 빠진 것도 모르고 달려나갈 정도로 기뻐했던 일을 말한다.

내 젊은 혈기로 힘을 믿고 가볍게 싸운 것은 안 될 일이니, 이후로는 조심하도록 하여라."

양장성은 또 청운도사의 말을 전하니, 강남홍은 놀라면서도 기쁜 모습으로 웃으며 말했다.

"청운은 본래 경망스러워서 잡술을 너무도 좋아했지. 옛날 버릇을 고치지 못했구나."

다음 날 천자는 백관을 모아 놓고 세운 공적에 따라 상을 줄 것을 논의했다. 도원수 양장성은 병부상서에 임명하고 식읍 1만 호를 하사했다. 부원수 뇌문경은 좌장군에 임명하고 식읍 7천 호를 하사했으며, 행군사마 한비렴은 병부원외랑兵部員外郎에 제수하고 식읍 5천 호를 하사했다. 그 이하 모든 장수들도 공에 따라 상을 하사하고 나서 하교했다.

"초옥군주는 짐의 조카딸이다. 오늘 친영의 예를 행했으니, 집안 식구의 예에 따라 짐이 친히 연왕부로 가서 보겠노라."

이때 초왕이 궁궐 안으로 들어가니 황태후는 기뻐하던 중에 초옥군주를 보고는 더욱 기뻐하면서 말했다.

"네가 대여섯 살 무렵에 보았는데, 그 사이 의젓하게 장성했구나."

황태후가 초왕에게 말했다.

"내 딸아이는 별 탈이 없는가?"

초왕이 말했다.

"큰 병은 없습니다."

한편, 윤형문은 양창곡에게 말했다.

"황상께서 친히 그대 집으로 가신다면 필시 상당히 군색할 것일세. 사위는 일찍 퇴궐하는 것이 좋겠네."

양창곡이 그 말을 옳게 여겨 곧바로 퇴궐하려 했다. 천자가 웃으면서 말했다.

"경이 이제 큰 손님을 만나서 상당히 군색하겠지만, 집안 식구 자리를 하나 마련하여 간소한 음식을 사양치 말아 주시오. 너무 크게 벌여서 불청객이 불안한 마음을 가지지 않게 해 주시오."

양창곡이 황공해하며 머리를 조아리고 물러나 집으로 돌아왔다. 그는 부모님께 이 일을 알리고, 강남홍에게 말했다.

"천자께서 창졸간에 우리 집으로 오신다고 하는데, 나는 시중드는 예절에 일찍이 마음을 써 본 적이 없었소. 이번 일은 그대가 주관을 하는 것이니, 재량껏 봉행하는 것이 좋겠소."

강남홍이 웃으며 말했다.

"오늘 신부 덕분에 험한 시어머니의 체통을 세우려 했더니, 상공께서 또 이 재미를 막으시는군요."

그녀는 벽성선과 일지련 두 낭자에게 부탁했다.

"우리 세 사람은 동고동락하는 것이 마땅하오. 낭자들이 대추를 어루만지는 날, 마땅히 나도 수고를 아끼지 않으리니, 오늘 혼례에서 우물물을 긷고 절구질을 하는 수고를 아끼지 말아 주세요."

그녀들은 옷자락을 걷어붙여 음식 만드는 것을 살피고, 여러 하인들과 함께 일하고 담소를 나누기도 하면서 감독을 했다. 산들바람처럼 민첩했고 붓끝처럼 정돈되니, 삽시간에 모든 음식이 구비되고 상차림이 가지런해져서 조금도 미흡한 것이 없게 되었다. 여러 하인들은 서로 돌아보며 감탄했다.

"우리는 난성후께서 가인 중의 영웅인 줄로만 알았는데, 오늘 보니 어느 곳에 계시더라도 못하시는 게 없구나!"

잠시 후 문밖이 소란스러워지면서 천자가 초왕과 함께 초옥군주를 데리고 도착했다. 조정의 모든 관료들이 성복을 차려입고 수레와 말이 모여들었다. 의장행렬이 문 앞에 가득했고 연왕부 안은 소란스러웠다. 내당에는 음식이 잔뜩 차려져 있었다. 양현은 청포와 오사모 차림으로 남쪽을 향하여 주인 자리를 차지해 앉았고, 허부인은 난모煖帽와 수놓은 치마를 입고 동서를 나누어 앉았다. 양창곡은 홍포와 옥대 차림으로 서쪽을 향하여 앉았으며, 윤부인과 황소저는 화관과 수놓은 저고리를 입고 동쪽을 향하여 앉았다. 강남홍은 칠보수고七寶垂髻와 녹라원삼綠羅圓衫 차림을 하고 벽성선과 일지련 두 낭자와 함께 첩실의 순서를 따라 앉았다. 양장성은 자줏빛 비단으로 장식한 상아홀을 든 채 양경성과 양인성을 거느리고 양창곡의 옆에 시립했다. 좌석은 반듯하고 위의는 엄숙하여, 단산의 봉황이 새끼들을 데리고 날아내리는 듯 푸른 바다의 밝은 구슬이 광채를 내면서 하나하나 밝게 비추는 듯했다. 붉고 푸른 옷차림새는 얼굴에 비추어 영롱하게 빛나고 비단옷과 치마는 집에 가득하여 휘황찬란했다. 조화로운 기운과 상서로운 빛이 천고에 드문 자리였다.

잠시 후 신부가 봉연鳳輦에서 내렸다. 비단옷과 수놓은 치마에 온갖 장식을 달고 칠보아야고七寶兒髢髻를 얹었으며 명월패를 드리운 모습이었다. 초나라 궁녀 10여 명과 연왕부의 몸종 수십 명이 각각 아름다운 화장과 성장盛粧을 한 모습으로 신부의 앞을 막고 뒤를 옹위하여 대청으로 올랐다. 덕이 있는 모습과 어여쁜 자태를 그 누가 칭찬하고 감탄하지 않겠는가. 그녀는 시조부모에게 팔배례八拜禮를 마치고, 시부모인 양창곡과 윤부인, 황소저에게도 팔배례를 행했으며 강남홍에게 네 번 절을 했다. 그리고 벽성선과 일지련에게 두 번 절하니, 두 낭자가 몸을 숙여 답례를 했다. 양경성과 양인성 형제와도 각각 예를 마친 후에 취봉루 옆 화월정花月亭으로 처소를 정하여 쉬도록 했다.

천자는 외당에 머무르면서 양창곡 부자가 예를 마친 뒤에 즉시 외당으로 나오도록 했다. 천자가 웃으며 말했다.

"오늘 짐이 연왕부로 온 뜻은 강남홍을 축하하기 위한 것이다. 즉시 불러오라."

강남홍이 대청 아래에서 배알하려 하니, 천자가 대청 위로 올라오도록 하고는 초왕에게 말했다.

"옛날 송나라 태조는 평민의 복색으로 승상 조보趙普의 집에 자주 들렀다고 하오. 조보의 처는 친히 술잔을 올렸고, 태조는 형수님이라고 불러서 마치 한집안 식구와 같았다고 하오. 이는 천고에 아름다운 일이오. 이제 짐이 송나라 태조와 같은 덕은 없지만, 난성후의 어질고 맑은 덕은 조보의 아내보다 뛰어나리니, 짐이 제수씨라고 불러서 대우하리라."

그러고는 강남홍에게 말했다.

"제수씨는 나라를 위하여 어진 아들을 천거했으니, 오늘 짐의 형제가 이처럼 즐거운 것은 바로 제수씨의 공이오. 갚을 길을 모르겠구려. 이제 짐이 불청객으로 참석한 것은 제수씨의 경사스러운 잔치에서 한잔 술을 마시려는 것인데, 혹시 너무 크게 생각하여 벌인 것은 아니오?"

강남홍이 황공하고 부끄러워서 감히 대답을 하지 못하자, 초왕이 또한 강남홍에게 몸을 굽혀서 사례하며 말했다.

"난성후를 본 지 이미 7, 8년이 지났습니다. 초옥이를 품에 안고 담소를 나누던 때가 어제같이 완연한데, 세월이 훌쩍 지나가서 갑자기 요조시窈窕詩를 읊게 되니 두 집안 사이의 신의를 저버리지 않게 되었습니다. 비할 데 없이 기쁘지만 제 딸이 배운 것이 없어서 응당 귀 문중에 근심을 많이 끼칠 것입니다. 바라건대 딸과 다름없이 가르쳐 주시고, 철이 없는 것을 용서해 주십시오."

이 말에 강남홍은 몸을 구부리며 명을 받을 뿐이었다. 한참 뒤에 술상이 나오고 산해진미가 화려하면서도 정교하게 올려

지니 집을 가득 메운 관원들을 각각 접대하고, 궁궐에서 온 하인배들에게도 일일이 음식이 제공되었다. 그러나 집안은 평온하여 조금도 시끄러움이 없었다. 천자가 웃으면서 말했다.

"이는 필시 난성후가 일처리를 한 것일 게야. 창졸간의 일이지만 약속이 엄정하면서도 명확하고 경륜이 정제되었으니, 이 역시 병사를 부리는 방법이지."

천자는 종일토록 양창곡 부자와 함께 즐기면서, 임금과 신하가 한자리에서 집안 식구가 된 듯 즐거워하다가 날이 저물어서야 환궁했다. 양창곡이 여러 빈객들을 전송하고 영수각으로 가니, 허부인이 윤부인과 황소저, 강남홍, 벽성선, 일지련, 초옥군주 등을 데리고 어루만지면서 사랑스러워 어쩔 줄을 모르고 있었다. 양창곡이 어머니 허부인에게 아뢰었다.

"오늘 장성이의 혼사는 이미 끝났습니다. 경성이도 이미 장성했지만 정혼한 곳이 없으니 너무 마음이 쓰입니다."

윤부인이 말했다.

"얼마 전에 친정 아버님께서 소유경 상서의 딸이 올해 열한 살이라고 말씀하셨습니다. 재주와 덕이 뛰어나지만, 소상서께서 한미한 집안을 구하려고 경성이와의 혼사를 논의하려 하시질 않는답니다. 상공께서는 조용히 알아보시지요."

양창곡이 크게 기뻐하면서 말했다.

"소상서에게 따님이 있는 줄은 몰랐는데, 부인은 그 따님을 본 적이 있소?"

윤부인이 말했다.

"여러 차례 보았습니다. 배운 것은 어떤지 모르겠으나 외모는 뛰어나더군요."

양창곡이 머리를 끄덕이며 방을 나갔다. 윤부인이 웃으면서 강남홍에게 말했다.

"낭자는 사람을 알아보는 눈이 있어서 초옥군주를 한 번 보고도 그 어질고 맑은 덕을 아셨지만, 저는 소경이기 때문에 여러 차례 소소저를 보았지만 어찌 믿을 수 있으리오?"

강남홍이 웃으며 양경성을 보면서 말했다.

"우리 양경성 학사께서 소소저가 어진 사람인지 어떤지 알고 싶다면 나에게 소유경 상서댁으로 가서 관상을 보아 달라고 말씀하시게. 그러면 전혀 실수하는 일은 없을 것이야."

양장성이 눈을 들어 초옥군주를 보고 웃으면서 말했다.

"어머님께서 비록 관상을 보시지만 소자의 솜씨를 당하지는 못하실 겁니다."

벽성선과 일지련이 그 까닭을 물으니, 양장성이 껄껄거리며 크게 웃었다.

"세상에 사람을 보는 자들은 먼저 그 기미를 눈치채이기 때문에 다만 겉으로 꾸며진 것만을 보되 마음속의 천진함을 보지 못하는 겁니다. 소자가 초나라로 가서 여차저차했지요."

그리고는 까치를 쏜다는 구실로 주렴의 갈고리를 쏘아서 주렴을 떨어뜨린 일이며 초옥군주가 당황하여 피신하던 모습

등 그때의 광경을 잘 묘사해 내니 사람들이 포복절도했고 초옥군주는 얼굴이 새빨개져서 부끄러움을 이기지 못했다.

다음 날 소유경이 연왕부로 찾아왔다. 인사를 마친 뒤 양창곡이 웃으면서 말했다.

"붕우의 도가 폐기된 지 오래되었지만, 사람이 벗을 사귐에 있어 마음을 사귀지 않고 겉모습만 사귄다면 어찌 문제가 아니겠소?"

소유경이 웃으며 말했다.

"그렇지요."

양창곡이 말했다.

"그렇다면 소형이 이렇게 겉으로만 나를 대하시니, 이건 무슨 도리요?"

소유경이 놀라서 말했다.

"무슨 말씀이십니까?"

양창곡이 말했다.

"소제가 들으니 형께 따님이 있다 합디다. 우리 경성이가 나이는 찼지만 저의 부귀함을 싫어하셔서 허혼을 하지 않으신다 하더군요. 무릇 부귀와 궁달은 사람의 바깥 일이고, 뜻과 가슴속은 사람의 깊은 마음이오. 어찌 바깥의 것만 가지고 소홀하게 대하신단 말씀이오?"

소유경이 웃으면서 말했다.

"제가 어찌 부귀하다는 것 때문에 상공을 소홀하게 대하겠습니까? 단지 제 딸이 배운 것이 없어서 감히 부귀한 문중의 며느리감이 될 수 없다는 것이지요."

양창곡이 얼굴빛을 바꾸면서 말했다.

"저 역시 여남의 보잘것없는 집안 출신으로, 분에 넘치는 공명이 극에 달하여, 항상 경계하고 두려워하는 마음을 가지고 있소. 우리 집 아이의 혼사는 한미한 집안에서 정하려고 했소. 그런데 우연히 초왕과 정혼하게 되니 이 또한 하늘이 맺어준 인연이지 사람의 힘으로 된 것은 아니었소. 소형은 고집부리지 마시고 저희 아들놈과 혼인을 하게 해주시는 것이 어떻겠소?"

소유경이 말했다.

"상공께서 이미 말씀을 하신 것처럼, 저의 문벌이나 교분이 같은 처지입니다. 특별히 사양할 것이 없으니 어찌 다른 말씀을 드리겠소?"

이 말에 양창곡은 크게 기뻐하면서 담소하는 것이 더욱 다정했다. 그때 옆에 있던 사람들이 초왕이 왔노라고 알렸다. 양창곡이 그를 맞아들여 인사를 차린 후에 소유경은 자리를 피했는데, 초왕이 물었다.

"문밖에 수레와 말과 하인이 있기에, 집안에 큰 손님이 오셨는가 생각했었소. 그런데 어찌 이리도 조용합니까?"

양창곡이 웃으며 말했다.

"이부상서 소유경이 왔다가, 대왕께서 오시는 것을 보고 자리를 피했습니다."

초왕이 소유경을 초청하니 그가 와서 인사를 차렸다. 초왕이 공경하게 답례를 한 뒤에 말했다.

"과인이 먼 곳에 있어서 조정의 옛 벗과 떨어져 지낸 때가 많았습니다만, 상공의 명성은 우레처럼 들었던 터라 항상 너무도 인사를 하고 싶었습니다. 그런데 무슨 까닭으로 자리를 피하신 겁니까?"

소유경이 몸을 굽히며 말했다.

"소생이 불민하여 대왕께 아직 인사를 올린 적이 없었기에 감히 나서지 못한 것입니다. 어제 좋은 날을 맞이하여 초옥군주의 친영례를 순조롭게 치르시니 공경히 축하를 올립니다."

양창곡이 초왕에게 말했다.

"오늘 소생이 둘째 아이 혼사를 소유경 상서와 정했으니, 바라건대 대왕께서는 중매를 서 주십시오."

초왕이 웃으며 말했다.

"오늘은 꼭 술잔을 들어야겠소이다. 가인이 때를 잘 맞추어 왔군요."

초왕이 양장성과 양경성 형제를 부르니 두 사람이 나와서 좌우에 시립했다. 초왕이 연왕 양창곡에게 말했다.

"양형의 세 아들을 모두 불러오시오."

잠시 후 양인성, 양기성, 양석성이 차례로 나왔다. 인성은 열 살, 기성은 아홉 살, 석성은 일곱 살이었다. 초왕이 아이들

의 얼굴을 한 사람씩 자세히 보더니 크게 칭찬하고 감탄하며
말했다.

"난새가 서 있는 듯 백조가 머무는 듯, 지란 같기도 하고 옥
수玉樹 같기도 하군요. 양형 가문의 훗날 복이 갈수록 더욱 창
대해질 것이오. 그중에서도 인성이의 엄정한 모습은 훗날 반
드시 대성할 것이외다."

몇 달 뒤 초왕이 초나라로 돌아가려고 양창곡의 집에 들러
서 함께 조용히 술을 마셨다. 초왕이 한숨을 쉬며 말했다.

"과인이 친왕의 반열에 있지만 조정의 일에 참여하기를 원
치 않는 것은 양형도 아는 바요. 조정에 들어가 몇 달 머물
며 살펴보니, 조정의 기강이 해이하고 나랏일은 한심하더군
요. 전전어사 동홍은 본래 천민 출신으로 잡기를 숭상하여, 근
래에는 후원에 격구장을 만들고 궁중에서 날래고 용맹한 자
50, 60명을 선발하여 격구교위擊毬校尉라고 이름을 붙였소. 그
놈들은 백성들 사이를 횡행하고 있고 동홍의 교만방자함은
날로 더 심해지니, 후환이 적지 않아요. 과인이 틈을 보아 폐
하께 간언을 했지만 듣지 않으시고, 그저 한때의 우연한 일로
말씀하고 계십니다. 양형은 나라를 위하여 그 대책을 생각해
보세요."

양창곡이 탄식했다.

"저 역시 그 사실을 들었습니다. 근래 남쪽 지방을 평정하
느라 조정에 자연히 일이 많아서 미처 거론하지 못했습니다.

제가 탄핵하려 했던 사안입니다."

초왕이 한참 고민하다가 말했다.

"지난날 노균은 간사한 무리에 불과했지만, 지금 저 동홍은 음흉하면서도 대담한 자입니다. 양형은 이 점을 헤아리시어 매우 조심하셔야 합니다."

양창곡은 머리를 끄덕이며 말이 없었다. 다음 날 초왕이 출발할 때 다시 연왕부로 와서 딸 초옥군주와 이별하고 떠났다.

양창곡과 양장성이 초왕을 전송하고 돌아오다가 십자로에 이르렀을 때였다. 한 재상이 천리마를 타고 길을 가득 메울 정도로 하인들을 거느리고 오는 것이었다. 연왕부의 하인이 행차 앞에서 길을 피하도록 외쳤지만 그 재상은 피하지 않고 오히려 말을 달려 지나가려 했다. 연왕부의 부감府監이 크게 꾸짖었다.

"조정의 체통으로 보아 이렇게 할 수는 없는 일이다. 그 하인놈을 잡아 오너라."

그제야 그 재상이 말에서 내려 길을 양보했다. 양창곡이 지나면서 힐끗 살펴보니 바로 동홍이었다. 마음속으로 너무나 놀랍게 여겼지만 조그만 잘못을 크게 꾸짖고 싶지 않아 묵묵히 집으로 돌아갔다.

다음 날 양창곡 부자가 조정에 나아가 대루원에 앉아 있을 때였다. 동홍이 늦게 도착하자 모든 관료들이 어지러이 그의 앞으로 가서 예를 표했는데, 동홍은 그저 고개만 끄덕일 뿐이었다. 그는 양창곡보다 먼저 곧바로 합문으로 들어가려 했다. 양창곡이 대루원의 관리를 불러서 말했다.

"합문이 아직 열리지 않았고 대신들이 밖에 기다리고 있는데, 모든 관리 중에 먼저 들어가는 자가 있다. 이것은 무엇 때문이냐?"

관리가 대답했다.

"예전부터 전전어사 동홍 한 사람은 합문 출입에 구애를 받는 바가 없습니다."

양창곡이 노하여 꾸짖었다.

"합문은 궁궐 안에서도 매우 중요한 곳이다. 그 엄중함은 마치 군영과 같다. 만약 어지러이 들어가는 사람을 금하지 못한다면 마땅히 군율로 다스리겠다."

이에 문을 지키는 군사가 동홍을 막으니, 동홍은 들어가지 못하고 마음속으로 불쾌하게 여겼다.

얼마 뒤 양장성이 조회에 참석하자 천자는 그에게 잠시 머무르라 명하고는 말했다.

"오늘 황태후께서 경을 만나고자 하시니, 잠시 기다리도록 하라."

이에 양장성은 명을 받아 기다리고 양창곡은 즉시 물러났다. 천자가 편전에서 양장성을 불러 보았는데, 오직 대여섯 명의 환관, 십여 명의 궁녀와 전전어사 동홍 한 사람이 주변에서 모시고 있을 뿐이었다. 천자가 양장성의 손을 잡고 말했다.

"황태후께서 장차 후원에서 노니시는데, 경을 기다리도록 하셨다. 날이 저문 뒤에 퇴궐하도록 하라."

잠시 후 술과 음식을 하사하고, 소매를 잡고 후원으로 갔다. 탁 트이고 장려한 전각 앞으로 격구장이 만들어져 있었다. 동서로 수백 보고 남북으로 천여 보나 되었다. 천자가 웃으면서 말했다.

"이곳은 짐이 소일하는 곳이다. 당나라 때부터 격구를 치는 일이 있었지. 왕이나 고위 관료들이 거기에 빠져 유행이 되었는데, 이것이 군자가 할 놀이는 아니지만 궁중에서 무예를 항상 연습하기에는 좋다. 전전어사 동홍의 솜씨가 가장 뛰어나서, 짐이 그와 더불어 승부를 겨루었지만 한 번도 이기지 못했다. 내가 들으니 경의 무예가 절륜하다고 하는데, 한번 보고 싶구나."

양장성은 깊이 생각하다가 아뢰었다.

"신이 불민하여 일찍이 격구를 배운 적이 없습니다. 오늘 폐하의 구경거리를 만들어드릴 수 없겠나이다."

천자가 웃으면서 말했다.

"이것은 검술과 마찬가지다. 짐이 친히 시범을 보이겠다. 경은 한 번 보기만 해도 알 수 있으리라."

천자가 동홍을 부르자 그는 융복을 입고 50명의 격구교위를 데리고 왔다. 천자 또한 융복을 입고 격구장으로 내려가 말을 달렸다. 동홍이 말을 달리면서 격구장으로 들어가 공중에 채구를 던졌다. 천자가 쌍봉을 들어 동쪽으로 달리고 서쪽으로 뛰어들면서 동홍과 채구를 주거니 받거니 했다. 푸른 바다에서 쌍룡이 여의주를 다투는 듯 분분히 오가면서 반나절 동안 말을 달렸지만 승부를 가리지 못했다. 동홍이 갑자기 솜씨를 뽐내면서 몸을 솟구치더니 사납게 쌍봉으로 때리자 채구가 허공에 날아올랐다. 천자가 말을 달려서 받으려고 하는데 채구는 그만 땅에 떨어지고 말았다. 동홍이 격구의 북을 울리고 승전곡을 연주하자, 천자가 억지로 웃으면서 불쾌한 빛을 띠는 것이었다. 양장성은 화가 나서 마음속으로 생각했다.

'동홍의 무례함이 저와 같으니, 그 죄를 논하자면 조조가 임금 앞에서 함부로 사냥을 하던 것보다 더 심하구나. 내가 평소에 관운장關雲長이 조조의 머리를 베지 않은 것을 한스럽게 여기고 있었는데, 오늘 이 기회에 주허후朱虛侯 유장劉章*의 주령을 본받으리라.'

그는 천자에게 아뢰었다.

"신이 재주는 없으나 동홍 어사를 대적하여 오늘의 즐거움을 돕겠나이다. 그러나 신은 원래 오랑캐 출신이라 군령을 이용하고자 하오니, 지는 사람은 군율에 의해 벌을 주는 것이 좋을 듯합니다."

---

* 한나라 제도혜왕(齊悼惠王)의 셋째 아들로, 천자를 모시고 잔치를 하면서 군법의 예에 따라 술을 돌릴 때 한 사람이 술에 취해 주정을 부리자 가차없이 목을 베었다고 한다.

천자가 크게 기뻐하면서 허락했다. 동홍 역시 마음속으로 크게 기뻐하며 이렇게 생각했다.

'비록 무예가 절륜하다고는 하지만 격구 기술은 분명 서툴 것이다. 망령되게도 군율을 말하다니, 내가 한번 이겨서 저 놈의 거동을 살펴보리라.'

동홍이 쌍봉을 휘두르며 격구장으로 들어가니, 양장성이 미소를 지으며 말했다.

"융복을 가져오라!"

옷을 갖춰 입은 뒤 그가 동홍에게 말했다.

"나는 원래 쌍봉을 사용하지 않으니, 검으로 대신하겠다."

동홍이 허락하면서, 마음속으로 생각했다.

'검은 가벼워서 채구를 쳐 낼 수 없을 것이다. 한 번에 저 녀석이 패배할 것이다.'

동홍은 말을 달리면서 공중에 채구를 던졌다. 양장성은 패하는 척하면서 검으로 채구를 쳐서 동홍에게 보냈다. 동홍이 큰 소리로 외치면서 쌍봉으로 춤을 추며 공중에 던졌다가 힘을 다해서 한 번 내리쳤다. 채구가 공중에 솟구쳤다가 양장성 앞에 떨어지려 했다. 양장성은 몸을 피하면서 다시 검으로 쳐서 동홍에게 보내니, 동홍은 양장성이 겁을 먹은 것으로 알고 더욱 승리의 기세를 올렸다. 그는 평생 닦은 기술로 쌍봉을 번개처럼 휘두르면서 채구를 가지고 놀다가 힘을 다하여 양장성에게 보냈다. 양장성이 갑자기 쌍검을 뒤집으면서 채구를 한 번 쳤다. 채구는 공중에 백여 길이나 솟구쳐 올랐다. 동홍이 당돌하게 그것을 받으려고 하자 양장성이 웃으면서 검을 공중에 던져서 채구를 후려쳐 도리어 열 길이나 솟구쳐 오르게 했다. 동홍이 화가 나서 말을 달리다 그것을 바라보니, 양장성이 왼손을 검을 공중에 던져서 채구를 받아 다시 수십 길이나 솟구치게 했다. 양장성이 이에 쌍검을 던지니, 쌍검이 춤을 추면서 채구를 받아 반 시간이나 공중에서 희롱하는 것이었다. 동홍은 망연자실하여 말고삐를 잡고 서 있다가, 채구가 동홍의 말 앞에 떨어지자 손발이 당황스러워 받지 못했다. 양장성이 크게 웃으면서 손에 들고 있던 검을 들고 말했다.

"군중에서는 농담을 하지 않는 법이다."

그의 말이 끝나기가 무섭게 동홍의 머리가 땅 위에 떨어졌다. 좌우에 있던 사람들이 서로 쳐다보면서 얼굴색이 하얘졌다. 양장성은 검을 던지고 천자 앞으로 가서 땅에 엎드려 아뢰었다.

"폐하의 춘추가 한창이시니 나랏일에 바쁜 틈을 타서 시간을 보내실 일이 무궁한데, 어찌 천박한 사람을 가까이하시어 옥체를 손상하시고 소문이 해괴하게 나는 것입니까? 동홍의 방자함이 임금과 승부를 다투면서 의기양양해하는 지경에 이르니, 이런 버릇이 점점 자라면 난을 일으키는 역적들을 징계할 근거가 없어집니다. 신이 군령을 빌려서 간신을 참수했으니, 엎드려 바라건대 폐하께서는 격구 놀이를 폐지하시어 일월 같은 밝음이 가려지거나 이지러지는 일이 없게 해주소서."

천자는 얼굴이 처참하게 되어 묵묵히 한동안 있다가 말문을 열었다.

"짐이 비록 경의 충성심을 모르는 바는 아니지만, 동홍의 죽음은 나로 말미암아 벌어졌으니 측은하구나."

그러자 양장성이 다시 아뢰었다.

"간신 한 사람을 아끼시어 종묘사직을 돌아보지 않는다면, 그 대소경중이 어떻게 되겠습니까?"

천자가 그 말을 듣고 얼굴에 놀란 빛을 띠면서 말했다.

"경은 짐의 동량이로다. 이후에 또 이러한 잘못을 저지르면 오늘처럼 간언하도록 하라."

양장성이 황공하여 머리를 조아리고 물러났다. 집으로 돌아가 부모님께 그 일을 아뢰니, 양창곡이 얼굴빛을 바꾸고 크게 놀라며 말했다.

"아이가 철이 없고 임금을 섬기는 예를 배우지 못하여 이같이 방자한 짓을 했구나. 네가 관직이 정경正卿에 이르렀거늘, 임금을 모시면서 잡기를 가지고 충성심을 드러내다니 그것이 첫 번째 죄이다. 깊고 엄숙한 곳에서 칼로 사람을 죽였으니 그것이 두 번째 죄이다. 소인을 죽이는 법은 반드시 그 죄를 분명하게 바로잡고 시행해야 하는데 오늘 놀이를 핑계로 모호하게 참수했으니 그것이 세 번째 죄이다. 내가 못나서 자식을 가르치지 못했으니, 성주께서 비록 용서하셨지만 어찌 황공하지 않으리오."

그는 즉시 관복을 갖춰 입고 대궐 아래로 가서 죄를 청했다. 천자가 크게 놀라서 즉시 불러들였다. 양창곡이 머리를 조아리며 아뢰었다.

"신이 불충하여 나이 어리고 철없는 자식을 조정으로 들어가게 하여, 망령되이 폐하의 지척에서 동홍을 죽이게 했습니다. 신이 그 소식을 듣고 마음이 떨려서 무어라 말씀 올려야 할지 모르겠나이다."

천자가 겸손하게 치사하면서 말했다.

"이는 모두 짐의 잘못이오. 경은 너무 자책하지 마시오."

양창곡이 다시 아뢰었다.

"폐하께서도 장성의 무례함을 징계하시어 그 관직을 삭탈하시고, 격구위를 없애소서."

천자가 웃으며 말했다.

"격구위는 지금 혁파했거니와, 양장성의 관직은 올려 주어 그 충성심을 표창해야겠소."

이후 양창곡이 두세 번 더 아뢰었지만 천자는 끝내 들어주지 않았다.

세월은 흘러 양창곡이 조정에 들어온 지 5년이 흘렀고 양경성의 나이는 열일곱 살이 되었다. 소유경 집안과 길일을 택하여 혼인을 하게 되니, 위의의 장려함은 물론이거니와 소소저의 정숙함은 초옥군주보다 못하지 않았다. 양창곡이 위로는 부모를 모시고 아래로는 두 며느리를 거느려 집안이 화락하고 복록이 창성했다. 그러니 어찌 군자의 마음으로 번성하고 가득 찬 것을 근심하여 진원으로 다시 돌아갈 것을 생각하지 않겠는가.

이때 강서 지역에 흉년이 들어 민심이 흉흉하고 모반을 일으키는 난민들이 생겨났다. 천자는 그것을 근심하여 태수를 선택하여 지역을 진정시키려 했다. 그러나 사람들은 모두 그 자리를 피하려고만 들었다. 양경성이 부친 양창곡에게 아뢰었다.

"옛말에 이르기를 '서려 있는 뿌리와 얽혀 있는 마디처럼 처리하기 곤란한 일을 만나지 않으면 날카로운 도구를 특별히 필요로 하지 않는다'고 했습니다. 소자가 불초하긴 하지만 끝없는 천자의 은혜를 입어서 갚을 길이 없었는데, 이제 강서 태수江西太守를 자원하여 견마의 정성을 다해 만분의 일이나마 갚을까 합니다. 아버님 생각은 어떠십니까?"

양창곡이 말했다.

"어린아이가 어찌 그곳을 다스릴 수 있겠는가."

양경성이 말했다.

"부드러운 것은 강한 것을 제어할 수 있고, 약한 것은 센 것을 제압할 수 있다'[柔能制剛 弱能制强]고 했습니다. 갓난아기와 같은 백성들이 굶주림과 추위를 이기지 못해 숲과 강에서 서로 모여 병기를 희롱하고 있습니다. 은예와 덕으로 그들을 어루만져 신의를 보인다면 마땅히 마음이 편안해질 것입니다."

양창곡이 얼굴빛을 고치면서 칭찬했다. 그는 즉시 상소문을 올리니, 천자는 양경성을 강서태수에 임명했다. 윤부인이 양경성의 손을 잡고 탄식했다.

"너는 나이도 아직 어리고, 강서 지역 민심은 패악스럽다. 네 어미가 문간에 기대서 기다리는 근심스러운 마음을 무엇으로 위로하려느냐?"

양경성이 대답했다.

"충실함과 신의를 말하고 독실함과 공경을 행한다면 비록 오랑캐 땅이라도 도를 행할 수 있다"고 했습니다. 하물며 강서 지역쯤이겠습니까? 소자가 불초하오나 스스로 제 자신을 조심하여 충효를 저버리지 않도록 하겠습니다."

강서태수가 된 사람은 매번 먼저 스스로 겁을 먹고 위엄스러운 모습으로 성대하게 차리고는 마치 적군을 대하는 듯한 모습으로 그곳에 부임하곤 했다. 강서 지역에 도착하면 갑옷을 차려입은 군사로 호위를 하고 백성들을 만날 때면 도적으로 생각하여 다스리니, 민심은 더욱 소란스러워졌다. 그러나 양경성은 간략한 행장을 하고, 자신을 따라오던 구종꾼들을 돌려보냈다. 그러고는 먼저 강서군 관아에 효유문曉諭文 한 장

---

* 『논어』(論語) 「위령공」(衛靈公) 편에 나오는 구절로, 원문은 "言忠信, 行篤敬, 雖蠻貊之邦, 可行矣"이다.

을 보냈다. 그 글은 다음과 같았다.

강서태수는 백성에게 전하노라. 강서 고을이 불행하여 평소에 양
민이던 자들이 아무 이유 없이 도적이 되니, 이 어찌 본심이겠는
가. 위로는 부모가 추위와 굶주림에 떨고 있고 아래로는 처자식들
과 헤어져 흩어지니, 작은 양의 곡식이라도 바라면서 도적의 무리
에 몸을 맡기고 먹고살기 위하여 염치를 무릅쓰고 무슨 짓이든 하
는 것이리라. 이는 수령의 잘못이다. 내 이제 황상의 명을 받아 강
서 고을을 다스리나니, 비록 부모와 같은 자애로움은 없겠지만 우
물로 기어 들어가는 갓난아이를 불쌍하게 여기는 마음으로 슬픔
을 이기지 못하노라. 우선 백성들을 잡아들이라는 명령을 먼저 거
두어들이고 가두어 놓은 도적들을 풀어 준 뒤, 태수의 부임을 기
다리라.

양경성이 이 효유문을 먼저 반포하고 한 마리 말과 하인 두
사람을 거느리고 강서 고을 경계에 도착했다. 마을은 황량하
고 닭과 개 울음소리도 없이 고요했다. 강서 지역 곳곳에서 무
뢰배들이 무리를 이루어 숲속에 엎드려 있다가 창을 휘두르
고 칼을 끌면서 지나가는 행인을 위협해 물건을 빼앗고 있었
다. 그들은 강서태수가 새로 부임한다는 소식을 듣고 스스로
죄를 범한 사실을 두려워하여 장차 모여서 난을 일으키려 했
다. 그런데 효유문을 보고 놀라 흩어져서 신임 태수의 동정을

살폈다. 태수가 필마단기로 오는 것을 보고 경탄하지 않는 사람이 없었다. 먹고살 만한 백성들은 부끄러워했고 어려운 백성들은 자신들의 옛 행실을 후회했다.

양경성은 관아에 이르러 고을에서 세력이 강한 자 10여 명을 선발하여 현승縣丞으로 삼고 도적의 괴수 1백여 명을 자세히 조사하여 관아 뜰로 불러들여 타일렀다.

"너희들은 모두 양민이다. 굶주림과 추위를 이기지 못하여 망령되이 죄를 지었지만, 성스러운 천자께서 나를 보내시어 인의로 가르치라 하셨다. 잘못을 고칠 수만 있다면 너희들의 큰 죄를 용서하여 평민으로 만들어 훗날 집안의 화목함과 즐거움을 누리도록 할 것이다. 혹여 죄를 뉘우치지 않는다면 이는 나라를 어지럽히는 백성이니, 장차 관군을 일으켜서 뼈와 살을 모조리 뭉개 버릴 것이다. 굶주림과 추위를 참으면서 목을 보존할 것인가, 아니면 먹고살기 위하여 무기를 들고 돌아다니다가 죽을 것인가. 그 편안함과 위험, 선과 악이 과연 어떠한가."

그 말에 모든 사람들이 눈물을 흘리며 머리를 조아리고 말했다.

"저를 낳아 주신 분은 부모님이지만 저를 살려 주신 분은 관가官家입니다. 어찌 평민으로서 도적이 되기를 원했겠습니까? 바라건대 살 길을 가르쳐 주십시오."

양경성이 슬픈 모습으로 그들을 위로하고, 마침내 관가의 창고를 열어서 진휼했다. 그러자 모든 고을이 편안하게 안돈되었다. 제각기 농사일에 힘쓰게 되니 가을 곡식이 크게 수확되어, 길에 떨어진 물건을 주워 가는 사람이 없었고 밤에도 문을 닫지 않을 정도였으며, 관가에 소송하는 일 역시 잦아들었다. 교화가 크게 행해지면서 강서 고을이 잘 다스려졌다. 천자가 이 소식을 듣고 양경성을 예부시랑에 제수하니, 강서 지역 백성들이 길을 막고 더 머물러 다스려 주기를 원하는 것이 마치 갓난아기가 자애로운 어머니 슬하를 떠나는 듯했다.

이때 양경성은 예부로 들어가 식년대과式年大科를 맞이하여 과거시험을 열어 선비를 선발하게 되었다. 그는 과거의 폐해를 논하는 상소를 올렸다. 그 글을 다음과 같다.

예부시랑 신 양경성은 말씀을 올리나이다. 엎드려 생각건대, 선비는 나라의 근본이요 과거는 선비의 길이니, 치란흥망治亂興亡이 오직 여기에 달려 있습니다. 오늘날 선비의 풍습이 해이하고 과거의 법도가 무너져서, 선발을 관장하는 자는 사사로운 정을 돌아보고 재예를 닦는 사람은 요행을 바랍니다. 한 번 과거를 거치면 인심물정人心物情이 곱절이나 울분에 차게 되니, 과거를 주관하는 사람들도 두려워 겁을 먹습니다. 학문의 수준이 어떠한지는 묻지 않고, 선발된 자가 대단한 가문의 자손만 아니라면 '공정한 도'라 말합니다. 오늘날 종놈과 천민, 잡류와 어리석은 백성들이 요행을 바라면서 남의 손을 빌려 글을 쓰고 과거시험장을 가득 메워서 시험 답안지는 더욱 많아졌습니다. 어진 사람들은 이 사실을 한심하게 여기고 못난 사람들은 몰래 기뻐하고 있나이다. 초야에 묻혀있는 빈궁한 서생은 현실 문제를 모르고 곤궁함을 당연한 것으로 여기며 글을 읽으면서, 공명에 뜻을 두면 손가락질하며 조롱하지 않는 자가 없습니다. 세상의 도리가 무너짐이 이 지경에 이르렀습니다. 이 어찌 과거시험을 마련하여 선비를 선발하고 교화를 돕는 도리이겠습니까? 앞드려 바라건대 폐하께서는 군현에 조서를 내리시어 매년 각 군현의 유생을 선발하여 숫자를 정하여 예부에 올리고, 예부에서 3년에 1회씩 먼저 책문으로 그 사람의 경륜을 물어본 다음, 다시 시부로 문장을 시험하소서. 그렇게 합격한 자는 폐하께서 직접 얼굴을 맞대고 시험하시어, 만약 합격에 해당될 수 없는 자가 올라왔다면 그 사람을 추천한 수령과 과거시험을 주관한 관리에게 죄를 주시어 어지럽고 잡스러운 폐단을 없애 주소서.

천자가 이 상소문을 읽고 크게 기뻐하면서 다음과 같이 비답을 내렸다.

짧은 글이지만 모든 내용이 들어 있도다. 나라를 위한 충성이 지극히 가상하니, 경이 진술한 내용을 모두 윤허하노라.

며칠 뒤 천자는 다시 하교했다.

예부시랑 양경성의 치적이 현저하고 예부의 시험 관리가 공정하니, 진실로 공황지재龔黃之才요 직설稷契과 같은 어진 신하로다. 호부상서에 발탁하노라.

이때 양경성의 나이가 열아홉이었다. 위로는 천자의 은혜에 감격하고 아래로는 백성들을 근심하여, 충성을 다해 경륜을 법도대로 맞추었다. 천자는 더욱 그를 애중하여 그에 대한 신임이 나날이 융성해졌다. 양경성은 나라의 재정이 부족한 것을 걱정하여 다시 상소를 올렸다. 그 내용은 다음과 같다.

호부상서 신 양경성은 말씀을 올리나이다. 신이 둔하고 보잘것없는 재주로 특별히 폐하의 은혜를 입어서 탁지度支, 재정을 맡은 관리에서 죄를 기다리게 되었나이다.* 탁지는 나라의 근본입니다. 지나치게 절약하면 백성들이 힘들고 너무 느슨하게 집행하면 나라의 재정이 텅 비게 됩니다. 삼대 이전은 오래된지라 논할 것이 없으나, 십분의 일을 세금으로 걷는 것은 성왕의 옛 법입니다. 옛날에는 더 거두지 않아도 나라의 재정이 풍족했지만, 후세에는 감세해 주어도 재정이 고갈되니, 이것은 무엇 때문이겠습니까? 옛날 성인은 나라를 다스리고 경륜을 펼치는 것을 논의하매 재정의 쓰임을 절

---

* 죄를 기다린다는 말의 원문은 '대죄'(待罪)이다. 관리가 자신의 벼슬살이를 겸손하게 칭할 때 사용하는 표현이다.

약하고 백성을 사랑하는 것에 지나지 않는다 했나이다. 대개 재정의 쓰임을 절약하지 않으면 백성을 사랑하는 마음이 있다 해도 그들의 살갗을 도려내고 가혹하게 세금을 거둘 뿐입니다.

폐하께서는 만승의 부유함으로 넓은 집과 보드라운 담요에 추환羧羹*의 맛과 수놓은 비단옷이 어디서 나온 것인가를 생각하시면서 그 근본을 궁구하신다면, 갓난아기 같은 백성들이 밭 가운데에서 흘린 피땀과 곡식 낟알 한 톨마다 스민 고생스러움에서 나오지 않은 것이 없을 것입니다. 폐하의 옷 한 벌에 마땅히 근검함을 숭상하시고 한 그릇 밥에 마땅히 그들의 고생을 생각하시리니, 그렇다면 백성이 남은 힘을 풀고 그 혜택을 입을 것입니다. 그렇기 때문에 신은 태평시절 거리의 노인들이 부른 배를 두드리며 격양가를 부른 것이 바로 궁궐 계단을 세 단 흙으로 만들어서 검소하게 생활하신 요임금 덕분이며, 나라 창고의 곡식이 오래 묵어서 붉게 썩은 것은 한나라 문제文帝가 몸에 검은빛 거친 명주옷을 입고 생활한 덕**이라고 생각하나이다. 신이 비록 불충하지만 폐하의 맑은 덕을 어찌 모르겠습니까? 폐하께서 즉위하신 이래 토목 공사를 일으키지도 않으셨고 화려한 비단 옷에 마음을 두지도 않으

---

* 초식동물인 소나 양 같은 짐승을 '추'라 하고, 인간의 곡식을 먹는 개나 돼지 같은 짐승을 '환'이라고 한다. 여기서는 육식을 지칭하는 말로 쓰였다.

** 한나라 문제는 워낙 검소하여, 황제의 몸으로도 거친 명주옷을 입었다. 이 때문에 곡식을 세금으로 걷으면 사용할 일이 별로 없어서 썩는 일이 있었다고 한다. 여기서 창고의 곡식이 붉게 썩는다는 표현은 황제의 검소함을 드러내기 위해 긍정적으로 사용한 표현이다.

셨으니, 어찌 세 단 흙계단의 요임금과 검은 명주를 입은 한문제에게 사양하겠습니까? 그러나 여전히 거리의 격양가는 들리지 않고 창고의 곡식이 썩는 일이 보이지 않으니 무슨 까닭입니까?

신은 청컨대 이름 없는 백성의 일을 가지고 비유하겠나이다. 거리의 백성이 곤궁할 때를 대비하여 푼돈과 곡식을 간신히 얻어서, 진실로 먹는 것과 입는 것을 잘 경영하여 쓰임이 드나드는 것을 계산하고 점점 저축을 하게 되면 편안하고 즐거운 생활을 하게 될 것입니다. 그런데 자손이 그 집안을 물려받으면 집안의 풍족함을 볼 뿐 예전의 어렵고 고생스러움을 겪지 않아서 쓰임새는 크고 번거로우며 응대하는 곳이 많게 된다면 부족함은 오히려 예전보다 심하게 될 것입니다. 이는 필연적인 형세입니다. 이런 까닭에 여항의 백성들 집에서 선대에서 이룩한 가업을 지켜서 집안을 붙들고 나가는 사람들은 반드시 매우 조심하여, 부친과 조상께서 맨손으로 집안을 일으키신 마음을 가진 연후에야 굶주림과 추위를 면할 수 있는 것입니다. 높은 베개와 화려한 집에서 하인들을 호령할 때 부친과 조상들이 험한 옷과 음식을 생각하여 항상 태만함을 버리고 경계하여 두려워하는 바가 있다면, 행동하고 말을 함에 있어서 절약하고 검소한 마음이 저절로 생겨날 것입니다. 신이 요즘의 새다부들을 살펴보면 사치스러운 버릇이 풍조를 이루고 호화스러움을 서로 자랑하면서, 관직에 있는 자는 자신의 녹봉이 벼슬살이를 하는 비용을 감당할 수 없을 지경이고 집에 있는 자들은 대대로 이어온 가업으로 처자식을 봉양하기 어려운 지경입니다.

그러니 어찌 뇌물을 사양하고 재물 욕심을 경계할 수 있겠습니까? 재물 욕심이 그치지 않으면 백성들이 힘들고 초췌해질 것이며 뇌물이 공공연히 행해진다면 사치스러운 풍습이 점점 자라나서 백성들은 굶주리는데 마굿간의 말은 살이 찌는 실정에 이르게 될 것입니다. 이것이 어찌 비용을 절약하고 백성을 사랑하는 원래의 뜻이겠습니까?

신이 관장하는 호부는 돈과 곡식을 관리하는 부서입니다. 근래 들어서 창고가 텅비어, 흉년을 한번 만나게 되면 관리들의 녹봉이 부족한 것을 언제나 근심해야 합니다. 이는 다름이 아니라 평상시 예산을 집행하는 도리를 절제하지 못했기 때문입니다. 씀씀이를 절제하는 도리는 되升와 말斗을 계량하고 푼分과 촌寸을 마련하는 것에 있는 것이 아니니, 먼저 급하지 않은 관직을 줄이고 사치스러운 풍조를 금하시어 뜻밖의 근심이 없어진 뒤에야 다시 붉게 썩는 곡식과 격양가를 볼 수 있을 것입니다.

신은 부모 슬하에서 자라 거리의 백성들의 괴로움과 어려움을 몰랐으나, 지난해에 강서태수로 부임하여 백성들의 괴로움과 즐거움을 목도했습니다. 슬퍼할 만한 자들은 백성이요, 두려워할 만한 자들 역시 백성입니다. 일 년 내내 부지런히 고생하여 모발은 시꺼멓게 그을리고 손발은 못이 박이고 갈라졌지만, 보잘것없는 살림살이는 단지 얼어 죽고 굶어 죽는 것을 겨우 면할 정도입니다. 잘 빻은 곡식을 한 알 한 알 모아서 관아에 바치지만 형벌과 곤장이 그 몸에 떨어지고, 차가운 부엌의 솥을 내다 파니 늙고 약한 사람들은 구렁텅이에 굴러떨어지고 젊고 건장한 사람들은 길에서 떠돌아다닙니다. 통곡하는 소리와 초췌한 모습의 그들을 신의 보잘것없는 재주로는 배불리 먹일 수가 없어서 매번 식사 때마다 젓가락을 던져 버리는 일이 많습니다. 하물며 우리 황제 폐하께서는 백성들의 부모가 되시어 지극히 어질고 자비로우신 분임에랴! 이로써 생각해 보면 오늘 폐하의 신하가 된 자들이 어찌 차마 사치를 부리고 재물을 긁어모으는 것에 힘쓰겠습니까?

엎드려 바라건대 폐하께서는 몸소 절약하고 검소한 생활을 하시어 시급하지 않은 관직을 줄이시고 사치 풍조를 금지하시어, 모든 백성들이 격양가를 부르게 하시고 나라의 창고에는 붉게 썩어 가는 곡식이 쌓이게 해주소서.

천자가 이 상소문을 읽고 깜짝 놀라 감탄하면서 말했다.

"한나라의 가의와 당나라의 육지가 온다 해도 당해 낼 수 없겠구나."

천자는 이 상소문을 병풍에 쓰도록 하여 조석으로 읽었다. 그리고 양경성을 참지정사에 발탁했다.

하루는 양창곡이 조회를 마치고 집으로 돌아와서 여러 부인과 낭자들과 상의했다.

"내가 오늘 조정에 나아갔는데, 두려운 마음을 이길 길이 없었소. 부자 세 사람이 재상의 반열에 처해 있고 인척들이 조정에 벌여 있으니, 어찌 복력福力이 손상되지 않을 것이며 조물주의 시기를 받지 않겠소? 이때를 틈타서 전원으로 돌아가려 하오. 그대들도 각자 자신의 생각을 말해 보시오."

윤부인이 웃으면서 말했다.

"남편의 말씀이 이에 이르시니 우리 집안의 복입니다. 물러나 쉴 마음을 용감하게 결심하시지요."

황소저가 말했다.

"두 아이가 관직에 있지만 세 아들은 아직도 혼인을 하지 못했으니, 혼인을 마친 뒤 물러나 쉬는 것이 좋을 듯합니다."

강남홍이 말했다.

"상공께서 이미 조정의 공명이 극에 달하셨는데 또 산수자연의 맑은 복을 구하시니 이 또한 청렴결백함은 아닙니다. 조물주의 시기를 피하지 못할 것입니다."

양창곡이 미소를 지으며 벽성선과 일지련에게 말했다.

"낭자들은 어찌 한마디도 하지 않는 거요?"

벽성선이 말했다.

"영화와 즐거움을 누리든 시름과 근심을 만나든, 아녀자야 반드시 남편을 따를 뿐입니다."

일지련이 말했다.

"어젯밤 인성이가 저에게 조용히 말했습니다. 우리 집안의 가득 참이 너무 지나친데도 아버님께서 물러나 쉬실 생각을 하지 않으시니 진실로 괴이한 일이라면서, 신첩에게 혹시 어떤 기미를 알아차렸는지 물어보는 것이었습니다. 그 아이 말이 가장 일리가 있습니다."

양창곡이 깜짝 놀라서 양인성을 불러 물었더니, 이렇게 대답했다.

"옛글에 이르기를, '학문이 뛰어나면 벼슬을 하되, 마흔 살에 벼슬을 한다'고 했습니다. 옛사람들은 이처럼 신중했기 때문에 낭패를 당하는 일이 거의 없었습니다. 이제 두 형님이 재예가 남보다 뛰어나고 학문이 많은 성취를 보았지만, 옛사람들에 비하면 부족한 곳이 많습니다. 나이가 아직 스무 살도 되지 않았는데 장상의 반열에 올라 있으니, 평생토록 편안하고 즐겁게 지내겠지만 어찌 옛사람의 모범을 따르는 일이겠습니까? 또한 아버님의 공훈과 업적이 나라에 혁혁히 빛나고 명망은 천하에 드높으니, 군자는 사표로 우러러 존경하고 소인들은 동정을 살피고 있습니다. 그런데 한 가문 안에 고관대작이 수중에 들어와 있는 것이라 생각하면서 몇 년 사이 부자형제가 재상의 반열에 들었습니다. 군자들은 저희가 나아가기만 하고 물러날 줄은 모른다고 비웃고, 소인들은 달이 차고 나서 기울기를 기다리는데, 이것이 소자가 두려워하는 점입니다."

양창곡이 양인성의 손을 잡고 감탄하며 말했다.

"네 아비가 밝지 못하여 집안에 뛰어난 선비가 있는데도 전혀 모르고 있었구나."

그 후로 모든 일을 양인성과 상의하면서 다른 아들보다 더 믿음을 보였다. 이때 양인성의 나이는 열네 살이었다.

하루는 양인성이 양창곡에게 아뢰었다.

"공자께서 수레를 타고 천하를 돌아다니셨으되, 모르는 사람들은 제후들에게 유세하여 벼슬을 구하기 위함이었다고 말합니다. 그러나 실은 견문을 넓히고 도덕을 행하시려는 것이었습니다. 이런 까닭에 노자에게 예를 물으셨고, 사양에게 거문고를 배우셨으며, 거백옥蘧伯玉과 안평중晏平仲과 함께 돌아다니셨습니다. 소자가 불초하오나 제로齊魯 지역*을 돌아보면서 옛 성현의 유풍을 구경하고 함께 공부할 벗을 구하여 도덕과 문장을 배우고 돌아오렵니다."

양창곡이 흔쾌히 허락했다. 양인성이 모친에게 하직 인사를 드리고, 나귀 한 마리와 하인 한 사람을 데리고 단촐하게 문을 나서서 곧바로 산동 지역으로 갔다. 궐리를 찾아서 공자묘에 참배하고, 강당講堂에 이르러 향선생鄕先生을 만나 보았다. 향선생이 양인성의 기색을 보니 엄정한 행동이 범상한 인물은 아니었다. 그는 놀랍고 기뻐하며 성리를 논하며 글의 이치를 질문했다. 양인성은 사리에 통달하고 식견이 통철하여 의젓하게 염락관민濂洛關閩**의 풍모가 있었다. 선생이 크게 놀라

---

* 공자와 맹자의 고향이며, 수많은 유학자들을 배출한 지역이다. 지금의 산동성을 중심으로 하는 지역이다.

** 송나라 때의 성리학자인 염계(濂溪)의 주돈이(周敦頤), 낙양(洛陽)의 정호(程顥), 관중(關中)의 장재(張載), 민중(閩中)의 주희(朱熹)를 말하는 것으로, 성리학을 지칭하는 말로 널리 사용된다.

자리를 피하며 손을 맞잡아 인사를 하면서 말했다.

"그대는 제 스승이라, 제가 비할 바가 아닙니다. 부근에 선생 한 분이 계시는데, 도학이 고명하니 가서 뵙는 것이 어떻겠습니까?"

양인성이 크게 기뻐하며 말했다.

"어디에 계십니까?"

"태산 아래 손선생孫先生이십니다. 송나라 손복명孫復明 선생의 후예인데, 서른에 안빈낙도하여 문밖을 나서지 않으십니다. 사방에서 배우려는 사람들이 구름처럼 몰려들지만, 선생은 더욱 겸양하시면서 사도師道로 자처하지 않으시고 곤궁한 상황을 당연한 것으로 참고 견디며 글을 읽고 계십니다. 그대는 가셔서 꼭 만나 보십시오."

양인성은 즉시 향선생과 헤어져서 태산 아래 손선생을 찾아갔다. 무너질 듯한 몇 칸 집은 비바람도 가리지 못했다. 문 앞에 이르니 음악소리가 아름답고 성대하게 귀로 스며들었다. 양인성이 문을 두드리니, 어린 동자가 나와서 응접했다. 양인성이 말했다.

"나는 황성 사람인데, 선생의 높으신 명성을 듣고 학문의 도리를 배우려고 왔으니, 선생께 알려 달라."

어린 동자가 돌아 들어가더니, 한참 있다가 들어오라고 청했다. 양인성이 초당에 이르러 살펴보니, 흙벽과 풀로 엮은 자리에 거문고 하나와 책 한 권이 있었다. 손선생은 떨어진 옷과 관을 썼는데, 얼굴과 온몸에 덕성이 넘쳐흐르고 있어서* 진정 도학군자요 산야에 묻혀 있는 고인이었다. 손선생은 양인성을 맞아 인사를 하고 좌정한 뒤에 물었다.

"수재는 이미 황성에 살고 있는데, 깊고 궁벽한 곳에 사는 산사람을 무슨 연고로 고생스럽게 찾아오셨는가?"

양인성이 자리를 비키면서 말했다.

"제가 도시에서 생장하여 견문이 속되고 자질이 노둔하여 학업은 보잘것없습니다. 제로 지역은 군자의 고을입니다. 선생님을 따라서 평생 동안 보잘것없고 들은 것 없는 제 처지를 면해 보고 싶습니다."

손선생이 그를 한참 동안 바라보다가 말했다.

"수재의 이름은 무엇이며, 나이는 어찌 되는가?"

"성명은 양인성이며, 나이는 올해 열네 살입니다."

손선생이 얼굴빛을 고치며 말했다.

"이 늙은이는 산속에서 살아가는 촌스럽고 졸박한 선비일 뿐이네. 무슨 학문이 있어서 다른 사람들에게 미치겠는가. 그러나 지금 수재의 얼굴을 보니 훗날의 성취가 반드시 클 것이야. 어찌 스승의 도리로 자처하겠는가."

---

* 이 부분은 『맹자』 「진심상」(盡心上)에 나오는 구절을 이용한 표현이다. "군자의 본성인 인의예지가 마음에 뿌리를 내리니, 그 기색이 바르고 맑아 얼굴에 드러나고 등에 가득하며 사체[온몸]로 퍼져 나가 사체가 말하지 않더라도 절로 깨닫는다"[君子所性, 仁義禮智根於心, 其生色也睟然, 見於面, 盎於背, 施於四體, 四體不言而喩].

그날부터 이들은 문장을 갈고 닦으며 도와 덕을 토론하니, 양인성은 하나를 들으면 열을 알고 지나간 것을 알려 주면 장차 닥쳐올 것을 알아차렸다. 몇 달 사이에 양인성의 도학과 문장은 일취월장하여 선생의 자애로움은 물론이려니와 인성의 공경과 우러름은 나날이 더했다.

손선생에게는 딸이 하나 있어서, 도덕이 있는 사위를 구하려 했다. 하루는 때마침 조용한지라, 양인성에게 물었다.

"내게 딸이 하나 있다네. 누런 머리카락에 검은 얼굴이요, 원래 배운 것은 없지만, 애비 마음으로는 그대 같은 사람을 구하여 사위를 삼고 싶다네. 그러나 속으로 생각해 보니 그대 집안은 대단하여 우리 가문과는 정혼을 하지 않으려 할 테지."

양인성이 대답했다.

"혼인은 인륜 중에서도 큰일입니다. 가풍이 어진가 어질지 못한가를 물을 뿐, 어찌 빈부와 궁달에 구애되겠습니까?"

손선생은 깊이 생각에 잠겨 대답을 하지 않았다. 양인성은 부모의 곁을 떠난 지 오래되었기 때문에, 집으로 돌아가 부모님께 문안을 드리기 위해 손선생에게 하직 인사를 올리게 되었다. 손선생이 슬픈 빛으로 말했다.

"노부는 원래 세상에 드나든 일이 없었다. 아마 다시 볼 기약이 없겠구나."

양인성이 다시 절을 하면서 말했다.

"소자가 다시 한가한 틈을 타서 선생님 문하에서 노닐며 배

우러 오겠습니다."

손선생은 차마 이별을 하지 못하여 죽장을 짚고 동구 밖으로 몇 리나 전송을 하러 나왔다. 양인성은 몸을 돌려 돌아가면서 탄식했다.

"옛날 주광정朱光庭이 정명도程明道, 정호 선생을 뵙고 돌아가서 봄바람 같은 기상을 사모했다. 손선생이 정명도 선생에 미칠 바는 아니지만 주광정의 흠앙이 스스로 절실하게 일어나니, 내 만약 그분의 사위가 된다면 어찌 영광이 아니겠는가."

그는 집에 돌아가 부친 양창곡을 뵈었다. 양창곡이 물었다.

"너는 산동으로 가서 무슨 소득이 있었느냐?"

양]이 대답했다.

"세상은 갈수록 어지러워져서 군자의 고을에서 음악을 연주하고 글을 읽는 풍모가 보이지 않았습니다. 그런데 태산 아래 손선생을 뵈니, 주무숙周茂叔, 주돈이의 풍도가 있어서 아마도 이 시대 최고의 선비라고 생각됩니다. 그러나 누추한 골목에서 쌀독이 자주 비는 탄식이 너무 심합니다."

양창곡이 한숨을 쉬면서 탄식하며 말했다.

"예부터 산림과 바위굴에는 그러한 분들이 많았다. 이는 모두 우리들의 죄이다. 내 이제 손선생을 조정에 천거하여 등용하고 싶구나. 네 생각은 어떠냐?"

양인성이 한참 생각하다가 말했다.

"선생께서 저와 헤어질 때 하신 말씀이 있습니다."

그는 손선생에게 혼인의 뜻이 있다는 말씀을 드렸더니, 양창곡이 크게 기뻐하면서 말했다.

"평소에 한미한 집안과 결혼하여 이이의 복을 아끼려 했는데, 이 어찌 내가 바라는 바가 아니겠느냐."

양인성이 고했다.

"손선생께서 뜻이 고상하여 만약 우리 집안에서 벼슬에 천거한 것을 아신다면 반드시 달가워하지 않으실 것입니다."

그 말에 양창곡이 머리를 끄덕였다.

이때는 황태자를 책봉한 뒤에 전쟁으로 인하여 조정에 일이 많았으므로, 황태자가 태학에 들어가는 입학지례入學之禮를 행할 수가 없었다. 천자는 바야흐로 태학을 중수하고 양창곡을 태자사부太子師傅로 임명하여, 날을 가려서 입학을 하도록 했다. 모든 군현에 조서를 내려서 도학이 고명한 선비를 불렀다. 양창곡이 태산 아래 손선생을 천거하니, 천자는 옥과 비단과 포륜蒲輪*을 준비하여 예로써 초청했다. 손선생은 여러 차례 사양하다가 어쩔 수 없어서 산을 나와 조정으로 들어왔다. 양인성이 중도에서 맞이하니, 손선생은 흔쾌히 그의 손을 잡고 말했다.

"노부가 늘그막에 특별히 기쁜 일이 없었는데, 다행히 너를

---

* 수레가 덜그럭거리지 않도록 바퀴를 부들잎으로 감싼 것으로, 노인을 위한 수레에 사용하는 바퀴다.

만나서 기뻐 잠을 이루지 못했다. 이곳에서 만나니 기쁘기 이를 데 없구나. 내가 이제 황상을 뵙고 너를 천거할 터이니, 네 생각은 어떠냐?"

양인성이 놀라서 말했다.

"선생은 무슨 말씀이십니까? 제가 조급하게 벼슬길에 나아가려는 마음이 있었다면 아버님이나 형님이 계획하셨을 것입니다. 이제 선생을 사모하는 것은 오직 도덕과 문장 때문입니다. 오늘 이 말씀은 평소에 제가 바라던 바가 아닙니다."

이 말에 선생은 얼굴빛을 바꾸고 사과했다.

천자는 근정전에서 손선생을 불러서 보았다. 빈주의 예로 대우하여, 공경대신들이 좌우에서 시립했다. 선생은 멀리서 양창곡을 보고 의아하게 생각했다.

'소년 대신의 기상이 깊고 원대하며, 나아가고 물러나는 행동이 중용의 도를 얻었으니, 어떠한 귀인일까?'

그는 태학에 들어가 입학의 예를 함께 주관하면서 더욱 탄복했다. 그제야 그 사람이 연왕 양창곡이라는 사실을 알고 인사를 나누고 싶었지만 틈이 없었다. 대례大禮를 마친 뒤에 객사로 돌아가니, 양창곡이 그의 뒤를 따라 와서 시제의 예로 사례를 하는 것이었다. 손선생은 대청에서 내려와 맞아들여 좌정했다. 양창곡이 말했다.

"선생은 속세 밖에서 고상하게 지내시고, 소생은 벼슬길에서 부침을 거듭했습니다. 소식이 서로 막히고 명성이 이곳까지 미치지 못했는데, 이제 천자의 은혜를 입어 이렇게 얼굴을 접하게 되니 어찌 영광이 아니겠습니까?"

손선생이 말했다.

"초야에서 지내던 몸이 보잘것없는 재주로 천자의 은총 덕분에 여러 날 강의 자리에서 덕이 있는 모습을 바라보았으니, 너무도 다행입니다. 문하에 가서 인사를 드리지 못하고 이렇게 왕림하여 주시니, 감사하기 비할 데 없습니다."

양창곡이 말했다.

"못난 제 자식놈이 선생 문하에서 학문을 익혀서, 우러르는 정성이 간절하지 않은 때가 없었습니다. 바라건대 선생께서는 끝까지 잘 가르쳐 주십시오."

손선생이 웃으며 말했다.

"노부가 나이는 조금 많습니다만 어질고 진실된 학문은 연왕께서 더 뛰어나십니다. 어찌 감히 제가 가르침을 말하겠습니까?"

그들은 서로 여유롭게 담소를 나누었다. 의기가 서로 맞아서 언급하지 않는 말이 없었다. 그러다가 양창곡이 말했다.

"선생께 따님이 있으신데, 제 자식놈과 혼인을 하고자 하신다는 말씀을 들었습니다. 만약 정혼할 수 있도록 하락해 주신다면 못난 저희 가문으로서는 만 길이나 빛이 날 것입니다."

손선생이 웃으며 말했다.

"제게 과연 딸이 하나 있습니다. 맹광의 부덕에 부끄럽지는 않지만 장강莊姜의 아름다움에는 부족하니, 귀 가문의 며느리 반열에 참여하기 어려울까 걱정됩니다. 그러나 상공께서 이미 말씀하셨고, 또한 아드님은 노부가 공경하는 사람입니다. 만약 혼인을 허락해 주신다면 어찌 영광이 아니겠습니까?"

양창곡이 크게 기뻐하며 집으로 돌아가 부모에게 아뢰었고, 양현은 손선생을 찾아갔다. 손선생은 다시 연왕부로 와서 사례를 하고 양창곡 집안의 가풍과 범절을 칭찬했다. 손선생이 입학의 예를 마친 뒤에는 황성에 머무르고 싶어 하지 않았다. 천자가 만류했지만 멀리 떠난 발걸음을 돌리기는 어려웠다. 천자는 손선생이 살고 있는 해당 현의 관아에 매달 곡식과 고기를 하사하도록 하고, 전별금으로 황금 1천 일을 내렸다.

손선생은 집으로 돌아와서 길일을 잡아 연왕부에 사주단자를 보냈다. 양창곡은 휴가를 내서 양인성을 데리고 태산 아래로 찾아가서 혼례를 올렸다. 질박한 위의와 간소한 기물은 진실로 한미한 선비의 혼인이었다. 손선생은 양창곡이 존귀하면서도 교만하지 않은 것에 탄복했고, 양창곡은 손선생의 안빈낙도를 존경했다. 3일 후 친영을 하러 돌아가매, 손선생이 양창곡에게 청했다.

"상공의 춘추가 높지 않고 아드님 역시 옆을 떠나기 어렵지 않을 것이니, 노부를 따라 학업에 더욱 힘쓰는 것이 좋을 듯합니다."

양창곡이 이를 허락했다. 집으로 돌아가서 내외 빈객을 모시고 폐백의 예를 행하려 할 때, 벽성선이 인성의 손을 잡고 먼저 물었다.

"신부의 범절이 어떠하냐?"

양인성이 대답을 하지 않았다. 그때 양창곡이 들어오거늘, 일지련이 그 앞으로 가서 물었다.

"상공께서 먼저 며느리를 만나 보시니 과연 어떻던가요?"

양창곡이 웃으며 말했다.

"내가 먼저 낭자의 뜻을 듣고 싶구려. 뛰어난 외모와 어질고 맑은 덕이 있는 마음, 둘 중 어느 쪽이 낫소?"

일지련이 기뻐하지 않으면서 물러나 말했다.

"상공의 말씀을 알 만합니다. 세상에 담대멸명澹臺滅明*이 상서롭지 못할까 합니다."

신부가 가마를 타고 들어올 때 몸종이 가마 문을 열고 보더니, 크게 놀라 내당으로 들어와 강남홍에게 몰래 말했다.

"손소저의 모습은 꼭 손야차와 똑같습니다. 필시 같은 집안 친척일 것입니다."

강남홍이 꾸짖으며 말했다.

---

* 공자의 제자로, 너무 못생겨서 공자도 처음에는 재주가 박할 것이라고 생각했을 정도다. 그러나 가르침을 받은 뒤로는 자기 수양을 열심히 했으며, 공적인 일이 아니면 정치인들을 만나지 않았으며, 바른 길로만 다녔다. 공자는 겉모습만 보고 사람을 생각했다가 실수한 경우가 담대멸명의 경우라고 말하기도 했다. 여기서는 손선생의 딸이 못생겼으리라는 점을 비유한 것이다.

"천한 종이 감히 주인을 거론한단 말이냐?"

말이 끝나기도 전에 신부가 문에 들어와 대청으로 올라왔다. 좌중이 아연실색했고, 잔치자리도 무색해졌다. 그러나 시어머니인 일지련의 기색을 보니 태연하고 화락했으며, 윤부인과 강남홍도 손소저의 행동과 모습을 자세히 살펴보는 것이었다. 혼례를 마치고 송죽헌松竹軒에 신부의 처소를 정했다.

그날 밤, 양창곡이 엽남헌으로 가서 물었다.

"부인이 신부를 보니 과연 어떻던가요?"

윤부인이 말했다.

"제갈량의 부인은 재주와 기예가 많았지만 여자로서의 용모는 아니었습니다. 이제 신부의 행동은 예에 합치하고 기상이 순후하니, 여자 중의 군자입니다. 만약 인성이가 아니었다면 절대로 그 짝이 없었을 겁니다."

양창곡이 다시 강남홍에게 물었더니, 이렇게 대답했다.

"첩이 비록 말씀드리기는 어렵지만, 신부를 마주하니 첩의 요염함이 도리어 부끄러워집니다. 제 생각에는 너무 탁월하여 미치기 어려울 듯합니다."

일지련이 웃으며 말했다.

"윤부인과 강남홍 낭자는 천첩을 위로하려 하시는군요. 그러나 이미 우리 며느리가 되었으니, 좋고 나쁜 것을 말하는 게 무슨 이익이 되겠습니까?"

연왕부로 들어온 지 3일 뒤였다. 그때부터 그녀는 비단옷을 입지 않고 검박한 복장으로 새벽에 닭이 울면 이미 별원 밖에 나가서 시부모님의 시중을 들었다. 집 안팎을 청소하고 빈객을 접대하기를 마치 자신의 수족을 돌보듯 했고, 아침 저녁 식사를 마련함에 반드시 직접 맛을 보면서 잠시도 옆을 떠나지 않았다. 일지련이 그녀에게 편하게 지내라고 했지만, 한결같이 행동하면서 조금도 억지로 하는 빛이 없었다. 이에 양창곡이 사랑할 뿐만 아니라 연왕부 모든 사람들이 탄복하면서 감히 무례한 말이나 태만한 빛으로 그녀를 대하지 못했다.

몇 달 뒤 양창곡은 양인성을 손선생에게 보내서 학업을 닦도록 하니, 그의 학문은 날로 진보했다. 손선생은 학문의 도통을 전하면서 '신암'愼庵이라는 호를 내렸다. 산동 지역의 학자들이 그 소문을 듣고 날마다 찾아오니 신암선생에게 제자의 예를 올리는 자가 구름처럼 많았다.

이때 양창곡은 세 아들을 차례로 결혼시켰지만, 양기성과 양석성은 아직 성혼하지 못하고 있었다. 그는 양기성의 기민함을 사랑하여 다른 아들보다 더욱 자애롭게 대했다. 이들은 장차 어떻게 아내를 맞을 것인가. 다음 회를 보시라.

제60회

설중매는 전춘 자리에서 옥랑을 만나고,
곽상서는 술에 취하여 청루를 부수다

雪中梅餞春會玉娘 霍尙書乘醉打靑樓

연왕 양창곡의 다섯 아들 중에서 양기성은 풍채가 가장 뛰어
나서 보는 사람들은 남자 중에 최고의 인물이라고 칭찬했다.
조부모도 기성을 애지중지했는데, 강남홍은 더욱 사랑하여
친아들 양장성을 사랑하는 것보다 못하지 않았다. 하루는 강
남홍이 하인에게 명하여 자신이 타고 다니는 설화마를 취봉
루 아래에 매 놓고 씻도록 했는데, 양기성이 밖에서 달려들어
오더니 그것을 타게 해달라고 청하는 것이었다. 강남홍이 웃
으면서 말했다.

"네가 저 설화마를 타고 싶거든 나와 쌍륙을 겨루자. 네가
이기면 허락하마."

양기성이 크게 기뻐하며 상륙판을 가져왔다. 강남홍이 웃
으면서 대국을 하여 한 판을 이겼다. 양기성이 주사위를 잡고
다시 부탁했다.

"삼판양승을 하게 해주세요."

강남홍이 허락하고, 일부러 한 판을 져 주었다. 양기성이 크게 기뻐하면서 다시 판을 놓으며 말했다.

"어머님께서 이 한 판을 이기지 못하시면 제 소원이 거의 이루어지는 겁니다. 만약 그렇지 않으면 낭패인 걸요."

그는 정신을 모으고 기운을 다 써서 주사위를 던지고 판세를 자세히 살폈다. 양기성의 형세가 너무도 불리했다. 그러자 그는 주사위를 던지기를 그만두고 말했다.

"어머님은 쌍륙을 그만두시고 그냥 제가 탈 수 있게 허락해 주세요."

강남홍이 웃으면서 말했다.

"이미 약속을 정했으니 승부를 봐서 허락하겠다."

양기성이 말했다.

"마지막 판을 할 수 없는 이유가 두 가지 있습니다. 소자가 어머니를 이기는 것도 도리가 아닐뿐더러, 어머님께서 소자를 이기신다면 제가 무료하게 됩니다. 그러니 그냥 말을 타게 허락해 주세요."

강남홍이 그의 말을 기특하게 여겨서, 손야차에게 고삐를 잡아서 양기성을 태우고 두세 번 돌게 했다. 양기성이 너무 기뻐하자, 강남홍이 웃으며 물었다.

"너는 말을 타고 어디를 가려는 것이냐?"

양기성이 대답했다.

"3월 봄바람에 장대章臺*의 버드나무는 푸르고 거리에는 꽃이 붉게 피었습니다. 오사모와 홍포에 황금빛 채찍을 높이 들어 떨어진 꽃을 밟으며 「양류사」楊柳詞를 부르고, 붉고 다채로운 누각에서 풍경을 수습하며, 아름답게 빛나는 섬돌에서 성스러운 천자께 조회하고, 임금이 하사한 어배에 법주를 마신 뒤 취흥에 겨워 돌아오고 싶습니다."

강남홍은 이 말을 더욱 기특하게 여겼다. 양기성이 열세 살이 되매, 예부상서 유공의劉公義의 딸과 혼례를 올렸다. 유공의는 성의백誠義伯 유기劉基의 후예였다. 유소저의 그윽함과 여유로움, 곧음과 고요함, 깨끗한 덕과 아름다움 등은 초옥군주와 우열을 가리기 어려웠다.

이때 천하는 태평하고 조정에는 일이 없었다. 양창곡 역시 전원으로 돌아가려는 뜻을 가지고 있었으니, 천자는 이렇게 하교했다.

"짐이 비록 나이가 어리지만 수백 년 종묘사직을 맡기는 일이 황태자에게 달려 있으니, 마땅히 보완하고 인도하는 도리를 다해야 할 것이오. 이제부터는 매일 경연을 열도록 하오."

양창곡은 때마침 태자태부에 임명되어 있었고, 양장성과 양경성 두 형제는 강관으로 들어와 모시니, 부자 세 사람이 매

---

* 전국시대 진나라 함양궁(咸陽宮)에 있던 건물의 이름이었는데, 후에는 궁궐이나 기생들이 있는 유곽을 지칭하는 말로 사용된다.

일 대궐을 들어와서 밤이 깊은 뒤에야 퇴궐을 했다.

하루는 양창곡 세 부자가 대궐로 간 뒤에 양기성이 조부에게 아뢰었다.

"봄날씨가 화창하며 바람과 해가 맑고 명랑합니다. 소손이 몇몇 문객과 탕춘대에 올라가서 꽃과 버들의 풍경을 구경하고 돌아오겠습니다."

양현이 허락했다. 양기성은 크게 기뻐하면서 푸른 나귀 한 마리와 집안의 어린 종 하나, 두 사람의 문객을 거느리고 탕춘대를 찾아갔다. 붉은 먼지가 부드러운 봄바람에 날아다니고 음악소리는 곳곳에서 낭자하게 울렸다. 장안의 소년들이 백마와 금채찍으로 쌍쌍이 무리를 이루어 청루를 찾고 술집을 물었다. 양기성이 나귀를 몰다가 한곳을 멀리 바라보니, 푸른 버드나무가 주변으로 푸릇푸릇한데 분을 칠한 흰색 담장 몇 굽이 위로 꽃과 나무가 은은히 비치며, 붉고 푸른 누각이 동서로 우뚝 솟아 있고 분칠을 한 벽과 비단 창에 주렴이 높이 걸려 있었다. 양기성이 물었다.

"저곳은 어디요?"

문객이 말했다.

"저곳은 황성 청루의 창기들이 거처하는 곳입니다."

양기성이 말했다.

"청루의 이름을 일찍이 옛 책에서 보았지만 실제로 본 적이 한 번도 없으니, 이제 보고 싶군요."

함께 왔던 두 문객이 간언했다.

"이곳은 사대부가 출입할 만한 곳이 아닙니다. 탕춘대로 곧바로 가시지요."

양기성이 미소를 지으며 다시 나귀를 채찍질하여 탕춘대에 이르렀다. 원래 탕춘원蕩春園은 장안에서 제일 큰 동산이었다. 동산 안에 꽃과 버드나무를 많이 심어서, 봄과 여름 무렵이면 풍류로운 소년 재사들과 부잣집 자제들이 기생과 음악으로 질탕하게 노니는 곳이었다. 양기성이 천천히 나귀를 몰아 좌우를 둘러보니, 곳곳에 꽃과 버들의 빛이며 음악소리에 일 년 봄빛이 모두 이곳에 있는 것 같았다. 그러다 한곳을 바라보니 붉은 수레와 푸른 일산이 꽃 아래에 이어져 있었다. 은안장을 얹은 청총마는 버드나무 사이를 왕래하고, 오사모에 녹포를 입은 사람들과 푸른 소매에 붉은 단장을 한 여자들이 봄바람을 희롱하면서 취흥을 자랑하고 있었다. 양기성이 문객에게 물었다.

"저들은 모두 어떤 사람들이오?"

문객이 대답했다.

"장안의 소년들과 청루의 창기들이 화류놀이를 하는 것입니다. 날마다 저렇게 논답니다."

양기성이 나귀를 멈추고 구경을 하는데, 홀연 숲속에서 붉은 깃발이 바람결에 휘날리는 것이었다. 그가 웃으며 말했다.

"옛 시에서 '석양 무렵 점점 술집 깃발 바람에 날린다'[夕陽

漸出酒旗風〕고 했으니, 저곳은 필시 술을 파는 곳이리라. 내 잠시 술 한잔 기울여야겠소."

두 문객이 말했다.

"술집을 찾고 청루를 방문하는 것은 방탕한 사람의 일입니다. 상공께서 아신다면 저희들까지 벌을 받을 것입니다."

양기성이 말했다.

"옛날 이적선은 '장안 저잣거리 술집에서 잠을 잔다'〔長安市上酒家眠〕고 했소. 내 술 한잔 마시려는 것이 무슨 큰 문제겠소?"

그는 나귀를 채찍질하여 곧바로 술집을 향했다. 각각 여러 잔을 마신 뒤 살짝 취한 기분으로 술집을 나섰다. 주변의 청루에는 석양빛을 받아 빛나면서 금빛 벽은 영롱했고, 문 앞의 버드나무 아래에는 향기로운 수레와 은안장 얹은 말이 번화하면서도 요란스러웠다. 양기성이 주변을 돌아보면서 채찍을 들고 천천히 갔다. 그때 홀연 동쪽 누각 위에서 거문고 소리가 서늘하게 들려왔다. 양기성은 일찍이 어머니에게 거문고를 배운 적이 있었기 때문에 원래 음률에 총명한 재질이 있었다. 게다가 취흥이 오른 터라 호탕한 마음을 진정시킬 수 없었다. 그는 두 문객에게 말했다.

"내가 오늘 크게 취하여 집으로 돌아가기 어렵소. 잠시 누각으로 올라가 거문고를 듣다가, 술이 깨면 돌아갑시다."

두 문객이 크게 놀라서 말했다.

"청루에는 원래 무뢰하고 방탕한 자들이 많습니다. 만약 낮

선 사람이 잘못 들어가면 반드시 모욕을 당할 것입니다. 들어
가지 마십시오."

양기성이 웃으며 말했다.

"대장부가 세상일을 두루 돌아보고 경험하여, 영화와 욕됨
을 맛볼 준비를 한 뒤에야 지식과 견문을 더욱 넓힐 수 있을
것이오. 그대들은 먼저 돌아가시오. 나는 잠시 구경하고 돌아
가겠소."

양기성은 말을 마치고 나귀에서 내려 거문고 소리를 찾아
들어갔다.

한편, 청루의 기녀 수백 명 중에서 두 기생이 유명했는데,
한 사람은 설중매雪中梅요, 다른 한 사람은 빙빙氷氷이었다. 설중
매는 가무와 자색이 출중할 뿐만 아니라 노류장화 기생으로
서 문 앞에서 영접하고 뒷문으로 전송하는 풍류로운 마음으
로 번화한 무리 가운데에서 발군의 솜씨를 보였다. 빙빙 역시
얼굴과 자질이 뛰어났지만 천성이 맑고 고결하며 수단이 서
툴렀기 때문에 세상에 그리 알려진 것은 아니어서 그녀의 문
앞은 썰렁했다. 설중매는 곽도위霍都尉의 동생 곽상서霍尙書와
친하게 지내어 청루 중에서 가장 좋은 곳에 거처했다. 곽상서
의 자는 자허子虛인데, 재산이 엄청나게 많았다. 어려서부터 풍
류롭고 방탕하여, 장안 소년의 우두머리가 되어 설중매에게
푹 빠져 있었다. 나이는 서른 한 살이었다.

이날, 곽상서는 탕춘원에서 봄놀이를 하고 밤에 설중매의

집에서 잔치를 열기로 약속했던 터라 그녀는 술과 음식을 차려 놓고 그를 기다리고 있었다. 설중매가 우연히 거문고를 연주하고 있었는데, 갑자기 웬 소년 하나가 녹포와 단건 차림으로 술기운을 띤 채 들어오는 것이었다. 빼어난 기상은 밝은 달이 바다 위로 솟아오르는 듯했고, 번듯하고 화려한 용모는 봄날 이름난 꽃이 아침 이슬을 새로 머금은 듯했다. 나이는 어리지만 그 행동거지는 너무도 호탕했다. 설중매가 거문고를 밀쳐놓으며 맞아들이니, 소년이 웃으면서 자리에 앉아 말했다.

"나는 꽃을 구경하던 나그네외다. 우연히 거문고 소리를 듣고 들어왔소. 낭자의 이름은 무엇이오?"

그가 눈을 들어 설중매의 모습을 보니, 얼굴은 검푸른 빛인데 붉은 입술에 새하얀 이, 넓은 이마에 가늘고 아름다운 눈썹을 가졌다. 그녀가 쟁쟁 울리는 꾀꼬리 같은 목소리로 나지막이 대답했다.

"첩의 이름은 설중매입니다."

소년이 환한 미소와 호방한 말투로 말했다.

"나는 방탕한 사람으로, 양생이라 하오. 낭자는 처음 보는 저를 위해 고산유수의 오묘한 솜씨를 보여 주시지 않겠소?"

설중매가 추파를 던지며 양생을 보고는 거문고를 당겨서 옥 같은 손으로 줄을 고르고 한 곡 연주했다. 그 수법이 기이하고 음조는 정묘했다. 양기성이 크게 기뻐하면서 칭찬하는데, 홀연 웬 하인 하나가 서찰을 올리는 것이었다. 설중매가 그 편지를 열어 보고 미소를 지으며 책상 위에 올려놓고는, 창 밖으로 나가서 하인과 말을 나누면서 수작을 했다. 양기성이 몰래 그 편지를 보니 다음과 같은 내용이었다.

오늘 밤 때마침 대궐에 들어갈 일이 있어서, 황혼의 아름다운 기약을 못 지키게 되었네. 모레의 전춘연餞春宴*을 기약하도록 하세.

설중매가 다시 들어와 여종에게 술을 올리라고 하면서 말했다.

"상공께서 소년 풍류로 꽃을 찾고 버들을 따라다니시다가 청루로 들어오셔서 거문고를 들으려 하시니, 주량이 필시 클 것입니다. 천첩의 술 한잔을 사양치 마십시오."

양기성이 미소를 지으며 거듭 술을 마시다 보니, 날이 이미 저물었다. 그가 놀라서 일어나며 말했다.

"내가 부모님을 모시고 사는 처지인데, 잠시 꽃구경을 나왔다가 어느새 황혼녘이 되었소. 부득불 바삐 돌아가야 하니, 다시 훗날 기약을 남기도록 해야겠소."

설중매가 눈을 들어 은근히 정을 보내면서 슬픈 빛으로 대답을 하지 않았다. 양기성이 문을 나서니, 두 문객이 밖에서

---

* 봄이 다 가는 것을 아쉬워하여, 여러 사람들이 모여 술과 음악과 시로 즐기는 잔치자리를 말한다.

서성거리고 있다가 황급히 두려워하는 모습으로 말했다.

"날이 이미 저물었습니다. 이렇게 즐기시다가 어찌 어른들께서 모두 계시는 집에 돌아가는 것을 잊으신단 말입니까?"

그들은 양기성과 바삐 돌아왔다. 두 문객이 웃으면서 이야기했다.

"도련님이 청루에 들어가신 뒤 우리는 마음을 놓을 수가 없어서 문 앞에서 서성거리고 있었지요. 두 소년이 좋은 말을 타고 문 앞에 이르러 말에서 내려 들어가려고 했습니다. 우리는 도련님께서 실수하실까 봐 그 소년의 소매를 잡고 못 들어가게 말렸습니다. 한 소년이 다투려고 했는데, 다른 소년이 만류하면서, 이 안에 와 계신 분이 누구냐고 우리에게 조용히 묻더군요. 그래서 우리가 손을 뿌리치면서, 이렇게 말리는 걸 보면 알아차려야지 그걸 물어서 무슨 이익이 있겠느냐고 했지요. 그러자 그 소년이 우리를 한참 동안 쳐다보더니 미소를 지으며 서쪽 청루로 갔습니다."

양기성이 웃으면서 대답을 하지 않았다. 그들이 집으로 돌아가니, 양현이 물었다.

"어째서 이리 늦었느냐?"

양기성이 대답했다.

"자연을 완상하다가 날이 저무는 것을 몰랐습니다."

벽성선이 꾸짖었다.

"네 아버지께서 집에 돌아오셨다면 필시 엄하게 꾸짖으셨을 것이다. 어째서 조심하지 않느냐?"

양기성이 웃으면서 대답했다.

"한때의 춘흥春興으로 꽃과 버들을 찾아다니다가 오히려 바쁘게 돌아왔습니다."

강남홍은 양기성의 말을 듣고 미소를 지을 뿐 아무 말도 하지 않았다. 잠시 후 양창곡 부자가 조정에서 돌아오자, 양현이 말했다.

"근래 노부가 피곤하여 자연 경관을 보고 싶구나. 내일은 문객 몇 사람과 산옹山翁을 데리고 취성동으로 가 수십 일 지내면서 마음의 울적함을 풀어야겠다."

양창곡이 명을 받들고 내당으로 들어가 여러 낭자들을 불러 상의했다.

"아버님께서 내일 취성동으로 행차를 하시어 수십 일 동안 지내겠다고 하십니다. 아침 저녁 음식 수발을 하인들에게 맡길 수 없으니, 여러 낭자 중 한 사람이 모시고 가시구려."

강남홍이 말했다.

"일지련 낭자는 지금 아이를 가진 지 여러 달이 되었고, 벽성선 낭자는 근래에 때때로 몸이 좋지 않습니다. 제가 모시고 가지요."

양창곡이 좋다고 말하면서 양현에게 고했다. 그러자 양현은 한참 생각하더니, 이렇게 말했다.

"어찌 수십 일이나 내 수발을 들게 하겠느냐? 함께 가고 싶지 않다."

양창곡이 다시 고했다.

"이 또한 자식이 해야 하는 일입니다. 제가 이미 강남홍에게 아버님을 모시고 가도록 시켰습니다."

양현이 말했다.

"그렇다면 간혹 집안일을 상의해야 할 일이 있을지 모르니 강남홍은 집에 있게 하고, 벽성선과 함께 가도록 해다오."

양창곡이 그렇게 하겠노라 대답하고는 다시 아뢰었다.

"집안 청소며 여러 가지 일을 하매 혹시 집의 하인들이 할 수 없는 게 있습니다. 아이 중에서는 어떤 아이를 데리고 가시겠습니까?"

양현이 웃으며 말했다.

"인성이의 사람됨이 매우 소박하여 남자로서의 번화한 기상이 부족하니, 데리고 가서 마음을 탁 트이게 해주는 것이 좋겠구나."

양창곡이 그렇게 하겠노라 대답했다. 다음 날 새벽, 양창곡 부자가 조정으로 들어갈 때 양창곡은 하인과 가마에 대해 일일이 지시하고, 산옹과 양인성을 불러서 말했다.

"모든 일을 조금도 태만히 하지 말라."

그는 다시 벽운루로 가서 벽성선에게 말했다.

"아버님의 음식과 여러 가지 것들을 낭자가 직접 챙겨서, 집에 계실 때보다 잘해 주시오."

벽성선은 명을 받들어 시녀 두 사람 및 다른 일행을 데리고, 양현을 모셔 길에 올랐다. 양창곡 부자도 양현을 모시고 성 밖까지 전송했다. 양창곡과 양장성, 양경성 형제는 대궐로 들어가고, 양기성은 집으로 돌아왔다. 벽운루를 바라보니, 문은 닫혔지만 어머니의 음성이 들리는 듯하여 종일토록 울적한 마음을 둘 곳이 없었다. 저녁을 먹고 책상을 마주하여 슬픈 빛으로 앉아 있었다. 강남홍이 그의 마음을 알고 서당으로 와서 위로하며 말했다.

"내가 취성동 자운루 주변으로 버드나무 수십 그루를 심어 두었다. 연약한 가지와 가느다란 잎이 요즘 한창 아름다울 것이야. 네 어머님이 홀로 그것을 감상하면서 집안에서의 울적한 마음을 풀고 계실 것이다."

양기성이 웃으며 말했다.

"지금 그 말씀을 들으니 소자가 어머니를 생각하는 마음에 충분히 위로가 됩니다."

이날 밤 양창곡 부자는 대궐에서 물러나 예전보다 일찍 잠자리에 들었다. 양기성은 서당으로 나와 등불을 돋우고 책을 읽고 있었다. 그러다가 홀연 탕춘원의 일을 생각하니 심신이 호탕해졌다. 그는 책을 덮고 고민했다.

"내 이제 열네 살이다. 음악과 여색의 풍류를 이때 하지 않는다면 언제 할 수 있겠는가. 사람을 움직이는 설중매의 풍류로운 정취는 마치 옛날 양주의 미인들이 귤을 던지는 것과 같은데, 내 어찌 두목의 풍채가 없겠는가."

뒤척이며 잠을 이루지 못하고, 설중매의 거동이 눈앞에 삼삼했다. 그는 자기도 모르게 아이종 하나를 데리고 다시 설중매를 찾아가려고 하다가, 예전에 동행했던 문객들에게 함께 가기를 요청했다. 두 문객이 주저하면서 선뜻 응하지 않자, 양기성이 말했다.

"그대들이 만약 함께 가고자 하지 않는다면 내 마땅히 혼자라도 가야겠소."

그는 종에게 등불을 잡게 하고 훌쩍 집을 나섰다. 두 문객역시 어쩔 도리가 없어서 그 뒤를 따라갔다.

한편, 설중매는 양기성을 한 번 본 뒤로는 밤에 잠을 이루지 못하고 이렇게 생각했다.

'내가 청루에 여러 해 동안 살면서 장안에 모르는 소년이 없고 공자와 왕손 중에서도 못 본 사람이 없다. 그런데 양생과 같은 풍류로운 분은 정말 처음 보았다. 우연히 만나서 훌쩍 이별했으니, 그이가 만약 다정한 남자로서 내 마음을 알고 계신다면 응당 나를 잊지 않고 돌아오실 것이다.'

그녀는 은근히 양기성을 기다렸다. 깊은 밤 달이 밝은데, 흰소년이 녹포와 단건 차림으로 하인 한 사람과 두 명의 문객을 데리고 들어오는 것이었다. 자세히 살펴보니 바로 양기성이었다. 설중매는 흔쾌히 맞이했다. 양기성은 그녀의 손을 잡고 탄식했다.

"탕춘원에서 돌아가던 길에 거문고 연주를 듣던 소년을 기억하는가?"

설중매 역시 양기성의 손을 잡고 낮은 소리로 말했다.

"마음속에 잘 갈무리해 두었는데 어찌 잊겠습니까?"

아름다운 향기가 그녀의 말을 따라 풍겨와서 사람을 감싸는 것이었다. 양기성은 취한 듯 꿈꾸는 듯 정신이 스러져 자리에 앉으면서, 하인과 두 문객을 밖에서 기다리도록 했다. 그는 등불을 돋우고 다시 설중매의 모습을 보았다. 담소를 나누면서 보니 풍류로운 정은 미간에 어려 있어 너무 교태로우면서도 요염했고, 또한 너무도 명민하여 큰 화로에 눈송이 하나 떨어져 사라지듯 남자의 간장을 녹일 만했다. 술상을 내와서 약간 취하게 되자, 양기성은 거문고로 몇 곡 연주했다. 설중매 역시 노래를 부르며 화답하면서 한밤중이 되도록 질탕하게 놀았다.

양기성은 소년이었다. 한 줄기 정욕이 취흥을 따라 일어나 억제하기 어려웠다. 그는 침상으로 가서 원앙띠를 풀고 부용치마를 벗겨, 양대의 초장왕처럼 비바람으로 온통 뒤집어 놓으면서 운우지락을 누렸다. 설중매는 취한 눈이 몽롱해지고 사지에 힘이 없어진 듯했다. 다시 일어나 의상을 바로 입은 그녀는 마음속으로 생각했다.

'내가 양생을 예쁘게 생긴 남자로만 생각했는데, 풍류로운 정이 이렇게 뛰어남을 어찌 알았겠는가. 곽상서 같은 자는 천

박하고 방탕한 사람이구나.'

그녀는 아직 미진한 마음이 남아 양기성에게 몰래 물었다.

"상공께서 오늘 돌아가신다면 언제나 다시 만나 뵐 수 있겠습니까?"

양기성이 말했다.

"흥이 나면 자주 들르겠네."

설중매가 말했다.

"내일은 전춘연을 차리고 즐겁게 노는 날입니다. 장안 소년들과 청루의 모든 기생들이 탕춘원에 모여서 전춘을 한답니다. 탕춘원으로 찾아오시면 아마 멀리서나마 제가 얼굴을 뵈올 듯싶습니다."

양기성이 허락하고 돌아갔다. 다음 날 양창곡은 허부인에게 이렇게 아뢰었다.

"황상께서 경연에서 강의를 하는 모든 신하들과 후원에서 전춘연을 여신답니다. 오늘 대궐에 들어가면 밤이 깊은 뒤에나 돌아올 겁니다."

강남홍이 웃으며 말했다.

"강남 풍속 중에서는 전춘연이 제일 성대하지요. 물색이 번화하기가 마치 삼월 상사일ㅗㅌㅌㅂ*과 같습니다."

---

* 날짜에 간지(干支)를 붙인 것을 일간(日干)이라 하는데, 3월의 일간 중 '사'(巳)가 처음 들어간 날을 삼월 상사일이라 한다.

양창곡이 말했다.

"황성에서도 이런 놀이가 있소. 내 비록 본 적은 없지만, 어찌 강남 지역에만 있겠소?"

양창곡 부자가 대궐로 들어간 뒤에 양기성은 허부인에게 아뢰었다.

"소손이 듣자 하니, 오늘 탕춘원에서 장안 소년들이 모두 모여 전춘연을 연다는데 아주 볼 만하답니다. 구경하고 싶습니다."

허부인이 허락하면서 말했다.

"네 아버지와 형들은 궁궐 후원에서 전춘연을 하고, 너는 탕춘원에서 전춘연을 즐기는구나. 그렇다면 이 늙은이는 두 며느리와 두 낭자를 데리고 우리 집 후원에서 전춘연을 즐겨야겠다."

양기성이 강남홍에게 아뢰었다.

"소자가 잠시 화려한 행색을 차리고 싶으니, 잠시 어머님의 설화마를 빌려주십시오."

강남홍이 웃으며 허락했다. 원래 강남홍의 총명함으로 어찌 양기성의 방탕함을 몰랐겠는가. 그러나 강남홍의 천성이 원래 풍류와 번화함을 좋아하여, 비록 아들이라고 해도 금지하지 않고 매번 너그러운 태도를 많이 보였다. 그녀는 즉시 하인에게 명하여 설화마를 끌고 와서 깨끗이 털을 다듬어 놓도록 했다. 그리고 난성부에서 새로 장식한 말안장 및 여러 도구를 가져오라고 하니, 손야차가 가져왔다. 과연 황금과 붉고 푸른 빛으로 장식한 것이었다. 황금 굴레에 산호 채찍이 휘황찬란했다. 양기성이 크게 기뻐하면서 다시 두 명의 문객을 데리고 설화마에 올라 장안의 큰길을 가로질러 설중매의 청루를 향하여 갔다.

이때 풍류로운 명기 설중매는 미혼진迷魂陣 안에서 양기성을 농락한 뒤로는 사랑할수록 더욱 그리워했다. 그녀의 한마음은 오직 양기성에게 있었으니, 곽상서에게는 전혀 뜻이 없었다. 이날 곽상서가 또 편지를 보내왔다.

오늘 황상께서 여러 신하를 모아 놓고 후원에서 전춘연을 여시는 까닭에, 나 자신이 또 약속을 어기는 사람이 되었소. 부끄럽기 그지없네. 과자금瓜子金, 오이씨 모양의 금덩어리 1백 냥을 보내니, 오늘의 놀이에 쓰도록 하라. 다시 훗날을 기약하세.

설중매가 이 편지를 보고 곽상서의 하인에게 몇 마디 말로 괜찮다는 뜻을 전하게 하고는 돌려보냈다. 그녀는 탕춘원으로 가려고 치장을 시작했다. 거울을 마주하고 낙매장의 도화분桃花粉을 더하여 초승달 같은 눈썹을 그린 뒤, 아황蛾黃, 황색의 분은 이마 위에 완연하고 앵두는 붉은 입술에 분명했다. 다시 취화칠보전翠花七寶鈿을 꽂고 한 쌍의 금보요金步搖는 어깨 위에 반쯤 비스듬히 드리웠다. 운빈 몇 가닥은 헝클어진 채 거두지 않앉으니, 마치 장손부인長孫夫人, 당태종의 황후의 체아고髢兒髻를 길게 늘어뜨린 듯했다. 그녀가 옆에서 시중드는 사람에게 물었다.

"오늘 탕춘대에 소년이 얼마나 온다더냐?"

여종이 대답했다.

"시간은 아직 이르지만, 은안장과 수놓은 수레들이 큰길에 이어졌습니다. 올해 전춘연은 최근 몇 년 이래 제일 성대할 듯합니다."

설중매가 웃으며 거울에 자기 얼굴을 비춰 보고는 말했다.

"장안 소년이 비록 모두 오지 않더라도, 나의 정랑만 일찍 오소서."

여종이 웃으며 말했다.

"낭자의 정랑은 곽상서 어르신입니다. 이미 오시지 못한다고 알려 오셨는데, 무엇 때문에 헛되이 기다리시는 건가요?"

설중매가 거울을 던지면서 가느다란 소리로 꾸짖었다.

"다정한 님과 박정한 님을 네 어찌 분별하지 못하느냐?"

그녀는 슬픈 모습으로 잠시 있더니, 다시 웃으며 말했다.

"너는 문밖에 서 있다가, 양공자께서 오시거든 돌아와서 알려 다오."

여종이 밖으로 나가더니, 잠시 후 황망히 들어와서 알렸다.

"상공께서 찾아오셨습니다."

설중매가 기쁘게 맞이하러 나갔더니, 양기성이 아니라 곽성서였다. 그는 대여섯 명의 문객을 데리고 반쯤 취하여 웃으면서 말했다.

"오늘 황상께서 단지 경연에서 강의하는 신하들만 잔치를 하며 노닌다고 하시니, 이 때문에 내가 이곳으로 찾아왔다. 조금 전에 과자금을 보냈는데, 보았느냐?"

설중매가 말했다.

"성의는 감사합니다만 상공께서 이미 대궐로 들어가신 줄 알고 오늘 탕춘원으로 가려고 했습니다."

곽상서가 웃으며 문객들에게 말했다.

"그대들은 문 앞에 서 있다가 이장군李將軍, 여시랑呂侍郎, 왕원외王員外, 우문지부宇文知府가 오시면 와서 알려라. 내가 우리 설중매와 잠시 이야기를 해야겠다."

문객들이 그의 말에 대답을 하고 나갔다. 곽상서가 설중매의 손을 잡고 다시 그녀를 바라보니, 화려한 장식과 잘 차려입은 옷차림이 영롱하고 찬란하여 취한 눈이 황홀했다. 버들가지 같은 허리를 안고 옥 같은 얼굴을 당겨서 붉은 입술에 입을 맞추려 했다. 그러나 설중매는 말도 않고 웃지도 않은 채 나무 인형처럼 서 있더니, 여종을 불러 말했다.

"시간이 점점 늦는구나. 가마꾼은 와서 기다리고 있느냐?"

곽상서가 웃으면서 말했다.

"손님이 왔는데 주인이 나가려 하니, 이게 무슨 도리냐?"

설중매가 불쾌한 빛을 보이며 말했다.

"몇 년 동안 친애하시던 첩을 오늘 새로 사귄 것처럼 하십니까?"

그녀는 좌우로 의상을 옆에 끼더니 초록별문빙사협수^{草綠別}^{紋氷紗狹袖}에 원앙띠를 드리우고, 녹영금루성성단홍협수^{綠英金縷猩}^{猩緞紅狹袖}에 청천도류수요대^{靑天桃榴繡腰帶}로 질끈 동여맸다. 칠보명월패^{七寶明月佩}는 밖으로 둘러 있고 비취금향사^{翡翠金香絲}는 안으로 찼다. 도홍당사조대^{桃紅唐絲條帶} 하나와 봉두동심결^{鳳頭同心結}한 쌍을 아래로 드리우고, 마노잡패^{瑪瑙雜佩}와 비단 버선, 수놓은 신발에 붉고 푸른 빛이 영롱하여 그 모습을 형용하기 어려웠다. 단장을 마치자 거울을 마주하여 앞을 보고 뒤도 돌아보며 자기 혼자 반 시각이나 노는 것이었다. 그 모습은 마치 푸른 물에 원앙이 제 그림자를 희롱하는 듯하고 단산에 봉황이 깃털을 다듬는 듯하여, 수없이 많은 아리따운 자태가 그 속에 담겨 있었다. 곽상서는 마음속으로 의아하게 여기면서 생각했다.

'내가 설중매와 사귄 지 이미 오래되었지만 이렇게 잘 차려입은 것은 오늘 처음 본다. 예전에는 옷 한 벌 걸치기만 해도 나를 보고 어떠냐고 물었으나 오늘은 일언반구 말도 없으니, 어찌 괴이하지 않은가.'

그는 다시 생각했다.

'잘 차려입은 것은 아마 구경군들이 많기 때문일 것이고, 나에게 묻지 않는 것은 우리 사이의 정이 전혀 틈이 벌어져 있지 않아 서로의 뜻을 잘 알기 때문일 것이다.'

곽상서는 이런저런 생각을 하면서 자기 마음을 위로하고 있었다. 잠시 후 문객이 들어와 말했다.

"여러 상공께서 지나가십니다."

곽상서는 일어나 설중매에게 말했다.

"탕춘원에서 만나도록 하자."

문밖으로 나가니 여시랑이 웃으면서 말했다.

"제 생각에 곽형께서 먼저 오셨으리라 여겼는데, 과연 미인을 그리워하여 이렇게 급히 오셨군요."

이장군이 말했다.

"우리는 군인이지만 옛날 풍류가 다 사그라졌는데, 상서께서는 창피하지도 않으십니까?"

그 말에 왕원외가 이장군의 어깨를 치면서 말했다.

"장군은 곽상서가 풍류남아라는 사실을 모르시는 거요?"

우문지부가 웃으며 말했다.

"이는 태평시절 기분 좋은 일이니, 웃지들 마시구려."

그들은 서로 농담을 하고 웃으면서 말머리를 나란히 하여 탕춘원으로 갔다.

이때 설중매는 양기성을 오랫동안 기다리고 있었다. 꽃그림자가 뜰로 옮겨 가자 청루의 여러 기생들이 일제히 도착하여 함께 가기를 청하니 그녀도 어쩔 도리가 없어서 슬픈 빛으로 몸을 일으켰다. 그녀는 여종을 불러서 귀에 대고 말을 해놓고 탕춘원으로 갔다. 양기성이 말을 달려 설중매의 집에 이르러 그녀의 동정을 물었다. 여종 하나가 문 앞에 서 있다가 기쁜 빛으로 붉은 종이의 편지 한 통을 바쳤다. 그가 말 위에서 열어 보니, 대략 다음과 같은 내용이었다.

봄을 전송하려고 옥 같은 님을 기다리니, 기쁘기도 하고 슬프기도 합니다. 천비를 남겨 두어 먼저 갔음을 알려드립니다.

양기성이 편지를 다 읽고 나서 웃으면서 물었다.

"너는 어찌하여 네 주인을 따라가지 않았느냐?"

여종이 대답했다.

"낭자께서 탕춘원으로 가시면서, 상공께서 지나가시거든 이 편지를 드린 뒤 즉시 오고 그렇지 않으면 오지 말라고 말씀하셨습니다."

양기성이 미소를 지으며 말을 채찍질하여 달려갔다. 황성의 풍속에, 이날이 되면 위로는 귀인으로부터 아래로는 평민에 이르기까지 모두 탕춘원에 모여 봄을 즐긴다. 그래서 공자와 왕손, 부귀한 집안의 자제 등이 수레와 말을 몰아서 동구 밖 큰길에 구름처럼 모여들었다. 양기성은 붉은 먼지를 헤치면서 산호 채찍을 휘두르니, 백마는 눈같이 흰 갈기를 떨치고 옥 같은 발굽을 차면서 길게 울음을 울며 수많은 말 사이를 가로질러 달리는 것이었다. 마치 요대의 선군이 옥룡을 타고 구름 밖으로 날아오르는 듯하니, 거리를 가득 메운 행인들이 동시에 길을 양보하고 온 성안의 남녀들이 어지러이 다투어 구경했다. 말 위에 앉은 소년의 뛰어난 풍채와 아름다운 얼굴을 모두들 어여삐 여겨 감탄하면서 말했다.

"옛 시에서 '어여쁘다 저 사람과 말이여, 빛을 내는구나'[可憐人馬生輝光]하고 읊었는데, 과연 그렇구나!"

어느새 탕춘원에 도착하여 고삐를 멈추고 안장을 풀었다. 녹음은 한창 푸르고 꽃다운 풀은 우거져서, 버드나무 가지 위의 꾀꼬리는 벗을 부르는 소리 가운데 봄빛을 아까워하고 있었다. 백비려白鼻驢와 백설총白雪驄이 있는 곳곳에 소년이 있었고 칠향거와 오운거 있는 곳에는 무리마다 미인들이 있었다. 두 문객이 말했다.

"오늘의 떠들썩한 것은 최근 몇 년 사이에 가장 성대하네요. 탕춘원이 좁으니 먼저 탕춘대로 가시지요."

양기성이 말했다.

"탕춘대는 어느 곳이오?"

두 문객이 말했다.

"여기서 4, 5리쯤 떨어진 곳에 있습니다."

양기성이 두 사람을 따라서 4, 5리쯤 가니, 과연 사람과 말이 떠들썩하여 조금도 빈틈이 없었다. 고삐를 잡고 천천히 가면서 주변을 살펴보았다. 한 굽이 시내가 있는데, 시냇가는 수백 그루의 수양버들로 둘러싸여 있었다. 큰 무지개다리도 있었는데 여러 굽이의 난간은 백옥으로 깎아 놓은 듯했다. 무지개다리를 건너자 부드러운 풀이 평평하게 펼쳐져 있는데, 그 곳에 가무장歌舞場을 세워 놓았다. 그 앞뒤와 좌우로 붉은 난간 이 둘러졌고, 난간 밖으로는 층대를 쌓아 가무장을 굽어볼 수 있게 했다. 층대 위에는 비단 장막과 수놓은 자리가 광채도 찬 란하게 펼쳐져 있었고, 문무대관文武大官들이 뒤섞여 줄지어 앉 아 있었다.

황성의 풍속에서는 옛날부터 전춘연의 놀이를 가장 중요하 게 여겼다. 이것은 기생과 소년들이 주최했는데, 근래 들어서 는 재상과 귀인들도 음악과 여색을 탐닉하여 즐기면서 모두 들 모여서 완상하고 있었다. 그들이 노니는 모습을 보면, 반나 절은 가무로 질탕하게 노닐다가 석양 무렵이 되면 모든 기생 들이 누각 위에 꽂아 두었던 여러 빛깔의 채화를 뽑아서 물속 에 던지기도 하고, 송춘사送春詞를 부르기도 했다. 이것이 옛날 의 법도였다. 그러나 후세에는 방탕함이 더욱 심해져 완상하 는 사람들이 음식을 준비하여 친한 기생들에게 주었으며, 기 생들은 친한 사람들의 풍취와 생김새를 보면서 좋으니 나쁘 니 등급을 나누며 품평을 했다. 만약 다른 사람보다 뛰어나면 '매춘'買春, 봄을 사들이다이라고 하면서 서로 축하하고, 다른 사람보 다 못하면 '파춘'破春, 봄을 깨다이라고 놀렸다.

이때 수백 명의 기생들이 아름다운 화장과 성대한 옷차림 으로 머리에는 채화를 꽂고 가무장으로 올라가서 교방의 음 악을 연주했다. 악기 소리가 아련히 울려 퍼지고 가무가 질탕하게 벌어졌다. 낭랑한 소리와 펄럭이는 옷소매는 탕춘원을 진동시켰다. 모든 귀인과 소년들이 일제히 탕춘대 위로 올라가 각자 자신과 친한 기생들에게 풍류로운 마음을 보냈다.

설중매는 어여쁜 눈매를 들어 좌우를 살폈다. 곽상서와 여시랑 등 여러 사람들만이 탕춘대 위에 벌여 앉아 있을 뿐 양기성은 어디에도 보이지 않아서 슬픈 빛으로 무료하게 있을 뿐이었다. 원래 설중매는 하늘이 낸 미인이었다. 그녀가 풍류장에 올라오면 태도와 솜씨가 지혜롭고 민첩했기 때문에, 장안 소년들의 잔치자리에서 설중매가 없으면 십중팔구 흥이 깨진다고 할 정도였다. 그녀가 슬픈 모습으로 즐거워하지 않자 어떤 사람은 환약을 던져 주고 어떤 사람은 술과 안주를 권하면서 분분한 이야기와 어지러운 기색으로 설중매의 흥을 돋우려 할 뿐이었다. 양기성 한 사람이 아니라면 어찌 가인의 가슴속 무료함을 위로할 수 있겠는가.

잠시 후 설중매의 여종이 이르러 그녀 앞으로 가더니, 귀에 대고 무엇인가 이야기를 했다. 그제야 설중매는 미소를 지었다. 그 은근한 심회를 누가 알겠는가.

이때 청루의 모든 기생들이 제각기 재주를 다 발휘하여 뛰어남을 다투고 얼굴빛을 시기하여 음악이 한창 벌어졌다. 양기성이 두 문객을 거느리고 탕춘대 위로 올라서 가무장을 굽어보았다. 밝은 눈동자와 새하얀 이, 푸른 소매와 붉은 단장이 무리를 이루고 있었다. 복숭아꽃 오얏꽃 모란꽃이 흐드러지게 피어난 듯, 산호와 명주가 벌여 있는 듯하여 사람의 얼굴빛을 움직이게 했다.

그들 중에서 한 미인이 가는 허리와 푸른 눈썹으로 그 풍류로운 정취가 좌중을 압도했으며, 성대하게 차려입은 복색은 가볍게 날리는 듯하여 무리들 중에서 빼어났다. 바로 설중매였다. 그녀는 양기성이 이곳에 와 있다는 것을 알고 나서, 무료한 마음이 봄눈 녹듯 사라지고 호탕한 풍정이 미친 듯 술취한 듯하여 춤추는 자리로 나아갔다. 구경군들이 담처럼 빙둘러서 있었다.

설중매는 눈을 들어 탕춘대 위를 살펴보았다. 한 소년이 단건과 녹포 차림으로 가볍게 서 있는 것이 보였다. 그린 듯 아름다운 눈썹에 상서로운 기운이 어려 있고 한 점 붉은 입술에 웃음을 띠고 있었다. 자나 깨나 잊지 못하던 마음속의 님이 분명했다. 그러나 자기의 마음을 보낸다면 필시 곽상서가 의심할 것이고, 보내지 않으려니 마음이 근질거려 미칠 지경이었다. 그녀는 여러 기생들을 돌아보고 말했다.

"내 부용치마 끈이 느슨해져서 고쳐 매고 오겠네."

설중매는 여종을 데리고 옷을 고쳐 입는 곳으로 나왔다. 술한 병과 과일 몇 종류를 준비하고 여종에게 부탁하며 말했다.

"양공자님 댁 하인을 찾아서 이것을 상공에게 올려 다오."

말을 마치고 다시 춤추는 가무장으로 나갔다. 여종은 술과 과일을 가지고 탕춘대 앞으로 가서 주변을 살펴보았다. 마침 양기성의 하인이 고삐를 잡고 서 있었다. 그녀는 술상을 주면서 양기성에게 올려 달라고 말했다. 하인 역시 마음속으로 짐작을 하고, 문객을 찾아 그 음식을 양기성에게 올렸다. 양기성이 미소를 지으며 두 문객과 함께 각각 한 잔씩 마셨다. 과일을 들면서 살펴보니, 쟁반에 글이 몇 줄 써 있었다.

사람 바다는 지척이로되 그리운 고향은 만리나 떨어져 있군요. 탕춘대 뒤쪽에 작은 폭포가 있습니다. 가무가 끝난 뒤에 마땅히 폭포 아래로 가서 뵙겠습니다.

양기성이 살펴보니 필적이 흐릿하여 분명치는 않았지만, 아리따운 그녀의 뜻을 어찌 헤아리지 못하겠는가. 미소를 지으며 소매를 들어 먹 자국을 말끔히 지워 버리고, 다시 쟁반과 술병을 돌려주었다.

한편 설중매는 다시 가무장으로 나가면서 일부러 한참을 지체하면서 탕춘대 위를 쳐다보았다. 그녀는 양기성이 과일 쟁반을 닦아 내는 모습을 보고, 마음속으로 더욱 다정하고 지혜롭다는 느낌을 받았다. 설중매가 춤추는 소매를 떨쳐 내면서 평생의 재주를 모두 발휘하니, 한나라 궁궐의 조비연趙飛燕이 대臺 위에서 노니는 듯하고 달나라 항아가 예상무霓裳舞를 추는 듯했다. 꽃 같은 북은 둥둥 울려서 북춤에 적합했고 서릿발 같은 칼날은 번뜩이며 검무 속으로 들어왔다. 버들가지 같은 가는 허리에 봄바람이 이는 듯, 도화 같은 두 뺨에 향기가 막 짙어지는 듯하니, 장안의 모든 소년들이 무릎을 치면서 칭찬했고 교방의 모든 기생들은 부끄러워 낯을 들지 못했다. 곽상서는 바보처럼 앉아서 마치 정신을 잃은 사람 같았다. 여시랑이 웃으며 말했다.

"설중매의 노래와 춤은 그대가 총애하는 여인이 되기 아깝구려."

우문지부도 감탄하면서 말했다.

"내 일찍이 건안지부建安知府를 지내면서 수많은 노래와 춤을 보았지만, 그 모습이나 솜씨가 설중매만 못했습니다. 곽상서는 가히 풍류로운 미인을 가졌다고 할 만하군요."

이장군이 웃으면서 말했다.

"책상머리의 서생이 어찌 족히 가무에 대해 논하겠소이까. 풍류장의 모든 풍정은 글과는 거리가 먼 무부를 당하지 못할 것이오."

그들이 서로 웃고 떠들며 농담을 하고 있을 때였다. 다섯 명의 하인이 큰 교자상에 푸른 보자기를 덮어서 가져와서 곽상서를 찾는 것이었다. 여러 문객들이 그것을 받아서 곽상서 앞으로 올렸다. 진수성찬을 이루 다 먹을 수 없을 정도로 차린 상이었다. 여시랑, 우문지부의 술과 안주도 차례로 도착했다. 그들은 제각각 친한 기생을 불러서 술을 권하고 잔을 돌렸다. 곽상서 역시 설중매를 불렀다. 그녀는 어쩔 수 없이 탕춘대 위로 올라갔다. 눈을 들어 양기성이 서 있는 곳을 살펴보았지만, 어느 곳에 있는지 알 수가 없었다. 필시 그는 폭포 있는 곳으로 갔으리라 마음속으로 생각했다. 마음이 급하니 어찌 술잔 돌리는 것에 정신을 쏟겠는가. 일부러 눈썹을 찡그리면서 허리띠와 비단 두건을 풀어서 머리를 싸매고, 술 한 잔을 곽상서에게 올리자마자 이렇게 고했다.

"첩이 머리가 너무 아파서 오래 앉아 있기 어렵습니다. 잠시 옷을 갈아입는 곳에서 쉬다가 다시 오겠습니다."

곽상서가 깜짝 놀라며 말했다.

"네가 조금 전에 검무를 오래 추더니, 그 때문에 몸이 불편한 모양이로구나."

그는 술을 한 잔 마시고 가라고 했으나 설중매는 백방으로 사양하고 탕춘대에서 내려와 여종을 데리고 바삐 폭포를 찾아갔다.

한편, 양기성은 설중매의 가무를 보고 나서, 두 문객과 탕춘대를 내려오며 말했다.

"내가 들으니, 저 뒤쪽에 작은 폭포가 하나 있다고 하더군요. 가서 구경하지 않겠습니까?"

그가 탕춘대 뒤쪽으로 열 걸음쯤 가니, 숲 사이로 석벽이 둘러싸여 있는 가운데 한 줄기 폭포가 석벽을 타고 흘러내렸다. 그 아래에는 수십 명이 앉을 수 있는 너럭바위 하나가 있었다. 바위 위에는 하인 몇 명이 이끼를 쓸고 나뭇가지를 꺾어

차를 끓이고 있었다. 그들은 양기성 일행이 오는 것을 보고 황망히 자리를 펴서 맞이하는 것이었다. 양기성이 이상하게 여기며 물었다.

"너희들은 어떤 사람들이냐?"

하인들이 대답했다.

"소인들은 설중매 낭자의 청루에 있는 하인들입니다."

말을 마치기도 전에 설중매가 하인을 데리고 수레를 몰아오면서 낭랑한 소리로 말했다.

"제가 폭포를 보고 싶어서 왔는데, 웬 상공께서 남의 자리에 앉아 계시는 겁니까?"

양기성이 웃으며 말했다.

"청정한 물과 바위야 본래 주인이 없는 법, 먼저 앉는 사람이 주인이지요."

설중매는 양기성의 말에 의도가 있다는 것을 알고 이렇게 말했다.

"이 물과 바위는 여러 사람을 거친 것입니다. 상공께서 어찌 홀로 주인이 되신단 말씀입니까?"

양기성이 말했다.

"향기로운 꽃이라 나비가 날아들고, 이름난 동산이라 수레와 말이 모여들지요. 난 물과 바위가 많은 주인을 사랑하오."

설중매가 웃으며 바위 위에 함께 앉아서 물과 바위를 감상했다. 은근한 정담은 계속 이어져서, 어느새 해는 서산으로 떨어지고 있었다. 잠시 후 하인들과 여종이 대여섯 그릇의 술과 안주를 올렸는데, 정성스럽고도 풍성한 음식이었다. 양기성이 웃으며 말했다.

"술 한잔이면 넉넉한데, 이렇게 성대하게 차리는 것은 오히려 정이 아니오."

설중매가 웃으면서 말했다.

"첩이 사실 오늘 전춘연이 별 흥취가 없어서 아프다고 핑계를 대고 모면하려 했습니다. 이렇게 틈을 타서 나온 것은 그 뜻이 전적으로 상공께 있는 겁니다. 저의 정성을 사양하지 마십시오."

양기성이 흔쾌히 잔을 기울이고 수저를 들어서 은근한 정을 보였다. 그는 따로 상을 마련하여 두 문객과 하인들에게 주어서 배불리 취하도록 먹게 했다. 양기성은 설중매와 함께 폭포 아래로 가서 어깨를 나란히 하여 손을 잡고는, 높은 산과 흐르는 물의 깊은 정을 이야기했다. 설중매가 몰래 생각했다.

'나는 청루의 기생이다. 이분과 이렇게 친하게 지내지만 만약 곽상서를 배척하지 못한다면 상공께서는 몰래 왕래할 수밖에 없는 처지일 뿐이니, 내 어찌 규방의 부인이 옥을 훔치고 향을 던지는 것을 본받게 하리오. 이분의 문장이 어떠한지 시험하여 오늘 전춘연에 그 풍류로움을 드러내게 함으로써, 곽상서가 부끄러워 스스로 물러나게 만들어야겠다.'

그러고는 시 한 수를 떠올리며 말했다.

"첩이 이 경치를 가지고 마침 시 한 수를 얻었으니, 상공께서는 아랫 구절을 이어 보세요."

양기성이 크게 기뻐하면서 그 시가 무엇이냐고 묻자, 이렇게 읊었다.

꽃이 떨어지니 산은 고요하고   落花山寂寂
물이 흘러가니 바위는 옥 소리를 내는구나   流水石琤琤

양기성이 크게 칭찬하면서 즉시 다음 구절을 불렀다.

봄을 아까워하는 저 눈물   多少惜春淚
바다에 맹세하는 이 마음   淺深盟海情

설중매는 양기성의 모습이 아름답고 나이가 어린 탓에 학업이 부족하리라 의심하고 있었다. 그런데 자기 말이 떨어지기 무섭게 대구를 잇는 것을 보고 마음속으로 깜짝 놀라서, 손에 들고 있던 부채를 들어 석벽을 두드리면서 붉은 입술을 열고 쟁쟁한 소리로 그 시를 노래로 불렀다. 산바람은 사늘하게 불어오고 물소리는 졸졸 들리면서 노랫소리와 섞였다. 다시 술을 마신 뒤에 설중매가 말했다.

"첩이 좌중에 알리지 않고 이곳으로 온 지 너무 오래되었습니다. 동료들이 필시 의심하고 있을 것이니 부득이 돌아가야겠습니다. 원컨대 상공께서는 전춘교로 오셔서 여러 기생들의 전춘연을 구경하십시오."

양기성이 말했다.

"전춘교는 어디에 있소?"

설중매가 말했다.

"조금 전에 밟고 건너오셨던 다리가 바로 전춘교입니다. 여러 기생들이 이 다리 아래 물가에 모여서 봄을 전송합니다."

양기성이 응낙하고 먼저 설중매를 보낸 다음 자신은 잠깐 바위 위에 앉았다가 곧바로 전춘교로 갔다. 다리의 돌난간에 기대서 맑은 강을 내려다보니 취흥이 도도해지는 것이었다.

이때 곽상서와 청루의 여러 기생들은 온통 돌아다니면서 설중매를 찾았으나 어디로 갔는지 알 수가 없어 괴이하게 여기고 있었다. 그런데 홀연 설중매가 옥 같은 얼굴에 취기를 띠고 멀리서 오는 것을 보았으니, 여러 기생들이 어찌 그 이유를 짐작하지 못하겠는가. 다만 사람 물결 가운데 누구 때문인지를 몰라 설중매가 눈짓을 보내는 곳을 몰래 살피고 웃으면서 물었다.

"낭자는 조금 전 어디 갔었소?"

설중매가 웃으며 말했다.

"오늘은 봄을 보내는 날이니. 첩은 봄을 따라갔다 왔지요."

그 말에 여러 기생들이 웃음을 터뜨렸다. 곽상서가 다시 물었다.

"낭자의 두통은 지금 어떻소?"

설중매가 말했다.

"아직도 상쾌하게 낫지는 않았습니다."

곽상서 역시 십 년 동안 청루를 드나든 안목이 있는지라, 어찌 그녀의 행동에 의심이 없겠는가. 잠시 후 청루의 모든 기생들이 음악을 연주하면서 전춘교 주변을 향하여 갔다. 모든 소년들과 곽상서, 여시랑 등도 자리를 옮겨서 다리 위로 가려 했다. 석양은 산에 걸렸고 봄바람은 화창한데, 맑은 시내 한 굽이는 다리 아래에 잔잔하게 펼쳐져 있으니 푸른 옷소매와 붉은 단장이 물 가운데 비쳐서 빛났다. 여러 악기 소리가 애원하듯 처량하게 울리는 가운데 수백 명의 기생들이 머리에 꽂았던 채화를 뽑아 들고 너울너울 춤을 추었다. 순간 갑자기 설중매가 여러 기생들을 보고 말했다.

"우리는 태평성대에 풍류로운 여러 상공들을 모시고 해마다 이날 노래 한 곡으로 봄을 전송하고 있소. 어찌 이렇게 풍미가 없을 수 있단 말이오? 이제 여러 상공들께서 새로 지은 시를 얻어 각각 그 시를 노래로 부른다면 어찌 좋지 않겠소?"

곽상서가 말했다.

"설중매의 말이 좋긴 하지만 날이 이미 저물어서 봄을 보내는 일이 시급하다. 어찌 시를 지을 틈이 있겠는가."

설중매가 웃으며 말했다.

"옛날 조자건은 일곱 걸음만에 시를 지었습니다. 첩이 마땅

히 일곱 걸음으로 여러 상공들 앞으로 들어가서 좋은 시 구절
을 청하겠습니다."

이장군이 칭찬하며 말했다.

"낭자의 말이 정말 좋소이다. 우리 같은 무장이야 논할 것
도 없지만, 여러 상공들과 소년들은 각각 자기 재주를 다하여
이 자리의 흥을 도우시오."

그들 중 여시랑과 우문지부는 평생토록 시객을 자처하고
있었다. 마음속으로 크게 기뻐하면서 한꺼번에 칭찬했다. 설
중매는 마노연瑪瑙硯에 용향묵龍香墨을 갈아서 청옥관靑玉管 양털
붓을 뽑아 들고 두 명의 동기童妓로 하여금 받들도록 했다. 그
녀는 여섯 폭 붉은 비단 치마를 떨치면서 먼저 일곱 걸음을
걸어 곽상서 앞으로 나아가 섰다. 곽상서는 얼굴에 붉은 기운
을 띠면서 말했다.

"내가 과거에 오른 지 10년이 지났네. 글을 다듬고 표현을
아로새기는 백면서생 작은 재주를 그만둔 지가 오래되었지.
그러니 낭자는 다른 사람에게 시를 청하게나."

설중매가 웃으며 여시랑 앞으로 갔다. 여시랑은 한참 고민
하다가 말했다.

"옛날 왕발은 시를 지을 때 벽을 향해 돌아누워서 반나절을
생각했다 하오. 나는 원래 민첩한 재주는 없는 사람이니, 낭자
는 다른 사람에게 부탁해 보시오."

그녀는 다시 우문지부에게 갔다. 우문지부는 눈썹을 찡그

리고 먼 산을 바라보며 생각에 잠겨 있었다. 그는 붓을 잡아 무엇인가 쓰려고 하다가 다시 뒤로 물러났다. 설중매가 웃으며 말했다.

"시간이 이미 지났으니 빨리 쓰십시오."

우문지부는 시상이 떠오르지 않아서 결국은 붓을 던지고 물러나 앉았다. 설중매는 문명文名이 있는 사람을 택하여 여러 군데를 갔지만, 그 많은 사람들 중에 누가 능히 일곱 걸음만에 시를 지을 만한 재주가 있겠는가. 그녀가 수십 군데나 헛걸음을 하니, 곽상서는 마음속으로 다행스럽게 여겼다. 설중매가 비단 치마를 떨치고 낭랑하게 웃으며 말했다.

"이 자리에 이적선이 안 계시니, 벼루를 받들고 있는 양귀비가 부끄럽습니다."

그녀는 눈을 들어 좌중을 살펴보다가, 연꽃 같은 걸음을 옮겨서 한곳에 다다랐다. 사람들이 보니, 한 소년이 머리에는 부드러운 비단으로 만든 단건을 쓰고 몸에는 녹포를 입고 있었다. 그 소년은 술기운으로 몽롱하여, 마치 연꽃 한 송이가 아침 이슬에 촉촉이 젖어 있는 듯이 돌난간에 기대어 흐르는 물을 굽어보면서 설중매가 다가오는 것을 살피지 못하고 있었다. 설중매가 옥같이 높은 소리로 말했다.

"웬 상공께서 사람이 오는 것도 모르시나요?"

소년이 놀라 돌아보니, 미인 한 사람이 천연스럽게 아뢰는 것이었다.

"시 한 수를 빌려서 봄을 전송하는 전춘연 아름다운 날의 흥취를 도와주세요."

소년이 미소를 지으며 말했다.

"시를 지으라는 시령을 듣지 못했으니, 어떻게 짓겠소?"

설중매가 말했다.

"시령은 일곱 걸음이고, 시제는 봄을 전송한다는 뜻의 '전춘'입니다. 제 이름은 설중매니, '매'梅자로 운자를 하여 절구를 한 수 지어 주세요."

그러자 소년은 미소를 지으며 붓을 들어 먹을 듬뿍 찍더니 설중매의 비단 치마에 시를 썼다. 그 빼어난 모습은 폭풍이 불고 소낙비가 내리는 듯했고, 그 광채는 용이 날아오르고 봉황이 춤추는 듯했다. 옆에서 구경하던 기생들과 주변에서 감상하던 사람들은 담을 친 듯 빙 둘러서서 요란스럽게 칭찬했다. 설중매가 시를 받들어 깊은 감사를 올리고, 눈을 들어 잠시 마음을 보낸 뒤 물러났으니, 누가 오래 사귀었다고 의심할 수 있었겠는가. 곽상서와 여시랑은 놀라면서도 부끄러워하면서 그 시를 가져오게 하여 살펴보았다.

거리의 붉은 먼지 얼굴을 스치며 날아오니	紫陌紅塵拂面來
사람들은 봄을 보내고 돌아온다 말하는구나	無人不道餞春回
봄을 보낸 뒤 봄이 갔다고 말하지 마오,	莫道餞春春已去
봄이 깊으면 다시 눈 속의 매화를 보리니	春深更看雪中梅

곽상서는 얼굴빛이 바뀌어 말이 없었고, 여시랑과 우문지부는 낙담하고 실망해 있었다. 이장군만이 입에서 칭찬을 그치지 않았다.

"이 사람은 천재로다!"

이 소년은 다른 사람이 아니라 바로 양기성이었다. 이때 모든 기생들은 그의 글을 사랑하고 풍채를 사모하여, 다투어 자신의 비단 치마를 떨치면서 분분히 시 한 수를 구하려 했다. 양기성은 취흥을 띠어 입에서 시 읊기를 그치지 않았고 손에서는 붓이 멈추지 않았다. 삽시간에 70여 수의 시를 휘둘러 써내니, 구절마다 비단 같고 글자마다 주옥같았다. 설중매도 오히려 양기성의 민첩한 재주가 이 정도일 줄은 몰랐으므로 멍하니 보고 있었다. 그녀는 놀랍고도 기쁘고 애석하고도 사랑스러워하다가, 도리서 양기성이 일일이 시를 써 주느라 고생하는 것을 염려하여 여러 기생들에게 말했다.

"70여 수를 노래하면 충분하니 잠시 그만두고 노래로 봄을 전송하는 이야기를 하는 것이 좋겠네."

양기성이 붓을 들고 말했다.

"내 비록 이태백처럼 술 한 말에 시 백 편을 짓는 재주는 없지만, 여러 낭자로 하여금 벽을 향하고 있다는 탄식은 없도록 해주겠노라. 만약 푸르고 붉은 치마가 없는 사람은 종이라도 한 조각 가지고 오라."

말을 마치기도 전에 수십 명의 기생이 비단 치마를 들고 줄

지어 서서 시를 받아 갔다. 그 가운데 한 기녀가 슬픈 모습으로 홀로 앉아서, 말도 하지 않고 웃지도 않으면서 무언가 생각하는 것이 있는 듯했다. 양기성이 그 모습을 보고 괴이하게 여겨 물었다.

"낭자는 어찌하여 시를 구하지 않는 것이오?"

그 기녀는 부끄러워 대답하지 못했다. 양기성이 붓을 멈추고 그 모습을 자세히 보니, 구름 같은 살쩍머리가 쓸쓸하고 옥 같은 얼굴은 초췌했지만, 청아한 자태와 온화한 모습이 너무도 정묘한 가운데 매우 아름다워 마치 한 떨기 부용꽃이 푸른 물에 솟아오른 듯, 한봄의 향기로운 난초가 깊은 골짜기에 피어 있는 듯했다. 다만 입고 있는 옷이 그리 좋지 못하여 시를 쓸 수가 없었다. 양기성이 그녀의 마음을 알고 웃으며 말했다.

"해진 옷과 헌 솜옷을 입고도 여우갖옷과 담비갖옷 입은 사람에게 부끄러워하지 않는 것은 군자도 하기 어려운 일이오. 내 가슴속에 아직도 시 한 수가 있으니, 낭자의 짧은 삼베치마를 펼치시게나."

미인이 눈물을 머금으며 말했다.

"이 또한 제 치마가 아닙니다."

양기성이 측은한 마음으로 그녀의 이름을 물었더니, '빙빙'이라고 대답했다.

"나이는 몇 살인가?"

"열네 살입니다."

양기성이 마음속으로 의아하게 생각하며 말했다.

'용모나 자색이 저렇게 아름다운데 장안의 소년들이 아직도 거두지 않았다니, 필시 무슨 이유가 있는 모양이구나.'

그가 붓을 들고 잠시 머뭇거리자 여러 기생들이 서로 손가락질하면서 말했다.

"빙빙 낭자의 교만하면서도 당돌함이 사대부 가문의 처녀 같아서 청루의 소년들을 거만하게 바라보더니, 오늘은 별 볼일 없는 본색을 드러내는구나."

양기성이 그제야 그 말의 뜻을 깨닫고, 자신의 적삼을 벗어서 빙빙에게 잡도록 한 뒤 시를 한 수 썼다.

한 떨기 아리따운 육지의 연꽃	一朶亭亭旱地蓮
향기 사라지고 이슬 엷어	香消露薄瘦堪憐
수척해진 모습 가련해라	
어지러이 봄빛을 맞이하고 보내는 한은	顚倒春光迎送恨
부끄럽게도 복사꽃 오얏꽃과 함께	羞從桃李共爭姸
고움을 다투는 것	

양기성은 이 시를 쓰고 빙빙에게 주며 말했다.

"이는 치마 없는 그대를 위한 것이 아니니, 낭자는 무엇으로 이에 대한 보답을 하시려는가?"

빙빙이 눈을 들어 양기성을 보면서 미소를 짓고 말했다.

"상공께서 문장을 내려 주셨으니, 저는 노래로 화답을 하겠습니다."

빙빙이 붉은 입술을 열어 양기성의 시를 노래했다. 옥이 부서지는 듯한 노랫소리가 허공으로 울려 퍼지자 소란스럽게 들끓던 탕춘원이 고요해지면서 어떤 소리도 들리지 않았다. 모든 소년들이 깜짝 놀라며 말했다.

"빙빙 낭자도 노래를 부를 때가 있다니, 이 또한 변괴로군!"

설중매가 여러 기생을 재촉하여 전춘연을 진행했다. 기생들이 일시에 채화를 물속으로 던지니 마치 무릉도원의 복숭아꽃이 물결을 따라 흘러내리는 듯, 봉래산의 아름다운 구름이 푸른 하늘에 흩어지는 듯, 항기로운 바람이 일고 상서로운 빛이 서리는 것이다. 수백 명의 미인이 「전춘사」餞春詞를 부르니, 노래와 음악소리가 반나절이나 질탕하게 울렸다. 둥실둥실 떠가는 채화는 물 위에서 뒤집어지고 물결을 따라 흘러가다가 아득히 보이지 않았다. 모든 기생들이 풍류스러운 분위기를 바꾸어 「방초사」芳草詞를 노래하고 나서 각기 녹음 속으로 흩어져서 다투어 어여쁜 풀과 꽃을 다투었다. 먼저 얻는 사람이 있으면 어지러이 축하를 해주니, 이것이 영하회迎夏會다. 그러나 빙빙은 쓸쓸히 혼자 앉아서 조금도 움직이지 않았다. 여러 사람들이 손가락질하면서 풍치가 없다고 그녀를 비웃었다. 양기성이 빙빙에게 물었다.

"봄을 전송하고 여름을 맞이하는 전춘회와 영하회는 아름다운 일이오. 헌데 낭자는 어찌 홀로 즐거워하지 않는 거요?"

빙빙이 말했다.

"봄을 보내지만 어디로 가는지 알지 못하고, 여름을 맞이하되 어디서 오는지 알지 못합니다. 옛것을 보내고 새것을 맞이함에 진실로 관심이 없습니다. 이 자리에서 이제 막 봄을 보내고 바로 여름을 맞으면서, 조금 전에는 봄을 보낸다고 슬퍼하다가 지금은 여름을 맞는다고 기뻐하는 것을 저는 좋아하지 않습니다."

설중매가 낭랑히 웃으면서 난초를 가지고 와서 말했다.

"가을 국화와 봄 난초는 뛰어난 경치가 아닌 것이 없습니다. 봄을 보내고 여름을 맞이하면서 놀지 않고 무엇하겠소?"

양기성은 크게 웃으면서, 두 낭자의 말이 모두 일리가 있기는 하지만 빙빙의 단아함이 더 마음에 들었다. 곧 날이 저물었고, 잔치를 끝내 돌아가게 되었다.

한편 장안 소년들 중에 두 명의 호협이 있으니, 뇌문성雷文星과 마등馬騰이었다. 뇌문성은 대장군 뇌천풍의 둘째 손자였고, 마등은 파로장군 마달의 아들이었다. 두 소년은 용맹하면서도 호탕하여, 청루를 집으로 삼고 무시로 출입하고 있었다. 그런데 이날 전춘교 위에서 양기성의 문장과 풍채를 보고 마음속으로 크게 놀랐지만 누구인지는 알지 못했다.

날이 저문 뒤 양기성이 설화마를 타고 마구 달려서 돌아가니, 뇌문성이 깜짝 놀라 마등에게 말했다.

"저 말은 연왕부 난성후께서 타시는 말이다. 그렇다면 저 소년은 연왕의 넷째 아들 양기성이 아닐까? 우리 조부께서 양기성을 칭찬하시면서 나에게 교유해 보라고 하셨는데, 과연 비범한 인물일세."

그들은 즉시 설중매의 청루로 가서 그녀에게 물었다.

"낭자는 조금 전 전춘교 위에서 시 짓던 소년을 아시는가?"

설중매가 짐짓 웃는 척하면서 대답했다.

"붉게 단장을 한 미인이 어찌 백면서생을 알겠어요?"

뇌문성이 말했다.

"그 사람은 필시 연왕 어르신의 넷째 아들 양기성일 것이다. 낭자는 장안의 이름난 기생으로 어찌 그 같은 풍류남아와 친하게 지내려는 마음이 없는가?"

그들이 말을 하고 있는데, 웬 파락호破落戶 한 사람이 들어왔다. 허랑하게 이리저리 떠돌아다니는 무뢰한 발피潑皮*로서, 이름은 장풍張風이었다. 그는 막 들어와 앉더니, 뇌문성과 마등을 보고 말했다.

"내가 이제는 설중매 낭자를 자주 방문하지 못하겠군."

마등이 말했다.

"이 풍風이 또 무슨 풍風을 떠는 건가?"

---

* 파락호는 재산이나 세력 있는 집안 자손으로서 집안 재산을 몽땅 털어먹는 난봉꾼을 말하며, 발피는 일정한 직업 없이 못된 짓만 하고 다니는 부랑자를 말한다.

장풍이 탄식하며 말했다.

"곽상서가 오늘 탕춘대에서 돌아가다가 갑자기 설중매 낭자를 의심하면서, 조금 전에 나를 불러 청루에 왕래하는 사람을 일일이 탐지해 오라고 하셨지. 풍파가 적지 않을 거야. 곽상서의 위풍을 누가 대적한단 말인가!"

뇌문성은 미소를 지었지만, 마등은 장풍의 뺨을 때리며 꾸짖었다.

"용렬하고 어리석은 장풍 놈아! 십 년 청루 생활에 풍으로 이름을 날리던 자가 곽상서의 위풍에 겁을 먹다니, 어찌 불쌍하지 않은가!"

설중매가 발끈 성을 내면서 말했다.

"창가는 본래 위아래가 없고 다만 의기를 중요하게 여기는 곳이오. 상서의 위엄 있는 명령은 조정에서나 행할 것이니, 어찌 청루에서도 통하겠어요? 그대가 이렇게 두려워 겁을 먹는다면 저희 문 앞에 발을 들여놓지 마세요."

장풍이 이 말을 듣고 크게 노하여 일어나며 말했다.

"내가 좋은 뜻으로 와서 소식을 전했는데, 이렇게 냉대를 하는구나. 장안의 수많은 청루 중에 너희 집이 아니면 가서 놀 곳이 없겠느냐?"

그가 분연히 나갔다. 설중매는 본래 연약한 여자라, 마음속으로 생각했다.

'양공자께서는 귀공자시고, 곽상서는 무뢰하고 방탕한 사

람이다. 만약 이곳을 출입하는 사람을 살핀다면 어찌 위험하지 않겠는가.'

이런 생각에 설중매는 즉시 두 사람에게 사실대로 고했다.

"두 분 상공을 속이지 못하겠습니다. 과연 탕춘대에서 시를 지은 상공은 연왕부의 넷째 자제분이십니다. 어린 마음에 첩이 이미 가까이한 바 있지만, 양공자님을 위하여 자취를 감추었던 것입니다. 일이 이미 불행한 지경에 이르렀으니, 곽상서가 소란을 일으키면 어떻게 해야 할까요?"

뇌문성이 웃으며 말했다.

"내 이미 생각해 둔 게 있으니, 낭자는 염려하지 마시오. 우리 두 사람이 낭자를 도와드리지요."

설중매가 크게 기뻐하며 술과 음식으로 후히 대접한 뒤, 양기성과 친해진 일을 말해 주었다. 두 사람이 탄식하며 말했다.

"내가 평소에 낭자를 위하여 곽상서의 천박함을 원통하게 생각했는데, 양공자와의 만남은 진실로 재자와 가인의 만남이라 할 만하오."

한편, 양기성은 혈기가 아직 만들어지지 않은 소년으로 풍류장에 잘못 들어갔다가 방탕한 마음을 억제하지 못했다. 매일 부친이 대궐에 들어간 틈을 타서 설중매를 방문하여 노래와 춤과 잔치로 즐기면서 호탕하게 노닐면서 돌아가기를 잊었다. 그러니 사향麝香을 열 겹이나 둘러싼다 해도 어찌 그 향기가 새 나가지 않겠는가. 곽상서가 이 사실을 알고 장풍 등 여러 사람들을 호령하여 술과 음식을 대접하고 금과 비단을 뇌물로 주면서 말했다.

"내가 청루에 발을 들여놓은 후 여러분들과 교유한 것은 의기를 중시하여 못마땅한 일이 생기면 서로 도우려는 것이었다. 내가 설중매와 사귀면서 온집안을 기울여 재산을 쓴 것은 그대들도 아는 사실이다. 헌데 오늘 젖비린내 나는 아이 녀석이 설중매를 유혹하여 나를 배반토록 하니, 그대들 마음에 어찌 분함이 없겠는가. 나의 옛날 얼굴을 봐서라도 그 소년이 출입하는 것을 살펴보고 알려 달라. 내가 한번 설욕해야겠다."

장풍이 팔뚝을 휘두르면서 말했다.

"신선이 모르는 도술과 부처님이 모르는 염불이 어찌 있겠습니까? 장안 백여 군데 청루에 수많은 기녀들의 한 번 찡그리고 한 번 웃는 행동을 어찌 이 장풍보다 먼저 아는 사람이 있겠습니까? 마땅히 먼저 와서 보고드릴 터이니, 상공께서는 마음대로 설욕하십시오."

곽상서가 크게 기뻐하면서 칭찬했다. 이때부터 장안 소년들은 곽상서의 위세를 두려워하여 감히 설중매의 집을 방문하지 못했으니 문 앞은 썰렁해졌다.

황태자의 탄신일이 되어 양창곡 부자는 퇴궐하지 않고 동궁東宮에서 밤새 잔치를 벌이게 되었다. 양기성은 황혼의 달빛을 타고 설중매를 찾아갔다. 그녀가 머리도 빗지 않고 세수도 하지 않은 채 침상에 누워 있는데, 머리는 헝클어지고 청아한 얼굴은 눈물로 얼룩져 그 자태가 더욱 아름다웠다. 양기성이 그녀 앞으로 가서 손을 잡고 말했다.

"혹시 몸이라도 불편하신가?"

설중매가 슬픈 모습으로 대답하지 않고 있다가 억지로 일어나 양기성의 품으로 들어왔다. 그녀는 얼굴을 양기성의 가슴에 대고 흐느끼면서 말했다.

"상공께서는 첩을 어떻게 하시려는 겁니까?"

양기성이 웃으며 말했다.

"낭자는 어째서 그런 말을 하시는가?"

설중매는 대답을 하지 않고 구슬 같은 눈물을 점점이 떨구고는 다시 돌아누워 한숨을 내쉬었다. 양기성이 마음속으로 이상하게 여겨 연유를 물었다. 그녀가 다시 일어나 눈물 젖은 눈으로 등불을 바라보고는 힘없는 모습으로 대답을 하지 못했다. 양기성이 조급해져서 설중매의 손을 당겨 품으로 끌어오면서 이유를 다시 물었다. 그녀가 탄식하면서 말했다.

"탁문군은 사마상여와 사귀었으나 그가 자신을 저버리자 「백두음」을 지어서 관계를 끊었습니다. 그러나 저는 탁문군과 반대입니다. 첩은 청루의 천한 신분으로 불행히도 상공을 모시게 되어 전혀 이득도 없는 정을 맺었습니다. 그런데 상공께서는 천첩을 저버리지 않으셨지만 첩은 상공을 저버리게 되니, 어찌 통한치 않겠습니까?"

양기성은 그 말뜻을 모르고 생각에 잠겨 대답을 하지 못했다. 설중매가 말했다.

"첩이 곽상서를 여러 해 동안 사귀었는데, 비록 그 사람됨은 믿음성이 없었지만 칭기의 몸이라 나아가고 물러남을 제 마음대로 할 수 없었습니다. 뜻밖에 상공을 한 번 뵌 뒤로는 마음으로 허락하고 제 스스로 오래 모시기를 기약했습니다. 그런데 지금 곽상서가 시기하여 저희 집을 오가는 사람들을 일일이 기찰하고 있습니다. 장안 소년들이 그 위세를 두려워하여 오늘 첩의 문 앞에 거의 참새 그물을 칠 정도가 되었습니다. 첩이 두려운 바는 없지만, 가만히 생각해 보면 천금 같은 귀한 몸으로 욕을 당하실까 두렵습니다. 바라건대 상공께서는 천첩을 생각지 마시고 화할 면할 도리를 생각하십시오."

말을 마치자 그녀는 눈물을 머금고 말을 하지 못했다. 양기성은 짐짓 놀라는 척하면서 말했다.

"나는 일개 백면서생이고 곽상서는 명망이 있는 재상이오. 나는 한때의 풍정으로 낭자와 사귀었는데, 일이 이 지경에 이르렀다면 다시는 그대를 찾지 않겠소. 낭자는 다시 옛 인연을 이어서 아무 이유 없는 풍파를 일으키지 마시오."

이 말을 듣자 설중매는 얼굴빛을 슬프게 하고 멍하니 아무 말도 없었다. 양기성이 다시 그녀의 손을 잡고 말했다.

"동산의 복사꽃 오얏꽃이 청춘을 보내고, 시냇가의 버드나무는 녹음을 재촉하고 있소. 청루의 젊은 여인은 얼굴을 찡그리지 마시오. 예부터 청루에는 본래 주인이 없다고 하는데, 곽상서가 장차 어찌하겠소?"

양기성은 술을 가져오라 하여, 왼손으로는 낭자의 손을 잡고 오른손으로는 자리 위에 있던 거문고를 끌어당겨 호방한 풍류에 조금도 구애되는 것이 없었다.

곽상서는 재상의 반열에 있는 사람이었지만 그 문하에 출입하는 자들은 모두 패륜적인 무리들이었다. 황태자의 탄신일을 맞이하여 대궐에 들어갔다가 먼저 물러나와서 크게 취한 상태로 설중매의 집 앞을 지나고 있었다. 그때 장풍이 술집에서 나오며 아뢰었다.

"설중매 낭자가 웬 소년과 방탕하게 노닐고 있습니다."

곽상서가 크게 노하여 집으로 돌아가지 않고 자기 집 문하에 드나드는 사람의 집에 거처를 정했다. 무뢰배 수십 명을 불러서 밤이 깊은 뒤에 설중매의 집을 부수려고 했다. 이에 장풍이 선봉을 자처하자, 곽상서가 그렇게 하도록 허락하고 술 한 말을 내렸다. 술이 반쯤 얼큰하게 취하자, 수십 명의 무뢰배들에게 각각 짧은 몽둥이를 들려서 무리를 지어 설중매의 청루를 향하여 가니 그 위세를 당할 수 없었다. 과연 어떻게 될 것인가. 다음 회를 보시라.

제61회
방탕함을 경계하면서 양인성은 양기성을 꾸짖고,
낙성연 잔치에 빙빙은 설중매를 초청하다
戒放蕩仁星責機星 宴落成氷娘請梅娘

장풍이 짧은 몽둥이 하나를 들고 설중매의 청루를 향하니 청
루에 모여 있던 소년들과 구경꾼들이 뒤섞여 쳐들어갔다. 뇌
문성과 마등 두 사람도 마침 구경꾼들 사이에 있다가, 귀에 대
고 서로 약속을 하여 양기성을 도우려 했다.

한편, 양기성은 설중매와 무릎을 맞대고 등불을 돋우면서
태연하게 거문고를 연주하고 있었다. 그런데 갑자기 문밖이
소란스러워지더니 장풍이 크게 소리를 치면서 누각 위로 뛰
어올라 오는 것이었다. 설중매가 깜짝 놀라서 양기성의 손을
잡고 말했다.

"일이 다급합니다. 상공께서는 피하세요!"

양기성이 웃으며 말했다.

"내가 방탕하여 비록 처신을 조심하지 않았지만, 어찌 당황
스러운 행동을 하겠는가."

그는 아무 일도 없다는 듯이 거문고를 연주했다. 장풍이 몽둥이를 휘두르며 양기성을 치려고 하는데, 홀연 등 뒤에서 소년 하나가 크게 소리를 지르며 장풍을 잡아당겨 누각 아래로 던져 버리더니, 용맹한 발길질과 재빠른 주먹질로 한바탕 어지럽게 공격을 하고 나갔다. 그런데 누각 아래에서도 어떤 소년 하나가 크게 소리를 지르면서 어스름한 가운데 좌충우돌하고 남북으로 치고 당기면서 각각 여러 사람들을 내몰아 질풍처럼 빠르게 문밖으로 쫓아내는 것이었다. 그 호걸스럽고 사나운 기세를 누가 능히 감당할 수 있겠는가. 장풍 등 여러 사내들이 한꺼번에 패배하여 돌아갔다. 누각 위에서 장풍을 던져 버린 사람은 마등이었다. 양기성은 두 소년과 구경꾼들을 불러서 누각 위로 올라오게 했다. 그는 술을 권하고 웃으면서 말했다.

"원래 청루에는 이러한 풍파가 있는 법이지요. 그 가운데에서 족히 의로운 기상을 볼 수 있습니다. 곽상서의 호령 한 번에 풍류 소년들이 감히 이 청루를 엿보지도 못하다니, 어찌 한심하지 않으리오. 여러분 중에서 혹시 곽 아무개와 친한 사람이 있다면 돌아가서 말해 주시오. 태평시절 재상이 풍류 넘치는 아리따운 여인으로 소일하는 것은 간혹 있을 수 있지만, 소년들을 모아서 청루를 공격하는 것은 천부당만부당한 일이라고 말이오."

그 말을 듣던 소년들이 일제히 소리를 지르며 칭찬을 했다.

마등이 설중매에게 말했다.

"곽상서는 족히 말할 것도 없거니와, 장풍이 선봉을 선 것은 어찌 통한한 일이 아니겠소. 그놈을 주먹으로 패 주지 못한 것이 한스럽군요."

양기성이 웃으며 말했다.

"마형은 깊이 책망하지 마세요. 그 사람됨을 보니 파락호에 가깝지만, 그래도 취할 곳이 있습니다. 여러분 중에 혹시 장풍 선생을 아시는 분이 계시다면 이곳으로 모시고 와 주시오."

말석에 있던 사람 하나가 그 말을 듣고 즉시 일어나서 밖으로 나갔다.

한편, 곽상서는 여러 사람들이 패하여 돌아온 것을 보고 분노를 이기지 못하여 장풍 등을 꾸짖으며 말했다.

"3년 3개월 동안 병사를 기른 것은 한순간에 쓰려고 함이다. 내가 십 년 동안 청루를 드나들면서 그대들과 교유하여 금과 비단을 아끼지 않았는데, 이와 같은 때에 조금도 도움이 되지 못하다니, 이제부터는 내 집 문 앞을 얼씬도 하지 말라."

그는 성을 버럭 내고는 돌아갔다. 장풍이 머쓱하여 길옆을 방황하면서 술집을 찾고 싶었지만, 주머니에는 돈 한 푼 없었다. 길게 탄식을 하고 있는데, 갑자기 술친구 이사李四가 그를 불렀다.

"장풍! 어디 가는가?"

장풍이 말했다.

"술집을 찾아가는 길이네."

이사가 말했다.

"네가 곽상서를 위하여 공을 세우지 못했으니, 어찌 창피하지 않겠는가."

장풍이 웃으며 말했다.

"그건 그렇지만, 내가 조금 전에 그 소년을 보니 선풍도골이요 풍류호걸이니, 내가 설중매라도 당연히 곽상서를 저버렸을 것이네."

이사가 장풍의 어깨를 툭 치면서 말했다.

"자네, 뭘 좀 아는군 그래. 그 소년은 이러이러한 일로 지금 자네를 부르셨네. 진정 풍류남아의 노련한 솜씨란 말이지. 가서 한번 뵙는 게 어떻겠는가?"

장풍이 크게 놀라 말했다.

"그 어린아이가 정말 그랬단 말인가?"

이사가 장풍을 데리고 설중매의 집으로 가니, 양기성이 장풍의 손을 잡고 말했다.

"공은 소심한 분이구려. 청루에 드나들면서 화가 나면 풍파를 일으키고, 웃으면 봄바람이 이는 겁니다. 오늘 밤 청루의 모든 소년들이 있는 자리에 장풍이 없다면 말이 되겠소?"

그 말에 온 자리의 사람들이 크게 웃음을 터뜨렸다. 장풍이 팔을 휘두르면서 말했다.

"내 비록 바람[風]이지만, 20년 기방 생활에서 남은 것은 귀와 눈입니다. 몽둥이를 들고 뛰어다니지만 반드시 정해진 마음은 있다는 것은 여러분들도 아실 거요."

양기성은 설중매에게 술잔을 들어 장풍에게 권하도록 하니, 그녀는 술잔을 들고 웃으며 말했다.

"청루의 옛 풍모가 없어진 지 오래되었습니다. 그런데 오늘 여러분들이 풍채를 드러내시어 살벌한 풍경이 문득 사라지고, 이 자리에 가득한 봄바람에 담소를 나누는 가운데 봄바람이 한가득 일어나는군요. 이는 모두 장풍 선생의 호협한 풍모 때문입니다."

자리를 함께한 사람들이 모두 크게 웃었다. 장풍 역시 크게 기뻐하면서 잠깐 사이에 양기성의 오른팔이 되었다. 이 때문에 양기성의 이름이 장안의 청루에 자자하게 울려 퍼졌으며, 도시의 소년들이 모두 그 휘하에 들어와 굴복했다. 양기성의 풍류는 모든 것을 겸비하고 있었다. 그는 날마다 뇌문성, 마등과 함께 청루를 두루 돌아다녔다.

여러 기생 중에서도 초운楚雲의 노래와 능파凌波의 춤, 학상선鶴上仙의 생황, 진진眞眞의 거문고, 연연燕燕과 앵앵鶯鶯의 자태는 그 이름이 가장 드높았다. 양기성은 전춘교에서 빙빙을 잠깐 보고, 하루는 우연히 그녀의 단아함을 생각해 내고는 한번 찾아가려 했지만 그녀의 집을 몰랐다. 그는 장풍을 만나서 물었다.

"그대는 혹시 빙빙의 집을 아시는가?"

장풍이 웃으며 말했다.

"거지의 집을 찾아가서 무얼 하시려는 거요?"

"그냥 가르쳐 주기만 하시오."

그러자 장풍이 머리를 흔들면서 말했다.

"서교방西敎坊 길가에 무너진 절 같은 집이 있는데, 그곳이 빙빙의 집이오."

양기성이 미소를 지으며 며칠 뒤 서교방을 찾아갔다. 길가에 과연 허술한 집이 있었다. 문을 두드리니 웬 할멈이 나오더니 물었다.

"뉘 집을 찾으시는 겁니까?"

양기성이 말을 멈추고 물었다.

"여기가 빙 낭자의 집이 아닌가요?"

할멈은 이마에 손을 얹고 먼저 말과 마구를 살펴보더니, 양기성의 얼굴을 보면서 당황하여 말했다.

"상공은 어떤 빙 낭자를 찾으시는 겁니까?"

양기성이 말했다.

"빙빙의 집을 찾는 겁니다."

할머니가 웃으며 말했다.

"상공의 얼굴은 어여쁘지만 청루에서 뵌 적은 없네요. 황성의 수많은 청루에 어찌 뒤틀리고 창피한 빙빙을 보시려는 겁니까? 이 집은 운중월雲中月의 집입니다. 얼굴이 정말 아름다우니 들어오시지요."

양기성이 웃으며 말했다.

"내가 할 말이 있어 그러는 것이니, 노인은 빙빙의 집을 가르쳐 주기만 하시오."

할멈이 돌아서더니 손을 들어 세 번째 집을 가리키면서 혼잣말로 중얼거렸다.

"애석하기도 하지. 이런 상공께서 무엇 때문에 볼 것 없는 거지 집을 찾으시는고?"

할멈은 침을 뱉으면서 머리를 흔들었다. 양기성이 웃으며 그 집을 찾아갔다. 문에서 자세히 살펴보니, 불에 탄 기와와 썩은 처마에 일각문—角門은 여기저기 떨어지고 무너져서 나무로 얼기설기 지탱해 두었고, 문 안팎으로는 풀빛이 황량하여 인적이 없는 듯했다. 양기성이 말을 돌리며 사람을 부르니, 여종 하나가 나왔다. 옷은 남루하여 누덕누덕 기운 옷은 앞조차 가릴 수 없을 정도였다. 그가 물었다.

"이곳이 빙빙 낭자의 집이냐?"

여종이 부끄러워하면서 돌아서서 말했다.

"그렇습니다."

양기성이 슬픈 빛으로 말했다.

"내가 너의 주인을 보고 싶구나."

여종이 들어갔다가 금세 나와서 아뢰었다.

"들어오십시오."

양기성이 밖에 말을 매고 여종을 따라 들어갔다. 빙빙의 올린 머리는 쓸쓸하고 옥 같은 얼굴은 처량하여, 해진 옷으로 문 밖에서 맞이했다. 양기성이 슬픈 빛으로 그녀의 손을 잡고 말했다.

"낭자는 전춘교 위에서 우연히 만났던 양생을 기억하고 있는가?"

빙빙이 천연스럽게 대답했다.

"첩이 들으니, 흰머리는 새로운 듯하고 경개傾蓋는 옛것 같다고 했습니다. 사람이 그 마음을 모른다면 조석으로 마주하더라도 그 마음은 초나라와 월나라처럼 까마득히 멀고, 속마음이 서로 비춘다면 백골이 먼지가 된다 해도 정은 사라지지 않을 것입니다. 서진西津의 패물을 풀고 캄캄한 밤에 구슬을 던지듯 마음을 드렸으나 이 몸이 미천하여 군자께서 잊으셨는가 했는데, 이렇게 마음에 두시어 고생스럽게 찾아 주시니, 감사함을 이기지 못하겠습니다."

빙빙의 말이 처량하면서도 강개하고 다정하면서도 정성이 깃들어 있어 녹록한 여자가 아니라는 것을 알 수 있었다. 양기성이 자리에 앉으며 말했다.

"낭자의 얼굴과 재질로 이렇게 곤궁하게 사는 것은 이해가 되지 않는구려. 세속의 여러 사람들을 따라 단장을 하여 자신을 꾸미는 것을 생각하는 것이 좋지 않겠소?"

빙빙이 웃으며 말했다.

"상공께서 진심으로 물어 주시니, 첩이 어찌 속마음을 속이겠습니까? 첩은 본래 황성 청루에서 대대로 이름난 창기 집안 출신입니다. 첩의 모친 위오랑衛五娘이 당대 독보적인 명성을 날리던 기생이셨는데, 제게 이렇게 기르치셨습니다. '창기가 비록 천한 몸이지만 마음가짐은 사대부 집안의 부녀자와 다를 바가 없다. 창기의 지조는 군자의 도덕과 같고, 창기의 가무는 군자의 문장과 같다. 너는 스스로 지조를 천하게 만들지 말고, 가무를 열심히 익혀 대대로 전하는 집안의 법도를 잃지 않도록 해라.' 저는 이 말씀을 금석같이 지켰습니다. 평생 배운 바와 가풍의 견문이 이와 같아서, 지금 열네 살이 되었어도 세상을 이렇게 살아갑니다. 그러나 청루의 기풍이 옛날과 달라서 지조를 지키면 괴팍하다고 비웃고, 가무를 말하면 온전히 아는 사람이 없습니다. 다만 남자에게 정을 주어서 그 재물을 낚아 올리며, 교묘하게 꾸민 말로 세상의 변화를 살필 줄이나 알 뿐입니다. 첩이 사람들과 시속을 따라서 옛날 버릇을 고쳐 보려 했지만, 10년 동안 보고 들었던 것을 하루아침에 바꾸기는 어려웠습니다. 첩 또한 젊은 여자이니 어찌 풍정에 담담할 수 있겠습니까? 다만 첩은 장안 소년들의 무뢰하고 난잡한 행태를 싫어했던 것입니다. 그런데 지난번 전춘교 위에서 상공의 얼굴을 잠깐 뵙고 나니, 자연히 그리움이 뒤얽혀 구구한 아녀자의 가련한 마음을 도량 넓은 군자께서 돌아봐 주시지 않을까 두려웠습니다. 오늘 다시 옥 같은 모습과 풍채를 뵈니, 비록 죽은 날이라 해도 오히려 살아 있는 듯합니다."

양기성이 그 말을 들으니 정경은 가련하고 지조는 가상하게 느껴져서, 한숨을 쉬면서 말했다.

"이 집은 어떠한 집이오?"

빙빙이 말했다.

"이곳은 대대로 전해 오는 청루입니다. 첩의 어머님께서 살아 계실 때에는 재산이 많아서, 장안 청루 중에 최고였습니다. 어머님이 돌아가신 뒤 첩은 아직 어렸고 친척은 없었습니다. 무뢰배들이 제 재산을 빼앗고 집에 불을 질렀습니다. 그래서 옛날 모습은 사라지고 점점 한심한 꼴이 되어 버렸습니다."

양기성이 길게 탄식하고 손에 들고 있던 산호 채찍을 여종에게 주면서 말했다.

"술집에 이 채찍을 맡기고 술을 사오너라."

조금 있다가 여종이 술 한 병을 들고 왔다. 두 사람이 몇 잔을 마신 뒤, 양기성이 웃으며 말했다.

"침향정은 이삼랑이 양귀비와 즐기던 곳이요, 임춘각臨春閣은 진나라 후주가 장려화張麗華와 질탕하게 지내던 집이오. 만승천자의 한 시대 풍류로도 옛 자취를 찾기 어려운데, 하물며 위오랑의 청루임에랴! 그렇지만 내가 장차 낭자를 위하여 이 집을 다시 세워 주겠소. 낭자는 사양하지 마시오."

빙빙이 고개를 숙이고 대답을 하지 않았다. 양기성은 즉시 몸을 일으키면서 말했다.

"오늘 찾아온 것은 낭자의 집을 알고 싶었기 때문이오. 내일 밤이 깊으면 다시 오겠소. 낭자는 꼭 기다려 주시오."

그러고 빙빙이 문밖에서 전송하는데, 말이 없는 가운데 풍정이 절로 동하는 것이었다. 양기성은 집으로 돌아와 스스로 생각했다.

'군자가 재주를 닦아서 때를 만나지 못한다면 비분강개한 탄식이 있지만, 청루의 인물 중에서 어찌 빙빙 같은 사람이 있단 말인가. 장안 소년들은 안목이 없어서 그녀를 거두지 못했으니, 내 마땅히 거두어들여 도와주어야겠다.'

그는 장안 부자인 왕자평王子平에게 부탁하기로 했다. 왕자평은 집안 식구처럼 연왕부를 출입하는 사람이었다. 양기성이 왕자평에게 말했다.

"마침 쓸 데가 있으니, 백은 1만 냥과 비단 1백 필을 융통해 주실 수 있습니까?"

왕자평이 당황한 모습으로 한참 동안 있다가 말했다.

"상공께서 필시 그렇게 큰 재물을 쓸 곳이 없을 겁니다. 어디에 쓰시려는 겁니까?"

양기성이 정색을 하면서 말했다.

"제가 어찌 공의 재산을 갚지 않겠습니까?"

왕자평이 말했다.

"어찌 그렇게 말씀하십니까? 만약 연왕께서 아시면 제가 집안에 죄를 얻을까 두려워 그러는 것입니다."

양기성이 미소를 지으며 말했다.

"공의 말씀은 충직하지만, 반드시 방탕한 죄가 공에게 미치지 않도록 하겠습니다."

이에 왕자평이 응낙하니, 양기성이 말했다.

"제가 내일 하인을 보내겠습니다."

다음 날 양기성은 부모님께 밤 인사를 마친 뒤 하인 하나를 데리고 교방의 큰길로 나와 섰다. 달빛은 명랑한데 파루는 삼경을 알리고 있었다. 빙빙은 양기성이 오는 것을 알고 몇 잔 술을 겨우 마련하여 감추어 두고는 그가 오기를 고대하고 있었다. 양기성이 단건과 청삼靑衫 차림으로 달빛을 받으며 들어왔다. 빙빙이 웃으며 맞아들여, 손을 잡고 달을 향해 앉았다. 양기성의 빼어난 풍채와 빙빙의 청아한 자태는 달빛 아래에서 더욱 아름답게 돋보였다. 여종이 술과 안주를 올리자 양기성이 기쁜 마음으로 말했다.

"가난한 집의 큰 손님이 더욱 다정하니, 이 술은 내가 잔을 돌리도록 하겠네."

그들은 각각 몇 잔을 마셨다. 빙빙은 술 호로병을 치면서 몇 곡 노래로 술을 권했다. 처음에는 「양춘백설곡」陽春白雪曲이 높고 크게 울리면서 화답하는 사람이 없음을 안타까워했다. 그러더니 다음으로는 고산유수에 지기의 상봉을 감탄했다. 양기성이 얼굴빛을 바로 하면서 탄복했다.

"아름답구나, 이 노래여! 세상 사람들의 귀와 눈이 어두워서 이 같은 음악과 안색으로도 이토록 곤궁하고 괴롭다니, 이 어찌 천지조화가 공정한 것이겠는가."

빙빙이 웃으며 말했다.

"이른바 창기라고 하는 것은 여색으로 사람을 섬깁니다. 얼굴이 예쁜 것을 안색顔色이라 하고, 자태가 어여쁜 것을 자색이라고 합니다. 초영왕楚靈王은 가는 허리를 좋아했으니, 가는 허리를 가진 사람은 뜻을 얻었습니다. 위나라 궁실에서는 아름다운 눈썹을 숭상했으니, 아름다운 눈썹을 가진 사람은 뜻을 얻었지요. 이들은 제각각 그 시기를 잘 만난 것입니다. 마음이 아름다운 것을 심색心色이라 하는데, 세상에서는 맹광무염孟光無鹽*이라고 합니다. 그렇지만 예쁜 얼굴로 사람을 기쁘게 하기는 쉽지만, 마음으로 사람을 섬기는 것은 어렵습니다. 첩이 비록 불민하지만 얼굴을 가지고 사람을 기쁘게 하는 것을 부끄럽게 여기며, 고운 마음으로 섬기기를 기약합니다. 제가 말씀드린 몇 가지 중에서 어떤 것을 취하시겠습니까?"

양기성이 칭찬했다. 밤은 깊어 등잔불은 가물거렸다. 둘은 정겨운 인연을 맺었다. 그들은 즐겁되 도에 넘치지 않았고, 어여쁘되 교태스럽지 않았다. 푸른 물에 떠 있는 원앙의 봄꿈이 미진한데, 먼 마을의 닭 울음소리가 새벽빛을 재촉했다. 부끄러우면서도 힘이 없는 빙빙의 모습은 이름난 꽃 한 송이가 봄비에 젖어 있는 듯했다. 양기성이 깊은 정을 이기지 못하여 그

---

* 맹광과 무염의 종리춘(鍾離春)이 매우 추하여 못생겼다는 의미다.

녀의 손을 잡고 말했다.

"내가 돌아가서 약간의 은자를 보내겠소. 청루를 다시 세우되, 옛날의 모습과 규모를 그대로 회복시키시오. 그리고 내가 도와줬다는 말을 절대로 발설하지 마시오."

양기성은 돌아가서 백금 5천 냥을 빙빙에게 보냈다. 빙빙이 즉시 청루를 세우는 일을 시작하자 그 소문이 자자하게 퍼졌다. 장안 소년들이 모두들 놀라고 괴이하게 여겼지만, 그 자금의 출처를 몰라서 의론이 분분했다.

한편, 양기성이 어머니 벽성선과 헤어진 지 한 달이 지났다. 그는 양창곡에게 어머니를 뵈러 가기를 청했다. 행장을 재촉하여 취성동으로 가서 할아버지 양현을 뵙고, 즉시 내당으로 들어갔다. 벽성선은 기성이 오는 것을 보고 급히 나와서 손을 잡고 기쁨에 겨워 눈물을 마구 흘렸다. 양기성은 본래 타고난 효자였다. 한 달 이상 만나지 못하다가 어머니를 마주하자 포대기에 싸인 갓난아기의 마음으로 어머니의 품속으로 들어가며 기쁨을 이기지 못했다. 벽성선이 그를 쓰다듬으며 말했다.

"네 얼굴이 어찌 이렇게 수척해졌느냐?"

양기성이 말했다.

"며칠 여행을 했더니 피곤해서 그런 모양입니다."

마침 양인성이 내동으로 들어와 형제가 마주하여 어머니를 모시고 앉아서, 그 사이 본가 아버지와 식구들의 안부, 집안의 여러 가지 일들을 일일이 물어보고 서로 기뻐했다.

다음 날 양현을 모시고 수석정으로 가서 놀다가 날이 저물어 돌아왔다. 양기성은 모친의 앞에 앉아서 어리광을 부리면서 웃으며 말했다.

"소자가 근래 들어 봄바람과 꽃 버들에 주량이 넓어졌습니다. 술 한잔 주세요."

벽성선이 꾸짖으며 말했다.

"네 천성이 원래 좁고 졸렬하지 않은데, 만약 과음하면 어찌 큰 해가 되지 않겠느냐. 네 할아버지께서 본래 술을 즐기지 않으시기 때문에 집에 보관하고 있는 술이 없구나."

그녀는 몸종을 불러서 말했다.

"정자 아래 왕씨 할머니 댁에 좋은 술이 있으니, 한 병 사오너라."

잠깐 사이에 하인이 술 한 병을 사왔다. 양기성이 크게 기뻐하면서 제 스스로 잔에 부어 서너 잔을 마셨다. 벽성선이 그 모습을 보고 깜짝 놀라 술병을 빼앗아 감추면서 마음속으로 불쾌한 생각이 들었다.

양기성이 웃으면서 곧바로 양인성의 서당으로 갔다. 양인성은 옷깃을 바로 하고 앉아서 『대학』大學을 읽고 있었다. 양기성이 책상머리에 앉으니, 양인성이 웃으며 말했다.

"동생은 집에서 무얼 하며 지냈는가?"

양기성이 말했다.

"책을 읽는 여가에 꽃과 버들을 감상하기도 하고 친구를 찾아가기도 했지요."

양인성이 미소를 지으며 말했다.

"한창 봄이 화창한 때에 꽃과 버들을 구경하는 것은 괜찮지만, 친구는 어떤 사람들과 교유하는가?"

양기성이 대답했다.

"요즘 세상이니 요즘 사람들과 사귀고 있습니다. 선인이나 악인이나 모두 제 스승이랍니다. 소제는 현우賢愚와 청탁淸濁을 가리지 않습니다."

양인성이 양기성을 눈여겨 자세히 바라보니, 그 말이 방탕한 데다 얼굴에 술기운이 어려 있었다. 마음이 불편하여 얼굴빛을 고쳐 정색을 하고 말했다.

"옛 성인께서 술을 경계하고 벗을 가려서 사귀라고 하신 것은 심성을 기르고 도덕을 논의하여 방탕함에 이르지 않도록 한 것이다. 동생이 이제 잡류들과 교유하면서 광약狂藥*을 마시니, 아무리 천성이 탁월하고 마음 먹은 것이 단단하다 해도, 결국은 밖으로 음담패설을 면하지 못할 것이고 안으로 본성을 해치고 기세를 멋대로 부리는 것을 면치 못할 걸세. 오늘 먹은 마음이 내일 느슨해지고, 또 그 다음 날은 방탕해지는 것이다. 이 마음을 한번 놓치게 된다면 거두어들이기 어려울 뿐만 아니라 자신도 모르게 방탕해져서, 스스로에게 너그러워

---

* 사람을 미치게 만드는 약이라는 의미로, 술을 지칭한다.

지기도 하고 스스로 저버리기도 한다. 목표로 했던 마음은 물처럼 흘러가는 세월로 인하여 흰머리가 다 되도록 이루지 못하니, 결국은 바르고 큰 사람이 되지 못한다. 동생은 어찌 이 점을 생각하지 못하는가?"

양기성이 그 말에 동의하면서 이렇게 말했다.

"깨우쳐 주시는 말씀은 선비라면 당연히 가슴 깊이 명심해야 할 것이지요. 그러나 소제는 이런 말을 들었습니다. 천지간의 살아 있는 만물의 기운은 호탕하고 활발하기 때문에 만물이 생성한다는 겁니다. 이제 책상을 마주하여 썩은 말과 억제된 기상으로 평생을 헛되이 보내는 것이 어찌 혈기가 힘차게 넘치는 젊은이가 할 바이겠습니까?

태극이 변해 양의兩儀, 음과 양가 되고, 양의가 변해 사상四象: 태양, 태음, 소양, 소음과 만물이 됩니다. 성인의 도는 바로 이것을 법칙으로 삼습니다. 미묘한 것에서 일어나 그것이 나뉘어져서 수많은 것으로 달라지고, 그것이 다시 합쳐서 일리一理가 됩니다. 사람이 이 세상에 태어나서 어렸을 때는 오직 한 생각뿐입니다. 이것은 태극이 아직 나뉘지 않았을 때입니다. 점점 자라면서 귀로는 들을 것을 생각하고 눈으로는 볼 것을 생각하면서, 오륜과 칠정이 생겨납니다. 식욕과 성욕은 본성이고, 슬픔과 즐거움은 정입니다. 어찌 호방한 마음과 풍류의 즐거움이 없을 수 있겠습니까? 이것이 이른바 태극이 변하여 사상과 만물이 된다는 것이고, 미묘한 것에서 일어나 그것들이 나누어져서 수많은 것으로 달라진다는 것이겠지요.

혈기가 이미 안정되고 만사를 두루 보고 경험하여, 바야흐로 서른 살이면 스스로 서고 마흔 살에 미혹되지 않게 되어 지극한 선의 경지에 이르고 광명정대해집니다. 이것이 이른바 지말적인 것이 다시 합쳐져서 일리가 된다는 것입니다. 격물치지의 공부인 셈이지요. 성질이 서로 다르고 각각 혈기의 차이가 있는데 모든 것을 하나의 기준에 맞추어 마음속의 즐거움과 칠정의 욕망을 억지로 억제한다면, 기품이 부족한 사람은 어려서부터 하루살이 같은 기상을 가지게 되고, 기품이 넉넉한 사람은 끝내 겉을 꾸미고 안을 속이게 됩니다. 그 말과 행동을 살펴보면 의관을 정제하고 우러러보는 군자지만, 그 마음을 논하고 쓰는 것을 살펴보면 고루하면서도 들은 것이 적어 당면 문제를 알지 못합니다. 이런 점에서 보자면 사람의 성취는 모두가 다른 것이라, 하나의 법규로써 논의할 것이 못 됩니다."

양인성이 얼굴빛을 고치면서 말했다.

"어진 아우의 말이 일리는 있지만, 이는 왕도가 아니라 패도네. 공부를 하는 소년이 본받을 것은 아니야. 이 어리석은 형의 말을 잊지 말게나."

양기성이 그리하겠다 대답하고 물러났다. 양현이 마침 창밖에 서 있다가 두 사람의 논쟁을 듣고 마음속으로 크게 기뻐하여, 내당으로 들어가 벽성선에게 말했다.

"내가 기성이 형제의 문답을 들어 보니, 인성이는 안정되었고 기성이는 쾌활하여 성품이 각자 다르더구나. 그러나 그 이루는 바는 필시 같을 것이다."

하루는 양현이 양기성에게 말했다.

"네가 이곳에 온 지 보름이 지났다. 황성 집이 분명 쓸쓸할 터이니, 내일 돌아가도록 해라. 나도 열흘 뒤쯤에는 황성으로 들어가겠다."

양기성이 할아버지의 명을 받고 다음 날 출발했다. 벽성선은 여전히 슬퍼하는 빛이 있었다.

한편, 빙빙은 일꾼들을 독려해 청루를 중건하는 공사를 마쳤다. 수놓은 문과 창문, 기화요초는 정밀하고 치밀하여 매우 사치스러우니, 황성의 청루 중 으뜸이었다. 빙빙은 양기성이 오기를 기다려 낙성식을 기념하는 잔치를 벌이려 했다. 그런데 갑자기 여종이 밖에서 들어와 알렸다.

"천비가 조금 전 설중매 낭자의 청루를 지나는데 장풍이, '너희 낭자가 청루를 중수했다고 하는데, 내가 한번 가 보고 싶다'고 했습니다. 그 사람이 오면 절대 맞아들이지 마세요."

빙빙이 웃으며 말했다.

"너는 그 사람과 해묵은 미움이라도 있느냐?"

여종이 말했다.

"지난번 낭자께서 가난하고 어려울 때 장안의 소년들 중 한 번도 찾아오는 사람이 없었고, 장풍도 매번 길에서 저를 만날 때마다 못 본 척했습니다. 그런데 오늘은 이렇게 다정하니, 어찌 통한하지 않겠어요?"

빙빙이 말했다.

"인심이 세월 따라 변하는 것이야 옛날부터 있던 일이다. 내가 예전에는 가난하여 일부러 교만하게 굴었지만, 지금 다른 사람을 멸시한다면 이 또한 장안 소년들의 마음이나 행동과 다를 바가 없다. 이제부터는 내가 화평하게 지내는 것에 힘써야겠다."

과연 며칠 뒤 장풍이 갑자기 쳐들어와서 말했다.

"낭자는 장풍을 알아보겠는가?"

빙빙이 웃으며 말했다.

"첩이 병 때문에 손님을 모시지 못했기에 이제야 비로소 상공을 뵙습니다. 진실로 불민한 일입니다."

장풍은 빙빙을 멀리서 본 적은 있지만, 우선 의복이 남루한데다 말을 붙이고 싶지 않았기 때문에 마음속으로 매우 불편하게 여겼었다. 그런데 오늘 그녀를 보니 청루도 휘황찬란하고 의복도 화려하며 말도 따뜻하고 부드러우며 공손하면서도 부끄러워하고 단아하면서도 교태로운 것이었다. 마음속으로 깜짝 놀라 스스로 생각했다.

'빙빙 낭자의 자색은 설중매 낭자보다 못하지 않구나. 만약 양기성 공자가 돌아오시면 내가 장차 중매를 서야겠다.'

그가 빙빙에게 말했다.

"낭자는 역대로 청루를 운영해 온 대대로 이름난 가문의 기생으로, 황성 안팎의 백여 군데 교방에서 널리 구한다 해도 낭자의 자색과 기무를 뛰어넘는 사람이 없을 것이네. 낭자도 필시 풍류 소년을 선택할 터인데, 설중매 낭자처럼 곽상서 같은 사람과는 친하게 지내지 마시게나."

빙빙은 나이 어린 여자로 장풍의 모습을 보니 정말 가소로웠지만, 그 동정을 살피려고 웃으면서 대답했다.

"친하게 지내야 할 사람은 어떤 사람이라야 되나요?"

장풍이 눈을 돌리고 손바닥을 뒤집으며 말했다.

"요즘 장안 소년들 중에 출중한 사람이 없지만, 내 마음에 한 사람을 점찍었네. 반악 같은 풍채에 두목 같은 문장, 게다가 석숭石崇 같은 부유함에 풍류호걸이며 영웅군자란 말씀이야. 연세는 이제 열네 살이니, 정말 세상에 둘도 없는 기남자일세."

빙빙은 마음속으로 장풍이 말하는 사람이 필시 양기성이라고 생각하면서 짐짓 물었다.

"어떤 사람입니까?"

장풍은 그녀가 마음이 있다는 사실을 알고 뒤로 물러나 앉아 손을 내저으며 말했다.

"절대 발설하지 마시오. 그분은 바로 연왕 어르신의 넷째 자제분이네. 그런데 청루에 몰래 출입하시기 때문에 직접 사귀기는 정말 어려울 게야."

빙빙이 웃으며 말했다.

"선생은 솜씨를 다 발휘하여 주선해 주세요."

장풍이 한참 동안 가량 묵묵히 앉아 있다가 나중을 기약하고 돌아갔다.

한편, 양기성이 집으로 돌아온 지도 몇 일이 지났다. 그는 먼저 설중매의 집을 찾았다. 뇌문성과 마등 두 사람 또한 그 자리에 있었다. 설중매가 웃으며 말했다.

"상공께서는 황성에 새로 출현한 최고의 청루를 알고 계십니까?"

양기성이 모르는 척 물었다.

"내가 황성을 떠난 것이 이미 한 달 전이오. 새로 출현한 청루를 어찌 알겠소?"

뇌문경과 마등 두 사람이 그 말을 듣고 웃으며 말했다.

"빙빙 낭자가 옛날 자신의 청루를 다시 세워서 그 소문이 자자합니다. 우리는 아직 가 보지 못했습니다."

설중매가 웃으면서 두 장군에게 말했다.

"상공께서 가 보신다면 아마도 그 자리에서 빙빙 낭자와 교유를 할 수 있을 겁니다."

양기성이 이 말을 듣고 영리한 설중매가 필시 충분히 마음 속으로 헤아리는 바가 있을 것이라 생각하고 웃으며 말했다.

"빙빙 낭자는 나라를 울리는 최고의 미인이오. 이름난 꽃에는 절로 나비가 많을 겁니다. 나 또한 안면은 있지요."

뇌문성이 손뼉을 치면서 크게 웃었다.

"저도 일찍이 빙빙 낭자가 청루를 중수한다는 말을 듣고 이미 양형을 의심했었는데, 설중매 낭자는 어떻게 그 사실을 들었소?"

설중매가 웃으며 말했다.

"이는 제가 중간에서 다리를 놓은 겁니다. 만약 탕춘대에서의 시 짓는 일을 하지 않았다면 어찌 빙빙 낭자의 재능을 알 수 있었겠습니까? 다만 애석한 것은 상공께서 이 설중매를 보잘것없는 일개 아녀자로 생각하시고 제가 빙빙 낭자를 시기할까 걱정되셨는지 꺼려서 말씀을 하지 않으시니, 이 어찌 마음을 나누는 지기라 하겠습니까? 옛말에 성성猩猩이도 성성이를 아낀다 했습니다. 다 같은 기생의 몸으로 매번 청루를 드나드는 소년들의 안목이 어두워 빙빙 낭자의 자색과 가무를 모르는 것을 한스럽게 여겼는데, 일찍이 탕춘대에서 상공께서 시를 내려 주시는 것을 보고 사람을 알아보는 상공의 눈을 존경했습니다."

양기성이 웃으며 말했다.

"내 어찌 낭자를 속였겠소? 일부러 장난을 친 것인데 낭자가 이미 그것을 알고 있었구려. 재미는 없지만, 지금 빙빙 낭자의 청루 공사가 어느 정도 진척되었소?"

뇌문성이 말했다.

"며칠 전에 준공을 했습니다. 규모가 굉장히 크고 정밀해서 청루 중에 최고라 하더군요."

말을 마치기도 전에 장풍이 들어왔다. 그는 양기성과 서로 떨어져 만나지 못했던 회포를 간략히 풀더니 웃으며 말했다.

"양형께서 지난번에 빙빙 낭자의 집을 물어보신 적이 있는데, 과연 가서 보시니 그 상황이 어떠하던가요?"

양기성이 일부러 말했다.

"그날 가서 보려고 했는데, 장풍 선생이 거지라고 하시기에 가 보지 못했지요."

장풍이 묵묵히 있더니, 이렇게 말했다.

"사람의 빈부라는 게 수레바퀴 돌듯 하더군요. 거지도 간혹 부자가 되는 일이 있는 것 같습니다. 저의 경솔한 말을 어떻게 믿으셨습니까?"

양기성이 취기가 올라 노곤하게 누워 설중매의 무릎을 베고 잠이 들자 사람들은 각각 흩어졌다. 설중매는 비단 이불을 펴고 양기성을 옮겨 눕히고는 그녀 역시 취하여 옆에 누웠다. 양기성이 깨어나서 살펴보니, 비단 휘장은 겹겹이 드리웠고 향로 위에 차가 끓는 소리는 한밤중에 창밖으로 가랑비가 쓸쓸히 내리는 것 같았다. 웬 미인이 옆에 누웠는데, 보요와 옥잠玉簪은 베갯머리에 떨어져 있었고 보대寶帶와 나삼羅衫은 가슴 앞쪽으로 비스듬히 가로놓여 있었으며, 도화 같은 두 뺨에 술기운이 몽롱하여 숨소리를 쌔근거리고 있었다. 양기성은 봄기운을 이기지 못하고 취한 꿈속에서 운우의 즐거움을 희롱했으니, 설중매 역시 취한 꿈에서 깨어났다.

설중매는 의상을 수습한 뒤 차를 권하며 양기성과 한가로이 담소를 나누었다. 양기성이 웃으며 말했다.

"내 이미 빙빙 낭자와 친밀한 관계를 맺었는데, 정말 질투하는 마음이 없는가?"

설중매가 웃으며 말했다.

"저에게 질투하는 마음이 있는지 알고 싶으시면 상공의 마음을 스스로 헤아려 보시지요. 어느 쪽을 편들지도 않고 무리를 짓지도 않으면 왕도가 넓게 펼쳐지는 법이라 했습니다. 상공께서 설중매를 편애하신다면 빙빙이 시기할 것이요, 빙빙을 편애하신다면 설중매 역시 시기할 것입니다. 모든 것이 상공께 달린 것이니, 제게 물어보지 마세요."

양기성이 웃으며 말했다.

"내가 동쪽과 서쪽 청루에 설중매와 빙빙 두 낭자를 두었으니 풍류 마당에서의 일은 끝난 셈이오. 다만 풍류의 비용을 도우려고 이미 빙빙 낭자에게 5천 금을 주었소. 그러니 나머지 5천 금을 낭자에게 줄 터이니, 사양하지 마시오."

설중매가 말했다.

"군자는 급한 사정에 빠진 사람을 구해 줄 뿐 부유한 사람을 이어 주지는 않는다 했습니다. 빙빙 낭자가 청루를 중수하고 난 뒤 분명 남은 것이 없을 겁니다. 이 5천 금을 더 보내 주시지요."

양기성이 말했다.

"내가 이미 말을 꺼냈으니 사양하는 것은 안 될 말일세."

설중매가 말했다.

"상공께서 말씀을 이렇게까지 하시니, 1천 금으로 마음을 표하시고 나머지 4천 금을 빙빙 낭자에게 주세요. 제가 비록 가난하기는 하지만 가무의 비용은 부족한 것이 없습니다. 또한 청루 기생의 분위기로는 자기가 친한 소년이 생색이 나도록 만들어야 반드시 이름을 날릴 수 있답니다. 상공께서 빙빙 낭자를 발탁하신 것은 첩의 영광입니다. 어찌 터럭 하나라도 불평하는 마음이 있겠습니까?"

양기성이 허락하고 마음속으로 탄식했다.

'창기 중에서 이름을 날리는 사람은 과연 그 이름이 헛되이 전해진 것이 아니구나.'

설중매가 웃으며 말했다.

"지금 장풍의 동정을 보니 상공에게 빙빙 낭자를 소개하려는 듯합니다. 상공께서 장난을 좀 치시면서 그 동정을 살펴보세요."

양기성이 웃으며 허락했다.

다음 날 양기성은 설중매에게 1천 금을 보내고 빙빙에게 4천 금을 주어서 낙성식을 하는 비용으로 쓰게 했다. 빙빙의 집에 이르니 붉은 난간과 그림 그린 기둥, 아름다운 건물들이 너무도 화려했다. 그 안에 따로 작은 누각을 지었는데, 사방의 비단 장막과 주렴을 걷어 놓았고 백옥으로 만든 여의와 산호로 만든 갈고리를 곳곳마다 걸어 놓았다. 양기성이 빙빙과 함께 난간에 기대어 탄식했다.

"누각의 번성과 쇠퇴가 저렇게 정해진 것이 없는데, 하물며 사람임에랴! 내 비록 옛날의 번화함을 보지는 못했지만 깨진 기와와 썩은 기둥이 눈 깜짝할 사이에 완전히 새로워졌소. 사람의 삶도 이 청루와 같이 아름다운 얼굴이 백발이 되고 백발이 다시 아름다운 얼굴이 되어, 삼생의 인연이 끝없이 돌고 돈다면 어찌 즐겁지 않겠소?"

빙빙이 낭랑하게 웃으며 말했다.

"첩은 천지만물에 성쇠 애락이 없다고 생각합니다. 번성함은 쇠퇴함의 근본이고, 슬픔은 즐거움의 근본이지요. 아름답고 젊은 얼굴이라고 기뻐할 것이 못 되고, 백발이 되었다고 슬퍼할 일은 아닙니다. 그런데 사람 마음이 얄팍하고 악하여, 그런 것들 사이에서 차이가 생기고 성쇠와 애락에 마음이 매이는 것을 면치 못하니, 어찌 가련하지 않겠습니까?"

양기성이 일리 있는 말이라고 칭찬을 하자, 빙빙이 다시 말을 했다.

"상공께서 매일 밤이 깊은 뒤에 출입을 하시니, 낙성연은 언제로 정할까요?"

"닷새 뒤는 황상께서 원릉園陵에 행차를 하시니, 그 틈을 타서 오겠소."

빙빙이 크게 기뻐하면서 그날로 낙성연을 하기로 했다. 다음 날 늦은 시간에 양기성은 설중매를 찾아갔다. 그녀는 연못가 난간에 기대서 원앙이 노는 것을 구경하고 있었다. 양기성은 살금살금 걸어서 그녀의 뒤로 다가가 조용히 말했다.

"낭자의 풍류로운 정취도 적지 않구려."

설중매가 깜짝 놀라 돌아보니, 바로 양기성이다. 그들은 손을 잡고 난간 머리에 앉아서 말했다.

"닷새 뒤에 빙빙 낭자의 청루에서 낙성연이 있어서, 모든 기생들을 초청했다고 하는데, 낭자는 그 이야기를 들은 적이 있소?"

"듣지 못했습니다."

그 말을 하고 있는 중에 장풍이 들어왔다. 양기성이 말했다.

"빙빙 낭자를 한번 보고 싶었는데, 소문을 듣자 하니 닷새 뒤에 청루의 낙성연을 연다고 하더군요. 선생도 함께 가 보는 게 어떻겠소?"

장풍이 설중매의 눈치를 살피고 웃으며 말했다.

"빙빙 낭자가 청루의 건물을 완전히 새롭게 했을 뿐만 아니라 그 용모도 완전히 새로워졌습니다. 예전에 비하면 거의 천상 선녀라 할 만합니다. 저도 한번 가 보고 싶습니다."

설중매가 이 말을 듣고 일부러 불쾌한 기색으로 슬프게 말을 하지 않았다. 장풍이 다시 웃으며 말했다.

"빙빙 낭자가 비록 변하기는 했으나, 현재 청루 안에서는 설중매 낭자가 최고로 꼽히고 빙빙 낭자는 두 번째로 꼽히고 있습니다. 양형은 어쨌든 닷새 뒤의 약속을 잊지 마시오."

양기성이 응낙하자 장풍은 몸을 일으켜 나갔다. 설중매가 크게 웃으며 말했다.

"장풍은 반드시 빙빙 낭자의 집으로 가서 먼저 상공의 소식을 전해 줄 겁니다. 빙빙 낭자가 겉으로는 소박하지만 속마음은 밝으니 아마도 장풍을 놀리는 솜씨가 대단할 것 같아요."

이때 빙빙은 바야흐로 낙성연을 준비하느라 어지럽게 지시를 하고 있었다. 장풍이 들어오더니 희색이 만면하고 의기양양한 모습이었다. 빙빙이 몰래 웃으면서, '이 바람[風]이 필시 뭔가 곡절이 있는 모양이구나' 하고 생각을 했다. 자리에 앉으니 장풍이 웃으며 말했다.

"낭자가 낙성연을 연다고 하니, 응당 어수선하겠지요."

"그렇습니다."

그러자 장풍이 빙빙 앞으로 다가가서 낮은 목소리로 말을 했다.

"지난번 제가 천거한 양공자를 혹시 잊지는 않았겠지요?"

빙빙이 일부러 부끄러운 빛을 지으며 말했다.

"어떻게 잊을 수 있겠어요?"

장풍이 웃으며 말했다.

"내가 이미 중매를 서 놓았소. 낙성연을 하는 날 그분이 참석하러 오실 겁니다. 그분과 친하게 교유하는 솜씨는 이제 낭자에게 달렸소. 잘 생각해서 처신하시오."

빙빙은 장차 어떻게 할까? 다음 회를 보시라.

제62회

양기성은 연달아 세 번의 시험에 합격하고,
천자는 친히 북쪽 흉노를 정벌하다
楊生連中三場試 天子親征北匈奴

장풍이 자신이 이미 양기성을 중매해서 낙성식을 하는 날 올 것이라고 말하고, 친하게 사귀는 것은 빙빙에게 달렸다고 하자 그녀는 발끈하면서 얼굴색을 바꾸고 말했다.

"양생이 나를 천한 창기로 대우하는구나. 만약 마음이 있다면 마땅히 먼저 조용히 찾아와야 하거늘, 어찌 다른 소년들처럼 수많은 사람들이 앉아 있는 가운데서 처음 만나는 여자와 친해지려 한단 말이오?"

그러자 장풍이 웃으며 말했다.

"그렇지 않아요. 양공자는 원래 아무것도 모르는 백면서생이오. 마음이 순수하고 소박해서 혼자 오는 게 부끄러워 그러는 것 같소."

빙빙이 웃으며 말했다.

"부끄럽고 소박한 것은 여자의 본색이지, 남자가 이와 같다면 어디에 쓰겠어요? 선생은 다시 가서 오늘 밤에 조용히 모시고 오세요. 저는 마땅히 술상을 준비하고 기다리겠습니다. 만약 오려 하지 않으신다면 억지로 권하지는 마세요."

장풍이 대답을 하고 돌아갔다. 이때 양기성은 설중매와 쌍륙으로 놀면서 술내기를 하고 있었다. 설중매가 연이어 두 판을 지고 술을 사온 다음 주사위를 잡고 다시 판을 벌이고 있는데 장풍이 바삐 들어왔다. 설중매가 정색을 하고 주사위를 높이 들어 던지며 말했다.

"선생은 한마디도 하지 마세요. 내가 오늘 밤을 새우더라도 반드시 놀이에서 진 것을 설욕할 겁니다."

장풍은 빙빙의 말을 전하려고 들어와 마음이 매우 조급했지만 입을 열지도 못하고 그 옆에 앉아 있기만 했다. 설중매가 또 한 판을 지자 장풍이 겨우 그 틈을 타 양기성에게 말했다.

"오늘 빙빙 낭자를 보고 왔는데, 전할 말씀이 있었습니다."

그러자 설중매가 급히 주사위를 던지고 말했다.

"빙빙이건 무엇이건 간에 지금 초왕과 한고조가 칼끝을 맞대고 싸우는 중이니 말을 하지 마세요."

장풍이 당황하여 스스로 생각했다.

'빙빙 낭자는 반드시 기다릴 것이다. 어떻게 하면 좋을까?'

날은 이미 저물고 쌍륙 내기판은 아직도 끝나지 않았다. 장풍은 어쩔 도리가 없어서 일어나려 했다. 양기성이 웃으며 쌍륙판을 밀치더니 말했다.

"빙빙 낭자가 전하라는 말이 무엇이오?"

장풍이 몰래 알렸다.

"여차저차하여, 오늘 밤 평상을 쓸고 기다린답니다."

양생이 웃으며 말했다.

"내가 집에 들어가서 부모님께 밤 인사를 올린 뒤에 빙빙 낭자의 집으로 가겠소. 그 집을 자세히 알려 주시오."

장풍이 손으로 땅에 그림을 그리면서 말했다.

"여기서 서쪽으로 가시면 서쪽 교방 큰길이 나옵니다. 그곳을 따라가면 학상선의 청루인데, 바로 그 다음이 새로 지은 청루입니다."

양기성이 머리를 끄덕인 후 곧 헤어졌다. 그는 집으로 돌아갔다가 밤이 깊은 뒤 다시 설중매의 집을 찾아가 함께 빙빙의 집으로 가서 장풍의 꼴을 보자고 했다. 설중매가 응낙하고 빙빙의 집으로 갔다. 빙빙이 웃으며 말했다.

"장풍이 황혼녘에 와서 상공을 기다리다가 상공이 길을 잃으셨는가 싶어서 상공 댁으로 갔습니다."

설중매가 웃으며 말했다.

"장풍이 오래지 않아 올 것이니, 첩이 그를 속이는 것을 보시고 한바탕 웃어 보시지요."

그러고는 양기성의 귀에 대고 무엇인가 말을 하자 그 역시 웃었다. 잠시 후 장풍이 와서 문을 두드렸다. 설중매가 즉시 등불을 돌리고 문을 나서서 손뼉을 치자, 장풍이 당황하여 말했다.

"낭자가 여기 어쩐 일이오?"

설중매가 웃으면서 장풍의 손을 잡고 조용한 곳으로 가서 나지막이 말했다.

"우리 황성 안에 있는 청루의 모든 동정이 어찌 장선생을 속일 수 있겠습니까? 일찍이 빙빙 낭자가 청루를 중수한 것을 의심했는데, 강남 지역의 부유한 사람을 만나서 5천 금을 얻었답니다. 만약 이 이야기가 퍼지면 불리할까 걱정이 되었던 겁니다. 아까 빙빙 낭자가 저를 보고 사실대로 이야기하는데, 그 부자가 저의 헛된 명성을 듣고 한번 보고 싶어 한다는 것입니다. 근래 제가 곽상서와 절교를 한 뒤 가무를 즐길 비용이 매번 궁색해진 것을 한스러워하고 있었지요. 그 사람을 한번 보면 5천 금을 얻을 수 있으리니, 선생은 이 말이 양공자께 들어가지 않도록 해주세요."

장풍이 쯧쯧 혀를 차면서 탄식했다.

"낭자는 아직도 나를 모르시는군 그래. 내가 어찌 이 정도 말을 양공자 귀에 들어가게 하겠소? 그러나 오늘 밤 양공자께서 이곳에 반드시 오실 터인데 어찌하려오?"

설중매가 웃으며 말했다.

"선생은 정말 수단이 없군요. 만약 양공자가 오신다면 어찌 다른 방이 없겠어요?"

장풍이 좋다고 칭찬하면서 말했다.

"그렇지만 사람 마음이란 것이 헤아리기 어려운 것이오. 부자라고 자칭하면서 미인을 속이는 자들이 때때로 있으니, 낭자는 절대로 몸을 허락하지는 마시오. 내가 먼저 수작을 걸어서 그 마음을 떠본 뒤에 낭자와 인사하도록 하겠소."

이야기를 마치고 곧바로 방 안으로 들어가려 하자, 설중매가 일부러 놀라는 척하면서 장풍의 손을 잡고 말했다.

"선생은 이미 성사된 일을 꽃밭에 불을 지르듯이 망치지 말고 조심하시오."

장풍이 웃으며 말했다.

"이 몸이 십 년 동안 청루를 드나들면서 얻은 게 바로 이 안목이오. 내 솜씨를 보기나 하시오."

그가 방 안으로 쳐들어가니, 웬 남자 한 사람이 등불을 등지고 벽을 향해 누워 있었다. 장풍이 기침 소리를 크게 내면서 점점 가까이 다가갔다. 그 소년이 일어나 앉으면서 말했다.

"빙빙 낭자와 설중매 낭자는 어디로 갔으며, 장풍 선생은 어디서 오는 거요?"

장풍이 손발을 어디에 두어야 할지 몰라서 허둥거리자 그 자리에 앉아 있던 사람들이 손뼉을 치면서 크게 웃었다. 빙빙이 말했다.

"선생이 미남 한 분을 소개해 주신다더니, 어째서 소개하지 않으시는 건가요?"

설중매가 말했다.

"강남 지역의 부자를 떠본다고 하시더니 과연 어떤 분이시던가요?"

장풍이 웃으며 말했다.

"미남이 바로 강남의 부자요, 강남의 부자가 바로 미남이오. 장자가 나비가 되고 나비가 장자가 되는 것과 같은 이치지요. 이 상공이 바로 미남이기도 하고 강남의 부자기도 합니다. 이 장풍이는 평생토록 남을 속인 적은 없습니다."

양기성이 이에 술을 내오라고 하여 장풍에게 권했다. 빙빙이 청루를 중건한 내력을 말해 주자 장풍이 크게 칭찬하고 감탄하면서 말했다.

"닷새 뒤 낙성연에 제가 모든 풍류 소년들과 청루의 기생을 청하겠습니다."

이때 천자는 좋은 날을 택하여 원릉으로 행차를 했다. 양창곡 부자 역시 천자를 따라가니, 그날은 바로 빙빙이 낙성연을 여는 날이었다. 양기성이 할머니 허부인에게 말했다.

"황상의 원릉 행차 구경을 하고 싶습니다."

이렇게 아뢴 뒤 즉시 설중매의 집으로 갔다. 장풍, 마등, 뇌문성이 모두 모여 마야흐로 잔치에 갈 것을 상의하고 있었다. 양기성은 빙빙의 집으로 세 사람을 보내 잔치자리를 주관하도록 했다. 세 사람이 그 말을 듣고 즉시 가서 살펴보니, 장안 소년들과 청루의 모든 기생들이 이미 반도 넘게 모여 있었다.

50, 60칸이나 되는 청루에 다시 허공을 가로지르는 계단이

만들어져 있었다. 비단 장막과 꽃병풍을 구름 안개처럼 둘렀으며, 수놓은 자리와 비단 좌석은 꽃과 풀처럼 벌여 있었다. 소상강 반죽으로 만든 열두 개의 발에 옥갈고리는 댕그렁거리고, 칠보 금향로에 향연기가 몽롱했다. 산호로 만든 책상 위에는 북과 벼루가 깔끔하게 놓였고 대모代瑁 모양의 책상 머리에는 거문고와 생황이 청아했다. 아로새긴 걸상과 채색을 한 의자를 놓았는데, 동쪽에 남자들의 자리를 놓고 서쪽에 여자들의 자리를 놓아 뒤섞이지 않게 했다. 모든 소년들의 아름다운 관과 비단옷, 기생들의 화려하게 차린 옷차림이 휘황찬란하여 처음 온 사람들은 마치 온갖 꽃이 피어 있는 꽃더미 속으로 들어온 듯 눈이 어질어질했다.

양기성이 설중매와 함께 도착하여 인사를 마친 뒤에 금동이에 담긴 좋은 술로 술상이 어지러울 정도로 마셨으며 아름다운 노래와 연주하는 소리는 아련히 울려 퍼졌다. 장풍이 일어나 소매를 떨치고 춤을 추면서 말했다.

"백전노장에게 남은 것은 창을 쓰는 법이라, 나의 길고 짧은 것을 보시라."

그 말에 모든 사람들이 웃음을 터뜨렸다. 여러 소년들이 말했다.

"우리는 빙빙 낭자의 춤을 본 적이 없으니, 오늘은 재주를 아끼지 말고 보이시오."

양기성이 웃으면서 빙빙과 설중매 두 낭자가 서로 마주하여 춤추도록 했다. 두 낭자가 일어나서 「예상우의곡」에 춤추려 하니, 모든 소년들과 기생들이 겹겹이 둘러서서 음악을 재촉했다. 초장을 연주하자 떨치는 소매와 여유롭고 우아한 모습이 북소리에 맞추어 펄럭였다. 마치 구름 속 학 한 쌍이 날개를 떨치는 듯하고 물속 조개 한 쌍이 진주를 토해 내는 듯했다. 3장에 이르자 푸른 소매는 날아갈 듯했다. 연화보蓮花步로 나오니 붉은 치마가 살랑거렸고 능파보凌波步로 물러나니 봄날 나비가 꽃향기를 희롱하는 듯하고 한 쌍 봉황이 대나무 열매를 쪼는 듯했다. 몸에 차고 있는 옥장식은 쨍그랑거리며 울려 퍼졌고 음악소리는 빨라졌다. 5장에 이르자 버들가지처럼 가는 허리는 바람 앞에 흔들리고 번득이는 손은 공중에서 뒤집어졌다. 넓은 들판 향기로운 풀에 제비가 날개를 나란히 하고 지저귀는 듯하고, 푸른 물 연꽃에 원앙이 목을 서로 엇갈리면서 우는 듯했다. 나아가고 물러나는 모든 동작이 법도에 정확히 맞아서, 아름다운 난새와 상서로운 봉황의 우열을 가리기가 어려웠다. 북소리가 한 번 울리자 동쪽과 서쪽으로 나누어 섰다. 끊어질듯 이어지는 눈길에는 웃음기가 묻어 있는 듯했다. 주변에서 구경하는 사람들도 마음이 짙게 취한 것 같았다. 그제야 그들은 빙빙의 가무와 자색을 칭찬했고 빙빙의 이름은 고방 청루에 자자하게 퍼지게 되었으니, 재상과 귀인들도 그녀를 한 번이라도 보고 싶어 했다.

술상을 물린 뒤 빙빙이 여러 소년들과 양기성에게 고했다.

"첩이 대대로 전해 오던 청루를 중수하니, 이는 모두 여러 상공들께서 내려 주신 겁니다. 다시 몇 줄 상량문을 내려 주시어 오늘의 번성한 일이 후세에 사라지지 않도록 해주십시오."

장풍이 앞으로 나와서 말했다.

"오늘 모임의 주인은 양형이오. 게다가 양형의 문장은 최고의 자리에 있으니, 누가 감히 글자 하나라도 보태겠소이까? 내가 마땅히 고역사高力士의 신발을 벗기는 일*을 사양치 않을 것이오. 그러니 빙빙 낭자는 벼루를 받들고, 설중매 낭자는 먹을 갈고, 연연과 앵앵 두 낭자는 아름다운 종이를 펼치고, 학상선과 초운 두 낭자는 촛불을 들고 양형 뱃속에 가득한 시흥詩興을 돕도록 하시오."

이때 양기성은 매우 취했지만, 그 가운데 시흥이 도도하여 왼팔은 책상에 기대고 오른손으로는 홍옥으로 만든 붓을 잡았다. 앵앵과 연연이 설도전薛濤牋**을 펼치고 봉주연鳳珠硯에 용향묵을 갈았다. 양기성은 사양하는 빛을 드러내지 않고 붓을

---

* 당현종이 이태백에게 글을 짓도록 하기 위해 찾아오라고 명을 내렸다. 부름을 받고 온 이태백은 이미 술에 잔뜩 취하여, 당시 최고의 권력을 누리던 환관 고역사에게 자신의 신발을 벗기라고 요구했다. 이 일 때문에 그의 미움을 받아서 궁궐에서 쫓겨났다는 고사가 전해진다.

** 설도는 중국의 유명한 여류 문인이다. 그녀는 성도에서 살면서 생계를 잇기 위하여 종이를 만들어 팔았다. 품질도 좋을 뿐만 아니라 아름다운 무늬를 은은하게 넣은 아름다운 종이였기 때문에 문인들이 그 종이를 구하여 시 쓰기를 즐겼다고 한다. 그 종이를 '설도전'이라고 부른다.

휘둘러 상량문을 썼다.

상량문을 쓰노라! 붉은 거리에 먼지 자욱한 속세에 따로 신선이
사는 세계가 있나니, 붉은 난간 푸른 기와로 옛날 청루를 중수했
노라.

처마의 꿩은 날아갈 듯하고 들보의 제비는 서로 축하하는구나.
주인은 대대로 청루를 경영한 가문으로 아름다운 규방의 풍모가
있다. 옛날 유명한 기생 위오랑의 아름다운 딸의 춤과 노래는 집
안의 일을 전했고, 지금 창가에서 가장 높은 인물이 되어 그 지조
는 기생들 중에서 출중하여라. 금기둥에 울리는 음악은 아름다운
낭군의 돌아봄을 만나지 못하고, 비단옷 해진 것을 입으니 도리어
규방 처녀의 정절 지키는 것을 본받으니, 마침내 수놓은 비단 번
화하던 곳이 비바람 휘날리는 지경에 이르도록 했다. 무너진 담장
과 깨진 벽은 버들잎 같은 눈썹을 수심으로 찡그리게 하고, 기울
어진 난간과 황폐한 누대에서 권태롭게 연꽃 같은 걸음을 옮긴다.
수레와 말은 문밖에 그림자 자취도 없고, 복사꽃 오얏꽃은 정원
안에서 제 홀로 피었다 지는구나. 그러나 사향노루가 지나는 곳에
풀은 절로 향기를 내고, 꽃은 말을 하지 않아도 나비가 찾아오는
법, 눈 깜짝할 사이에 달나라와 구름 섬돌은 성쇠가 정해진 바 없
고, 손가락 튕길 만큼 짧은 순간 연꽃 연못과 대나무 언덕에 흥폐
의 때가 있는 것이다.

재자와 가인이 아름답게 합하여 고산유수를 연주하노라. 이에

황금과 백벽白璧을 찬란하게 사용하여 붉고 화려한 건물을 다시 세우니, 아름다운 난간과 비단으로 장식한 것이 어찌 이리도 드높은가. 구슬로 장식한 방과 수놓은 문은 어지러이 비쳐서 빛나니, 노래하는 병풍에 푸른 것을 가렸고 단장하는 거울에 붉은 것을 다 했네. 봉황은 누각을 지나가고 원앙은 못에서 날아오르니 쌍쌍이 짝을 지었도다. 구름 같은 말과 달 같은 사람은 밤낮으로 이어진다. 대개 한때의 풍정 때문에 다시 십 년 문호를 가지런히 했도다.

옛날도 이와 같았고 지금도 이와 같으니, 모친의 옛 명성을 이을 수 있으리라. 이곳에서 노래하고 이곳에서 춤을 추니, 교방의 성대한 일을 영원히 전하리라. 여섯 곡조의 축하 노래를 가지고 여러 사람의 마음에 답하노라.

양기성은 붓을 멈추지 않고 단번에 이곳까지 썼다. 글을 마치자 쇠와 돌이 쟁그랑거리는 듯 용과 뱀이 날아오르는 듯했다. 그가 여러 낭자들에게 말했다.

"내가 너무 취했으니 포량곡拋梁曲 여섯 수는 낭자들이 나누어 짓도록 하시오."

먼저 설중매가 지었다.

어기여차 동쪽으로 들보 올려라	兒郎偉抛樑東
부상 높은 곳으로 떠오르는 해 붉구나	扶桑高處日輪紅
거울 마주하여 화장 재촉하고	對鏡催粧看脈脈

하염없이 바라보니

짙은 화장에 꽃더미를 벌여 놓았네 　　　脂濃粉粧擺花叢

빙빙이 다음을 이었다.

어기여차 서쪽으로 들보 올려라 　　　兒郎偉抛樑西

잔치 끝난 높은 누각에 밤빛이 처량하다 　　　宴罷高樓夜色凄

원앙 이불 속에 낭군 따라 누워서 　　　鴛鴦衾裏從郎臥

비스듬한 창문에 달빛 낮은 걸 다시 보노라 　　　更看斜窓月影低

초운이 지었다.

어기여차 남쪽으로 들보 올려라 　　　兒郎偉抛樑南

푸른 봉우리 첩첩한 남산을 마주하여 앉았네 　　　坐對南山疊翠岑

원컨대 남산을 무협으로 만들어 　　　願把南山爲巫峽

오래도록 운우의 즐거움에 　　　長時雲雨銷晴嵐

맑은 산기운 사라지기를

학상선이 지었다.

어기여차 북쪽으로 들보 올려라 　　　兒郎偉抛樑北

북풍 한바탕에 비단 적삼 얇구나 　　　朔風一陣羅衫薄

홍안을 자랑 말며 황금도 자랑 말고　　　　　莫誇紅顔誇黃金

비파로 출새곡 타는 것을 들어 보시라　　　　試聽琵琶出塞曲

앵앵이 지었다.

어기여차 위쪽으로 들보 올려라　　　　　　　兒郎偉抛樑上

하늘 가득한 아름다운 기운　　　　　　　　　滿天佳氣何駘蕩

어찌 저리도 화창한가

봄바람 불어와 주렴 흔들리니　　　　　　　　春風吹拂珠簾動

청학은 배회하고 제비는 오르내린다　　　　　靑鶴徘徊燕頡頏

연연이 지었다.

어기여차 아래쪽으로 들보 올려라　　　　　　兒郎偉抛樑下

비단으로 만든 자리 서로 베고 깔았구나　　　錦茵綺席相枕藉

상자 속 여섯 폭 부용치마를　　　　　　　　　篋裏芙蓉六幅裙

그대 위해 차려입고 그대 위해 푸노라　　　　爲郎裝束爲郎捨

양기성이 이들의 작품에 이어서 글을 마무리했다.

엎드려 바라건대 상량을 한 뒤로는 버드나무 우거진 문 앞에 청총
마靑驄馬 자류마紫騮馬 오래도록 매여 있고 부용거울 안에 검푸른

머리와 붉은 얼굴 늙지 않게 해주소서.

양기성은 글쓰기를 마치고 여러 낭자들을 보며 말했다.

"청루의 인물들이 오히려 훌륭하구나. 여러 낭자들의 글이 이렇게 아름답기 그지없다니, 진실로 드문 일이오. 여러 낭자들은 일제히 낭독을 해보시오."

설중매가 웃으며 말했다.

"첩이 들으니 상량문은 대들보를 올릴 때 여러 사람들을 감독하는 소리라고 합니다. 한 사람이 선창하면 주인이 거기에 화답을 하는 것이지요. 첩들이 먼저 한 곡을 불렀으니 여러 소년들이 일제히 화답하여 이 흥을 돕게 하시지요."

그 말에 모든 사람들이 응낙하고, 여러 낭자들과 시가를 주고받으니, 청아한 곡조와 호방한 음성이 청루를 뒤흔드는 듯하여 금채찍이 꺾이고 옥항아리가 깨지는 것도 깨닫지 못했다. 갑자기 장풍이 팔을 휘두르며 말했다.

"빙빙 낭자의 재주와 가무로 오래도록 주인을 만나지 못하다가 오늘 최고의 재자를 따르게 되었으니, 천 년에 한 번 있는 일이오. 무너졌던 집이 하루아침에 높은 누각 아름다운 건물로 바뀌었으니, 천지만물이 번성하고 쇠퇴하여 번복하는 것이 이와 같소이다. 이제부터 빙빙과 설중매 두 낭자가 동쪽과 서쪽 청루에 나누어 집을 세워 뜻과 기상이 서로 맞고 조금도 질투하는 마음이 없는즉, 풍류 마당에 어찌 아름다운 일이 아니겠습니까? 만약 신룡이 구름과 비를 얻어서 과거시험 장에서 이름을 드날리고 조정에서 벼슬이 높아진다면 청루의 종적은 저절로 끊어질 것이니, 어찌 즐거움 속의 슬픔이 아니 겠습니까?"

그의 말에 모든 사람들이 슬픈 빛으로 말이 없었고, 빙빙과 설중매 역시 눈물을 머금었다. 양기성은 웃으며 술을 마시고 연달아 음악을 연주하다가, 밤이 깊어 잔치를 마쳤다.

한편, 양창곡은 부친 양현의 마음이 울적하여 전원에서 수십 일 가량 지내면서 마음을 털어 내는 것이라고 생각했었다. 그러나 양현이 소란스러운 황성을 싫어하여 편안하게 몇 달 동안 돌아오지 않자, 양창곡은 부친을 그리워하는 마음을 이기지 못하여 사람과 말을 보내서 모셔 오도록 했다.

하루는 양기성이 서당 안에 누운 채 책상머리에 있는 거울을 당겨서 자신의 얼굴을 비추어 보았다. 모습은 수척하고 기상은 방탕해 보여서, 이전 모습과는 너무도 달랐다. 그는 벌떡 일어나 두려운 모습으로 탄식했다.

"내가 제후의 아들로 소년의 미친 듯한 마음을 억제하지 못하고 한때 풍류 마당에서 노닐었지만, 어찌 허깨비 같은 짓이 아니겠는가. 대장부가 세상에 나가서 할 일이 끝없으리라. 임금을 보좌하고 백성에게 은택을 베풀며 공훈을 세워 이름을 역사에 길이 드리워서 천년토록 사라지지 않도록 해야 한다. 어찌 평생토록 청루와 술집에 파묻혀서 지낼 것인가. 내가 부모님의 총애를 받는 자식으로서 아직 한 가지도 속인 적이 없었는데, 한번 방탕하게 지낸 뒤로는 종적이 허황되고, 형제들을 속여서 여러 차례 위험한 지경을 범했다. 그러나 아버님과 어머님께서는 아득히 모르고 계시면서, 한결같이 나를 보배처럼 사랑해 주시고 깊이 믿어 의심을 하지 않으신다. 아들의 마음이 어찌 태연할 수 있겠는가. 예쁜 여자와 좋은 음악은 달콤한 음식과 같아서, 배불리 먹으면 도리어 아무 맛도 없는 것이다. 내 이미 반년 동안 호탕하게 지내면서 청루 안의 모든 기생 중에서 이름난 사람들을 다 보았으되, 만약 이 시기를 틈타서 끊지 않는다면 반드시 버려진 물건이 될 것이니, 어찌 한심하지 않겠는가."

양기성은 이때부터 바깥 나들이를 거의 하지 않고 학업에 힘썼다. 이때는 3년마다 정기적으로 시행하는 과거시험이 있는 해였다. 천자는 사방의 많은 선비들을 모아서 문무의 재주를 시험했다. 양기성이 과거에 응시하려 하자 양창곡은 허락하지 않으면서 말했다.

"우리 집은 본래 한미했는데, 오늘날 가득 차 있는 것이 너무 심하다. 너는 더욱 학업에 힘쓰되 조급하게 벼슬길로 나아갈 생각을 하지 말아라."

이에 양기성이 대답을 하고 물러나니, 강남홍이 조용히 아뢰었다.

"상공께서 기성이를 아끼신다면 과거시험 응시를 허락해

주세요."

"무슨 말이오?"

"기성이의 천성이 아마도 고요하게 지내지 못할 겁니다. 만약 그 재주를 이롭게 이끌어 주지 못한다면 외물에 빠져들까 걱정됩니다."

양창곡은 처음부터 강남홍의 말을 평범하게 들어 넘기지 않았던 터라, 양기성을 불러서 과거시험에 응시하도록 했다. 양기성이 명을 받들고 물러나 과거시험에 필요한 도구를 정돈했다. 밤이 깊은 뒤 날씨는 맑고 명랑했으며 달빛이 뜰에 가득했다. 그는 부모님께 밤 인사를 올린 뒤 뜰 앞을 서성거리면서 생각했다.

'내가 우연히 풍류 마당에 출입하여 여러 낭자들과 사귀었다. 이제 본 마음을 수습하고 잡념을 없앴지만, 정의 뿌리 하나는 맹렬히 끊어 버리지 못했다. 만약 이번 과거에서 급제하게 된다면 다시는 여러 낭자들을 찾지 않을 것이지만 이 또한 사람의 정으로는 부족한 데가 있다. 내가 한번 찾아가서 내 뜻을 이야기해야겠다.'

그는 달빛을 타고 먼저 빙빙의 청루로 가면서, 사람을 보내서 설중매에게도 그곳으로 오라고 말을 전했다. 양기성이 빙빙의 청루에 이르자, 두 낭자가 나와서 맞이하며 말했다.

"요즘 상공께서 오랫동안 저희를 찾아오지 않으셔서 저희를 잊으셨나 생각했습니다. 오늘 밤 찾아 주신 것은 정말 뜻밖입니다."

양기성이 두 낭자의 손을 잡고 말했다.

"어른들을 모시고 사는 사람으로서 구차하게 오래도록 드나들 수는 없는 일이오. 또한 과거시험을 보러 가야 하오. 만약 천자의 은혜를 입게 되어 내 이름이 급제자 명단에 오른다면 청루에 발을 들여놓을 수 없기 때문에 오늘 밤 두 낭자를 찾아왔소. 그대들은 각각 마음속 생각을 말해 보시오. 낭자들은 내가 이번 과거에 급제하기를 바라고 있소?"

두 낭자가 대답을 하지 않고 술을 몇 잔 마시더니, 약간 취기가 돌자 설중매가 노래를 한 곡 불렀다.

꽃 보고 오는 나비, 오고 갈 줄 모르는가
삼춘三春이 저물려 하니 유람이 매양이랴
아해야, 술 한 잔 바삐 부어라, 가는 나비 멈추어 놀까 하노라

빙빙도 이어서 노래를 불렀다.

보거든 꺾지 말고 꺾거든 버리지 마오
보고 꺾고 버리니
아무래도 내 길가에 서 있는 버들 탓인가 하노라

노래를 마치자 빙빙은 슬픈 빛으로 말이 없었지만, 설중매

는 흔쾌히 웃으며 말했다.

"길가 버드나무를 보고 남편이 제후에 봉해지라고 떠나보낸 것을 후회한 것*은 옛날부터 있었던 일입니다만, 남자가 어찌 평생토록 여자의 붉은 치마폭에 취하여 공명에 뜻을 두지 않겠습니까? 상공께서는 비록 발걸음을 끊으시더라도 정은 잊지 마세요."

양기성은 그녀의 쾌활함을 칭찬하면서 밤이 깊은 뒤에야 집으로 돌아왔다.

과거시험이 다가와 양기성은 시험장으로 들어갔다. 양기성이 경서, 시부, 책문 세 번의 시험에 연달아 급제하니, 천자는 크게 기뻐하면서 주변의 여러 신하들에게 말했다.

"효자 가문에서 충신을 구한다고 하더니, 양창곡의 아들이 어찌 나라를 보필할 재사가 아니겠는가."

천자가 빨리 합격한 사람들의 이름을 부르라고 재촉했다. 문과에 장원급제한 양기성은 양창곡의 넷째 아들이고, 2등으로 합격한 황승룡黃升龍은 상서 황여옥의 아들이었다. 무과에 장원급제한 뇌문성은 대장군 뇌천풍의 둘째 손자였으며, 2등으로 합격한 마등은 마달 장군의 아들이었다. 이들을 어탑 앞으로 불러들여서 각각 채화 한 가지와 궁실의 말, 보개를 하사

---

* 새로 결혼한 아내가 봄날 파릇파릇 돋아나는 버드나무를 보고, 전쟁에서 공을 세워 제후에 봉해지기를 바라며 남편을 떠나보낸 것을 후회한다는 뜻이다.

했으며, 양기성에게는 특별히 이원의 법악을 내리고 한림학사에 제수했다.

양기성은 홍포 옥대 차림으로 임금의 은혜에 사례를 한 뒤 하사받은 말을 타고 법악을 앞세워 집으로 돌아갔다. 양창곡은 이미 벼슬에 나아간 두 아들 양장성, 양경성과 함께 뒤를 따라서 황성의 큰길로 돌아왔다. 길가의 소년들이 좌우에 나열해 있다가 칭찬을 그치지 않았다. 법악을 연주하면서 교방의 큰 길을 지나는데, 동쪽 서쪽 청루의 모든 기생들이 주렴을 걷고 다투어 구경하면서 빙빙과 설중매를 향하여 축하도 하고 농담도 건네느라 떠들썩했다. 양기성이 눈을 들어 좌우를 돌아보고 화려한 미간에 은근한 애정을 보냈다. 뇌문성과 마등 두 사람 역시 말머리를 나란히 하고 음악 속에서 나아가니, 대장군 뇌천풍, 파로장군 마달이 위의를 성대하게 차리고 이들을 거느려 지나갔다. 청루의 기생들이 과일을 던지면서 희롱하니 뇌문성과 마등 두 사람도 은근히 정을 보냈다.

갑자기 거친 성질이 발동한 장풍이 행렬로 뛰어들어 말고삐를 잡고 말했다.

"너는 예전에 나와 술집을 찾아 호탕한 기생을 사랑하더니, 오늘은 스스로 체면을 돌아보아 청루를 보고도 못 본 척하는구나. 네 공명이 좋다 해도 아무런 구속도 없이 방탕하게 지내는 장풍의 이 같은 생활만은 못할 것이다."

마등이 채찍을 들어 장풍의 어깨를 치면서 웃자, 뇌천풍 역시 흔쾌히 웃으며 마달을 보고 말했다.

"내가 일찍이 열아홉 살에 과거에 급제하여 청루를 지나갈 때에도 이랬다. 청루 위의 모든 기생이 돌을 던져서 어사화가 땅에 떨어졌고, 술친구들이 소매를 잡고 만류하여 말에서 떨어졌었지. 그런데 오늘 우리 손자가 이 지경을 당하는구나."

그들은 서로 즐거워했다. 양기성이 집에 도착하니 양현, 허부인의 즐거운 얼굴과 벽성선의 기쁜 빛은 형언키 어려웠다.

한편, 천자에게는 두 명의 자녀가 있었다. 맏딸은 숙완공주淑婉公主로 올해 열세 살이었으며 아직 정혼을 하지 않은 상태였다. 황후가 천자에게 말했다.

"어제 궁인들이 새로 급제한 사람들의 이름 부르는 것을 듣더니 '연왕의 넷째 아들 기성의 풍채가 맏아들 장성이보다 낫다'고 하더군요. 그 형을 보면 동생을 알 수 있는 법이지요. 연왕에게 다섯째 아들이 있다고 하니, 우리 딸아이의 혼처를 구하는 것이 좋을 것 같습니다."

천자가 웃으며 말했다.

"나 또한 그러한 생각을 하고 있었소. 연왕의 생각을 물어보겠소."

다음 날 조회를 끝내고 특별히 양창곡을 불러서 한담을 나누다가 물었다.

"경에게 다섯째 아들이 있다고 하는데, 올해 나이가 얼마나 되오?"

"열세 살입니다."

"짐에게도 딸이 하나 있는데 올해 열세 살이오. 오늘 임금 신하 사이에 사돈 관계를 맺는 게 어떻겠소?"

양창곡이 황공하여 머리를 조아리자, 천자가 다시 웃으며 말했다.

"경의 맏아들 장성은 짐의 누이의 사위니, 짐의 딸이 경의 며느리가 된다면 이 또한 아름다운 일이오."

천자는 옆에 앉아 있던 원로대신 황의병을 보며 말했다.

"경의 외손자가 짐의 사위가 될 것이니, 이제부터 사돈 간의 정리가 더욱 각별해졌소이다."

황의병이 대답했다.

"신의 외손자가 불초하오나 처음 태어날 때부터 번화한 기상이 있었습니다. 금지옥엽 공주님을 내려 주신다 하오니 황감함을 이기지 못하겠나이다."

천자가 크게 기뻐하면서 즉시 일관에게 좋은 날을 잡아서 혼례를 거행하도록 했다. 위의의 번화한 것은 물론이거니와 공주의 덕 있는 모습이 그윽하면서도 곧고 조용하여 남편의 뜻을 거스름이 없었으며 시부모를 효성으로 봉양하니, 구경하는 사람들은 양창곡의 복을 칭송했다.

천자의 나이가 한창이고 지덕과 문무를 겸비하여 옛날 역사를 두루 보다가, 남북조가 천하를 통일하지 못한 것을 통한스럽게 여기고 한무제가 나라의 영토를 개척한 것에 감동했다. 때마침 북방의 흉노들이 여진, 몽고 등의 1백여 부락과 연맹을 맺고 여러 차례 중국 변경을 침범하여 매번 격퇴하기는 했지만 끝내 항복을 받지는 못하고 있었다. 최근 몇 년 이래로 흉노는 더욱 강성하여, 그 아버지를 죽이고 하란산에 웅거하여 마읍의 북방을 침범하니 변방 지역이 소란스러웠다. 천자가 이 점을 근심하고 있었는데, 하루는 상군태수上郡太守의 장계狀啓가 이르렀다. 열어 보니 다음과 같은 내용이었다.

북방 흉노가 몽고, 여진과 연합하여 만리장성 북쪽에 곤궁한 집을 마련하고 상군 안문을 엿보고 있었는데, 갑자기 격문을 보내서 흉악하고 패악스러운 말을 하니 입으로는 도저히 말할 수 없을 지경입니다. 신이 감히 그 일을 감추지 못하여 성화같이 말을 달려 보고를 올리나이다. 그 격문의 내용은 이러합니다. "하늘의 도가 돌고 돌아 중국의 운세가 쇠퇴했다. 짐이 북해의 천일생수天一生水의 왕성한 기운을 띠고 중국 화덕火德을 이기고 천하를 통일하고자 하노라. 하늘에 순종하는 자는 흥하고 하늘을 거스르는 자는 망한다. 네 땅을 속히 바치고 와서 항복하여 천운을 어기지 말라."

천자는 이 장계를 읽고 크게 노하여 모든 관리들을 불러서 보고 직접 정벌하고자 했다. 양창곡이 아뢰었다.

"북쪽 오랑캐들은 남쪽 오랑캐와 달라서 본성이 흉악하고 모였다 흩어지는 것이 번개처럼 빠른 짐승과 같은 놈들입니다. 중국을 욕보이고 변경을 침범하여 뜻을 얻으면 백성들과 가축을 약탈하고, 세력을 잃으면 높이 날고 멀리 달아나서 사람으로 그들을 꾸짖기가 어렵습니다. 그러므로 옛날 밝은 임금은 그들의 수고로움을 위로하여 무마하고 전쟁을 하지 않았습니다. 한나라 황제들의 웅대한 계략으로 지모가 있는 신하와 사나운 장수들이 전투에 이기고 쳐서 빼앗았지만 오히려 백등에서 7일 동안의 위태로움이 있었으며, 한무제가 공훈을 탐내서 함부로 병사를 일으켜 전쟁을 하는 바람에 평성의 치욕을 씻을 수 없었습니다. 이제 폐하께서는 만승의 존귀함으로 한마디 미친 말 때문에 분노를 참지 못하시어 친히 정벌하고자 하신다면 그 위태로움은 물론이거니와 완악하고 벌레같은 오랑캐의 경시하는 마음을 열어 주는 것이 아니겠습니까? 엎드려 바라건대 폐하께서는 해당 고을의 여러 장수들을 경계하여 굳게 지키면서 싸우지 않도록 명하신다면 오랑캐들은 필시 스스로 물러날 것입니다."

그러나 천자는 그 말을 듣지 않고 친히 정벌할 것을 결의했다. 이에 양창곡이 여러 차례 간언할 수가 없었다. 천자는 양창곡에게 태자를 보호하고 나라를 살피도록 하교하고, 병부상서 양장성을 부원수로 삼고 대장군 뇌천풍을 전부선봉으로 삼았다. 천자는 직접 도원수로서 중군이 되고, 좌익장군 뇌문성, 우익장군 한비렴, 좌사마 동초, 우사마 마달, 후군대장 소유경 등 당대 최고의 명장들로 백만대군을 이끌어 호탕하게 행군했다. 깃발은 하늘을 뒤덮고 뿔피리 소리는 하늘을 뒤흔들었다. 엄숙한 군령과 정제된 군대의 위용은 천지를 진동하고 일월과 빛을 다투었다. 지나는 지방마다 천자는 백성들을 어루만지고 그들의 어려움을 찾아 물어보니 민정은 편안해졌다. 길가에 어린이와 노인들은 목을 빼고 눈을 부릅뜨고 고대하면서 천자의 성스러운 덕과 신이한 힘을 칭송하지 않는 이가 없었다.

20여 일이 지나서 산서 지역에 도착했다. 황성으로부터 2천리나 떨어진 곳이다. 며칠 머무르면서 백만대군을 배불리 먹인 뒤에 5, 6일 행군하여 안문 땅에 이르렀다. 상군의 삭방군朔方軍을 모으니 병사들은 수백만 명에 이르렀으며, 무기와 군량은 백여 리나 길게 뻗쳤다. 산천초목도 군대의 세력을 돕는 듯하니, 천산天山 남쪽과 만리장성 북쪽으로는 날짐승과 길짐승이 그림자도 보이지 않았다.

천자는 홍포와 금빛 갑옷을 입고 선우대에 올라 흉노들에게 조서를 내렸다.

너희가 천시를 모르고 상국을 감히 침범하니, 짐이 차마 백성들이 도탄에 빠지는 것을 앉아서 보지 못하여 친히 백만대군을 이끌고 지금 선우대에 올랐노라. 너희가 싸울 수 있다면 즉시 올 것이고, 그렇지 않다면 항복하라.

흉노가 이 조서를 보고 하룻밤 사이에 모두 도망하여 완전히 종적을 감추었다. 천자는 대군을 몰아서 만리장성 밖으로 나가 미륵산彌勒山 아래에 군사들을 머무르게 했다. 북쪽으로 호왕성을 바라보았으나 천리 사막에 한 사람도 보이지 않았다. 좌우에서 만세를 불렀다. 천자는 미소를 지으며 부원수 양장성으로 하여금 정예군 1만 명을 데리고 천산 북쪽으로부터 몽고 지역을 살펴보고 오도록 했다. 동초와 마달에게는 정예군 1만 명을 데리고 천산 서쪽으로부터 옥문관玉門關까지 흉노의 종적을 탐지하도록 했다. 그리고 남은 군사들은 크게 사냥을 하도록 했다.

이때 흉노는 하란산 북쪽에 수만 명의 병사를 매복시켜 놓았으니, 한꺼번에 뛰어나와서 천자를 포위했다. 그리고 여진의 병사 백만 여명으로 다시 포위를 하여 철통같이 겹겹이 둘러쌌으며, 식량을 운반하는 길을 끊었다. 명나라 병사들 중에 죽은 자들이 거의 만여 명이나 되었다. 뇌문성과 한비렴 두 장수가 힘을 다하여 오랑캐 장수와 병사 만여 명을 죽였지만, 여전히 포위망을 풀 수 있는 길은 없었다. 명나라 대군은 굶주렸으며, 천자에게도 역시 식사를 올릴 수가 없었다. 사냥을 해서 얻은 고기로 군사들을 먹였으나 그 형세는 너무 위태로웠다. 그때 갑자기 동쪽이 소란스러워지면서 한 떼의 군마가 몰려들어왔다.

이 군사들은 어떤 군사들일까. 다음 회를 보시라.

제63회
공훈을 논하는 자리에서 양장성은 진왕에 봉해지고,
조회하러 들어오는 날 축융왕은 딸을 만나다
論功席楊元帥封秦王 入朝日祝融王見嬌兒

양장성은 정예병 1만 명을 거느리고 하란산 동쪽 몽고 언덕에
이르렀지만, 오랑캐 병사들은 한 명도 보이지 않았다. 다만 곳
곳에 군사들이 머물렀던 흔적만이 보일 뿐이었다. 오랑캐들
이 멀리 도주했으리라 생각하고 막 돌아오려 하던 참에 갑자
기 오랑캐 병사 한 명을 사로잡았는데, 그의 품속에서 몽고의
병사를 요청하는 격문을 발견했다. 오랑캐 병사를 심문하고
머리를 베려 하는데, 그 병사가 실제 정황을 말했다.

"흉노가 바야흐로 미륵산 아래에서 명나라 천자를 포위했
는데, 다시 병사를 요청하러 가려고 한 것입니다."

양장성이 크게 놀라서 그 오랑캐 병사를 죽인 뒤 급히 미륵
산 아래로 갔다. 산과 들판에 가득한 자들은 모두 오랑캐 병사
들뿐, 중국 병사들은 한 사람도 보이지 않았으며 천자 역시 어
느 곳에 있는지 알 수가 없었다. 마음속으로 크게 노하여 즉시

한 줄기 장사진을 치고 오랑캐 진영으로 쳐들어갔다. 양장성은 부용검을 빼들고 길을 열면서 호장 여러 명을 죽였다. 여러 군사들이 세력을 도와서 미륵산이 뒤흔들리도록 함성을 지르니 병사 한 사람 한 사람이 모두 일당백이었다. 흉노들이 크게 놀라서 말했다.

"이들은 정말 막강한 군사들이다!"

그들은 대군을 두 개 부대로 만들어 양장성을 포위했지만 자연히 진영이 요란해졌다. 천자는 이에 소유경과 뇌천풍 두 장수를 거느리고 포위망을 뚫고 탈출해 급히 말을 달려 돈황성으로 들어갔다. 군사들을 수습하여 보니 죽은 사람이 만여 명이나 되었다. 천자가 뇌문성과 한비렴 두 장군에게 말했다.

"호병들이 포위를 푼 것은 필시 이유가 있을 것이다. 동초와 마달 두 장군이 구원한 것이 아니라면 필시 양장성 부원수일 것이다. 그렇다면 호병들에게 포위를 당한 것은 아닌가 걱정되는구나. 누가 그들을 능히 구할 수 있겠느냐?"

두 장수가 말했다.

"오랑캐 진영 동북쪽 모퉁이가 소란스러우니, 이는 필시 양장성 원수의 군사일 것입니다. 저희들이 군사를 이끌고 가서 구하겠나이다."

천자가 허락했다.

이때 양장성은 오랑캐 진영에서 포위되어 천자의 소재를 모르고 당황하여 어쩔 줄을 모르고 있었다. 그는 경계하며 병사들에게 말했다.

"내가 황상 계신 곳을 모르니 목숨을 돌아보기가 어렵게 되었다. 너희가 나를 따를 수 있다면 힘을 다해 따라오고, 만약 그럴 수 없다면 각각 흩어져서 돈황성에서 다시 만나자."

말을 마치고 그는 부용검을 높이 들고 오랑캐 병사들이 모여 있는 곳을 바라보며 쳐들어가서 호장 수십 명을 죽이고 자신의 휘하를 돌아보았다. 따라오는 병졸이 1백여 기에 불과했다. 양장성은 하늘을 우러러 탄식하며 말했다.

"신이 불충하여 어지러운 진영 가운데서 임금을 잃었으니, 무슨 면목으로 고국으로 돌아가리오."

그는 다시 칼을 휘둘러 호장 십여 명을 죽였다. 이때 흉노는 진영 위에서 대적할 자 없는 양장성의 모습을 바라보며 크게 노하여 말했다.

"내가 백만대군으로 쳐부린내 나는 어린아이도 대적할 수 없다면 장차 어찌 천하를 경영하겠는가."

이에 친히 몽고의 정예군 5천 명을 선발하여 진영으로 쳐들어오더니 곧바로 양장성을 공격했다. 흉노는 원래 만 명의 군사도 당해 낼 수 있는 용맹함을 가지고 있었다. 그는 구겸창鉤鎌槍을 잘 썼는데, 창의 무게는 수백 근이나 되었다. 창끝에는 미늘이 달려 있어서 그곳에 걸린 사람은 빠져나갈 수가 없었다. 이것은 북쪽 오랑캐들이 맹수를 사냥할 때 사용하는 무기였다. 흉노가 구겸창을 휘두르면서 양장성과 3합을 겨루었다.

양장성은 흉노의 창법이 특별하다는 것을 알고 자주 몸을 피했다. 그런데 흉노의 뒤쪽에서 갑자기 함성이 크게 일어나더니 두 장수가 크게 소리를 질렀다.

"명나라 좌익장군 뇌문성과 우익장군 한비렴이 이곳에 있다. 호장은 일찌감치 항복하라!"

양장성은 두 장군을 보더니 담과 기운이 더욱 장성해져서, 앞뒤 좌우에서 협공을 했다. 흉노는 창을 휘두르며 한비렴을 찔렀지만, 한비렴이 말 위에서 몸을 솟구치는 바람에 그의 창은 한비렴의 말을 찔렀다. 흉노가 말에 꽂힌 창을 즉시 뽑지 못하여 한창 당황하고 있었는데, 머리 위에서 쨍그랑거리는 칼소리가 들리더니 비검飛劍이 들어오는 것이었다. 흉노가 말 위에 납작 엎드려서 피하려 하는 순간 또 하나의 검이 날아들면서 흉노의 머리가 땅에 떨어졌다. 양장성은 흉노의 머리를 베어서 말 위에 매달고, 두 장수와 힘을 합쳐서 오랑캐의 후진後陣을 마구 죽였다. 호병들은 흉노의 죽음을 보고 한꺼번에 흙이 무너지고 기와가 깨지듯이 사방으로 흩어졌다.

몽고 장수 삼릉발도三菱拔都는 키가 10여 척이나 되고 용력이 뛰어났다. 삼릉창을 잘 다루었으므로 자신을 대적할 자가 없다고 믿었다. 그가 크게 외쳤다.

"나는 흉노의 부하가 아니니, 어찌 흉노의 죽음 때문에 담이 떨어지고 기운이 꺾이겠는가."

삼릉발도는 다시 몽고 병사들을 몰아 양장성과 접전을 벌이려고 했다. 양장성은 뇌문성과 한비렴 두 장수에게 말했다.

"우리 병사들은 피곤하고 몽고는 막강한 병사니 가볍게 대적할 수 없소. 길을 찾아 탈출하여 천자를 뵙고 군마를 정돈하여 다시 출전해도 늦지 않을 것이오."

그들은 남쪽을 향하여 비바람처럼 빨리 달려가고 있었는데, 웬 늙은 장수 한 사람이 벽력부를 들고 혼자 말을 타고 삼릉발도와 싸우는 것이었다. 자세히 바라보니 바로 대장군 뇌천풍이었다. 천자가 뇌문성과 한비렴을 보냈을 때, 뇌천풍은 마음을 놓을 수가 없어 아뢰었던 것이다.

"신도 가서 구하겠습니다."

천자가 허락하지 않으면서 말했다.

"장군은 늙었소. 경솔하게 움직이지 마시오."

뇌천풍이 벽력부를 들고 일어나 아뢰었다.

"신이 불충하오나 마땅히 나라를 위하여 전쟁터에서 죽고 싶습니다. 게다가 뇌문성은 신의 손자인데, 생사를 모르고 있습니다. 신이 혼자 말을 타고 가서 두 장군을 구하고 흉노의 머리를 베어 폐하께 바치겠나이다."

말을 마치자 그는 말에 올라 오랑캐 진영을 향해 달려갔다. 천자는 노장의 원기왕성함을 보고 칭찬을 멈추지 않았다. 그러고는 소유경에게 3천 기를 데리고 그 뒤를 따라가도록 했다. 그리고 뇌천풍은 오랑캐 진영을 바라보며 달려가다가 삼릉발도를 만난 것이다. 삼릉발도가 크게 욕을 했다.

"일흔 먹은 늙은 병졸이 전쟁터에 시체를 보태고 싶어 그러느냐? 너의 천자가 정말 장군감이 없어서 초혼招魂을 하고 관에 들어가야 할 놈을 보냈구나."

그는 삼릉창을 들고 곧바로 뇌천풍을 향해 달려왔다. 뇌천풍이 하늘을 쳐다보며 웃고 말했다.

"조그만 오랑캐 새끼는 주둥아리를 놀리지 말라."

뇌천풍은 벽력부를 들어 삼릉발도의 정수리를 쳤다. 삼릉발도는 미처 몸을 피하지 못해 도끼 끝에 머리 뒤쪽을 맞았다. 그가 피범벅으로 노기등등하여 삼릉창을 번개같이 휘두르며 뇌천풍에게 달려들었다.

이때 양장성과 뇌문성, 한비렴 등이 길을 찾아 오다가 이 광경을 본 것이다. 뇌문성이 깜짝 놀라 말을 달려 구하러 가니, 양장성과 한비렴이 일제히 힘을 합쳤으며, 소유경도 뒤를 따라오다가 앞뒤 좌우에서 우레처럼 소리를 지르고 별처럼 빨리 달려들었다. 그러나 삼릉발도는 조금도 어려운 빛이 없었고, 창법은 더욱 흉맹해졌다. 양장성이 허리춤에서 활을 풀어 두 발을 연달아 쏘았다. 그러나 삼릉발도는 창을 들어 화살을 막아 하나하나 떨어뜨렸다. 양장성이 소유경에게 말했다.

"호장의 용력이 절륜합니다. 내가 저놈의 투구를 쏘아 맞출 터이니, 장군께서 정수리를 맞추실 수 있겠습니까?"

소유경이 응낙했다. 양장성이 활을 당겨 일부러 활시위 소리를 내면서 소리를 질렀다.

"오랑캐 장수는 내 화살을 받으라!"

삼룡발도가 창을 들어 막으려 하는데 또 한 발이 날아들면서 머리에 쓰고 있던 붉은 투구를 맞추어 벗겼다. 이어서 화살 하나가 날아들더니 정수리에 적중했다. 삼룡발도는 화살을 뽑으면서 몸을 뒤집어 말 아래로 떨어졌다가, 다시 일어나 달아나려 했다. 순간 뇌천풍이 달려들어 벽력부로 그의 머리를 찍어 말 머리에 매달았다. 다섯 장수가 일제히 승리의 기세를 몰아 적진으로 쳐들어가니, 몽고 병사들의 시체는 산처럼 쌓였고 그들이 흘린 피는 도랑을 이루었다.

잠시 후 동초와 마달 두 장수가 이르러, 일곱 명의 장수가 하란산 아래에서 오랑캐들을 마구 죽이고 돈황성으로 돌아와 천자를 뵈었다. 양장성이 땅에 엎드려 아뢰었다.

"신이 재주도 없고 불충하여 폐하께서 보잘것없는 오랑캐 왕에게 곤란을 당하셨으니, 죽을죄를 지었나이다."

그러고는 흉노와 삼룡발도의 머리를 올리니, 천자는 크게 기뻐하면서 군졸들을 배불리 먹여 위로했다. 다음 날 선우대에 다시 올라 황봉기黃鳳旗를 세워 흉노와 삼룡발도의 머리를 매달고, 다시 몽고, 여진, 토번의 왕들에게 조서를 내렸다.

짐이 이미 흉노의 수급을 깃대 끝에 매달았다. 만약 3일 이내에 항복하지 않는다면 백만대군을 몰아 너희들이 흉노와 공모한 죄를 묻고, 북해에 이르러 오랑캐 소굴을 완전히 멸망시키고 군대를 정비하여 돌아가겠노라.

　세 나라의 왕들이 조서를 보고는 두려움이 일어나, 한꺼번
에 찾아와 머리를 조아리며 죄를 청하고 소, 양, 낙타 등으로
명나라 군사들을 배불리 먹였다. 천자는 그들의 죄를 용서한
뒤, 돈황성에 이르러 여러 신하와 장수, 세 나라의 왕을 거느
리고 크게 잔치를 열었다. 몽고왕이 좌우에 물었다.

　"양원수의 연세가 어떻게 되십니까?"

　"스무 살입니다."

　몽고왕이 놀라서 말했다.

　"관직은 무엇입니까?"

　"현재 병부상서입니다."

　그 말에 몽고왕은 두려워하며 말했다.

　"여러 장군들의 말을 들으니, 명나라 명장 양장성 원수의
날쌔고 용맹한 무예와 같은 것은 일찍이 듣거나 본 적이 없다
고 하더군요. 그런데 이번에 장군의 모습을 보니 아무것도 모
르는 백면서생이요 여자 같은 용모라, 어찌 이상하지 않겠소
이까?"

　여진왕이 물었다.

　"흉노를 죽인 사람은 누구입니까?"

　동초가 대답했다.

　"양장성 원수입니다."

여진왕이 혀를 내두르며 말했다.

"하늘이 낸 영웅이군요."

다음 날 천자는 세 나라의 왕을 거느리고 사냥을 했다. 대군을 몰아 진을 치고, 세 왕들에게 말했다.

"중국 군사들의 위용이 북쪽 지역과 비교해서 어떻소?"

세 왕이 머리를 조아리며 말했다.

"작은 나라의 패잔병들이 어찌 감히 중국 군사를 당하겠습니까?"

천자가 미소를 지으며 양장성으로 하여금 팔문진으로 바꾸도록 하고, 기정합변奇正合變의 술법과 음양생왕陰陽生旺의 오묘함을 펼쳐서 보여 주도록 했다. 세 왕이 일제히 머리를 조아리며 말했다.

"북방의 풍속은 다만 말을 달려 쳐들어가는 것으로 장기를 삼고, 진세가 어떠한지는 모르고 있나이다. 오늘 볼 수 있으니, 오히려 바다를 처음 본 것처럼 저희 안목이 좁았다는 탄식을 하게 됩니다."

천자가 머리를 끄덕이고 다시 활과 화살로 무예를 시험했다. 때마침 흰 새 한 쌍이 구름 사이로 날아가고 있었다. 동초가 호왕들에게 말했다.

"북방 사람들의 새 쏘는 법이 신이하다던데. 한번 보고 싶습니다."

토번왕이 웃으면서 활을 당기고 말을 달리면서 연달아 세

발을 쏘았다. 그러나 흰 새는 맞지 않고 더욱 높이 날아올라 거의 보이지 않았다. 양장성이 허리에서 활과 화살을 뽑더니 웃으면서 말했다.

"제가 왕을 위하여 한번 쏘아 보겠소."

활시위 소리가 한 번 울리자 구름 사이에서 흰 새가 떨어졌다. 호왕들이 일제히 깜짝 놀라 팔짱을 끼고 칭찬하며 말했다.

"양원수는 신인이구려. 북방인 중에 비록 새를 쏘는 것에 익숙한 사람이라 하더라도 저렇게 높이 날아가는 새를 쏠 수 없어서 감히 생각도 하지 못합니다. 양원수의 활쏘는 법을 보니 분명 이광李廣*의 후신일 겁니다."

뇌천풍이 크게 웃으며 말했다.

"대왕은 진정 북방 사람이군요. 농서의 노장은 필부의 용맹에 지나지 않습니다. 그의 명성이 비록 북방에서 우레와 같지만 어찌 양원수를 감당하겠습니까? 양원수는 열네 살에 출전하여 야선의 머리를 베었고 소울지에게 항복을 받으셨소. 열아홉 살에 관직이 병부상서에 이르러 천문지리와 육도삼략을 가슴속에 감추고 있소. 기상은 컸지만 운수가 나빴던 노장 이광의 활 솜씨와 말 타는 솜씨를 어찌 이에 댈 수 있겠습니까?"

세 왕이 숙연히 아무 말도 하지 못하고 있는데, 갑자기 숲

---

* 한나라 무제 때 명장으로 흉노와의 싸움에서 큰 공을 세운 인물이다. 농서(隴西) 출신이며, 흉노에 항복하여 우교왕에 봉해진 이릉(李陵)이 이광의 손자다.

속에서 이리 두 마리가 뛰어나와 그들의 앞을 지나가는 것이었다. 세 왕이 일제히 창을 들고 쫓아갔지만 잡지 못하고 돌아왔다. 몽고왕이 크게 노하여 군사를 징발하고 이리를 수색했다. 그 이리는 크게 놀라 달아났다. 몽고왕이 창을 들고 말을 달려 급히 뒤를 쫓아가니 이리는 독한 마음을 먹고 뒤를 돌아서 흉폭한 기세로 달려들었다. 토번왕이 크게 놀라서 몽고왕과 힘을 합쳐서 포위했다. 그러나 이리는 나는 듯이 빨라서 창과 칼을 피하면서 세 왕을 향해 덤벼들었다. 양장성이 말했다.

"제가 들으니 북방의 맹수는 흉폭하여 사로잡기 어렵다고 하더군요. 제가 부용검으로 한번 시험해 보겠습니다."

그는 이리를 향하여 말을 달려가면서 오른손의 장검을 공중에서 뒤집었다. 이리는 앞다리를 쳐들면서 양장성에게 달려들었다. 양장성은 말을 돌려 마구 달리면서 두 손의 쌍검을 한꺼번에 던졌다. 한 쌍의 부용검이 번개처럼 들어가니 두 이리의 머리가 한 번에 땅 위에 떨어졌다. 양장성이 웃으면서 칼을 거두며 말했다.

"북방의 이리는 너무 약하군요."

그가 말을 달려 돌아오니 세 왕은 망연자실하여 소유경에게 말했다.

"우리가 멀리 떨어져 외진 곳에서 자란 탓에 중국의 인물을 듣기만 했지 눈으로 보지는 못했습니다. 오늘 양원수를 보니 천신이 하강한 분이지 속세의 사람이 아닙니다. 옛날 명장 중에서도 찾아보기 어렵겠습니다."

뇌천풍 역시 크게 웃으면서 말했다.

"대왕께서는 단지 양원수만을 보시고 연왕 어르신과 난성후 홍혼탈 장군을 보지 못하셨습니다. 그 웅대한 재주와 지략을 양장성 원수가 어찌 감히 쳐다볼 수 있겠습니까?"

세 왕이 깜짝 놀라서 말했다.

"연왕이 누구시며 난성후는 누구십니까?"

뇌천풍이 말했다.

"연왕 어르신은 지난번에 남방을 평정하신 양창곡 승상이시고, 난성후는 그 당시 부원수로 출전했던 장수입니다."

세 왕이 크게 놀라며 말했다.

"그 두 분 상공께서 나탁을 항복시킨 뒤에 남방 사람들이 그분들의 초상화를 그려서 아직도 양도감, 홍원수라고 이름을 기리고 있는 분들입니까?"

뇌천풍이 말했다

"그렇습니다. 지금 양장성 원수는 바로 그 아드님입니다."

세 왕이 숙연히 얼굴빛을 바꾸면서 말했다.

"홍원수의 명성은 북방에도 진동합니다. 그런데 지금 무엇 때문에 출전하지 않으셨습니까?"

뇌천풍이 말했다.

"연왕 어르신과 난성후의 춘추가 모두 서른 살쯤으로, 한창 때입니다. 그러나 이번에는 천자께서 출전하셨을 뿐만 아니라 북방 지역을 돌아보시려는 길이었습니다. 만약 연왕 및 난성후께서 오셨다면 대왕들의 귀순이 벌써 이루어졌지, 어찌 오늘까지 이르렀겠습니까?"

이 말에 세 왕은 두려운 모습으로 말이 없었다.

다음 날 천자는 미륵산을 올라서 비석을 세워 공적을 기록하고 군대를 철수하고자 했다. 세 왕들이 양장성과 이별을 하게 되자, 양장성은 세 왕들의 손을 잡고 말했다.

"전쟁을 하면 적국이고 외교 관계를 맺으면 벗입니다. 세 분과 이렇게 만난 것은 비록 나라의 불행이지만 훗날 다시 만날 기약을 생각하기 어려우니, 과연 슬퍼집니다."

세 왕이 대적할 자 없는 영웅의 모습을 가진 양장성을 우러러보면서도 그의 다정한 마음 씀씀이에 감격하여 눈물을 뿌리며 말했다.

"맹세컨대 자손 대대로 배반하지 않겠습니다."

천자는 나라로 돌아와 여러 장수들의 공을 논했다. 부원수 양장성을 진왕에 봉했고, 전부선봉 뇌천풍은 식읍 2만호를 더했다. 좌사마 동초, 우사마 마달, 좌익장군 뇌문성, 우익장군 한비렴 등은 각각 식읍 5천 호를 더했으며, 후장군 소유경은 식읍 2만 호를 더했다. 천자는 특별히 진왕 양장성의 공을 표창하는 뜻에서 난성후 홍혼탈을 진국태미秦國太嬅에 봉했다. 그러고는 양창곡에게 말했다.

"경의 부자가 나라를 위하여 남방과 북방을 정벌하여, 짐으로 하여금 어떤 근심도 없도록 해주었다. 이는 난성후 강남홍의 공이 마땅히 제일 큰 것이다. 양장성을 진국의 제후에 봉한 것은, 진국이 북방에서 가까워서 그들을 눌러 두기 위한 것이다. 양장성이 진나라 왕으로 나아갈 때 난성후를 보내서 진국 태미로서의 영광을 받도록 하라."

이때 천자는 남만을 평정하고 북방 흉노를 죽이니, 천하의 모든 오랑캐들이 그 위엄에 굴복하여 기어들어 와 조공을 바치지 않는 자가 없었다. 때마침 만왕 나탁과 축융왕이 이르러 조회를 청했다. 천자가 허락하니, 나탁과 축융왕이 각각 남방의 물산을 받들고 조공을 들어와 천자를 배알했다. 천자는 먼 지방 사람을 부드럽게 대하는 도리로 각별히 우대했다. 두 왕이 황공하고 감격하여 절을 하고 머리를 조아리며, 술잔을 들어 만수무강을 축원하고 조정의 반열에 시립했다. 천자가 웃으며 말했다.

"경 등이 중국으로 들어와 특별히 친한 사람이 없지만, 오직 연왕은 응당 구면이겠지요."

나탁이 땅에 엎드려 아뢰었다.

"신이 먼 땅에 숨어 사는 바람에 천자의 교화를 모르고 중국 조정에 죄를 얻었으니, 스스로 머리를 보존할 수 없다는 사실을 알고 있습니다. 성스러운 조정의 끝없는 은혜와 다시 살려 주신 연왕의 덕택을 입어 지금 만왕으로서의 부귀를 누리고 있습니다. 그 감격스러움을 말한다면 하늘은 높고 땅은 두

터우며 황하는 넓고 바다는 깊은 것과 같습니다. 신이 조용히
연왕을 찾아가 저의 정회를 풀어 볼까 합니다. 그러나 외국 사
람이 개인적인 일 때문에 들르는 것이 너무도 미안한 일이어
서 이에 아룁니다."

천자가 웃으며 말했다.

"짐이 들으니 축융왕의 따님이 연왕의 첩실이라고 하더군
요. 정리情理로 말하더라도 축융왕께서는 연왕부를 찾아 따님
을 만나지 않을 수가 없을 것이오. 경도 또한 구애받지 말고
함께 가서 만나도록 하시오."

두 왕이 대루원으로 나와 황의병, 윤형문 및 여러 재상들에
게 일일이 예를 표하면서 연왕 양창곡에게 은근히 사례하며
말했다.

"존안을 뵌 지 이미 오래되었습니다. 남북으로 멀리 떨어져
있으면서도 그리워하는 정성은 밤낮으로 간절했습니다만, 먼
지방에 있는 나라가 산을 넘고 바다를 건너 조회를 하는 것이
너무도 어렵기 때문에 이제 겨우 들어와 뵙게 되었습니다. 정
말 미안합니다."

양창곡이 답례했다.

"대왕께서 남방을 진정시키시고 조공을 그만두지 않으시
니, 이는 위로는 황상의 은혜에 보답하고 아래로는 소생의 부
탁을 저버리지 않으신 것입니다. 깊이 깊이 감사 올립니다."

축융왕이 웃으며 말했다.

"조금 전 탑전에서 황상의 성지를 받들었으니, 마땅히 연왕부에서 인사를 나누고 제 딸과 묵은 회포를 풀고 싶습니다."

다음 날 나탁과 축융왕이 함께 연왕부로 갔다. 양창곡은 빈주의 예를 정성스럽게 베풀면서 접대를 했다. 만왕이 양장성과 여러 형제들을 보고 공경스럽게 몸을 굽혀 예를 표하며 말했다.

"연왕 각하의 다복하심은 예나 지금이나 보기 드문 일입니다. 하물며 맏아드님 진왕의 웅대한 재주와 지략이 북방에서 진동하여, 들리는 말에 진실로 우러르는 정성이 그지없었습니다. 이제 얼굴을 보니 마치 홍혼탈 원수를 뵙는 듯하여 더욱 기쁩니다."

양창곡이 미소를 지으며 양인성을 불러 축융왕에게 절을 하도록 했다. 축융왕이 당황하면서 답례하고 말했다.

"이분은 뉘시오?"

양창곡이 웃으며 말했다.

"소생의 셋째 아들이면서 대왕의 외손자입니다."

축융왕이 양인성의 손을 잡고 눈물을 머금으며 말했다.

"네가 중국에서 태어나 높고 큰 가문에서 좋은 가르침을 받은 사람으로서, 오랑캐 외할아버지를 두는 바람에 어엿하게 성취를 했으면서도 골육의 정을 펴지 못했으니 어찌 부끄럽지 않겠느냐?"

양인성이 손을 받들어 공경하게 대답했다.

"관산이 멀고 길은 아득하여 세상에 태어난 지 10년이 넘도록 아직도 존안을 배알하지 못했습니다. 불민하기 그지없습니다."

축융왕이 양인성의 손을 쓰다듬으면서 차마 놓지 못하고 양창곡을 향하여 웃으며 말했다.

"연왕 각하의 맑은 덕으로 오랑캐 출신을 첩실의 반열에 두셨으니 응당 측은한 마음이 있습니다. 그렇지만 하늘이 도덕군자를 내시어 외가의 오랑캐 풍속의 부끄러움을 씻도록 해주시니, 과인이 외손자라고 부르기가 정말 민망한 일입니다."

나탁이 크게 웃으며 말했다.

"늙은 오랑캐가 음흉하여 아름다운 딸을 중국 대신의 소실로 만들어서 오늘의 부귀영화를 낚았구려!"

양창곡 역시 미소를 지었다.

이때 일지련은 만리 밖 하늘 끝에서 생이별을 했던 부친이 오셨다는 말을 들었으니, 기쁜 마음을 어찌 말로 다할 수 있겠는가. 강남홍과 벽성선이 어지러이 축하를 하고 있는데, 양창곡이 양인성을 시켜서 축융왕을 안내하여 별원으로 왔다. 일지련이 부친의 품속에 안겨서 자신도 모르게 흐느꼈다. 축융왕 역시 소매로 눈물을 훔치면서 위로하며 말했다.

"내가 너를 보낸 뒤로는 생사고락을 멍하니 모르고 지내면서, 북쪽 하늘을 멀리 바라보면서 창자가 마디마디 끊어지는 것 같았다. 이제 너를 만나니 부귀영화가 홍도왕으로도 당해 내지 못하겠구나. 네 아비는 여한이 없다."

일지련이 눈물을 거두고 나서 아버지의 얼굴을 바라보더니 말했다.

"10년 동안 어버지 얼굴이 더 늙으셨네요."

축융왕이 웃으며 말했다.

"먼 길을 오느라고 피곤해서 그렇게 보이는 것이다. 천자의 은혜가 끝이 없고 연왕의 돌봐 주는 은혜를 입어서, 축융국을 버리고 홍도국으로 온 뒤로는 부귀영화가 너무도 지극하여 예전보다 더 잘 지낸다."

일지련이 중국으로 들어와 강남홍이 자신을 거두어 준 일을 일일이 이야기하니, 그가 눈물을 흘리며 말했다.

"홍혼탈 원수의 은혜는 백골난망이지만 처지가 예전과는 달라서 즉시 뵙지 못하니, 어찌 서운하지 않겠느냐!"

일지련이 술잔을 권하니 축융왕이 말했다.

"만왕께서 외당에 계시니 혼자 마실 수 없다. 외당으로 나가자."

축융왕은 다시 양인성을 따라 외당으로 나갔다. 나탁이 양창곡에게 말했다.

"과인이 이미 중국에 들어온 뒤에 어찌 홍혼탈 원수를 뵙지 않고 돌아갈 수 있겠습니까? 축융왕은 이미 다른 사람과는 처지가 다르고, 저는 예전에 그 장막 앞에서 항복을 했던 오랑캐 장수입니다. 잠시 상견례를 드린다고 해서 안 될 것이 무엇이겠습니까?"

양창곡이 웃으며 말했다.

"대왕께서 이렇게 원하시니, 돌아가시기 전에 한번 만나 보시지요."

이 말에 나탁은 너무도 기뻐했다.

한편, 초왕 화진은 나랏일 때문에 오랫동안 떠나 있다가, 때마침 새해가 되어 조회를 하러 들어와 매일 궁중에서 잔치를 열어 즐겼다. 하루는 천자가 초왕 화진과 연왕 양창곡을 조용히 부르니 남매군신男妹君臣이 서로 담소를 나누며 술잔을 주고받았다. 화진이 웃으며 양창곡에게 말했다.

"승상의 복은 옛날 곽분양郭汾陽보다 낫습니다. 부모님께서 건강하게 살아 계시고, 눈앞의 다섯 아들은 용과 같고 범과 같아 제후의 반열에 올랐습니다. 게다가 황상 폐하의 금지옥엽 따님을 맞아 사돈 관계를 맺습니다. 한 가문의 영화로움을 온 천하가 우러러보고 있소이다. 성스러운 천자를 모시면서 폐하의 융숭한 대우를 받고 있으니, 뒷날의 복도 무궁할 것이오. 다만 승상의 성품이 너무 인색하여 한 번도 잔치를 열어 주지 않고 멀리서 온 사람을 굶주리게 하니 이 어찌 슬프지 않겠소이까?"

양창곡이 미처 대답을 하지 못하고 있는데, 천자가 미소를 지으며 말했다.

"초왕의 말은 먹는 것을 가지고 공박하는 것이라 짐은 알

바 아니지만, 나라에서도 경사가 한 번 있으면 잔치를 한 번 벌이는 것이 일반적인 일이오. 몇 달 사이에 집안의 경사가 여러 차례 있었소. 장성이는 진왕에 봉해졌고, 기성이는 과거에 장원급제했으며, 석성이는 공주와 혼인을 했소. 사실은 세 차례의 경사가 있었던 셈이오. 게다가 초왕이 조회를 하러 들어왔고 만왕 나탁이 또한 들어왔소. 초왕은 사돈이고 만왕은 장인어른이오. 한 차례 잔치를 하지 않고는 결단코 지나가기 어렵겠소. 잔치 비용이 아깝다면 짐이 도와주리다."

화진이 천자의 말을 듣고 양창곡을 여러 차례 재촉하면서 말했다.

"과인은 나랏일이 바빠 며칠 뒤에는 돌아가야 하오. 언제 잔치를 열겠소?"

양창곡이 웃으며 말했다.

"폐하께서 우애의 정으로 대왕을 배불리 대접하시려고 하교를 정중히 하시니, 며칠 뒤 사양 마시고 저희 집으로 왕림해 주시지요."

이에 조회를 끝내고 집으로 돌아왔다.

다음 날 천자는 호부에 명하여 황금 1천 냥과 소, 양 등을 연왕부로 보내도록 했으며, 아울러 이원의 선악仙樂과 교방의 여러 기생을 선발하여 연왕부 잔치에 대기하도록 했다. 이는 중국의 음악을 남만의 두 왕에게 보여 주려는 의도도 있었으며, 양창곡을 예로 대우하는 천자 자신의 뜻을 외국에 과시하려는 의도도 담겨 있었다. 양창곡이 어찌 천자의 의도를 모르 겠는가. 정월대보름에 잔치를 열고 초왕과 축융왕, 만왕 나탁을 초청하고, 황의병과 윤형문, 뇌천풍과 소유경 이하 여러 사람들을 초대하여 잔치와 음악을 성대하게 열기로 했다.

그날 밤 양창곡은 영수각으로 윤부인과 황소저, 강남홍, 벽성선, 일지련 등을 불러서 말했다.

"닷새 뒤 정월대보름에 잔치를 열고 여러 어르신들과 관리들을 모아서 장쾌하게 놀 것이오. 이번 놀이는 세 분 낭자의 경사입니다. 장성이는 관직이 더 보태졌으니 이는 강남홍 낭자의 경사지요. 기성이는 과거에 급제하여 한림원에 근무하고 있으니, 이는 벽성선 낭자의 경사입니다. 이제 10년 동안 곁을 떠나 있던 아버님을 만나고 천자께서 잔치를 내려 주시니, 이는 일지련 낭자의 경사입니다. 세 분 낭자는 각각 잔치 음식을 준비하여 조금도 태만함이 없도록 해주시오."

세 낭자가 흔쾌히 응낙하자, 양창곡은 다시 강남홍과 벽성선에게 말했다.

"황상께서 기생과 음악을 하사하셨으니, 낭자들은 마땅히 황성 청루의 인물을 찾아보도록 하시오."

강남홍은 양기성의 일을 생각하고 마음속으로 웃었다.

'기성이의 거동을 살펴보면 반드시 청루에 친한 기녀가 있으리라. 내 마땅히 격동시켜서 그 속마음을 알아봐야겠다.'

그날 밤 양기성이 취봉루로 오자, 강남홍이 말했다.

"조금 전에 상공의 말씀을 들으니, 천자께서 기생과 악사를 보내 주신다고 하더구나. 우리 집에도 기녀가 많은데, 어찌 반드시 교방의 기녀를 쓰겠느냐?"

양기성이 웃으며 말했다.

"어머님께서는 진실로 여인의 소견으로 하시는 말씀입니다. 저희 집에 기녀들이 어찌 청루의 인물을 당하겠습니까?"

강남홍이 웃으며 말했다.

"그렇다면 내가 한번 보고 싶구나. 그중에 이름난 아이가 누구냐?"

양기성이 말했다.

"가무로는 설중매요, 지조로는 빙빙이라고 하더군요."

"설중매와 빙빙을 어떻게 부를 수 있겠느냐?"

"황상께서 음악을 하사하셨다면 자연히 따라올 것입니다."

강남홍이 이 말을 듣고 눈을 들어 양기성을 보고 어여쁘게 미소를 지으니, 양기성은 그제야 강남홍이 자신의 속마음을 떠보았다는 사실을 깨닫고 웃음을 머금으며 밖으로 나갔다.

한편, 빙빙과 설중매는 양기성이 과거에 급제한 뒤로 은근한 정을 담은 편지는 이따금씩 받았지만, 직접 만나 보지는 못하고 있었다. 그러던 어느 날 예전에 왕래하던 하인이 양기성의 편지를 전하는 것이었다. 그 의도가 무엇일까? 다음 회를 보시라.

제64회

난성부에서 나탁이 강남홍 뵙기를 청하고,
백옥루에서 보살은 꿈을 이야기하다

鸞城府哪吒請謁 白玉樓菩薩現夢

빙빙과 설중매가 양기성의 소식을 아득히 모르고 있다가, 예전에 왕래하던 하인을 보고 한편으로 기뻐하면서 한편으로는 편지를 열어 보니, 다음과 같은 내용이 적혀 있었다.

요지 파랑새*의 소식을 띄웠지만 이미 은하수 오작교는 끊어져서, 옥 같은 얼굴은 아득하고 꾀꼬리 같은 목소리는 아련하니 슬픈 마음은 사람의 혼을 사라지게 하는구려. 모레는 천자께서 정월대보름에 잔치를 하사하시고 기녀와 음악을 내려보내 주신다 하니, 두 분 낭자들은 자연히 연왕부로 들어오게 될 것이오. 미리 기다리며 기뻐하고 있소.

---

* 서왕모가 있는 곳 요지에서 그의 편지를 전하는 새가 바로 파랑새다.

빙빙과 설중매 두 사람은 편지를 보고 단장할 것을 준비하여 기다리고 있었다. 정월대보름이 되자 연왕부에서 잔치자리를 마련했다. 깊은 연왕부의 문이 활짝 열리니 당실堂室은 깊고 그윽한데 누각과 연못가의 누대는 규모가 굉장하고 주렴 병풍에 비단과 구슬이 빛을 내고 있었다. 대청 아래 동서 양쪽 계단에는 빈객과 주인을 나누었고 대청 위 비단 자리에는 차례에 맞추어 좌석을 벌여 놓았다. 양창곡은 자줏빛 비단 옥띠 차림으로 가운데 주인 자리에 앉았다. 진왕 양장성과 상서 양경성은 오사모와 홍포를 입고 양창곡의 좌우에 시립했고, 양인성은 유관儒冠과 청삼으로 빈객을 안내했다. 양기성과 양석성은 자제로서의 직분을 맡아서 환하면서도 공경스러운 모습이었다. 양현은 빈객들과 담소를 나누고 술을 주고받는 일을 힘들게 여겨서 내당 별원으로 거처를 옮겼다.

이날 새벽, 초왕이 가장 먼저 이르렀다. 그 뒤를 이어 황의병과 윤형문 두 원로대신과 여음후 소유경, 관내후 뇌천풍, 우익장군 동초, 좌익장군 마달, 새로 무과에 급제한 그의 아들 마등, 부마도위 곽우진霍禹鎭, 전행어사대부 한응문, 만왕 나탁, 홍도왕 축융 등이 차례로 도착했다. 황의병과 윤형문은 양현의 처소로 안내했다. 초왕은 서쪽에 앉고 소유경은 동쪽, 곽우진 형제는 초왕과 함께 앉았다. 윤형문의 아들과 황의병의 아들 황여옥은 소유경과 함께 앉았고, 한응문은 곽우진의 다음 자리에 앉았다. 뇌천풍은 동초와 마달, 뇌문성, 한비렴, 마등을 거느리고 서쪽에 앉았다. 나탁과 축융은 동쪽에 앉았다. 그 외 문무백관과 인척, 옛날 문객들을 일일이 청하여, 의관은 가지런하고 위의는 엄정했다.

이때 진왕 양장성과 상서 양경성이 손을 모으고 시립한 모습을 보고 오히려 불안한 빛을 보이는 사람이 많았다. 뇌천풍이 일어나 양창곡에게 알렸다.

"오늘 잔치자리는 비록 개인의 저택에서 모인 것이지만, 황상의 명으로 조정의 모든 관료가 참석했습니다. 조정의 체통이 없을 수 없는 일이지요. 진왕과 상서의 품계가 높은데, 하루 종일 시립하고 있으니, 저희들이 어찌 편안하게 앉아 있을 수 있겠습니까?"

양창곡이 웃으며 말했다.

"아이들이 비록 품계에 맞지 않는 일을 담당하고 있지만, 아비가 여기 있으니 태만히 할 수는 없는 일이오. 장군은 편하게 행동하시오."

그러나 뇌천풍이 끝내 자리에 앉지 않자, 초왕이 미소를 지으며 양창곡을 향하여 말했다.

"관내후 뇌장군의 말씀도 맞소이다. 진왕 형제를 물러가게 하는 것이 좋을 듯합니다."

양창곡이 진왕 양장성을 보고 웃으며 말했다.

"초왕과 뇌장군이 여러 차례 권하시니, 너는 물러가서 따로 자리를 하나 마련하여라. 좌중에 소년 빈객들은 너희가 앉은 곳에서 접대하도록 해라."

양장성과 양경성이 부친의 명을 받고 물러가니, 좌중에 소년들이 일제히 그들을 따라가서 정당 행랑에 모였다.

잠시 후 천자가 가까운 신하를 보내서 법주를 하사하고 특별히 초왕에게 하교했다.

"경은 오늘 딸아이가 만든 음식이 더욱 맛있으리니, 이 못난 형을 생각이나 하는가?"

초왕 화진이 황공하여 머리를 조아렸다. 양창곡이 즉시 진왕 양장성을 불러서 말했다.

"초라한 음식을 황상께 올릴 수 없으나 만들어 놓은 것이 없으니, 준비된 음식이라도 급히 올리도록 해라. 또한 황상의 명을 받들어 온 사신을 접대하라."

조금 있노라니 이원의 악공들과 교방의 기녀들이 명을 받들고 왔다. 양창곡이 그들을 불러서 자리에 앉도록 한 뒤, 여러 기생들을 앞으로 나오도록 하여 각각 그 이름을 물었다. 여러 기생들이 차례로 대답을 했고, 설중매, 빙빙, 초운, 학상선, 연연, 앵앵 등도 대답했다. 양창곡은 화려한 미소를 보이며 여러 기생들에게 말했다.

"내가 일찍이 황성에 있는 청루의 인물을 본 적이 없었다. 이제 여러 기생들을 보니 이 또한 성은이로다."

초왕 화진이 빙빙과 설중매 두 낭자를 불러서 미소를 지으며, 설중매의 손을 잡고 양창곡을 돌아보며 말했다.

"과인의 나라가 옛날부터 아름다운 여자의 고을이라고 칭해지지만, 끝내 황성을 당하지 못하겠구려. 초나라로 돌아가는 날 설중매를 데리고 가고 싶습니다."

이때 양기성이 옆에서 모시고 있었으며 곽상서 역시 그 자리에 있었으므로 초왕의 말을 들었다. 양기성은 눈을 들어 웃음을 머금었고, 곽상서는 여전히 화난 빛을 보이면서 불쾌하게 여겼다. 양창곡이 기생과 악공들에게 음악을 연주하고 춤과 노래를 하도록 명했다. 빙빙과 설중매는 평생의 재주를 다했다. 펄럭이는 소매와 청아한 곡조로 반나절을 질탕하게 보내니, 초왕 화진과 연왕 양창곡이 칭찬을 그치지 않았다. 그들은 만왕을 보면서 말했다.

"남방의 기생과 음악은 어떻습니까?"

만왕이 웃으며 말했다.

"남쪽 시골의 때까치처럼 알아들을 수 없는 말과 요란스레 떠드는 모습을 어찌 족히 말씀드리겠습니까? 이제 중국의 노래와 춤을 보니 천상 신선의 음악이 아닌가 의심스럽습니다."

양창곡이 웃으며 노래와 춤을 끝내고 기녀와 악공들을 쉬도록 했다. 좌중의 여러 빈객도 물러 나와 난간에 기대 담소를 나누기도 하고 바둑을 두거나 투호 놀이를 하기도 했다. 곽상서는 여전히 설중매에게 얽힌 정이 있는지라 잊고 싶어도 잊기 어려웠다. 그러다가 이 자리에서 그녀의 춤과 노래를 보고 애정이 더욱 새로워져서 말이라도 한번 붙여 보고 싶었다. 그는 말석에 모여 있던 여러 관리들 가운데 여시랑과 우문지부와 함께 자리에 앉아서 설중매를 불렀다.

이때 막 노래와 춤을 끝낸 때라, 여러 기생들이 진실로 서시가 취하여 춤을 춘 뒤 아리땁게 힘없는 모습을 보이고 있었다. 설중매는 약간의 틈을 타서 쉬려고 하다가 곽상서가 부른다는 말을 듣고 부득이 눈썹을 찌푸리면서 나갔다. 눈을 들어 살펴보니 양기성은 양창곡 옆에서 시립하고 있었으니, 향기로운 난초와 아름다운 나무가 봄바람을 띠고 있는 듯했다. 잠깐 웃으면서 정을 보낸 뒤 곽상서 앞으로 나아갔다. 그녀는 웃지도 않고 말도 하지 않으면서 쓸쓸히 서 있었다. 곽상서가 정색을 하고 한참 동안 있다가 다시 웃으며 말했다.

"너를 못 본 지가 며칠이나 되었느냐?"

설중매가 싸늘한 표정으로 묵묵히 대답을 하지 않았다. 여시랑이 웃으며 말했다.

"곽상서께서 며칠 뒤에 잔치를 한번 열고, 저와 설중매 낭자를 초청하시지요."

곽상서가 흔쾌히 응낙했다. 뇌문성과 마등이 설중매를 보고 말없이 웃음을 머금었다. 잠시 후 술상이 나오니, 맛있는 술과 마실 것, 성성이 입술과 낙타의 혹 같은 진귀한 음식들이 풍성하게 차려져 있었다. 술잔을 기울이고 젓가락을 내려놓은 뒤 양창곡이 여러 기생들에게 말했다.

"낭자들은 내당으로 들어가라. 혹시 낭자들을 보고 흥겨워하는 사람들이 있을 것이다."

빙빙과 설중매 두 낭자는 이미 강남홍의 성대한 명성을 양기성에게 들었기 때문에 한번 뵙기를 원하고 있었으므로 일제히 내당으로 들어갔다. 양창곡이 초왕 화진을 보고 말했다.

"소생은 본디 여남의 한미한 선비로서 천은을 입어 오늘의 부귀가 평민에서는 극에 달했소. 항상 경계하고 두려워하는 마음이 있어서 스스로 가득 찬 것을 두려워했기 때문에, 기생들의 음악을 들으면서 잔치를 하는 자리가 있더라도 전전긍긍하여 살얼음판을 걷는 것처럼 조금도 마음을 놓지 않았소이다."

초왕이 얼굴빛을 바꾸면서 대답했다.

"승상의 말씀이 과연 금석과 같습니다. 과인이 경계로 삼을 만한 가르침이군요. 대저 인간의 복력은 하늘이 내려 주신 것이 있고, 사람의 힘으로 이루는 것이 있습니다. 하늘이 내려 주신 것은 평생토록 편안히 누리고, 사람의 힘으로 이룬 것은 복과 재앙이 일어나 오랫동안 복을 누리는 사람이 드뭅니다. 승상은 필시 하늘이 낸 사람입니다. 재주와 덕을 모두 겸비하셨으니 어찌 훗날을 걱정하겠습니까?"

관내후 뇌천풍이 웃으며 말했다.

"소장이 감히 나설 자리는 아닙니다만 한 말씀 올리겠습니다. 소장은 무인입니다. 대략 옛날의 자취를 살펴보면 명장들은 매번 살육을 많이 했습니다. 수많은 적군을 땅에 묻어 버린 백기白起*와 오랑캐 병사들을 모조리 죽여 버린 이광이 비록 운이 없었다고는 하지만 천지신명에게 스스로 죄를 얻었던 것입니다. 연왕께서는 백만대군을 이끌어 만리 밖 외진 곳으로 출전하여 화살과 돌이 쏟아지는 전쟁터에서 반년을 지내시고 군대를 철수하셨지만, 한 사람도 함부로 죽이신 적이 없었고 부상을 입은 병사가 한 사람도 없었습니다. 이는 고금에 듣지 못하던 일입니다. 천지신명이 몰래 돕는 것이니, 초왕 전하의 말씀이 옳습니다."

날이 저물어 잔치가 끝났다. 초왕이 돌아가면서 다시 양창곡을 만날 때 진왕 양장성을 불러 말했다.

"오늘의 잔치는 황상께서 내려 주신 것이네. 내일 다시 불청객 신분으로 오겠네. 난성후를 태미에 봉하는 의식을 해야 하니 말일세."

곁에 있던 양창곡도 흔쾌히 응낙했다.

한편, 빙빙과 설중매 두 낭자는 내당으로 들어가서 보니, 노부인 한 사람이 당상에 앉아 있었다. 인자한 기운과 다복한 모습은 묻지 않아도 연왕 양창곡의 모친 허부인이었다. 또 한 부인이 왼쪽에 앉아 있었는데, 그윽하고 한가로우며 곧고 고요한 모습은 마치 옥 호리병에 가을 달이 비치는 듯했다. 바로

---

* 전국시대 진나라의 명장으로, 공손기(公孫起)라고도 한다. 조나라와의 장평(長平) 전투에서 40만 명의 포로를 산 채로 묻어 버린 것으로 유명하다.

윤부인이었다. 오른쪽에도 한 부인이 앉아 있었는데, 교만한 귀인 같으면서도 교태로운 아름다움이 있으니 진실로 제후 부인의 기상을 보이고 있었다. 바로 황소저였다. 또 한 부인은 담박한 화장과 우아한 복색으로 하인들을 지휘하면서 음식상을 차리며 준비하고 있었는데, 빼어난 기색과 뛰어난 얼굴빛을 보이는 가운데 도화 같은 두 뺨에는 재주와 흥취와 풍정이어려 있었다. 설중매가 마음속으로 생각했다.

'이분이 필시 난성후 강남홍 낭자겠구나.'

다른 한 부인은 청수한 자질로 두 몸종을 데리고 음식 조리를 점검하는데 그 용모나 동작이 양기성과 너무도 비슷했다. 빙빙과 설중매 낭자는 그녀가 벽성선이라는 것을 알고 아무 이유 없이 친숙한 느낌이 들었다. 또 다른 곳을 바라보니 한 보인이 난간에 기대서 앵무새를 희롱하는데 그 용모와 자태가 어려 보였다. 바로 일지련이었다. 두 낭자가 인사를 여쭈어예를 차린 뒤, 대청으로 올라가 일부러 강남홍 앞으로 가서 자세히 살펴보았다. 검박한 옷차림에 태도는 자연스러워서 머리는 틀어 올리지도 않았는데도 속세를 벗어난 분위기가 느껴졌다. 자신들이 화장을 하고 차려입은 것을 돌아보니 오히려 강남홍에 비하면 아무 빛도 나지 않았다. 두 낭자가 마음속으로 존경과 흠모의 정을 비치면서 감탄했다.

홀연 강남홍이 눈을 들어 빙빙과 설중매를 보고 말했다.

"두 낭자 가운데 누가 빙빙이며 누가 설중매 낭자인가요?"

두 낭자가 마음속으로 깜짝 놀라며 말했다.

"첩의 이름이 설중매이고, 저 기녀의 이름이 빙빙입니다."

강남홍이 붉은 입술에 새하얀 이를 보이면서 미소를 짓고 말했다.

"낭자의 꽃다운 이름이 자자하더니, 과연 그 이름이 헛되이 전해진 것이 아니로군요."

그녀는 시어머니 허부인에게 아뢰었다.

"여러 기생들의 춤과 노래를 보시겠습니까?"

허부인이 웃으며 말했다.

"나는 시골 노인이라 노래와 춤에 어둡다. 소경에게 단청하는 꼴이니, 여러 며느리들 뜻대로 해라."

벽성선이 즉시 몸종에게 명하여 외당으로 나가 양기성을 불러오도록 했다. 조금 뒤 양기성이 들어오자 강남홍이 웃음을 머금고 말했다.

"여러 기생들의 춤과 노래를 보고자 하니, 잠시 이원의 악공들을 불러서 음악을 연주하도록 해라."

양기성이 웃으며 말했다.

"어려운 일은 아닙니다. 그렇지만 여러 낭자들도 음률에 낯설지 않으니 이원 악공들의 악기만을 가져다가 기생들의 장기에 따라 연주하도록 하시지요."

강남홍이 허락하니 학상선, 초운, 양양, 연연은 음악을 연주하고 빙빙과 설중매 두 낭자는 일어나 마주 보고 춤을 추었다.

두 낭자는 마음속으로 생각했다.

'바다를 본 사람에게 물을 보여 주기가 어렵다. 강남홍, 벽성선 두 분 앞에서 어찌 감히 춤을 추겠는가.'

손을 사용하는 법도와 몸의 모양, 앞으로 나아가고 뒤로 물러나고 도는 행동 등 하나하나를 법도에 맞추어서 「예상우의무」와 한나라 궁인의 「절요무」折腰舞를 차례로 춤추며 연주했다. 회오리 바람에 눈이 쏟아지는 형세와 놀란 기러기와 노니는 용의 자태를 지극히 정묘하게 춤으로 추니, 강남홍이 칭찬하며 말했다.

"두 낭자는 가히 난새와 나비가 쌍쌍이 노니는 듯하여, 누가 더 낫다고 말하기 어렵구려. 그렇지만 설중매의 춤은 변화하면서도 호방하여 자기도 모르는 사이에 훌륭하다고 칭찬을 하게 되는데, 빙빙의 춤은 정묘하면서도 근엄하여 옛 곡조에 가까우니 필시 누구에겐가 전수를 받은 것이구나."

설중매가 웃으며 말했다.

"첩은 어렸을 때부터 교방에서 배워서 대략이나마 제 스스로 터득했지만, 빙빙 낭자는 대대로 창기 집안이자 위오랑의 딸이므로 과연 가풍을 전수받아 익힌 것입니다."

벽성선이 깜짝 놀라 기뻐하며 말했다.

"내가 일찍이 청루에 있을 때 위삼랑衛三娘께 춤과 노래를 배웠소. 위삼랑은 위오랑의 언니지요. 그렇다면 빙빙 낭자는 나와 같은 가풍을 익혔구려."

벽성선은 전후 사정을 일일이 묻고 특별히 아끼는 빛을 보였다. 강남홍이 미소를 지으며 양기성에게 말했다.

"효자는 부모가 사랑하시는 바를 감히 사랑하지 않을 수 없다. 네 모친께서 빙빙 낭자를 이렇게 사랑하시니, 네가 어찌 사랑하고 아끼는 마음이 없겠느냐."

이 말에 빙빙 낭자는 부끄러움을 이기지 못했고 양기성은 웃음을 머금었다. 강남홍과 벽성선이 두 낭자에게 술을 권하며 말했다.

"우리 두 사람도 예전에는 번화한 곳에서 노닐었네. 두 낭자는 자주 우리를 찾아와서 심심할 때 무료함이나 달래도록 하시게."

빙빙과 설중매는 황공하여 머리를 조아리고 명을 받들었다. 이때부터 이들이 연왕부를 출입하게 되었는데, 양기성 역시 집안의 기생으로 알고 총애를 게을리하지 않았다. 양창곡이 여러 가지 패물과 비단을 악공들에게 하사하여 물러가게 한 뒤 강남홍에게 말했다.

"초왕이 그대를 진국태미에 봉하는 의식을 하려고 내일 다시 올 것이오. 반드시 일찍 올 테니 낭자는 잘 헤아려서 처리하도록 하오."

강남홍이 말했다.

"밖에서 오시는 빈객은 몇 분이나 되십니까?"

양창곡이 말했다.

"만왕 나탁, 축융왕, 소유경 장군과 뇌천풍 등은 모두 전쟁터에서 함께 고생한 분들이오. 낭자를 한번 보고 싶어 하니, 아마도 내일 다 같이 올 것 같소."

강남홍이 말했다.

"초왕과 축융왕은 정리가 각별하지만, 나탁은 서로 보고 싶지 않습니다."

그러자 양창곡이 웃으며 말했다.

"멀리서 온 사람일 뿐만 아니라 만약 그분을 보지 않는다면 너무 괄시하는 것 같소. 그래서 내가 이미 허락을 했어요."

강남홍이 이마를 찌푸리면서 대답을 하지 않았다.

다음 날 양창곡은 난성부를 깨끗이 청소하도록 하고 그곳에 빈객들을 청했다. 찾아온 빈객으로는 초왕, 소유경, 뇌천풍, 황여옥, 나탁, 축융왕 등 대여섯 사람이었다. 황의병과 윤형문 두 원로대신은 양현의 처소에 모였다. 강남홍이 시어머니 허부인에게 고했다.

"첩이 윤형문 어르신댁 노부인인 소부인을 어머니로 생각하여 진실로 격의가 없습니다. 오늘 첩의 잔치에 빈객으로 청하여 보잘것없는 음식이나마 올리고 싶습니다. 시어머님께서 초청하시는 것으로 말씀을 하여 모시고 오게 해주십시오."

허부인이 크게 기뻐하며 즉시 두 명의 하인을 보내서 소부인과 함께 황의병의 부인인 위부인을 청하자, 흔쾌히 잔치자리로 달려왔다. 강남홍은 자리를 크게 차리려 하지 않고, 다만 연자병과 은설회 등 서너 종류의 잘 만든 음식으로 모든 빈객들을 정성껏 대접하니, 모든 사람들이 칭찬했다. 술이 조금 취하자 만왕 나탁이 몸을 굽혀 인사를 하며 양창곡에게 말했다.

"과인이 저희 나라로 돌아갈 날이 멀지 않았습니다. 만약 홍혼탈 원수를 뵙고 인사를 올리지 못한다면 어찌 슬프지 않겠습니까?"

양창곡이 말했다.

"이 자리에 난성후를 보지 못한 분은 없군요."

그러고는 진왕 양장성을 불러서 말했다.

"오늘 오신 손님들은 모두 옛날 바람 먼지 속에서 함께 고생하신 분들이다. 네 어머니를 만나 보고자 하시니 가서 이 말씀을 전하여라."

양장성이 즉시 내당으로 들어가 어머니 강남홍에게 고하니, 그녀가 웃으면서 머리를 빗고 얼굴을 씻은 다음 아름다운 화장을 하고 옷을 잘 차려입었다. 온몸에 장식과 패물, 비단옷 등이 휘황찬란했다. 벽성선이 웃으며 말했다.

"낭자의 꽃과 같고 달과 같은 아름다운 자태는 나이 들수록 더욱 젊어지시는군요. '진국태미'^{진나라의 시어머니}라는 호칭이 가증스러우니, '연국소실'^{燕國小室, 연왕의 소실}이라고 하시오."

윤부인이 웃으며 말했다.

"진국태미께서는 나탁을 보고 싶어 하지 않으시더니, 이제 저렇게 잘 차려입고 꾸미는 것은 무엇 때문이오? 내가 들으니 황여옥 상서께서 이 자리에 오셨다고 하는데, 강남홍의 옛날 모습을 보신다면 마음이 어지러워지겠소."

이 말에 사람들이 웃음을 터뜨렸다. 황소저가 머쓱하여 눈을 들어 윤부인을 보면서 말했다.

"제 오라버니는 이미 소년 시절의 잘못을 고쳐서 이제는 정인군자가 되셨습니다. 부인께서는 지난 일을 들추어서 부끄러운 마음을 내게 하지 마시오."

강남홍이 웃으면서 말했다.

"제가 비록 여인이지만, 한번 대장군이 되면 백만대군이 감히 저를 쳐다보지 못하고, 한번 여인이 되면 영웅열사도 애간장을 끊게 합니다. 이제 변화를 점칠 수 없는 신묘한 솜씨로 이 자리에 계신 빈객들을 놀라게 해드리겠습니다."

주변 사람들이 모두 크게 웃었다. 강남홍이 손야차와 몸종을 데리고 외당으로 나갔다. 초왕 이하 모든 사람들이 예를 차린 뒤, 초왕이 조용하게 축하했다.

"천자의 은혜가 커서 진왕이 제후의 작위에 봉해지고 난성후께서는 태미의 봉양을 받으셨습니다. 과인은 감축함을 이기지 못하겠습니다."

강남홍이 부끄러워하면서 자리를 비켜 앉으며 사례했다.

"아이가 제후에 봉해진 것도 이미 과분한 일인데 분에 넘치는 영광이 첩에게까지 이르니, 황공하고 불안한 마음을 어찌 말로 표현할 수 있겠습니까?"

관내후 뇌천풍이 몸을 일으켰다가 다시 앉으며 말했다.

"소장이 일흔 나이에 진왕을 모시고 바람 먼지 가득한 전쟁터에서 함께 고생을 했습니다. 진왕의 용맹함은 홍혼탈 원수와 너무도 닮았습니다. 삼릉발도와 북방 흉노의 머리를 벨 때 홍원수의 부용검을 여러 차례 생각했습니다."

여음후 소유경이 말했다.

"이번 전투에 천자께서 미륵산에서 포위되셔서 포위망을 뚫을 계책이 없었기에 거의 위태로운 상황이었지요. 만약 난성후께서 이런 상황에 닥치신다면 어떻게 하시겠습니까?"

강남홍이 눈을 아래로 내리깔며 미소를 지었다.

"첩은 아녀자인데 무슨 방략이 있겠어요? 그러나 병법으로 말한다면 '허虛는 실實이요 실은 허'입니다. 흉노가 몽고, 여진, 토번과 연합해서 중국을 가볍게 침범하니, 중국의 군대가 오는 것을 보고 어찌 쉽게 도망하겠습니까? 이는 필시 '허는 실이요 실은 허'인지라, 이것을 방어하지 않는다면 어찌 낭패를 보지 않겠어요? 지혜가 있는 사람은 어려운 상황이 닥치기 전에 방비를 합니다. 낭패를 한 뒤에 방책을 묻는다면 뛰어난 병법가 사마양저라도 어쩔 도리가 없을 터인데, 저 같은 사람이 어떻게 하겠습니까?"

소유경과 뇌천풍이 서로 쳐다보며 감탄했다. 나탁과 축융왕이 자리를 비키며 인사를 마친 뒤에, 나탁이 말했다.

"홍원수의 존안을 이별한 지 벌써 10년이 지났습니다. 다시 살아난 몸이 북쪽 하늘을 아득히 바라보며 빼어난 기상과 인자한 도량을 뵙고 축원을 올리고 싶었습니다. 이번에 다행히 명나라 조정에 들어오게 되었습니다. 이번에 그냥 돌아가면 평생의 한이 될 것이니, 감히 홍원수 님을 배알하기를 청한 것입니다. 황감하기 그지없습니다."

축융왕이 말했다.

"철없는 딸이 홍원수께 근심을 끼쳤는데도 극진히 거두시어 같은 반열에 두셨으니, 이 은혜는 살아 생전에 갚을 길이 없습니다."

강남홍이 사양하며 말했다.

"두 분 대왕께서 황성으로 오셨다는 말씀을 들었습니다. 반년 동안 전쟁터를 누비며 고생하던 일이 어제 같아서 저도 마음속으로 뵙고 싶었습니다만, 오늘의 강남홍은 과거의 홍혼탈과는 다른 처지라 제 스스로 부끄러운 마음이 있습니다. 이렇게 뵙게 되니 너무도 불안한 마음입니다."

나탁이 웃으며 말했다.

"과인이 아직도 분하면서도 슬픈 것은 원수께서 연화봉 달밤에 제게 알리시지도 않고 명나라 진영으로 돌아가신 일입니다. 그때 과인이 분노와 슬픔을 이기지 못하여 백운동으로 가서 백운도사에게 설욕을 하려고 했는데, 그 도사님은 어디론가 사라지셨더군요. 그 뒤에 혹시 백운도사의 종적을 들으신 적이 있습니까?"

강남홍이 웃으며 말했다.

"도사님의 소식은 다시 들을 수 없게 되었습니다. 첩이 그때 대왕을 구하려고 하산한 것은 고국으로 돌아올 기회였지요. 홍혼탈이 어찌 오랑캐 땅에서 늙겠습니까?"

나타가 또 크게 웃으며 말했다.

"과인이 아직도 안타까운 것은 저의 사자방 두 마리입니다. 그 사자방 두 마리를 죽이던 칼을 아직도 가지고 계십니까? 원컨대 한번 보고 싶습니다."

강남홍이 웃으면서 손야차에게 쌍검을 가져오라 하여 나탁에게 보여 주었다. 초왕이 물었다.

"사자방은 무엇이오? 자세히 듣고 싶네요."

나탁이 쌍검을 어루만지면서 탄식하고 말했다.

"사자방은 과인의 궁중을 지키던 개입니다. 남방에 사자도 있고 '갈교'라고 하는 사냥개도 있습니다. 사자와 갈교가 교접하여 새끼를 낳은 것이 사자방입니다. 정말 얻기가 어려운데, 저도 겨우 두 마리를 얻었습니다. 그 용맹함은 날짐승과 길짐승을 모두 잡을 수 있고, 그 사나움은 이리와 호랑이와 범도 사냥할 정도이며, 총명함은 수백 보 밖에 수상한 자취를 살필 수 있으며, 영악함은 창칼이 침범할 수 없을 정도입니다. 어느 날 밤, 과인이 투구를 쓰고 앉아 있었습니다. 그런데 홍원수가 몰래 제 투구의 붉은 수실 장식을 떼어 갔는데도 전혀 몰랐습니다. 게다가 사자방 두 마리를 죽였는데도 소리 하나

나지 않았고, 그 사자방은 온몸에 칼자국이 나고 뼈와 몸이 가루처럼 되어 죽었던 겁니다. 과인은 아직도 모골이 송연해집니다."

초왕 및 그 자리에 있던 모든 사람들이 크게 놀라며 감탄했다. 조금 뒤 강남홍은 다시 내당으로 들어가면서 나탁과 축융 두 왕에게 정성스러운 이별의 말을 건넸다. 두 왕은 슬픔을 이기지 못하여 눈물을 글썽이며 말했다.

"과인이 비록 오랑캐 땅 사람이지만 안목은 있습니다. 살아생전에 원수를 다시는 볼 수 없을 터이니 어찌 슬프지 않겠습니까?"

강남홍 역시 슬퍼 마지않았다. 그녀는 내당으로 들어가서 시어머니와 윤형문 및 황의병 댁 노부인 두 분을 모시고 잔치를 여니, 윤부인, 황소저를 비롯한 여러 낭자들이 일제히 옆에 나열하여 모셨다. 윤형문 댁 노부인인 소부인이 말했다.

"이 늙은이가 강남홍을 사랑한 것이 내 자식과 다름이 없었지만, 그 용모나 자색, 총명하고 영리한 것 때문에 사랑한 건 아니오. 사람됨이 출중해서였지요. 항주에 있는 강남 지방에서 가장 번화한 곳에서 처음 만났는데, 인물 또한 황성 사람들로도 감당할 수 없었어요. 강남홍은 일개 여자의 몸으로 소년 협객들이나 수령 같은 사람들이 사랑하고 그리워하지 않는 사람이 없었답니다. 그 사람들은 천금을 아끼지 않고 웃음을 사고 싶어 했지만 강남홍은 그것을 원하지 않았어요. 평생토록 우리 집을 출입하면서 한 번도 눈을 들어 좌우를 돌아보지 않았습니다. 이미 그 재질이 이렇게 탁월하고 사람을 알아보는 눈이 뛰어났기 때문에 우리 집 딸아이를 지금 연왕에게 천거하여 백 년토록 함께 살면서 금석지교를 맺게 한 겁니다. 어찌 일개 아녀자의 범상한 수단이겠어요? 우리 상공께서 매번 말씀하시기를, '연왕이 아니었다면 강남홍의 남편이 될 수 없었을 것'이라고 하셨지요. 연왕과 강남홍은 천생배필입니다."

허부인이 탄식하며 말했다.

"이 늙은이는 시골에서 자란 일개 아낙네입니다. 만년에 외아들을 하나 낳아서 비록 부덕이 부족하고 못난 여자이긴 하지만 며느리들에 대해서는 오직 자애로 대할 뿐입니다. 어찌 여러 낭자들의 우열과 장단점을 말하겠습니까? 그러나 강남홍이 우리 집안으로 들어온 뒤에 조화로운 기운이 넘쳐서 집안이 화목하지 못하다는 탄식도 없고 한마디 번잡한 말도 제 귀에 들려오지 않게 되었습니다. 우리 집안이 오늘처럼 창성하게 된 것은 진실로 강남홍의 복이랍니다."

위부인이 웃으며 말했다.

"평소에 딸아이가 저희 집으로 와서 강남홍을 칭찬하면서 '난성은 아름다우면서도 곧고 한결같으며 사랑하면서도 공경하는 마음이 있다'고 끊임없이 말을 하더군요. 오늘 보니 과연 평범한 자태는 아니네요."

이렇게 말을 나누고 있는데, 양창곡이 손님들을 보내고 나서 내당으로 들어왔다. 그는 어머니와 장모님들을 모시고 효성 가득한 재롱과 아름다운 사위의 모습으로 여러 낭자들과 담소를 나누었다. 소부인이 웃으며 말했다.

"세상을 뒤덮을 승상의 정직함으로 애초에 강남 청루의 강남홍 낭자와 어떻게 인연을 맺었을까?"

양창곡이 웃으며 말했다.

"색계에 영웅열사 없다는 말이 있습니다. 장모님께서는 강남홍 낭자의 꽃과 달 같은 자태를 보십시오. 세상 남자들이 아무리 철석간장이라 해도 어찌 천성을 지킬 수 있겠습니까?"

강남홍이 눈길을 들어 양창곡을 바라보면서 벽성선에게 말했다.

"상공께서 일찍이 먼 시골의 수재로 혈혈단신으로 중도에 도적을 만나서 갈 곳도 없었답니다. 저희 청루에서 문을 바라보며 먹을 것을 구하는 사람과 다름이 없었으니, 어찌 풍류로운 마음을 가지고 저를 찾아왔다고 할 수 있겠어요?"

벽성선이 웃으며 말했다.

"낭자는 그 말을 하지 마세요. 첩이 일찍이 들으니, 압강정 위에서 양공자는 시를 지어 강남홍 낭자를 읊고, 낭자는 그 시를 노래하여 양공자를 희롱했다고 하더군요. 이 어찌 풍류로운 마음으로 친해진 것이 아니겠어요?"

소부인과 위부인이 손뼉을 치면서 웃었다. 양창곡이 웃으며 말했다.

"그때 내가 강남홍 낭자에게 마음이 있었던 것이 아니라, 낭자가 몰래 나에게 마음을 두었던 것이지요. 강남홍의 지조가 높다고 누가 이야기하겠습니까?"

강남홍이 또 웃으며 말했다.

"사람들은 모두 상공께서 정직하여 풍류롭고 방탕한 마음이 없다고들 하는데, 옛날 항주성 안에서 술을 팔던 노파에게 제가 있는 청루를 물었을 때를 되돌아 생각해 보면, 이 어찌 책상머리에서 순진한 마음을 지키기만 하는 수재가 할 일이겠습니까?"

벽성선이 강남홍 옆으로 자리를 옮기며 물었다.

"압강정 위에서 잠시 스쳐 지나가는 수재를 보고 어쩐 일로 마음을 허락하셨소?"

강남홍이 웃으며 말했다.

"낭자는 벽성산 초당의 달밤에 처량하고 슬픔에 잠겨있는 귀양객에게 무슨 일로 빠져서 마음을 터놓고 지내는 지기로 사귀었답니까?"

벽성선이 말했다.

"옛날부터 귀양온 나그네 중에는 풍류로운 인물이 많았기 때문이지요. 소동파의 춘몽파春夢婆*와 백낙천白樂天의 비파 타

---

* 소동파가 창화(昌化)의 한 노파로부터 그가 누린 지난날의 부귀영화가 모두 일장춘몽이었다는 말을 듣고, 그 노파를 춘몽파라 부른 일을 말한다.

던 여자** 등은 그 물색을 쉽게 알 수 있는 예입니다. 그렇지만 낭자는 남루한 차림으로 한 지방 수령의 잔치자리를 기웃거리던 수재가 어떤 사람인 줄 알고 마음을 허락했습니까?"

강남홍이 말했다.

"의관은 남루했지만 기상은 드높았고, 수령들이 자리에 있었으나 행동거지가 조금도 부끄러워하는 빛이 없었답니다. 게다가 글솜씨는 사람들을 놀라게 했으니, 그 비범한 모습을 여러 차례 시험했지요. 제가 듣자니, 벽성선 낭자는 달빛 아래에서 거문고를 안고 봉황곡을 연주하다가 꽃과 버들의 풍류로운 마음을 억제하지 못하여 잠시 지나가는 나그네를 유혹했다더군요. 그래도 끝내 사람 알아보는 눈이 분명하지 못하여 후회하는 마음이 일어나서 동침을 허락하지 않았다고 들었어요. 만약 그렇지 않다면 재자와 가인이 여러 달 동안 서로 어울려 다니면서 어떻게 아무 일도 없을 수가 있지요?"

위부인이 탄식하며 말했다.

"벽성선 낭자의 마음은 이 늙은이가 말해드리지. 만약 팔뚝에 붉은 앵혈이 없었다면 어찌 환란을 벗어날 수 있었겠는가? 이는 하늘이 묵묵히 도우셔서 우리 모녀로 하여금 다시 사람 구실을 할 수 있게 해주신 것이라네."

** 백낙천은 중국 당나라 시대의 시인인 백거이(白居易)를 말한다. 이 부분은 백거이가 구강(九江)으로 좌천된 뒤 여인의 비파 소리를 듣고 「비파행」(琵琶行)을 지은 일을 말하는 것이다.

이때 윤부인의 유모 설파가 옆에 있다가 부인 앞으로 옮겨 앉아서 벽성선을 가리키며 말했다.

"저렇게 현숙한 낭자를 부인께서는 어찌하여 저렇게 해치려 하셨을까요?"

윤부인이 몰래 꾸짖으며 말했다.

"여러 부인들께서 말씀을 나누시는 자리에서 그대는 어찌 이렇게 무례한가?"

위부인이 웃으며 말했다.

"이미 지난 일이라, 한바탕 꿈과 같은 것이지요. 심심한 걸 깨 보자며 한마디 한 것을 어찌 부끄러워하겠소?"

그녀는 허부인을 보고 탄식을 하며 말했다.

"여인은 속이 좁아서 어쩔 도리가 없더군요. 벽성선 낭자의 어진 품성을 우리 딸아이가 몰랐던 것도 아니고, 딸아이의 잘 못을 이 늙은이가 몰랐던 것도 아니었어요. 낭자가 현숙했기 때문에 질투하는 마음이 더욱 심해졌고, 우리 잘못을 알았기 때문에 악독한 마음이 일어난 겁니다. 이게 다 좁은 여인 소견 으로 한 짓이 아니겠습니까?"

자리에 있던 사람들은 그 말을 듣고 자신의 잘못을 숨기지 않는 태도에 탄복했다. 양창곡이 미소를 지으면서 일지련에 게 말했다.

"낭자는 어째서 한마디 말도 없소?"

강남홍이 말했다.

"저희들은 예를 갖추어 상공을 만날 수 없었으니 자연히 변명을 분분히 해야 되지만, 일지련 낭자는 동방화촉에서 예를 갖추어 상공을 맞이했습니다. 그러니 당당하게 앉아서 묵묵히 말도 하지 않고 저희들의 못난 모습을 비웃기만 하면 되는 게 아닌가요?"

일지련이 웃으며 말했다.

"첩은 만리타국에서 강남홍 낭자가 남자인 줄 알고 홀홀단신으로 따라온 사람입니다. 무슨 예법을 말씀드리겠어요? 부끄러워서 말을 못 한 것이지요."

양창곡을 비롯하여 모든 사람들이 웃음을 터뜨렸다. 그들은 술을 내와서 마신 뒤 양창곡이 크게 취하자 각기 자신의 침소로 돌아갔다.

그날 밤 강남홍이 취하여 취봉루로 달아가 옷도 벗지 못하고 책상에 기대서 깜빡 잠이 들었다. 갑자기 정신이 황홀하고 몸이 가볍게 떠오르면서 어떤 명산에 당도했다. 봉우리는 높고 바위 빛은 험준하여 마치 한 송이 연꽃이 평지에 피어 있는 듯했다. 그녀가 가운데 봉우리에 이르니, 웬 보살 한 분이 푸른 눈썹에 옥 같은 얼굴을 하고 몸에는 비단가사를 걸치고서 석장을 짚고 있다가 웃으며 맞이했다.

"강남홍 낭자는 인간 세상의 즐거움이 어떻소?"

강남홍이 멍하니 깨닫지 못하고 말했다.

"존사尊師께서는 누구시며, 인간 세상의 즐거움이란 것은 무엇을 말씀하시는 겁니까?"

보살이 웃으며 손에 들고 있던 석장을 공중에 던졌다. 그러자 홀연 한 줄기 무지개가 만들어지면서 하늘과 이어졌다. 보살이 강남홍을 안내하여 무지개를 밟고 허공으로 올라갔다. 앞에는 대문이 있는데 오색 구름에 싸여 있었다. 강남홍이 물었다.

"이것은 무슨 문입니까?"

보살이 말했다.

"남천문입니다. 그대는 저 문에 올라가서 한번 보시오."

그녀는 보살을 따라 문 위로 올라가 한 곳을 바라보았다. 해와 달이 밝게 비치고 광채가 휘황한데 그 가운데 누각 하나가 허공에 높이 솟아 있었고 백옥 난간과 유리 기둥이 영롱하게 빛나서 눈이 어질어질했다. 누각 아래로는 푸른 난새와 붉은 봉황이 쌍쌍이 배회하고 있었으며, 몇 명의 선동과 서너 명의 시녀가 하의와 예상을 입고 난간 머리에 서 있었다. 누각 위를 바라보니 한 신선이 다섯 선녀와 이리저리 뒤엉켜 난간에 기대 취하여 잠이 들어 있었다. 그녀는 보살에게 물었다.

"이곳은 웬 곳이며, 저 사람들은 웬 신선입니까?"

보살이 미소를 지으며 말했다.

"이곳은 백옥루고, 저 신선은 문창성입니다. 그 옆에 차례로 누워 있는 사람들은 제방옥녀, 천요성, 홍란성, 제천선녀, 도화성입니다. 홍란성은 바로 그대의 전신이지요."

강남홍이 마음속으로 깜짝 놀라며 말했다.

"저 다섯 선녀는 모두 천상에서 도에 들어간 신선들입니다. 어째서 저렇게 취하여 잠을 자는 건가요?"

보살이 갑자기 서쪽을 향하여 합장을 하면서 시 한 구절을 노래했다.

정이 있으면 인연이 생기고	有情生緣
인연이 있으면 정이 생기네	有緣生情
정이 다하면 인연이 끊어져서	情盡緣斷
온간 사념 모두 텅 비네	萬念俱空

강남홍은 이 시를 듣고 나자 정신이 상쾌해지면서 갑자기 깨닫게 되었다.

"나는 본래 천상의 별자리를 맡은 신선인데, 문창성과 인연을 맺어서 인간 세계로 잠시 귀양을 간 것이로구나."

그녀는 보살에게 다시 물었다.

"여러 신선들께서는 언제 잠에서 깨어날까요?"

보살이 웃으면서 석장을 들고 천상을 가리키며 말했다.

"낭자를 저곳을 보시게."

강남홍이 자세히 보니 10여 개의 큰 별이 광채를 황홀하게 내면서 모두 백옥루를 향하여 정기를 드리우고 있었다.

"저 별은 무슨 별이며, 무슨 연유로 누각 안으로 광채를 드리우고 있습니까?"

그러자 보살이 가리키면서 말했다.

"저 가운데 가장 큰 별은 하괴성河魁星이며, 그 다음은 삼태성, 다음은 덕성德星, 천기성, 복성福星이오. 지금 인간 세상에 태어났지요. 그 다음에 있는 예닐곱 개 큰 별들이 차례로 인간 세상에 귀양을 가서 인연을 맺은 뒤에야 백옥루 꿈에서 깨어날 것이오."

강남홍은 그 말이 좀 의아하긴 했지만 묻지 못했다. 다시 남쪽 하늘을 바라보니, 두 별이 찬란한 광채를 내면서 있었다. 그녀가 보살에게 물었다.

"저 별은 무슨 별입니까?"

"천랑성과 화덕성火德星이지요. 그대와는 한바탕 나쁜 인연이 있었지만 끝내는 필시 그대를 돕게 되지요. 훗날 깨닫게 될 겁니다."

강남홍이 말했다.

"그렇다면 저도 천상의 별이라는 것인데, 이미 이곳에 왔으니 다시 인간 세상으로 돌아가고 싶지 않습니다."

그러자 보살이 웃으며 말했다.

"하늘이 정한 인연은 인간의 힘으로는 미칠 수 없는 것이오. 그대는 아직 인간 세상에서 잠깐 동안의 인연을 마치지 못했습니다. 얼른 돌아갔다가 40년 뒤에 다시 와서 옥황상제께 조회를 하고 천상의 즐거움을 누리도록 하시오."

강남홍이 물었다.

"보살께서는 누구십니까?"

보살이 웃으며 말했다.

"빈도는 남해 수월암의 관세음보살이오. 부처님의 명을 받들어 그대를 안내하여 이곳에 온 것입니다."

보살이 이야기를 마치고 석장을 들어 공중에 던지자 갑자기 오색 무지개가 일어나는 것이었다. 홀연 천둥이 한 번 치면서 깜짝 놀라 깨어나니 한바탕 꿈이었고, 취봉루 책상 앞에 예전처럼 누워 있었다. 강남홍은 꿈속의 일이 의아하게 여겨져서 두 부인과 여러 낭자들에게 이야기를 해주었다. 그러자 모두들 같은 꿈을 꾸었다 하니, 감탄하면서 의아하게 생각했다. 허부인이 이 말을 전해 듣고 강남홍에게 말했다.

"내가 옛날 시골에 있을 때 나이가 들도록 자식이 없었다. 그래서 옥련봉 돌부처에게 기도하여 연왕을 낳았지. 그분이 바로 관세음보살님이었다. 한량 없는 공덕을 아직도 갚지 못했는데, 너희 꿈에 나타나셨으니 어찌 관세음보살님께서 불사를 잘 하라고 권하시는 것이 아니겠느냐? 내가 일찍이 들으니, 벽성선 낭자의 부친 보조국사께서 자개봉 대승사에 계시면서 불법에 통달하셨다고 하더구나. 옥련봉 돌부처를 위하여 암자를 한 채 세우고 대승사에서 백 일 동안 재를 올려서 관세음보살님의 자비로운 공덕에 보답해야겠다."

벽성선이 크게 기뻐하면서 보조국사를 청하여 재를 올리

고 금과 비단을 후하게 보내서 옥련봉에 암자를 창건했다. 과연 그 이후에 40년 동안 부귀를 누리니, 양현과 허부인은 80여 세를 누렸고, 양창곡은 다시 나가서 문무를 겸비한 장수와 재상으로서 벼슬을 하다가 역시 80세까지 살았다. 윤부인은 3남 2녀에 70세를 살았고 황소저는 2남 1녀를 두어 60세를 살았다. 강남홍은 5남 3녀에 70세를 살았고, 벽성선과 일지련은 각각 3남 2녀를 두어 역시 70세를 살았다. 양창곡의 자녀는 이렇게 모두 26명이었는데, 아들 16명은 모두 입신양명하여 부귀영화를 누렸고, 딸 10명은 제후 및 고위 관료의 부인이 되어 자식을 많이 낳고 복도 많이 누렸다. 연옥과 소청, 자연 역시 복록을 길이 누리고 의식이 풍족했으니, 이는 고금에 드문 일이라 하겠다.

'고전'의 이름으로 버려진 것들이 얼마나 많은가. 가슴에 손을 얹고 돌아보면 중·고교 시절 교과서에서 배운 고전문학 작품 중에서 제대로 읽어 본 것이 거의 없다는 사실을 발견할 수 있다. 『춘향전』이나 『심청전』처럼 우리에게 아주 익숙한 작품도 교과서에 수록된 부분 이외의 내용은 생소하기만 하다. 완전한 작품을 읽어 본 적이 없기 때문이다.

어렸을 때 동화책 수준에서 읽던 고전문학 작품을 벗어나지 못한 채 중·고교 시절을 급히 지나 성인이 되기 때문에, 우리는 아름다운 우리 고전을 읽어 볼 기회를 좀처럼 얻지 못한다. 동화책과 주변 사람들의 얘기, 참고서의 줄거리 요약을 접했기 때문에 우리는 그 내용을 어느 정도 알고 있긴 하다. 그래서 어떤 작품을 읽어 본 적이 있느냐고 물으면 우리는 언제든지 그 작품을 읽었노라고 말하게 된다. 아직 읽어 보지 못했다고 하면 민망하니까. 이런 상태로 오랜 시간을 보내게 되면 마치 자신이 그 책을 정말 읽은 것이라도 된 것처럼 착각하게 된다.

그런 점에서 보자면, 『옥루몽』玉樓夢은 말 그대로 '전설'의 책이다. 많은 연구자들이 김만중의 『구운몽』이래 '몽자소설' 夢字小說의 계보를 집대성한 작품으로 『옥루몽』을 거론하지만, 1950년대 김구용의 번역 이래 번역된 적 없이 제목만 무성하게 전해졌던 책이기 때문이다. 시중에 유통된 『옥루몽』은 축약본이거나, 뒷부분을 거의 생략한 수준의 번역본이 대부분이었다. 원문에 접근할 수 있는 관련 연구자들 외에는 쉽게 접근하기 어려운 책이었으므로, 우리는 교과서에서 제목만을 익히는 것에 그칠 수밖에 없었다.

『옥루몽』을 처음 접하면 우선 그 방대한 스케일에 놀라게 된다. 한국 고전소설이라고 하면 으레 천편일률적인 내용과 구성을 가지고 있다고 생각하기 쉽지만, 『옥루몽』은 그러한 예상을 넘어서는 흥미진진한 이야기를 제공한다. 명나라를 시대적 배경으로 하고 있는 이 소설은 광활한 중국 지역을 종횡무진 누빈다. 북으로는 몽골에서부터 남으로는 베트남 북부에 이르기까지 등장인물들의 활동 범위가 대단히 넓다. 방대한 공간을 무대로 한 스펙터클한 전쟁, 진법을 통한 중세 전투의 형상화, 남녀 간의 황홀한 사랑, 부패정치에 대한 투쟁, 천상과 지상을 넘나드는 상상력 등 독자를 사로잡는 수많은 장치들은 이전에 보았던 고전문학 작품과는 '재미'라고 하는 점에서 비교가 되지 않을 정도다.

게다가 작품을 이끌고 가는 매력적인 인물 '강남홍'은 또 어떤가. 그녀는 기생 출신으로 양창곡과 인연을 맺지만, 뜻하지 않은 재난 때문에 물에 빠져 죽을 위기를 겪는다. 우여곡절 끝에 백운도사의 제자가 되어 술법과 뛰어난 무술을 익혀 다시 양창곡을 만나고, 남북을 오가며 전쟁을 승리로 이끌어 제후에 봉해지는 등 인간으로서 누릴 수 있는 최고의 부귀영화를 누린다. (남성도 아니고, 정실부인도 아닌) '소실 출신의 여성'이 이 방대한 서사를 이끄는 중요한 힘으로 묘사되었다는 것은, 당시로서는 획기적인 설정이었다. 『옥루몽』의 작가 남영로南永魯가 총애하는 소실을 위해 이 작품을 지었다는 이야기가 그 집안 후손들에게 전한다고 하는데,* 강남홍을 생각하면 충분히 수긍할 만하다.

그동안 이 작품이 연구자들 사이에서 높은 점수를 받은 것은 아마도 독자를 휘어잡는 재미 때문일 것이다. 19세기 우리 소설을 보면 장편화하는 경향이 분명해 보인다. 서유영徐有英의 『육미당기』六美堂記라든지, 김소행金紹行의 『삼한습유』三韓拾遺, 심능숙沈能淑의 『옥수기』玉樹記, 낙선재본 소설로 대표되는 수많은 장편 가문소설들이 등장했다. 그러나 근대소설이 나온 이

---

* 성현경, 「옥련몽 연구」, 서울대학교 국문학연구회, 1968.

후 그 소설들과 경쟁하면서 높은 대중성을 획득한 작품으로
『옥루몽』만 한 작품은 없었다. 1910년대 이후까지 여러 종의
한문 및 한글 활자본이 출판될 정도로 인기를 누렸으며, 필사
본 역시 조사·보고된 바 있다. 이 때문에 연구자들의 평가 역
시 몽자소설의 완성판, 19세기 전반에 창작된 가장 뛰어난 작
품, 조선시대 고전소설이면서도 드물게 근대 이후에도 상업
적 출판이 거듭된 작품, 근대 인쇄매체를 등에 업고 20세기에
도 여전히 대중성을 확보한 고전소설 작품, 풍부한 서사의 결
과 섬세하면서도 감각적인 전개로 화려한 심미감을 확보한
작품 등으로 『옥루몽』에 상당히 후한 평가를 주고 있다.*

　『옥루몽』과 관련된 여러 이야기를 간략히 정리하면서, 이
작품을 매력적으로 만드는 요소들이 무엇인지 생각해 보자.

1. 저자는 누구인가

우리 고전소설 중에 저자가 정확히 알려진 작품은 많지 않다.
사대부 작가들의 한문소설이나 일부 국문소설을 제외하면 대

---

* 조동일, 『한국문학통사 3』(제3판), 지식산업사, 1994, 537쪽; 장효현, 『한국고전
　소설사연구』, 고려대학교출판부, 2002, 380쪽; 김종철, 「옥루몽의 대중성과 진지
　성」, 『한국학보』 제16권 4호, 1990, 22쪽; 이병직, 「옥루몽의 작품 구조와 대중성」,
　『국어국문학』 제31집, 문창어문학회, 1994; 조혜란, 「옥루몽의 서사미학과 그 소
　설사적 의의」, 『고전문학연구』 제22집, 한국고전문학회, 2002, 250쪽.

부분의 작품은 저자 미상인 채로 전한다. 『옥루몽』역시 저자 문제에 대해 많은 논란이 있었는데, 연구자들은 대체로 남영로 창작설에 동의하고 있는 추세다. 그 사이 논란이 오갔던 저자 문제를 간략히 정리하면 다음과 같다.

『옥루몽』의 저자 문제를 언급한 사람은 근대 이후 최초의 한국소설사를 집필한 김태준이다. 그는 『조선소설사』(1933)에서 『옥루몽』의 저자가 남익훈南益薰(1640~1693)이라는 설과 홍진사洪進士라는 설 두 가지를 소개했다. 남익훈을 저자로 상정한다면, 『옥루몽』은 김만중의 『구운몽』과 비슷한 시기의 작품이 되는 셈이다. 이후 그는 『조선소설사』의 증보판(1939)을 내면서 옥련자玉蓮子 창작설과 남영로 창작설을 추가한다. 저자 논쟁의 표면에 등장하는 모든 사람들이 이 저서에서 비롯된 것이다. 그러나 김태준은 자신이 말한 저자에 대해서 명확한 근거를 제시하지 않았을뿐더러 명확하게 누구인지도 밝히지 않은 바람에, 결국 『옥루몽』의 저자가 누구인가라는 문제는 훗날 연구자들의 논쟁거리가 되었다.

한편 1950년대에 『옥루몽』을 번역한 김구용은 허난설헌許蘭雪軒이 저자와 상당한 관련이 있지 않았을까 추정했다. 작품 속에 나오는 시 구절이나 문장에서 허난설헌 작품과 비슷하거나 같은 구절이 대거 출현한다는 것이 그 논거였다. 그러나 그의 조심스러운 문제제기에도 불구하고, 설득력 있는 증거를 제시하지 못함으로써 직관에 의한 추정이라는 결론을 피할 수 없었다. 정규복 역시 김구용의 논지를 비판하면서 저자 미상의 작품으로 유보해야 한다는 의견을 제출했다.

저자 논쟁에 획기적인 진전을 가져온 것은 1877년에 필사된 한문 고전소설 『육미당기』 뒷부분에 나오는 기록이다. 거기에는 『육미당기』에 관한 당시 사람들의 논평이 실려 있는데, 두산斗山이라는 호를 쓰는 인물이 "내 친구 남담초南潭樵의 옥루몽"이라는 표현을 쓴 기록이 발견된 것이다. 담초는 바로 남영로의 호다. 지금까지 발견된 기록 중에서 가장 이른 시기에 발견되었을 뿐만 아니라 남영로의 친구에 의해 기록된 것이므로 다른 무엇보다 신빙성이 있는 기록으로 여겨진다. 또한 이 같은 사실은 남영로의 후손들의 증언에서도 확인되는 것이다.*

담초 남영로는 도대체 어떤 인물이었을까? 그에 관한 기록이 별로 없기 때문에 정확한 연보를 작성할 수는 없지만, 연구자들에 의해 밝혀진 바를 정리하면 다음과 같다.

---

* 『옥루몽』의 저자 문제는 많은 연구자들에 의해서 논의되었다. 그중 중요한 것을 몇 가지 들면 다음과 같다. 차용주, 『옥루몽 연구』, 형설출판사, 1982; 성현경, 「옥련몽 연구」; 장효현, 「옥루몽의 문헌학적 연구」, 고려대학교대학원 석사논문, 1981. 차용주는 남영로의 후손들을 직접 만나서 여러 가지 증언들을 정리하여 저자 문제에 매듭을 짓고자 애썼다. 성현경은 본인의 증조모 정일헌(貞一軒) 남씨(南氏)의 친정 할아버지가 바로 남영로라는 사실과 그를 중심으로 하는 많은 후손들의 증언 등을 잘 정리했다. 장효현은 저자설뿐만 아니라 『옥루몽』의 많은 판본을 조사하고 그 계통을 정리했다. 이 해제에서 이들의 연구 성과가 많은 도움이 되었다.

그는 경기도 용인 화곡(花谷)에서 출생했다. 약천(藥泉) 남구만(南九萬)의 5대손으로, 나비 그림으로 조선을 울린 사대부 화가 남영시(南永詩, 후에 계우(啓宇)로 개명)와는 사촌 간이다. 여러 차례 과거에 응시했지만 뜻을 이루지 못했고, 결국은 은거하여 소설을 지으며 살아가겠노라고 결심했다. 부패한 과거제도에 환멸을 느껴서 벼슬길에 나아가는 것을 단념했다고도 한다. 특히 제자백가서(諸子百家書)를 깊이 공부했으며, 청빈한 삶으로 평생을 보냈다고 한다. 성현경 교수가 조사한 구전에 의하면, 남영로는 다른 사람 대신 과거시험 답안지를 작성하여 그를 합격시켰지만 정작 자신이 응시했을 때는 불합격했다고 한다. 또한 『옥루몽』의 인기가 왕실로 이어져, 순조 임금이 이 작품을 읽고 칭찬하면서 다만 양창곡에게 부인이 너무 많은 것이 흠이라 했다는 이야기를 남겼다고 한다. 그 전승의 사실 여부는 당장 판단하기 어렵지만, 적어도 이 작품이 당대 최고의 인기를 누렸다는 점은 분명해 보인다.

2. 『옥루몽』과 『옥련몽』의 관계

남영로 후손들의 증언에 의하면, 처음 지어진 작품은 『옥련몽』(玉蓮夢)이라고 한다. 일단 『옥련몽』과 『옥루몽』에 등장하는 주인공의 이름이 대부분 같을 뿐만 아니라 줄거리 역시 대체로 일치한다. 이때 부분적인 차이에도 불구하고 두 작품을 같

은 작품으로 볼 것인가, 서로 다른 작품으로 볼 것인가 하는
문제가 발생한다. 즉 중요한 인물과 줄거리가 일치하므로 두
작품이 남영로에 의해 지어진 서로 다른 이본이라고 한다면,
이들 중 어떤 것이 더 훌륭한 판본이냐 하는 문제가 해결되어
야 할 것이다. 반면 남영로가 지은 서로 다른 두 편의 작품이
라고 본다면, 이들의 같은 점은 무엇이고 다른 점은 무엇이며
그 의미는 무엇일까 하는 점이 꼼꼼히 점검되어야 할 것이다.
『옥루몽』의 저자 문제를 본격적으로 제기했던 차용주 교수는
두 작품이 서로 관련성을 가진 이본으로 취급되어야 한다고
주장했다. 성현경 교수 역시 두 작품을 별개로 다루기보다는
이본의 성격을 가진 것으로 보고 서술했다.

　　장효현 교수는 방대한 양의 『옥루몽』 판본을 정리한 바 있
는데, 그는 남영로가 한문본 『옥련몽』을 지은 뒤 그것이 국문
으로 번역되어 후대에 전승되었고, 그것이 다시 개작되어 한
문본 『옥루몽』이 창작되었는데 거기서 활자본 『옥루몽』이 출
간되었다고 했다(그러나 성현경 교수는 국문본이 먼저라고
주장한다). 장효현 교수는 두 작품 사이에 삽입되어 있는 일
화는 물론 등장인물의 성격, 인물의 가치관 등에서 여러 가지
차이를 보인다고 하면서, 그렇게 볼 때 두 작품은 별개의 것으
로 취급되어야 마땅하다고 주장했다.

　　사정이야 어떻든 이들 작품의 이본은 상당히 여러 종류가
전하고 있으며, 그 전승 과정 역시 명확하게 밝혀지지 않은 것

이 현실이다. 그러나 중요한 것은 1840년대 무렵에 지어진 것으로 추정되는 『옥루몽』이 이후 많은 사람들의 꾸준한 사랑을 받았으며, 급기야 1910년대 이후에는 활자본으로 여러 종류가 출간되기에 이르렀다는 것이다. 그만큼 당대뿐만 아니라 후세에도 큰 인기를 누렸다고 할 수 있다.

한편, 『옥루몽』을 읽다 보면 앞뒤가 서로 다르게 표기되거나 모순되는 부분이 등장하는 경우가 더러 있다. 이것은 남영로가 『옥련몽』을 『옥루몽』으로 개작하는 과정에서 일으킨 착오로 보는 것이 온당하리라 생각된다. 기회가 된다면 『옥련몽』을 읽으면서 어떤 부분 때문에 『옥루몽』으로 개작하게 되었을까 추정해 보는 것도 이 소설을 읽는 재미를 배가시킬 수 있을 것이다.

3. 『옥루몽』에서 우리는 무엇을 읽을 수 있을까?

1) 여성의 능력을 보라

『옥루몽』에는 유난히 많은 여성들이 등장한다. 이 소설이 원래 양창곡과 다섯 여인들의 얽힘을 중요한 얼개로 삼았기 때문일 것이다. 중요한 다섯 여인들을 크게 두 부류로 나눌 수 있다. 집 밖에서 주로 활동하면서 양창곡과 행동을 함께하는 여인으로 강남홍과 일지련을 들 수 있고, 집안에서 주로 활동하는 여인으로 윤부인과 황소저를 들 수 있다. 벽성선은 이들 사이를 오가면서 상황에 따라 이들을 매개하는 연결고리 같은 역할을 한다.

작품을 읽다 보면, 양창곡은 소설 전체의 줄거리를 주도해 나간다기보다는 다섯 여인들이 서로 엮일 수 있는 일종의 계기만을 마련한다는 느낌이 강하다. 물론 그가 제1주인공이긴 하지만, 역할만을 놓고 본다면 강남홍의 활약에 비할 바가 아니다. 강남홍은 거의 모든 사건을 주도해 나간다.

강남홍이 이렇게 작품의 전면에 부각된 것은 남영로가 자신의 소실을 위하여 이 작품을 창작했기 때문이라는 후손들의 증언이 있다. 물론 후손들의 증언을 온전히 믿을 수 있는가 하는 점은 별개로 하더라도, 어떤 독자가 봐도 강남홍이라는 인물이 작품에서 가장 빛을 발한다는 것에는 의심의 여지가 없다. 그녀는 강남의 기녀 출신인데, 소주자사 황여옥에게 핍박을 받아 물에 뛰어든다. 구사일생으로 살아난 뒤 백운도사를 만나 무예와 술법을 익히고, 전쟁터에서 양창곡을 만나서 모든 전쟁을 승리로 이끌 뿐만 아니라 천자에게서 높은 벼슬도 받게 된다. 집안에서도 여러 여성들을 조정하는 역할을 하며, 양창곡과의 대화에서 의견을 주도하기까지 한다.

일지련 역시 강남홍 계열의 여성이다. 원래 남쪽 오랑캐 축융왕의 딸이었지만, 남장을 하고 홍혼탈이라는 이름으로 전쟁에 참가했던 강남홍에게 반해서 따라온다. 그러나 자신이 반했던 홍혼탈이 여자였다는 사실을 알고 후에 양창곡에게 의탁하는 인물이다. 그녀 역시 무예에 뛰어나서 여러 차례 전쟁에 참여한다.

이에 비해 벽성선은 무예라고는 전혀 모르는 정숙하고 조용한 여인이다. 그녀의 장기는 음악이다. 악기 연주에 뛰어날뿐 아니라 음악론에도 뛰어나서, 간신의 꼬임으로 음악에 빠져서 정치를 돌보지 않는 천자에게 올바른 음악의 법도를 제시함으로써 간언을 하기도 한다. 『옥루몽』에서 작품 전개의 중요한 소재로 사용되는 것이 음악인데, 벽성선은 언제나 그음악의 중심에 서 있다.

위의 세 사람이 소실이라면, 윤부인과 황소저는 정실부인이다. 윤부인의 아버지 윤형문이 항주자사로 있을 때 강남홍은 윤부인을 양창곡에게 천거하고, 윤부인과 교유한다. 윤부인은 이 일이 계기가 되어 훗날 과거에 급제한 양창곡과 혼인한다. 그녀는 온화한 부덕婦德을 가지고 집안을 평화롭고 조화롭게 이끄는 맏며느리 역할을 한다.

반면 황소저는 질투의 화신이다. 부친 황의병이 과거에 급제한 양창곡을 우격다짐으로 핍박하여 결혼하도록 만드는 바람에 어쩔 수 없이 양창곡과 결혼한다. 양창곡은 그 결혼을 거부했지만, 황소저의 모친이 황궁을 통해 혼인을 청하는 전략을 쓰는 바람에 결혼에 성공하게 된다. 하지만 황소저는 원치 않는 결혼을 했을 뿐만 아니라 남편 양창곡의 냉대를 받는 수모를 겪으면서 질투로 이성적인 사태 파악을 하지 못한다. 그녀는 벽성선을 모함하여 쫓아냈으며, 시비 춘월을 충동질하여 죽이려고까지 한다. 하지만 나중에 개과천선하여 현숙한 여인이 된다.

황소저를 제외하면 대부분의 여인들이 양창곡과 자유롭게 인연을 맺는다. 또한 남성과 여성 사이에서 상호 존중의 태도가 드러나고 있다는 점도 주목할 만하다. 이들 모두 당당한 기품과 재능으로 존경받으며, 자신의 의견을 스스럼없이 드러내고 있다. 이외에 손삼랑, 설파, 춘월, 소청, 빙빙, 설중매 등 수많은 여성들이 많은 일화를 만들어 내며 작품을 한층 다채롭게 한다.

2) 현실에 대한 비판 의식

『옥루몽』이 대중의 인기를 한몸에 받은 작품이지만, 단순히 '재미만' 있었던 것은 아니다. 이 작품 속에는 남영로가 처했던 당대 현실에 대한 날카로운 비판이 곳곳에 배치되어 있다. 이를 통해서 그는 현실 정치에 대한 생각을 드러냈던 것이다. 그의 비판 중에서 중요한 사항 두 가지만 살펴보기로 한다.

첫째, 과거제도에 대한 비판이다. 조선 말기 과거제도의 폐해에 대한 기록은 수없이 많다. 세력 있는 자들은 부정행위를 서슴지 않았고, 심한 경우 시험 문제가 유출되기도 했다. 과거제도가 새로운 인재를 선발하는 것이 아니라 이미 권력을 가지고 있는 가문이 그 권력을 계속 전승하도록 하는 중요한 도구로 전락했다는 비판이 가능할 정도였다. 『옥루몽』에서는 현실 정치를 개혁할 때 가장 시급한 것으로 과거제도를 들었다. 작품 속에서 구체적인 방법도 제시된다. 지역의 수령들이 훌륭한 선비를 선발하고 추천하여 중앙으로 올리되, 잘못 인재를 추천했을 때에는 추천인까지도 처벌하자는 것이다. 그렇게 되면 인맥이나 개인적인 감정에 의하지 않고 객관적인 인재 선발이 가능하리라는 것이다. 이와 같은 과거제도에 대한 문제제기에는 남영로의 개인 경험도 작용했겠지만, 당시 사회 현실이 그대로 반영된 것이라 하겠다.

둘째, 붕당 정치에 대한 비판이다. 작품 속에서 양창곡의 청당과 노균의 탁당이 나뉘어 정쟁을 벌인다. 그 과정에서 도를 중심으로 모이는가, 이익을 중심으로 모이는가에 따라서 군자와 소인으로 구분된다는 생각을 보인다. 정치 행위 속에 개인적인 마음이 있으면 그 정치가 온당하게 될 수 없다. 관리는 반드시 공적인 마음으로 모든 일을 처리해야 하는데, 그것이야말로 자신이 공부한 도를 실현하는 일이며, 나아가 모든 사람들에게 궁극적인 이익이 돌아가는 길이라는 것이다. 이는 조선 후기 당색에 따른 정치의 폐단뿐만 아니라, 현대의 정치 문제에도 여전히 해당되는 통렬한 지적이라 하겠다.

그 외에도 시대에 대한 비판의식을 보이는 부분이 다수 보인다. 관리의 진퇴 문제, 왕도와 패도 문제, 주변 이민족과의 관계설정 문제 등 굵직한 것만도 여러 가지다. 이는 『옥루몽』

이 각 인물의 입신양명을 대중적으로 묘사하기만 한 것이 아니라, 남영로 자신의 현실 인식을 그대로 반영한 것이라는 증거라 할 수 있다.『옥련몽』의 가족중심적이고 여성 취향적인 삽화가『옥루몽』에서는 대거 탈락되면서 사회·정치적 문제를 부각시키는 방식으로 개작되었다는 연구 결과*가 이 점을 증언해 준다.

3) 도교, 욕망 긍정의 계기

조선시대 고전소설을 논의하면서 유교적 영향을 받았다는 말은 자칫 하나마나한 이야기가 될 가능성이 있다. 조선 사회가 유교를 기반으로 구성되었으니, 그 영향 아래에서 작품을 창작했다는 말은 동어반복에 지나지 않을 수 있다. 물론 유교의 어떤 부분이 특별히 작품에 영향을 끼쳤다 하는 것은 충분히 논의거리가 된다. 앞에서 언급했던 사회 비판적 측면은 대체로 유교적 성향과 관련되기 때문이다.

　유교와의 연관성 외에『옥루몽』이 보여 주는 태도 중에서 우리가 흥미를 가질 만한 것은 도교적 성격일 것이다. 제목부터 옥황상제가 거처하는 천상 백옥경의 열두 누각을 뜻하는 '옥루'몽이다. 게다가 주인공 양창곡은 문창성의 화신이며, 다

---

* 신재홍,「옥련몽과 옥루몽의 비교 검토」,『고전문학연구』제6집, 한국고전문학회, 1991.

섯 여인들 역시 별의 화신이다. 곳곳에 선녀와 신선의 이미지가 등장하며, 음양오행에 기초를 둔 진법이나 점괘 이야기가 자주 등장한다. 강남홍은 작품 말미에서 꿈을 통해 자신이 원래 천상의 별자리를 담당하는 선녀였다는 사실을 깨닫는다. 그만큼 『옥루몽』이 보여 주는 도교적 성향은 짙다. 도대체 이 소설에서 도교적 성향이 의미하는 것은 무엇일까?

『옥루몽』을 읽는 사람들이 가장 흥미롭게 지켜보는 것은 아마도 양창곡이 승승장구하면서 여러 인연을 맺고 최고의 관직까지 오르며 자신의 뜻을 현실 속에서 실현시키는 과정일 것이다. 커다란 얼개로 보면 입신양명의 단계를 따라가지만, 그 반대편에는 속세의 번거로움을 벗어나 자유롭고 안온하게 살아가는 은거자로서의 모습이 위치한다. 두 측면은 서로 상반된 가치관인 듯하지만 실상은 중세 지식인들이 누구나 꿈꾸는 생활이었다. 현실 속에서는 입신양명을 하면서 부귀영화를 누리고 싶어 하지만, 어느 정도 나이가 들면 자연 속에서 유유자적하며 한적함과 천수를 누리고 싶어 한다. 이것이야말로 인간이라면 누구나 바라는 이상적인 모습이다.

현실 속에서 부귀영화를 누리지만 언젠가는 그 모든 것을 놓아 버리고 죽음을 맞아야 하는 것이 인간의 슬픈 운명이다. 부귀영화를 모두 누리면서도 영원히 살 수 있다면 얼마나 좋을까? 바로 이런 생각을 그대로 투영한 존재가 신선이다. 신선 이미지가 전적으로 이런 욕망들로만 채워진 것은 아니지만, 적어도 그 이면에는 사람들이 바라는 가장 이상적인 모습이 반영되어 있는 것만은 분명하다. 가난과 질병으로 고통받는 신선을 본 적이 있는가? 모든 신선은 인간으로서의 욕망이 완전히 충족되어 행복과 편안함과 영원한 생명을 누리는 존재다. 그렇게 볼 때 도교는 인간의 욕망을 극대화하여 삶 속에서 실현시키고 싶어 하는 사람들의 생각을 잘 드러낸다.

『옥루몽』에서 양창곡은 모든 사람들이 꿈꾸는 이상적 모습으로 묘사된다. 그들이 아무리 현실적 어려움과 고뇌를 드러낸다 해도, 결국은 하늘의 신선 세계로 돌아가는 것이 예정된 존재들이 아닌가. 그런 점에서 보면 영원한 시간이 확보되지 못한 인간 세계는 너무도 짧고 덧없다. 아무리 좋은 일만 생긴다 해도 그것은 언젠가는 끝나야만 하는, 대단히 슬픈 운명이다. 결국 인간 세상의 모든 일에는 슬픔의 정서가 깔릴 수밖에 없다. 그런 점에서 언젠가는 끝내야 하는 인간 세계에서의 삶은 꿈과 같은 삶이다. 내가 현실 속에서 고통받고 힘들어하는 것은 깨고 나면 아무것도 아닌 꿈에 불과하다. 그래서 옥루'몽'이다.

도교를 통해서 남영로는 인간의 이상적 목표를 분명히 드러낸다. 한가롭게 유유자적하면서 만년을 보내는 삶의 모습이 신선의 이미지와 결합됨으로써, 모든 인간들의 욕망을 교묘하게 건드리며 감동을 자아내는 계기가 된다.

4) 조선 후기 문화 생활에 대한 박물지

『옥루몽』을 읽는 또 다른 재미 중 하나는 다양한 조선 후기 문화기 작품 내에서 묘사된다는 점이다. 이 작품에는 조선의 놀이문화 내지는 다양한 문화 활동이 수시로 등장한다. 중국을 배경으로 창작된 작품이지만 자세히 읽어 보면 조선의 풍속이나 속담을 반영하고 있는 부분이 많다.

작품을 읽어 나가노라면 우리는 음식, 연회, 혼례식, 쌍륙과 같은 전통놀이, 뱃놀이, 격구, 유산遊山 등과 관련된 자세한 묘사를 만난다. 송나라 문인 소동파의 「적벽부」의 내용을 그대로 모방해서 달밤에 배를 띄우고 술과 음식을 차려 놓고 시를 지으며 즐기는 밤뱃놀이와 같은 것 역시 흥미로운 모습이다. 특히 압권인 것은 작품의 말미에 등장하는 봄을 전송하는 잔치, 전춘연의 묘사다. 이 정도에 이르면 남영로가 그려 내는 조선 후기 풍속도는 장대한 규모를 자랑하는 것이다.

감정의 절제나 근엄함을 위주로 하는 유교의 놀이와는 달리 도교적 성향을 강하게 보이는 작품 속의 놀이 문화는 일상을 훨씬 풍요롭게 만들어 준다. 사람들은 놀이를 통해서 자신들의 일상을 돌아보고, 나아가 세상을 헤쳐나갈 힘을 충전한다. 노동 못지않게 놀이 역시 중요하다는 점을 인식하게 되는 것이다.

4. 『옥루몽』의 문학사적 가치

천상에서 뭔가 실수를 저지르고 나서 그 벌로 인간 세상으로 내려왔다가, 다시 천상으로 돌아가는 소설의 구조는 보통 '현실→꿈→현실'로 만들어진다. 수많은 일을 겪으며 인생의 희로애락을 모두 경험했는데, 깨고 보니 꿈이더라는 것이다. 이는 우리가 살아가는 현실을 되돌아볼 것을 요구한다. 욕망을 좇느라 바쁜 우리의 일상을 반성적으로 돌아보면 깨달음의 순간을 만난다는 것이다. 『옥루몽』 역시 가장 이상적인 모습을 보여 줌으로써 욕망의 실현을 자극하지만, 그것은 결국 하나의 꿈에 불과하다는 점을 작품 말미에 암시하고 있다.

『옥루몽』의 문학사적 위치는 그동안 여러 연구자들에 의해 높이 평가되어 왔다. 이 작품은 『구운몽』의 서사 구조를 계승하면서 그 후대에 가장 인기 있었던 소설 유형인 군담계 영웅소설의 특성을 수용·융합해 파란만장한 일대기적 서사 체계를 추가했으며, 가정소설의 처첩 간 쟁총爭寵, 총애를 받기 위해 다툼의 요소와 애정소설의 애정적 세계에 대한 위대성 등을 집대성한 작품으로 평가된 바 있다.* 또한 『옥루몽』은 판소리계 소설을 제외한 고전소설 작품 중에서 가장 최근에 이르기까지 독자를 확보했던 작품으로, 1917년 이광수의 『무정』이 출간된

---

* 심치열, 「옥루몽의 표현 양식 연구」, 『국어국문학』 제111권, 국어국문학회, 1994.

이후에도 현대소설과 더불어 소설로서의 생명력을 유지한 작품으로 평가받기도 한다.[**]

『옥루몽』안에는 사랑, 질투, 정치 투쟁, 전쟁 등 인간의 수많은 경험들이 무르녹아 있다. 방대한 스케일을 작품 속에서 다루는 남영로의 솜씨는 매우 뛰어나다. 독자들의 심리를 적절히 조절하면서 긴장과 이완 사이에서 절묘한 줄타기를 하는데, 작품을 읽으면서 작중 인물의 행보를 따라서 기뻐하고 슬퍼하고 분노할 수 있도록 이야기를 적절히 배치해 놓았다. 그것은 조선의 소설사에서 빛나는 성과로,『옥련몽』을 거치면서 남영로가 심혈을 기울여 다듬은 결과이기도 하다. 당시 사람들은『옥루몽』을 매우 흥미롭게 읽으면서, 작중 인물 강남홍과 벽성선의 이야기를 따로 떼어 내서 독립된 작품으로 만들기도 했다.『강남홍전』과『벽성선전』은 그 인물들을 독립시킨 고전소설 작품이다. 그만큼 이 소설의 인기와 영향력은 대단했다.

이 소설을 읽으면서 19세기 이전을 살았던 사람들 역시 이 시대를 살아가는 우리와 전혀 다를 바 없이 나라를 걱정했고, 가정을 잘 지키려 노력했고, 사랑했고, 일상생활의 작은 부분에 감동을 느꼈다는 점을 알 수 있다. 양창곡의 말처럼, 인생에서 가득 차는 부분이 있으면 언젠가는 넘치거나 뒤집어진

[**] 조혜란,「옥루몽의 서시미학과 그 소설사적 의의」.

다는 사실을 깨닫고 자신의 분수를 지키는 지혜를 배우면서
말이다.

　욕망이 흘러넘치는 시대를 살아가면서, 우리는 자신도 모
르게 그 욕망 속에서 헤어나오지 못하고 휩쓸리곤 한다. 작품
속 인간군상이 펼치는 인생의 파노라마를 따라가면서 독서의
재미를 느끼는 것도 좋지만, 현실과 꿈의 경계선을 따라가면
서 내 삶을 다시 한번 돌아볼 기회를 마련한다면 그 또한 즐
겁고 긴장감 넘치는 독서가 될 것이다.